一个成功的作家父亲对孩子来说，是榜样还是阴影，是朋友还是对手？

20 世纪最著名的文豪之家；

相爱相杀的家庭秘史；

纳粹阴影下流亡作家群体的缩影；

情爱绯闻、政见风波、药物滥用、抑郁自杀：光鲜背后的精疲力竭，关乎生死存亡的危机时刻；

“总有一天，人们不但为我们每个人立传，还会书写我们这个传奇之家。”

Originally published as: “Die Manns: Geschichte einer Familie”

The translation of this work was financed by the Goethe-Institut China
本书获得歌德学院（中国）全额翻译资助

〔德〕蒂尔曼·拉姆 / 著　朱锦阳 / 译

Tilmann Lahme

Geschichte einer Familie

托马斯·曼一家的故事

Die Manns

传奇之家

社会科学文献出版社
SSAP
SOCIAL SCIENCES ACADEMIC PRESS (CHINA)

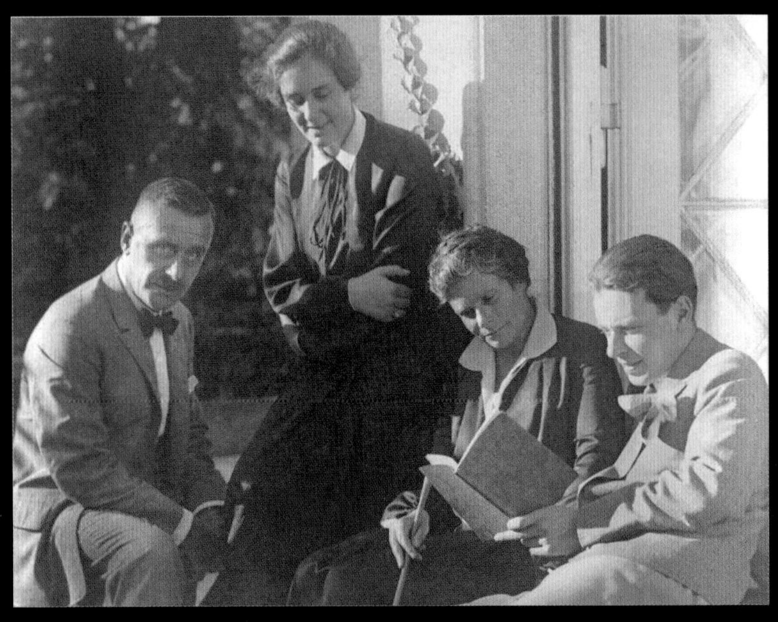

索·恩
THORN BIRD
忘掉地平线
Beyond the horizon

Contents /

/ 序　曲

有一个家庭要被褫夺国籍了。“不配做德国人！”各家报纸都这么写着。托马斯·曼（Thomas Mann）一家在1936年12月被视为“毒害人民的害人虫”。[1]三年以来，他们一家人生活在国外。在这三年中，托马斯·曼彷徨过、动摇过，现在，正如他自己所说，终于“洗心革面”，把自己流亡国外的事情公布于世，从而站到了希特勒政权的对立面。他们全家人如同久旱盼甘霖，一直渴望着这一时刻的到来。为了这一时刻，他们无不绞尽脑汁，使尽各种招数：有时候发飙，就像女儿艾丽卡（Erika）那样；有时候直言不讳，如同儿子克劳斯（Klaus）那般；有时候绵里藏针，柔和却又十分坚定，就像儿子戈洛（Golo）和妻子卡蒂娅（Katia）那样。戈洛·曼心里觉得不爽，倒不是因为失去了德国护照。他本想跟姐姐艾丽卡和哥哥克劳斯一样，靠自己来“挣得被剥夺国籍的这份荣耀”，现在只能“以儿子的身份屈就，多少有点不开心”。[3]

纳粹分子到1936年底才剥夺托马斯·曼及其家人的国籍，究其原因，只可能是政治上的考虑。早在1936年2月，托马斯·曼就已宣布背弃希特勒德国。之后不久，德国驻瑞士大使恩斯特·冯·魏茨泽克（Ernst von Weizsäcker），即后来的德国总统魏茨泽克的父亲，就主张吊销这位诺贝尔文学奖得主的护照。希姆莱（Himmler）的国家秘密警察，即盖世太保，出具了一份鉴定报告，其中指出，托马斯·曼在国外被视为“依然健在的最伟大的德国诗人”。[3]是可忍，孰不可忍。既然拿“最伟大的”和“诗人”这样的称号没辙，对“依然健在的”说法当然也毫无办法，那么至少可以在“德国”这一点上做做文章。希特勒 / 008

政权总算熬过了柏林奥林匹克运动会，现在，12月2日，终于把褫夺国籍这一步骤落到了实处。这一步骤早在预料之中，但到了此时，从形式上来看，已属“名不正言不顺”了：托马斯·曼及其大部分家人从11月起已经成为捷克斯洛伐克公民了。

米夏埃尔·曼（Michael Mann）在1936年圣诞节前不久去了巴黎。他在考虑能否在那里继续他的音乐学业。米夏埃尔是家里的幼子，17岁，几周前刚从苏黎世音乐学院小提琴师范专业毕业，他的实践课成绩特别优秀，理论课却马马虎虎。人们一再信誓旦旦地向米夏埃尔和他父亲保证，米夏埃尔是个天才，对此，父亲特别自豪。但米夏埃尔还是不得不离开这家音乐学院，因为他跟院长有段“过节”，[4]父母亲轻描淡写地这样说。为抗议院长给他的一个警告处分，米夏埃尔曾经甩过院长一记耳光。

比米夏埃尔大一岁的姐姐伊丽莎白（Elisabeth）不会惹这样的麻烦。她是父亲最宠爱的孩子，功课门门特优，中学毕业时还受过嘉奖。但她也并非没有让人揪心的地方：伊丽莎白想成为钢琴家，每逢有人说她水平算不得上乘，她就以双倍的练习作为回敬。父亲在日记里不无忧虑地写道，她“对音乐痴狂”。[5]不幸的是，伊丽莎白爱上了比她大17岁的弗里茨·兰茨霍夫（Fritz Landshoff），而且好几年了，他是哥哥克劳斯的朋友兼出版商。兰茨霍夫爱的是艾丽卡·曼，艾丽卡爱的是自己的自由。

克劳斯和艾丽卡于1936年秋天前往纽约。在流亡欧洲时，艾丽卡的政治性文学小品剧《胡椒磨》（*Pfeffermühle*）曾风靡一时，气得纳粹分子发疯抓狂，现在，她希望能在美国继续这一辉煌。艾丽卡的心情好极了：“我非常愿意来这儿。在这里，我感觉到了生活的意义和理性，还有1000种不同的可能性，多年来，这还是头一回。”[6]但她也第一次产生了怀疑：《胡椒磨》在美国演出，难道不应该最好是用英语吗？可是演出队伍里没人真正会说英语，这该怎么办呢？

克劳斯·曼穿梭于纽约的大街小巷，心情糟糕透顶。长篇小说《梅菲斯托升官记》（*Mephisto*）刚在阿姆斯特丹用德语出版，这部书不仅是对德国，而且也是对他的前姐夫古斯塔夫·格伦特根斯（Gustaf Gründgens）进行清算。格伦特根斯是个演员，在希特勒、戈培尔和戈林统治下仍旧飞黄腾达。《梅菲斯托升官记》将成为克劳斯·曼名气最大也最具争议的一本书。美国的出版社都不愿意出版这部小说。他的女代理人告诉他，可以作各种各样的报告，题目就用《我的父亲与他的作品》（*My father and his work*）。[7] 克劳斯·曼有先见之明，这一年，他在日记里写下了这样一句话："我们真是一个奇特的家庭！以后，人们将要撰写各种书籍来介绍我们，而且不仅仅是介绍我们中的每一个人。"[8]

莫妮卡·曼（Monika Mann）对前途丧失了信心，这与政治局势无关，跟她失去了德国护照也没有关系。父母亲在为这个女儿发愁，因为她似乎突然发现了什么，而他们早已把这看在眼里：她的人生和她所做的一切都没有意义，也没有前景——中学辍学，声乐学不下去，工艺美术学校也没读完，现在轮到弹钢琴了。对此，就连家庭的心理治疗医生艾里希·卡岑施泰因（Erich Katzenstein）也无能为力了，家里的六个孩子中有四个都接受他的治疗，母亲在给克劳斯的信中这样写道。莫妮卡的颓势"显然是无法挽回了"。[9] 在家里，圣诞节是仅次于父亲生日的最重要的家庭团聚日，却因为"可怜的莫妮卡"而蒙上了阴影，托马斯·曼这样写道："她经历了一场危机，就连父母来到她的床头看望她也不见起色。"[10]

在莫妮卡经历危机和全家准备盛宴期间，托马斯·曼正在奋笔疾书，写信给波恩大学，该大学因为托马斯·曼被褫夺国籍而取消了 1919 年授予他的名誉博士头衔。他在信中写道，他只是想顺便提一下，哈佛大学新近授予了他名誉博士，同时还想发布一个预言，这是他一直准备要说的："他们"——那些剥夺他德意志身份的当权者——"竟然胆敢把自己跟德国混为一谈，真是厚颜无耻！在那里，那一时刻的到来或许并不会太久远了——到了那一时刻，德国人民最不希望的，就是把他们跟纳粹混淆在一起。"[11] 仅仅几天后就已刊印的《波恩公开信》(*Bonner Brief*) 将成为流亡文学最著名的宣言。

几个星期后，一拨共产党人在柏林格鲁勒森林区 (Grunewald) 的一个住宅内秘密聚会，其中有一个 16 岁的文学青年，名叫马塞利·赖西 (Marceli Reich)。是姐夫带他来的，他时不时地会为地下运动充当信使。"大家都鸦雀无声。半黑的屋子里有些令人毛骨悚然。"有个人朗读着一篇非法作品——托马斯·曼的《波恩公开信》，这封信或以伪装的形式，或以手抄本形式在德国到处流传。马塞利·赖西有点坐立不安，这位《布登勃洛克一家》(*Buddenbrooks*) 的作者对他来说太重要了，他把短篇小说《托尼奥·克律格》(*Tonio Krüger*) 称为其青少年时期刻骨铭心的文学经历，它"是一部《圣经》，那些把文学当作唯一精神家园的人的《圣经》"。托马斯·曼如何看待"第三帝国"，这个问题对赖西来说也就相应地非常重要了。"信的最后一个句子读完后，没有人敢说什么。于是，读信的人建议，我们大家先休息一下，然后再来谈谈这篇文章。我利用休息时间向众人表示感谢和告别。我说不想回去太迟，因为明天还要写一篇重要的课堂作业。这是撒了个谎。实际上我是想一个人、单独一个人享受我的幸福。”[12]

马塞利·赖西－拉尼茨基（Marcel Reich-Ranicki，即马塞利·赖西的全名）侥幸逃过了大屠杀的劫难，后来成为德语界影响最大的文学批评家，他将一而再，再而三地从事托马斯·曼及其家人的研究。“我相信，”他有一次这么写道，“在本世纪的德国，没有比曼氏一家更为重要、更为独特、更为有趣的家庭了。”

诗人家里造反了。托马斯·曼的两个大孩子反了。艾丽卡和克劳斯·曼反正拿学校和他们的老师都不当回事。他们跟“公爵公园团伙（Herzogparkbande）”一起给他们的慕尼黑邻居带来恐慌。面对警告和善意的劝告，他们彬彬有礼，却不予理睬。两位家长本不想干涉，最终却只能痛下决心作最后的决断。

起初尽是些鸡毛蒜皮的事。输掉第一次世界大战以后，革命将旧秩序打得稀巴烂，在这期间，艾丽卡和克劳斯·曼于1919年1月1日跟他们的朋友里奇·哈尔加藤（Ricki Hallgarten）成立了一个戏剧团，他们自称“德国业余哑剧团（Laienbund deutscher Mimiker）”。不久就有一批青少年加入，像格蕾特·瓦尔特（Gretel Walter）和洛蒂·瓦尔特（Lotte Walter），她们是音乐指挥布鲁诺·瓦尔特（Bruno Walter）的女儿，曼家的邻居和朋友；此外，还有威廉·埃马努埃尔·聚斯金德（Wilhelm Emmanuel Süßkind），他要大几岁，对文学着迷；两个弟妹莫妮卡和戈洛·曼不时也被允许参加演出。戈洛在莱辛的《明娜·冯·巴尔赫姆》（*Minna von Barnhelm*）里扮演悲伤中的妇人这一角色，引人捧腹大笑，非常成功。

不久，年龄大一些的哑剧演员就扩展了他们的舞台。艾丽卡、克劳斯和瓦尔特的女儿们在慕尼黑的有轨电车里或马路上演出，向人们表演所谓现实的情景，表现人们如何残暴地折磨动物，又是怎样害怕凶巴巴的男人发出的威胁；他们打电话搞恶作剧，艾丽卡因其天才的模仿能力而令人叹服；他们还屡屡去商店
/ 012 偷东西，手段愈发高明。原本当作小打小闹的玩耍变成了刑事犯罪行为。[1]他们的登峰造极之作是一次庆典。这场庆典是“公爵

公园团伙”为向一位成为朋友的演员致敬而举办的，那是1922年年初，所有食品都是偷来的，无一例外。事情被抖搂了出来。两位家长算是受够了：他们把16岁的艾丽卡和15岁的克劳斯送进了一所寄宿学校。

让父母劳神操心的并不止老大和老二。1909年出生的戈洛·曼上的是赫赫有名的威廉文理中学四年级（相当于现在的八年级），他在复活节拿到了全年的成绩单。戈洛留级了。班主任在“特别成绩单”上写道，毫无疑问，戈洛是有天赋的，但因为在希腊语和数学方面“特别懒惰”，所以得了“不及格”。“他试图通过耍滑头和玩计谋——在这些方面他非常有创意——来掩饰其懒惰。”[2] 戈洛此时13岁，从很小的时候起就听别人说他长得丑陋，而且笨手笨脚。家里的哥哥姐姐谈吐幽默，风度翩翩，调皮捣蛋，非常招人喜爱，戈洛在他们面前很难找到自己的一席之地。现在他又遭遇了这样一场滑铁卢，拿着一张留级的成绩单回家了。

莫妮卡是曼家的第四个孩子，生于1910年，她也不是让人觉得能够以优异成绩完成学业的学生。有一回，母亲在给父亲的信中写道，这个耽于梦想、往往游离于主流之外的女儿是个“可爱的小蠢货”，这一评语就其核心而言十分中肯，最多是所用的那个形容词还可以商榷罢了。[3] 1922年5月，莫妮卡上了慕尼黑路易森文理中学的二年级（相当于现在的六年级）。用她母亲的话来说：“莫妮（Moni）① 跌跌撞撞地进了二年级。”[4]

霍赫瓦尔特豪森山地学校（Bergschule Hochwaldhausen）是一所位于富尔达（Fulda）附近的教育实验寄宿学校。去后没

---

① 本文人物的完整姓名和昵称详见附录中的“曼氏家族一览表”。——编者注

几个星期，克劳斯·曼给家里写了一封信。圣灵降临节的那个周末，他跟艾丽卡一起坐车去了法兰克福的几个熟人那里。他们在那儿猛吃了几顿，看了几场话剧，好好犒劳了一下自己（“远远超过了慕尼黑的水平”）。但乘车、吃饭、话剧票和小费贵得很。他马上需要100马克，这比曼氏家里的女佣每月所挣的钱差不多要多出一倍。[5]克劳斯·曼说，他们事前没来得及征得父母的同意：因为这一切都是临时决定的。艾丽卡·曼在信里补充了一句说，弟弟可能没怎么拿100马克“当回事”。“但这一切实在是太棒了。”[6]

过了不久，克劳斯·曼写信讲述寄宿学校的生活，没谈到多少好事。高年级的学生造校领导的反，曼家的两个孩子都给予了积极的支持。就连参加话剧表演也没能让他们俩感到这个不受人待见的寄宿学校变好了一些。克劳斯·曼和艾丽卡·曼在毕希纳（Büchner）的《莱昂斯和莱娜》（*Leonce und Lena*）一剧中担任主角，该剧将在学校演出。尽管如此，他们俩还是一门心思想走。克劳斯·曼在写给家里的信中说：“对我们来讲，待在这里倒不完全是让我们伤心，而是完全徒劳无益。”回到慕尼黑才是唯一正确的选择。“我希望在这里重新找到我那久违的力量，找到可能掩藏在德国体操教育背后的弱点。”他学的东西太少了，而那些“该死的‘实际劳动’”就跟这里吃的饭菜一样，他一点都不喜欢。克劳斯还写道，他在想，“慕尼黑（除了上学以外）曾经给我们提供了多少好东西呀”。[7]

父母束手无策。“我们让你们去，这一决定可不是草草率率作出的”，卡蒂娅·曼在给艾丽卡的一封信中这样抱怨道。要是克劳斯现在“随随便便地写信声称，他在考虑慕尼黑给你们提供了什么，霍赫瓦尔特豪森又提供了什么，所以他觉得你们待在

图 1　克劳斯和艾丽卡·曼扮演莱昂斯和莱娜

那里纯粹是徒劳无益的事情，这种看法就不完全正确了”。她还写道，在此期间已经收到了山地学校校长奥托·施代燮（Otto Steche）的一封信。对艾丽卡，校长的评价“非常积极”。“他对克劳斯的性格进行了描述，我觉得绝对贴切，虽然这些描述并不能让我感到开心。”卡蒂娅·曼写道，父母把他们俩送到寄宿学校的理由至今仍然成立，“只有你们确确实实地改变了自己，不再去偷偷摸摸地拜访那些电影和话剧演员，不再说任何谎话和进行任何欺骗，不再跟瓦尔特家的人去干那些蠢事……我们才有可能开开心心地在一起生活。”[8]

/ 015 过了不久，克劳斯·曼和艾丽卡·曼离开山地学校，回到了慕尼黑。山地学校校长奥托·施代燮接受了这一教训。他不想跟处在青春期的大城市孩子再有任何关系，关掉了他们寄宿学校的高年级班。

不管孩子们怎么闹腾，做父亲的都不闻不问。教育孩子完全由母亲负责，这一点，威廉文理中学在关于克劳斯·曼的报告中就已明确指出，且不乏批评的口吻：“作为父亲，作家托马斯·曼从来不过问他儿子的事情。”[9]家里的各种事情，从开销和用人，到越来越多的财产事务，所有这一切都由卡蒂娅·曼掌管。但最重要的是，她要保障丈夫在工作上不受干扰。家庭琐事一般都不会去打扰托马斯·曼的写作世界，即便有，也是经过筛选的。他一旦要写作，那么悠悠万事，安静为大——这对一个大家庭来说可不是那么简单的事情。此时，这个家庭有六个孩子，四个用人，还有一个当作家的敏感父亲，他的书房是这座位于慕尼黑波辛格大街（Poschingerstraße）的华丽别墅的中心。

托马斯·曼经历了一些艰难的时期。1901 年 26 岁时，他发表了其成名长篇小说《布登勃洛克一家》，讲述一个商人之家衰亡的故事。知情者从这个故事里能看到作者本人在吕贝克家庭的影子。从《布登勃洛克一家》的首次发表到现在，已经过去了20年的光景。第二部长篇小说《国王陛下》(*Königliche Hoheit*)发表后，批评家们总体反应冷淡。有些创作计划只停留于一个框架。这些年中，托马斯·曼本人对一些事情当然不太满意，但他的中篇小说《死在威尼斯》(*Tod in Venedig*)却犹如参天大树般挺拔。小说叙述一位正在老去的著名作家的故事。这位作家在威尼斯爱上了一个年轻人，并放纵自己的情感，虽然保持着距离，但连失去自己的尊严也在所不惜，并因此而死去。这是一部杰作，这一点，托马斯·曼自己很清楚："这一次我好像在这本书里达到了某种完美的境界。"[10] 托马斯·曼还开始了一部短篇小说[①]的创作，故事发生在瑞士的一所高山肺病疗养院里。《魔山》(*Zauberberg*)的灵感来源于卡蒂娅·曼在达沃斯(Davos)一家疗养院的长期疗养。第一次世界大战爆发后，托马斯·曼不得不中断了这篇小说的写作。

突然间，这位雄心勃勃的作家内心有一种冲动，要在政治上表明观点，而至此为止，其作品和思想无不围绕着美、艺术家以及小人物这些主题而展开。托马斯·曼为战争所作的贡献是在书案旁，在几位有文学头脑的医生的帮助下，他无须真正奔赴战场去厮杀，而是以爱国檄文为形式，为战争和德国的专制国家进行辩护。

托马斯·曼的兄长海因里希·曼(Heinrich Mann)跟他的见解完全不同。战争爆发前不久，他新创作的长篇小说《臣仆》

---

① 托马斯·曼原计划写作一部题为《魔山》的幽默、怪诞的短篇小说，后来写成了一部两卷本长篇小说，他自己称其为"被扩写的短故事"。——编者注

（*Der Untertan*）的第一部分在一家杂志上连载。这部小说极尽犀利的讽刺，鞭挞皇朝统治下的德国专制精神。战争开始后，那家杂志停止了小说的连载，该书未能付梓。在一片战争的狂热之中，托马斯·曼也未能免俗，海因里希·曼的批判立场孤掌难鸣。兄弟阋墙，文学上的竞争，旧日的诋毁，跟政治上的对立夹杂在一起。接下来是敌对的沉默，历经数年。在这段时间里，托马斯·曼写下了《一位非政治人士之观察》（*Betrachtungen eines Unpolitischen*），这是一篇关于精神与政治问题的政论文章，内容越写越广泛。托马斯·曼以600页的篇幅攻击西方的启蒙式民主并且不指名道姓地抨击自己的兄长。1918年秋，德国早已输掉了这场战争，托马斯·曼却发表了他的这篇超长文章。

1922年新年伊始，兄弟俩又言归于好，起因是海因里希·曼生了一场大病。托马斯·曼从心底里开始向魏玛共和国靠拢，并因此向这位兄长靠近，而后者因他的《臣仆》一书获得了巨大的成功，成为这个崭新的民主国家的精神代表之一；而这一
/ 017 角色恰恰是托马斯·曼也正在追求的。他把自己看作天生的主流派代表，而不是反对派人物。兄弟俩和好后不久，托马斯·曼在法兰克福的“歌德周”开幕式上认识了来自社会民主党的总统弗里德里希·艾伯特（Friedrich Ebert），开始走上民主的道路。

孩子们呢？在寄宿学校经历了一次短期历险后，艾丽卡·曼要重新去慕尼黑的路易森女子文理中学上学。她的入学考试勉强合格。弟弟克劳斯的情况要复杂多了。他在学校的学业比姐姐差得更多，对于家长或老师们的警告，他更不愿意听从。克劳斯想成为作家，为什么要中学文凭？父亲不也没有吗？卡蒂娅·曼看不到儿子在学业上会有功成名就的可能，如果考虑到克劳斯在学校以外所能“接触到”的一切，在慕尼黑就更没什么指望了。

8 月，母亲跟克劳斯一道去位于博登湖（Bodensee）畔的萨勒姆王宫寄宿学校（Internat Schloss Salem），想看看儿子能否在那里继续他的学业。此时，托马斯·曼坐车去了波罗的海。显然，他是跟重归于好的兄长海因里希一起去的。反正卡蒂娅·曼有点担心。“我实在有点好奇，”她写信给丈夫时说，“你跟海因里希一起长时间到处旅行，情形会是怎样。到现在为止，你一般跟他在一起最多待上个把小时，这次可是个大胆的实验了。千万别发火，但也别让他主宰一切。”她还谈到萨勒姆王宫寄宿学校的事。卡蒂娅写道，“总体印象还不错”。主要是学校校长库尔特·哈恩（Kurt Hahn）让她深感敬佩，他对“教育事业的态度似乎异乎寻常的认真，令人觉得高尚，极具感染力”。哈恩曾经担任德意志帝国最后一任首相马克斯·冯·巴登亲王（Prinz Max von Baden）的最重要的谋士。1920 年，他在马克斯亲王的巴洛克式宫殿建立了一所普通学校和一所寄宿学校。哈恩对克劳斯“震惊不已”，卡蒂娅·曼在信中继续写道。尽管如此，哈恩却拒绝接受克劳斯在萨勒姆就学。寄宿学校的集体生活和作为重点的体育锻炼并不适合他。按照哈恩的说法，萨勒姆的其他学生“一般都是那种头脑简单或单纯的”，克劳斯在他们中间肯定会感到“十分孤独”。哈恩建议这位“非常优秀但容易遭受挫折的男孩子”去奥登瓦尔特学校（Odenwaldschule），他愿意给那所学校写封推荐信。[11] / 018

哈恩的副手玛利亚·埃瓦德（Maria Ewald）给奥登瓦尔特学校写了封信。信中的内容给人的感觉是，萨勒姆王宫学校的人对克劳斯的印象跟母亲所描述的不一样。信中虽然说克劳斯·曼是“一个天资非同寻常、情感细腻的男孩”，“思想层面的兴趣浓厚”，但他“读书太多，过早地接触到人类思考范畴里的大部分问题”，“因为从事这类精神活动，其童真与天性泯灭了许多”。他在萨勒姆给人的印象是一个“矫揉造作、自以为是、早熟而能力颇强的男孩”，“其生命力已被耗损，失去了对周围世界的自然兴趣，并在实际生活的所有领域里都无能为力，这是人为所致，是其虚荣心使然，他还以蔑视行动和动手的世界来加以掩盖”。[12] 这封推荐信不啻一种警告。虽然如此，奥登瓦尔特学校还是接受了他。

托马斯·曼利用在波罗的海边的乌瑟多姆（Usedom）休假的机会，要写一篇文章，表明自己拥护民主。他把为格哈特·霍普特曼（Gerhard Hauptmann）——他称之为“共和国的国王”——所写的一篇文章打造成一篇民主宣言。6 月，外交部部长瓦尔特·拉腾瑙（Walther Rathenau）遇刺身亡，凶手为一个右翼极端派恐怖组织的年轻人，这一事件最终促使托马斯·曼走到了这一步。这一事件对他来说是个“重大打击”，他感到有责任规劝那些“愿意听他说话的年轻人”。[13] 10 月 13 日，托马斯·曼在柏林作了题为《关于德意志共和国》（*Von deutscher Republik*）的演讲，这篇演讲跟魏玛共和国的政治现实并没有
/ 019 多大关系，就像他的《一位非政治人士之观察》跟第一次世界大战没有多大关系一样。他的自白是一个理智的共和派人士的表态，表明他接受了现状。从民主的角度来看，他的论点以及他所引证的人，从诺瓦利斯（Novalis）到尼采，都鲜有说服力。重要之处在于表态这一行动本身。要说托马斯·曼并没有完全弄明白要支持什么的话，那么，要反对什么，这一点他是再清楚不过了：那些民族的、民族主义的和反犹太人的共和国之敌——这些人通过煽动闹事、街垒战与谋杀来反对魏玛共和国。对托马斯·曼的这一举动，公共舆论作出了相应的反应：右翼报刊发现

了一个新的敌人，它们曾把此人当作自己的盟友。有一家报纸的大标题是《把曼扔下船去》(*Mann über Bord*)。[14]

到了秋天，克劳斯·曼写信报告他在奥登瓦尔特学校的新生活，他谈到自由的气氛、早上的晨练、上课的情况（“温馨的小班上课”）、体育课和实际技能课（“令人恐惧”）。学校要他——正如萨勒姆王宫学校的信中所批评的——缩小这方面的差距，“上帝啊，惩罚英国吧”，他在给艾丽卡的信中这样诅咒道。“我总是得劈木头。万一我只剩下一只膀子回来，你们可别大惊小怪。”但这所寄宿学校的生活“并非那么糟糕”。只是他急需巧克力。“没有巧克力我连诗都写不了。安奈特·科尔布（Annette Kolb）① 当年只有在咖啡馆才能创作点东西出来。我觉得我其实比她更有魅力。”[15]克劳斯说，姐姐完全可以将这封信给父母看看。“天哪——我再也没有安宁了”，他在接下来的一封信里写道。“可惜我爱上了小男孩乌托（Uto），得给他弄些贵重的礼物，因为他太可爱了。另外，我们的茶话晚会着实费了我不少小钱，要化妆，还要买巧克力和《查拉图斯特拉如是说》(*Also sprach Zarathustra*) 读本。”这篇“文化小札”可别落在了父母亲的“手中”，[16]克劳斯·曼补充道，却没有详细说明他认为哪件事不能让父母知道，是尼采的著作、化妆、爱上了一个同学，还是所有的都不能。当托马斯·曼 10 月旅行去作报告时，他妻子写信告诉他，没得到克劳斯太多的音信。但她“怀疑，他在奥登瓦尔特学校正在变成一个自私的享乐者”。[17] / 020

母亲过世了。1923 年 3 月，托马斯和海因里希·曼急匆匆地赶往尤莉亚·曼（Julia Mann）的灵床前。弟弟维克

---

① 一位慕尼黑的女作家。(如无特别说明，本书脚注均为译者注。)

016 多（Viktor）和妹妹尤莉亚（Julia）也来了——另一个妹妹卡拉（Carla）已于1910年自杀身亡。尤莉亚·曼是汉萨城吕贝克（Lübeck）商人和参议员托马斯·约翰·海因里希·曼（Thomas Johann Heinrich Mann）的遗孀，丈夫去世后，她于1893年卖掉了公司，随即离开北方，带着几个年纪较小的孩子移居慕尼黑。托马斯·曼在结束了毫无光彩的学业后亦移居该地。前几年，两个儿子相互争吵，母亲为此痛苦不堪。现在，这两个重归于好的儿子一起来送别敬爱的母亲。托马斯·曼的孩子们对祖母并不太熟悉，因为她最后几年忙着搬家，从一个公寓搬到另一个公寓。卡蒂娅和托马斯·曼只带了艾丽卡去参加在慕尼黑森林公墓举行的葬礼。根据弟弟戈洛的《回忆录》，艾丽卡事后曾经嘲笑神父笨拙的讲话，并“不无自豪”地讲述她看见海因里希、托马斯和维克多“三兄弟都在哭，各哭各的，你方唱罢我登场”。[18]

5月，托马斯·曼给奥登瓦尔特学校校长保罗·戈黑普（Paul Geheeb）写了一封信，表达了自己的担忧——这一次做父亲的亲自出马了。一方面，时值经济危机爆发，通货膨胀，到1923年发展为一场令人头晕目眩的货币贬值，因此，学校的学费让家里捉襟见肘。父亲写道，给克劳斯交的学费每月不能超过10万马克。但另一方面，对他来说更重要的是，让戈黑普知道，他对戈黑普教育克劳斯的方法持怀疑态度。托马斯·曼写道，作为家长，他们希望克劳斯“只有在具备走上工作岗位的能力后，才从中学毕业，这一岗位无论如何要跟他的文学爱好有关系，比
/ 021 如去一家出版社或当个戏剧顾问”。这个“弱不禁风、对自己特别怜惜的男孩子”在走这条路时需要的是“铁腕式的领导”。[19]

此后不久，克劳斯·曼决定离开奥登瓦尔特学校。他在给

保罗·戈黑普的信中感谢学校给予他的很大自由——到最后校长似乎免去了他在学校的大部分义务，让他能够从事诗歌创作。这跟托马斯·曼所指的“铁腕式的领导”估计不是一回事。“这类学校的气氛和空气”还是不适合他，克劳斯·曼写道。他在这所寄宿学校里“不能有感而发地去创作，就像我平时所能做的那样”。他还说，不知道能否找到一处让他“完全觉得宾至如归”的地方。“不管在哪里，我都将是一个陌生人。”[20]

克劳斯·曼回到了慕尼黑的父母亲家中，弟弟戈洛刚刚离开。留级后，戈洛在慕尼黑上了一年的老实验文理中学。成绩上来了，但想要跟家里保持距离的愿望非常强烈——他在家里感到不舒服。1922 年打算把克劳斯送进萨勒姆王宫寄宿学校而无果时，母亲就想到了儿子戈洛。当时她写信给托马斯·曼，说跟同龄人共处，学生必须参加体育锻炼和手工劳动，这对戈洛来说“非常合适”。[21]在克劳斯上私人辅导课，准备在慕尼黑的一所文理中学参加毕业考试之际，卡蒂娅·曼于 12 月带着戈洛坐车去萨勒姆，把戈洛介绍给校长。库尔特·哈恩接受了曼家的这个儿子。1923 学年开始时，戈洛·曼搬进了王宫北楼的一间简陋的房间，跟九个同学合住。每天除上文化课外，他现在还有体育课、车间和农业劳动课、野外游戏、备战运动以及骑车和徒步郊游等。对这位诗人之子来说，这是一个全新的世界。戈洛立刻喜欢上了它。

托马斯·曼想方设法通过写文章和举办作品朗读会在国外挣钱，这些外汇不像德国马克那样以脱缰野马似的速度在失去价值。相反，对艾丽卡和克劳斯·曼来说，1923 年的超级通货膨胀是一次巨大的冒险。他们交上了泰奥多·吕克（Theodor Lücke）这位朋友，此人是外汇投机商，比艾丽卡大 5 岁，通过 / 022

投机钻营从这场巨大的危机中获利。艾丽卡和克劳斯，还有聚斯金德、里奇·哈尔加藤以及一位新的女性朋友，帕梅拉·韦德金德（Pamela Wedekind）——已故诗人弗朗克·韦德金德（Frank Wedekind）的女儿，跟吕克一起去慕尼黑最贵的餐馆吃饭，去最豪华的夜总会狂欢，掏钱的是吕克。为了了解首都的夜生活，他们还旅行去了柏林，却告诉父母亲，他们去图林根（Thüringen）徒步旅行。[22] 这两个大孩子的所作所为自然还是没能瞒过家长太久，而且知道的还有其他人。伯伯海因里希夫妇有个 7 岁的女儿，他们苦口婆心地劝说艾丽卡和克劳斯。托马斯·曼感谢兄长及嫂子“帮助教育这两个没有理智的混账孩子。但愿随着时间的推移，上帝能够唤醒他们的理智”。[23] 此时此刻，曼家的老大和老二对政治既无感觉也无兴趣，他们看不到经济危机和货币贬值对百姓来说犹如釜底抽薪般的打击，而人们对国家的信任也遭受了持久的伤害。

*

在新的一年里，曼氏一家人要再一次适应没有母亲的生活。卡蒂娅·曼病了，和过去几年时常发生的情况一样，医生把她送进了一家疗养院。在慕尼黑的家里，用人们照看着日常的生活，做饭做菜看孩子，尤其是 5 岁的伊丽莎白和她 4 岁的弟弟米夏埃尔。艾丽卡·曼负责监督，同时准备中学毕业考试。跟往常一样，父亲很少离开他的书房。

1924 年 2 月 1 日，卡蒂娅·曼从达沃斯的克拉瓦德疗养院（Sanatorium Clavadel in Davos）写信回来。她写道，疗养院的医生昨天给她作了检查，肺部完好无恙。但医生说，从“预防”的角度来看，来这里是对的，她身体虚弱，医生估计是“精神原因”造成的。医生要她逗留四到六个星期，强身健体，增加体重，接受新鲜空气卧疗法，散步。一般情况下，卡蒂娅·曼在疗养院逗留期间会进入思考状态。她有时会写信抱怨丈夫，说他太少写信，连她写的信也不好好读。1920年10月，她甚至向托马斯·曼提出过一个问题，即自己把一生“彻底地扑在你和孩子们的身上，到底是不是个错误”。[24]这一次却完全两样。卡蒂娅·曼开心地讲述了所吃的美味佳肴，还有为“肺痨病因”举办的一次别开生面的音乐会，其中有几个人是躺在担架上被抬进大厅的。[25]她唯一担忧的只有一件事：“但愿阿西（Aissi）能基本顺利。”她指的是克劳斯上的私人辅导课，家里人还用乳名“阿西”或“艾西（Eissi）”来称呼克劳斯。“要是阿西看到花了这么多钱而稍稍有点责任感的话，那就好了！”[26]

3月初，这一希望也化为泡影。托马斯·曼写信告诉妻子，克劳斯坚决拒绝继续学下去。他这辈子再也不想进学校了，一天也不去了。当父亲的感到无法让克劳斯改变主意，已经解聘了私人老师。“要是我的话也会这样决定，”卡蒂娅·曼从达沃斯回信说，“这孩子如果一百个不情愿，那就没有必要去参加中学毕业考试，且不说他也不可能通过。他毕竟最后努力了一次，动机不错，虽然失败了，我却不觉得有多糟糕，当然，我在精神上早已对此作好了准备，这你可以想象得到。”[27]

相反，艾丽卡·曼于1924年复活节顺利通过了毕业考试。不是凭借学习和成绩，而是以气质与幽默来通过这一关，这是她打的算盘，居然大获成功：在她的毕业文凭上，拉丁语、法语、英语、数学、物理和化学的分数全都是“差”——就凭这样的成绩，学校竟然能证明她“有能力去上大学”，这真是慕尼黑的一个秘密。[28]不管怎么说，艾丽卡·曼非常开心，打赢了“这场不落榜之战”。她不久便搬到柏林，在著名的马克斯·莱因哈特（Max Reinhardt）的演员学校学习。艾丽卡在5月从首都给女友洛蒂·瓦尔特的信中写道，幸福地闯过了“令人作呕——作呕——作呕——作呕的毕业考试”，“现在，我在这里快活得像个神仙。上大学，搞摄影，秋天在德意志剧院忙活——演些难看的不起眼的角色——但不管怎么说，好歹也是个角儿呀”。[29]

艾丽卡·曼从路易森文理中学毕业后不久，她妹妹莫妮卡不得不离开了该校。是何原因，人们所知甚少。或许是她跟一名男老师走得超乎寻常的近。后来，莫妮卡在她的回忆录中写道，是他把她引诱至“非许之地”的，[30]但这种说法并未能扫除有关的疑团。到6月将满14岁的莫妮卡在慕尼黑圣安娜女子文理中学上了几个月的学。她的成绩糟糕透顶：宗教、德语、英语、地理、算术、自然和物理课得了“差”，历史和速记课甚至“不及格”。好在唱歌得了个“优秀”。[31]到了秋天，卡蒂娅·曼替莫妮卡在萨勒姆报了名。“你生气了吗？”艾丽卡写道，她现在越来越深得母亲的信任，“我当时那么竭力地反对你把莫妮卡送到萨勒姆的建议，也实在是太过分了。”艾丽卡·曼列举的理由肯定是，这所寄宿学校男女生混合，鉴于之前发生的事情，这里对妹妹不会太好。母亲对此的看法却不同。一处地方的精神面貌和气氛很重要，像萨勒姆这样“道德高尚而无情色气息之地，男女生一起上学所面临的危险不会太大”。卡蒂娅·曼认为，莫妮卡的哥哥戈洛对这所寄宿学校非常满意，而莫妮卡也必须离开家里一段时间，前些时候莫妮卡是那般“暮气沉沉，令人不爽”。卡蒂娅·曼还说，路易森文理中学的校长曾经吃惊地讲过，两个姐妹怎么会这等不同。按照“洞察一切的曼”的说法，莫妮卡有时候“水平最多跟女仆差不多”。[32]

克劳斯·曼一分钟也不想再耽搁。辍学以后，他原想立刻去柏林，要当舞蹈家，要当演员，当然还要当作家。他朝思暮想地要去冒险，想要成名。5月，他的处女作——一部短篇小说在一家报纸上刊印出来。6月，他跟帕梅拉·韦德金德订婚。这时，父母亲踩了刹车。他们觉得这个17岁的儿子太不成熟，不想放他到野蛮的首都去，那里充满了政治斗争，更别提纸醉金迷的夜生活；大女儿艾丽卡在那里生活就已经让他们耿耿于怀，但是，她虽然什么荒唐的事情都干得出来，生活能力却极强。他们要克劳斯先去海德堡一段时间，到新堡（Neuburg）修道院去，父亲的一位熟人在那里当院长。他可以在那里静思冥想将来想干什么。克劳斯答应了，踏上了旅途——不久便坐车去了汉堡，在那儿待了几天。他跟在山地学校结识的格特鲁德·费斯（Gertrud Feiß）一起尽情地享受圣保利（St.Pauli）的夜生活，钱是费斯通过欺骗手段为他们俩弄来的。[33]克劳斯迷上了一个年纪不大的漂亮鼓手，跟他“约会”。他是同性恋，在奥登瓦尔特学校曾恋上同学乌托，而这并非只是青春期的行为，对此，克劳斯此时已经非常清楚。虽然他已订婚，这对他来说不是问题。一般人普遍认为同性恋“变态”，同性恋行为会受到惩罚，这一切似乎也没有让他感到窘迫。在写信给姐姐艾丽卡时，克劳斯毫不掩饰地叙述跟那位鼓手的各种体验，还有在汉堡的其他各种冒险经历。最让他刻骨铭心的，是他这位女性朋友卖淫时的那种泰然自若。他还写道，他的这封信不要随随便便敞开放着。这封信肯定会给人以“毁灭性的印象。我可是好人家的孩子”。[34]

儿子迫切地要去柏林，当父母的也阻止不了。原本说好要在海德堡待一段时间，结果比原计划缩短了很多。克劳斯·曼于9月去了柏林。卡蒂娅·曼的双胞胎弟弟克劳斯·普林斯海姆（Klaus Pringsheim）是莱因哈特剧院的音乐指挥，他答应照顾这位外甥，替克劳斯在《12点午报》（*12-Uhr-Mittagsblatt*）谋得了一个戏剧评论员的差事。经普林斯海姆的安排，著名的《世界舞台》（*Weltbühne*）杂志出版人西格弗里德·雅各布森（Siegfried Jacobsohn）读到了克劳斯·曼的几篇文章。这位舅舅把那些文章交给雅各布森，却没告诉他作者是谁。这位出版人读后觉得很好，想在《世界舞台》杂志上刊登这些文章，但不署名，就像普林斯海姆所建议的那样。可是克劳斯·曼坚持要署名。[35]发表匿名文章怎么能成名呢？

艾丽卡·曼的耐心也好不到哪里去。刚开始上表演课，她就希望出演主角了，而且是要在柏林德国剧院当年引起轰动的萧伯纳（George Bernard Shaw）的话剧《神圣的约翰娜》（*Die heilige Johanna*）里，这是该剧德语版的首次公演。艾丽卡拿到了一个跑龙套的角色。父亲好言安慰，言语中夹杂着对女儿的急不可耐的一丝不理解。“想演约翰娜的想法当然不错，但还是早了点。”他认为，只要艾丽卡继续勤奋练功，努力学习，那么这样的角色不久便会“从天而降”，落到她头上。[36]对于这类建议，艾丽卡听不进去。在她看来，在柏林的发展实在太慢了，上课她觉得无聊，别人分配给她的跑龙套角色她很不满意。

托马斯·曼的《魔山》终于写完。慕尼黑家中的喜庆气氛却因为最小的两个孩子生病而蒙上了一层阴影。两个孩子都必须动手术摘除盲肠。5岁的米夏埃尔已经出现了炎症。托马斯·曼原打算等这部长篇小说脱稿后去度假，带上妻子和6岁的小女儿伊丽莎白。要把米夏埃尔放在家里交给保姆照看。现在他们可能不得不带上米夏埃尔而不是伊丽莎白了，托马斯·曼有点不太高兴地写信告诉艾丽卡。“但愿马上就来一场冰雹。”[37]父亲不喜欢他的小儿子。“我一再确认，我对我们的幼子有一种陌生、冷淡，可以说是厌烦的感觉”，他在日记里写到米夏埃尔时如是说，当时孩子还不到一岁，而那些年的日记本保留下来的很少。[38]相反，伊丽莎白是他的“小宝贝”，从一开始就受到宠爱；“从某种角度来说，她可以说是我的第一个孩子”。[39]对于四个大孩子，作为父亲的他情感也是有偏袒的。托马斯·曼曾经写道，他再次确信，“在六个孩子中，我更喜欢老大、老二，还有伊丽莎白，其程度之强烈非常少见”。[40]喜欢谁，不喜欢谁，他不隐瞒，孩子们也心知肚明。卡蒂娅·曼10月写信给艾丽卡，说两个小的已经出院了。伊丽莎白［小名“麦迪（Mädi）”］恢复得相当不错，米夏埃尔［小名“比比（Bibi）”］还相当虚弱。父亲——孩子们管他叫“魔术师”——已先行乘车去了意大利。她不日将带上两个最小的前往那里。“在这种情况下要是只带麦迪去，那也太没心没肺了，魔术师也这么看。”[41]

11月，托马斯·曼的《魔山》出版，讲的是一个关于汉堡商人之子汉斯·卡斯托普（Hans Castorp）的故事。卡斯托普去达沃斯的一家肺病疗养院探望病中的表兄弟，结果落入了疗养院的封闭世界，一待就是七年，直到第一次世界大战的“隆隆炮声”把他从瑞士的山上“轰”回人世。这部长篇小说取得了空前的成功，许多读者和大部分批评家都认为这是一部鸿篇巨制，无愧为《布登勃洛克一家》的后续之作。有些人则认为小说过于冷漠，有太多编排和剪接，一句话：太摩登了。恰恰是这一点却又让其他一些人跟托马斯·曼冰释前嫌。瓦尔特·本雅明（Walter Benjamin）在一封信里写道：“我曾像痛恨少数几个政论家一样地痛恨曼这家伙，他的最新一部长篇巨作《魔山》我碰巧看了，这本书甚至让我跟他心心相印。”[42]圣诞节时，卡蒂娅·曼的母亲海德维希·普林斯海姆（Hedwig Pringsheim）告诉一位女友：“我女婿的名望现在达到了巅峰状态，这你大概知道吧。他取得了一个又一个的成就，其地位不仅在文学上，而且在整个世界都闪烁着光芒，卡蒂娅正沐浴着这一光芒。她经常陪伴他去旅行，参加为他举办的各种授奖仪式。”海德维希·普林斯海姆还补充说，卡蒂娅和托马斯·曼在婚后之初的几年曾经在经济上得到富裕的普林斯海姆一家的大力支持，现在他们自身已经非常富有了。他们刚买了一辆汽车，“够豪华的”。[43]她还顺便提到：从现在起，在猜测诺贝尔文学奖候选人时，托马斯·曼每一年都是热门人物。

克劳斯·曼的第一部文学作品问世：话剧《安雅和埃斯特》（*Anja und Esther*）。他没有像父亲那样需要数年的时间，而是在过去的几个月里一蹴而就，同时还写了戏剧评论、短篇小说以及他的首部长篇小说。话剧描写了一拨年轻人的爱情与各种希望和渴求，这些年轻人生活在一座偏僻的修道院里，让人想到奥登瓦尔特学校。母亲读了手稿。她在给艾丽卡的信中说她很喜欢作品的“艺术水准”和“气氛”，“许多对话”“细腻而上口”，“要是演出水平很高，效果也许能出得来”。她承认，剧中的“年轻人”和“氛围”对她来说“太过病态”，“而最让我感觉不舒服的，是埃里克（Erik）这个人，他作为对比人物，面对远离尘嚣和不健康的修道院原本代表的是生活，结果也是一个变态的马戏团女骑手的儿子，吸可卡因，除了踢踏舞和夜酒吧之类的事物外，对生活一无所知”。[44]该剧的“氛围”她不喜欢，具体说就是：吸毒、同性恋的氛围和年轻人对堕落表示的同情；比这更让她不爽的是，她会想到曼氏家族的文学作品大多是建筑在作者本人的经历与观察之基础上的。

*

戈洛·曼在萨勒姆寄宿学校很快乐。他已经适应了体育和军事训练课程。对他来说，集体和他在这一集体中找到的位置十分重要；倒不是作为一个天分不高、在丙级队打球的曲棍球运动员，而是作为一名知识分子，他周围聚集了一批志同道合者，探讨哲学与政治问题。

萨勒姆学校的准军事性质十分明显。库尔特·哈恩是名死硬的反民主人士。他想在他的学校培养一批精英分子，他们将洗尽“凡尔赛的耻辱”，重建德国的伟大与光荣。即便因此可能会跟法国爆发一场新的战争，他也在所不惜，还让他的学生为此作准备。对作为教师和个人的库尔特·哈恩，戈洛·曼非常尊重；在政治上，戈洛却是个坚定的反对派人物，反对学校及其校长的民族保守精神。即将年满16岁的戈洛自认为是社会主义者，也是和平主义者，赞同在寄宿学校里也建立民主结构。1925年2月，他策划发动了一场造反运动，反对学校行使学生共同决策权的形式。那时候只有部分学生，即“学生组织的成员（Farbentragende）”，才能获得不同的职务和各种优待。学生组织通过增选成员来扩大，由校长监督并操控。戈洛刚被接纳进去，就批评这种方法不民主，也不公正，要求改变现状并赢得了不少支持者。学校里一片混乱。此时，库尔特·哈恩尚在柏林，正同马克斯·冯·巴登亲王一起撰写当帝国首相的回忆录。哈恩费了九牛二虎之力才遥控将戈洛的“政变”控制住，他答应实行改革。哈恩说的当然不是民主改革。他写信给一名学生说，“萨勒姆是反对现今德国的阵地”。该学校“肩负着抵制衰亡的责任”。[45]作为抗议，戈洛宣布退出学生组织，对此，这位校长气愤地作出了反应：他写信给戈洛，说他这样做根本就不是为了这件事，戈洛不过是想抬高自己而已。一拨学生在复活节要去意大利，戈洛也想参加，对此，哈恩作出决定，不允许他跟着去。“现在让这个好激动、神经过于紧张的小伙子经历南国意大利的氛围，我觉得是一种犯罪。”[46]哈恩真的气疯了。他的校园王国对他来说十分神圣，容不得反抗。相反，在校的成绩和分数在萨勒姆王宫学校并不那么重要。学年结束时，戈洛·曼在“至关重要的几个专业”拿了四个“差”，卡蒂娅·曼这样写道。但他还是被允许升到高一年级，尽管是“察看性的”。[47]

总统去世了，托马斯·曼曾在关于共和国的演讲里称他为“父亲艾伯特”。[48]弗里德里希·艾伯特曾经跟共和国的敌人，尤其是右翼极端分子交恶并遭到后者的迫害，最后卷入了一场荒诞无稽的叛国案官司，不仅令他身心憔悴，而且拖延了一次腹部手术，年仅54岁的他于2月28日撒手人寰。托马斯·曼在《法兰克福报》（*Frankfurter Zeitung*）上撰文，赞扬这位总统是一位“宽容、冷静和深思熟虑的钢铁汉子”。他特别强调了艾伯特所起到的重大作用。但是，对总统在魏玛民主制度跟其敌人所作的斗争中和在稳定经济与货币方面作出的突出贡献，托马斯·曼均只字未提，而1923年的巨大危机正是由于艾伯特的策略才在这一时刻得以克服。托马斯·曼的悼文虽然充满了友情，却表露了一种悲观的距离。这在一个段落里表现得十分明显：托马斯·曼谈到“第一任总统性格里的小市民特征”。他还写道，社会民主制度“只有跟更高尚的精神德国接轨”，只有“卡尔·马克思读过了荷尔德林（Hölderlin）”，[49]才能够从总体上完成其民族使命。托马斯·曼还没有彻底地跟这一新型国家及构成其政治基础的那一切和解。《法兰克福报》删掉了这一段落。

卡蒂娅·曼去柏林看望她的两个大孩子。在柏林逗留期间，恰逢为弗里德里希·艾伯特举行公开葬礼。在拥挤的人群里，她虽然不可能确认什么，但人们对总统去世所表现的哀悼给她留下了深刻的印象。她写信给丈夫说："真让人感动，到了夜晚，所有仪式结束后，人们站在运河的一座座大拱桥上，宛如一道城墙，目送艾伯特最后一次乘车过去，乘着一列专车驶过一座座铁路桥。""令人作呕的右翼报刊"对所谓的"骄奢葬礼"感到气愤，对此，卡蒂娅·曼写道："那又该怎样安葬国家元首呢，倘若他不是这样一位杰出人物的话？"她还补充道，她一直在想："你在《法兰克福报》上的文章在结尾时过于平淡。"[50]

克劳斯·曼写呀写呀，在完成他的话剧处女作后还在不停地写：短篇小说、戏剧评论，还有他的第一部长篇小说。他已经找到了一位出版商，愿意出版他的一部短篇小说集：汉诺威的保罗·施特格曼（Paul Steegemann）。施特格曼出版社于1924年10月在行业杂志上通过一则广告宣布出版此书：不久将出版克劳斯·曼的短篇小说集《在生活面前》（*Vor dem Leben*），这位"托马斯·曼17岁的儿子"将以此证明，"他不仅仅是一个伟大名字的继承人。他虽说年轻，却是一位诗人"。为了人们不至于忽略主要的信息，关于该书的广告还用很大的字母写着："托马斯·曼的儿子"。[51]

克劳斯·曼后悔跟施特格曼出版社签订了一份出版合同。打着父亲的牌子做广告，他倒不觉得这有什么不妥。1924年圣诞节，父亲送给他一本《魔山》并在书页上写道："献给我非常尊敬的同行——他满怀信心的父亲。"这个个人题词不久就被克劳斯·曼用来为自己做广告。他不觉得会惹太多的麻烦。尽管如此，他还是想跟施特格曼出版社解约。此间，汉堡的恩诺赫出版社（Enoch）给了他一份更优惠的合同，包括高额的预付金。在施特格曼出版社已经开始排版时，克劳斯·曼宣布，他不能信守合同，说他父亲不允许他发表这一作品，并请求出版社理解他不能违抗父命。克劳斯说出版社肯定知道，他尚未成年，所以合同上的签字不具法律效力。像施特格曼这样的小出版社不想跟大名人托马斯·曼过不去，咽下了这口气，白花了生产费用，忍受着出书未果的尴尬。[52] 不久，即1925年初，《在生活面前》一书在恩诺赫出版社出版。

克劳斯未婚妻帕梅拉的妹妹卡蒂佳·韦德金德（Kadidja Wedekind）突发灵感，写了一首题为《克劳斯·曼》的诗：

这就是那个
能书会写的曼
虽然他父亲也在写
虽然父亲脑袋很灵光
还是开动自己的小脑袋瓜！

这是一个曼①
却不是一个男人
他打扮得像个女人。
噢你们这些出版商呀
他骗起你们来可是没商量
笑起来又是那般楚楚动人。[53]

① Mann在此处有双重含义：既是姓，又指男人。

德国将选举一位新总统，要选的是弗里德里希·艾伯特的继任者。卡蒂娅·曼写道，她的女佣们宣布，“无论如何都不参加”此次选举，“因为这个国家没有为其国民尽心尽力”。“这些妇女”到底希望国家做些什么，她不知道，卡蒂娅在给丈夫的信中继续写道，“或许国家本该有责任给她们配备全副金假牙”。她本人投了中央党候选人威廉·马克斯（Wilhelm Marx）一票。[54] 包括社会民主党在内的中左翼政党统一意见，派马克斯竞选第二轮，而右翼政党同样选派了一个共同的候选人参加角逐：它们说服了保罗·冯·兴登堡（Paul von Hindenburg）接受提名参选——滑稽的是，选举法竟然允许第一轮没有参选的候选人参加第二轮选举。托马斯·曼在一篇题为《拯救民主！》（*Rettet die Demokratie!*）的文章里发出强烈警告，不要选举这个在第一次世界大战中担任德国军队最高指挥官的人，文章在多家报纸上发表。“这位候选人带来的后果将是灾难性的，这一点毫无疑问。”托马斯·曼写道，这位陆军元帅“会将这个国家重新带回一种混乱、骚动和内部纷争的局面——一种幸好似乎已经被克服了的局面”。他还写道，“要是我们的人民放弃选举一位过气的勇士的话”，他将为“人民对生活与未来的直觉”感到自豪。[55] 对政党民主制度充满蔑视态度的兴登堡以微弱多数当选为总统，时年 77 岁。

克劳斯·曼呢？无聊至极。他这时 18 岁，他供稿的报纸把这位新人派往柏林郊区的话剧舞台，而不是去采访重大的首演。他干了几个月，然后请了假，用预付金去旅行。第一站是伦敦，克劳斯·曼不会说英语，好在聚斯金德也在那里。他接下来前往巴黎，钱用完后，又找到了另一种资助旅行的办法。克劳斯让汉斯·费斯特（Hans Feist），一位年纪较大的犹太富商和戏剧爱好者来供养，费斯特是他和艾丽卡在一年前认识的。费斯特因口齿不清被姐弟俩称作“迷雾”，他爱上了克劳斯，资助了两人的一次共同旅行，从巴黎到北非，共计两个月。这位长者和情人跟寻找冒险与自由的年轻人的关系，包括他们俩在经济和情色上的依赖关系非常尴尬，对文学创作却十分有利。克劳斯·曼毫不迟疑地在其第一部长篇小说里采用了这一素材。

在此期间，父亲读完了克劳斯·曼的短篇集《在生活面前》。《父亲笑了》(*Der Vater lacht*)是其中的重头戏，讲述了政府某个部的一位名叫泰奥多·霍夫曼(Theodor Hoffmann)的处长跟女儿库尼贡德(Kunigunde)的关系。霍夫曼是个鳏夫，从外表来看，是个冷冰冰的特立独行者。父亲和女儿相互间非常陌生，对此，两人都痛苦不堪。直到他们俩开始乱伦关系以后，这种距离才得以克服。小说的结尾是一阵哄堂大笑。托马斯·曼——以前孩子们叫他“皮兰因(Pielein)”——在给女儿艾丽卡的信中写道：“我怀着浓厚的兴趣读了小克劳斯的书，许多情节都很奇怪。但这个诚实的人患有严重的皮兰因综合征及其他病征。”[56]

*

6月6日，托马斯·曼50岁。在慕尼黑的老市政厅举行的隆重庆典上，他的兄长海因里希发表了一篇感人肺腑的讲话，回忆在吕贝克的童年时代所过的那些生日。后来，托马斯·曼写道，这篇讲话“不仅仅让我感动得潸然泪下”。[57]除海因里希·曼外，年轻的表现主义作家汉斯·约斯特(Hanns Johst)也在场，托马斯·曼非常欣赏并提携他。托马斯·曼在1920年写信给他，说“我非常爱你。你代表着青春、勇敢、极端主义和最强的现实”。[58]卡蒂娅·曼于两年后结识了这位诗人并在信中给艾丽卡和克劳斯介绍了他。约斯特是“一位可爱、情感丰富和热心的人，在立场上非常适合父亲”。[59]之后不久，约斯特对托马斯·曼就共和国所作的表态感到气愤，并公开批评了这位大师。但两人并没有绝交。借托马斯·曼50岁生日之际，汉斯·约斯特积极加入了表示衷心祝福的行列。

为祝贺托马斯·曼的生日，费舍尔出版社发行了一本《新评论刊》(*Neue Rundschau*)专辑。年初，他亲自为这本专辑写了一篇短篇小说《无秩序和早先的痛苦》(*Unordnung und frühes Leid*)。小说描写的年代是1923年战后通货膨胀时期，叙述了一位中产阶级的历史学教授家里发生的风风雨雨。阿贝尔·柯奈利乌斯(Abel Cornelius)有四个孩子，两个已快成年，两个小的还是上托儿所的年纪。老大贝尔特(Bert)和老二英格丽特(Ingrid)造中产阶级家庭的反，反对父母所代表的旧价值观。他们四处捣蛋，不听话，不讲礼数，代表着一个新的世界，一个混乱、不安全、没有秩序的世界。当教授的父亲迷恋旧世界，他是历史学家，热爱历史，只因为这些历史成了过去，而且过去得越久越好。18岁的英格丽特被描写为一个“非常妩媚动人的姑娘”，面临中学毕业考试，她“可能会”参加考试，“虽然只是因为她把那些老师，尤其是校长弄得神魂颠倒，对她绝对的宽容”。她“笑容可掬”，“声音甜美”，“有一种特别的、令人愉悦的滑稽模仿天才”，所以要去演话剧。相反，小一岁的贝尔特“打死”也不要从中学毕业，而是要成为“舞蹈家或卡巴莱小品剧①朗诵演员或跑堂的”，“要跑堂就一定要在开罗”。父亲公

① 卡巴莱小品剧为一种滑稽、幽默的舞台小品剧。

开承认的宝贝是5岁的女儿洛尔欣（Lorchen）。柯奈利乌斯不太喜欢4岁儿子“复杂的男子气质”，觉得他是条“好咬人的恶犬”。这个儿子生来“情绪不稳定，好激动”，“容易暴怒，发火跺脚，芝麻大点事也会绝望地痛哭流涕，仅仅因此就需要母亲的特别关照”。[60]

小说描写英格丽特和贝尔特在自家的房子里举办的一个庆祝会。年纪小小的洛尔欣在跳舞时爱上了大哥大姐的一位男性朋友。爱情的不幸对她打击很大，后来，那位年轻小伙子来到她的童床边看望她，安慰她，她才安静下来。父亲因为没能为女儿解除痛苦而苦恼；但更让他感到苦楚的是，现在就体验到了那种苦痛——那种有一天因为另一个男人而要失去洛尔欣的苦痛。

这篇小说在叙事时设身处地，幽默感强，轻描淡写，但绝不是一部可以小觑的作品，它把许多种因素交织在一起：一个中产阶级家庭及其所面临的各种困境，几代人的冲突，当代历史及其翻天覆地的变化和“杂乱无章”的关联。阅读这类小说需要有距离，不带偏见。这部短篇在曼氏家里却引发了不安和怒气。小说带有强烈的自传体色彩：小说里的四个孩子显然是自己孩子的写照，一览无余，只是中间少了一个；两个大孩子的恶作剧，各种打算和冒险；父爱的偏倚；就连伊丽莎白—洛尔欣的儿童恋也有个现实的版本。托马斯·曼想把这篇小说献给他的朋友、“宝贝女儿”伊丽莎白的教父、日耳曼语言文学学者恩斯特·贝特拉姆（Ernst Bettram），后者却以他“出卖孩子们”为由予以拒绝。[61]感觉最强烈的是克劳斯·曼。贝尔特的形象深深地伤害了他。小说对他的各种生活规划冷嘲热讽，但与此相比，小说中的父亲对他的评价更伤了他的自尊心。这位父亲把大女儿的朋友跟自己的儿子进行对比，认为儿子“不安分、嫉妒和丢人”。其他所有的年轻人都是那么勤奋，可相反，“我可怜的贝尔特啊，他什么都不懂，什么都不会，一心只想着演小丑，虽然就连这么一点天分他也没有”。[62]克劳斯悲愤地向艾丽卡控诉“魔术师的小说犯罪”。[63]

此前不久，保罗・戈黑普给托马斯・曼寄来一封信，谈的是克劳斯・曼的文学处女作——《在生活面前》中的一个短篇。克劳斯在题为《老家伙》(*Der Alte*) 的小说中描绘了一位校长，他猥亵他的女学生，在他的房间里拥抱、亲吻和抚摸她们。这个老家伙一脸的大胡子，身穿短裤，明显是以保罗・戈黑普为原型。这位奥登瓦尔特学校的校长大发雷霆，说这是“对我人格的极大侮辱，用心险恶”。克劳斯・曼离开学校后还一直跟戈黑普保持联系，给他写信，还来学校拜访他，感谢校长曾经赋予他的自由，让他获得勇气。现在，戈黑普给父亲写信，说他“再也不想见到您的公子克劳斯了”。他请父亲转告克劳斯，“不允许他再次踏进奥登瓦尔特学校的校园”。[64]托马斯・曼回信说，他不能表示多少道歉，只能作点解释。克劳斯平时在谈到戈黑普时总是充满敬意，所以肯定没有要损害戈黑普形象的意图。克劳斯本“以为，可以将现实中的深刻印象跟虚构的人物在艺术上融为一体，却没有弄清楚，这种做法对他人会造成何种伤害”。他将跟儿子“非常严肃地谈论这件事”。托马斯・曼写道：“您可以从这件事看到他那种行为艺术家的天真，即满怀虔诚地把书寄给您，或许还在指望您的表扬呢。”克劳斯这么描写人物当然“肆意妄为”，但是奥登瓦尔特学校和戈黑普本人肯定不会因为一个显然还很不成熟的文学青年开个滑稽的玩笑而受到伤害。整本书都贯穿着相似的情调，即“不断地从现实滑向怪诞、幻想和非现实的丑陋”。这位当父亲的还补充道，他本人对“克劳斯的整个发展都不那么认可”，为他操过很多心。托马斯·曼说：“我对他发表作品基本上也是敬而远之，我的参与形式就是不阻止他发表作品。”结尾处，他有点儿听天由命地写道：“让年轻人走自己的路，能走多好就多好。”[65]两年前，托马斯·曼曾经建议戈黑普在跟他儿子打交道时要使用“铁腕”，显然，他本人已不再信奉这样的做法了。

两周后，克劳斯·曼自己写信给保罗·戈黑普。信中写道，给父亲的信他读了，戈黑普没有直接写给他，让他很是伤心。戈黑普的信“口气很严厉，因受到侮辱而侮辱别人，且缺乏理解”。小说《老家伙》表达的不过是“梦想与鬼魂的幻觉”，其中出现了“您的胡子，您的眼神，您的脸部表情”。克劳斯·曼还写道，虽然戈黑普因把信写给父亲而出了“洋相”，“我还是以敬重的心情怀念您”。[66]作为教育家，戈黑普让了步，压下怒火，容忍了克劳斯又一次的放肆行为，收回了禁止踏进学校的禁令和中断关系的威胁，却没有忘记再一次规劝他的这位昔日弟子：“亲爱的克劳斯，您必须认识到，您的所作所为是不负责任的，您必须明白，一个作者也要对产生的各种影响负责任，虽然并非有意为之，却又是如此明显，显然要算到作者的头上，就像这起事件一样。”[67]

艾丽卡·曼对在莱因哈特剧院出演不起眼的角色不满意，决定中止在柏林的学习和活动，转赴不来梅（Bremen）。她打的算盘是，宁愿在名气不太大的剧院出演比较重要的角色，也不要
/ 038
在首都继续跑龙套。父母一方面很高兴女儿离开柏林——这个不受人待见、在他们看来很危险的地方；另一方面，他们对大女儿缺乏耐心心存不安，更何况她在不来梅同样没有感到快乐，抱怨这个城市和演出的剧目。她会在那里“扎下根的”，父亲在8

月这样安慰女儿，然后谈到自己的工作——日前刚写完的一篇题为《论婚姻》（*Über die Ehe*）的政论文章：“文章写成了长篇大论，极具道德水准，从原则的高度对同性情爱进行了分析与探讨，哎呀，哎呀。米兰因（Mielein，卡蒂娅・曼的昵称）非常喜欢。”[68]信中以明快的语调透露了三重奇怪的暗示：一篇关于婚姻的文章为什么要探讨同性情爱这一问题？这为什么偏偏要让母亲“米兰因”喜欢？在父亲给女儿的信中为什么要谈这样一个非同寻常的问题？

托马斯・曼在文章中阐述了一种有别于同性情爱的婚姻理论，同时在字里行间透露了他本人的解释，究竟为什么走进了婚姻殿堂：告别其同性恋的倾向，走向普遍为世人所认可的中产阶层生活方式。托马斯・曼写道，婚姻象征着忠诚、家庭与生活，同性情爱则意味着“放荡不羁、漂泊流浪、反复无常和没有道德”，也代表着“无繁衍力、前途无望、不计后果和不负责任”。[69]卡蒂娅・曼“喜欢的”，正是对婚姻的这一表白。在结婚后的最初几年，她逐渐明白了丈夫那些隐秘的倾向和渴望，不管是在其作品中的明确信号——最迟是在小说《死在威尼斯》里，还是通过其他方式，反正她跟丈夫不知在什么时候谈过这些事。根据托马斯・曼 1918~1921 年的日记记载，对托马斯・曼在日记里多次提到其性取向的问题，卡蒂娅知道得一清二楚，日记里还写到在床第之欢时一再出现的“无能”，还有他对妻子表示理解的感激之情，说她“对爱情忠贞不渝，如果始终挑不起我的兴趣，情绪也不会败落”。“面对这种情况，她的冷静，她的爱，她的泰然处之，真叫人赞叹，”托马斯・曼写道，“这样，我也就不用自惭形秽了。”[70]卡蒂娅・曼是否真的像他所描述的那样，就这么简单地接受了这一事实，且另当别论。但托马斯・曼公开拒绝同性情爱，至少在生活的实践中加以拒绝，他宣布婚姻为最本质的，是造福于社会的，并把婚姻当作对生活的肯定来颂扬，这些话她爱读。对于同性恋问题，家里不公开讨论，但也不是沉默不语：谈话中有隐喻，文学作品里有影射，还有给艾丽卡的信中那样的提示。

就在父亲公开表示拒绝同性情爱之际，儿子克劳斯却毫不掩饰他对男人的爱恋之情。正因为如此，柏林吸引着他：这里是欧洲同性恋的中心，有着宽容的警察局和许许多多的同性恋酒吧。尽管如此，克劳斯·曼也不得不小心行事。在社会上，同性恋还完全没有得到认可。“淫乱”是违法的，同性之间的爱情对大多数人来说是变态。性解放意味着此时可以在性科学范围内讨论下列问题：有一部分人认为，同性恋是一种疾病，也许可以治愈；较新的观点则认为，同性恋是人类生命中另一种自然的情爱形式。不久，家里就对克劳斯的爱情生活了如指掌。两位家长毫不知情的是，他们的女儿艾丽卡，多少男人钟情的美女，刚刚陷入了一场热恋之中——对象是她弟弟的“未婚妻”帕梅拉·韦德金德。

卡蒂娅·曼对女儿莫妮卡疑惑不解，虽然她作为寄宿学校的女生很少出现在父母家中。卡蒂娅写信给艾丽卡说，“我拿这孩子一点办法也没有”。[71] 两个月后，她向大女儿谈到了莫妮卡的一些新情况。库尔特·哈恩的母亲去了一趟萨勒姆，“对莫妮卡简直是推崇备至：在歌剧《费加罗》的演出中，她扮演苏珊娜（Susanna），不但唱得感人，演得也动人，莫妮卡已经出落成为一个小女人了。真奇怪！”尽管取得了这些成功，莫妮卡还是决定复活节时离开寄宿学校。母亲还写道，按戈洛的说法，萨勒姆的人“现在就已经对她离校”感到悲伤，卡蒂娅觉得很奇怪，为什么其他人对她女儿的印象跟她和艾丽卡的完全不一样。“看来，我们肯定是把莫妮彻底看错了。”[72]

1925年底属于克劳斯·曼。除短篇小说集《在生活面前》外，话剧《安雅和埃斯特》此时也已出版。小说集引起了广泛的反响。有些评论家认为，这些短篇过于病态，苍白无力，另一些人强调作品在修辞上的草率，还有一些批评家则提到作者的出身。按照不成文的行规，不要对一位作家的处女作穷追猛打，倘若不能唱赞歌，就不要发表评论，但这些都不适用于18岁的克劳斯·曼：出版社和作者所造的声势太大，还用父亲的名字来吸引人们的眼球。“儿子一咳嗽一吐痰跟他老子活脱脱一个样，要我们怎么想呢？”有个评论这样写道。克劳斯·曼的小说展示了一个“悲楚的内心世界，充满着感官刺激与毫无意义的行为。没有年轻人的作为，没有中规中矩的行动，没有奋力向上的努力；恰恰相反，小说里充满着赘疣般的、龌龊的东西，一种散发着金银珠宝气息的风格更是通贯全书。缺少的是个人性格；跟着托马斯·曼亦步亦趋，每头驴子都能做到”。[73]在这风口浪尖上，较为平和的声音几乎被淹没，这些评论认为，不管如何，这是一个天才的尝试，一个作家的起步，可以期待他会有其他作品，更好的作品问世。斯蒂芬·茨威格（Stefan Zweig）是著名的奥地利作家，对年轻作家一贯给予极大的同情与支持，他写信给克劳斯·曼表示鼓励。茨威格的信中有一句极具广告效应的话。不久，恩诺赫出版社打出广告，说克劳斯·曼是“新一代青年人中最有希望的”一个。[74]

在此期间，汉堡小型剧场的一位年轻戏剧行家满怀激情地找到了克劳斯·曼，想把《安雅和埃斯特》搬上舞台。按照现行计划，主要角色由作家本人、他的未婚妻帕梅拉·韦德金德——她这时一直渴望着走上舞台——和他姐姐艾丽卡来担任，另外还有那个汉堡演员古斯塔夫·格伦特根斯，他同时接手导演一职。该剧还要在慕尼黑演出。克劳斯·曼写信给艾丽卡说，“到处都有我的巨幅广告，我可真的出名了”。[75]为了出演安雅这一角色，艾丽卡·曼在不来梅请了假。10月22日，首次公演在汉堡举行。该剧洋溢着青少年青春期的激情，讲述同性恋爱的故事，努力将年轻一代的渴望与困境向世界呐喊，引起了轰动：年轻的剧作家是托马斯·曼的儿子，这位诗人的孩子们上台演出，更加上大胆的题材。演出的票房很好，评论则大多是负面的。戏剧评论大师赫伯特·伊贺苓（Herbert Ihering）在柏林看了演出后认为，该剧不过是舞台版的同性恋玛丽特①小说而已——如果放在今天，大概会拿“罗莎蒙德·皮尔彻（Rosamunde Pilcher）”②而不是玛丽特来作比较了。[76] 10月底，家喻户晓的《柏林画报》（*Berliner Illustrierte Zeitung*）把克劳斯和艾丽卡·曼跟帕梅拉·韦德金德的一幅照片刊登在封面上。全世界都在谈论这些“诗人的孩子”。

卡蒂娅·曼原本很想看《安雅和埃斯特》在汉堡的首演，却错过了机会。因身体欠佳，她不得不留在慕尼黑。报纸上大多是负面的评论，她都一一细读过了。“不管立场如何，个个都批评这出剧，也不奇怪”，卡蒂娅在给大女儿写信时如是说——主要是红灯区的氛围让她感到不快，这一点，她丝毫不加掩饰。“你知道，要是剧中的男女是在花园里漫步，我会更喜欢的。”好在大部分评论家的“调子都还算公允”。[77]父亲也开口了。他给艾丽卡写信说，根据媒体的报道，她“演得最好”。他本人跟母亲

---

① 指19世纪德国著名女小说家E. 玛丽特（E. Marlitt）。

② 20世纪英国著名言情女作家。

和小女儿、小儿子在慕尼黑看了《安雅和埃斯特》的第二轮演出，由其他演员接手艾丽卡和克劳斯在汉堡所演的角色。该剧的“某种青年和超青年的魅力”让他深受感染，托马斯·曼这样写道，这也是他从那时起“在任何人面前都要辩护的东西”。至于“新闻界的拒绝态度”，大概只能说“算不上特别”，虽然面对那些刊印出的或“乱打瞎棍、没有水平的匿名信”他“心里的滋味也不好受”。“但我并不因此而乱了方寸，我认为，即便这出剧原本不一定非上演不可，若以起步作品而论，它并不像大多数人那样做得那么糟糕。”[78]

克劳斯·曼身陷关于他个人及其话剧的纷争大潮之中，他写信给父亲，“几乎所有媒体的解读都充满着恶意、敌视和带有成见的歪曲”，这使他“很伤心”。[79]三天后，德国最著名的讽刺杂志《傻瓜》（*Simplicissimus*）① 发表了一幅尖刻的漫画，讽刺克劳斯·曼试图走出父亲的阴影。

克劳斯·曼的首部长篇小说《天真无邪的舞蹈》（*Der fromme Tanz*）于 12 月在著名的《文学世界》（*Die literarische Welt*）杂志上先行刊登出一部分，1 月正式出书。克劳斯·曼早在 12 月就给斯蒂芬·茨威格写信，感谢他为其短篇小说集所写的激励话语。克劳斯·曼说他的第一部长篇正在出版，问茨威格想不想为这部小说写评论，比如发表在《世界舞台》杂志上。[80]

*

新年伊始就伴随着不愉快。曼氏一家人在位于慕尼黑阿奇

① 又译作《西木卜里其西木斯》。

斯大街（Arcisstr.）的外祖父母普林斯海姆家里过除夕夜，就是那幢800平方米的宫殿，卡蒂娅·曼——曾经的卡塔琳娜·普林斯海姆（Katharina Pringsheim）——成长和生活过的地方，直到她21岁时成为托马斯·曼的妻子。数学教授阿尔弗雷德·普林斯海姆（Alfred Pringsheim）出生于一个德国犹太企业家

图2　漫画《托马斯·曼跟他儿子克劳斯》，Th. Th. 海涅作，1925年11月9日发表于《傻瓜》杂志

的家庭，家里在西里西亚（Schlesien）从事矿山开采而发了大财，这位教授的妻子颇具艺术鉴赏力，博学广闻，两人定期能见到女儿卡蒂娅一家，至少在周日总能在“阿奇斯”见面。托马斯·曼跟岳父母的关系不那么融洽。岳母出生于一个文学家庭，其父恩斯特·多姆（Ernst Dohm）曾是讽刺杂志《一地碎片》（*Kladdendatsch*）的主编，其母海德维希·多姆是名作家，通过小说为妇女的权益而斗争。当年，岳父母曾支持托马斯·曼向女儿求婚。岳母虽然偶尔讥讽托马斯·曼的“钞票”，却为她的“女婿托米（Schwieger-Tommy）”以及他作为作家取得的成就而自豪。[81]她曾经这样描述她宝贝女儿的婚姻：“他们是一对爱发牢骚的小夫妻，却很幸福。”[82]跟阿尔弗雷德·普林斯海姆的关系从一开始就比较困难，他对文学没什么感觉。不管怎样，托马斯·曼跟岳父有一个共同的爱好，两人对理查德·瓦格纳（Richard Wagner）都佩服得五体投地。托马斯·曼出生于吕贝克的一个参议员和商人家庭。对此，他很自豪，却没能让岳父觉得有啥了不起。作为参议员的托马斯·约翰·海因里希·曼英年早逝，给家里留下了价值40万德国马克（Reichsmark，一译“帝国马克”）的财产，这仅相当于阿尔弗雷德·普林斯海姆每年从父亲那儿所得遗产的一半。此时，经过了世界大战和经济危机，普林斯海姆家的财富也已减少了相当大一部分，但他们家依旧是慕尼黑文化生活的一个中心。“面对这些人，你不会想到是犹太人，”托马斯·曼于1904年给哥哥海因里希写信时说，“你感觉不到跟犹太文化有什么关系。”[83]普林斯海姆一家人自己也不把自己看作犹太人。海德维希·普林斯海姆家早于19世纪就皈依了天主教，而阿尔弗雷德·普林斯海姆及其父母已经离开了犹太教会，虽然卡蒂娅·曼的这位父亲非常自傲，不会仅仅为了要去适应社会而去接受洗礼。

1925年的除夕夜发生了一起严重的争吵。起因是阿图尔·叔本华（Arthur Schopenhauer），他是托马斯·曼的哲学圣人。阿尔弗雷德·普林斯海姆不大看得上这位哲学家，谈到他时口吻有些“轻蔑”之意，还得到他儿子、物理学家彼得·普林斯海姆（Peter Pringsheim）的支持。“魔术师脸色苍白，手在颤抖”，卡蒂娅·曼在给女儿艾丽卡描述事情经过时说。那天晚上将就着熬了过去，可是“一到家，他就失去了控制，说别人故意要侮辱他，贬低他，就像这些年所做的那样，然后他又毫不客气地说到我的全家，我也是家里的一个成员呀，很难再听得下去，然后彻夜未眠，精神真的崩溃了”。后来，父亲总算平静了一些，“但对阿奇斯街的火气依然未消”。母亲写道，她自己“无疑也看到这里面有对我的不客气行为，却不知道该如何是好”。[84]

三周后，托马斯·曼携夫人前往巴黎。这是他自第一次世界大战以来首次前往法国——他哥哥海因里希特别钟情的国度；当年，在《一位非政治人士之观察》里，托马斯·曼把法国当作战争中的敌人和精神上的对手加以批判。现在，他跟这个西部邻国进行和解，而且不仅流于个人的层面：法国把托马斯·曼当作魏玛共和国的代表性人物来接待。他应邀作报告，参加各种会谈与招待会，人们把他当作最伟大的德国作家来欢呼。这是一场“顶级冒险”，托马斯·曼这样写道。[85]国际舆论和自由派的德国舆论把这次旅行看作德法相互谅解的象征。诗人家乡的民族主义者以仇恨和愤怒来对待这场访问“死敌”的友好之旅，当时法国还继续军事占领着莱茵河地区。比如汉斯·约斯特，他在半年前还是托马斯·曼生日庆典的座上宾，此时却在《慕尼黑最新消息报》（*Münchner Neueste Nachrichten*）上攻击“虔诚的托马斯”，在巴黎“丢人现眼”。[86]

在此期间，围绕克劳斯·曼掀起了另一股风暴。《安雅和埃斯特》在维也纳、柏林和达姆施塔特（Darmstadt）公演。在黑森邦（Hessen），邦议会甚至就该剧的道德缺失进行辩论。1月，《天真无邪的舞蹈》出版。该书讲述了一个18岁青年的故事，他出生于一个中产阶级大家庭，想成为作家，一头扎进柏林的夜生活，发现自己是同性恋，纵欲无度，还尝试着以文学手段表现同龄人的各种渴望。对该小说的口诛笔伐远远超过了支持与赞扬的声音，矛头也少不了指向父亲。有些批评异常极端：一则评论写道，这部小说让人想起“爆裂的阴沟管道”。[87]文学上与传统风格的决裂出现在《美文学》（*Die Schöne Literatur*）杂志上，这份民族主义杂志掀起了一场反对一切的斗争，凡是有西方腐朽嫌疑的，凡是突出软弱和个性的，凡是宣传异样和宽容的，它都反对。托马斯·曼在评价青年文学时，从“年轻人对复仇战争的冷淡立场出发”，批判了该杂志的态度，[88]这种态度曾经冲着克劳斯的话剧而来。克劳斯·曼能以其小说找到拥护者，主要在于他们的共同点，即这些人赞同他的倾向:《天真无邪的舞蹈》是德国文学中最早公开描写同性爱情的小说之一。

对克劳斯·曼的各种攻击并非没有留下痕迹。他给艾丽卡写信说:“我毫不怀疑收获了巨大的荣誉，但它并不能替代这么多烦恼。”[89]克劳斯·曼跟帕梅拉·韦德金德一起旅行，举办作品朗诵会。之后去尼斯（Nizza），继而前往巴黎。法国正处于一场经济危机之中，跟1923年的德国很相似。在通货膨胀的年代，用外国钞票过起日子来特别爽，克劳斯·曼尽情地享受着，没有任何顾虑。

3月，托马斯·曼写了封读者来信给《新维也纳新闻》

（*Neue Wiener Journal*）。他在信中写道，在这家报纸的一篇“有趣的文章”里，“我不得不又一次读到，说是我觉得我儿子的作品‘太不讲道德’，所以不想与之有什么关系”。托马斯·曼写道，不知道是谁“散布了这种童话般的谣言，说我对我儿子的态度是根本无法理解”，这种说法反正一点也不符合事实。“我又不是修女”。[90]

他妻子病了，又病了，一场长时间的感冒变成了肺炎。医生感到担心，又建议她去疗养院疗养。于是，托马斯和卡蒂娅·曼夫妇于5月前往阿罗萨（Arosa）的森林疗养院，自从《魔山》出版后，托马斯·曼觉得在达沃斯“是看不到好脸色了”。[91] 6

图3 （左起）艾丽卡和克劳斯·曼跟帕梅拉·韦德金德、古斯塔夫·格伦特根斯在一起

月6日是托马斯·曼的生日，此时他已经离开当地，因为要在吕贝克作一个庆典演讲，祝贺该市建城700周年。就在当天，一封克劳斯和艾丽卡·曼从巴黎发出的电报送到了阿罗萨，内容是要钱。母亲回信说，她“气得要命”，不仅因为“你们5月就透支了6月的钱（这种行为当然不合适）”——他们俩虽然自己有收入，还是按月得到家长给的生活费。在“天寒地冻之时”，又是“独自一人在床上”，他们这封电报差点把她吓死了，“有什么要紧的事要往阿罗萨打电报？我还得用我的破法语来读你们的讨债电报。我手头撑死了只有300法郎，准备好星期一付每周的费用的，只好让那个又蠢又有些贪婪的男仆人晚上很晚到我的床边来，跟他商量星期天如何去做好这件事，一句话……恶心透了”。

更让母亲焦头烂额的却是另外一件事。艾丽卡想结婚，而且要跟古斯塔夫·格伦特根斯，那个大她6岁的天才演员，曾跟“诗人的孩子们”一起在汉堡把《安雅和埃斯特》搬上舞台的那个人。“大哪，艾丽，亲爱的艾丽！我肯定不是瞎操心，可你要彻底想好了！你知道，我在慕尼黑跟你说过，订婚绝对不是就要结婚的理由，在定下终身大事之前，应该再好好考虑考虑。”[92]在母亲的眼里，她所有的结婚计划都太过匆忙。艾丽卡·曼之前表示过保持特立独行的巨大决心，为什么现在不到21岁就想结婚，这谁也搞不清楚。就连弟弟克劳斯也感到吃惊，而不是开心。或许跟帕梅拉·韦德金德有关系。“请你爱我！”艾丽卡·曼在两年前曾写信给她。她没有爱她，抑或没有这样爱她。7月24日，艾丽卡·曼变成了格伦特根斯太太。没过多久，她写了一封信给帕梅拉。“我的帕梅拉，求你，求求你，快快来。我太想你来了，我爱你可是胜过一切呀！”[93]艾丽卡·曼的这封信发自弗里德里希港（Friedrichshafen）——还在蜜月之中。

戈洛·曼也参加了他姐姐在慕尼黑的婚礼，“身穿一套西装，看上去像一个显赫的无产阶级领袖”，克劳斯·曼这样讽刺他弟弟的政治热情。[94]而戈洛当时的心思恰恰不在政治上。复活节时，学校来了一个新学生，名叫罗兰德·H（Roland H.），一位海德堡来的教授的儿子。17岁的戈洛·曼爱上了这位新人。两人交上了朋友，暗地里手牵着手。到了暑假，戈洛被允许在父母休假时把这位朋友带到慕尼黑的父母家中。在这里，罗兰德显得比主人更没有禁忌。他要性交。腼腆的戈洛觉得来得太快了，罗兰德就寻找替身。他从慕尼黑的大街上找来了一个年轻小伙子。他们俩在曼家的房子里——在托马斯·曼的卧室里性交，戈洛在门口站着，既失望又恶心。他立马不想跟罗兰德再有任何瓜葛了。但戈洛·曼很难摆脱他的“第一个男朋友”，“不得不把罗兰德当作镜中花”。[95]

*

在此期间，父母正带着两个最小的孩子在意大利度假。托马斯·曼抱怨在马尔米堡（Forte dei Marmi）逗留期间的一些遭遇，事情不大，却令人讨厌，他认为跟“当前的（意大利）国内情绪有关，一种让人不快、过度紧张和反外国人的情绪”；[96]本尼托·墨索里尼正在意大利建立法西斯独裁统治。卡蒂娅给艾丽卡的信更具体地描绘了那些“令人讨厌的遭遇”：“一个可恶的法西斯对麦迪（Mädi）十分反感”——她才8岁——“因为她在海滩上脱了一会儿衣服，以便在海水里把身上的沙子冲掉，可怜的小家伙哪里知道捅了娄子？那家伙先是冲着我来了一场令人作呕的表演，说这样做也不害臊，亵渎了主人好客的热情，侮辱了意大利，接下来还叫了警察，我不得不跟他去警察局，接受审讯，可以说失去了尊严。最终也许只是罚点小钱了事，可我的感觉就像是在罗马吐出了圣饼的犹太人那样。”[97] 在意大利逗留期间，托马斯·曼夫妇及两个孩子观看了一位魔术师的表演，他用催眠术让观众们惊叹不已。从沙滩遭遇，意大利的国内气氛，到魔术表演，这几件事加在一起构成了小说《马里奥与魔术师》（*Mario und der Zauberer*）的基础——托马斯·曼最著名的中篇之一。托马斯·曼、他的家庭及其周围人士“体验着”作家作品中的“素材”——这是岳母对这种情况的说法。[98]

10 月，克劳斯·曼的一本新书问世，书名为《儿童中篇小说》（*Kindernovelle*）。小说叙述了一位作家的寡妇和她的四个孩子的故事。有一名年轻男子走进了他们的生活，不久即成为这个女人的情人。作品里明显可以看到曼家的影子。寡妇带有卡蒂娅·曼的特征，拥有去世的作家的一副死者面具，“大鼻子，紧闭的嘴巴，带着幻想的严厉目光”，表现的是托马斯·曼，而那个年轻男子却带着克劳斯·曼的身影，他跟那位寡妇调情，床上面挂着那副死者面具。这部中篇小说是对托马斯·曼的《无秩序和早先的痛苦》的回应。书中的其他孩子也同样是根据曼家的孩子来塑造的。戈洛在福里多林（Fridolin）身上找到了自己的影子：他虽然聪慧，却长得矮小，丑陋，疯狂，卑躬屈膝，“野心极大”。[99]

萨勒姆的校长库尔特·哈恩特别害怕同性恋：害怕自己的同性恋——他一直在压抑着，也害怕他的学校里发生同性恋。他以怀疑的眼光观察着戈洛·曼跟罗兰德的友情，试图把他俩拆散。慕尼黑事件发生后，已经没必要这样做了：他们俩已相互躲避。

尽管如此，到了 1926 年，戈洛 · 曼是同性恋已在萨勒姆尽人皆知了。库尔特 · 哈恩于 11 月带他去苏黎世的一位“神经与忧郁症”专家那里。路易斯 · 弗朗克医生（Dr. Louis Frank）很快就给校长寄来了一份诊断报告：病人有跟其他男孩子性交的幻觉，但迄今为止尚未“付诸行动”。这位医生还写道，病人的同性恋倾向是“可以治愈的”。但要克服这种“非正常状态”，需要意识到这一问题，要花大力气，需要“长期和彻底的治疗”。[100] 库尔特 · 哈恩把医生的诊断报告寄给戈洛的父母，同时寄上一封给托马斯 · 曼的信。“病情的严重性可惜不容怀疑”，但戈洛具有坚强的意志，克服他“阴暗的想象”，并要扼杀“非分之想”。哈恩在信中还加上了一句急切的警告，要戈洛无论如何不要跟哥哥克劳斯谈及此事。医生向哈恩解释说，“只有在下列情况下他才会作出负面的预后判断，即倘若戈洛接触到一种较为时髦的倾向，这种倾向把非正常的冲动生活当作有趣和有价值来加以肯定”。[101]

圣诞节即将来临。托马斯 · 曼情绪高昂。他妻子又恢复了健康，正穿梭于大街小巷，为这个大家庭购买礼物。他自己在《魔山》出版两年后又开始撰写一部新的长篇小说。他想讲述《圣经》里关于约瑟与其兄弟们的故事①，“而且要把真正发生过的事情讲出来”。[102] 他在给艾丽卡的信中写道，真的很高兴，又写作了。“只有你做事情，你才真正感觉到自己，才了解自己一点。无所事事的时光令人恐怖。”父亲高兴地等待着节日光临的客人，期待着岳父岳母和小舅子彼得 · 普林斯海姆的到来，关于叔

---

① 小说名为《约瑟与其兄弟们》（*Joseph und seine Brüder*），下文简称为《约瑟》。该小说分为四部，先后于 1933 年至 1943 年间出版。——编者注

本华的争论曾使新年伊始蒙上了阴影，现在早已烟消云散了。艾丽卡跟丈夫和克劳斯在汉堡过节，家庭的其他成员在慕尼黑聚集一堂。莫妮卡从洛桑（Lausanne）赶来，她在复活节时中断了萨勒姆的学业，来洛桑想接受音乐教育。戈洛从萨勒姆回来时的状况如何，没有记载；为了“扼杀非分之想”，他不得不接受过哪些治疗，亦无说明。

托马斯·曼新近一段时间开始了一项强身计划。他告诉艾丽卡，有一位按摩师兼体操教练每两天来一次，“让我运动，包括让我跳跃 40 次，然后用科隆香水给我按摩”。[103]

*

“诗人的孩子们”去巡回演出。克劳斯·曼在冬天又创作了一部新剧——《四人歌舞剧》（*Revue zu Vieren*），由古斯塔夫·格伦特根斯导演，要在莱比锡首演。克劳斯·曼给姐姐艾丽卡、帕梅拉·韦德金德、古斯塔夫·格伦特根斯定制了主要角色。舞台布景出自莫布莎·施特恩海姆（Mopsa Sternheim）之手，她是剧作家卡尔·施特恩海姆（Carl Sternheim）之女。该剧由卡蒂娅·曼的双胞胎弟弟克劳斯·普林斯海姆谱曲。这出歌舞剧表现情爱的发展，迷惘的一代人的生活感觉和重大题材：政治、宗教、哲学、艺术和爱情。《四人歌舞剧》要争取成为新一代青年的舞台文学宣言。可是，在首次公演前就发生了争执。古斯塔夫·格伦特根斯很快便发现，要他导演的这出戏是多么不成熟，多么异想天开，他立马将该剧的导演工作交给了帕梅拉·韦德金德。但他不可能完全脱离干系，否则就会冒婚姻破裂的危险。艾丽卡·曼具有清醒和尖锐的判断力；唯一的例外，就是对她亲爱的弟弟克劳斯：不管他写什么或干什么，什么都完美无缺。4 月 21 日，首场演出在莱比锡举行，遭遇了一场滑铁卢，巡回演出也遭受了同样的命运，从科特布斯（Cottbus）到柏林、慕尼黑、德累斯顿、汉堡直至哥本哈根，无一例外。观众们大喝倒彩，每到一个新的演出地人们却又蜂拥而至：演出的娱乐价值在到处传播。古斯塔夫·格伦特根斯在柏林演出后撂了挑子。帕梅拉·韦德金德也只是通过好言相劝才留了下来。气氛很糟糕。

评论家们的黄金时刻来到了。特别遭到讽刺和恶意攻击的，是要以他们那一代代言人自居的克劳斯·曼。“这些诗人的孩子凝聚成了一代人”，赫伯特·伊贺苓这样讽刺道。他把这出戏称

图4　1927 年中学毕业时的戈洛·曼（右二）；前排左二为朋友“波洛”，后排中为罗兰德·H

为“中学毕业生汇报”和“儿童剧”,“克劳斯·曼在剧中用尽了时髦的词汇，令人难堪，喋喋不休，毫无遮拦”。[104] 另一位评论家强调该剧没有创造力，说这出戏“大概算得上是韦德金德式的风格，却幼稚得可笑”。[105]

就在哥哥和姐姐大红大紫之际，戈洛·曼回到了慕尼黑的父母家中。他在复活节时通过了中学毕业考试，在自然学科方面成绩平平，在他喜欢的学科，如德语和历史课，却取得了优异成绩。尽管发生了很多事，告别寄宿学校仍让他感到难舍难分。在过去的四年里，萨勒姆成了他的家，他现在就思念田园风光里的集体，学校的话剧——他最后曾出演席勒《华伦斯坦》(*Wallenstein*)里的主角，他还想念他的朋友们，特别想念“波洛(Polo)”，一个名叫胡里奥·德尔瓦尔·卡图拉(Julio del Val Caturla)的德国—西班牙裔学生。经历了罗兰德灾难后不久，戈洛就爱上了这个具有南欧风韵的漂亮小伙子，却将他的情感深埋心里。他们俩成了最好的朋友。托马斯·曼有一次去萨勒姆访问时，也注意到了戈洛的这位新朋友，并请他找几张波洛的照片。这些照片帮助父亲在他的长篇小说里塑造了年轻、英俊的约瑟的形象。现在，波洛在剑桥(Cambridge)开始上大学，而戈洛在慕尼黑大学注册了夏季学期，但一时还没有具体的学习目标。

夏天，全家人去海边度假，这已逐步形成了一个传统。在巴特特尔茨(Bad Tölz)的那个乡村别墅虽然装满着四个大孩子的各种传奇故事，但家里已在第一次世界大战期间把它卖掉，因为托马斯·曼不想让上巴伐利亚(Oberbayern)拴住腿脚，而是想经常去海边。后来一段时间的混乱局势让这些度假计划未能实施。1924 年，全家曾首次一起去波罗的海的希登海岛（Hiddensee）度假。家里人，无论是写信还是在回想时，无不热烈地谈论着大海、沙滩和广袤无际的天地，只有母亲例外，她认为那次度假很不完美：格哈特·霍普特曼（Gerhart Hauptmann）邀请他的同行托马斯·曼及全家前往“他的”夏季住地，可是人们在那里对霍普特曼尊重有加，让很注重丈夫名声与荣耀的卡蒂娅·曼有点不舒服。1926 年在法西斯意大利的度假非常不爽，今年 8 月要带上两个小的去叙尔特岛（Sylt）。托马斯·曼非常高兴。没有什么地方比叙尔特的风光“更具典型性，也没有更漂亮的大海了”。[106] 不久，母亲给在慕尼黑的父母家中过夏天的两个大孩子写信，要他们千万别像抢劫似的把家里的钱花光。“天呀，千万别这么做，我这会儿在这里已经愁死了。”北海很冷，叙尔特岛“压根就是一个阴雨寒冷的小岛”，旅馆太贵，社交聚会也没什么劲，“旅馆里的客人大都很无聊，又世故，没有几个名人，来的孩子都索然无味，肥头大耳，我们的孩子在他们中间算得上鹤立鸡群了”。卡蒂娅继续写道，有个柏林商人让她“特别感到恶心”，他“有十个孩子，这些孩子显
/ 054 然都是在百无聊赖中‘生产’出来的，其中有六个孩子来了”。这个商人整天都“带着一群长相难看的孩子做着各种僵硬的体操动作，晚上穿着高直领男式小礼服谈论国家大事”；一句话，“真让人受不了”。[107]

《四人歌舞剧》的失败，队伍内部的争吵以及各种尖锐的批评让艾丽卡和克劳斯·曼大伤元气，也影响了艾丽卡的婚姻和克劳斯跟未婚妻帕梅拉·韦德金德的关系。格伦特根斯和帕梅拉·韦德金德认为克劳斯的这出戏是造成众人大失所望的原因。克劳斯·曼在一篇关于巡回演出的文章里则宣布，他完全没有想过要作为他那一代人的代言人登台演出，这种理解是一场误会。

那么多观众的热情支持跟恶意的批评形成了鲜明的对照。他甚至宣称："总体来说，一切都是那么有趣，那么美好。"[108]在公开散布乐观情绪的同时，他有一个愿望——慢慢地远离这一切。

艾丽卡·曼有一个很好的理由，不到在汉堡的格伦特根斯那儿去：她在慕尼黑的小剧场演出布鲁诺·弗兰克（Bruno Frank）的话剧《一万》（*Zehntausend*）。弗兰克是作家，也是曼家的一位密友。虽说如此，艾丽卡还是不满意；但她不想回到丈夫身边，也不想回到她签约的剧场。仲夏之际，她逐渐形成了一个想法：为什么不在一段时间里逃避这一切？10月7日，艾丽卡和克劳斯·曼登上了一艘开往纽约的轮船，开始环球旅行。起点是美国，克劳斯·曼的《儿童中篇小说》翻译后在那里出版了，美国的出版商似乎许诺有这种可能，通过作报告来挣些钱。还在横渡大西洋时，通常的那种开心情绪已经恢复。他们在考虑假装成双胞胎，这样就可以打出旗号："曼氏双胞胎文学"。

一家人在叙尔特岛休假两周以后，托马斯·曼在一封信里写道，一切都是那么美好，"海涛拍岸的声音至今还在耳边回响"。[109]他为何跟妻子相反，这样享受在北海的度假，其实不完全在于小岛的魅力，而是跟另一件事情有些关系。托马斯·曼在叙尔特岛爱上了克劳斯·豪伊泽尔（Klaus Heuser），杜塞尔多夫一位艺术史学家的17岁儿子。10月，克劳斯·豪伊泽尔应邀在慕尼黑曼氏家里待了两个星期。托马斯·曼写信给在美国的两个大孩子，说演员阿尔伯特·巴塞曼（Albert Bassermann）的老婆埃尔塞（Else）非常讨厌，她喋喋不休地唠叨，说看着他的孩子们的所作所为，对托马斯·曼深表同情。她老是说："帕梅拉、克劳斯和艾丽卡，这些孩子在玷污他们父辈的名字！"然后托马斯·曼谈到克劳斯·豪伊泽尔："我用'你'称呼他，在告别时，他特别允许我把他抱在我的心口上。要求艾西（Eissi）自愿退让，不要打扰我的圈子。我已经老了，也出名了，为什么只允许你们来玷污它呢？”在后来的日记里（他最后把1922~1932年的日记烧了），托马斯·曼还常常想到这一年夏秋之际的热恋，而且出乎预料的是，他公开让家里人知道。他称自己为“幸福的情人”：“黑色的眼珠，为我而流淌着泪水，我曾吻过的动人嘴唇——这是爱，我也爱了，当我死去的时候，我可以这样说。”[110]豪伊泽尔后来否认接过吻。父亲在给艾丽卡和克劳斯的信中还写道：“生活中那些秘密的、几乎悄无声息的冒险是最伟大的冒险。”[111]母亲容忍了丈夫的这一热恋，接受了他对这位年轻人的那份激情，在自己家里接待了他，只是在给女儿艾丽

图5　1927年，托马斯和卡蒂娅·曼带着伊丽莎白和米夏埃尔在叙尔特岛

卡的信中透露了对这件事的看法：“他是个可爱的小伙子，可魔术师的感情也太投入了。”

戈洛·曼更直接地表达了他对父亲这段爱情的不满。母亲在给艾丽卡的信里写道，戈洛在克劳斯·豪伊泽尔来访时差不多是“妒火中烧”。戈洛在大学读第一学期，历史、国民经济和法律课都让他提不起精神来。最主要的是没有找到朋友圈。他太腼腆，自己不敢跟同学接触，所以大部分时间是一人独处，直到后来足不出户。他陷入了一场忧郁的危机，就像两年前在萨勒姆不得不经历过的那样。他现在缺少的是寄宿学校那种排满的日程。虽然被母亲发现他成了一个“打不起精神的家庭成员”[112]，但要跟母亲谈论他的各种不安和忧愁他做不到。于是，戈洛·曼在这年夏天就坐在书桌旁，做他——一个在作家家里长大的孩子——自然而然要做的事：他把所有的事情都写下来。

莫妮卡·曼也回到了父母家中。她仅比哥哥戈洛小一岁，跟他却没有像大哥大姐之间的那种亲密、互信的关系；他们俩都长大后，两人相互间都没有什么特别的感情。对莫妮卡来说，在洛桑学习音乐好像也不是她想要的。1927 年 10 月，她开始在慕尼 / 057
黑上声乐课。不久，母亲给在美国的两个大孩子写信，说她本希望“我们的小莫妮（Mönchen）通过声乐课能找到寄托”，这一希望一时看来还实现不了。莫妮卡觉得女声乐老师非常讨厌，就不想再去上课了。但总体来说，她变得“活泼些了，也关心人些了”，非常喜欢母亲给她买的衣服。她“那么自豪、那么积极地整理她的新衣柜，真有点让人感动”。[113]

又一次面临今年谁拿诺贝尔文学奖的问题了。几年来，托马斯·曼一直是个热门人选。诺贝尔文学奖的话题在他跟别人的信件来往中占据了一定的位置。托马斯·曼强调这一奖项对他并非那么重要；他在给克劳斯和艾丽卡的信中写道，“对我来说，它其实太过喧闹”，他如果喜欢这场“冒险”的话，最多是因为“你希望你所爱的人有机会感到自豪，而且机会越多越好”。[114] 母亲的信听起来却不一样。她在11月写道，今年的诺贝尔文学奖不久将揭晓，水落石出之际她会感到高兴，即使父亲拿不到，“因为这事多少让他有些激动”。[115]

卡蒂娅·曼陪同丈夫去柏林。上一年，普鲁士艺术学院建立了诗歌艺术学部。托马斯·曼被聘为院士，不时得参加学院的会议。海因里希·曼同为学院的院士，甚至让人把他选进一个每八周开一次会的工作委员会。在经历了大伯的一起“艳遇”后，卡蒂娅·曼心生疑团，觉得海因里希的兴趣好像不单纯在院士的会议上。她写信给艾丽卡，说曾应约打电话到钻石旅馆（Hotel Exzelsior）找他，“电话打到他的房间，等了好一会儿，一个女性的声音接了电话。我当然以为是打错了，就问，我在跟谁说话，那个声音（没教养的高嗓门）回答说是海因里希·曼的夫人。这也太厉害了：像他那般年纪和地位的男人在柏林‘寻欢作乐’（就这我已觉得粗俗之极）不至于非要在钻石旅馆吧，那儿谁都认识他，而且他还经常带夫人出入于此”。卡蒂娅写道，这也纯属巧合，打电话的是她，而不是海因里希真正的夫人米米（Mimi）。“这个老伪君子还用激动的语调跟我说，为了孩子，是他希望米米待在慕尼黑的。”[116]

此时，戈洛·曼也在柏林。从冬季学期开始，他在首都继续上大学，不久便找到了在慕尼黑求而未得的东西：一个男朋友。皮埃尔·贝特鲁（Pierre Bertaux），法国日耳曼语言文学家菲利克斯·贝特鲁（Felix Bertaux）的儿子，他这学期也到柏林来上大学了。他父亲跟海因里希·曼是朋友，还将托马斯·曼的《死在威尼斯》译成了法文。戈洛立刻喜欢上了大他两岁的皮埃尔。他长得英俊潇洒，外表让戈洛想到萨勒姆的中学朋友波洛，有魅力且聪明。这位法国人对戈洛·曼的第一印象却完全相反："他一开始给人的印象不好，身上的一切都显得那么别扭、佝偻、僵硬、冷冰冰的"，贝特鲁给父母的信中这样写道。但没过多久他便发现，戈洛"是他们家最让我喜欢的一个：聪明，判断力强，有勇气"。没过几天他又补充道："我愈发喜欢戈洛了，他开诚布公，正直，没他父亲那么矜持，更容易受到鼓舞"；他"比克劳斯严肃，也比他更文静一些"。[117]

12月初，他们俩再次见面，戈洛向他倾诉衷肠，此时离他们认识不过才五天。贝特鲁现在才理解，戈洛为什么在家里被视为"阴险的（mechant）"。他写信给父母说，这位新朋友直率得出乎预料，让他有些意外。比如说，戈洛告诉他，六个孩子的家庭太大。他完全可以不要这多么兄弟姐妹：他一直处于大姐和大哥的阴影之下，又比年纪小的弟妹少了些娇惯。还在那天晚上，"戈洛·曼来了个大坦白（la grande confidence）"。他告诉皮埃尔·贝特鲁，在慕尼黑的那个不开心的学期里，他写了一本自传体中篇小说：讲述他的生活、他的感觉、他的忧愁。这部中篇不久将在一本小说集里用笔名发表——这是他从哥哥经历的暴风骤雨中得出的经验教训，他哥哥正是以出版小说集开始其作家生涯的。[118]

圣诞节前不久，《最新散文集》（*Anthologie jüngster Prosa*）出版。戈洛送给皮埃尔·贝特鲁一本。贝特鲁读着这位朋友以笔名米夏埃尔·奈宜（Michael Ney）发表的中篇小说《大学生赖蒙特的生活》（*Vom Leben des Studenten Raimund*）。小说讲述了一个聪慧、不幸而执着的年轻人。赖蒙特是名寄宿学校的学生，他确认自己爱的是男人。“从来只把我当男同学，过一点都不行，”他抱怨说，“距离，距离，永远都是距离。”[119]可他不能向别人吐露心声。在中学时还有社交生活和其他活动，上大学后，赖蒙特在父母家里陷入了一场心灵危机：他找不到生活之路，不知道该干什么，况且没有帮助他的人，中学时代的朋友帮不了，父亲也帮不了——他始终在忙着他自己的那些事情。最终有一天，赖蒙特在恐慌之中跑向川流不息的车流，结束了自己的生命。

皮埃尔·贝特鲁给父母写信谈到他对朋友的这部中篇小说的看法：“小说真不错，不少地方很感人——可是，上帝啊，他为什么要发表它？”对于这一问题，戈洛·曼早就在拷问自己，而且数周以来一直生活在恐慌之中。他生怕会抖搂出来，在笔名“米夏埃尔·奈宜”之后隐藏的是谁，也怕会揭露小说内容的真正含义：作为一个著名作家的儿子所面临的各种问题。其后果完全可以想象：各家报纸会大做文章，托马斯·曼的又一个儿子在写作……皮埃尔·贝特鲁写信给父母说，“他让人觉得可敬的是，他有时候能感觉到这一点”：“（曼氏）家族的嗜好主要不在于写作，而在于发表。”[120]

/ 060 艾丽卡和克劳斯·曼在欢庆一场“派对”，一场长达九个月的派对。他们坐船前往纽约，订的是二等舱，这成了他们此次旅行的最大不幸。白天，他们总是悄悄地溜到头等舱的甲板上，最终被人发现并被赶出了这个高人一等的圈子。这种情况再也不能发生在他们身上了。从此，只要有可能，他们就订头等舱，并寻找相应的旅馆。账单的数额越来越大，反正会有人付钱。他们在纽约下榻阿斯特旅馆（Hotel Astor），12 月从好莱坞的普拉扎旅馆（Plaza Hotel）给父母写信。钱始终不够用，但他们靠着魅力、厚脸皮和幽默，总是让人邀请他们，送他们东西，或以父亲的名义借债。他们的“报告之旅”让自己都觉得好笑：两个人几乎都不会英语，虽然不时地走东跑西，在说德语的观众面前登台，克劳斯·曼讲述欧洲的青年人的情况并朗读自己的文章，他姐姐则朗诵贝托尔特·布莱希特（Bertolt Brecht）、戈特弗里德·贝恩（Gottfried Benn）和赖纳·马利亚·里尔克（Rainer Maria Rilke）的诗歌，但这都不能缓解他们缺少旅行费用的窘迫境况。克劳斯·曼通过给德国报纸撰写关于美国的报道挣了一部分钱。曼氏“双胞胎”受到友好的接待，到处被人介绍；曼氏的大名如雷贯耳，姐弟俩待人接物的方式又可亲可爱，这一切都让他们如鱼得水，左右逢源，在好莱坞亦不例外。1927 年圣诞节，他们应邀到伟大的埃米尔·杰林斯（Emil Jannings）家里，两年后，杰林斯将以最佳男主角的身份获得历史上第一个奥斯卡奖。他们在芝加哥结识了作家厄普顿·辛克莱（Upton Sinclair），跟电影导演弗里德里希·威廉·穆尔瑙（Friedrich Wilhelm Murnau）交了朋友，他带着他俩参加了其电影《日出》（*Sunrise*）的首映式。克劳斯·曼写信告诉父母，“这是虚荣的盛会”。他一方面觉得首映式的场面令人振奋，一方面又觉得讨厌：他“对电影本身没有丝毫兴趣”。[121] 他们俩自己计划在好莱坞拍电影，而且要把托马斯·曼的长篇小说《国王陛下》搬上银幕。艾丽卡饰演一个角色，克劳斯跟人合写电影剧本，有从影经验的朋友艾里希·艾博迈耶（Erich Ebermayer）特地帮他们设计了电影脚本的框架。但这一计划流产了。

除夕，艾丽卡和克劳斯·曼在导演路德维希·贝尔格（Ludwig Berger）家里欢度节日。这一夜，克劳斯·曼在派对上跟好莱坞的第一个女明星葛丽泰·嘉宝（Greta Garbo）调情，而《汉诺威信使报》(*Hannoverscher Kurier*) 就“您在新一年里做什么？”的问题刊印了《克劳斯·曼的回答》(*Antwort von Klaus Mann*) 一文，人们在元月一日可以读到：“我暗地里打开了你们给父亲的信，决定不把这个问题告诉老人家。或许是你们搞错了，本想询问我的工作计划如何——这就要由我而不是他来答复。抑或你们没有弄错，的确是要问他——那就更要由我来答复了。”父亲正在写一部关于《圣经》里约瑟的长篇小说。“风格——关于风格，我现在只想说：不怎么样。这类风格也许还可以写，读是读不下去了。我本人正在以韦德金德的风格写四部滑稽歌舞剧，我在剧中扮演列宁，跳查尔斯顿舞。在最后一组画面里，十二个女孩在切腹。再多我就不说了。”[122]

像罗伯特·诺伊曼（Robert Neumann）的这种讽刺性仿效之作是公众对克劳斯起步当作家的反应，这种反应现在仍旧非常强烈，积极的评价少而又少。克劳斯·曼像是生怕那些想恶心他的人找不到攻击他的把柄似的，在启程前往美国之前写就了一篇政论文，他的出版社将其单独出版：《今天与明天——论年轻的精神欧洲之现状》(*Heute und Morgen. Zur Situation des jungen geistigen Europas*)。这篇文章糅合了海因里希·曼的《理性的专政》(*Diktatur der Vernunft*)，康登霍维－凯勒奇伯爵（Graf Coudenhove-Kalergi）的泛欧运动和恩斯特·布洛赫（Ernst Bloch）的《空想精神》(*Geist der Utopie*)——克劳斯尝试着将刚读到的东西拼凑成为欧洲青年的一项伟大纲领。批评家们看到的是异想天开和不成熟的想法，还有使用政治概念方面的不老到。克劳斯·曼的那种“我来了”的气概更是火上浇油了。库尔特·图霍尔斯基（Kurt Tucholsky）在《世界舞台》上嘲讽说，克劳斯·曼是“职业青年”，“在严肃的书评中当然不用”提到他。[123]克劳斯·曼过去对政治问题没有一丁点兴趣，他的发展几乎没有人注意到：为了一个和平的欧洲而振臂疾呼；告诫知识分子，不要重蹈1914年的覆辙。克劳斯·曼在他1927年的政论文中还谈到“精致法西斯主义（Edelfaschismus）”的危险：“1930年属于军事独裁吗？好吧，我们这样的人到那时将生活在流放之中——可以肯定的是，1935年时人们已经改变主意了。”[124]

克劳斯·曼在美国时写了一部中篇小说，他自认为“很不错”。“小说叫《中国的对面》（*Gegenüber von China*），地点在好莱坞，讲述了一个年轻男演员，他让人对鼻子动了手术。”[125]这一次不是讽刺的模仿之作。

姐弟俩在考虑，他们的环球旅行还应该去哪儿。在美国逗留了几个月后，他们想继续前往亚洲和苏联，并在不断地寻找旅行所需要的钱。父母提醒他们最好尽早回家，对此，两人在写的很多封长信中置之不理。

在此期间，卡蒂娅·曼一直在向他们俩通报家里发生的事情。按照母亲的说法，莫妮卡喜欢“假装参加少女聚会”，聚会完了总要到早上6点才回家。她也有崇拜她的人。“不管怎样，她在享受着生活，这让母亲十分开心。”戈洛刚从柏林写来“满意而充满欢乐的信，我差不多相信，他完全变了个人”。在谈到家里时，也没少提到幼子米夏埃尔。他昨天跟母亲说：“父亲大人会满足麦迪的每一个愿望，我的愿望却一个也不满足。对我来说，好在不是父亲大人一个人什么都说了算，真是件幸运的事。”[126]托马斯·曼也听到了8岁儿子的话，他没太当真。在给艾丽卡的信中他写道，“我要是这样的话，当然会注意的”。[127]

戈洛·曼写回家的信听起来是那么开心，他却需要能向皮埃尔·贝特鲁吐露心声的机会。这位朋友写信告诉父母，说戈洛抱怨人们只把他当作一个名人父亲的儿子来看待；父亲对他态度冷淡，让他很不好受。他曾说过，他父亲“似乎从未给他写过只字片语”——戈洛甚至以《无秩序和早先的痛苦》为例。他在父亲那里是那样无足轻重，在这篇小说里连他的影子都没有。尽管如此，戈洛对父亲的崇拜到了无以复加的地步。时间长了，这位法国人受不了他的这位德国朋友总是不停地谈论他的家庭和父亲。贝特鲁写信给父母，说戈洛的命运当然比较悲哀，但“托马斯·曼的命运也很悲哀；围绕着他的都是些杂碎、难缠和超级紧张的事”。[128]

这两个朋友在巴黎上夏季学期。戈洛想在回到柏林前积累些实际经验，便以一个热忱的社会主义者的身份去体察普通工人的生活。他在勃兰登堡（Brandenburg）南部的下劳西茨
/ 064 （Niederlausitz）煤矿里当矿工。他在干苦活时显得笨手笨脚，矿工们表现了排斥的态度。最终他碰伤了膝盖，不得不离开那里。好在他能够在报刊上发表第一篇文章，介绍在矿山劳动的经验。那家报纸把他当作“托马斯·曼的二儿子，克劳斯·曼的弟弟”来加以介绍，这是无法避免的。戈洛·曼在文章里介绍了工人们的小资梦想和缺失的革命意志，对此他感到困惑。他写道，作为大学生必须参与工人的“解放”，别指望工人自己会发动革命。[129]

戈洛·曼在劳西茨地区的煤矿工作了没有几周时间，却是托马斯·曼家里唯一一个成员，也是唯一的一次——靠体力劳动去挣钱。

7月，艾丽卡和克劳斯·曼结束环球旅行回国：他们从美国前往夏威夷（Hawaii）、日本和朝鲜，又经西伯利亚到莫斯

科，最后经华沙回到柏林。他们经历了许多事情，结识了很多人，也欠下了巨额债务。在东京时，萨姆埃尔·费舍尔（Samuel Fischer）给他们寄了一笔钱，让他们能够继续旅行，这笔钱算是预付款，资助他们写作一本关于其旅行的书，现在，他们不得不写这本书。他们各自的爱情关系都已破裂，且不谈这些关系当年到底有多当真。在此期间，帕梅拉·韦德金德在跟比她大 28 岁的剧作家卡尔·施特恩海姆谈情说爱；这一消息对艾丽卡的打击似乎比对她弟弟还要大。艾丽卡跟古斯塔夫·格伦特根斯的婚姻

图 6　1927 年的曼氏一家：（左起）莫妮卡、米夏埃尔、戈洛、卡蒂娅、托马斯、伊丽莎白、艾丽卡和克劳斯·曼

064 走到了尽头。对此，同性恋的格伦特根斯并不感到特别伤心。艾丽卡去美国时给他留下了一屁股的债，还破坏了跟“他的”剧院所签订的合同。[130]他们没有太大争吵就分手了，1929 年 1 月，两人离婚。格伦特根斯这个名字她反正几乎没用过。现在，她又正式叫艾丽卡·曼了。

*

艾丽卡和克劳斯·曼的《到处游历——一次世界之旅的冒险经历》(*Rundherum: Abenteuer einer Weltreise*, 以下简称《到
/ 065 处游历》) 出版了。他们俩没花多少时间便把这本书搞定了，很多内容都出自克劳斯·曼在美国写的游记，其他部分则简单地勾勒，一蹴而就：跟所有名人，特别是在美国的相遇相识，他们的各种经历，还有为挣钱而付出的各种努力。这本书格调轻快而肤浅，态度严谨的费舍尔出版社在《德国图书贸易交易报》(*Börsenblatt für den Deutschen Buchhandel*) 为该书打的广告上干脆说明，作者们“没有进行批判性的观察，也没有对这些国家和人民进行深入的思考”。[131]确实如此：透过豪华旅馆和高级饭店的玻璃窗，他们没有真正看到实处。这本书是他们这次旅行的真实写照：一对出身名门的姐弟凭借诙谐、大胆和父亲的名声闯荡世界，把他们的旅游经历写得非常吸引人，趣味横生，却主观得一塌糊涂，因为该书根本就没想另辟蹊径，写出另一种格调。出版社不久又印行了第二版，有一些评论还很不错。对此，雄心勃勃的克劳斯·曼好像并不苟同：“当年对严肃的《四人歌舞剧》就这德行！”[132]

并非每个人都愿意充当曼氏家族的崇拜者。像库尔特·图霍

尔斯基就觉得讨厌。《到处游历》一书出版后不久，他就在《世界舞台》上讽刺“诗人的孩子们”的环球之旅和他们对私人生活的公开渲染（“艾丽卡·曼抵达柏林，为了结婚、离婚、复婚和出席葬礼”），嘲笑克劳斯这位年轻的作家，讥讽他为宣传自己而大吹大擂（“克劳斯·曼在草拟他的第100个广告笔记时扭伤了右臂，所以今后几周讲话不方便”）。[133]

皮埃尔·贝特鲁回法国去了。戈洛·曼借此机会也离开了柏林。他想在海德堡继续学业，之前不得不接受一次膝盖手术，那是在矿山劳动受伤的结果。四年前，戈洛已经接受过一次膝盖手术，之后陷入了一场严重的抑郁症，正如他猜测的那样，是麻醉引起的。面临手术，他现在忧心忡忡。两个星期后，他告诉皮埃尔·贝特鲁，不仅一切都很顺利，他父亲甚至来到病床边探望过他，父亲是“自己开车来的；两人的交谈非常有用，气氛很轻松；真是个值得怀念的经历”。[134]

克劳斯·曼一直在路上，他从不在一个地方逗留得太久；从一个旅馆到另一个旅馆，从一个城市到另一个城市，好像旅行是他的第二天性一样。4月，克劳斯写信给艾丽卡，介绍他在巴黎的生活。他称艾丽卡为“我的第一情人”。虽然天性开朗，充满着冒险精神，在他生命的天空中当然也会出现乌云。克劳斯告诉姐姐，“忧郁的乌云笼罩”在他的心头，[135]一再把他推向深渊，死亡的念头经常成为一种危险的深切渴望，而后生命又成为胜利者。写信告知忧郁症后两周，他又给姐姐写了一封信，充满欢乐的情绪。有位朋友让他介绍巴黎的夜生活，那人为他们俩花了很多钱，“做得非常理智，非常有情趣，非常温柔。亲爱的艾丽卡，我们也逛了妓院；他跟一个小矮胖姑娘拼命地干，干得她嗷嗷直叫；一个黑丫头特别妩媚动人，我上她时却硬不起来，让她也很

066 不好受”。[136]

阿达贝特·德吕墨（Adalbert Droemer）是莱比锡科瑙出版社（Knaur Verlag）的总经理，他给了托马斯·曼一个诱人的出版计划。德吕墨想出版廉价的大众版《布登勃洛克一家》。这位出版商给托马斯·曼10万马克的稿酬。托马斯·曼前往柏林，跟萨穆埃尔·费舍尔商谈。这位出版商拒绝了；他看不上大众图书市场，但更不想放弃该书的版权。在出版社跟其最重要的作家的关系处于危机之际，戈特弗里德·贝尔曼·费舍尔（Gottfried Bermann Fischer）的机会来了。萨穆埃尔·费舍尔的这位女婿在跟布丽吉特·费舍尔（Brigitte Fischer）订婚时许诺，放弃医生的职业并于1925年进入出版社工作，他提出了自己的出书预算。最终，萨穆埃尔·费舍尔改变了主意。费舍尔出版社自己出版了大众版的《布登勃洛克一家》。

/ 067 正当托马斯·曼成就了一生中最大生意之际，世界经济跌入了一场最严重的危机之中。10月24日，即“黑色星期四”，纽约股市大幅下跌，一个巨大的投机泡沫破裂。危机给德国造成了沉重的打击，更何况因战争的后果和赔款，国家本来就遭到了削弱：贷款被撤走，生产在减少，失业在增加。不久前，古斯塔夫·施特雷泽曼（Gustav Stresemann）去世，他是外交部部长，也是推动德国跟法国与欧洲和解的中流砥柱。

托马斯·曼关心的自然是其他事情。诺贝尔文学奖的角逐又进入了白热化阶段。等待，让评委会去作决定，以满怀信任的眼光注视着命运的发展——托马斯·曼不大喜欢这么做。好几年来，他力图摸清斯德哥尔摩的气氛，对那些他认为有影响力的人物施加影响。格哈特·霍普特曼作为最后一个德国人，于1912年获得过诺贝尔文学奖，他虽曾多次力荐托马斯·曼，却一直未果。1929 年 10 月，托马斯・曼写信给霍普特曼：“有一个广为流传的消息说，经过一帮中学教师的大力举荐和宣传，阿尔诺・霍尔茨（Arno Holz）将获得诺贝尔文学奖，您怎么看待这一消息？”他觉得选上这位德国诗人和剧作家“既荒唐，又耸人听闻”，“整个欧洲都将挠头表示无法理解”。托马斯・曼保证，他说得“很客观”，他自己“得生活下去”（从物质的意义上）并衷心希望“聪明和重要的里卡尔达・胡赫（Ricarda Huch）”获得该奖。“可霍尔茨呢？！那真的会惹起众怒，所以一定要采取点什么行动来加以阻止。”[137] 霍普特曼对这种“把自己绑架到曼氏荣誉战车上”的微妙企图感到好笑。即便如此，他还是照办了，以便阻止和他结下梁子的霍尔茨当选。[138] 他叫一位朋友，名叫汉斯・冯・徐尔森（Hans von Hülsen）的记者在瑞典报纸《今日新闻》（*Dagens Nyheter*）上写一篇相应的文章。托马斯・曼对徐尔森表示感谢。他希望，徐尔森的文章“能对上面起到警示作用”。“不”能出现“某种愚蠢的情况”。[139] 托马斯・曼在给汉斯・冯・徐尔森的信中着重强调了“不”字。三天后，阿尔诺・霍尔茨告别人世。 067

11 月 12 日下午，一封电报送到了慕尼黑的波辛格大街。卡 / 068
蒂娅・曼派宝贝女儿伊丽莎白送到父亲的书房，孩子们一般是不可以进去的。她在弟弟米夏埃尔的陪同下，把电报交给了父亲。托马斯・曼荣获 1929 年度诺贝尔文学奖。大部分德国媒体都备受鼓舞，把这一大奖当作民族的荣耀。获奖通知公布后的第二天，自由派的大报纸《福斯日报》（*Vossische Zeitung*）在头版发表了一篇报道和对托马斯・曼的采访。他在采访中列举了所有那些“至少同样有资格获奖的诗人”，谈到“这样一种奖项的忧伤阴影”。“像阿尔诺・霍尔茨不也有获得该奖的权利吗？鉴于这种情况，他的去世让我感到双重的痛心疾首。”[140]

克劳斯·曼在柏林获悉了这一消息。“真是蓬荜生辉啊”，他在给艾丽卡的信中这样写道。“所有的人都向我道喜，从银行家夫人到理发的。”他本人“真的是由衷地高兴”。[141] 在获得诺贝尔文学奖以后，父亲的荣誉给他带来的“忧伤阴影”只会更大而不是更小，这一点，他再清楚不过了。当朋友艾里希·艾博迈耶向他祝贺父亲获奖时，他在回信时只用了正好一个句子来谈这个问题：“确实，拿诺贝尔文学奖是个伟大而美好的事情。”[142] 几天后，他在写信跟姐姐聊天时顺便说到，他“偶尔服用点吗啡”。[143]

12 月 10 日，托马斯·曼在斯德哥尔摩从瑞典国王古斯塔夫五世（Gustav V.）手中接过诺贝尔文学奖。在妻子的陪同下，他要驾驭一个盛大和庄严的典礼。卡蒂娅·曼在给艾丽卡的信中写道，托马斯·曼说话时“精神抖擞，兴致勃勃，每一个中午，每一个晚上，无不如此”。在为诺贝尔奖得主举行的宴会上，他的演讲“真的是超群绝伦——也难怪，其他人也不过是些自然科

学和专业人士”。[144] 奖金额相当于 19 万马克（今天的奖金额约为 90 万欧元）。获得诺贝尔奖还促销了托马斯·曼的书籍，尤其是大众版的《布登勃洛克一家》。一年后，该书廉价版的销售超过了 100 万册。

德国陷入第一次世界大战以来最危险的经济危机之际，正是曼氏家族在经济上巅峰的一年。所有的孩子也都应该沾些光。艾丽卡和克劳斯被免去了他们在环球旅行时欠下的债务。他们俩却不那么开心，因为本来就没想过要还这笔钱。戈洛被告知，因为给大姐和大哥免去的债务数额巨大，他也可以要一个比较昂贵的礼物。戈洛决定要一台留声机。

12 月，克劳斯·曼的长篇小说《亚历山大》（*Alexander*）由费舍尔出版社出版，这原本是父亲的出版社，《到处游历》出版后也成了克劳斯的出版社。小说叙述了亚历山大大帝的泛情色空想：一个胸怀世界的征服者，其动力来自对男友克雷托斯（Kleitos）的爱情。小说对历史事实自由发挥，让不少批评家气愤不已：《世界舞台》杂志评论说，这本书“幼稚”，类似于“轻歌剧”。其他评论则指出作家克劳斯·曼的进步发展。[145] 克劳斯·曼的最初几本书曾经招来铺天盖地的注意力，现在，这部长篇小说发表后没有引发那种喧闹，或许是因为兴趣在减退，或许是托马斯·曼诺贝尔文学奖的风头盖过了儿子的这部作品。

“不得了啦，我冻死了！冻得受不了了。”圣诞前夕，莫妮卡·曼从巴黎写信回来。她在那里上一所工艺美术学校，在给姐姐艾丽卡的信中却更喜欢谈其他事情，比如天有多冷。而天冷也有它的好处：山中有积雪，她想去萨瓦省的阿尔卑斯山（Savoyer Alpen）滑雪，对此，“莫妮佳（Monigga）特别期待”。她们的滑雪团队有 60 人之多，“可能会很有趣”。身处异乡总有点伤感，莫妮卡继续写道，其字体飘逸、隽秀，却有别于家人的风格。她说吃得太多，裙子嫌紧，下个星期一去剪个“短短的齐刷刷的男孩头”。她有一件连衣裙，黑底色带点彩色的绣花，“很有艺术感，把我衬托得十分靓丽”。莫妮卡在社交方面也有收获：“巴黎市长很喜欢我，最近在舞会上跟我密切互动。”[146]

1929 年，艾丽卡·曼在慕尼黑摄政王剧场演出的席勒《唐卡洛斯》（*Don Karlos*）里扮演女王伊丽莎白，受到相当的好评。接下来，她在巴伐利亚国家剧院 1929~1930 年的冬季演出季登台演出。她不喜欢要她扮演的角色，就向总经理表示不满。这位刚满 24 岁的女演员写信向总经理挑战，要求扮演其他角色，所用的口气肯定让他感到惊愕不已。艾丽卡显然没有达到目的。不久，艾丽卡·曼在柏林投入演出，而不是继续在慕尼黑生气。古斯塔夫·格伦特根斯在德意志剧院导演了安德烈－保罗·安东尼（André-Paul Antoine）的法国通俗喜剧《可爱的女敌人》（*Die liebe Feindin*），让他前妻出演一个小角色。3月11日为首场演出。该剧取得了空前的成功，准备延长演出周期。可艾丽卡·曼又撂了挑子，她又有了其他打算，想跟弟弟克劳斯一起开车去非洲旅行。托马斯·曼不得不出马帮忙，请剧院老板马克斯·莱因哈特更换角色。古斯塔夫·格伦特根斯暴跳如雷。对他来说，话剧就是一切，他无法理解一个人怎么能够拿这么成功的一出剧不当回事，如此轻易地放弃，只是为了一次寻欢之旅，既没有特别的缘由，也没有什么必要。接下来是一场撕破脸皮的争吵。一年后，克劳斯·曼在给艾丽卡的一封信里影射此事："是吧，将来一旦事业前景在召唤，就立刻取消驾车旅游！——你的古斯塔夫·格伦特根斯。"他还补充道："我恨透他了。"[147]

年初，艾丽卡和克劳斯·曼驾车旅游，经瑞士去法国南
/ 071 部和西班牙，最后来到北非。克劳斯·曼从摩洛哥的非斯市（Fez）给一位朋友写信："几天来，我们在一个童话般的阿拉伯城市——你根本无法想象它有多阿拉伯，我们住的旅馆远远超出了我们的支付能力。"他还补充说："我们在吸大麻（别告诉别人！）。"[148]吸毒的实验失去了控制。艾丽卡·曼经历了一场恐怖之旅。在姐弟俩的通信往来中，"非斯"变成了一个暗语，象征着他们一生中最可怕的经历之一。

德国在讨论同性恋。国会也在讨论《刑法》第175条——该条款禁止同性恋，违者受到惩罚——讨论的焦点是放开抑或按照右翼保守派的要求甚至加大惩罚力度。托马斯·曼公开发表了意见：

“这一条款必须取消。”对成年人交换“性的温柔进行暗中侦探，有失于一个法治国家的体面”。他要求“多一点幽默，多一点理智，多一点人性”！“雅典并非因为男童之爱，而是因为它的政治无能才走向毁灭的，而我们始终有可能重蹈其覆辙，哪怕祖国更严厉地对待同性恋。”[149]

暑假，曼氏夫妇带上三个小的孩子去立陶宛的奈达（Litauen，Nidden）。卡蒂娅和托马斯·曼在上一年见识了库尔斯沙嘴（Kurische Nehrung），他们特别喜欢东海的沙丘景色，所以在那里找了一个度假房。他们于7月第一次前往那里。母亲在给艾丽卡的信里说，抵达目的地时发生了“不可思议的事”，“全村空无一人，港口却黑压压地挤满了人，所有的人，渔民也好，游泳的人也罢，都摩肩接踵，伸长了脖子，掏出照相机，享受着我们乔迁新居的热闹场面”。房子“漂亮极了”，“几乎是尽善尽美”。连陪同父母一起来的莫妮卡也受到了热烈情绪的感染。母亲写道，“我们的梦勒（Mönle，即莫妮卡）情绪不错”，她“最后也心情舒畅了！”[150]

四个星期后，该跟艾丽卡谈谈正经事了——关于钱的事。母亲写道：“虽然有得罪你的危险，我还是必须说出来，你今天要钱让我堵得慌。”父母亲最近为艾丽卡和克劳斯“花了很多钱”：获得诺贝尔文学奖后，作为礼物免去了他们的债务，母亲迫不得已刚往非洲寄了1700马克，“现在又要650马克，全部都意外地要从邮局汇款，这让我非常不爽”。他俩要钱的方式也够气人的，“总是在最后的节骨眼上：前不久，为了给克劳斯寄300马克，我不得不直奔邮局，今天是20号，你又来了，为了一张22号要到期的汇票”。在宣泄了这段火气后，母亲用这句话打住：“还有这等事！”写到这里，她已经平静了下来，又讲述起家里的新情况：父亲在小说《约瑟》的写作方面进展良好；她父母很快要来访；另外她的同胞弟弟克劳斯已经来过奈达，他是个“相当可爱的客人”，虽然“以对牛弹琴的方式努力教育比比，而不是回到胡布西（Hubsi）”，即他自己儿子那里。[151]

经济处于谷底，失业人数在飙升：股市崩盘前的1929年10月，失业人数为150万，到1930年底，已经接近500万。在德国大城市周围，形成了简陋小木屋组成的棚户区，失业人员穿梭于全国各地到处打工，赈灾食堂仅仅能够减轻一点饥饿的苦难。[152]由资产阶级政党和社会民主党组成的大联合政府于1930年破裂。之后组成了由中央党政治家海因里希·布吕宁（Heinrich Brüning）领导的少数派政府，借助于兴登堡总统签署的紧急法令执政。9月14日的国会选举给极端政党，尤其是民族社会主义德意志工人党（NSDAP，贬称“纳粹党”）带来许多选票，使该党成为第二大政党。“纳粹”在议会的议员人数达到107人，之前为12人。选举阿道夫·希特勒（Adolf Hitler）政党的人数超过了600万。两周后，克劳斯·曼在给艾里希·艾博迈耶的信里写道，他“害怕希特勒的独裁专制”。[153] 10月17日，托马斯·曼在柏林的贝多芬大厅向德国民众发出号召，面对那些极端势力及其“暴力独裁”，站到社会民主党人一边，捍卫共和，跟敌人作斗争。[154]纳粹党人的战斗报纸《人民观察家报》（*Völkische Beobachter*）愤怒地发表长篇文章，反击托马斯·曼为社会民主党所作的“宣传讲话”，指责他“显然受到犹太人的指使”！[155]

至此为止，戈洛·曼在海德堡集中精力学习。之前的几个学期，他在学习上很盲目，现在，哲学成了他的主专业。戈洛想在他敬佩的卡尔·雅斯贝尔斯（Karl Jaspers）那里写博士论文。本来最让他感兴趣的专业是历史，但德国各大学讲授的历史局限于本民族的角度，这让他兴趣全无，遂把历史贬为副专业。9 月的选举把戈洛·曼从故纸堆里震醒。一位朋友带他去社会主义学生会，一个社会民主党的青年组织。其主要对手是纳粹大学生。戈洛·曼很快便成为该会刊物《社会主义大学生》（*Sozialistische Studenten*）的主要评论员。他在 1931 年 1 月非常感叹地给自己和读者提出一个问题，即为什么民族社会主义会在大学生中得到这么多人的支持，虽然纳粹"在精神上是如此卑鄙无能"。只要将这两种相互对立的政治潮流的主要著作加以对比，立刻就能看到鲜明的例证：马克思的《资本论》（*Kapital*）跟希特勒的《我的奋斗》（*Mein Kampf*）。戈洛·曼写道，前者是"一本严谨的

图 7　1930 年夏天在奈达的新度假房前：阿尔弗雷德（右三）和海德维希·普林斯海姆（右二），伊丽莎白（左一）、戈洛（左二）、卡蒂娅（左三）和托马斯·曼（右一）

074 科学著作，浸透着德国哲学的成果，保持了德国智慧的最高水平”，后者则“是一部主观自负之作，在几个月内匆匆写就，语言上粗俗不堪，思想上草率得无以复加”，封面上的作者“蓄着一撮精心打蜡的小胡子，姿势像个女佣们在1900年崇拜的偶像”。戈洛·曼继续写道，民族社会主义反对什么，这很清楚，但它追求什么，却不那么清楚。把民族主义和各国之间的争斗宣布为积极的目标，实在是可悲至极。“纳粹分子在世界观上需要一个藏身的屋檐，却没有能力去建造一个新的，于是再一次把陈旧的、四处漏风的民族主义洗刷出新；我们正在经历最后一场死灰复燃，其撩拨的火焰完全有可能吞噬人类近两千年来所创造的一切。”[156]

艾丽卡·曼不时在问自己，如果要她去小地方演出或者扮演她不喜欢的角色，是否真的还想当演员。旅行，最好是开车旅行，给她带来的快乐跟舞台一样多。1931年初，她跟着参加了一场横穿欧洲的汽车大赛，这是上层社会所热衷的一种享乐方式，比赛由汽车俱乐部ADAC和福特公司举办。陪她参赛的是少年时代的男闺蜜里奇·哈尔加滕，克劳斯没有驾照。比赛
/ 075 进行到10000公里处，他们俩在15个车队中率先冲过终点。在环球旅游并出版了《到处游历》一书后，艾丽卡·曼间或给报纸写些文章，报道一些类似汽车大赛之类的经历。在3月的《速度》(*Tempo*)杂志上，艾丽卡·曼发表了一篇文章并总结性地写道：“不久之前，出现了一种新型女作家，在我看来，她们最有前途：这些女作家以文章、戏剧作品和长篇小说的形式进行新闻报道。她们不表明观点，不触及自己的灵魂，本人的命运与作品没有丝毫干系，她们进行报道而不是忏悔。这些女作家对世界十分了解，知之甚多，风趣，聪慧，而且有让自己置身事外的本

领。”[157]不过，这些特点均不适用于艾丽卡·曼本人，因为她的文章只涉及艾丽卡·曼自己，还有她在生活中所遇到的一切：在旅馆吃果酱时的各种经验，因为超速行驶而收到的罚单，“我是如何结识汽车修理工的”，在“父母家中与各种名人打交道”，等等。“没有干系”，“置身事外”：若用这些词语来形容风情万种的艾丽卡·曼，那就大错特错了。

她弟弟戈洛在海德堡继续跟纳粹同学激烈辩论。作为政治对手，双方在游行或集会时，或在教授们的讲座课及讨论课上相遇时，一方要维护，一方要捣乱。戈洛·曼在大学生报纸上写文章，一再攻击民族社会主义在智力上的浅薄。戈洛写道，纳粹大学生对社会主义的大学同学最愤愤不平的是：“我们比他们更聪明。”[158]海德堡的日耳曼语言文学学者弗里德里希·贡多夫（Friedrich Gundolf）经常邀请戈洛来家里，并给他写了一首诗：

> 他用笔头而非刀剑，
> 去刺激顽固的小爬虫。[159]

终于有一天，那些不太聪明的人反击了。一帮大学生将戈洛·曼团团围住，用棍棒打他，直到一位朋友把头上冒着鲜血的他解救出来。

最近一个阶段，克劳斯·曼的信件发自不同的地方：瑞昂莱潘（Juan-les-Pins）、邦多勒（Bandol）、柏林、慕尼黑、巴黎……他在8月写了类似诗歌的《向第1200个旅馆房间致敬》（*Gruß an das zwölfhundertste Hotelzimmer*）。 / 076

为了过圣诞节，克劳斯·曼坐车回家。“跟戈洛聊天，很有意思，先谈政治，后谈情色之事”，他在日记里写道——几周前他开始记日记。慕尼黑父母家中的气氛让他们俩感到压抑。兄弟俩都谈到“家庭生活和各种负担”。戈洛·曼差不多跟克劳斯同时开始写日记。他在日记中称父亲为“TM”或“老头儿”，而从不像其他兄弟姊妹那样用“魔术师”来称呼。戈洛写道，“老头儿”在他眼里“既倔强又陌生”。“我不能说，在这里感觉很好。”他在圣诞夜的前一天写道：“我们经历了多么苦难的童年啊。”[160]

*

1 月 13 日，在慕尼黑的联合大厅举行了一场盛大的妇女和平大会。里奇·哈尔加藤的母亲康斯坦采（Constanze）是组委会成员之一。法国女作家玛赛·凯皮（Marcelle Capy）为主要演讲人。艾丽卡·曼将朗诵几篇文章，但她病了，发烧，本应当卧床休息。可她在克劳斯的陪同下硬撑着参加大会。克劳斯·曼在日记里记道：“纳粹小儿企图挤进会场进行捣乱，搞得人心惶惶”，引起了“短暂的混乱”。[161]比起当晚的后果，更严重的是其他一系列的反响。三天后，《人民观察家报》撰文谈到“慕尼黑和平主义者的丑闻”和“反对德国国防的煽动性宣传”。艾丽卡·曼的登场“特别令人作呕”。她是个“妄自尊大的臭丫头”。“‘曼氏家族’已逐步演变成慕尼黑的一桩丑闻，到了适当的时机必须了结。”其他纳粹报纸也攻击会议的举办者，尤其是艾丽卡·曼。她弟弟伸出援手，以慎重的口吻发表了一篇关于当晚情况的反驳文章。一个纳粹评论员发誓“要好好警告他一下”。[162]

艾丽卡·曼的回击跟弟弟不同：她状诉纳粹报纸进行诽谤，还打赢了官司。

这对周游世界的姐弟对所有的狂热与堕落寄予同情，早已招来了批评家们的抨击。这些批评家希望在德国的舞台上和小说里看到坚强的、捍卫民族荣誉的年青一代。现在，艾丽卡和克劳斯·曼也像父亲一样，变成了民族社会主义的政治敌人。

1932年1月，克劳斯·曼又一次前往巴黎，见到了他崇拜的伟大偶像安德烈·纪德（André Gide）。克劳斯在日记里满怀激情地记下了跟纪德度过的那个下午，说纪德“热情，知识渊博，狡黠，有好奇心，深奥莫测”。他记下了纪德的一句名言：克劳斯“有巨大的能量去要一个东西，却没有一丝能量去拒绝一个东西”。纪德所指，主要是毒品，从1929年秋季开始，毒品已成为克劳斯·曼生活中一个不可或缺的组成部分了。跟纪德见面前一周，他在日记里对可卡因与吗啡的不同功效进行了详细描述：吗啡“对身体作用强”，见效快；可卡因“更容易上头”，不容易让“身体似腾云驾雾般酥爽”。跟纪德交谈三天后，克劳斯·曼见到了老朋友——作家让·科克托（Jean Cocteau），两人一起抽鸦片。克劳斯·曼觉得鸦片跟吗啡基本上差不多，“略淡一点，医疗功效少一点”。[163]第二天，他又试了一点新东西，并写信告诉姐姐艾丽卡：他注射了海洛因，“因为我可是一个好奇的小不点”。毒品“确实让人舒坦，着实有用”。[164]要拒绝一样东西也真不是克劳斯的天分。

在毒品方面，艾丽卡·曼也好奇，也喜欢尝试新东西。一年半前，克劳斯·曼就曾开玩笑地给她写信，叫她不要“享用太多的‘奥卡（Euka）’”，即他俩经常服用的吗啡衍生品羟考酮（Eukodal）——“它会败坏整个性格”。[165]其实她对毒品也有瘾，但比弟弟更能控制住毒瘾，也没有不断地加大剂量或增加吸毒的次数。对外，她比克劳斯掩饰得更为巧妙一些。

像许多其他事情一样，对毒品的迷恋让姐弟俩亲密无间，他们一起去冒险，一起去游历，一旦不在同一个地方相聚，就相互写信。艾丽卡不喜欢公开谈论情感，而克劳斯间或会迫切地表达自己的感受。1932年1月，他在尝试各种毒品时写信给姐姐："左手托着全世界，右手托着你——你看，在飘悬中保持着平衡。"[166]

米夏埃尔继承了曼家的传统：他不是个好学生。早在二年级（现今的六年级）时威廉文理中学就已经抱怨"他有烦躁不安的倾向"，直到拿年终成绩单前不久，母亲还非常担心幼子能否升级。[167]他还是升级了，但在文理中学的第三年，学年刚过三分之一，暑假时他拿着成绩单回家，数学、拉丁语和自然课的成绩是"差"。到了圣诞节，他的糟糕成绩就更糟糕了：拉丁语和数学甚至拿了"不及格"。[168]谁也不知道结果会如何，反正年度成绩单是没什么好结果了。卡蒂娅·曼在这一学年结束后作出决定，把她的小儿子也送进寄宿学校。1932年复活节后，米夏埃尔去位于上巴伐利亚的新博伊恩宫殿邦教育学校（Landerziehungsheim Schloss Neubeuern）上学。

3月7日，克劳斯·曼在日记里写道："做了一个梦，令人毛骨悚然：纳粹强迫魔术师自杀，之前因为一篇关于奶油问题的文章早想把他抓起来；而且要他开枪自杀，心口带着枪伤，从六楼跳下去（这发生在下一场总统选举之前，那场选举中希特勒终于得逞）。我在恐惧中惊醒了。"[169]

右翼和左翼激进党派，尤其是右翼党派的支持者大增。4月举行普鲁士邦议会选举，之前托马斯·曼发表了一篇题为《论德意志之深思熟虑的胜利》（*Sieg deutscher Besonnenheit*）的呼
/ 079 吁。他希望"德国不要蜕变成为血腥的疯人院"。"我因此而厌恶那种自称为'民族主义'的卑鄙混杂物，厌恶伪装的革新，其

本身不过是一场愚蠢和漫无目的的混乱，只会制造混乱与不幸，这种由陈腐的循规蹈矩和大众闹剧拼凑而成的破烂大杂烩，高中德文老师在它而不是一场‘人民运动’面前卑躬屈膝，它不过是打着革命的幌子，以前所未有的形式在欺骗人民和毒害青少年。”[170] 079

5月，戈洛·曼的博士考试在海德堡举行。考试并不像他希望的那样顺利。戈洛交上了一篇关于黑格尔历史哲学的论文，卡尔·雅斯贝尔斯不满意，答辩考试的成绩也一般。戈洛·曼以“良好”的成绩获得哲学博士学位。对于有抱负、寻求认可的戈洛·曼来说，这不啻一个失败，他曾对自己博士论文的重大意义有过憧憬：这篇论文“可以成为曼氏家族的理论基石”。[171]不管怎么说，他毕竟是家中第一个能够完成大学学业的人。就在他对分数感到气恼之际，父母亲非常自豪，送给他一辆汽车。戈洛·曼已经有了下一步计划：他想通过国家考试，成为一名文理中学老师，以后也许争取拿到一个教授职位。

克劳斯和艾丽卡·曼又在筹划一次驾车旅行。他们想在5月6日，即戈洛·曼博士答辩的日子，开始前往波斯的一次大型驾车旅行，同行的有朋友安奈玛丽·史瓦岑巴赫（Annemarie Schwarzenbach），她出生于一个富有的瑞士企业主家庭，跟克劳斯分享对毒品和对姐姐艾丽卡的激情，里奇·哈尔加藤也同行。可就在启程的那一天，里奇·哈尔加藤自杀身亡。姐弟俩如五雷轰顶。克劳斯·曼是因为跟哈尔加藤一样，深知抑郁和对死亡的渴望意味着什么，朋友之死犹如一道闪电在他身边闪过；艾丽卡则是因为她曾经把这件事看作自己的任务，即通过自己的强势和对生活的勇气来劝阻情绪波动的里奇，不要受到死亡的诱惑。为了转移注意力，艾丽卡和克劳斯·曼跟安奈玛丽·史瓦岑 / 080

巴赫随即一同开车前往威尼斯。父亲忧心忡忡。他本人已失去了两个因自杀而亡的妹妹——1927 年，尤莉亚·曼（Julia Mann）继卡拉·曼（Carla Mann）之后也寻了短见。托马斯·曼写信给艾丽卡表示安慰。艾丽卡还在反思，本来是否有可能阻止“里奇犯浑”，并以此来折磨自己。父亲写道，她已经尽到了“朋友所能尽到的责任（并非所有朋友都如此），支持他并打消他对死亡的憧憬。没有你和你对他的权威，他肯定早就服从他那迷惘的心绪并行使死亡的自由，只不过这一次你没能阻止他而已”。[172] 艾丽卡感谢父亲的安慰，说他写得“总体上是对的”，“却也不尽然”。[173] 她的力量还没有大到足以阻止里奇自尽，“这太让人伤心了”。

年初，克劳斯·曼的两本书同时出版。一本是一部长篇小说，书名是《无穷无尽里的碰头地点》（*Treffpunkt im Unendlichen*），讲述艺术家和知识分子的故事，描写了爱情、毒品和自杀。老出版商萨穆埃尔·费舍尔将此书称为克劳斯·曼“第一本真正的书”。[174] 相反，批评家西格弗里德·克拉考尔（Siegfried Kracauer）在《法兰克福报》上写了一篇严厉的批评文章。“克劳斯·曼具有写作天才，将他的龌龊生活照抄不误，却没能从中领悟出某种意义，还自我感觉良好。”克拉考尔的结论是：“一个被污染了的天才。一部粗制滥造的作品。”[175]

克劳斯·曼年初出版的第二本书叫作《这个时代的孩子》（*Kind dieser Zeit*），一本回忆录。他以 25 岁的年纪，用欢快的语调公开回顾其一生：慕尼黑的孩提时代，夏天在巴特特尔茨度过的田园时光，父母家中保姆的管教，相距遥远的父亲，往往只能通过雪茄烟的气味才能感知到他的存在；他写到母亲——儿子心目中的英雄，在世界大战期间和艰难的岁月里要照顾好一

/ 081

大家子，这一任务造就了她；最后，克劳斯还描述了他无羁无绊、敢于冒险的青春期。这本书写到克劳斯·曼开始作家生涯时结束。这是一本呼唤美好时代的书。恩斯特·克劳依德（Ernst Kreuder）在《傻瓜》杂志上写道："这本书读起来这么顺畅，始终让人感到惋惜，要知道书中所写的年代曾是那样的艰难与沉重。"然后他又表示怀疑："难道并非如此吗？"这样看待并向公众展示他的青少年时代，对克劳斯·曼来说是一种需求。克劳依德觉得这本回忆录缺少距离感："非要现在就写吗？"[176]

托马斯·曼于7月初前往奈达，陪同他的是朋友、作家兼翻译家汉斯·赖西格（Hans Reisiger），其他家人两周后再去。7月31日举行国会选举。民族社会主义德意志工人党获得37%的选票，成为议会的最大党，把其他政党远远甩在后面。但希特勒还不能执政。他没有绝对多数，而此时已经84岁的总统保罗·冯·兴登堡依旧凭借紧急法令支持总理弗朗茨·冯·帕彭（Franz von Papen）。

选举前两周，克劳斯·曼曾坐在慕尼黑佳通饭店（Hotel Carlton）的咖啡厅里。他在日记里记录如下："希特勒就坐在我身边的桌子旁，由一群魑魅魍魉陪伴着。其自卑感暴露无遗，也没有半点天资；他展示的魅力堪称人类历史上最大的耻辱，带有某种性病理学的特征。"[177]

/ 第二章 在流亡中（1933~1936）

1932 年 3 月 22 日，13 岁的米夏埃尔・曼坐在新博伊恩寄宿学校冰冷的宫殿房间里，给母亲写一封信，谈到昨天举行的“波茨坦日”庆祝会。总理希特勒在会上导演了一场德国民族保守人士团结一致的表演，让米夏埃尔感到厌恶。他写道，会上发表了爱国的演讲，人们挥动着德国和纳粹的旗帜，接着是冲锋队队员的盛大游行。“德国男人在一个德国之夜高唱《霍斯特・威塞尔之歌》（*Horst-Wessel-Lied*）”，到处都洋溢着“普遍的喜悦与满足”。米夏埃尔写道，只有他自己和另外一个叫哈洛・谢林（Harro Schilling）的同学“几乎要作德意志式的呕吐，以更德意志的方式拒绝参加第三帝国的建国日”。然后他要家里给他 150 马克，以参加复活节的一次学生旅行，去意大利 10 天。这可能“不合时宜”，“脸皮也太厚了”，但是也许……曼家的孩子们有一个雷打不动的传统：给母亲写信没有不要钱的，即便到了历史性的时刻也不会打破。“祝福（治好）希特勒①，比比”。[1]

三周前，哥哥克劳斯打破了这一传统。他非常自豪：“谁在那里写作，那么勤奋地写作？他还不想要钱，看不起那些纯物质的东西。”父母去旅行作报告［阿姆斯特丹、布鲁塞尔和巴黎，题为《理查德・瓦格纳的烦恼与伟大》（*Leiden und Größe Richard Wagners*）］，然后赴瑞士的山里休息，克劳斯从慕尼黑
/ 083
的家中写信给父母亲。2 月 27 日夜里，国会大厦被烧，纵火者据说是荷兰共产党人马里努斯・范・德尔・卢贝（Marinus van der Lubbe）。克劳斯・曼写道，对纳粹党人来说，“这显然正

---

① “祝福（Heil）”跟“治好病（heilt）”的发音近似。

中下怀”，他们可能会“因为此次事件而采取无法预见的措施，所以，对纵火的各种猜测虽然八九不离十，却永远也不许说出来”。好在伯伯海因里希很快便离开柏林远走他乡，“现在，恐怖在柏林似乎已成为家常便饭了”。2月28日，克劳斯·曼对德国、对家庭、对未来失去了希望，就在当天，希特勒政权颁布《国会纵火案法令》（Reichstagsbrandverordnung），宣布宪法中的主要基本权利失效。克劳斯·曼写道：“情况不妙，情况不妙，情况绝对不妙。”[2]

不久前，世界看上去还完全是另一种情形。1932年圣诞节，全家人跟以往一样，只要有可能，都聚集在父母家中，情绪高昂地谈论政治和不远的未来。此时，经济状况有所好转，纳粹党人的支持率在下降，他们在11月的选举中不得不接受选票减少的事实，1930年以来这还是第一次。不仅仅是曼氏一家人认为，危险已经过去。[3]

克劳斯·曼从伦敦回到慕尼黑，他在伦敦的生活依然如故：住普拉扎旅馆，吸毒，在土耳其“夜浴店”[4]里寻求性接触。他的归来让弟弟戈洛十分开心，之前，在哥哥姐姐未归的情况下，戈洛在父母家中过了几天。单独跟父母或跟父亲一人在饭桌边谈话让他觉得难受，为此，一到吃晚饭的时间，他就去散步。艾丽卡也回来了，在准备她的小品剧《胡椒磨》，其中由她本人跟女友兼情人特蕾莎·吉赛（Therese Giehse）出演主要角色。克劳斯·曼为这台小品剧写了几篇台词，该剧将于1933年元旦在宫廷啤酒馆的“糖罐剧场（Bonbonniere）”举行首演；此时的《胡椒磨》并非像后来那样以政治性和战斗精神著称，而是集“诙谐的笑话与地方特色”于一身，取得了空前的成功，观众和评论都非常看好。[5]

父母和六个孩子跟汉斯·赖西格、布鲁诺·弗兰克及聚斯金德等朋友一起过圣诞节，时而探讨严肃的话题，时而聊起轻松愉快的事情，比如“海因里希的女人”，说的当然不是其前妻米米，而是内莉·克吕格（Nelly Kröger），一个来自红灯区的女子。大家激动地谈论费舍尔出版社的文学杂志《新评论刊》更换主编一事。托马斯·曼的很多文章都是首先在该杂志上发表的。克劳斯·曼认为，撤掉成就显著的鲁道夫·凯瑟（Rudolf Kayser）是桩“骇人听闻的丑事”，他出身犹太家庭，是阿尔伯特·爱因斯坦的女婿。克劳斯猜测犹太血统的出版商费舍尔一家作出这样的决定，背后有政治动机，即这家出版社要投进纳粹的怀抱。几天后，凯瑟的接班人来托马斯·曼这里作自我介绍：彼得·苏尔坎普（Peter Suhrkamp），身材瘦削，金发，世界大战的英雄。克劳斯·曼评价说，他给人的“印象就是想象中的那样，年纪不小的‘流浪者’，对文学一窍不通”。[6]

虽然家里气氛活跃，政治局面向好，姐姐的成功带来了欢乐，克劳斯·曼却身心憔悴。“感觉从来没像现在这样处于低谷，纯粹从事业的角度来看也是这样。”[7]这种感觉算不上奇特。如果一位作家刚刚写完一部自传的话，这往往是作家生涯中的最后一本书，一本回首往事和告别人生的文献。可是，作为自传作家，克劳斯刚刚庆祝完他的 26 岁生日。

新年伊始，托马斯·曼给家人朗读他写的一篇关于理查德·瓦格纳的报告，不久他将在慕尼黑作这一报告。父亲对瓦格纳的迷恋［《大师与北方的上帝》（*Meister und Nordischer Gott*）[8]］，儿子们无法苟同。他们看到的仅仅是有问题的那些方面，那些从某种意义上跟纳粹相通的方面（对此，托马斯·曼也同样持拒绝态度，在报告里也谈到这些方面）：民族神话和让人

/ 085

疯癫的那些东西“令人作呕”[9]。克劳斯跟戈洛·曼在咖啡厅里进行讨论，他们对父亲的评价一致：“内容单一，叙述的展开达到极致。”[10]

那么如何看待“[希特勒]攫取政权”呢？人们有意把权力交到一个被打败的人手里，这是1933年2月初戈洛·曼的看法，家里其他人也持相同的看法。在分析这一问题时，他们的看法难得这么一致。“太累了，连对希特勒的弥天大谎发飙的劲都没了。”[11]尽管如此，戈洛·曼还是希望能够参加国家考试，希望这届政府很快又会倒台，他把希望寄托在其正直的社会民主党人身上。

姐姐和哥哥跟他的看法不同。要是希特勒上台会怎样——这一联想在过去的一年里时常在脑海里萦绕，答案只有一个：到那时就得流亡国外。[12] 1933年3月，艾丽卡和克劳斯·曼离开德国。跟这个国家他们绝不妥协。克劳斯从巴黎写信给母亲说，他正在安置“简单的流亡生活”。“人们自然会问，感觉如何？经常感觉要骂人。”在这种情况下，要工作、要写作都很难；“然后，你又抱着愚蠢的幻想：今天折磨你的，也许会在一个幸福的历史时刻被重新发掘出来，就像文艺复兴把后古典时代的人所做的工作重新发掘出来一样；然后，人们会撰写各种关于曼氏家族有趣的小册子”。[13]这当然是炫耀自己的家庭。不久的将来会如何，对克劳斯·曼来说完全无所谓，他现在就要发挥作用，就要受到瞩目，就要受人欣赏，作品就要有人读——他已经在制订跟希特勒作斗争的计划，虽然是用笔作斗争，却是干劲冲天，他从未像现在这样投入，像现在这样认真。克劳斯在1933年前就已经时常去旅行，以世界的大都市为家，住在旅馆里，一辈子都将不会拥有自己的房子，所以，他跟家乡告别要比在德国扎根的父母或者弟弟戈洛容易得多。他不需多少时日就能适应新的情况。他要成立一家杂志社，文学性与政治性兼而有之，要把伟大的德国流亡者和欧洲的知识分子汇集到一起。

克劳斯·曼暂且以书信的形式进行斗争。他于3月23日宣布退出“德国作家保护协会（Schutzverband deutscher Schriftsteller）”——该协会原本打算把托马斯·曼从自己的行列开除出去。眼看着人们在新当权者面前投降，面对着“德国的这一罪孽”，克劳斯·曼火气冲天，慷慨激昂地在流亡中首次发表政治见解。[14] 托马斯·曼对克劳斯的这封“粗鲁书信”[15] 大为恼火，就连艾丽卡也不赞同，写信提醒她的“双胞老弟”要小心，必须考虑到尚在德国的兄弟姐妹们。在纳粹“大权在握的当下，将受人攻击的把柄奉送到他们的手中”，这样做毫无意义，“在国外应当默不作声，像一头小鹿一样小心，你自己却将把柄交给他们，太情绪化了”。艾丽卡写道，他的怒火可以理解，“犬吠也会让人抓狂”。她自己也写信表示愤慨，“但这些信我不寄出去，否则就太危险了”。像是为了安慰他，艾丽卡建议经常见面，同时警告他不要吸毒：“别吸了，我的上帝，别吸了，正因为当下这样做太容易，所以要能放得下——时代太过糟糕，所以不能在各种诱惑面前随心所欲。”为了强调这一警告，艾丽卡还描述了她跟克劳斯也认识的女性朋友安奈玛丽·史瓦岑巴赫的一段难受的吸毒经历：“安奈玛丽的胃不停地痉挛，一刻也不停，我痉挛得比她更厉害，蜷缩在只有一张单人床的旅馆小房间里，到了夜里三点，不得不请来安奈玛丽那位值得信赖的家庭医生海默理（Hämerli），然后只能竹筒倒豆子般承认了所有的事情，到最后，他用氢吗啡酮才把我们从这一窘境中解救出来。”这是一种很厉害的鸦片类止痛药。她在信的结尾写道：“用不着沮丧，跟

/ 087

我们一同受难的都是精英，这种苦难也不会没有尽头，至少不会到我们生命结束的时候，这一点我敢肯定。”[16]

3 月，艾丽卡来到在瑞士的父母身边。她跨出德国的脚步，就是迈向流亡道路的脚步。托马斯·曼呢？他于 2 月离开德国，去国外作报告，旅行结束后正在阿罗萨休假。难道他也开始流亡？托马斯·曼在日记里欢迎女儿的到来：“这不是什么偶然，而是我生命中‘阳光明媚’的日子。这几天，我最心爱的两个孩子，大女儿和最小的女儿，都在我的身边。”[17]他在给自己鼓劲，但在日记里记下了一连串的问题：失眠，服用镇静药片，痉挛性抽泣。他的生活宝殿——保证他进行艺术创作的中产阶级艺术宝殿受到了威胁。他该怎样生活，即该怎样写作？希特勒上台了，还回德国吗？抑或先在苏黎世安家落户，静观事态的发展？慕尼黑的房子怎么办？财产怎么办？家乡怎么办？“大约一年之内不能回慕尼黑，想回也回不去，这一想法我得牢记于心，而且得去适应它。”[18]可就是做不到——心中不断地产生怀疑，怀疑流亡者，怀疑自己在流亡者中能够扮演的角色。德国是否真的出现了“重要的变革，巨大的革命性变革”，[19]这一切是否有其历史的必然性？是否会是一场革命，一场“不仅迫使阿尔弗雷德·凯尔（Alfred Kerr）和图霍尔斯基，也迫使像我这样的人和英才离乡背井”的革命？[20]多年来，托马斯·曼跟共和国的敌人进行战斗，虽然算不上坚定的民主人士，却是一名坚定的斗士，反对右翼极端分子，反对纳粹分子，反对好战分子。他痛恨希特勒这个歇斯底里的畜生，[21]这种仇恨到现在也没有丝毫减弱。托马斯·曼依旧是这一新兴国家的敌人，这个国家在他的家乡日益巩固，民主制度一步步地转变为专制独裁，反对者被关进集中营或遭杀害。尽管如此，托马斯·曼现在还是不想公开表态，他一再怀疑所发生的一切是否具有某种历史的必然性，也一再陷入人生的低谷。比如，作为一名坚定的挺犹人士，他却在日记里为“司法的非犹太化”拍手叫好。[22]

父亲犹豫不决；儿子戈洛则希望能在德国实现自己的理想，当一名文理中学教师。这时，他在慕尼黑照看父母的家。妹妹伊丽莎白非要回到朋友们的身边，回到她的学校，所以在过15岁生日的几周前，即3月，她又回到了慕尼黑。父母跟她告别时忧心忡忡。弟弟米夏埃尔也回到了他在上巴伐利亚的寄宿学校。只有克劳斯·曼没有丝毫的怀疑。他一封接一封地给母亲写信，表示担心，分析形势，还提出建议。他在4月12日小心翼翼地写道，这件事可以考虑，那件事也可以考虑，唯一不能认真考虑的，就是回到德国的可能性。“我坚信我们大家都回不去了。”不能坐以待毙，必须该断就断，钱和财产，能救多少就救多少，然后筹划在异国他乡的生活。[23]克劳斯·曼，这个卡蒂娅·曼眼里的“天才魔少”，[24]一个辍学者，一个花花公子，一个周游世界的人，一个吸毒和性交上瘾的人，处处惹人注目，深受母亲之爱，虽想方设法要以作家身份成名，却不为母亲所看好：可就是他，对形势洞若观火，判断准确。好像是为了消除这一矛盾，他很快又补充说，他感觉自己在写作时“有点令人可怕地变成了维克多叔叔”。[25]维克多·曼（Viktor Mann）是海因里希和托马斯·曼的小弟，一个银行职员：在托马斯·曼的孩子们的眼里，他是家中的一位谦谦君子。

卡蒂娅·曼在回信时写道：“我要回复你的两封信，其中没有一封主要是为要钱的，这在我们的书信往来中算得上是开天辟地头一遭，也是一种象征，说明这个时代乱到了何种地步。”儿子表现着从未有过的严肃，对此，她还不想完全当真。“要是

/ 088

可敬的维克多也能在你心中成长，能抵消那‘小资’（母亲通常对儿子吸毒的隐喻）的累赘”，那也许是件好事。当然，她多少受到儿子观点的影响，用好几页纸向他描述了局势的重重困难，以及所作的种种尝试，以便至少拯救一部分财产。在这件事情上，他们意见一致。卡蒂娅也想来个干净的了断。先是托马斯·曼在费舍尔出版社的责任编辑奥斯卡·雷尔克（Oskar Loerke）写快信，劝他及早回归。《国会纵火法令》,《授权法》（Ermächtigungsgesetz），一场由国家组织的抵制犹太商店的运动，首部反犹太法律（将犹太人清除出公务员队伍）：虽然发生了这么多事，在柏林，就连雷尔克那样坚定的反希特勒人士好像也认为政治局势能够稳定下来。卡蒂娅·曼身处瑞士，她的看法完全不同。从纳粹“一个又一个地实现其梦想”的方式来看,“形势很可能越来越令人发指，越来越荒唐”。战争或者内战是最有可能的后果。“所以，不管从哪个角度来看，最好待在外面。”[26]

四个小的孩子还在德国，这让卡蒂娅·曼非常不爽。4 月初，她让戈洛带着伊丽莎白经博登湖进入瑞士；两周后，米夏埃尔利用班级去意大利旅行的机会，独自从罗马辗转来到瑞士的家中。这时，只有戈洛和莫妮卡·曼还生活在德国。

4 月，以歌剧院院长汉斯·科拿帕茨布施（Hans Knappertsbusch）为首的资产阶级民族主义人士在慕尼黑组织了一场“理查德·瓦格纳之城——慕尼黑的抗议运动”。他通过广播电台和不同的报纸宣布反对托马斯·曼，反对“诋毁和污蔑德国大师”理查德·瓦格纳。慕尼黑的纳粹分子迫不及待地加入到这场抗议的行列中。[27] 托马斯·曼在他的报告里对瓦格纳表示了极大的尊重和崇敬，同时也分析了瓦格纳的“矛盾特征”：瓦格纳的音乐兼具“心理学与神话”的双重性，既是“闹剧”又有“隐匿的悲伤”，既是“悲剧”也是“高雅的玩笑”，“貌似健康的”病态，“腐朽式的”英雄史诗。[28]《人民观察家报》认为，这一分析在恶毒地攻击德意志民族与其最伟大的艺术家的荣誉。该报尤其感到气愤的是，托马斯·曼甚至敢在外国作报告，对英雄瓦格纳进行这样的攻击。此时，托马斯·曼的家乡慕尼黑的许多德高望重者公开站出来反对托马斯·曼，这正中新当权者的下怀：瓦格纳属于希特勒，而不是托马斯·曼。

纳粹分子，尤其是希姆莱的亲信、巴伐利亚政治警察头目莱因哈德·海德里希（Reinhard Heydrich），对这一抗议运动作出了反应，接管了托马斯·曼一案。曼家的三辆汽车被充公，银行账号被封，之前，戈洛·曼还从该账号上提取了 6 万马克，并在法国大使馆的帮助下偷带了出去。到了 8 月，房子也被没收了，有些家具和书籍在朋友的帮助下得以运往国外。海德里希在这场抗议运动开始后不久便对托马斯·曼下达了“保护性逮捕令”：他一旦回国，就要被抓起来。

托马斯·曼把这场抗议运动看作自己的家乡城市抗议他本人，“自己人反对自己”，是一种“诅咒”。[29]这一看法并非没有道理，也深深地刺伤了他，对他造成的伤害要超过经济上的各种损失和纳粹当局的违法行为，其程度大概只有之前跟海因里希的兄弟阋墙可以相比。自此刻起，直至其生命的终点，只要谈论到德国，都可以感觉到慕尼黑抗议运动及其造成的创伤所留下的痕迹。即便到了垂暮之年，卡蒂娅·曼一提到这一奇耻大辱，仍会气得暴跳如雷：“他们把我们抛之国门外！虽然我们的生活曾经那样受人尊重！”[30]

房子虽然被没收了，艾丽卡·曼还是于 1933 年夏回到了慕色的慕尼黑。她，一个毫无畏惧、被纳粹分子恨之入骨的“堕落腐朽分子”，[31] 多少人都想把她送进“度假之地”——达豪集中营（Konzentrationslager Dahau）。在跟克劳斯·曼共同撰写的《逃避生活——流亡中的德国文化》（*Escape To Life. Deutsche Kultur im Exil*，1939，下文简称为《逃避生活》）一书中，艾丽卡描绘了这次冒险经历：“我开车回去，戴了一副深色眼镜，心想，这样他们就认不出我来了。事实上，这更惹人注意。”夜里，她悄悄绕过纳粹的岗哨，进入父母的家中，拿起父亲的长篇小说《约瑟》的手稿，“帽子深深地卡在前额上，手稿夹在宽松的雨衣里”，然后逃之夭夭，“虽然满街都是纳粹分子”。她把厚厚的手稿藏在汽车座位下油腻的工具之间，然后幸运地带过了边界。[32] 过后，托马斯·曼在公开场合赞扬女儿的这一勇敢行动，有些研究者也采纳这种说法。她弟弟戈洛在《回忆录》（*Erinnerungen*）中写道：“在她无数的英雄业绩中，这是最辉煌的一页。”[33] 问题是，这一切均属虚构，是杜撰出来的，是吹牛皮。这是曼氏家族的一个传奇，众多传奇中的一个——而大部分传奇都出自艾丽卡之口。也许这一传奇被重复了太多遍，就连自己家人也相信了。事实上，早在 1933 年 3 月流亡时，艾丽卡·曼就已经把《约瑟》的手稿带走了。3 月 15 日，托马斯·曼在其日记里开心地欢迎女儿和手稿的到来。[34]

并非传奇的是，4 月，托马斯·曼的日记不见了踪影。戈洛·曼原本应当将父亲近几年的日记保存好并寄往国外。装日记的那个箱子一直没有寄到。家人一再去查询，心情焦虑，以至于越来越陷于恐慌。后来才知道，那个不忠诚的司机是个希特勒的走卒，他向政治警察通报称有一个可疑的箱子要运走。托马斯·曼在日记里写道：“我现在首先担心的，或者说几乎最担心

/ 091

的，是我的个人秘密受到损害。这种担心非常强烈。有可能发生可怕的事情，甚至是要命的事情。”[35]最私密的自白与想法，那些虽然距离遥远却让他心仪的青年男子——这一切都将落入令人憎恨的敌人之手，那些粗大笨拙的手：不需要丰富的想象力，就可以描绘其后果。事实上，那个箱子确实在边境被查抄；当局显然以为涉及外汇走私。那些日记本被当成手稿，所以没什么用。历经几周的等待以后，托马斯·曼终于迎来了那个箱子。

4 月底，曼家作出了决定：暂时不作决定，先在法国地中海海岸度假，然后静观其变。艾丽卡跟两个最小的弟妹一起先行，前往勒拉旺杜（Le Lavandou），父母几天后再去。伊丽莎白在给父母的信中写道：驾车旅行“棒极了，只是我感觉不太舒服。马路笔直而宽阔，可以飙车，艾丽卡的车开得太好了”。海水“冰冰凉”，“我正在看《新评论刊》上父亲大人关于瓦格纳的文章。我觉得，我把这篇文章读懂了。不管怎么说，我觉得这是一篇很棒的文章”。[36]

克劳斯·曼不时地在日记里记下所做的梦。作为精神分析时代的孩子，他很重视这些梦。“梦得太逼真了，”他在这一年的日记里曾这样写道，“莫妮卡饮弹自尽——因为体重增加了。”[37]

戈特弗里德·贝恩在政治世界里寻找自己的位置。这个位置他在新政权那里找到了，虽然时间不长。克劳斯·曼给这位他尊敬的诗人写了一封表示失望的信。贝恩回了一封题为《答文学流亡者们》（*Antwort an die literarischen Emigranten*）的公开信：“他们坐在海滨浴场上，要我们进行辩解，因为我们参与重新建设一个国家，其信仰是独特的，其实干精神令人倾倒……”[38]

1933 年夏，全家人在蓝色海岸的萨纳里海滨（Côte d’Azur，Sanary-sur-Mer）为卡蒂娅·曼庆祝 50 岁生日。这就是戈特弗里德·贝恩讥讽的那些海滨浴场中的一个。曼氏一家在这里租了一幢房子。5 月底，莫妮卡·曼来到了法国。作为家庭最后到达的一个成员，戈洛·曼于 6 月初抵达。前面几周，他是在柏林度过的，作为戈特弗里德·贝尔曼·费舍尔家中的客人。5 月 10 日，戈洛在柏林歌剧广场（Opernplatz）上见证了公开的焚书行动，眼看着海因里希·曼和克劳斯·曼的作品，还有那本刊发戈洛匿名发表的文学处女作的文集被付之一炬。“可惜我们没逮着这些（作家）本人。”人群中有人在他身边说了这么一句。[39] 戈洛·曼对德国未来的希望破灭了，将来会发生什么，无法预料。在流亡开始的第一天，他在日记里写道：“现在，家庭是我剩下的唯一所有；这不会是什么好事……”[40]

过生日那天，所有孩子都聚集在母亲身边，房子里放满了鲜花和一件又一件的礼物，孩子们为过生日的母亲准备了歌曲演唱和诗歌朗诵节目，只有托马斯·曼依旧扮演着他自己认定的角色，“我们大家笑得前仰后合，倒在三角钢琴上”。[41] 少了一个孩子。克劳斯待在荷兰，在阿姆斯特丹准备他的《文萃》（*Die Sammlung*）杂志。他写来了一封生日贺信，对“我伟大的漂亮母亲”的一生作了总结：“妩媚动人、闻名遐迩的孩提时代，美满的婚姻，难以逃脱的温柔之乡；以最大的谨慎度过了战争、瘟疫和各种磨难；说一口漂亮的法语，学过一点开车；精通数学，熟读荷马，对瓦格纳的所有歌剧和莫泊桑（Maupassant）的所有小说了如指掌；布置过许多别墅，用过锅碗瓢勺，给人送过不少睡裙，在许多书里都被提起过……遭到很多厨师的憎恨，到处都受人尊敬：这一切都可圈可点，而最重要的事情我还没有说出来。所有这些都是纳粹分子望尘莫及的。总之一句话，我非常伤心不能在场，问题是，我要是在场的话，恐怕要小哭一场。”[42]

/ 093

虽然生日庆典隆重而热闹，但这半年的狂风骤雨已给这一家人留下了明显的印记。而这不仅仅是对生性脆弱、需要安静、有条不紊的托马斯·曼而言。卡蒂娅的“精力也已大不如前”，托马斯·曼在日记里忧心忡忡地这样写道，她常常生病，“这段时间体重减轻了两公斤”。[43]然后是艾丽卡·曼，她在替弟弟克劳斯朗读给母亲的信时哭了起来。[44]

流亡生活不是什么享受，在地中海边不是，在其他地方也不是：背井离乡，留下亲朋好友，放弃许多财产，往往是一文不名，心中无底，不知前景，没有希望。在希特勒独裁统治的头几个月，有 4 万多人出于政治原因逃离了德国。[45]其中许多人曾经是声名显赫的政治家、艺术家或学者。现在，他们不得不苦熬时日，每获得一份工作，每得到一种支持，都无不表示衷心的感谢。

陷入贫困、低人一等，这些忧虑始终萦绕在托马斯·曼的脑海里。住在广场旁的第一家旅馆时，他把这些忧虑一一记录在日记里。为慎重起见，1929 年获得的诺贝尔奖奖金的一半已经存放在瑞士，有 10 万马克的现金，外加股票，还有戈洛·曼从德国拯救出来的 6 万马克。德国和外国出版商定期支付稿费。阿尔弗雷德·普林斯海姆一如既往，对女儿一家给予支持。家具、书籍和其他一些物品也源源不断地从慕尼黑的家中走私出来。要说一家人会面临贫困的威胁，这谈不上。6 月，戈洛、卡蒂娅和托马斯·曼对拯救出来的财产进行了估算，总价值在 20 万瑞士法郎左右，换算成法国法郎为 100 万，这让他们很高兴。买了一辆新汽车，标致敞篷车，花去 13000 法国法郎。遇到有些境况不如曼氏家族的人，他们给予帮助，这是真实的事情，同样真实的是，他们要给自己孩子钱，包括已成年的。克劳斯·曼于 10 月

/ 094

在阿姆斯特丹给母亲写信，说他希望每个月的补贴能够“按时拿到”，他本人可惜“做不到放弃它，没它还不行——没辙”。[46]

克劳斯·曼的很多冒险经历在父母家中闲聊时都上不了台面。“一个身穿黑色连衣裙的肥胖妓女把我勾引到里面的房间（‘三个法郎可吮吸……’），我的裤子立马被脱光。然后的事情难以言状。她那风情万种的挑逗（乳房和屁股）。然后逃跑。发现她偷了我50法郎。叫来了警察，回到妓院。从那位突然间悲戚万分、打扮得近乎雍容华贵的老鸨那里要回了钱，没遇到任何麻烦。（感谢警察。）”[47] 1933年：一年都是政治，没有任何爱。这种情况让克劳斯·曼备受煎熬。他在7月写道：“打从离开慕尼黑后……都是用钱来买春：我不得不付钱。水兵、按摩师、街头娼妓。”三天后又写道：“思来想去，我孤苦伶仃的一个人，既不像话，又实在可怜，我本不想这样——这都跟艾［丽卡］有关。”[48]他始终不能跟别人开始固定的爱情关系，原因在于从情感上跟自己的姐姐难舍难分，这一想法一再出现在他的日记里。

在回顾1933年夏天的萨纳里海滨时，路德维希·马尔库塞（Ludwig Marcuse）将其称为“德国文学的首都”。[49]德国思想界响当当的名人都来到这里，有的来几天，有的来几周，大家相聚在海滩上、咖啡馆里或仲夏夜的派对上，讨论德国，谈论共产党人即将发动的针对性革命，畅谈自身的前途：来者中有贝托尔特·布莱希特，利翁·福伊希特万格（Lion Feuchtwanger），威廉·赫尔佐克（Wilhelm Herzog），埃尔温·皮斯卡托尔（Erwin Piscator），弗朗茨·维尔费（Franz Werfel），阿诺尔德·茨威格（Arnold Zweig）……回过头来看，这一切都比当年，即1933年更加有趣：拿戈洛·曼来说，24岁，哲学博士，差一点就要通过国家考试，他现在应该开始做什么好呢？戈洛的朋友皮埃尔·贝特鲁向他建议：投身法国，把它当作自己的新祖国，再参加一次中学毕业考试，再上一次大学，争取成为高年级德语教师。戈洛·曼认为，这一前景十分令人沮丧。跟其他流亡者他又保持着距离。戈洛认为，这些人与其现在对希特勒和自身的命运进行抱怨，不如想办法来阻止他。戈洛在日记里写道："昨天晚上，阿诺尔德·茨威格来了，一个爱虚荣、中等聪明、爱唠叨的男人，跟其他人并无二致。除了老爹和海因里希外，我还没见到真正高品位的流亡者。"[50]戈洛·曼像着魔似的把目光投向德国，注视着那里的政治发展，并在日记里用很长的篇幅进行评论。父亲夸奖说，他的"政治见解有水平"。[51]可一想到父亲的摇摆不定（"像一只被砍了头的黄蜂"[52]），看到流亡人士在晚间对形势进行分析，父亲的夸奖很难算得上是一种慰藉。"只要一开始讨论，我就不得不给自己倒上一杯红酒……'如果至少国际联盟'……国际联盟算个啥东西，我怒气冲冲地发问。就是不同的单一国家，这些国家就是现在这德行。国际联盟跟这些国家没什么不同，就是说，国际联盟啥也不是……"[53]戈洛·曼除了在政治上感到苦闷外，还有另外的不快。他在日记里写道，总的来说，"我不得不把自己的同性恋倾向看作一种巨大和完全的不幸"。[54]

在家里，讨论一而再，再而三地围绕着托马斯·曼跟德国的关系这一话题在进行，还有"那个讨厌的瓦格纳事件"——这是几个大孩子对那一事件的称呼。[55]在父亲对抗议运动作出第一次保守谨慎的回应之后，孩子们，尤其是艾丽卡，费了九牛二虎之力才阻止他再作第二次回应，这种回应会给人这样的印象，好像他待在国外是个人受到伤害的结果。[56]此外，全家人还在讨论，秋天要不要在德国出版长篇小说《约瑟》的第一部。克劳斯·曼的观点是："你如果满怀激愤地离开一个国家，怎么能将自己美好的财富交给它呢？"[57]对此，父亲表示理解。卡蒂娅·曼随即开始跟流亡出版社"库埃利多（Querido）"谈判，托马斯·曼却又听从戈特弗里德·贝尔曼·费舍尔的意见改变了主意。费舍尔苦苦哀求他的这位最重要的作者，甚至建议托马斯·曼回到德国。费舍尔说，那里并非那么糟糕，人在外面，无法正确作出判断，自己的出版社需要他，需要这部小说，以便继续生存下去——也别忘了，有丰厚的报酬……[58]艾丽卡和克劳斯·曼坚决表示反对，他妻子和新近备受好评的儿子戈洛也都婉转地表示反对（"心情激动且不快"，托马斯·曼写道，因为戈洛也"望眼欲穿地等待我发表反对希特勒德国的言论"[59]）。

托马斯·曼最终确定了自己的立场。克劳斯·曼的《文萃》于9月出版，不出所料，除了文学作品外，还有政治文章。比如海因里希·曼抨击"全民教育的倒退"[60]——行文相当克制，柏林当局依然认定是"诽谤新德意志国家"。[61]费舍尔出版社让托马斯·曼——他曾宣布是该杂志社的成员——就《文萃》杂志公开表态，同自己的儿子克劳斯·曼划清界限。对于这一举措，德国的宣传部门自然太乐于坐享其成了。阿尔弗雷德·德布林（Alfred Döblin）、罗伯特·穆西尔（Robert Musil）、勒内·施科勒（Rene Schickele）和斯蒂芬·茨威格也都效法托马斯·曼，大家都担心自己在德国出书有危险，或在其他方面受到歧视。

约瑟夫·罗特（Joseph Roth）跟斯蒂芬·茨威格是朋友，两人于1933年11月就《文萃》事件相互致信，信里充满了政治激情。约瑟夫·罗特是位才华横溢的副刊写手、作家和论战家，于1933年毫不迟疑地率先流亡他乡。早在希特勒被任命为总理的当日，他便离开了德国，在几乎一文不名的情况下踏上了流亡之路。斯蒂芬·茨威格是一位成功的作家和百万富翁，他从萨尔茨堡静观德国的事态发展，关注日益扩大的流亡运动。

/ 097 约瑟夫·罗特写道："跟臭气熏天的鬣狗进行战斗，跟地狱的渣滓进行战斗，就连我昔日的老友图霍尔斯基也是我的战友。纵使《文萃》做错了一千桩事，在反对戈培尔，反对刽子手，反对亵渎德国和德语者，反对臭不可闻的路德屁等方面，《文萃》做得肯定对。"为了排除任何可能遭人怀疑的地方，这位酗酒成病的罗特又补充说："我不是在酒后给你们写这封信。现在，我几乎只喝白葡萄酒。我非常清醒。对此，请你们不要有半点怀疑。"

斯蒂芬·茨威格："请给你们认识多年的人几个星期的时间，不要一有读不懂的地方，就立马大喊'背叛'（对托马斯·曼这位最正直的人也不要这样，作为雅利安人，他过去没有必要掺和犹太人的事情）。"

约瑟夫·罗特："绝对正直的托马斯·曼教授就是单纯。他有天赋，写得比想得好。他的思想跟不上自己的天赋。"两周后他又写道："再说一遍，我尊敬的朋友，您没看见：对德国来讲，您，（我），阿诺尔德·茨威格……福伊希特万格，托马斯、海因里希和克劳斯·曼都是一路货，绝对是相同的犹太狗屎。情况就是这样……德国已经死亡。对我们来说，它已经死亡。没有了指望。它的卑鄙下流，它的宽宏大量，都已经没了指望。那只是一场梦而已。请您好好看清这一点吧。"[62]

有一点，罗特说得不对：德国的卑鄙下流还是可以有指望的。汉斯·约斯特证明了可以怎么做。这位托马斯·曼的超级崇拜者，曾被卡蒂娅·曼视为一个那么“有亲近感”、那么热心的人，对她丈夫的“态度把握得恰到好处”[63]。约斯特虽然在1922年对托马斯·曼走向共和派颇有微词，三年后却还是坐到了托马斯·曼50岁生日的宴席上。作为文化官员和作家，这位约斯特在“第三帝国”飞黄腾达。1933年10月，他给朋友海因里希·希姆莱写了一封信，主要是为了克劳斯·曼的事，他的《文萃》杂志在德国也引起了不安。约斯特写道，估计抓不到“这个半犹太人”，“所以我建议，处理此事时采用扣押人质的办法。难道不可以将在慕尼黑的托马斯·曼先生抓起来一下，补他儿子的过？”约斯特不知道，曼氏家人早已全部离开了德国。他在给他的朋友“海尼（Heini）”① 的信中还写道，托马斯·曼的作品“生产”“不会因为达豪的秋凉而受到影响”。[64]

托马斯·曼不知道，汉斯·约斯特正在想方设法把他——自己昔日的偶像——送进集中营。托马斯·曼在日记里盘算着如何能够留在外面，既不属于流亡者的圈子，也不跟德国交恶。“作为外籍德国人，我可以从德国拿到钱，卡［蒂娅］也有希望得到遗产。随着时间的推移，又有可能去奈达了，前提当然是德国的形势有所好转，而我们的生活又可以回到较为安全的轨道上来。”[65]面对儿子，他替自己跟《文萃》杂志公开划清界限进行辩护，还批评儿子“毫无顾忌”：在德国有“很多大无畏的人和望眼欲穿的人”。恰恰在最近几周，他的那些书卖得很不错，许多人对《约瑟》翘首以盼。“要是［这一尝试］成功，要是德国的读者让这本书，这部遭唾弃的著作，一部从素材上已经持反面意见的作品取得成功，而当权者却没有胆量去阻止——你得

① 海因里希·希姆莱的昵称。

承认，跟流亡者进行论战的整个攻势相比，这一成功要有效得多，也有趣得多，让当权者更加恼羞成怒，就是对他们的巨大胜利。”[66]

克劳斯·曼很生气，但跟过去一样，他把对父亲的愤怒压了下去，给那些对《文萃》有二心的人写去了愤怒的信。跟克劳斯不同，艾丽卡·曼写信给父亲，说明她对父亲态度的看法，写给弟弟克劳斯的信则更加直言不讳，尤其是她对出版商贝尔曼·费舍尔的看法——费舍尔对克劳斯和海因里希·曼进行过批评：费舍尔是“马屁精”“蠢猪”“垃圾”。[67]不久，托马斯·曼面临着要不要加入帝国作家协会（Reichsschrifttumskammer）的问题。倘若他的书还要在德国出版，这是必要的一步。当克劳斯·曼向父亲指出这个归于一统的组织的章程效忠于纳粹时，托马斯·曼很生气，还是决定加入该协会。[68]但是，家庭的抵抗渐渐发挥了作用。他最后还是拒绝签字。帝国作协主席弗里德里希·布伦克（Friedrich Blunck）也没难为他。跟德国决裂还是不决裂：这一问题日后再定。

关于贝尔曼·费舍尔和《文萃》杂志的争论，对德国态度的潜在冲突，都留下了痕迹：激烈的讨论，用词尖刻的信件，砰然作响的关门声。这一切都影响到私人生活和家庭气氛。对外没有泄露一丝消息。一直到1933年秋——这一讨厌的政治年的秋天，才多少回归到正常的轨道。托马斯和卡蒂娅·曼经过长期的犹豫不决后（去巴塞尔还是尼斯？），于9月底带着最小的两个孩子伊丽莎白和米夏埃尔前往苏黎世。艾丽卡·曼在居斯纳赫（Küsnacht）找到了一幢房子，每月租金600法郎。不久，从慕尼黑救出来的家具和书籍也到了，卡蒂娅·曼指挥两个女用人做家务，并努力给两个孩子找到新学校。

克劳斯·曼在阿姆斯特丹出版的《文萃》杂志曾被父亲称为“流亡者的论战”，经过月复一月的努力，克劳斯将其打造成为一个论坛。艾丽卡·曼除了为父母做各种事情外，还把她的讽刺小品剧《胡椒磨》成功地带到了流亡地；她的女友特蕾莎·吉赛，音乐家和作曲家马格努斯·海宁（Magnus Henning）以及漂亮的浪荡姐聚比勒·施洛斯（Sybille Schloß）都参与进来，施洛斯并不仅仅把沃尔夫冈·科彭（Wolfgang Koeppen）弄得神魂颠倒［他要自杀，遗书的结尾是：“其他人跟她上床。我爱她。”后来他还撰写了长篇小说《不幸的爱情》（*Eine unglückliche Liebe*）］[69]。9 月 30 日，新版小品剧《胡椒磨》在苏黎世老城的赫斯臣饭店（Hirschen）首演。艾丽卡·曼写信告诉弟弟克劳斯[70]“盛况空前”，观众们备受鼓舞，新闻媒体为之亢奋——《新苏黎世报》（*Neue Zürcher Zeitung*）夸赞艾丽卡·曼的美貌，赞扬该剧成功地把娱乐和政治讽刺融为一体。

图 8　莫妮卡与陌生男子在萨纳里海滩

戈洛·曼在菲利克斯·贝特鲁的帮助下也找到了一份工作：在圣克卢高等师范学院（Saint-Cloud）担任德语语言文学讲师，该校是培养师资的精英学校，位于巴黎郊区。这是迈向新家园的一步：从此，戈洛用法语记日记。

只有莫妮卡·曼还在萨纳里德国流亡者的圈子里继续徘徊了一段时间。她还不清楚，今后该怎么办。莫妮卡写信给在苏黎世的母亲："母亲你好！情况怎么样，已经适应了吗？你们高兴吗？这是不是你们所希望的？"她写道，萨纳里的海滩和海滨大道已经空空荡荡，她弹钢琴，散步。"无花果又涨价了，葡萄也是。"生活的舒适程度已经不是这位诺贝尔奖得主的女儿所习惯的那种。"还有，厕所不是我一人单用，大家都用，来去匆匆，还得自己打水冲洗，只能这样。"1933 年夏天过去了，就是蓝色

/ 101

海岸也不例外。"明天我还去游泳，但愿天气终于能转好，好看的棕色皮肤也消失了！"[71]

克劳斯·曼像发了疯似的工作。他写信，为《文萃》杂志争取作者，制订计划，进行组织工作，寻找可能的捐款人，花费了很大精力，却大多无功而返。他的女性朋友安奈玛丽·史瓦岑巴赫用她瑞士富裕家庭的钱帮助他，她爱艾丽卡，对吗啡的依赖程度超过了克劳斯。永远也做不完的事。克劳斯·曼自己为杂志撰稿，另外还写文章、时评和报告。他撰写的东西有时如神来之笔，比如关于作家和鸦片瘾君子托马斯·德·昆西（Thomas De Quincey）的评论文章，或关于 1934 年去莫斯科的旅游纪行。他对苏联和共产主义表示同情，却不乏批评的态度，也不愿意与其过于亲近。[72]

在德国，当局将流亡者的一举一动均记录在案，诸如他们之间的各种争论或团结一致的努力，向外国警告希特勒等。纳粹作

家维利·维斯帕（Willi Vesper）在跟纳粹保持一致的杂志《新文学》（*Die neue Literatur*）上写道：流亡者们“试图用文学的臭气来围堵德国”。在这方面，由“半个犹太人”克劳斯·曼出版的《文萃》是“特别危险的小爬虫”。[73]这是“抬举”他。

写作之余，克劳斯·曼还在创作一部长篇小说——《逃往北方》（*Flucht in den Norden*）。小说于1934年秋在流亡出版社“库埃利多”出版。这是一部充满政治色彩的爱情故事。女共产党人约翰娜（Johanna）为逃避民族社会主义（纳粹）前往芬兰她的女友卡琳（Karin）家，结果爱上了卡琳的兄弟拉克纳尔（Ragnar），最后必须作出选择：要爱情还是要跟希特勒进行斗争。她选择了斗争。有些作家，如恩斯特·布洛赫，赞扬约翰娜的蓬勃朝气；知情人从中看到克劳斯·曼跟芬兰人汉斯·阿米诺夫（Hans Aminoff）的爱情故事，阿米诺夫本人则对前男友的轻率感到震惊。该书按照曼氏家族一贯的文学套路，更多是去发现而不是发明。在评论《逃往北方》这本书时，往好了说，在描述芬兰风景和芬兰人时作了淡笔清墨式的勾勒。说到不足之处，则是草草了事，没有章法，虎头蛇尾，对希特勒德国进行模式化的描写，特别是连篇累牍的伤感和陈词滥调：约翰娜的头发在那个爱情之夜散发着“柔和的、金灿灿的光芒”，好像是一束圣光；“这一魔幻般光亮的午夜发出绿色之光，比白天更清晰地照映着她的倩影”；这对情侣“兴高采烈地”摸索着上床，“毫不害羞，又中规中矩，尽情地享受着酣畅淋漓的床笫之欢”，“这个男性特征突出的小伙子”……[74]克劳斯·曼用了不到半年时间写就了这部长篇，与此同时，他还在忙碌其他事情，要办杂志，加上“日常的各种挑战”。他没有时间，也没有兴趣去作严肃的修改。到了这时，他在写作时大多借助于“各种小资事物”（毒品）。毒品不再是工作之余或个人开心的一部分，而是帮助他有能力去工作的“助手”。

前途未卜和恐惧心理，这是所有流亡者所面临的命运，并不时会导致歇斯底里的反应。1934 年 7 月，克劳斯·曼跟约瑟夫·布莱特巴赫（Joseph Breitbach）断绝了关系，他是一位多年来在巴黎生活的作家，发表了一篇不幸的文章，内容涉及生活在国内外的德国作家。对克劳斯·曼来说，他这样做就成了戈培尔的代理人。克劳斯的这种反应毫无道理，不仅令人难堪，毕竟布莱特巴赫还是曼氏家族的朋友，而且克劳斯·曼还欠着人家的钱。戈洛·曼以极大的热情支持哥哥，跟大学生们一起把鞭挞布莱特巴赫的檄文翻译成法语，还没忘记指出布莱特巴赫在这场游戏中所扮演的角色。不久，他们俩又重归于好，而不像克劳斯·曼那样跟布莱特巴赫继续交恶。

因为断绝了关于德国真实情况的可靠信息来源，流亡者之
/ 103 间流言满天飞。1934 年初，戈洛·曼写信给受人尊重的女历史作家里卡尔达·胡赫，指责她对第三帝国的态度。“我捍卫过什么，同意过什么吗？”胡赫回敬道。“我相信，德国没有多少人，态度是这样势不两立。的确，在信件来往中要相互理解不很容易。”[75] 在德国，当局为这位被称作“民族妇女”的女诗人创造了一些条件。身为普鲁士艺术学院院士，当局要她以某种形式发表声明，对新当权者表示效忠。她保持缄默。接下来，艺术学院院长写信给她，宣称将其态度视为心照不宣，即表示同意——跟托马斯·曼和帝国作家协会之间的做法相似。只是到了此时，即 1933 年 4 月，里卡尔达·胡赫在致艺术学院的一封信里异常坚定地表示划清界限：“现政权对民族思想所定下的基调有悖于我的德意志。中央集权，强制和残忍的手段，污蔑政见不同的人，

胡吹乱捧的自我赞扬——所有这一切我认为都不是德意志的，都意味着万劫不复。本人的想法游离于国家定于一尊的思想之外，所以，我觉得不可能留在国家艺术学院里。”[76] 当局想尽办法不让这些掷地有声的话语公开发表并流传到国外，也就可以理解了。后来，戈洛·曼对里卡尔达·胡赫这封信的评价要高于他父亲于 1936 年所写的《波恩公开信》。[77]

里卡尔达·胡赫理解流亡者的境遇，对戈洛·曼的信也不表示怪罪，而是回想起曾经的美好时光和六年前他们在柏林的第一次相遇：“我还在想着，在乌兰特大街，我第一次给您开门时的情景：瘦瘦的，有些羞怯，有个性，讨人喜欢。我立刻就喜欢上了您，并保持至今，虽然您现在估计已经长成了一个顶天立地的男子汉了。”[78] 不久，她还突发奇想，给戈洛·曼做媒：巴黎有个年轻的女大学生，“不是因为有个不合适的祖母，而是因为受到洛克菲勒基金会的奖励”，两人有着不少共同的兴趣爱好，所以应该去跟她见一面……[79]

戈洛·曼也获准可以为《文萃》写文章。从第二年起，他用 / 104
笔名“G”撰写《政治编年史》（*Politische Chronik*）。在现实政治的推动下，他逐步告别了少年时代的左翼社会主义理想。戈洛试图挖掘“第三帝国”的思想根源，却未获成功。他既没有在恩斯特·云格尔（Ernst Jünger）身上，也未能在左翼知识分子和流亡者所作的现实分析中找到答案：这些人想把希特勒看作资本主义的傀儡。

戈洛·曼在圣克卢师范学院当讲师，一直到 1935 年秋，他一步步地在适应法国。在私生活上也是如此：戈洛爱上了他的一个学生，跟他一起度过了许多时光，一起徒步旅行，长时间地交谈，还邀请他去父母家——但出于安全起见，戈洛没有跟他谈到过自己的感受。

在这方面，他哥哥的顾忌要少得多，虽然不见得更幸福。克劳斯·曼在演出《胡椒磨》时爱上了剧团的一个演员——汉斯·斯克冷卡（Hans Sklenka）。他情不自禁地坠入情网：“这很有可能是真的。”[80]艾丽卡·曼十分担忧，提醒他考虑是否先作些小的试探，然后再来大动作（先弄清楚他是不是同性恋，先调情，然后再进一步）：“你对这东西根本就没有半点了解，他当然是个尤物，但是否通情达理，是什么样的人，能派上什么用场，这些我都不清楚，更何况你呢。在你知道并了解他是怎样一个人之前，你真不用那么投入。”[81]这事成不了，因为那小伙子喜欢女人。在克劳斯·曼的日记里，对“斯克冷卡这孩子”的渴望还持续了两年。他对这两年的情爱总结是：“折腾很多，却很少是为了爱。”[82]

莫妮卡·曼于1934年初从萨纳里移居佛罗伦萨。家里的熟人提供了住房和社会交际的机会。她上钢琴课。7月，莫妮卡写信给母亲：“母亲，今天是你的什么日子？——生日！噢，祝贺！
/ 105 噢，祝贺！银发只多了一根，智慧却增加了不少！……魔术师在衣服扣口戴着一朵玫瑰，几个孩子也前来祝贺。另外几个没来。没办法，只能从当地给寿星送上祝贺……太好了，太好了！一个难得的好人！”[83] 2月，母亲在给克劳斯写信时说：“莫妮……很少从佛罗伦萨写信来，一旦来信，总是带着那熟悉的萌萌快乐，只可惜我缺乏享受的神经。”[84]

1934年初，托马斯·曼给柏林的帝国内政部写信。他在信中说明自己的处境，描述他遭到的人身攻击，陈述自家在慕尼黑的财产被没收。托马斯·曼为自己在政治上支持魏玛共和国和社会民主党进行辩护，并直言，他对“民族社会主义的民族观与世界观”表示反感。“但自从历史作出决定后，我不再说话，并严格遵守我退出普鲁士艺术科学院时发表的声明：我决定，不再担任任何正式职务——那些久而久之挂在我身上的职务，彻底隐居，致力于完成自己的各项任务。”[85] 托马斯·曼要传达的信息明白无误：给我的财产放行，让我作为外侨过我的日子，让我写作并在德国出版我的书，若此，我将闭口不谈德国的政治事务。当局没有给予回复。内政部部长威廉·弗里克（Wilhelm Frick）——希特勒起事时期的同党之一，在一年后安排对慕尼黑的别墅解禁。托马斯·曼真的会信守自己的沉默诺言吗？这样的考验没有出现。莱因哈德·海德里希此时已爬到了普鲁士秘密警察头子的位置，反对弗里克的安排，重新下达财产没收令并申请褫夺托马斯·曼的国籍。

说到艾丽卡·曼的《胡椒磨》，真是捷报频传，最早在苏黎世上演，然后在瑞士巡回演出，又去荷兰，去布拉格。小品剧团的演出不掺和日常政治，也不直接涉及时事。比如，特蕾莎·吉赛扮演X女士，一个玩世不恭、自以为是的小店老板娘，“一个特别寻常的妇女”，谁如果愿意（没人这样说），可以视其为“第三帝国”的典型女市民。

要打仗，那就打吧——
要不国家要军队干啥？
工业界不也得生存下去嘛。
我和我丈夫，我们早已看到了这一点。[86]

到最后，世界变成了一片灰烬，X女士哼着小曲，似乎这一切跟她都没啥关系：“该倒霉的还得倒霉。”艾丽卡·曼自己扮演的最著名角色是歌曲《冰冷的恐惧》（*Kaltes Grauen*）里的皮埃岁

(Pierrot)。只有左派媒体对演出表示失望，他们本希望它能更直接一些，更政治化一些，有更多的阶级斗争，少一点文学。但恰恰是这一点让演出取得了成功。观众有流亡者、瑞士人，有的只想开开心，有的则从政治上继续演绎剧中的影射。演出常常座满。每逢在舞台上看到自己的女儿，父亲的眼中就噙满着热泪，边激动边自豪。开始时，纳粹分子觉得这部小品剧无伤大雅，虽然有点生气，但气的是《胡椒磨》和艾丽卡·曼受欢迎的程度。

虽说很成功，剧组的气氛却不那么好。你争我斗，妒忌，争吵：艾丽卡·曼在给母亲的信里谈到背地里的恶语中伤，表面上“大家都唯唯诺诺、恭恭敬敬的”。[87] 男演员伊戈尔·帕伦（Igor Pahlen）后来表示了对艾丽卡·曼的钦佩，但也提到她的高傲自人，一再强调剧团跟她和特蕾莎·吉赛之间的不同等级。巡回演出时，艾丽卡·曼和特蕾莎·吉赛坐头等车厢。“我们不能坐，”帕伦说道，“除去演出或排练，我们其实很少跟艾丽卡在一起。”[88]

1934 年 11 月出现了几次政治性的群殴。《胡椒磨》的节目变得更政治化了，艾丽卡·曼身着党卫军军服上台演出，以歌唱的形式描述谎言的国度，在那里，杀人不会受到惩罚。约瑟夫·罗特在写给艾丽卡·曼的信中说：“您向野蛮开展的斗争比我们所有作家加起来还要多十倍。”[89] 阵线分子（Frontisten）——瑞士法西斯分子——破坏演出，在演出大厅和大街上出现了殴斗。不久，警察控制住了局面，政府也支持小品剧团。但因为担心继续爆发斗殴，一些城市不再邀请巡回演出中的《胡椒磨》来表演。在达沃斯，有人不仅指责该剧团可能引发骚乱，还拿托马斯·曼的《魔山》说事，说这部小说“无疑给这个度假胜地带来了不良后果”。[90]

图 9　艾丽卡·曼在歌曲《冰冷的恐惧》中饰皮埃罗 / 107

瑞士人感到不安。一点娱乐加上一点政治上的含沙射影，这是一回事儿；公开向虎视眈眈的北方邻国挑衅，那又是另外一回
事儿。据艾丽卡·曼的说法，似乎真有人威胁要将她劫持回德 / 108
国。假如她对待事实不那么倾向于添油加醋的话，本来是应该相信她的。在公开回顾往事时，她把围绕《胡椒磨》发生的暴力斗殴演绎成纯政治斗争。她闭口不谈瑞士人的抗议有着不同的个人原因。[91]阵线分子受到史瓦岑巴赫家的竭力唆使，对这家人来说，女儿安奈玛丽跟曼家孩子的那种关系，即集爱情、友谊与毒品为一体的关系，是他们的眼中钉。

艾丽卡·曼在其斗争中找到了自己的角色。反抗和回击在激励着她。弟弟克劳斯天资特高，艾丽卡作为其战友曾贯彻他的各种主意，在他的剧作里出演角色，跟他旅行、写作和生活：但那种时代已经过去了。现在，艾丽卡有自己的主见，有时公开批评弟弟（对雅克布·瓦赛曼①的悼文过于夸张，他为《胡椒磨》撰写的一些内容没法用）。克劳斯·曼的反应十分敏感。他打从心底里祝愿姐姐成功，同时对她新近摆脱对别人，也包括对他的依赖表示疑惑。只因为他不可能跟艾丽卡共同生活，所以他才渴望有一个生活伴侣。[92]克劳斯的生活理想是跟艾丽卡永远“到处游历”，而她脑子里想的跟他想的不是一回事。

长篇小说《约瑟》的头两部分别于1933年10月［《雅各的故事》（*Die Geschichten Jaakobs*）］和1934年3月［《约瑟的青年时代》（*Der junge Joseph*）］在德国问世。出版社在小说出版预告里力图将该书打造成“英雄的冒险”：“一个勇敢和具有使命感的农人和国家奠基者的时代。这位英雄在土地上劳作，在心中跟诸神和鬼怪一起庆祝。”[93]就是说，这是一部关于亲情与土地的书。国内的批评界并不相信这种说法。有关的评论大多是负面的。在一个趋于一尊的时代，面对一个多少算是半流亡者的作家，更何况此人还是共和国的捍卫者和纳粹的对头，对这类书的评价在当时是不可能客观的；一个犹太人的出版社，一部以犹太人和《旧约全书》为题材的长篇也不会让事情变得更为有利；托
/ 109 马斯·曼在给儿子克劳斯的信里也宣布他寄希望于个体读者而不是公众的批评和赞誉，并把这本书看作文学上的反抗——但所有这些都于事无补。托马斯·曼只看见负面的批评，感觉受到了伤害。[94]过后，托马斯·曼自己又振作了起来。他在日记里写下这

① 雅克布·瓦赛曼（Jakob Wassermann，1873~1934）系德国作家。

样一句话:“我的天赋超过所有留在德国的那些人。”[95] 一年半后，他又更进了一步:“天才的感觉。”[96]

来自德国的反响令人失望，但来自美国的反响恰恰相反。英文版《雅各的故事》(*Tales of Jacob*) 于 6 月出版，在美国好评如潮。多萝西·汤普森 (Dorothy Thompson) 是美利坚合众国最重要的女记者之一，她对该书的评价最高。在《纽约先驱者论坛报书评》(*New York Herald Tribune Book Review*) 上，汤普森发表了一篇书评，题为《依然健在的最伟大的作家》(*The Most Eminent Living Man of Letters*)，为托马斯·曼大唱赞歌。她把这本书称为托马斯·曼在美国的“决定性突破”。[97]

学校放假，父母亲去旅行。伊丽莎白和米夏埃尔·曼留在居斯纳赫，起居由女仆照管。米夏埃尔的一个慕尼黑朋友来访。米夏埃尔写信告诉母亲，他们一起骑车出游，看电影（“电影愚蠢无比，而且非常庸俗”），去苏黎世玩。“沃尔夫冈除了相当纳粹化（在预料之中）以外，几乎啥也没变。”很快便因为政治而发生了争吵，“这样做其实既愚蠢又多余。可是他不明事理到了可怕的程度，这肯定要让我生气，尤其是他一点也不蠢，而仅仅是不明事理和无知而已，最可怕的是，他说的都是官方那一套充满矛盾的东西”。[98]

海德维希·普林斯海姆是家里出了名的“调侃大师”，她定期从慕尼黑给女儿写信，笔调开朗，处处是影射和调侃，不时还来点恶心人的——普林斯海姆家人的绰号都不中听，当年追卡蒂娅的托马斯·曼得到的绰号是“肝疼的骑兵队长”，就算是不错的了。“G.G.”的意思是“鹅脸”，这是玛丽·库尔茨 (Marie Kurz) 的绰号，她在慕尼黑的曼家服侍了很多年。一位茶客很正经，却索然无味，因此被称作“食时动物”，一位女邻居叫

“害虫”，一个孙子叫“蟑螂”。堪称经典的是海德维希·普林斯海姆信中的一句话：“昨天喝茶，宾茨（Binz）在座，他的坐肌愈加发达了，又讲了好多新鲜事，没有哪一件是真的。”[99]这就是普林斯海姆们谈话的口气，托马斯·曼将这种风格吸收进文学作品里，通过短篇小说《维尔宋之血》（*Wälsungenblut*①）中的双胞胎阿伦霍德（Aarenhold）来表达。说话时“尖酸刻薄”，“会伤人，却又可能只是为了一个神来之语而心花怒放，所以要是怪罪他们，那就太迂腐了”。[100]卡蒂娅·曼写信也是这类口气，艾丽卡和克劳斯·曼在相互写信时继续保持了这一传统：装蠢卖萌，暗语影射，讽刺挖苦，无不发挥得淋漓尽致。

卡蒂娅·曼的父母不考虑流亡，虽然早在1933年底已经被迫卖掉在阿奇斯大街的房子并搬了家。数十年中，他们那幢800平方米的别墅曾是普林斯海姆一家人的生活中心，也是慕尼黑市的文化交流中心之一。1904年，托马斯·曼正是在这里向他未来的妻子求婚的。现在，这里变成了一幢“领袖建筑”——纳粹党的一座有代表意义的建筑。普林斯海姆老两口只能顺从，搬到了一套租的房子里，有八个房间，好在他们还有财产和仆人。

“第三帝国”的政治现实只是偶尔出现在海德维希·普林斯海姆的信件里。戈洛·曼曾在信中提到，他的外祖母对希特勒表示过“委婉的钦佩”[101]（1933年初，戈洛曾在一次激烈的讨论中试图向外祖母指出希特勒可能造成的危险，却未能如意。打那时起，戈洛本人被她称作“吼叫的公牛”）。她参加了“希特勒政变”阵亡者纪念碑的揭碑仪式，在给女儿写信时以嘲笑的口吻描述了此事（“死者在最后一次号令时齐声高呼‘在这里’，真

① Wälsungen是神话中的日耳曼人物。

让人瘆得慌”），但同时又被当时的气氛、队列和颂歌所感染。[102]

按照纳粹的标准，普林斯海姆夫妇为犹太人，因而被剥夺权利，信中很少提起这些事，或者只是婉转地加以表达，比如阿尔弗雷德·普林斯海姆“突然被勒令退休”，就是说，他作为犹太人被剥夺了在大学教书的许可。当民族社会主义工人党在 1935 年 9 月的党代会上通过《纽伦堡种族法》（Nürnberger Rassengesetze）时，海德维希·普林斯海姆是这样描写她整个夜晚坐在收音机前听广播的：“我昨天半个晚上过得既舒坦又激动，几乎彻夜未眠，今天走到镜子前面一看，难过地发现，我看上去至少有 95 岁半了。”[103] 这是一种以法律为形式的野蛮血统文化：信里虽然洋溢着开朗的情绪，却显然流露忧愁。相关篇幅不长，这封信的其他部分和后来的信件又恢复了往常的聊天特征。表述情感时总有点遮遮掩掩，往好了说，是为了让女儿省心，大概也是安慰自己。

克劳斯·曼憧憬着父亲的生活——“魔术师那隐匿不宣的同性恋生活”。[104]

*

1934 年秋，莫妮卡·曼来父母家玩。卡蒂娅·曼写信给克劳斯讲述这位他“最喜欢的具有个性的妹妹”的情况，特别是她“到达车站时，简直太酷了，浓妆艳抹，身材纤细，装束优雅，衣着华丽，自信地踮着脚走下火车，自己的姊妹愣是没把她认出来”。卡蒂娅·曼写道，这些变化只不过是外表上的而已。在父母家里待了几周后，她“还是原来的她，懵懵懂懂，与众不同，无忧无虑，像只小老鼠似的在厨房来回游荡（这不利于苗条的身材），无动于衷，毫不操心，不时会有突发和惊人的想法。她也许不会有什么改变了”。[105]

后来莫妮卡·曼病了，发高烧，烧了一个星期，直到查出来是黄疸病。托马斯·曼很担心，担心他妻子。卡蒂娅·曼心情烦躁，因为病人莫妮卡“倔强，不知道感恩，有恐病心理”。在这个家庭里，只能有男性疑病症患者。托马斯·曼在日记里记录病情时写道：“这孩子要是在佛罗伦萨治病就好了。”[106]

萨姆埃尔·费舍尔——托马斯·曼出道以来合作的出版商去世了。曼氏家族的人都希望托马斯·曼跟费舍尔出版社的个人纽带就此结束，他可以从现在，即 1934 年起，完全不用再顾及出版社的面子了。可他们都想错了。托马斯·曼继续摇摆不定。1934 年夏，他拟定了计划，给《泰晤士报》（*Times*）写一封公开信，要西方大国停止跟希特勒政权进行合作。几个月里，托马斯·曼对材料和行文一再斟酌，最后还是放弃了该计划。卡蒂娅·曼衷心希望丈夫能公开站出来反对“第三帝国”，同时又担心，这样有可能出现《一位非政治人士之观察》那篇文章所造成的局面，成为那篇文章的续篇。[107] 最后，托马斯·曼把计划中的一本含有他那篇瓦格纳报告的政论文集作为试金石：要是戈特弗里德·贝尔曼·费舍尔不敢在德国印刷此书，他就可以最终解脱，在国外找一家新的出版社，政治上也就可以随心所欲了。1935 年 3 月底，《大师们的烦恼与伟大》（*Leiden und Größe der Meister*）一书由费舍尔出版社在柏林出版发行。

1935 年 4 月，托马斯·曼有了一项新计划：写一封“致德意志人民书或备忘录”，（“以热忱和真挚的方式”）警告他们不要与整个其他世界为敌。此时，希特勒刚刚恢复了义务兵役制，宣布将国防军扩充至 58 万人，这明显违反了《凡尔赛条约》。托马斯·曼在日记里写道:“这一次又是关系到政治上的灵魂救赎,我一直在寻找其正确和合适的形式。”[108]一天后,贝尔曼·费舍尔来访,介绍了书籍销售的良好情况和数目不菲的稿酬。于是,那篇备忘录就不再被提起。托马斯·曼接到尼斯国际联盟委员会邀请,去一个会议作报告。他想在报告的结尾发出一般性的政治呼吁,要人们鼓起勇气说“行和不行”。[109]贝尔曼·费舍尔发出警告,没有忘记提醒他,恰恰是现在,他有关慕尼黑房子的事情是多么有希望。最后,托马斯·曼没有前往尼斯,原因是身体欠佳。出版该报告的文字版时,他删去了那个呼吁。

*

1935 年 4 月 10 日,赫尔曼·戈林(Hermann Göring), / 113
“希特勒之国”的二号人物,以极尽豪华的庆典在柏林大教堂跟女演员艾米·宗内曼(Emmy Sonnemann)结婚。柏林的所有雇员均被扣去一个月的工资作为“捐款”。克劳斯·曼写了一封致“总理夫人”的公开信,因为希特勒(假装)单身,所以,宗内曼在某种程度上扮演“第三帝国”第一夫人的角色:“您从来没有恶心过吗?就算您从来没有恶心过,您从来就没有害怕过吗?您肯定有孑然一身的时刻吧——婚礼的热闹不可能永久,也不可能夜夜盛筵不断。您那肥胖的夫君先生离家外出——他或许正坐在他的办公室里签署着死刑的判决,或许在视察轰炸机。天黑了,您孤身一人待在您的漂亮宫殿里。没出现过鬼魂吗?在厚厚的帷幔后面,没出现过集中营里被打死的人吗?没出现过不堪酷刑而死的人吗?没出现过因逃跑而被枪杀的人吗?没出现过自杀的人吗?没出现过血淋淋的人头吗?这个人也许是艾里希·弥萨穆（Erich Mühsam）——一个诗人。在您成为一个该死的国家的国母之前，您不是以朗诵诗人的诗句为职业的吗？对那些勇敢的诗人，这个国家不是把他们打死就是把他们流放。”[110] 这封信发表在流亡报纸《巴黎日报》（*Pariser Tagesblatt*）上，后来以地下出版物的形式流传到了德国。赫尔曼·戈林搞到了一份，然后在上面写下“克劳斯·曼是谁？”。盖世太保回答说：“那个臭名昭著的作家和半犹太人托马斯·曼的儿子。”[111] 这是克劳斯·曼最伟大的时刻之一。

《文萃》杂志夭折了。1934 年 2 月，一篇关于奥地利国内形势的评论因为不够谨慎，导致它在当地被禁。原本就销售不畅，发行量更加江河日下，出版社踩了急刹车。《文萃》杂志在出版两年共计 24 期以后，于 1935 年 8 月出版最后一期。这让克劳斯·曼十分沮丧，之所以也让其他人沮丧，是因为杂志的水平高。在克劳斯·曼的召唤下，这里聚集了许多响当当的名字，盛
/ 114 开着政治和文学的花朵，刊登了从阿尔伯特·爱因斯坦、恩斯特·布洛赫到列夫·托洛茨基（Leo Trotzki），从欧内斯特·海明威、贝托尔特·布莱希特、安德烈·纪德、利翁·福伊希特万格和约瑟夫·罗特直到弗朗茨·卡夫卡遗留的文章。把所有这些汇总到一起，由克劳斯·曼来组织和编辑，他精心缜密，运营勤勉，而且判断质量的眼光十分独到，这种眼光似乎跟他来去匆匆、忙进忙出的生活没有任何相通之处。《文萃》也许是克劳斯·曼一生中最大的功绩。1934 年 11 月，希特勒德国剥夺了他的国籍，真可以说是“咎由自取”了。50 年后,《文萃》涅槃重生，重印后找到了读者群——这在流亡年代是不可能找到的。

“小家伙们”（父亲在信件和日记里的用语），即伊丽莎白和米夏埃尔·曼，已经不再那么小了。1935 年 9 月，伊丽莎白从

苏黎世自由文理中学毕业，年方17岁。比她小一岁的弟弟可能“有那么一点”嫉妒，母亲这样写道。[112] 1933年秋，家人也为他找过一个学校，因为14岁的他拒不同意，只好作罢。[113] 文理中学刚上完八年级，成绩单上希腊语和地理均为“差”[114]，家里允许他集中精力去搞音乐。[115] 两个人都去苏黎世音乐学校，米夏埃尔学小提琴，伊丽莎白攻钢琴。他们俩想以后联袂登台演出。

伊丽莎白是六个孩子中唯一一个没让父母操心学业的。她让父母操心的是其他方面：固执己见，充满激情，“对音乐痴迷”，这些都让父母感到困惑。虽然好像没有哪个老师发现过她有什么特殊的音乐天赋，在音乐学校也只被分到三年级，[116] 她却执意要当钢琴家，琴一练就是几个小时。15岁那年，她爱上了弗里茨·兰茨霍夫，克劳斯·曼当年最好的朋友，阿姆斯特丹库埃利多出版社德国流亡项目的负责人，《文萃》也是在他那里出版的。他比伊丽莎白大17岁，不但抑郁，病恹恹的，还吸毒上瘾。兰茨霍夫爱的是艾丽卡——伊丽莎白崇拜的大姐。

艾丽卡呢？她也喜欢兰茨霍夫，不过是有时候喜欢（这让特蕾莎·吉赛醋意大发），要她在爱情方面“从一而终”，那不可能。她要他戒掉毒瘾，自己却戒不掉。够复杂的。

米夏埃尔·曼出现在父亲的日记里，只有两种可能：因为他练小提琴（一般都为他高兴，偶尔会觉得受到干扰）或找麻烦，“犟种，不听话，粗鲁”。[117] 音乐学校的人都认为他“绝对有天赋”。[118] 但米夏埃尔容易暴怒，也容易伤感，且喜欢喝酒。1935年6月，克劳斯·曼观察到，“比比醉了，对我少见地温柔亲近。太变态了吧？”[119] 后来，伊丽莎白曾说过，“在那段时间，米夏埃尔曾有一次吃了过量的安眠药，然后引诱戈洛跟他去湖上划船。他当时打算跟戈洛一起在小船上去死”。除了小弟情况不好

/ 115 图10　克劳斯·曼和弗里茨·兰茨霍夫

/ 116 以外，倒没发生什么其他事情。[120]跟之前他哥哥克劳斯和戈洛一样，米夏埃尔·曼被送到心理医生艾里希·卡岑施泰因那里去治疗。不久，伊丽莎白也步其后尘，原因是爱情的苦恼，再加上吞咽和呼吸困难这样的神经性毛病。在卡岑施泰因看来，她总体上还算正常，尤其是跟曼家其他人相比较的话。

克劳斯·曼于1935年夏又写了一部长篇小说——《悲怆交响曲》(*Symphonie Pathetique*)。该书描写了俄罗斯同性恋作曲家彼得·柴可夫斯基（Peter Tschaikowski）的悲惨人生故事。克劳斯在给妹妹莫妮卡写信时谈到，“我把许许多多自己的故事都写了进去”。[121]伯伯海因里希·曼这些年不管从政治上还是其他方面都跟克劳斯·曼日益接近，他很友好地给侄子写了封信，说他的这部小说是一部“真正令人叹为观止的书”。[122]几十年后，瓦尔特·坎普夫斯基（Water Kempowski）重温这部小说，然后在日记里写道：“可怜的父亲！”[123]

父母亲接触美洲大陆比两个大孩子要晚。他们于1934年首次赴美，1935年再次起航，当时托马斯·曼刚过完60岁生日。他们坐轮船前往纽约。哈佛大学想授予托马斯·曼荣誉博士学位，他最初“回复得有点不冷不热”，这是卡蒂娅·曼在3月告诉克劳斯·曼的。第二天，日耳曼语言文学学者弗里茨·施特里希（Fritz Strich）“恰好在我们这里吃饭，当他得知此事时惊愕不已，脸是真的绿了：这样一种荣誉——哈佛大学的荣誉，太难得了！我们马上十万火急地追加了一封电报，表示同意”。[124]在哈佛，托马斯·曼作为作家和“德国文化伟大传统的捍卫者”，跟阿尔伯特·爱因斯坦一道受到表彰。[125]几天后，他应邀前往白宫，跟总统富兰克林·罗斯福一起用餐。托马斯·曼用结结巴巴的英语，外加妻子帮助翻译，强烈告诫总统防范侵略成性的希特勒政权。“他给我留下了深刻的印象”，托马斯·曼在给勒内·施克勒的信里描绘了这次会面。“彻底瘫痪了10年，精力却是那般充沛，又是那样难得的——如果不说是革命性的——果敢。他在富人中树敌颇多，对他们敢说敢干；在宪法的守护者里也有许多反对者，因为他的一些做法独裁。可是，对这样一种开明专制，你现在有什么可以抱怨的吗？”[126]

在德国，当局对这一切都予以密切的关注，并且很生气。

费舍尔出版社在德国已无前途可谈，至少是在犹太出版商家庭的领导下。在跟德国当局进行长期谈判以后，出版社拆分了。一部分留在柏林，有了新的投资者并由彼得·苏尔坎普领导；另一部分，主要是在德国不再受欢迎的作者和图书，迁往国外。[127]

至于去哪里，还需要进一步讨论解决。戈特弗里德·贝尔曼·费舍尔在寻找合伙人和出版社新址，最好在瑞士。1936 年初，他在伦敦跟海涅曼出版社（Verlag Heinemann）谈判。

1936 年 1 月 11 日，流亡报纸《新日记》（*Das Neue Tagebuch*）上刊登了一篇社论，莱奥帕德·施瓦茨希尔德（Leopold Schwarzschild）——1933 年前德国最具影响力的记者之一——在社论中宣布，贝尔曼·费舍尔是受纳粹分子保护的犹太人，目前正奉宣传部部长戈培尔之命，建立一家"伪装的'流亡出版社'"。[128] 贝尔曼眼看自己的各项计划受到威胁，遂请他最重要的作者帮忙。托马斯·曼正在阿罗萨度冬假，写了一封简短的抗议信。他跟费舍尔出版社的其他作者，如赫尔曼·黑塞（Hermann Hesse）和安奈特·科尔布一起，坚定地驳斥了对贝尔曼的指控。这封抗议信发表在《新苏黎世报》上。

莫妮卡·曼给哥哥克劳斯写了一封信。她跟他亲，希望他能给自己以安慰。1 月 12 日，一个阴雨绵绵的星期日，她待在居斯纳赫，父母在打点行李准备去阿罗萨。家里个个都在忙，父亲在写《约瑟》，母亲忙着指挥做家务，小妹小弟"都在苦练音乐"，女佣们在做事，狗在叫唤。"我呢，我做啥呢？我要是再不完成我的必修课"——这里指她练钢琴的时间——"那就相当麻烦了！这是让我开心的时刻，虽然有时有点沮丧"。带着狗散散步，画点画，读点书，这都满足不了她。不开心的想法在冲击着她。"反正我属于那些孩子，可以无边地开心，也可以无边地伤心。还可以在瞬息之间从一个极端跌入另一个极端。"[129]

小品剧《胡椒磨》在巡回演出。艾丽卡·曼从布里尔（Briel）给父亲写信，时间在父亲就贝尔曼所写的抗议信刊登于《新苏黎世报》以后。她感到伤心、失望和气愤。她认为，施瓦茨希尔德对贝尔曼的攻击是有道理的。只有跟纳粹保持最佳关系，才能让出版社在“第三帝国”经营长达三年之久，而且现在还被允许带着出版社流亡国外。此时此刻，父亲公开站到“伪流亡者”——一个“面目不清的犹太商人”一边：“他这是第二次（第一次是因为《文萃》杂志的发刊号）成功地让你向所有的流亡者以及他们所作的努力搞突然袭击，我只能这么说了。”艾丽卡说，几乎不可能再度出现在父亲的眼皮底下了。她在信的结尾写道，父亲肯定会为这封信生她的气。她知道她在做什么。“你跟贝尔曼博士及其出版社的关系是坚不可摧的，你好像已经作好准备，为此作出任何可能的牺牲。假如其中的一个牺牲意味着，我一步步、确信无疑地离你远去——就把它当作跟其他牺牲一样吧。对我来说，这样会太伤心，也会很可怕。”[130]

克劳斯·曼给姐姐写信，表示同意她的看法，虽说他本人没有勇气写这些内容，也不会写得这么直白。[131]

阿罗萨的森林旅馆，跟往常一样，家人在这里度假：卡蒂娅·曼滑雪，托马斯·曼写作，偶尔去散散步。母亲，而不是父亲，给艾丽卡回信，很及时，以母亲的口吻敦促和解。卡蒂娅写道，当时她也不赞成写那封抗议信，因为父亲一直都三缄其口，本应当在这件事上也不插手。就事而论，艾丽卡不在理。她说施瓦茨希尔德的攻击“够阴险的”，并详细陈述了理由。对母亲来说，更重要的是亲情，而艾丽卡将此跟那件事挂起钩来。“除了我和麦迪，你是唯一一个让魔术师真正牵挂的人，而你的信让他极度失望，让他痛心不已。”她自己也是这样，说到底，她是父亲的“附庸”。[132]

托马斯·曼在森林旅馆里整整两天没去碰《约瑟》一书，为的是回复艾丽卡。这封信洋洋洒洒写了12页，“为她，也是为了后人”。[133]“要闹翻的话是在两个人之间，”托马斯·曼写道，“可我觉得，我对你的感情根本不允许我对你这样做。”他一一反驳了对贝尔曼的各项具体指控，称施瓦岑希尔德的指控为“轻率的仇恨幻想”，因为他是费舍尔出版社的作家，所以这种仇恨同样是针对他，针对他的书的前途。因此，他写了那封抗议信。艾丽卡如此坚定地站在施瓦岑希尔德一边，激情四射。“激情非常好，盲目的仇恨和蓄意的不公就不对了。”但托马斯·曼并不想就这样简单地作了断。他很清楚，这件事情不仅仅关系到贝尔曼，而是关系到更多的事情，关系到“更大的全局”，即他在政治上的沉默；艾丽卡之所以发飙，是因为他还没有站出来反对希特勒德国。托马斯·曼再一次为自己辩解：他在国外生活本身就已经是“对第三帝国的一种抗议，虽然克制，却很极端”；他已经公开了自己的态度（比如在政论文集里）；人们还需要他的声音，他不应该在“流亡人士圈内”销声匿迹。然后他又打了一个回马枪。托马斯·曼解释说，女儿的怒火也表达了自己受拷问已久的良心。他请求“对我要有耐心”。他知道，“为了我的良心和你的怒火，我大概必须做什么”。[134]

莫妮卡·曼又回佛罗伦萨去了。她给卡蒂娅·曼写了一封沮丧的信，调子跟写给克劳斯的信差不多，母亲给了她一些建议（还谈到钱，这一点也很重要）。莫妮卡于1月26日回信说，母亲说的都很对，“我也有相同的想法，有时狂喊，有时收敛”。她诉说自己孤单，称只有音乐能抵挡孤单。她也请求对她要有耐心。究竟为什么呢？为了一个“丑陋的问题”，即“挣钱的问题”。卡蒂娅·曼似乎对女儿毫无目的地忙活音乐提出过批评，并提出过替代性建议——去找一份工作。莫妮卡感到非常恐惧。“要自己养活自己，这种想法确实不错，但同时也有点可怕。”[135]

还是1月26日：海因里希·曼介入了此事。他为弟弟辩护，驳斥了孩子们的指责。他在给侄子克劳斯的信里写道，倘若他本人还有可能在德国发表作品的话，“我也会尽快去做”。[136]海因里希·曼在流亡作家中是无可争议的领袖，从一开始就是希特勒德国最尖锐的批判者。头把交椅的位子非他莫属了，二把交椅的位子还远远轮不到托马斯·曼。“这里，有些事情也牵扯到兄弟间的问题，”托马斯·曼在给艾丽卡的信里这样写道，“处理好长幼顺序的关系有多困难，你是不可能想象得到的。”[137]对此，海因里希·曼也持有相同的观点。兄弟俩之所以观点一致，倒不一定是对事情本身，更多的原因在于：再也不能出现兄弟阋墙的局面了。

艾丽卡·曼紧追不放。仍旧是1月26日，她再次写信规劝父亲。艾丽卡讥讽父亲的态度像“猪排小面包”，不想完全站到流亡者一边；她再次攻击贝尔曼，还列举更多个人感情上的理由来说事（她公开承认，上次威胁要断绝亲情的做法未达到目的），比如她指责父亲，在围绕小品剧《胡椒磨》爆发公开争斗时，没有给予足够的支持。假如父亲现在还不采取正确行动的话，就要承担“毁灭流亡事业”的罪名。[138]她无论如何都要托马斯·曼摆脱贝尔曼·费舍尔，最好能看到他在兰茨霍夫的库埃利多出版社出书——他是艾丽卡的朋友兼前男友，偶尔共度良宵的好友。早在1934年她就满怀激情地替这家出版社作过宣传，并指出过克劳斯·曼和《文萃》杂志所濒临的危难局面。要是父亲当年在阿姆斯特丹的库埃利多出版社出版其书的话，会给克劳斯多大帮助啊。[139]

还是1月26日：《新苏黎世报》副刊负责人艾杜亚特·克洛狄（Eduard Korrodi）围绕关于贝尔曼的争论发表了一篇文

章。就在前一天，莱奥帕德·施瓦茨希尔德对托马斯·曼、赫尔曼·黑塞和安奈特·科尔布在《新日记》上的抗议信作了回应，声称德国文学“几乎全都被拯救出来了”。[140]克洛狄坚决否认这种说法。他认为，不可以把流亡的犹太作家跟德国文学混为一谈。而托马斯·曼的书恰恰一直都还在德国出版。[141]这场争论走向另一个方向：流亡人士为一方，托马斯·曼为另一方。

1 月 26 日的高潮：克劳斯·曼和弗里茨·兰茨霍夫发电报，“最恳切地”请求托马斯·曼对克洛狄这篇“糟糕透顶的文章作出回应，不管以何种方式，也不管在哪里，这一次真真切切地涉及一个关系我们大家生死存亡的问题”。[142]

第二天，托马斯和卡蒂娅·曼回到阿罗萨。伊丽莎白去火车站迎接父母，她这些天很不开心，原因是她崇拜的姐姐艾丽卡讹诈她更尊重的父亲，为此，她生姐姐的气。[143]托马斯·曼打算回复克洛狄，妻子写了份草稿。[144]

三天后，在《胡椒磨》剧组从圣加仑（St. Gallen）去布拉格的路上，艾丽卡在苏黎世停留，在父母家里促膝谈心，和解了一半。“很温馨”，托马斯·曼在日记里这样写道。[145]“忧心忡忡”则描绘了艾丽卡·曼的心境。谈完后，在去布拉格的火车上，她给父亲写信，口吻相当谨慎：“我祈求众神，保佑你的‘答复’将十分完美。”[146]

2 月 3 日，托马斯·曼在《新苏黎世报》上发表公开信，
/ 122 答复克洛狄。他在信中对跟艾丽卡·曼的具体争论焦点没有作任何让步，还为自己支持贝尔曼和他对费舍尔出版社的忠诚进行辩护，同时坚持自己在流亡人士圈内所扮演的特殊角色。但是，《致克洛狄的信》（*Korrodi-Brief*）的关键之处并不在于这些，也不是对德国国内与国外的德国文学的各种看法。关键之

处在于，托马斯·曼明确而不容置疑地拒绝了“当今德国的统治制度”，这种制度“干不出任何好事来”；他还拒绝了当权者，“三年以来，这些人犹豫不决，是否要在全世界面前剥夺我的德意志身份”。最后，他用奥古斯特·冯·普拉滕（August von Platen）的诗句终结全篇。

可谁若用整个灵魂仇恨邪恶，
他也将被逐出家园，
那里受到人民尊重的是奴仆。
更聪明的是放弃祖国，
而不是在一个幼稚人物统治下
背负着盲目的群氓仇恨的桎梏。[147]

家里人感到高兴，同时也轻松下来。艾丽卡从布拉格发来一封电报：“谢谢祝贺祝福孩子艾。”[148]戈洛·曼从布列塔尼（Bretagne）写信给哥哥克劳斯，对父亲的声明表示满意，对他姐姐艾丽卡所扮演的角色却不那么开心，责怪她的抗议形同讹诈。[149]卡蒂娅·曼非常开心，丈夫终于放弃了“近乎病态”的抗拒心理——拒绝公开跟希特勒决裂。[150]对此，全家人，各按其性格，都作出了贡献，而艾丽卡·曼激情迸发的信则是巅峰之作。虽说她的理由一条条非常具体，却没有一条能说服父亲。但她的发飙做到了。他不能继续沉默了。

三天后，阿道夫·希特勒在加米施－帕滕基兴（Garmisch-Partenkirchen）宣布冬季奥林匹克运动会开幕。8月，夏季奥运会在柏林举行，来自49个国家的运动员参加了比赛。德国尽其所能，向全世界展示国家的开放。田径运动员杰西·欧文斯

(Jesse Owens)成为杰出超群的运动员，他获得四枚金牌。有人建议出于宣传的目的跟“黑鬼”欧文斯照个相，对此，希特勒暴跳如雷。[151]

考虑到世界舆论的影响，当局并没有针对托马斯·曼反对纳粹德国的声明作出任何反应。这一次是德国当局犹豫不决了。

终于有时间做其他事了。时间已经过去了两个月，克劳斯·曼给莫妮卡回信，她一直在等待着他的安慰。对她的烦恼，对她的疑虑，对她的未来规划，他不知道该写些什么才好。怎么偏偏要他来提出对生活的忠告？克劳斯这样写道，不幸有时候会是好事：“你要是经历过惊心动魄和伤心的事情，最后反倒能成为一个名副其实的艺术家。当然，只经历些惊心动魄的事情还绝对不够，还必须有一种过人的能量，一种真正的勤奋，只有它才能让坏事变成好事。”他突然扮演起母亲的角色：“要有明确的目标，要有想法和计划。要准备好达到一定的目的：在这个或那个时候我要做这件或那件事情，在这里或那里上台演出，也要赚钱，要更加努力。”这么写，他自己都觉得不那么理直气壮。克劳斯·曼写信原本如行云流水，可这封信写得从未有过地别扭。他很快便结了尾，采用的是母亲的格式——母亲通常用它来结束写信，以表示不满，一般都是在跟钱有关的情况下：“就这么着了。”[152]

戈洛·曼这时已成为雷恩大学(Universität Rennes)德国文学讲师。他努力让法国成为自己的新家园，这里是这份努力的又一站。戈洛·曼对学生很上心，他得跟他们一起用中古高地德语读《尼伯龙根之歌》(*Nibelungenlied*)，这对双方来说都痛苦不堪；他对心胸狭窄的房东很照顾；对他的信友很珍惜，这是通往德国的最后一点联系。利瑟·鲍尔(Lise Bauer)爱上了他，经常建议他在瑞士相会。戈洛表示拒绝，一开始是婉言相拒，然后比较明了，最后几乎毫无掩饰地向她告白自己的同性恋倾向，却依然没有效果。戈洛·曼抱怨说，她只要多些去人群中，“毫无疑问，你就会认为我不那么可爱了”。[153]

5 月，克劳斯·曼去蓝色海岸休假，住在萨纳里海滩的灯塔旅馆，没有艾丽卡，也没有其他人陪伴。“我独自一人时间太久了。”[154] 他试图放弃毒品，可戒毒让他很难受。为了转移注意力，克劳斯寻找交际和性爱。有天晚上，他开车去土伦（Toulon）。“（一个）小家伙说服我，跟他到最偏僻的地方。另一个人守候在那里（我居然愚蠢至极，没有看透这一切！），高喊‘我要杀了你！’，一阵斯打，我撒开两条腿像兔子一样飞奔，他们追上

图 11　一家人在居斯纳赫：（左起）托马斯、伊丽莎白、卡蒂娅、莫妮卡和米夏埃尔·曼

/ 124

了我，打我，抢走了所有东西——钱（130法郎）、大衣、钱包等；我血流不止，气喘吁吁地跑到了最近的警察哨所；由警察陪着去医院，在那里包扎；然后去警长办公室，作记录；错过了最后的公交车，打出租车回去。”[155]

警察的报告刊登在当地的报纸上。这对纳粹的反宣传来说不啻一个好机会，倘若不是警察和当地记者的水平不那么靠谱的话。报纸上写着：一个叫托马斯·克劳（Thomas Klau）的德国人，萨纳里灯塔旅馆的雇员，于前一天夜里遭到抢劫……[156]克劳斯又轻松地回归了毒品。

他继续写他的长篇小说。小说描写了一位演员，他把事业看得高于一切，并为此跟“第三帝国”的当权者同流合污。写作时间为五个月。克劳斯·曼写道，他正在从事一项“用心险恶——可以说充满仇恨的事情”。[157]日记里写着“G.G.小说”，直到找到书名为止。[158]“G.G.”的字样不断出现在日记里，在梦中，在（常常满腔仇恨的）思绪里，或在他上电影院时——出于研究资料的需要，他要在电影里看那个人的表演。克劳斯·曼在《梅菲斯托升官记》的赠书名单上也把他写上，而且置于首位。[159]

古斯塔夫·格伦特根斯于1936年6月跟玛丽安娜·霍佩（Marianne Hope）结婚。艾丽卡·曼的这位同性恋前夫在敌视同性恋的“第三帝国”披上了一件“正常人”的外衣，他在这里一直爬到普鲁士国家剧院院长的高位。

他的前妻也再次结婚。打从流亡起，艾丽卡·曼就在寻找一个合适的男人，却长期未果。她有一次写信告诉克劳斯，说“流亡的女人”遭人嫌弃。“情况是这样的：谁要是有官衔有地位，哪怕只是做生意的，就不敢蹚这浑水。而面对那些既无官衔亦无地位的人，或连生意也做不了的、只想干那事的人，我可不敢造次（！），因为太过危险了。我们该怎么办呢？”[160]最终，经一位朋友、作家克里斯多夫·伊舍伍德（Christopher Isherwood）的介绍，她如愿以偿。同性恋诗人 W.H. 奥登（W. H. Auden）“很乐意”帮她获得英国护照。[161]他们俩于 1935 年 6 月初次见面，那是在去民政局结婚登记处的路上。几乎在被褫夺国籍的同时——因为《胡椒磨》的演出可以说是“罪有应得”——艾丽卡·曼拿到了英国护照。奥登成为曼氏家族的一位忠实朋友。

父亲过生日，莫妮卡·曼从佛罗伦萨给他写了一封信。她想给他“讲点比较有趣、比较特别，或许有些悲伤的事！”她向父亲描述对童年时代的记忆，全家在巴特特尔茨的森林里采集覆盆子的事。“母亲以其典型的责任感从来都是第一个把篮子采满，那篮子还是最大的。艾丽自然跟她相差无几！虽说树丛密集，刺也扎人，她却像个熟悉林子的高挑男孩子一样，穿梭于树丛之间，采起果子来敏捷而巧妙！克劳斯采起果子来心不在焉，大概不是在想诗歌就是在考虑什么大的新游戏，可以说是让太阳替他干活！戈洛，勤奋而神秘的小个子，小手和小腿上早已是血迹斑斑，却开动所有的脑筋去采果子，最后倒也能装满一篮子，只是那果子多是‘歪瓜裂枣’。我呢，几乎啥也采不着！整个采集行动都让我感到不大舒服，让我害怕！我怕森林，怕那些响声，又很快会疲倦和失去勇气！我要是到最后能采到六七颗覆盆子，大家就该心满意足了！”莫妮卡继续她的童年记忆，说她有一次失踪了：“也许是我的头发卷到了小树丛上——我觉得太热了，也许是特别害怕蚂蚱，这都有可能，反正到了中午时分，找不到我了！这时，大声呼喊，到处寻找，也没少淌眼泪！泪水、笑声、欢呼、伤心！激动人心的小小儿童世界！都变成了啥样？伟大的、苦涩的、美好的、神秘的一生！”她问父亲，上帝是否会送上一份“答案”——要求过上伟大而神秘的一生？“亲爱的魔术师，你赢得了这样的一生！一定精彩无比吧！”[162] 10月，莫妮卡·曼的心情不好，放弃佛罗伦萨，回到了父母家中。父母替她担心，母亲写信给克劳斯，说莫妮卡也许认识到“学习音乐没有任何意义”，“我不知道，长此以往该如何是好。除了音乐，似乎没有任何其他什么是可以考虑的，所以或许还是要尽可能长久也尽可能认真地抓住它不放手”。[163]家里人又在讨论“莫妮问题”。她是如此沮丧，连圣诞节都是在床上度过的。

秋天，小说《梅菲斯托升官记》在流亡报纸《巴黎日报》上先行连载。该书在推介时被称为“核心小说”，主要人物具有古斯塔夫·格伦特根斯的身影。克劳斯·曼及其出版人弗里茨·兰茨霍夫非常紧张，担心会有法律问题。克劳斯·曼很快便给报纸写了一份纠正说明，并在小说里附了一篇后记：“本书的所有人物表现的都是某种类型，而非某人的特写。”[164]

格伦特根斯是同性恋，这一点克劳斯·曼没有照搬到小说的主人公亨德里克·霍夫根（Hendrik Höfgen）身上。目的是保护自己，而不是格伦特根斯，同时不让对男人的爱牵扯到那个无耻的野心家的事情上。他为霍夫根（跟格伦特根斯一样，他很容易受到当权者的敲诈）编造了跟一个黑皮肤妓女的一段自虐狂的情史。小说的有关章节属于克劳斯·曼文学创作中最差劲的内容。

1936年底，围绕着他这本书爆发了一场激烈的争论，克劳斯·曼在遥远的他乡注视着这一切。他追随艾丽卡的脚步去了纽约，艾丽卡是为了尝试在美国推出小品剧《胡椒磨》。不久，她结识了一位“先生”，名叫莫里斯·韦特海姆（Maurice Wertheim），一位特别有钱的银行家，比她大20岁。韦特海姆不仅愿意为《胡椒磨》"掏钱，而且真的准备承担损失"。[165]

弟弟克劳斯沮丧得很。他想在美国扎根，现实却不甚如意。何况一直年轻帅气的克劳斯也已到了而立之年，陷入了抑郁症，心里只想着一件事："我想去死。"[166]他克服了这场危机，跻身上流社会，艾丽卡和他在这些地方历来都是所向披靡：克劳斯跟1930年诺贝尔文学奖得主辛克莱·刘易斯（Sinclai Lewis）举杯畅谈，他比父亲晚一年获奖；艾丽卡则跟"电影大亨"比利·怀尔德（Billy Wilder）调情；[167]克劳斯给自己注射海洛因，跟男妓厮混。他给母亲写信，说《梅菲斯托升官记》应该是个"好机会"，让父亲再一次给他写信，"我现在离得这么远"。[168]母亲答应他，还承诺会注意不让父亲只是"感觉"一下这本书——这在家里意味着，托马斯·曼快速地翻阅一本书，然后写一份友好而不加区别的读后感。[169]

不久，托马斯·曼写信说，"你的小说让我非常享受"。"小说读起来流畅而有趣，可以说非常优秀，有的地方非常滑稽，语言细腻、干净。"这样一部"与现实密切相关的作品"却有个问题，即虚构与现实的关系问题，"有些地方自由发挥，但不太正确，有些地方根本就不在理"。小说对纳粹上台前的话剧与文学生活进行了描写，父亲觉得这是书中"最成功，也是批判性的叙述最出彩的地方"。但人们不得不发问，这样的"滑稽"场面是否真实："如果真是如此荒谬且腐朽"，难道不是"必然要出现不一样的东西，而后来发生的事情不就是必然的了吗？这个问题很危险，这样对待共和国恐怕就不公正了"。托马斯·曼在这部小说里看到了一种时代的趋势，指出小说跟伯伯海因里希·曼的风格相近："道德上的极度单纯与强烈情感，以儿童童话般的眼光看待'邪恶'，这是新的和时代的特征。"[170]

托马斯·曼这一次读得非常仔细：这是一个由低级趣味与严肃文学组成的联合体，有趣，但在政治与文学上不够聪明，因为给人的印象是，共和国跟其后继者一样的腐朽；在道德方面，对邪恶的看法幼稚、“好似儿童童话”。

克劳斯·曼有这样的天赋发觉让他高兴的事。他认为父亲的批评“令人感动”。[171]

/ 129 斯蒂芬·茨威格像很多人一样，把《梅菲斯托升官记》当作一部复仇作品来读，而且读得很开心。茨威格饶有兴味地看着都能从书中辨认出哪些原型来，认为这部作品堪称“角色的杂技艺术”，因为克劳斯·曼在纠正说明和后记里还一再“可爱地编派着”。[172]

一家人都是艺术家，只有一个人竭尽全力追求普通人的生涯。戈洛·曼希望在法国的中学或大学获得一个教师职位。圣克卢、雷恩的工作鉴定写得很好，他的法语讲得非常流利，自己也愿意再次参加必要的毕业考试，以争取获得法国国籍，这是成为国家雇员的先决条件。亨利·里希滕贝格（Henri Lichtenberger）系法国最负盛名的日耳曼语言文学学者之一，戈洛曾请他估计一下入籍的可能性有多大。这位法国学者告诉他，入籍所需的居留期限已延长至12年，而根据最新的法律，要成为国家雇员，必须在成为法国公民12年以后。里希滕贝格告诉他，“面对这种情况，我觉得您的努力没有任何意义”。[173]三年以来戈洛对法国寄予了很大希望——现在一地鸡毛。在致海因里希·曼的信里，戈洛无可奈何地总结道：“没有哪个地方能给一个稳定的社会位置！”[174]戈洛·曼陷入了抑郁症，自杀的念头在脑海里闪过，花了好几周的时间并借助强效药物才从这一陷阱中解脱出来。

克劳斯·曼暗地里不断地在读戈特弗里德·贝恩的诗歌，这是“负罪的享乐”。[175] 他不跟艾丽卡说这事。不管以何种方式跟那些同纳粹为伍的人打交道，艾丽卡都毫不客气。他也会如此，“用那么深沉、难听、发狂的语调……”[176]

你方唱罢我登场。作家瓦尔德马·邦泽尔斯（Waldemar Bonsels）遭遇了不公正的待遇。他的名字上了纳粹的黑名单。在 1933 年纳粹焚书时，邦泽尔斯的有些作品被扔进了熊熊烈火之中，同时被烧的还有海因里希·曼、克劳斯·曼以及其他许多作家的小说，他们被视为“非德意志”和“腐朽的”。其实这是一场误会。邦泽尔斯可以证明，他是一个不折不扣的反犹分子，仅仅因此就必定可以在新的德国找到其归属。[177]

/ 130

1936 年 12 月，德国报纸公布了早在预料之中的消息：托马斯·曼及其家人被褫夺国籍。这一决定是希特勒本人亲自作出的。《约瑟在埃及》（*Joseph in Ägypten*）10 月在维也纳贝尔曼－费舍尔出版社出版，书还运到了德国，但时间不长：从 1937 年 1 月起，托马斯·曼的所有书籍都不允许在德国销售。

此时，邦泽尔斯获得了平反，并再次回归人民大众的行列。他于 1912 年发表的经典著作——《小蜜蜂玛雅历险记》（*Die Biene Maja und ihre Abenteuer*）立刻成为当年的畅销书，而托马斯·曼的作品只能在柜台下面进行交易。[178]

经过几个月的准备，几乎是艾丽卡·曼一个人的忙碌，小品剧《胡椒磨》于1937年1月5日在纽约首演。结果极度令人失望。尽管托马斯·曼在节目单里写了一篇广告，依然无济于事。演员们，尤其是特蕾莎·吉赛，英语说得极差；作品对德国童话的隐喻和对欧洲政治局势的影射，观众们几乎都听不懂，而且也不感兴趣。对该剧的评论非常令人沮丧。没演几场，美国经纪人便中断了演出，计划中的巡回演出也取消了。《胡椒磨》在演出四年后走到了尽头。留下的，是债务。

艾丽卡·曼精疲力竭，跟剧团的人，特别是跟特蕾莎·吉赛发生了争吵，吉赛不久便回欧洲去了。艾丽卡·曼的有钱朋友——银行家莫里斯·韦特海姆想跟她结婚，付清了《胡椒磨》的债务。不久他俩也发生了争吵，艾丽卡离开了韦特海姆，并很快找到了另一个男朋友，名叫马丁·贡佩尔特（Martin Gumpert）。贡佩尔特是一位犹太医生和作家，夫人去世后带着女儿离开了德国，在纽约开了一家皮肤病诊所。艾丽卡不仅在他的怀里，而且在他开给她的毒品里找到了安慰。她写信给弟弟克劳斯说，“他曾经非常执拗地看重自己作为大夫的尊严，现在已经改正了”。贡佩尔特“很有分寸地配给剂量，不时会来点新的和有噱头的东西”。[1]艾丽卡·曼在短时间里依恋于他，只是很短的时间。

/ 132 米夏埃尔·曼从1937年1月起生活在位于巴黎的法国饭店（Hotel Français）。他的小提琴师范学位还是在苏黎世音乐学院获得的。自从他在一次争吵中打了院长卡尔·福格勒（Karl Vogler）以后，家人不得不为他的音乐学习另找新的学校。自称

“扬（Jean）”的小提琴教育家伊万·盖莱缪（Ivan Galamian）在巴黎居留教课期间成了米夏埃尔的老师，而且课时费只要75法郎一小时，“看在著名父亲的面子上”。[2]米夏埃尔·曼从父母那儿获得音乐课的钱，外加每月100瑞士法郎。

托马斯·曼觉得自由了。他的政治局面梳理清楚了，这是“一个成功的步骤”，[3]剥夺国籍对他造成不了任何伤害。1937年1月，托马斯·曼跟妻子一起前往捷克斯洛伐克，对获得的新国籍表示感谢，并受到总统贝内什（Beneš）的接见，还去了一趟普罗采石（Proseč），该市接纳托马斯·曼一家为市民。戈洛·曼也同行，他这时在布拉格上大学。在法国的尝试失败后，他来到自己新护照的家园，希望能在捷克斯洛伐克当一名教师。

《波恩公开信》是一篇檄文，跟希特勒政权的虚假德意志决裂，该文被译成许多种文字，反响极大。“他们在不到四年内，把德国带向了何方？为了战争而重新武装到牙齿，毁灭了德国，从心灵和身体上把它榨干，同时威胁世界，阻碍世界，阻止世界完成其根本的任务，巨大而急迫的任务——和平；没人喜欢它，都用害怕和冰冷的反感来看待它，它濒临一场经济灾难的边缘”，这场灾难注定要滑向一场战争，这场战争德国没有能力去打，更不可能打赢。托马斯·曼在文章结尾写道：“祈祷上帝帮助我们的国家——一个受尽摧残与蹂躏的国家，祈祷上帝教导它，跟全世界、也跟自己实现和平！”[4]沉默了多年以后，托马斯·曼以这篇宣言站到了流亡文学的最前列。

来自德国的反应非常愤怒。恩斯特·克里克（Ernst Krieck），一位忠于党国的教育学家，在《未来的人民》（*Volk im Werden*）杂志上攻击托马斯·曼及其《波恩公开信》。他写道，这是一派谎言，是布尔什维克的阴谋，“活着的死人托马斯·曼”是一个“颓废、破败和腐朽”文人的例证。这个“老朽”不知道年轻人的渴望，也不知道他们的使命，没有资格对他们说三道四，估计他连正规地行进都不会。克里克说，正是出于这些值得深思的原因，“托马斯·曼从德国被清扫出去”。这是“德意志国家（Reichsdeutsch）”的最后表态。宣传部部长戈培尔于1月26日发布指令，德国媒体“绝不允许纠缠于托马斯·曼的事情”，批判攻击也不行。宁可死扛。哲学家恩斯特·布洛赫描述说：“从此，那些褐色人士笑得不那么响亮了。”[5]

莫妮卡·曼度过了那段艰难岁月。她想去维也纳。父母劝她在瑞士图尔高州（Kanton Thurgau）的一位著名钢琴女教育家那里继续音乐的深造。[6] 1月底，莫妮卡前往维也纳。

米夏埃尔给母亲写来一封“乞讨信”，说他搬进了巴黎的一间比较贵的旅馆房间，本想用自己的收入来付旅馆费，结果钱没挣到，还七七八八置了些东西，一句话：“我必须能够偿还我的债务并活到月底，为此，我得有110瑞士法郎这么大的可怕数目。这么做对一个可怜的移民来说根本就不合适，这我很清楚，而且以后也不允许再次发生了。”[7]

托马斯·曼正式进入政治与文学的流亡圈子，可这并不意味着他想加入其他那些希特勒反对者的行列，跟海因里希·曼、利翁·福伊希特万格或者莱奥波德·施瓦茨希尔德等人平起平坐。不管是以他哥哥海因里希为代表（克劳斯·曼也在其中）的倾向于莫斯科的“人民阵线（Volksfront）”，还是革命的姿态，抑或是《新日记》所进行的论战方式，他都不想参加。托马斯·曼坚持自己的立场，1937年恰好有一家杂志作为论坛。该杂志由卢森堡的一位女赞助者资助，由朋友埃米尔·奥普莱希特（Emil Oprecht）负责出版。奥普莱希特及其欧洲出版社（Europa

Verlag）同情在苏黎世的反对希特勒的德国人，并为这些人排忧解难，《波恩公开信》就是他印刷的。托马斯·曼成为杂志的发行人。8 月，托马斯·曼在这份名叫《尺度与价值》（*Maß und Wert*）的杂志第一期的前言里指出，该杂志的宗旨不在于从事具体的政治斗争，而在于重新构建超越时空的价值。[8] 年初回到欧洲的克劳斯·曼觉得杂志的名称太可怕了。他认为，还不如直接叫《一本真正好的杂志》（*Eine wirklich gute Zeitschrift*）好了。[9] 他既生气，又失望。父亲在筹划该杂志时没有考虑过把他拉进去，更谈不上想到让他这个熟谙杂志事务的儿子进编辑部。克劳斯·曼在日记里写道："感觉十分强烈，五味俱全，魔术师对我彻底冷漠。""不管是好意还是嫌烦（他以一种奇怪的方式对儿子的存在感到'尴尬'）：从未感兴趣过；从未比较严肃地问过我的事。他对人普遍不感兴趣，对我还特别极端。"[10]

跟克劳斯相反，戈洛·曼在这段时间里越来越成为父亲的交谈伙伴和助理。他"可亲与忠诚可靠的性格"受到父亲的赞扬，还有那些"有判断力的"文章以及他的政治思考。[11] 戈洛替父亲起草文章，发表意见，删除内容，并用打字机打好。从对青少年戈洛的反感，到对青年大学生戈洛的不管不问，现在变成了友好的尊重，对这位"听话的年轻人表示好感"——儿子把这一切都感激地记录下来，他非常尊重父亲，多少年一直在争取博得他的宠爱。[12]

托马斯·曼心情一直还都不错。他依旧感受到世界的"朝气"。[13] 他自认为看到"第三帝国"人心在动摇。在展望西班牙局势时，他在日记里写道，"法西斯主义""作为精神时尚"已经过气。[14] 可是，没有精神支撑的西班牙法西斯分子居然取得了胜利，意大利法西斯跟德国结盟，德国政府从未像现在这样稳定，一方面是通过军备竞赛（依靠借贷和有计划的财政资助；还有将要到手的战利品），另一方面是通过外交上取得的各种胜利。之所以取得这些胜利，无不是因为西方民主国家作出了让步，这些民主国家饱受创伤、自顾不暇，似乎这样可以填满希特勒的欲望。卡蒂娅·曼了解到丈夫的立场后对此进行了批评，戈洛·曼也是这样。托马斯·曼的好情绪维持到3月，直到患上坐骨神经痛。他因此几乎不能入睡，不能坐着，也不能工作，这种状况持续了数月之久。

1937年3月15日，纽约，麦迪逊广场花园。美国首次抗议希特勒的群众大会正在进行，组织者为世界犹太人大会。艾丽卡·曼应邀以德国流亡女演员和托马斯·曼女儿的身份发表讲话。她在23000人面前宣读父亲的贺词，然后作为唯一的女性，在纽约市长和其他显赫人物讲话之前，就妇女在民族社会主义（纳粹）中所起的作用演讲了几分钟。她说，正是妇女们帮助希特勒掌握了政权，选举了他的政党，她们曾深受纳粹潇洒的军服和“领袖”的小胡子魅力的鼓舞。现在，她们不得不亲身经历如何受骗，如何被“挤”回家里。[15]她说的跟事实相符的不多：投纳粹票的妇女其实相对较少。艾丽卡一般来说不太重视历史的事实，更何况是在这种特殊情况下。她努力争取别人站到她这一边，讲话时引经据典，魅力四射，充满战斗激情。听众报以友好的掌声，新闻媒体报道了这位讨人喜欢的女演讲者——她用简单的论点来说服人。艾丽卡·曼在纽约的舞台上发现了自己作为政治鼓动者的天分。《胡椒磨》的失败阴影已经烟消云散。她找到了新的任务。

不久，艾丽卡·曼发现自己怀孕了。去年7月，克劳斯·曼在日记里诧异地写道：“艾丽昨天跟我说，她想要一个孩子……”[16]现在孩子来了，可来得不合时宜。或许她觉得，马丁·贡佩尔特不是她的真爱，也不适合做父亲，或许她觉得时间点不对：反正她去堕了胎。艾丽卡写信给多少有点预感的父母，谈到曾去医生那儿，医生确信她没有怀孕。[17]

米夏埃尔·曼除了音乐学习外，还参加了一个三重奏。他们计划在巴黎演出，其中一人建议去布拉格举办音乐会，说米夏埃尔的父亲应该可以去布拉格广播电台问一下，“不用太当真”。米夏埃尔·曼向母亲描述了这些计划，说时不我待，望母亲“立即行动起来”。他写信时还想到一件事，于是写道：“总是要我到处讲托马斯·曼；可我不想这样做——我有我的‘事业前程’。”[18]五天后，他又写信，说他退出了三重奏。老师盖莱缪也曾反对现在就公开演出。[19]过了几天他又写了一封信，说他“不想重犯我最亲爱的哥哥阿西克劳斯犯过的错误：他想要改正都那么困难。”[20]

伊丽莎白·曼在苏黎世的音乐学院准备年底要举行的教师资格硕士考试。5月，她要把艾丽卡的福特车开到阿姆斯特丹去。她在那里待了几天，与弗里茨·兰茨霍夫同住一家旅馆。出发前就十分清楚，他才是伊丽莎白这趟旅行的真正目的，对此，家里人是知道的。后来伊丽莎白讲过，父亲在她临行前好像想与她进行一次性启蒙谈话，“后来他又放弃并说，‘好吧，没问题。好好玩’。”[21]对年纪小的孩子跟对年纪大的孩子一样：父母相信，孩子们自己会弄懂必要的事情。

虽然没有父亲的指教，伊丽莎白·曼还是在一天晚上采取了主动行动，向弗里茨·兰茨霍夫坦白了自己对他的爱情。他反应得十分得体，但明确告诉她，她的爱情不会有结果。他爱艾丽卡，一直还在爱着。[22]伊丽莎白回家后，托马斯·曼在日记里写

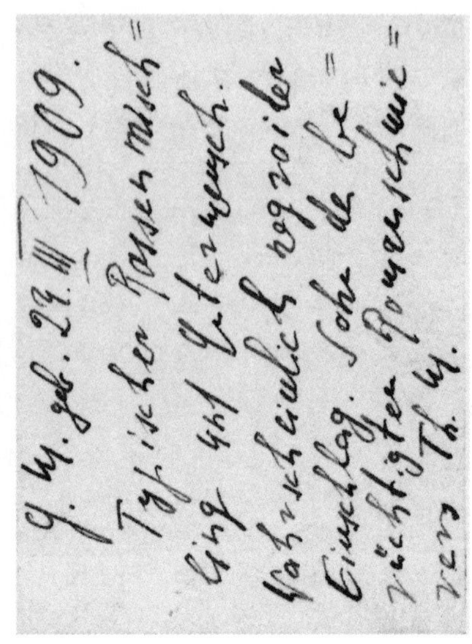

/ 137

图 12　戈洛·曼的护照照片，附在致女友利瑟·鲍尔的一封信上

道：麦迪似乎跟兰茨霍夫“达成一致了”。[23] 弟弟米夏埃尔也是这么理解的：“就是说麦迪跟兰茨霍夫结婚！”[24] 不清楚伊丽莎白说了些什么。

她好像很难接受他说“不”。母亲再次仔细追问后，写信告诉克劳斯：“我差不多感觉到，弗里德里希（指弗里茨·兰茨霍夫）不肯这样做，对此我几乎深感惋惜，这可怜的孩子难得一次这么充满激情地希望着。”[25]

跟德国的各种联系逐步在中断，原因有二：一方面是内心的疏远，随着帝国与流亡生活之间的距离而越来越大；另一方面是想到邮件检查时的不祥感觉，即当局跟着阅读所有的信件。5 月 1 日，戈洛·曼给他在德国的最后一位通信伙伴——爱他的利瑟·鲍尔写了一封信，信里附上了一张他最新的护照照片。他在信的背后写了几行字，更多是给信检当局而不是给女朋友看的："G. M.，生于 1909 年 3 月 27 日。典型的杂种和人下人。可能是黑人血统。臭名昭著的小说家 Th. M. 之子。"[26]

米夏埃尔·曼祝贺父亲 62 岁生日的贺信寄到了居斯纳赫。他在巴黎生活得不错，音乐也有长进；"谁知道呀，说不定我到最后能为家里争光呢！"现在，他甚至有了一个"自己的奇迹"，并且想不久后将它带回苏黎世。[27]"奇迹"在家里指的是伊丽莎白过 18 岁生日时得到的汽车，一辆福特 501，差不多跟她年纪一样大——这辆汽车居然还能开，这就是奇迹。4 月 21 日米夏埃尔过 18 岁生日时，父母亲也答应送他一辆汽车，但要他先拿驾照，然后通过皮埃尔·贝特鲁的帮助在巴黎买一辆尚好的二手车，价格最高 2000 法郎。米夏埃尔·曼跟父母讨价还价，说基本能开的车至少要 2500 法郎。[28]没过多久，驾照还没拿到，也没要皮埃尔·贝特鲁的帮助，他相中了一辆二手车，而且买下来了——一辆跑车，牌子是布加迪（Bugatti）。

在流亡的头几年，克劳斯·曼吸食的毒品越来越多，海洛因、吗啡、羟考酮，拿到什么吸什么。他的生活犹如过山车一般，时而腾云驾雾，时而因戒毒而消沉，大腿上的针眼溃变成慢性炎症。他经常呕吐，血液循环不正常，不时地冒虚汗。在去布达佩斯作报告的旅行中，克劳斯·曼昏倒了。5 月底，他同意去一家戒毒医院戒毒。[29]父母亲写信表示支持，并且"满怀着爱和担忧的心情"警告克劳斯，"结束这种廉价的美化生活的方式，它毁坏人的健康"。[30]卡蒂娅认为，"其他人已经成功地摆脱了毒品，为何我的一个儿子不行呢？！"[31]姐姐不但开骂（"你混蛋，你无赖，你这臭小子！"），还从美国回来支持他。"我有 1016 个笑话要讲，关于美国的，关于所有向我求婚的，还有许许多多没有目的的小计划。”[32]让所有家人担心的是，克劳斯相当——照艾丽卡·曼的说法[33]——“口无遮拦地”谈到他的未来：“在不久的将来我是不会重新开始（吸毒）的，也许很久以后会试那么一回。我为啥要活到80岁呢？”[34]经过难熬的几周后，他身心憔悴地离开了医院，其间克劳斯曾经多次泣不成声。现在至少毒瘾是戒了。三周后，毒瘾首次发作。接下来，又在秋天戒了一次毒，由马丁·贡佩尔特——艾丽卡·曼那位写诗的医生朋友实施帮助。疗效并没有持续多久。克劳斯·曼离不开毒品，他也不想离开。

卡蒂娅·曼不仅替克劳斯，也替幼子发愁。米夏埃尔·曼不明白，母亲到底要他怎样。“你是不是觉得‘购买奇迹’很荒谬，让你难受了？可你想过没有，我要是买一辆摩托车呢，不是更糟糕吗？”[35]他去学车，准备考试，因为刚开始学法语，所以仅语言就是一大障碍。为了考驾照、上保险等，他特地要了近500法郎。至于布加迪车，他觉得母亲的想法不对。这是一辆“可爱的小车，并非你所想象的那么不结实”。当然还得修几样东西，因而也许要比“一辆老标致车”贵那么一点，但正因为如此，布加迪车“也要好多了”。[36]

这真是一场奇遇：克劳斯·曼在布达佩斯因毒瘾发作而备受煎熬时认识了一位美国记者。克劳斯爱上了他，那人也爱上了克劳斯。此人叫托马斯·奎因·柯蒂斯（Thomas Quinn Curtiss），比克劳斯·曼小九岁，天天去戒毒医院看望他。然后，他们一起旅行。克劳斯·曼称呼这位新朋友“托姆斯基（Tomski）”，因为明摆着的原因：“托马斯”他怎么也叫不出口。[37]他想把这位新朋友介绍给家里。母亲很担心，写信给克劳斯，说她宁愿要一个“美国女孩”。母亲还写道，克劳斯当然可以把他的朋友带回来，但有个前提，这位朋友真的“摆得上台面”。母亲写道，在同性恋的恋人问题上，父亲“尤其敏感，所以必须保证最大的克制”。[38]一切如愿。柯蒂斯受过教育，也“摆得上台面”，托马斯·曼认可了他，认可到他对这类“小朋友”[39]所能做的程度。

托马斯·曼写完了《约瑟》第二部。在动笔写第三部前，他中断了该书的写作，以便着手早已计划好的一部关于歌德的中篇。《绿蒂在魏玛》（*Lotte in Weimar*）后来写成了一部长篇。歌德本人直到第七章才出现，之前都是别人在谈论他，小说从不同角度向读者展示歌德的形象，其中一个角度是歌德之子奥古斯特（August）。托马斯·曼最重要的资料来源于威廉·波德（Wilhelm Bode）的《歌德之子》（*Goethes Sohn*），这部关于歌德之子的传记被波德称作“一个次要人物的故事”。[40]一个天才的儿子：这种题材很有意思。

米夏埃尔·曼写信回家说，布加迪车花费的钱“远远超过了允许的范围”。仅修电气部分就花了700法郎，其他的姑且不谈。他说，修理工看到马达后深受鼓舞，“我认为，买这车的主意还真不赖”。[41]

戈洛·曼中断了在布拉格的尝试，他的前途也不在那里。度过了几个月令人沮丧的时光后，他又回到居斯纳赫的父母家中。虽然又一次经历了失败，他在1937年夏季写的信却一下子充满了乐观情绪，他的心情也好起来。父亲新近对他的认可，在苏黎世交了几个朋友，打算写一本新书[他想写弗里德里希·冯·根茨（Friedrich von Gentz），伟大的保守派政论家和拿破仑的反对者]——但所有这一切都不足以解释他的心情之好。戈洛·曼恋爱了。更重要的是，他幸福地恋爱了。瑞士记者马努埃尔·加瑟（Manuel Gasser）成为他的第一位男性朋友，有修养，有魅力，完全公开地享受跟他的同性恋。这段恋爱并没有维持多久，因为马努埃尔·加瑟是个喜欢冒险的人。但这足以让28岁的戈洛·曼摆脱各种顾虑。加瑟带他去苏黎世的同性恋场所，成为他一生的密友，跟他，也只跟他谈论爱情生活，谈那些他们称为“小克拉拉（Klärchen）和小格蕾特（Gretchen）”的事情。[42]

1937年6月，米夏埃尔·曼给母亲写了一封感谢信，谢谢她新近特别汇去的一笔钱。“你给我写了这样一封无可奈何的短信，真可以不要这样。何况这对我有点不公平，因为你说，已经不值得再跟我讲任何事情了。前一段时间我发火太多，这一点我自己也不是不晓得；但那都是那辆破车惹的祸，这是明摆着
/ 141 的事——而这一切百分之九十都是因为运气不好。我当然完全清楚，我不会‘算账’，今后必须更注意些，可我现在真的已经尽力了呀。”[43]

8月，艾丽卡·曼再次回到美国并以“某某之女”的身份向媒体宣布，她已经移民美国并在争取美国国籍。她主要居住在纽约贝德福德饭店（Hotel Bedford），跟马丁·贡佩尔特一起在那儿生活。她想写一本书，谈民族社会主义（纳粹）的教育，但又想参加一档演出，因而在演艺与政治之间徘徊不定，最后同时在做所有的事情。艾丽卡的财务状况很复杂，生活方式极其讲究，花费惊人。但她不跟母亲要钱。“有了个新情人，62岁，钱从他那儿来”，艾丽卡写信告诉克劳斯·曼，“他现在是我的累赘，既是负担又是麻烦”。[44]她写信给母亲——这些事她也告诉母亲，说这个新情人吉姆·罗森贝格（Jim Rosenberg）很累人，但是，她不想跟他“闹翻”，这人实在“太有钱”了。[45]马丁·贡佩尔特伤心地看着这一切。

8月，米夏埃尔·曼跟姐姐伊丽莎白一起开车去度假。格蕾

特·莫泽尔（Gret Moser）也同行，她是伊丽莎白中学同班的一个瑞士女同学，比米夏埃尔大三岁，成为他的女朋友已经有些日子了。他们前往法西斯的意大利，在那里，正如托马斯·曼在日记里所记的："被人认出是我的孩子，有些人对他们很尊重，有些人对他们很不客气。"[46]三天后他又写道，卡蒂娅"昨天私下里告诉我，比比在旅途中跟格蕾特上床了，两人现在非常担心上床的后果"。[47]

卡蒂娅·曼对孩子们的生活情况了如指掌，她给予帮助，提出建议，出谋划策。对莫妮卡也是这样，一而再，再而三地提醒她要了解现实，认清自己的能力，不要好高骛远，要她从事一项实际些的职业。此时，母亲认为，解决"莫妮问题"的唯一办法是，结婚。莫妮卡·曼最近有了一位新的崇拜者，一个匈牙利的艺术史学家，名叫耶律·兰易（Jenö Lányi）。可是她让他坐立不安，让她妈比这位求婚者还着急："莫妮在终身大事上不答应兰易，实在气死人了！"克劳斯·曼是母亲诉苦抱怨的对象。莫妮卡不答应兰易，却在外公过生日时寄去了一封"夸张得让人无法接受的信"，信中把"他称为孩提时代最美妙的经历。这叫什么事呀！"[48] / 142

扬·盖莱缪计划冬天去美国长期旅行。米夏埃尔·曼写信告诉母亲，他想陪老师同行，还顺便要40瑞士法郎，以便偿还债务。[49]卡蒂娅·曼对这趟旅行表示怀疑。10月底，儿子回到父母家中，家人商量这件事后，父母允许他去。一周后，米夏埃尔从他的"流放地"巴黎写信，抱怨母亲"胡猜乱想，说我的奇迹根本就不是奇迹"。他还带来了个好消息：买了只小狗，叫"比利"。"一只漂亮的带褐色的小动物，五个月大；有点猎獾狗的种，还有其他难以确定的成分。它已经能听我的话了，也差不多不在房间里拉屎撒尿了。”[50]

秋天，克劳斯·曼也去美国旅行，想跟姐姐一样作报告，甚至想把他的一本书弄到好莱坞去拍电影。他作了一个关于自己家庭的报告，很成功，随后就到处去作报告，只要有人付钱；他去犹太人社区、女农庄主俱乐部或大学生那里。克劳斯·曼谈著名的父亲，这是美国人喜欢听的，也谈自己和自己的小说，谈纳粹和出逃德国的经历，谈《文萃》和《胡椒磨》，谈伯伯海因里希和犹太外祖父，也谈其他人。他强调家庭的“混血”——犹太和巴西血统——以此跟纳粹疯狂崇拜的“种族纯洁性”唱反调。“有时候，我觉得很有意思，如果想到我父亲不是跟这个女人——幸运的是她是我们的母亲——而是跟一个汉堡新贵的女
/ 143 儿，一个‘纯种雅利安女人’结婚的话，会是怎样一种情形。这种想法让我快活不起来。我担心，我们会变成无趣、孱弱的东西。当然，我们生来这样，也有我们丑陋的一面。但我们完全不是那样无聊得可怕……”[51]

这场报告“泄露了点秘密，也很知心”，同时“充满了激情”，克劳斯·曼在一封信里这样写道。[52]最主要的是，他第一次讲述了这个敢于与希特勒抗争的家庭的故事，穿插着很多牛皮与传奇——艾丽卡跟他都有这方面的独特天才，他们讲述这个家庭反对独裁统治的故事，一方面令人惊叹，另一方面夸大得有点过分，很多细节都是虚构的，却在某种程度上又是那么真实。

米夏埃尔给母亲写信，发信地点现在是欧洲酒店。因为狗的原因，他不能继续待在上一个旅馆里。而此时，比利染上了病毒性疾病——犬瘟热。他曾经想让狗安乐死，但如果请位兽医并进行注射治疗的话，救活它的希望还比较大，所以“要是就这么把它杀了，那我觉得也太悲哀了”。他对母亲给他写信时的严厉与

尖锐相当不理解。他不知道，母亲到底责怪他什么。因为汽车的事？“你现在好对我激动，——那是因为你过去对我太软弱，我呢，这你能看得出来，我大概厚着脸皮利用了你的软弱。你现在听我说吧：你以为你对我的软弱从根本上来说对我就那么舒服吗？”他不想伤害母亲，但有一点却是明摆着的：“你基本上是咎由自取。”[53]

“做梦，梦到每一个细节”，克劳斯·曼在日记里记着，“魔术师死了。为此才哭起来”。[54]着重一个“才”字。

托马斯·曼的新假牙不太合适。他又得去完成“日常的要

图 13 爱狗的米夏埃尔·曼

求”，而不是写小说，虽然很体面，也有利可图。托马斯·曼被说服了，同意来年2月再次在美国旅行。他要在哈佛大学开三场关于歌德的讲座，并在美国各地举办系列报告，题目是《当今的民主》（*Demokratie heute*）。耶鲁大学也表示感兴趣，想建立一个托马斯·曼作品收藏馆，收购他的草稿。托马斯·曼在日记里写道：“生意不错，或者可以做。”[55]他本不想再充当什么“意见领袖”，不想过问政治。他想回归老本行，写作。[56]写关于民主的报告让他觉得不轻松，特别是在欧洲民主国家对法西斯德国持绥靖态度的情况下。“民主理想主义？我相信吗？我不是像考虑进入一个角色那样在考虑民主吗？”[57]他强迫自己态度坚决并保持乐观精神。他把在美国的报告命名为《民主将要到来的胜利》（*Vom kommenden Sieg der Demokratie*）。

/ 145 巴黎寄来了今年最后一封信：小狗比利康复了。米夏埃尔期盼着美国之行。不过他需要钱，有兽医的账单，而且所有的东西都贵得“讨厌”，他写信这样告诉母亲。他不得不救他的小狗，“所以又欠了些债”。额外要100瑞士法郎，而且是尽快。[58]

1937年：从大局来看，不是什么特别惊心动魄的年份。回头看，那是风暴来临前的宁静。没有出现重大的政治事件，没有出版新的长篇小说，就连克劳斯也没有完成什么，只是挺过了两次戒毒治疗，不久又成为“小资”的俘虏。但对托马斯·曼来说，这是多产的一年，关于歌德的长篇进展顺利，虽然要忍受疼痛。这更多是一个私人年，一个爱情年：戈洛·曼有了第一个男友，在跟昔日那些根深蒂固的顾虑作斗争；米夏埃尔和格蕾特·莫泽尔；克劳斯跟托姆斯基；莫妮卡最后还是跟耶律·兰易订了婚；艾丽卡身边簇拥着一个个男人，他们都想跟她结婚；只有伊丽莎白不开心。

这也是米夏埃尔·曼之年：他首次离家远游。在父亲的日记里，米夏埃尔在巴黎的冒险经历没有留下丝毫痕迹；托马斯·曼记下的只有一件事，即老师提醒他注意一种新的拉弓姿势。其他所有事情母亲都不让丈夫知道。她给他创造尽可能好的工作环境，自己一个人去应对家里大大小小的灾难，果断、干脆，过后又让步，带着幽默，不乏讽刺，常常掩饰着当母亲的忧愁。但即便对于这样一位母亲，也并非所有的事情都不留痕迹地流逝过去，克劳斯·曼在年初发现了这一点："我亲爱的、可怜的妈妈看上去那么疲于奔命、乏倦和憔悴。她的担子太重了……"[59]

这一年似乎还需要一个高潮：12 月，米夏埃尔·曼得了重病——脑膜炎，给家人造成了巨大的担忧，他们强迫他在床上躺了几个星期。病刚好没多久，新一年里又发生了一件可怕的事情：他在饭桌旁大哭时大家才获悉，米夏埃尔·曼在前一天 / 146
晚上喝醉了酒，在清晨时分杀死了他的小狗比利。谁也不知道这是为什么。一起"让人担心的事件"，这一事件也传到了父亲那里。[60]

*

托马斯·曼小病不断，胃、头、牙、四肢，神经就更甭说了，反正不是这儿疼就是那儿不舒服，日记里都一一记录了下来。要是他去医生那儿寻求帮助，医生在大多数情况下都认为其状况稳定，身体健康。1938 年 1 月，他心肌有问题，睡不好觉，得了很痒的湿疹，之后在阿罗萨例行度假时，又患上了感冒：咳嗽，喝甘菊茶。他自己写道，"心理上也很遭罪"。卡蒂娅坐在他的床边。"当她拉着我的手时，我在想，死的时候我就要这样。”[61]

克劳斯·曼不得不离开美国。他没拿到“宣誓书”，不能在这个国家长期待下去。[62]没有哪位出版商愿意给他出担保书，保证他作为外国人不会成为国家的负担；没有人相信他的书，也不相信这些书能适合美国市场。好莱坞的德裔明星，如弗里茨·朗恩（Fritz Lang）、比利·怀尔德和恩斯特·刘别谦（Ernst Lubitsch）等，喜欢跟托马斯·曼这位有魅力的公子去吃早中饭，带着他去拍摄现场或派对。在一场派对上，他认识了卡塔琳娜·赫本（Katharine Hepburn），觉得她“真不赖”。[63]他自己觉得有关电影的想法，比如关于路德维希二世的小说《装栅栏的窗户》（*Vergittertes Fenster*），是特别棒的好莱坞素材，却没人感兴趣。翻译他的作品或把它们搬上银幕都可以，但他不能想象，这一生可以做些比这低一等的工作。

就这样，克劳斯伤心地跟男友托姆斯基告别，他没有把握，两人的关系能不受距离的影响而维系下去。他跟在纽约的亲爱的姐姐告别，又回到了欧洲，跟以往一样，各种新的计划装在行李箱里——他现在想写一部长篇小说，关于流亡的长篇。

克劳斯的父母乘坐“玛丽女王号”正在朝相反的方向
/ 147 行驶，把儿子米夏埃尔带在身边。他们原本没这样打算，可是，发生了——按照父亲的说法[64]——“香槟过量”事件，即杀死小狗以后，父母宁愿把儿子带在身边。托马斯·曼抵达纽约时引起了极大的关注。记者招待会上谈到的主要问题是这些天日益昭著的事实——希特勒攫取奥地利。还在乘船横渡大西洋时，托马斯·曼就写信给哥哥海因里希，说紧张的政治局势有可能让他的此次旅行变成移民之旅。[65]在美国新闻界面前，托马斯·曼严厉抨击西方大国的绥靖态度，还借此机会说出了他最经典的句子之一，这一名句刊登在第二天的《纽约时报》上："我在哪里，哪里就是德国。（Where I am，there is Germany.）"[66]托马斯·曼一直觉得自己是德国文化的代表人物。在德国，文化已无容身之地，所以现在就在他这里，即在美国："我在哪里，哪里就是德国。（Wo ich bin，ist Deutschland.）"这是难以置信的表述，狂妄、自傲、骄横——但同时又是怎样一种豪放：一个伟人公开站出来，担当起德国人反对希特勒的角色，最起码是象征性的。这一角色不仅是托马斯·曼自己承担的，也是美国公众舆论赋予他的，这些舆论经常把他称为"世界上健在的最伟大作家（the world's greatest living writer）"。同事们和流亡者的一些愤怒与仇恨都源自他的这一角色，源自被托马斯·曼玩弄于股掌之间的成功。这些人包括贝托尔特·布莱希特、埃里希·玛利亚·雷马克（Erich Maria Remarque）和阿尔弗雷德·德布林，后者在这位竞争者去世以后将说出这样一句话：这个人"能把裤褶子上升到艺术原则的高度"。[67]你可以听到咬牙切齿的嘎嘎响声。

托马斯·曼在美国所扮演的杰出角色也跟他有强有力的支持者有关，而且主要是女性支持者，如卡罗琳·牛顿（Caroline Newton），一位富有的遗产继承人，还有影响力巨大的女记者多萝西·汤普森。多萝西·汤普森曾于1934年替小说《约瑟》大唱赞歌，为托马斯·曼的地位奠定了基础，还一直在替托马斯·曼大造声势，称他为"世界上最重要的作家"，虽然她跟辛克莱·刘易斯是夫妻。托马斯·曼在美国最重要的资助者是艾格尼丝·E. 迈耶（Agnes E. Meyer）。她将成为托马斯·曼一生中在家庭之外最重要的女人。[68]这一点，他在1938年还不知道。艾格尼丝·迈耶也不知道，但无论怎样她都很清楚，她在朝着一个目标努力——在托马斯·曼的生活中扮演一个重要的角色。

上一年，艾格尼丝·迈耶曾对他进行过一次简短的采访，然后写了两封友好、睿智的信。但这种方式太过细微。托马斯·曼真正记住她，是因为她在1937年5月写的第三封信。艾格尼丝在信中坦陈，她是谁，拥有什么样的可能性：她是《华盛顿邮报》(*Washington Post*)的所有人兼出版人、美国中央银行前总裁尤金·迈耶(Eugene Meyer)的夫人。她想邀请托马斯·曼去华盛顿作一个题为《民主能否生存下去？》(*Can Democracy Survive?*)的演讲。该演讲属于一个系列演讲会，媒体将对这个演讲作广泛的报道，国家政治领导人都定期参加。最后，她还提出把《华盛顿邮报》作为他的论坛；为了让托马斯·曼真正弄清楚，他在那里可以做什么，艾格尼丝·迈耶还补充说，全国的所有精英都读这份报纸——上至总统。现在，她赢得了托马斯·曼的注意，从此，她的信属于最重要的信件，跟一大堆崇拜者的信分开——那些信大多由卡蒂娅简短地予以回复。托马斯·曼答应作这个演讲。

1938年初，在艾格尼丝·迈耶的推动下，托马斯·曼横穿美国进行巡回演讲，证实了他代表德国文化的资格。托马斯·曼成为演讲季节的“大红人”。[69]他从纽约出发，穿越美国大陆直到加利福尼亚州，然后回头，共作了15场演讲，面对的是数千名听众，新闻界也十分尊重地加以报道。托马斯·曼共获得15000美元的酬金，是一个美国教授年薪的三倍。演讲由艾格尼丝·迈耶亲自从德语翻译成英文，托马斯·曼再精心研读。虽说他的英语水平一般，却能相当令人信服地作完报告。按照美国的习惯，接下来是提问阶段(他恨这种“盘根问底”，这显然太过民主了[70])，如果遇到棘手的问题，艾丽卡会给予帮助，或翻译，或耳语。3 月，他在华盛顿的“宪法大厅”进行演讲，作为客人住在迈耶家有 40 间房间的大别墅里。

就这样，托马斯·曼跟妻子和女儿一起于 1938 年初

图 14　1938 年 5 月，托马斯·曼在卡耐基音乐厅演讲的海报

横穿美国，历经数千公里，向人们宣告《民主的未来胜利》（*Zukünftiger Sieg der Demokratie*）。他为“社会民主”呐喊，很容易让人看到罗斯福“新政”的影子。但是，对托马斯·曼来说，最重要的不是罗斯福的重新分配或实行平衡的政策，而是罗斯福的民主，托马斯·曼把这种民主首先看作世界上最危险的敌人——法西斯主义——的强大对手，同时，他没有忘记鞭挞欧洲民主国家的幻想：可以跟希特勒和墨索里尼妥协。托马斯·曼在结束报告时说，民主国家不仅将在和平方面战胜法西斯，而且——“如果非此不可的话”——也将在战争中战胜它。[71]托马斯·曼非常清楚，在跟希特勒的斗争中，罗斯福是最伟大的斗士。听众们当然喜欢听到对自己国家和总统的褒奖。可每当演讲结束时，掌声总是有所保留，几场演讲下来，托马斯·曼发现了这一点。他跟艾丽卡一起对演讲的结尾进行了修改，把它引到“个人层面”上。[72]美国还没有准备好在跟希特勒的斗争中发挥积极作用，对“战争”一词也缺乏准备。

戈洛·曼留在了苏黎世。父母本来是愿意把他带上的。他对父亲的报告进行删减并打印出来，哥哥克劳斯还写信建议戈洛可以“一半以魔术师高级秘书的身份”同行，以便在美国看看能否在大学谋求到一个职位。[73]戈洛不愿意。多少年来，他第一次找到了一个位置——一个自己喜欢的位置，有自己的朋友，甚至偶尔还来一段罗曼蒂克的经历；这会儿是一个叫弗里茨（Fritz）的自行车赛车运动员——听起来有点怪怪的：一个是多愁善感的知识分子，一个是竞技运动员；日后，在回顾这段插曲时，戈洛·曼写信告诉马努埃尔·加瑟，也“不是非自行车运动员不可”。[74]

戈洛·曼也有一项任务：他在撰写弗里德里希·冯·根茨的

传记。此外，他还在《尺度与价值》杂志给父亲当助手，杂志每逢遇到重大问题，都要请他参与，出版人奥普莱希特夫妇已和他成为朋友，也会请他帮忙。受流亡之初几年的影响，他放弃了大学生时代的社会主义与和平主义的理想。就戈洛·曼而言，这一个人理想的发展因斯大林的莫斯科公审而达到高潮并终结，因为这一审判将苏联真实的恐怖特征暴露无遗。在戈洛·曼看来，共产主义作为制度已经失败，也不再是反希特勒斗争中的具体盟友。在这一问题上，他跟伯伯海因里希发生了争执，虽然戈洛在流亡的最初几年曾跟伯伯相互理解，还给过伯伯一些帮助。海因里希·曼不允许批评斯大林和苏联，包括那些残暴的公审，连同那么多的死刑判决他也觉得公正、合理，并在公开场合直言不讳。[75]克劳斯的想法跟伯伯一样，虽然对苏联有些怀疑。他跟伯伯的关系非常好——跟弟弟戈洛的关系也很融洽，虽然他们俩在政治上意见并非完全一致。

3 月 12 日，德国国防军进军奥地利。在欧洲，人们曾寄希望于法西斯意大利，希望它会阻止德军的这一步骤，可是两个独裁者早已秘密结盟。英法两国作为保障凡尔赛和平秩序的大国无能为力，只好袖手旁观。[76]当希特勒将其故土“并入”德意志国家版图之际，一场新的移民潮开始了。作家卡尔·祖克迈耶（Carl Zuckermayer）和宇顿·冯·霍瓦特（Ödön von Horvath），后来还有 82 岁的西格蒙特·弗洛伊德（Sigmund Freud）纷纷离开奥地利。托马斯·曼的出版人戈特弗里德·贝尔曼·费舍尔在维也纳刚待了两年，就不得不带上他的出版社再次逃亡。在一次大逮捕中，曼家的朋友汉斯·赖西格也成为牺牲品。这一消息特别让托马斯·曼深感震惊。他离不开赖西格。托马斯·曼跟世界保持着距离，虽然认识很多人，也受到许多人的崇拜和赞赏，却几乎没什么朋友，也几乎不让任何人接近自己。赖西格是少数几个人中的一个。跟他在一起，托马斯·曼感到舒畅。即便他来访好几周，他的在场总是令人愉快和兴奋。托马斯·曼曾在日记里这样写道：赖西格总让他“更加开朗，思路更开阔，笔下更高产，也更加开心”。[77]相比之下，其他一些让他和妻子感到疑惑的事情都算不上什么，比如“赖西格特别不作为，没有能力和犹豫不决”，还有他那“过寄生生活”的方式。[78]不久，汉斯·赖西格又被释放，然后去了柏林。托马斯·曼成功地替这位瓦尔特·惠特曼（Walt Whitman）的译者在加利福尼亚州的伯克利大学谋到一个教席。可赖西格对大学的邀请回答得很谨慎，后来干脆没了音信。他留在了德国，跟曼的书信往来也中断了。

戈洛·曼在5月的《尺度与价值》杂志上发表了一篇题为《政治观点》（*Politische Gedanken*）的文章，提出一个问题，即人们在国外为什么不听从德国流亡者的意见，不听从他们发出的警惕希特勒的警告，也不听从他们的多方告诫——希特勒不会因为对他的所有让步而停止侵略性的外交政策，要用和平手段来制止他亦无可能。原因在于，所有这些警告都来自流亡者。“因为往往弄不清楚，流亡者在推行外交政策时所持的是何种立场，代表谁的利益；他们在政治上没有根基。”跟克劳斯·曼不同，戈洛·曼不相信流亡者会有伟大的政治前途，两人也经常为此而发生争论。[79]戈洛·曼认为，纳粹覆灭以后，掌权者不管是谁，都将来自“德国国内而不是出自流亡者的行列”。在展望奥地利跟德国的强制合并时，他认为，跪倒在德国脚下的欧洲不可能长久。“在欧洲的德国人太多，以至于其他立志生存的民族早晚都必将联合起来，对付一个包括所有德国人在内的侵略性国家；若要应对这样一种联合阵线，德国人又嫌太少了。”[80]戈洛对1938年政治形势的这些分析既明确，又具有前瞻性，还充满着自我批判精神，这在德国流亡者的笔下可谓凤毛麟角。不久，托马斯·曼写信告诉哥哥海因里希，戈洛的“发展非常令人兴奋，他为《尺度与价值》撰写了非常出色的文章”。[81]

卡蒂娅·曼采用了一种新策略。她陪同丈夫在美国进行巡回演讲期间，不再是每月给儿子米夏埃尔汇一次钱，而是分几次，他当时跟着他的提琴老师盖莱缪待在纽约。卡蒂娅叫他不要每月月头就把钱花光。米夏埃尔写信告诉她，这种教育方法很不“实际”，而且也很危险。这样做等于强迫他去借钱，因此，多借钱的诱惑——哪怕没有必要——“自然非常巨大”。“所以请你尽快把剩下的钱寄给我”，最后还以不怕你不信的逻辑结尾：“债务压得我快要窒息了。”[82]卡蒂娅·曼又让步了。

托马斯·曼在好莱坞休息了几周，不作演讲。人们热情地接待他，邀请他到处走走、看看。瓦尔特·迪斯尼（Walter Disney）在电影工作室里给他放映正在制作的卡通电影《幻想曲》（*Fantasia*），米老鼠在这部电影里充当魔术师的徒弟。彼得·洛瑞（Peter Lorre）曾把一个可怕的精神病人表演得活灵活现，他带着托马斯·曼去福克斯电影公司（Fox）。托马斯·曼在那里见到了“美国的宠儿”童星秀兰·邓波儿（Shirley Temple）。[83]两人交谈的内容未见报道。

之前，有些谣言已飞越大西洋传到欧洲，说父亲的演讲之旅取得了空前的成功（属实），还说他的书籍销售之好令人意外，甚至那部翻译出版的鸿篇巨制《约瑟在埃及》也是如此（也属实）；还有传闻称，托马斯·曼在好莱坞签署了一项超级合同，而且对方是华纳兄弟（Warner Brothers），但这一传闻并不属实，却让儿子克劳斯在日记里写下了苦涩的心声："我的反应——自己感到意外，也非常痛苦：我必须承认，主要是嫉妒和毫无意义的委屈感。他所到之处，战无不胜。"做一个伟大人物的儿子：这是克劳斯毕生面对的问题。他有时候可以排遣掉这个烦恼，比如在能够利用父亲的名字时，又比如，他以"某某的儿子"进行自我介绍时，或为了达到自己的文学目的而使用"曼"姓时。"有我摆脱他阴影的那一天吗？"克劳斯这时在日记里自问。"我的精力足够用吗？"[84]

毒品早已是他日常生活的一部分了，而且情况比以往更糟糕，虽然有了男友托姆斯基。这位男友威胁说，要是克劳斯不摆脱毒瘾，就跟他分手。4 月，他再次试图戒毒，这一次是在苏黎世。"简直就是下地狱。淌了多少泪水。绝望。"[85]两周后，他中断了戒毒，原因是多方面的，精神治疗时的音乐，被询问跟母亲和姐姐的关系，都让他感到讨厌；跟父亲的关系好像跟这事没什么关系。[86]六天后，他毒瘾复发。克劳斯·曼在日记里写道，他以"玩世不恭的态度"享受着毒品，"自己也生自己的气。我想戒掉它，我必须戒掉它，我不久一定要戒掉它。我要跟托姆斯基共同生活和工作"。在下决心的当天，克劳斯在马努埃尔·加瑟那儿参加了一场性爱派对。他在日记里写道："我在考虑，托姆会不会也玩这类特别的小游戏。我从内心希望他不玩，如果玩的话，会让我感到羞耻。"[87]

父母在美国期间，莫妮卡·曼住在居斯纳赫的家里。她已经放弃了维也纳。她的男朋友，不久以前成为未婚夫的兰易忠诚地陪伴着她，从佛罗伦萨到维也纳，从维也纳到苏黎世。未婚夫耶律·兰易出生于匈牙利，在瑞士长大，当年他还是个孩子时，一家瑞士人接纳了他，并从经济上资助他。兰易于

1929年在慕尼黑拿到艺术史博士学位，正在进行关于多拿特罗（Donatello）——米开朗琪罗之前的一位著名的文艺复兴雕塑家——的研究。[88]“告诉你们吧，莫妮变成了一个非常讲究的小家伙”，克劳斯·曼于夏初写信给在美国的父母亲。“当然并非失去了独特的个性，却有了许多收获——如果一个像兰易那样彬彬有礼的人对她崇拜得五体投地，那她身上肯定有什么过人之处。”他猜到他们会觉得奇怪。“真的，她是那样轻盈体面，时而心事重重，时而充满幽默，不乏奇想，妩媚娇柔，真的相当漂亮。”[89]

在美国巡回演讲期间，托马斯、卡蒂娅和艾丽卡·曼在艾格尼丝·迈耶的咨询和支持下，决定举家移民美国。除莫妮卡想跟兰易待在欧洲外，所有的孩子“都要过来”，托马斯·曼写信告诉哥哥海因里希。“他们在这里会有最好的前途，也只有在这里才有前途。”[90]就他自己而言也同样如此。艾格尼丝·迈耶在最短时间里给他在东海岸著名的普林斯顿大学谋到了一个收入丰厚的客座教授教席。大学在纽约东边，只有一个小时的车程，要尽的义务十分有限：一个学年作四场报告。[91]“美国对我好得要命”，托马斯·曼写信告诉儿子克劳斯，这一点克劳斯也注意到了。“穿越美国大陆，然后回头，这大概算得上是一场凯旋之旅了，到处都挤满着听众，其听讲的认真程度令人感动。”克劳斯·曼还以矛盾的心情了解到，父亲夸奖新一期的《尺寸与价值》——又是一期杂志，没有克劳斯·曼的片言只字；父亲告诉克劳斯，特别是弟弟戈洛的政治警句写得异常“出色”。[92]

卡蒂娅·曼陪伴着自己的丈夫，当助手，提建议，艾丽卡不在的话还担任翻译——她的英语比托马斯·曼要好得多。她本人对新的流亡之乡缺乏热情。卡蒂娅告诉克劳斯：“可惜我根本就不适合美国，这一点我必须清楚地意识到。”接下来的理由使其他所有的理由为之逊色：“但说到底，这里对魔术师来说实在不错，为此，我也应当高兴才是。[93]”

艾丽卡·曼于5月底从美国回到苏黎世。她跟克劳斯正在一起撰写一本书，类似“谁是流亡者”之类的书，讲述流亡者的故事，穿插着许许多多鲜活的故事和人物特写。在余下的时间里，她还替父母打理家务，从青少年时期起她就经常如此。艾丽卡找莫妮卡的未婚夫兰易“谈话”，让他公开其财产状况。还跟小妹妹伊丽莎白讨论跟弗里茨·兰茨霍夫的问题，告诉她对他的感情没有丝毫前途。艾丽卡写信到美国告诉父母，伊丽莎白什么都明白，但她硬说对兰茨霍夫的爱“生死不渝”。[94]

6月，老大和老二一起前往巴黎。克劳斯·曼去“按摩”，狠狠过了把毒瘾，还写信给“亲爱的托姆斯基”。[95]他很激动。第二天，艾丽卡和他前往西班牙直接深入内战，想为多家报纸和杂志报道人民阵线政府的共和军跟弗朗哥将军的叛乱分子进行的战斗。他们拿起笔作刀枪，反对欧洲的法西斯主义。这是艾丽卡的主意，是艾丽卡的冒险。出于往日的依恋，加上有机会再次跟亲爱的姐姐共同行动，克劳斯也参与了。没过几天他就想走人，原因是伙食太差，香烟太少，还有震耳欲聋的枪炮声。但艾丽卡如鱼得水，大胆鲁莽，寻求危险。后来她还爱上了一个名叫汉斯·卡勒（Hans Kahle）的德国流亡者，西班牙共和国国际纵队（die Internationalen Brigaden）的指挥官。她跟“汉斯将军”开始了一段桃色绯闻，弟弟妒忌地看在眼里。艾丽卡朝气蓬勃，克劳斯心里害怕。他在日记里写道：“奇怪，艾丽卡对这里的情况表现得那么有耐心，甚至是喜悦。我要撤离，这一愿望不断增强，难以控制。”[96]

为了她，克劳斯留了下来，一共三个星期，却不知是怎么熬过来的：他去过巴塞罗那、瓦伦西亚（Valencia）、马德里和托尔托萨（Tortosa）——一个因空袭和埃布罗攻势被彻底摧毁的小城。他们撰写文章，报道共和国人士的英勇斗争，有时合写，有时各写各的。克劳斯·曼在他的《西班牙之旅的总结》（*Fazit einer Spanienreise*）里向自己、也向读者发出充满乐观的号召："从我们流亡那天到现在，我第一次感觉到，我们能够赢得胜利。""看到西班牙人民跟自由——他们的自由也是我们的自由——的敌人进行斗争，这种经历永远难以忘怀，也是我们在流放中经历过的最美好的事情。"[97] 这无异于黑暗森林中的一声呐喊。对共和军来说，军事局势早已陷入绝望之中。没过几个月，弗朗哥最终取得了胜利。

1938 年 7 月，卡蒂娅和托马斯·曼也再次回到欧洲，目的是清理家产并进行告别。接下来是第二次流亡，就他们俩而言，这是第一次有意识地流亡。海因里希·曼从尼斯赶来告别，这位忠诚的大哥非常眷恋托马斯，把过去的伤害忘却得更彻底一些，他也从未像弟弟那样将相互的竞争和兄弟间的敌意看得那么严重。克劳斯·曼在日记里写道，他崇拜的伯伯变得太老了，"几乎是白发苍苍"了。他们谈论莫妮卡，海因里希·曼对其命运表现了"高度的同情与人性的关怀"。相反，根据克劳斯·曼的观察，父亲对大哥"常常是心不在焉"，"可他对谁不是这样呢？"[98]

克劳斯看父亲的眼光很忧郁，带着妒忌和怒气，这些怒气现在又增加了新的养分。托马斯·曼在家人的圈子里朗读他写的关于歌德的小说，这一年的风风雨雨让他没有多少时间去写作。他读了《绿蒂在魏玛》第六章。奥古斯特·冯·歌德（August von Goethe）作为父亲的代表，要跟老歌德爱过的奥提莉（Ottilie）

图15 1938年，克劳斯·曼跟父母在一起

结婚。托马斯·曼不仅用他曾仔细研究过的历史人物的特征描写奥古斯特，同时还借用了自己三个孩子的性格特征：酗酒让人想到米夏埃尔，轻浮像克劳斯，不讨人喜欢和笨手笨脚形同戈洛。他们的基本关系则像三个孩子跟他自己：小说中写道，“一个伟人的儿子意味着极大的幸福和可以估量的舒适，还有令人压抑的负担，以及自我尊严的不断缺失”。[99]这一类比没有逃过儿子们的眼光。克劳斯·曼在日记里写道：“有那么一点不舒服的感觉。”[100]戈洛·曼后来写信给一位朋友，说父亲在此时“有点拿我当奥古斯特·冯·歌德玩”。[101]

卡蒂娅·曼对移居美国的兴致不那么高，她的“忧心忡忡”

艾丽卡也观察到了。[102]之所以如此，其中一个原因是卡蒂娅的父母，她不得不把他们留下来。流亡的头几年，卡蒂娅的父母定期来瑞士看女儿，托马斯·曼在日记里提起时总不是那么愉快。虽然女儿一再催促，两位老人就是不想流亡。卡蒂娅说，他们可以一起跟着去美国。"你这个小笨蛋，"海德维希·普林斯海姆于1938年5月写道，"你可别当真，以为我们两个马上就88岁和83岁的耄耋老人，又没有足够的钱财，能够迈出移民的脚步，成为你们这些好孩子的负担，还要赔上丧葬费！"她在信的结尾写道，宁愿在德国体面地死去，也不要在美国"没有尊严地腐烂掉"。"就这么说了。虽然眼里噙满着泪水，但一言为定，绝不反悔。"[103]

1937年初，托马斯·曼一家被褫夺国籍后不久，岳父岳母的护照被吊销。1938年夏，又有了一个再次相会的希望。据说在德国与瑞士边境地区可以获得去邻国瑞士的当日签证。海德维希和阿尔弗雷德·普林斯海姆于1938年7月前往康斯坦茨（Konstanz），卡蒂娅·曼同时来到瑞士边境一侧的克罗伊茨林根（Kreuzlingen）等待。可是，签证申请被当地区政府"生硬和粗暴"地拒绝了。一次让人彻底绝望的经历。这一时刻，海德维希·普林斯海姆失去了生活的勇气和她的幽默——她生活的基本情调。她非常伤心地写信给女儿，"只能说，这次实在是太难过了"。[104]她们俩都预感到，这次可能是最后一次原本可以相见的机会了。

米夏埃尔·曼于6月回到巴黎，继续在提琴老师盖莱缪那儿学琴。他写给母亲的信很少提及音乐学习的事情。信的主题有两个：一是跟格蕾特·莫泽尔的婚礼；二是钱，他总是缺钱，每封信里总是一再讨要。8月，上一年的主要大事被重新提起：布加迪跑车。那辆车又得修理了，还谈到一个新问题：车辙完全歪了，新轮胎（他借钱买的）彻底开废了。米夏埃尔·曼对他的“奇迹”的热情已是烟消云散。他告诉母亲，打算把车卖掉，并且已经找到了一个下家。“车子的那个问题我当然不告诉他”。当然，接下来又是必不可少的那句话：“有太多太多讨人厌的开销。”[105] 十天后，米夏埃尔又来要钱。他请母亲别以为他不停地借债是因为笃信母亲不管怎样都会付钱。他可不是这样的人，他的日子其实过得“挺节俭的”。不过：“我要不总是那么倒霉、那么愚笨就好了。”[106]

/ 160 这一年，克劳斯·曼为了维系他的种种关系，非常认真地作出努力，要戒掉毒品。弟弟戈洛和当医生的朋友卡岑施泰因帮他度过了这一难关。有段时间，好像还真要成功了——接下来的几个月里，他的日记里没再出现“服用”的字眼。不靠任何帮助也不行，特别是为了工作他需要点什么，所以现在定期服用一种叫苯齐巨林的兴奋剂。跟往日天天服用吗啡、海洛因或羟考酮相比，这是个进步。

就连伊丽莎白也让父母操心。她怎么也放不下对弗里茨·兰茨霍夫的爱，虽然跟姐姐推心置腹的谈话已经过去一年多了，而且跟兰茨霍夫一年几乎没能见上一次面。父亲在日记里把这称为“冥顽不化的痴迷”。[107] 女儿的病，像哮喘、吞咽困难和失眠等，从心身医学来讲似乎都跟父母有关系。克劳斯·曼同样满怀同情地观察到，“她心里那份炙热的感情是那样的不幸，也着实没有半点希望，却令人害怕地在持续燃烧”。妹妹跟德国批评家汉斯·萨尔（Hans Sahl，好歹只比她大 16 岁）交好，试图借此来安慰自己，对此，克劳斯心存怀疑。他更希望伊丽莎白能在美国重新开始：“那里，不管在大学还是在好莱坞，有那么多好青年。”[108]到了秋天，这时已在普林斯顿，弗里茨·兰茨霍夫来访。他带来了未婚妻里尼·奥特（Rini Otte），一位荷兰女演员。克劳斯·曼看着“小妹在受煎熬”。[109]父亲认为，不应当还让这位“竞争对手”来访，让女儿难受。[110]第二天，他安慰了女儿。

世界历史的车轮继续向前，不管曼氏一家是否已经安排妥当。就在托马斯、卡蒂娅和伊丽莎白·曼跨洋渡海前往美国的同时，欧洲朝着一场新的危机，抑或是一场战争前行。继奥地利后，希特勒此时又把手伸向了捷克斯洛伐克。势力强大的德裔少数民族成为他动手的借口。捷克的冲突直接关系到曼氏一家，并非仅仅因为这里是他们获得国籍的国家。托马斯·曼认为，一旦战争爆发，戈洛和米夏埃尔就得作好服兵役的准备。[111]

到了9月，形势急转直下。各种消息也传到了“新阿姆斯特丹号”船上，气氛非常压抑。托马斯·曼写道：“法西斯主义很有可能将其魔爪伸向美国。”他再次厌烦政治，想摆脱这一切。“转向吧，转向！集中精力做自己的事，做精神方面的事。我要的是明朗与快乐，要清楚地知道自己喜欢什么。无济于事的仇恨不应该拉扯上我。”[112]到了美国不久，他又在别人的劝说下，出席了在纽约举行的一次声援捷克斯洛伐克的大会。在麦迪逊广场花园，他高呼“打倒希特勒！”20000名听众备受鼓舞。[113]

所有的努力都付诸东流。意大利领袖墨索里尼从中调停，英国和法国全线让步。1938年9月29日，签署《慕尼黑协定》。主要由德裔居住的苏台德地区（Sudetenland）被划归德国。在自己国家遭到瓜分时，捷克斯洛伐克的代表甚至连谈判桌的边也没沾上。《慕尼黑协定》成为“日益荒唐的绥靖政策”的顶峰，此项政策造成中东欧唯一尚存的民主国家成为其牺牲品，这无疑是西方民主国家的“道德沦陷”。[114]

同一天，曼氏一家，包括父母和伊丽莎白，搬进在普林斯顿租的房子，受到黑人夫妇——男女仆人约翰（John）和露西（Lucy）的欢迎。十个房间，五个洗澡间，月租 250 美元——房东们原想多要点，最后同意曼家提出的最高房价。他们的如意算盘是，一个像曼这样的名人住过的房子，以后更好卖。搬进富丽堂皇的维克多利亚式房子，托马斯·曼却无法尽情享受。他对《慕尼黑协定》恨之入骨。他认为，希特勒和墨索里尼本来已被打败，不可能再进行一场战争了。他觉得已看到在柏林发生了“暴动”，在罗马甚至爆发了革命，一句话：“独裁者们已穷途末路。是英国拯救了他们。”[115]

/ 162 第二天，托马斯·曼跟克劳斯打电话，两人十分沮丧，一致认为“英国在推行反苏拥德政策”。[116] 克劳斯·曼在日记里写道：英国和法国害怕希特勒被推翻，“用尽各种手段扶持他。张伯伦（Chamberlain）对他那个阶级所尽的义务要超过对他的民族。”[117] 克劳斯采用共产主义的术语并非源于眼前的混乱。在跟艾丽卡正共同撰写的《逃避生活》（*Escape to Life*）一书的结尾里，克劳斯进一步展开其想法：不是恐惧战争，而是恐惧行将替代法西斯的东西，这种恐惧让民主国家阻止希特勒和墨索里尼走向覆灭，而他们的覆灭本来已成定局。[118] 托马斯·曼也持类似的想法。他在题为《这种和平》（*Dieser Friede*）的文章里——计划作为下一部政论集的前言——详细阐述了西方是如何将法西斯主义当作“反对苏联和社会主义的雇佣兵”的。他称英国为“希特勒的教母”。[119]

这段时间不是这对父子在政治上最得意的时刻。他们俩此时共同的所作所为甚至可以说是绝对地瞎胡闹。艾格尼丝·迈耶，托马斯·曼非常重要的美国女赞助者，读着他的文章，心生担忧，如果不说是感到震惊的话。她写信给他，称赞他的观点散发着“魔力”，然后笔锋一转，急切地劝诫他，不要在政治事务上浪费精力，要回归他的“创造性的工作”。[120]很难有比这更客气的说法了。

戈洛·曼对形势的分析要中肯得多，没有对独裁者们迅速倒台的幻想，也没有指责所谓跟法西斯的联盟。在 11 月的《尺度与价值》杂志上，他对西方大国进行清算，指出其“安抚政策”是黄粱美梦，他们过去拒绝对魏玛共和国施行这种政策，现在却拱手奉送给了希特勒。“有许多寄希望于欧洲的重要德国人——虽然在德国人中属于胆怯的少数，你们（西方大国）让他们对欧洲失去希望，你们允许希特勒证明：暴力等于成功，正义等于失败。你们不区分人民和领袖，而是蔑视人民而讨好领袖，但这种外交考虑没有丝毫意义，也没有实实在在的希望。你们并非真正为和平而战，不过是为了证明你们在战争中是无辜的而已。”现在，德国强大了，武装好了，英国和法国的气氛也随之改变。“现在，大祸临头之际——你们为了引入这场灾难不可谓没有殚精竭虑——你们却诉苦抱怨：这讲的是哪门子理呢？”[121]

艾丽卡·曼以她的方式也同样战斗在政治的前沿阵地。她争取民众支持自己和自己的事业，要是愿意，她就可以既和蔼可亲，又妩媚动人。她英语早已讲得十分流利，到处旅行演讲，成绩斐然。她也经常被人介绍为“某某的女儿”，但并不觉得尴尬。在其演讲系列里，有一篇关于父亲的报告。但她一般都是以研究“第三帝国”专家的身份上台，讲述希特勒统治下的青少年或民族社会主义社会的妇女问题。

1938 年，她撰写了一本书，介绍希特勒统治下青少年的教育情况，该书于秋季在美国出版，同时在阿姆斯特丹的库埃利多出版社用德语发行。该书非常巧妙地把文献材料、新闻报道和反邪恶的宣传糅合在一起，剪裁得当，适合美国人的需要：富有趣味，慷慨激昂，其基本主题一目了然，个人的命运和逸闻趣事穿插其中。所有这一切都是那么天衣无缝，无可挑剔，效果奇佳，其中大部分内容只可能来自艾丽卡·曼的丰富想象。若要靠这本书来分析“第三帝国”日常生活的情况，实在不大合适。可艾丽卡又能从哪里得知那些真实的情况呢？这恰恰是德国流亡者们面临的一个基本问题，即他们几乎没有任何信息来了解故国正在发生的事情：回乡察看已无可能，自由媒体亦不复存在。

艾丽卡·曼要的不是“第三帝国”的真实情况，而是如何赢得美国人作为盟友。她在书里把纳粹分子用于教学的斗争书籍相当简单地套用在德国所谓的教育现实上，缺失的亲身体验就用想象去弥补。她看德国的眼光充满着仇恨，所以有些夸大事实（比

图16　托马斯·奎因·柯蒂斯

如她说，德国青少年不得不说“希特勒万岁”，每天甚至多达150次），艾丽卡的目的不在于科学性，而在于政治性。《野蛮人的学校》[*School for Barbarians*, 又名《一千万个儿童》(*Zehn Millionen Kinder*)] 一书是她为反对希特勒的斗争作出的贡献。该书具有诱导性和趣味性，而且非常成功：到年底，这本书在美国共销售了40000册。[122]

克劳斯·曼要回美国了，所以非常高兴，首先是因为要见到他的男友托马斯·奎因·柯蒂斯了。他俩已有半年没见面了，此时的他已经戒了毒，很想跟男友相拥在一起。可还在船上时，一封电报交到了他手里：柯蒂斯在去墨西哥的途中，迟些日子才能回到纽约。克劳斯·曼到了纽约以后，不清楚柯蒂斯究竟要“迟多少日子”，于是“彻底”崩溃：“泣不成声，号啕大哭，准备自杀。”[123]后来得知，柯蒂斯没有路费，卡蒂娅·曼出面相救。克劳斯在纽约等候托姆斯基期间，跟一个年轻的俄国人尤里·卡贝尔（Ury Cabell）开始了一段绯闻。柯蒂斯终于抵达纽约时，克劳斯·曼非常开心，但新朋友尤里·卡贝尔他也没放弃。

在德国，由国家组织的反犹运动达到了新的规模：从歧视犹太人到系统地迫害他们。一位德国外交官在巴黎被一名犹太裔凶手杀死，纳粹分子借此机会实施早已计划好的暴行。11月9日那一夜，在全德国境内，犹太教堂在燃烧，犹太人商店遭到抢劫，墓地被捣毁，犹太人被逮捕并押往集中营。海德维希·普林斯海姆心里清楚，她女儿会替他们担忧，所以“帝国水晶之夜”过后几天，局势开始平静下来时，她给女儿写信，说她和父亲“本人都还不错”，没有遭受损失。关于总的形势，卡蒂娅大概从新闻媒体上已经了解到，所以她就不再“赘述”了。虽然海德维希·普林斯海姆像往常一样争取把信写得轻松一些，从字里行间却能感觉到一种不安。那个暴行之夜过后三天，国家秘密警察——盖世太保来到家里，先是中午，然后是晚上 11 点以后。四个汉子“把我们从所有现代技术带来的造化中解放出来”。[124] 在 11 月 17 日的信里，普林斯海姆又镇静了些。她写道，即便没有收音机，人也可以“生存得不错”。[125]

不久，针对犹太人的恶毒“制裁措施”也降临到普林斯海姆一家人的头上，这些措施的一个主要动机是：用犹太人的财富来填满战争费用的大坑。阿尔弗雷德·普林斯海姆的大部分艺术藏品和银器被“没收”，也就是被当局抢走。海德维希·普林斯海
/ 166 姆在写往美国的信里说，他们“非常健康、镇定和勇敢”。几个朋友和熟人虽然还在“艰难旅行”，即在达豪集中营里，但她保证，他们个人“依旧安然无恙”。她尽可能用幽默的口吻掩饰其对艺术珍品遭受抢劫的愤怒：“他们友好地让我们减负：财产就是负担。”[126] 卡蒂娅·曼非常担心，再次催促他们流亡国外。虽然发生了这么多事，她父母还是不予考虑。

只有一个国家以坚定的态度回击德国由国家组织的针对犹太人的恐怖行为：美国总统罗斯福从柏林召回了美国大使。[127]

曼氏家族的每一个人都深深地痛恨希特勒及其政权，这都是真实的情感。托马斯·曼后来写道，斗争的年代是“道德的好时代”，它使“情感简单化”；[128] 在政治的紧逼下，讽刺与怀疑，还有艺术创作都变成次要的了。1938 年，托马斯·曼在这一领域来了个意外之举，让被憎恨的东西接近自己；人们会觉得太近了，近得耸人听闻。他在一篇文章里探究大众催眠师希特勒的艺术生涯和此人跟自己“许多令人难堪的相同之处”，以尖锐的笔触揭露希特勒的下作（“这家伙就是一场灾难”，这个“胆小如鼠的虐待狂和不知羞耻的复仇疯子”），同时又称他为“兄

弟”，虽然是“一个有点让人不舒服、令人难堪的兄弟”，一个自成一体但很“拙劣”的天才。托马斯·曼向自己、也向读者坦白，他和希特勒在艺术生涯上有共同点：自学成才，梦想伟大和受到崇拜；两人还有一个共同文化背景，即崇拜瓦格纳，反民主的怀旧感（构成《一位非政治人士之观察》的基础），渴望思维简单化。托马斯·曼写道：“我并没有跟时代的偏好、抱负以及那些追求完全脱节——二十年后，那些追求演变成为小巷里发出的怒吼。”

这是在玩魔术。《希特勒兄弟》（*Bruder Hitler*）这篇文章有一种魔力，托马斯·曼需要这种魔力，以便跟某一种东西建立起内在的联系，这种魔力在他就政治局势发表的即席讲话里往往是找不到的。《希特勒兄弟》这篇文章只有唯一的一个句子涉及1938年的具体事件。托马斯·曼再一次向读者展示了一个少有的希特勒形象，一个“伟大的胆小鬼兼和平敲诈者，到一场真正的战争爆发之日，他扮演的角色也就到头了”。[129]不久即将证明，这是荒诞的误判——一个信息更加灵通的政治观察家在1938年秋肯定会看到希特勒在军事与内政上的优势，或者至少不会讲出与事实肯定相反的情况。另一点才是最根本的：托马斯·曼巧妙地接近希特勒这一现象，接近其少有的艺术生涯，以及他的伟大、天才与拙劣；最后还探讨希特勒这个人诱惑人的原因，而千里之外，在恨他的人眼里，希特勒像是一个歇斯底里的吆喝者，却能把大众拉入他的轨道。

这篇文章是政论集《小心，欧洲！》（*Achtung, Europa!*）的结束篇，该书将于秋季在斯德哥尔摩的贝尔曼－费舍尔出版社出版。戈特弗里德·贝尔曼·费舍尔说服托马斯·曼抽走关于希特勒的文章，既出于政治上的谨慎，也因为在德国发生打砸抢的暴行以后，他作为出版人担心，“个人攻击有可能招致更严重的迫害”。[130]这篇文章最终首次发表于1939年3月的美国男性杂志《先生》(*Esquire*)上，题目为《那个人是我兄弟》(*That Man is my Brother*)，刊登在穿着暴露的“男性杂志女郎”的照片之间。

托马斯·曼拿的是一个教授的工资，暂时有一学年(到5月)的保障。他几乎不再寄希望于德国的读者与买主去读或者买他的书，所以只能依赖英语市场。托马斯·曼的下一部作品是长篇小说《绿蒂在魏玛》，其中有许多歌德的典故与传奇，他自认为在美国不大可能赢得很多读者。全家人一如既往，在流亡中的生活依然讲究奢华，但时局不稳，财务状况也早已大不如前。家里花费很大，那些定期指望母亲寄钱的人一个也没少。在家庭成员中，米夏埃尔·曼是最看不清时局的一个。他这一年写了那么多乞讨信，在圣诞节前几个星期又把节日要的礼物清单寄给母亲：皮手套、袖扣、衬衣、裤子、皮夹克、短上衣、拖鞋、精致的西装口袋方巾、围巾、一个琴谱包(“漂亮的”)、一个谱架、一台留声机、一个提琴盒、一个电动节拍器、一支新钢笔、一只手表、一个打火机、一瓶“巴黎之夜”(香水)、一块阿拉伯地毯、一个香烟盒……[131]

圣诞节前，克劳斯·曼跟艾丽卡一起前往加利福尼亚州作几个报告，在那里的一次派对上见到了好莱坞大牌女明星葛丽泰·嘉宝，他们俩曾经一起欢度1927年的除夕夜。“再次被嘉宝所迷倒——跟电影里一样，跟十年前一样。她真是美极了。”她“对我很好”，克劳斯·曼写道，“几乎调情了”。这次会面让他神魂颠倒。他在想象，跟嘉宝一起，“唯一一次跟一个女人在一起”会怎样，这会是他生涯中的“奇特插曲”。后来他自己也发觉，这是“小孩子气”。[132]

圣诞节之际，全家人在新家乡——普林斯顿的新家相聚：大家欢聚在高大的圣诞树下——只有莫妮卡不在，她跟耶律·兰易一起搬到伦敦去了。戈洛·曼强调说，他只是来玩玩，新一年里一定要回苏黎世去。显然，大家都意识到，世界濒临一场灾难的边缘，刚刚才侥幸避免的一场战争还会到来，而且不会等太久。但谁都没有预感到，这将是他们最后一次在和平中共度圣诞，未来的日子将使曼氏家族陷入剧烈动荡之中。克劳斯·曼于新年之际在日记里写道：“1939 年也不会有什么特别的事情。”[133]

戈洛·曼本不想来美国。他想在欧洲、在苏黎世生活，姐姐 / 169
艾丽卡充满激情地动员他，必须放弃欧洲并彻底转向美国，他却不为所动。同样坚定不移的是，他不喜欢美国——这个肤浅、没有头脑的国家。他在给女朋友利瑟·鲍尔的信里写道，他不是特别清楚，“我们欧洲人的自负”是不是造成对美国这种看法的原因，“抑或是这样一个事实，即美国缺乏历史，缺乏竞争激烈的教育”。有一个巨大的愿望把他跟苏黎世紧密相连：戈洛·曼想接管他父亲出版的文化杂志《尺度与价值》的编辑工作。迄今为止的编辑费迪南德·列昂（Ferdinand Lion）是那个卢森堡女赞助者挑选的人，但她停止赞助了。艾格尼丝·迈耶和丈夫已经接手进行赞助。对戈洛·曼来说万事俱备，更何况父亲在有关杂志的所有问题上早就让他参与，而且托马斯·曼相信他能胜任这个任务。也许，等待和坚持这下子还是值了，虽说在前些年经历了那么多的人生挫折。戈洛·曼在给利瑟·鲍尔的信里说：“我算是那种后发者，那种慢性子，上帝若让我再活 50 年的话（？），我说不定还能成点气候呢。”[134]

1 月，托马斯·曼在为一次新的演讲之旅作准备。他有时候很享受短时间离开写字桌登台演讲，这让他感受到他在美国的特殊地位；托马斯·曼喜欢听众和媒体的掌声，更何况收入很高。特别让他高兴的是，能跟女儿艾丽卡共度时光，女儿陪着她，给他做助手，效果极好。“她瘦得可怜，咳嗽，肯定太过疲劳了”，托马斯·曼在给艾格尼丝·迈耶的信里写道。艾丽卡写的关于“第三帝国”教育问题的书空前成功，她自己的各种演讲也很受欢迎，这都让她闲不下来。托马斯·曼希望，对艾丽卡来说，跟
/ 170 他一起旅行可以是“一种度假和休息”；他还补充说，“我特别爱这孩子”。“有趣和突发的激情是她的天性，两者有时融为一体，有时同时、有时先后表现出来，这是一种特别能吸引并感动我的东西。”[135]

从 3 月起，托马斯·曼跟妻子和女儿一起穿梭于北美大陆，从波士顿到洛杉矶，从南部的沃思堡（Fort Worth）到西北部的西雅图，作了很多次演讲。艾丽卡写信告诉弟弟克劳斯，说父亲克服了旅途的各种辛劳，程度之好令人吃惊：“若是我们到了魔术师这把年纪，遇到这类机会时还能这么顽强的话（等到了冰冷的坟墓里，我们哪来这种顽强！），我们可以用‘冯’来称呼自己了。”[136]这次演讲谈的题目是《自由的问题》（*Problem der Freiheit*），算是上一年关于民主的演讲之续篇。他又一次赞扬罗斯福的“新政”，夸奖总统本人。对托马斯·曼来说，罗斯福就是现代民主执政者的偶像。在跟法西斯主义极权威胁进行的斗争中，托马斯·曼赞成一种社会民主主义的社会及其自由理念。他觉得，苏联是这场斗争中的自然盟友。他在日记里写道，其演讲也应当是一份隐秘的辩护词，为民主与社会主义相互结盟而辩护。[137]

4 月，父亲的演讲之旅结束，艾丽卡离开父母，以便回归自

已的演讲。她先得去俄亥俄州，然后去印第安纳州。艾丽卡写信告诉克劳斯，“我很无聊，很想再次从事艺术工作”。[138]但这不过是一种心愿，一种宣泄而已，政治斗争才是她这段时间的生活中心。这一斗争一直浸透到私人生活里。除了跟马丁·贡佩尔特保持关系外，艾丽卡还跟莫里斯·韦特海姆再续情缘，就是那位替她为《胡椒磨》的冒险埋单的百万富翁。好多年以来，韦特海姆想跟她结婚，弟弟克劳斯也赞成，姐姐跟一位富翁的婚姻可能

图 17　马丁·贡佩尔特

可以解决他的一些问题。[139]但艾丽卡·曼不愿意。托马斯·曼当年向百万富翁之女卡蒂娅·普林斯海姆求婚时，曾写信给哥哥海因里希说，“我不害怕财富”。[140]艾丽卡·曼不同，她害怕。花钱喝香槟，穿漂亮衣服，去派对，找乐，住豪华旅馆，这些她也很喜欢；她同样喜欢能用自己的钱或搞来的钱去帮助别人，比如那些流亡者，他们不像曼氏一家生活得那么富裕，而是生活在那种典型的捉襟见肘的窘境里。但是，一旦金钱限制她，剥夺她的自由，她就会反抗。两年前，她就觉得“有专车和男仆”的生活显得“玩世不恭，也不合时宜”。[141]同时，艾丽卡也看到时局紧张，于1939年初告诉克劳斯，她为什么不当韦特海姆夫人：“他现在又写了一篇反对罗斯福的文章给《民族报》（*Nation*，他资助的重要的自由派报纸），作为他心爱的太太你能随他去吗？”[142]
/ 172 艾丽卡·曼在爱情上当然注重实际的好处，但从来不会走到危害她独立的那一步。她想知道“禁酒”（就是说，这时靠吃药）的克劳斯吸食毒品的情况。她自己现在没有“图恩”（Thun，她对毒品的代称）了，但她“下定决心今天就离开老码头（贡佩尔特），要是他拒绝弄一些来的话”。

3月6日，米夏埃尔·曼在纽约跟她的瑞士未婚妻格蕾特·莫泽尔结婚。在教堂举行婚礼时，20岁不到、长相年轻的米夏埃尔不得不说服教堂司事相信他是新郎官。[143]没有举行盛大的婚礼，托马斯·曼不知什么原因连教堂的仪式都不出席。格蕾特原来是伊丽莎白的同学，在曼家颇受尊重，其中一个原因是，大家希望她能对“劳神的比比”施加些好影响。[144]婚礼当晚，托马斯·曼在普林斯顿欢迎年轻的新婚夫妇，喝了香槟酒。莫妮卡·曼几天前跟耶律·兰易结了婚，家里人事后才知道。

克劳斯·曼在对长篇小说《火山》（*Der Vulkan*）进行最后

修改时有个想法，这一想法将为他占领美国市场助一臂之力：克劳斯明显很兴奋地写信给艾丽卡，说要写一部长篇，内容是“关于一个富有、上进的女孩”；写成一部纽约社会的讽刺小说，一切的一切都不那么体面，带点施特恩海姆的味儿，主要人物“更多类似芭芭拉·韦特海姆（Barbara Wertheim）而不是佛罗伦斯·迈耶（Florence Meyer），两个人的影子各有一些，但愿这样到处都能闹出些丑闻来”。这里牵涉到艾丽卡的富翁男友、银行家莫里斯·韦特海姆的女儿，还牵涉到艾格尼丝·迈耶的女儿，写这女孩时，克劳斯·曼想写点“短小、时尚的东西”，“让这里的人开开心”。[145] 这是要写成一部暴露小说，让曼氏家族两个重要的支持者出丑：克劳斯·曼会严重偏离其一往无前的生活轨道。他后来放弃了这项计划，至于说是他自己的察觉还是姐姐的反对，这一点无从知晓。

1939 年 3 月，希特勒向“捷克的剩余部分”发动进攻。他支持斯洛伐克独立的要求，下令德国国防军进军捷克，建立了“波希米亚和摩拉维亚保护国（Protektorat Böhmen und Mähren）”。这不仅违反了上一年签署的《慕尼黑协定》，而且德国外交政策首次可以不再以民族自决权为依据，而仅仅是想让所有的德国人团结在一个国家内。占领捷克主要出于经济利益，无论如何也无法再用民族利益作为幌子来加以掩饰了。西方大国没有直接干预。但对英国和法国来说，1939 年 3 月 16 日是个历史转折点：其绥靖政策宣告失败。两国现在开始认真地准备跟德国发生冲突，如有必要就准备打仗。[146]

在评价政治形势方面，托马斯·曼坚定地仇恨希特勒，拒绝民族社会主义，希望西方大国最终能够放弃面对德国的让步态度。在判断德国所发生的事情及其根源时，他的态度左右摇摆。托马斯·曼时而觉得希特勒是典型的德国现象，从路德（Luther）开始就朝着这一方向发展。[147]时而又认为，民族社会主义是非德意志的和陌生的，“纳粹布尔什维克主义”跟德意志民族文化特性没有任何相通之处，他曾经这样写道，[148]而且他看到在德国政府跟人民之间有一道“鸿沟”，德国民众甚至“仇恨”其政府。[149]他对德国内部局势的判断为何如此有把握，没人知道，估计是诗人的直觉，抑或是一厢情愿吧。海因里希·曼也持类似的看法，多年以来，他一直在等待，等待德国人民随时随地可能起来造当权者的反，迎来共产主义的根本性转折。[150]此时既没有任何这样的征兆，希特勒也比之前任何一个德国执政者都要受欢迎，[151]对此，曼氏兄弟中没有一个人能看得到。

伦敦的《每日电讯报》(*Daily Telegraph*)发表了一篇书评，评论艾丽卡·曼的《野蛮人的学校》一书。文章的作者是英国作家和政治家哈罗德·尼科尔森（Harold Nicolson），他
/ 174
本人认识托马斯·曼及全家。书评的题目叫《这个传奇之家》(*This amazing family*)。这一说法立刻成为曼氏家人的家用口头禅。

“这个传奇之家”赢得了许多掌声，也没忘记自己为自己鼓掌。3月，艾丽卡在美国的《时尚》(*Vogue*)杂志上发表了一篇关于自己家庭的文章。在文章里，人们读到她是如何给好奇的父母展示美国的，面对欧洲的黑暗现实是如何决定留在美国的；文章讲述自己家是怎样在普林斯顿找到一幢新房子，从而找到了一个新家园的，书桌很快便放好，父亲又开始工作了；文章还描写家人如何客气地对待两位黑人仆人露西和约翰，跟他们学到了许多关于美国的事情；家里人都很有天分，有天资聪颖的音乐家、作家和学者，他们怎样相互朗读作品，演奏音乐，相互支

持，一句话，大家都和谐相处；家里保留了一些老习惯（比如吃巴伐利亚土豆团，听舒伯特，读歌德），还把一些新事物融合到家庭生活里来（喝威士忌，听爵士乐，看美国电影）；文章还讲述父亲在观看普林斯顿跟耶鲁比赛足球时是如何跟着欢呼雀跃的。艾丽卡·曼在结尾处写道，他们又到家了，托马斯·曼的写字台在哪里，哪里就是德国。她用父亲的口吻说："当局会允许我们留在美国的。这里的民主既强大，又真诚。"[152]真是一部令人动容的家庭童话。

3月27日，戈洛·曼过30岁生日。他还在等待回欧洲的可能性。捷克斯洛伐克的护照已没有多大价值，他的第二故乡已不复存在。这段时间，他经常坐在政府机构的走廊里，却拿不到签证。他利用等待的时间撰写一部关于拿破仑的对手弗里德里希·冯·根茨的书。这是一部历史传记，资料来源是书信和当时的文章，不进行文学加工，虽然本来是可以这样做的；但该书又是一部影射当代现实的书，戈洛·曼在书里视主人公根茨为自己的影子：根茨反对拿破仑，相比于他本人反对希特勒。这个月初，他在家人的范围内朗读了该书的一个段落。现在，他也成为家庭传统的一部分，即朗读正在创作的文学作品，接受家人的批评。"很吸引人"，托马斯·曼在日记里写道，大哥克劳斯也挺受感动："非常有趣，水平很高，文笔也很好。"克劳斯·曼还看到"类比当代现状的危险"，戈洛的《弗里德里希·冯·根茨——一位欧洲政治家的故事》（*Friedrich von Gentz. Geschichte eines europäischen Staatsmannes*）让人看到这种危险。"（你）以忧伤、浪漫的形式处理似是而非的事情，勾画出区别，写得引人入胜，内涵丰富，但并非没有危险。"[153]

弟弟戈洛过生日那天，正处于戒毒阶段的克劳斯·曼在日记里写道，“我不会、也不想活得太久。不知道哪一天，我又会通过毒品这一美妙又恐怖的间接方式去寻找死亡……这不是‘软弱’”（父亲这样指责他）。“我一定要这样做。”[154]

《逃避生活》于4月出版：在洛克菲勒中心的阿尔伯特·爱因斯坦凝视着艾丽卡和克劳斯·曼合写的书的封面，该书通过趣闻逸事和人物特写介绍德语流亡人士，从阿诺尔德·勋伯格（Arnold Schönberg）、利翁·福伊希特万格、西格蒙特·弗洛伊德和斯蒂芬·茨威格到布鲁诺·瓦尔特。书的重点是在美国的流亡生活，但两位作者把西班牙内战以及不少艺术家的生活都穿插进去，比如为“第三帝国”效力的格伦特根斯。爱因斯坦是父亲在普林斯顿的教授同事，父亲跟他刚刚开始交上朋友，艾丽卡和克劳斯·曼在写书时有机会采访他本人。能采访本人的还有一些被描写的人物，他们俩在写这些人物时故意写得好像跟这些人有私交，这样做是为了迎合美国读者。

/ 176 艾丽卡和克劳斯·曼也对父亲进行了特写，甚至给了他一章的篇幅，即艾丽卡写的“父亲的肖像（Bildnis des Vaters）”：独特、亲切，往日的争议一概不提。“当然，我们经历过贫苦的日子”，这样描写曼家的流亡生活肯定让一些流亡者感到愤愤不平，他们的日子那才叫苦日子。父亲写的一段前言引导读者进入介绍他的章节，前言的形式为“一封致亲爱的孩子们的信”：“我的大女儿、大儿子，你们俩按照我的意思写了一本书，因为你们懂我；你们知道，我拒绝把我跟德国流亡者分开的企图，拒绝让我在他们中间享有一种特殊的地位，我特别强调我是属于他们的——这已是多年前的往事。我当时这么做，是因为不想看到德国的当权者对剥夺我国籍一事继续犹豫不决。”[155]长期以来，克劳斯和艾丽卡一直在公开制造关于自家的传奇（这本书也同样如此：在引言中可以读到艾丽卡从慕尼黑家中抢救出《约瑟》手稿的虚构故事），现在，这一风气也传到了托马斯·曼这里。至于说，恰恰是“可爱的孩子们”不得不对父亲施加影响，让他真正加入流亡的行列，他又是怎样在流亡者中间力求获得“特殊地位”，而他本来并不想跟他们发生什么关系，还有他多年摇摆不定、踌躇不前的情形：这一切都只字不提。这是公开的版本。所有其他事情都秘而不宣。

《逃避生活》是一本题材广泛、“比较肤浅的”书，克劳斯·曼自己也承认。[156]但这本书很成功，不久便发行了第二版。对艾丽卡·曼来说，在美国获得成功并非什么新鲜事。现在，克劳斯·曼也首次在新世界取得了一点成就。两人立刻计划再次合作写一本书。

5月，克劳斯·曼来普林斯顿父母家玩。父母亲、戈洛——他还在等待返回欧洲的签证——克劳斯和伊丽莎白一起聊天。谈话的内容围绕着文学和几位作家，《逃避生活》一书对他们都进行了善意的描写。父亲把家庭谈话的内容记到日记里。“[我们]谈论作家，[斯蒂芬·]茨威格、[埃米尔·]路德维希、[利翁·]福伊希特万格和[埃里希·玛利亚·]雷马克。谈到他们中谁的自卑感最强。”[157]

求救信雪花般地飞向托马斯·曼，大多数来自欧洲的流亡者，他们想逃往美国。托马斯·曼竭尽全力实施帮助。[158]具体说，就是由卡蒂娅·曼来负责。普林斯顿一位物理教授的夫人叫莫莉·申思通（Molly Shenstone），她帮忙处理信件并组织救援措施，由此而产生了一段亲密的友谊。在所有的社交活动与奔走忙碌中，卡蒂娅·曼一直都比较孤独，没什么朋友。就连在慕尼黑时代，那些定期来访的人不是家庭成员或家人的朋友就是托

/ 177

马斯·曼的朋友。现在，卡蒂娅·曼这辈子或许第一次有了一个最好的女友。[159]

托马斯·曼在流亡岁月里虽然压力重重，但文学创作却硕果累累。非常自律是其中的一个因素，另一个因素是安静的工作环境，这对他起到了保护作用，而保证这样的环境仍然是家里最重要的规则之一，由卡蒂娅·曼严格看守。总统本人的电话、世界大战的爆发、第二个诺贝尔文学奖，只有这一级别的事情才够得上让托马斯·曼中止其上午的写作，这种习惯由来已久，轻易不变。他知道的其他事情无不是妻子同意后才让他知道的。托马斯·曼跟外部世界之间的那堵围墙很高。

最近一段时间，他钟爱的女儿伊丽莎白对法西斯意大利及其领袖墨索里尼的政权感兴趣，总是义愤填膺，这一点他似乎没有注意到。伊丽莎白·曼如何看待自己的前途，别人不清楚，她本人也不知道。4 月，伊丽莎白度过了 21 岁生日，文理中学毕业后至今没有争取去上大学，一直全身心地投入到钢琴演奏上，虽然她上台演出时紧张不已，艺术天分也不能令人叫绝。伊丽莎白拿到可以担任钢琴老师的师范文凭后，没有再去考表演证书。在普林斯顿，偶尔能听到“上数学专业”的说法。[160]但好像也就是说说而已。伊丽莎白是母亲的一个支柱，一个实干、聪颖的年轻女子，更多是通过实干和激情而非外表的美貌来引人瞩目。当然，她不会长期屈就于家庭第二主妇的身份。托马斯·曼于 2 月终于获悉，几个月以来，伊丽莎白跟一个男人——朱塞佩·安东尼奥·博尔吉斯（Giuseppe Antonio Borgese）交往，这件事家里人早已知道，艾丽卡和克劳斯甚至参与了牵线搭桥。弗里茨·兰茨霍夫的那次可怕造访——带着女友来到父亲家里——后不久，伊丽莎白认识了这位意大利文学教授，一名流亡者，坚定的反法西斯主义者。她后来说，“我当时想摆脱兰茨霍夫的影子”。[161]博尔吉斯时年57岁。

6月初，博尔吉斯的一封信交到了托马斯·曼的手里，他在信里向曼的女儿求婚。博尔吉斯写道，他爱伊丽莎白，尤其是她“那颗忠诚的心”，“令人耳目一新的坚强意志”，还有“其言行举止散发着的真实与自然魅力”。博尔吉斯也没有忘记指出托马斯·曼跟他——两位伟大的反法西斯主义者——联合在一起所具有的象征意义。博尔吉斯提出具体建议，来个考验期之类的，跟伊丽莎白一起去墨西哥待一段时间，好让她考验自己和对他的感情。[162]

托马斯·曼当即回信给“亲爱的朋友博尔吉斯”。信中说，他跟妻子共同阅读了博尔吉斯的信，心生“感动与好感”。“所有事情都按照您说的办，我们充满信任地把伊丽莎白留给您，相信你们的美好天使——或是人们常说的指导我们的生活本能，会引领她去做正确的事情。我们只想说，我们衷心欢迎这样一种结合，这种结合让我们觉得，从个人层面来看是幸福临门，从超个人层面来看既美满又有意义。”博尔吉斯应当明白，这件事“对我们来说也有其感伤的一面，而且，如果这一天来临的话——现在好像确实要来临，我们将十分寂寞，但这是时代与生活的规律”。[163]写信给博尔吉斯后没几天，托马斯·曼在“法兰西岛号”轮船上——他跟妻子乘该船去欧洲过夏天——经历了一场严重的危机：“精神严重沮丧，泪水与痛苦。”[164]

伊丽莎白正在学英语，而博尔吉斯能说一口流利的德语（但出于个人原因不愿意说）。在此期间，她写信给这位比她大36岁的男人，说奇怪得很，“这些年我觉得老了很多，在苦痛中挣扎。是你把我从泥潭中解救出来。我现在觉得，无论从哪个方面来讲，都非常年轻，非常强壮，充满着活力”。[165]

艾丽卡·曼于6月前往欧洲，乘坐的是父母也坐过的轮船，同行的是弗里茨·兰茨霍夫，两人甚至同住一个房间。这不是爱情共同体，更多是苦难共同体：艾丽卡在看着他。前不久，兰茨霍夫的一位密友、作家和巴伐利亚苏维埃共和国（Bayerische Räterepublik，也称 Münchner Räterepublik）的革命家恩斯特·陶乐（Ernst Toller）在纽约自己的洗澡间里上吊身亡。人们担心，情绪不稳的兰茨霍夫也同样会糟践自己。开船前，伊丽莎白也去探望了她少年时代的这位情人并写信告诉了博尔吉斯。后者醋意大发。伊丽莎白向他发誓，根本没必要这样。是的，很长一段时间里，她不想见兰茨霍夫，担心会“旧情复发”，她不想对博尔吉斯遮遮掩掩。但她对兰茨霍夫的爱现在已经烟消云散，她只爱他，博尔吉斯。[166]

早在5月中，米夏埃尔·曼就跟妻子格蕾特一起前往欧洲旅行。她想看望在瑞士的家人，他则想在卡尔·弗莱什（Carl Flesch）那里上几节课，弗莱什是世界上最有名、也是价格最高的提琴老师之一。米夏埃尔和格蕾特打算在秋天返回纽约，这是跟卡蒂娅·曼说好的。米夏埃尔·曼从伦敦给母亲写了封备受鼓舞的信，特别推崇弗莱什及其提琴课，称其教学法无与伦比。“他说，我的情况很棘手，但棘手的情况恰恰是他真正的兴趣所在。”米夏埃尔写道，那些学生天赋都极高，大部分是波兰和苏联犹太人，部分人“刚从隔离区”来这里，跟他们比，米夏埃尔有一个优势，即能给大师带来每小时15美元的收入。[167]

/ 180 两个月前，父母还在演讲旅途中时，米夏埃尔在普林斯顿动用了母亲留下的钱。他用说好买一件高档冬季大衣的钱买了其他东西，说好了用30美元，却花了45美元，然后在一封通常那种

"我怎么会这样的信"里向母亲坦白。[168]这段插曲也顺便清楚地说明了一个非常有趣的换算公式：弗莱什的两节音乐课等于一件高档冬季大衣。

米夏埃尔继续从伦敦写信，汇报上课的情况。他说弗莱什还没能说出他这位新学生天赋究竟有多高。弗莱什说过，技术难度并非特别困难，"更重要的是'心什么学'，我这种受教育程度低的人当然听不懂这个词：他在讲课时一再提示我受过的教育和我出身的环境，还说我毕竟是文理中学毕业的，天哪，但愿他别知道！"[169]

对艾丽卡·曼来说，兰茨霍夫的情况越来越糟糕：他吸毒上瘾，心理脆弱，朋友恩斯特·陶乐的自杀使他感到震惊，连爱情也出了问题。伊丽莎白为了摆脱兰茨霍夫的阴影找了另一个男人，而兰茨霍夫跟里尼·奥特的关系似乎也是为了摆脱艾丽卡·曼的阴影。现在他又旧情复发。其状况"令人沮丧，让人流泪"，艾丽卡·曼跨洋渡海后不久，从巴黎写信告诉克劳斯。在这种困境下，艾丽卡·曼甚至向兰茨霍夫提出跟他结婚（"这一建议可能让我们再也不能从贡佩尔特那里得到好处了"）。兰茨霍夫没有接受这一建议，这让她轻松下来。他说，只有她爱他，他才想要她。她想让他活下去，爱他却做不到。[170]

死神的召唤和陶乐自尽的诱惑让艾丽卡不仅替兰茨霍夫担忧，而且也为弟弟发愁。面对身边的突发事件，克劳斯·曼挺过来了，情况比兰茨霍夫要好，但他还是震惊不已。后来，约瑟夫·罗特也死了，死于酗酒后遗症。克劳斯·曼认为，"这事肯定要发生"，"可为什么偏偏是现在？这一下也太多了……"在艾丽卡·曼和兰茨霍夫离开之前，家人和朋友在一天晚上举行了一次较大的聚会。聚会时，就流亡的意义和流亡者在未来德国所扮演的角色发生了争论。克劳斯认为，作用很大；戈洛和马丁·贡佩尔特据理力争，说作用不大。再加上他的男朋友柯蒂斯那天晚上不愿意跟他性交，克劳斯·曼崩溃了，号啕大哭了一场。[171] 6月，艾丽卡·曼在巴黎写了一首诗寄给克劳斯，用意是挽留他。诗的第一段如下：

再死几个，世界就空无一人，
那儿居住的不是敌人，那是陌生人。
敌人，一伙龌龊的敌人，
那么阴暗，那样无聊，一伙蒙昧人，
连空间也填不满的敌人，
空间依然黑暗，尽管他们放火、砸人。
再死几个，世界就空无一人。[172]

即使1938年11月发生了迫害德国犹太人的打砸抢事件，卡蒂娅·曼的父母仍然一直拒绝流亡异乡。到了这时，他们改变主意了。他们想离开德国。这时想流亡不仅日益困难，而且就他们的情况而言，也跟当局再次实施抢劫有关。阿尔弗雷德·普林斯海姆历经数十年，收集了非常珍贵、遐迩闻名的陶瓷画，即以高超的艺术手段制作的陶瓷艺术品。这些藏品先要拍卖，大头交给国家，然后才允许普林斯海姆老夫妻离开德国。这事拖了很久。卡蒂娅·曼7月就56岁了。她非常希望能跟父母亲一起在瑞士庆贺生日。最后她不得不以母亲写来的一封信聊以自慰。海德维希·普林斯海姆写信给女儿：“我最心爱的双胞胎，又要过生日了，该说些什么呢？55年前，你是那么一点大，那么一点点大；生活伴随着你，你经历了多少可爱、有趣和美好的事情，现在，时代也有点跟你过不去了，但相比较而言，对你还算是过得去的。可到了最后，你也会像我可怜又可爱的‘妈姆’（海德维希·普林斯海姆的母亲）88 岁时最后躺在病床上，摇着头惊奇地感叹：‘这辈子就完了？！’好在距离那个时候，你还有很长时间，我祝愿你度过更加美好、充满更多欢乐的时光，到那时，我将从安静的骨灰盒里送上一份来自母亲的祝福。”[173]

莫妮卡·曼，新婚的兰易太太，跟丈夫耶律在伦敦找到了一处新居，诺丁山区（Notting Hill）的斯坦利花园 21 号，离肯辛顿花园只需步行几分钟。莫妮卡可惜忘了，她想当钢琴演奏家，家里有一架音乐会用的三角钢琴。反正到她搬新居时才发现，三角钢琴进不去。家里人捧腹大笑，笑话莫妮卡的“笨蛋行为”。米夏埃尔写信给母亲说：“就我这样平时在许多方面糊里糊涂的人，大概也不会出这样的事吧。”[174]

克劳斯·曼的流亡小说《火山》出版了。他花了近两年时间，比之前任何一部作品花的时间都要多。这是一部流亡小说，描写民族社会主义的敌人，人物众多，故事各异，发生的地点从巴黎、苏黎世、阿姆斯特丹、布拉格直到美国，时间跨度从 1933 年到 1939 年。小说让很多流亡的同命人深受感动，因为它描写了他们的命运。斯蒂芬·茨威格认为，对一部关于流亡人士的小说来讲，再“多一点贫困，多一点无钱的绝望，多一点不幸、肮脏和悲伤”会更加贴切些。[175]克劳斯没有经历过这些，所以没有写。

卡蒂娅·曼是 1939 年夏在欧洲读到这部小说的。她写信给儿子：“我真的认为，你写了一部成功的作品，一部比较美好、重要和有意义的作品，这是现存价值的时代记录。”她甚至“流泪了”。特别是面对这样一个事实，即马丁——小说的主人公之一，因吸毒而那般穷困潦倒，这跟小说作者克劳斯·曼曾经“亲身经历”过的事情有关，这一事实让“母亲的心”感到有些“压抑”。[176]

不久，托马斯·曼也发表了看法。他写信给儿子，说本来私底下有个“见不得人的想法”，想跟这本书来个匆匆的“接触”。“可没做到。这本书让我欲罢不能，让我开心，让我感动，我用了几天时间，一字一句地读完了，有时候读到你母亲的小灯熄灭了以后很久。”父亲接下来所写的话，克劳斯期盼了很多年：“他们一直没有太把你当回事，拿你当小孩子，觉得你会吹牛。我没能改变这种情况。现在，大概不可否认的是，你比大多数人都能干。”这部流亡小说“整个没有竞争对手”，它描写了德国人失去根基和漂泊他乡的图景。或许有些人“觉得这幅图景让人差不多失去希望”，那么多依赖毒品者、同性恋（“鸡奸者”）和“天使的信徒”（克劳斯·曼真的在小说里让天使从头飞到尾，他笔下没点俗气和神秘感不行）。托马斯·曼说，有一个人物把整部小说串联成篇，这个人物“非常可爱、可敬、严肃、强大而富有战斗精神，她是小说的脊梁和中心，一群软弱的崇拜者争先恐后地向她涌去，以寻求帮助”——这个人物就是第二主人公玛丽昂（Marion），在克劳斯·曼的诸多作品中，这是对姐姐艾丽卡最完美的艺术写照。父亲写道，《火山》在后半部分“越来越严谨、紧凑和健康”，“这将成为一本让德国流亡人士在许多方面毫无自卑感的书——不管是在尊严、力量还是斗争方面，如果他们不嫉妒，就会高兴地、感激地表示认同”。托马斯·曼继续写道，克劳斯“更坚强的姐姐”帮助他取得了成功，他本来更喜欢“堕落、情色与‘恐怖’”，而不是“道德、政治和斗争”。但“你若没有巨大而灵活的天赋，艾丽卡也帮不了你，你的天赋在于举重若轻的能力，既能非常滑稽，也可以悲伤至极，在文学创作上用对话和直接分析的方式充分发挥了才干，令人惊喜”。[177]

克劳斯·曼一般听不进批评意见，这一次就无须担心了，这一次听到的，是父亲美好、褒奖的话语。托马斯·曼在信里的批评轻描淡写，比如指出儿子在风格上“几乎以儿童般的幼稚”重复海因里希·曼、克努特·汉姆生（Knut Hamsun）及他本人的套路，没有形成自己的叙述风格。克劳斯·曼特别开心，有点忘乎所以，在回信时公开提起一件过去的伤心事，他至今仍旧耿耿于怀。克劳斯·曼写道，对父亲来讲，儿子要在世界上经受考验是件大事，而对儿子来说，要经受父亲眼光的考验也是件大事。“那个杂乱无章的年轻贝尔特受尽了嘲讽，他原本不可能收到这样一封信的，对不？那个轻率的少年想在开罗当跑堂，还希望跑堂时尽可能走得像演员费舍尔（Fischel）的模样，这个少年的形象也许深深地刺痛了我——恰恰在贝尔特的形象问世时，我其实要求特别高，特别激动，我自认为特别风趣。倘若这一小小的创伤，或者类似的情况不是‘早已差不多完全’愈合的话，那么……”信的草稿就此打住。[178]在最终寄出的信里，克劳斯·曼只字未提小说《无秩序和早先的痛苦》里贝尔特这一形象造成的伤害。在这个难得的大家庭里，家庭成员一天到晚都在写着或谈论着任何可能的事情，但恰恰对关键的事情缄口不言。

7月，戈洛·曼可以从纽约返回瑞士了。他通过“较高级别的贿赂”——父亲在没有具体说明的情况下这样写道[179]——拿到了去法国的签证。当月22日，他抵达巴黎。现在，他得跟有关当局周旋，以获许进入瑞士。这事拖了很久。到了战争的前夜，欧洲的神经绷得很紧。戈洛·曼终于在8月到达苏黎世，立刻投入到《尺度与价值》杂志的工作中去。

米夏埃尔·曼这时跟着卡尔·弗莱什去比利时旅行。这位提琴老师跟他的几个学生一起在杜因贝根（Duinbergen）的小屋旅馆过夏天。米夏埃尔·曼写信告诉母亲，除了骑自行车、游泳、骑马外，他还刻苦练琴，在弗莱什的指导下，正在向“一名很不错的小提琴家”一步步地迈进。弗莱什“好像还不特别了解我的文化水平不高”。不过他现在要钱，说好的每月 300 瑞士法郎太少，不够在比利时北海海边旅馆里的生活开销。必须有 400 瑞士法郎才行。[180]

瑞士和瑞典是托马斯和卡蒂娅·曼想去的两个欧洲国家。可卡蒂娅·曼父母发来的一份电报拖延了他们去瑞士的旅行。电报说，要是托马斯·曼现在去瑞士，他们的流亡计划就会泡汤。托马斯和卡蒂娅·曼俩在荷兰北海边的诺德韦克（Noordwijk）住了几个星期，直到最后确认，普林斯海姆两位老人无论如何一时不能离开德国。托马斯和卡蒂娅·曼前往瑞士，小住了几天，十分悲伤地去居斯纳赫看了看老宅，随后继续前往瑞典。这里将举行作家协会“国际笔会（P.E.N.）”的一次国际会议。更重要的是，戈特弗里德·贝尔曼·费舍尔在瑞典伯尼尔出版社（Verlagshaus Bonnier）的帮助下又成立了一家新的流亡出版机构，可以继续其出版事业，却不用自己马上出钱。在没有德国读者市场的情况下想出钱也几乎做不到。尽管财务状况不佳，该出版社依旧秉承费舍尔的传统，出版了一套新的托马斯·曼作品全集——斯德哥尔摩版全集。托马斯·曼没有放弃他的老东家，也没有投奔库埃利多或其他流亡出版社，这一次又有了回报。

/ 186 托马斯和卡蒂娅·曼去瑞典前在英国停留，这让米夏埃尔深感疑惑，立刻就从比利时写信给他们：“你们究竟为啥去伦敦？我可不会相信仅仅是为了看看莫妮。”[181] 他们的确想问问莫妮卡和她丈夫的情况。在飞往伦敦前，卡蒂娅·曼写信给克劳斯，说她不得不承认，莫妮卡最近写的信，尤其是祝贺母亲生日的信，“真好，可以说让人心里暖融融的，我决定，从此刻起，走到哪里就把对她的赞歌唱到哪里”。[182]这一决心可惜没能维持多久。卡蒂娅从伦敦发出的第二封信里就已经抱怨莫妮卡“少见的能力缺陷”，即无能。[183]

艾丽卡·曼在欧洲不是度假。这年夏天她得写两本书：第一本跟弟弟克劳斯合作，书名应该叫《另一种德国》（*The Other Germany*），描写德国人的民族特征，介绍“另一种德国”：一个非法西斯的德国，一个诗人、思想家、自由主义和民主主义者的德国。书的主题是，为纳粹覆灭以后将要到来的一切所作的各种准备。克劳斯承担历史部分，艾丽卡准备当代部分。不管是克劳斯还是她，都对德国历史没有研究，他们对第三帝国内的另一种德国既不能、也不想了解，这些情况对他们来说都不是问题。在美国，若要成功，就需要幽默、勇气和狂妄，这是艾丽卡这些年在美国得出的众多教训中的一个。她于1939年夏天写的另一本书叫《灯光熄灭了》（*The Lights Go Down*），该书按照老套路，讲述纳粹德国内部发生的事情，描绘民族社会主义统治下一个小城市里个人的不同命运。又是一部设计巧妙的反宣传作品，为了正义的事业。

艾丽卡开足马力工作，把写好的篇章寄给弟弟，催促他干活，修改他写的部分，她常常觉得克劳斯写的理论性太强，不够活泼，缺少趣闻逸事。艾丽卡写信给在美国的克劳斯：“在写我们的书时你别忘了，尽量用个人和虚拟的笑话来点缀准确的新材料！不要添加太多的个人看法！”[184]艾丽卡知道美国市场是怎样运作的，人们想听或不想听什么，想读或不想读什么。她不可能为自己的书下功夫去调查研究，也没有时间。所以，这里也都是些“虚拟的笑话”，被写成在民族社会主义社会里的真实命运。至于说这两本书是如何在短短几周内写成的，反正是个奇迹。

在姐弟关系中，现在甚至在文学创作上，艾丽卡都一步步地扮演着主导的角色。对此，克劳斯·曼并非没有感觉。年底，他在日记里回忆当年的情况：他写什么，姐姐就在打字机上打出来，那是什么光景呀。[185]都过去了。

7 月和 8 月，克劳斯是在加利福尼亚州度过的，他跟第二个男友尤里·卡贝尔一起在圣莫尼卡（Santa Monica）租了一幢房子。最近一段时期，他跟另外那个真正的男友托马斯·奎因·柯蒂斯一直发生争吵，他一点也不喜欢柯蒂斯的独立与批判态度，也不喜欢柯蒂斯对他所说的、所计划的和所写的东西所持的态度。这种危险不可能发生在这位新朋友身上。尽管如此，克劳斯跟尤里在一起也不幸福。他在日记里写道：“尤里在本质上是少有的蠢货，他的愚笨经常折磨着我。”“他很迟钝，糊里糊涂地倔强。这个蠢货还自鸣得意……”[186]钱又不够花了，克劳斯跟母亲要 200 美元。他又给母亲写了一封富有其独特魅力的乞讨信，说这么多钱“让一个孩子过一个夏天实在太多太多了！！！”他恳请母亲“看在他过去几年表现良好的份上”，以后也不会再要了。“你日后若偶尔陷入困境，我却在朝中做官，我会偿还、报答这一切的”，这段话简洁如电报，决心可见一斑。“希特勒一垮台，收入大大的。”[187]这句玩笑话里隐藏着巨大的希望，它同时也是一种期待：跟希特勒进行的勇敢斗争以及这些流亡岁月有朝一日会有回报的。

/ 188 继捷克之后，希特勒于 1939 年年初和夏季开始向波兰挑起领土争端。这次争端涉及但泽（Danzig）——该市自《凡尔赛条约》签署后处于国际联盟的控制之下，还有那条“走廊”，即那块自1919年起将东普鲁士跟德意志国分割开来的波兰领土。希特勒在内部公开承认，跟波兰的冲突不过是达到更大目的的幌子而已，向波兰提出无法接受的条件也是故意为之，以便挑起他蓄谋已久的战争。西方大国远不像德国那样武装到牙齿，美利坚合众国目前笼罩在闭关自守——不加干涉——的气氛之中，对此，就是罗斯福总统也无能为力。希特勒认为，发动战争的时机非常有利。[188]

艾丽卡·曼的事情已经够多了：兰茨霍夫的问题，写那两本书面临的时间压力，再加上欧洲面临战争的大背景，这还不够，又发生了一桩可怕至极的事情。慕尼黑的女友格蕾特·瓦尔特是指挥家布鲁诺·瓦尔特的女儿，参加过曼家孩子少年时代的许多冒险行为，她从1933年起跟电影制作人罗伯特·奈帕赫（Robert Neppach）结婚。这是一段不幸的婚姻，她也早已离开了他，重又回到自己父母家中。她又有了一段新的恋情，对象是意大利歌剧演唱家艾奇奥·品察（Ezio Pinza）。1939年8月，格蕾特·瓦尔特应丈夫之邀前往苏黎世，再次跟丈夫商谈事宜，艾丽卡·曼曾劝她不要去。这次会面时，奈帕赫开枪打死了格蕾特·瓦尔特，随后饮弹自尽。艾丽卡·曼悲痛万分。她跟弟弟戈洛一起去参加追悼会，给格蕾特父母讲了不少童年的记忆，尽量给他们一点安慰。

不久，她得知德苏签订互不侵犯条约，随即把它称作“下流条约”：希特勒和斯大林取得了一致，这无疑使欧洲和所有德国流亡者感到震惊。在跟希特勒的斗争中，许多流亡者都曾把希望押在苏联身上。在从瑞士前往阿姆斯特丹的路上，艾丽卡·曼的箱子又不见了踪影，估计被偷了，连同那两本书的手稿和演讲稿，还有晚礼服、首饰、钱和其他许多东西。艾丽卡·曼崩溃了。着急的父亲在日记里写道："可怜的艾丽卡惊慌失措地从阿姆斯特丹打来电话。她遭遇了如此的不幸，哭成了泪人，我们俩尽力安慰她。"[189]就在当天，艾丽卡又振作起来。几粒药片起了作用，她又给父母写了一封信作解释，谈她为什么在短时间内"暂时"失去了自制力。[190]字里行间读起来像是在请求原谅，她，一个强者和更勇敢的人，一个为帮助别人东奔西跑的人，一时间自己成了弱者，需要别人的帮助。后来，她的部分行李又找到了，手稿都在。

米夏埃尔·曼在比利时北海边过夏天，8 月，度假就要结束。他很想跟弗莱什回英国，想在弗莱什那里待更长时间，这些他都在从杜因贝根发出的信里说过了。他明确谈到钱，说他缺钱。每月 400 瑞士法郎不够用，现在又要旅行，先去瑞士的岳父母家，然后前往英国，他还欠了几处债，"真可怕，真可怕"。母亲必须立刻汇钱。还要母亲给弗莱什写封信，说明每节课 15 美元太贵，10 美元肯定够了。他自己不能跟弗莱什说。"好了，这封信估计是我给你写的那么多信中最不要脸的信了，可惜了，从现在起，你再也不会喜欢我了。"[191]

在此期间，希特勒竭尽全力要对跟波兰的冲突作出了断。1939 年 8 月底，为保障和平作出的各种急切的努力都没有结果。跟纳粹决策层的另一些人——比如戈林——不同，希特勒要打仗，哪怕英国和法国保证支持波兰而反对德国也在所不惜。[192]

米夏埃尔·曼和妻子格蕾特从苏黎世前往英国。他给母亲寄去一封信，报告他在瑞士时的情况。他说进入英国非常之难，还描述了他在英国驻布鲁塞尔领事馆经历的歇斯底里的气氛和一幕幕惨不忍睹的情景。有许多德国犹太人在那里乞求得到一份签证，然后残忍地遭到拒绝，“那些可怜的可怜人”。他写道，打从上封要钱的信寄出后，母亲没有多给他一文钱，所以他从家人的一位瑞士熟人那里借了些钱（比他跟母亲要的多一倍）。但他现在急需钱！而且要“很多很多钱”，以防万一，比如短期内必须要买去美国的船票等。他本想留在英国，留在弗莱什身边，哪怕战争爆发，但不管怎样，他必须在手头上留有余地。[193] 卡蒂娅·曼把钱寄了。

8 月 31 日，托马斯·曼在斯德哥尔摩会见记者。第二天的

图 18　格蕾特·曼探望丈夫，1939 年夏天于杜因贝根

《今日新闻》这样写道："'在当今的德国土地上，文化不可能繁荣。但我足够乐观地相信，这一政权不过是暂时的现象而已'，托马斯·曼如是说，他在讲话时下嘴唇前撅，非常严肃，身穿普鲁士蓝色斜纹花呢西服，就像一位他那种类型的英国绅士一样。曼夫人的样子与众不同，忧心忡忡，看上去显得不那么有信心。"[194]

就在那份瑞典报纸报道托马斯·曼的大无畏乐观精神和卡蒂娅·曼的怀疑神情的那一天，第二次世界大战爆发。希特勒下令进攻波兰。接下来几天，英国和法国，还有澳大利亚、新西兰、英属印度、南非和加拿大向德国宣战，一场全球性的战争拉开序幕。[195]这场战争曼氏一家人等待了六年之久，他们时而担心、时而又在暗地里盼望其到来，以便尽快清除希特勒及其政权。现在，战争已来临，大家却深感意外。正当 8 月危机处于最高潮之际，艾丽卡匆匆赶往瑞典父母那里。她不想把他们俩单独留在这"混沌"之中，就像她给克劳斯的信里所写的那样。[196]托马斯和卡蒂娅·曼居住在斯德哥尔摩附近波罗的海的萨尔特舍巴登（Saltsjöbaden），他们俩替孩子们担心，替欧洲大陆担心，也担心自己如何能够安全回到美国。战争爆发那天，托马斯·曼见到贝托尔特·布莱希特并共同进餐。这两人本来相互讨厌，可现在，在这历史的时刻，已冰释前嫌："祝酒时说了许多知己话，希冀能够峰回路转。"[197]两人都祝愿有个好结局，甚至不久可以回家。

艾丽卡写信给老弟克劳斯，警告他不要轻举妄动，绝对要留在美国等她。"现在就飞速赶往伦敦或巴黎"没有任何意义。关于战争中如何才能施救的问题，应当由他们俩共同商定。她警告说，绝对不要"执意赴死"。"我从早上八点起听广播，一直听

到凌晨三点，听着‘张伯传真机’［即英国首相张伯伦］用我们 / 192
的口气说话，他这个病人现在——因为太迟了——被所有的人骂成犯罪的疯子，好像在这六年里看不出来似的……——这一切没有丝毫可信之处。”[198]

米夏埃尔·曼写了一封信报平安。格蕾特和他都“得救了”。他们跟小提琴老师弗莱什和几个他的学生辗转来到威尔士，住在一家私人旅社。格蕾特在旅社里帮忙，他集中精力拉琴。他不想回美国，现在回去“没有意义”。[199]

戈洛·曼在苏黎世百般思忖，战争对他本人及其在《尺度与价值》杂志社的工作究竟意味着什么。他跟出版人埃米尔·奥普莱希特一起决定继续干下去。瑞士举国上下弥漫着爱国情绪，已作好德国入侵的准备，对此，戈洛·曼有一种陌生和受到排斥的感觉。他在大街上讲法语，不让别人把他当作德国人。[200]他在日记里表达了他对这场新战争的历史意义的看法：“1813 年的意义在于原本要建立民族国家，1918 年的意义在于要建立邦联式的欧洲。这两个目的都未能实现，两个世纪都因此而陷入混乱之中。”[201]

托马斯、卡蒂娅、艾丽卡、戈洛和米夏埃尔·曼不得不在欧洲静观战争对其生活以及各种计划产生的影响；克劳斯在美国也替其他所有家人焦虑发愁；就在同时，伊丽莎白跟朱塞佩·安东尼奥·博尔吉斯在墨西哥城无忧无虑地度假，公开的说法是各住各的旅馆房间。她开心地给母亲写了好几封信聊天：她在 8 月底的信里写道，皮肤已经晒黑了，跟在阿罗萨待三个星期一样，她还讲述“博吉”（博尔吉斯）的事，“他很孩子气，深夜在店里突然喝麦乳精，你看，我们方方面面都很般配吧”。[202]

在紧张的战时状态下，要安排回美国并在一艘安全的船上 / 193

弄到舱位实在不容易。如同经常发生的那样，救援行动来自最高层。艾格尼丝·迈耶找到美国国务卿科德尔·赫尔（Cordell Hull），他向美国驻斯德哥尔摩大使馆发去电报：要帮助曼氏一家人。[203]卡蒂娅、艾丽卡和托马斯·曼拿到美国轮船“华盛顿号”的船票，该船将于9月12日带着他们从南安普敦（Southampton）出发，前往纽约。托马斯和卡蒂娅·曼坐船途经马尔默（Malmö）、阿姆斯特丹和伦敦抵达英国南部的这个港口城市，离开船还有三天。艾丽卡负责办理离境手续，过了不久也到了。托马斯·曼在日记里写道，这次航行“比想象的更无秩序，也更像战时状态”，虽然曼一家跟“轮船的船长等认识后”升到了头等舱。船上载有约2000人，严重超载。许多人，也包括曼家几位，不得不将就着睡在铺板上。就连头等舱沙龙里的鱼子酱和香槟酒都未能让人感受到习以为常的旅行奢华；托马斯·曼在此次旅行结束后写下这样的字眼：“受了很多罪。”[204]他在给哥哥海因里希的信里说，船上的情形类似一座集中营。[205]

艾丽卡、卡蒂娅和托马斯·曼逃脱了欧洲所陷入的混乱。曼家有三个孩子还在那里，虽然没有直接受到威胁，但也并非安全。父亲的日记里不断提到米夏埃尔和卡蒂娅担心小儿子的愁绪。他自己在替戈洛担忧，“多么希望他能回来”。[206]没有提到莫妮卡。

抑或是受到旅途折腾的影响，托马斯·曼到了普林斯顿家里的头一天，在日记里彻底发泄政治上的仇恨：“我期待并希望：德国成为苏联跟西方争斗的战场，战争中爆发共产主义革命，希特勒灭亡。这个政权覆灭，这个罪有应得的国家遭受重创，这就是我所希望的一切。”[207]

托马斯、卡蒂娅和伊丽莎白·曼于10月初去艾格尼丝·迈耶及其丈夫在基斯克山（Mount Kisco）的庄园，该庄园在纽约北边，行车一小时。伊丽莎白写信给朱塞佩·安东尼奥·博尔吉斯，介绍他们的这次访问：庄园那叫一个美呀，她的房间那叫一个大呀，整个庄园极尽奢华（带网球场、室内游泳池、保龄球场，有8匹赛马，10到12名用人[208]）。伊丽莎白骑了马，在钢琴上给大家演奏了几支曲子。她在一封信里写道，尽管玩得非常开心，她却觉得这一切彻底让人讨厌。迈耶家富得让人恶心。“真的”，她最希望看到共产党人来夺走他们的所有东西。伊丽莎白继续写道，艾格尼丝·迈耶热恋着父亲，在卡蒂娅·曼面前表现得居心叵测。可惜父亲提到了即将举行的婚礼。迈耶夫妇表示热烈祝贺并赞扬博尔吉斯是一个特别优秀的人，还问起年龄多大，42岁了？[209]

米夏埃尔跟格蕾特已回到伦敦，他不停地给母亲写信，竭力争取在战争爆发的情况下，要父母亲允许他们留在那里。他说情况根本就不那么危险，以后肯定也可以回美国，而且会比现在还容易，也更便宜。他无论如何都要跟弗莱什继续学小提琴。“假如我的天赋（我们就实话实说吧）更高些、问题更少些的话，我不会迟疑半刻，随便在美国的哪一位老师那里毫不费力地结束我的学业。”但要是没有弗莱什的“天才帮助”，他可能连“左后排第三小提琴手都轮不上”。他总算弄明白了，美国反正不适合他。[210]在10月的一封信里，米夏埃尔·曼终于摆出他最重要的理由：家庭对他产生“不利的”影响，跟父母的关系“有问题，而且很难处理”，特别是“跟父亲的关系，我对他感到陌生，就像他对我感到陌生一样（而且我用不着把更多的责任强加于我头上）”。他虽然很想待在亲爱的母亲身边，但各种关系却摆不平。[211]伴随米夏埃尔·曼成长的是大大小小的各种灾难，他把这些灾难很轻松地解释为倒霉或不幸，以便朝着下一个新的灾难前进。所有这些母亲都不怪罪他，但是，这个儿子竟敢对父亲发表批评意见，这个不讨喜的儿子，这个“惹是生非之徒”竟然希望疏远父亲，认为父亲冷淡和陌生，这让卡蒂娅·曼非常气愤。

10月底，卡蒂娅·曼的父母终于可以离开德国了。战前不久，苏富比（Sotheby）拍卖其陶瓷画藏品，结果只拍出其真正价值的一个零头，第三帝国以“逃离帝国税（Reichsfluchtsteuer）”为由拿走了其中的80%，不用说，这当然是符合法律的。尽管如此，还是难以想象，纳粹德国居然能放他们——托马斯·曼的岳父岳母出国，托马斯·曼可是《希特勒兄弟》那篇文章的作者——那篇最具智慧、最恶语中伤的文章。据说是一位勇敢的党卫队中尉帮的忙。[212]真正作出让海德维希和阿尔弗雷德·普林斯海姆去瑞士的决定的，肯定是另一个地方。[213]

现在，海德维希·普林斯海姆有个迫切的愿望，要纠正女儿的看法，即父母亲或许在慕尼黑生活更好，因为他们显然在那儿感觉不错。在从苏黎世发出的第一封信里，第一封不用害怕审查机关审查的信里，她要女儿知道，他们在褐色的慕尼黑最后经历的真实生活：他们俩，一个84岁，一个89岁，不得不再次放弃他们的住所，被划分为“犹太人”的阿尔弗雷德·普林斯海姆不许再得到住房，而是“被随便‘安置’”。按照纳粹的标准，她本人似乎最后被划分为“雅利安人”，这很奇怪，原因也许在于，他们家早在19世纪初就皈依基督教了。“两年了，不许我们去剧院，不许听音乐会，不许看电影，不许看展览”，她在信里继续叙述道：“到了某些纪念日，中午12点以后不许上街。让阿尔弗雷德·普林斯海姆非常气愤的是，他不得不用阿尔弗雷德·以色列（Alfred Israel）来签名，同样，他不得不到犹太人居住点用食品票买东西，而且只能到某些偏远的商店购物（女厨师艾尔塞当然不这么做）。同事们因为是公务员，所以不允许去看他；但这些同事照样来看他，都是甘冒风险。说了这么多，够了吗？我想是够了。”在乘火车流亡时，卡蒂娅的父亲遭到搜身，作为“最后的下马威”，他被迫脱光全部衣服，受到野蛮的对待和侮辱。“经历了这件事后，他怒火冲天，我从未见他发过这么大的火”，海德维希·普林斯海姆这样写道。“在这儿，我们就不用担心这类事情了。”[214]卡蒂娅·曼想去苏黎世父母亲那里。战争使其无法成行。苏黎世的朋友、出版人奥普莱希特夫妇和孙子戈洛·曼照顾着两位老人，在苏黎世的上等出租屋“红色宫殿”里给他们租了一套房子，并陪伴着他们。

伊丽莎白·曼跟朱塞佩·安东尼奥·博尔吉斯结婚。在墨西哥共度时日后，两人显然要步入婚姻的殿堂。但他们必须等待博尔吉斯跟其意大利太太离婚，两人已分居多年。11 月 23 日，他们在普林斯顿登上婚礼圣坛。伊丽莎白本想放弃教会的赐福，但新郎官不肯。父母陪着最小的女儿步入教堂，这一次托马斯·曼在场。晚上，他们在普林斯顿的家里为新婚夫妇举行宴会。艾丽卡·曼不得不安慰精神受到打击的父母亲。她在婚礼那天写信给母亲：“天哪，他们俩不管怎样都能行，小伊丽莎白不是惹事的孩子，她更喜欢一辈子都给别人当典范。”[215]

父亲需要更多的安慰。婚礼那天，他在日记里写道：“神经衰弱得哭了。”[216]三天后，艾丽卡写信给他：“亲爱的魔术师，那天晚上，我们的公主杜拉拉带着兴致勃勃的老头（他在我面前自称为夏天的落日，强大、美丽、金光闪闪——只可惜已近黄昏！）回家，他又带着她离开斯托克顿大街时，我（通过我

/ 197 图19　新婚：伊丽莎白和朱塞佩·安东尼奥·博尔吉斯，1939年11月

布满全世界的情报网）听说你‘有点脆弱，有点悲伤’。”艾丽卡·曼的拿手好戏就是用她的幽默让父亲忘记生活的阴暗面，此时是忘记“倔强的小怪人”伊丽莎白所作的决定，这一决定让全家都觉得奇怪。从此，卡蒂娅跟托马斯·曼住在普林斯顿斯托克顿大街的大房子里，孩子们都走了。艾丽卡·曼又踏上了演讲的旅程，途中写信给父母，说她多么想念他们。“我们这个传奇之家分散在各地，各自作战，真令人心酸，这烦人的东跑西颠真让我受够了。”[217]

艾丽卡·曼认为，弟弟米夏埃尔“决心”要让母亲“心碎”。[218]

他还待在伦敦。即使卡尔·弗莱什本人离开英国前往荷兰，他也还想留在欧洲；他说可以跟弗莱什去荷兰，弗莱什也可能很快重新回来，此外，弗莱什的一个学生也可以给他上课。艾丽卡·曼写信告诉弟弟克劳斯，母亲如何因为小儿子而伤透了脑筋，特别是他说什么也想待在伦敦；“至少弗莱什在那儿的话，还可以帮着改善点他那不着调的天赋，可他这样做，是否居心不良？？？！！”[219]米夏埃尔很清楚，他公开说的那些话对母亲造成了伤害。他一而再，再而三地向母亲道歉，请求原谅他“那些多余和愚蠢的信”，还有对他跟父亲关系的“错误解读”。都是他的错，都是他自己的责任。[220]

几周以来，米夏埃尔和格蕾特·曼住在莫妮卡和耶律·兰易在伦敦的房子里。战争初期，莫妮卡跟丈夫一起躲避战乱，来到英国南部的托基（Torquay），把伦敦的房子留给了弟弟和弟媳妇。可是，这个被称为“老人天堂”的地方无聊得很，[221]此时也没有任何敌机轰炸或德国入侵的迹象：11月底，兰易夫妇俩回到了伦敦，现在四人共住一个房檐下。米夏埃尔·曼看着姐姐跟姐夫腻歪着回到自己的家里，有点不开心，觉得自己的夫妻生活受到了影响。他写信给母亲，说“交道打多了以后，很喜欢莫妮卡”，其实她很容易相处，“她要是不那么使唤人，不那么无所事事就好了”。莫妮卡的大拇指受伤后，就把所有家务事都交给了格蕾特，兰易心好，却帮不上忙。最后，信又回到了米夏埃尔·曼给母亲写信的主题：要钱。卡蒂娅·曼曾寄钱给儿子以防万一，因为数字很大，就要儿子报账。米夏埃尔回答说，报账几乎不可能，所有的钱是怎么花的，他已经记不清了，反正开销很大，因为一只箱子丢了，他不得不从头到脚重新买衣服，再加上昂贵的提琴课，总而言之，“我虽然每次都痛苦万分”，但他又需要一笔钱，而且要尽快。[222]

战争开始后的第一个圣诞节来临：戈洛·曼在苏黎世，刚完成“他的”第一本《尺度与价值》杂志的出版工作；他仍希望在苏黎世能有前途。米夏埃尔和莫妮卡·曼跟配偶在伦敦。虽然其他家人都团聚在普林斯顿，克劳斯·曼还是孤身一人，艾丽卡·曼跟马丁·贡佩尔特及其女儿，伊丽莎白跟女婿博尔吉斯也来了（这位“女婿”比卡蒂娅·曼还大几个月）。跟往常一样，他们还邀请了朋友，艾里希·冯·卡勒（Erich von Kahler）和布鲁诺·弗兰克带着家眷参加家宴。只有弗里茨·兰茨霍夫没被允许在场，这是伊丽莎白考虑到丈夫的嫉妒心而提出的请求。她在给母亲的信里写道，“要是我不愿意的话”，大哥大姐们应该会理解的。[223]

托马斯·曼朗读他的长篇小说《绿蒂在魏玛》的最后一章，该书不久前完稿，目前正在斯德哥尔摩印刷。托马斯·曼叙述歌德跟其少年时代的恋人夏洛蒂·布芙（Charlotte Buff）——《少年维特的烦恼》中绿蒂的原型——40 年后再次相遇，以两位老人的一段梦中对话结束全书：夏洛蒂严厉指责这位冷冰冰的天才、这个伟人，其周围及家人都为了他的利益而服从他，其伟大让所有这些人成为其牺牲品。她控诉这位诗人，这位把生命献给艺术的诗人，说他毫无顾忌地把这些人当作其作品的原型，他们在其“艺术殿堂和生活环境里”被压抑得喘不过气来。[224]普林斯顿的这些听众非常清楚，这部小说具有自传体性质，他们也非常清楚，托马斯·曼写的是歌德，同时也在说自己。他们所有人，尤其是卡蒂娅·曼，都是夏洛蒂意义上的牺牲品。对此，谁也不提。

圣诞节期间，克劳斯·曼在观察妹夫博尔吉斯。妹夫激动地讲述着对战争的看法，夸大意大利在复杂的力量角逐中的作用，显得有些焦躁。他所说的一切都“有点纷杂浪漫，虚荣心十足，而表面的敏感更让人讨厌……另一方面，他又表现着童稚般的冲动、聪明和热情。还有对伊丽莎白的那种自豪的父亲般的爱情”。[225]克劳斯·曼自然又有了不少新计划，但没有人像他自己那样觉得这些计划了不起，这使他感到失望。他想创建一本美国文化杂志。至于说他在一个陌生的国度如何实施这一想法，更何况这里对他的各种写作志向几乎没有敞开胸襟表示欢迎，他又怎样能够找到投资者和读者，则无从知晓。他不管跟谁谈及这一计划，都只有他自己觉得这不是问题。要说是，那也只是他不无苦涩地发现，他的各种计划和想法都无法像从前那样立刻赢得志同道合者。就连艾丽卡也因为“自己的活动、自己的抱负，还有其他人的困境而心有旁骛，在她心里，这些人的事显然要比我的更重要”。到了年底，他不禁顾影自怜：“我孤身一人，何以成事？”[226]

米夏埃尔和格蕾特·曼最终还是在英国登上了一艘开往美国的轮船。1月10日，卡蒂娅·曼在纽约港的码头迎接他们。米夏埃尔给母亲带来了一个惊喜：他要当父亲了。[227]消息很快传开。几天后，伊丽莎白·曼·博尔吉斯写信给母亲，说她非常“激动”。“但愿这孩子别那么傻乎乎的。”至于说她的老弟，她有些担忧。“这对比比有可能是好事”（她强调“有可能”，以此表示自己的怀疑）；“他有可能因为责任重大而感到应当去工作、去赚钱”。这一喜讯也有让人伤心的一面：“博尔吉斯有些失望，他现在不能第一个生下曼家的（外）孙子了。”[228]

/ 第四章　危险与金钱（1940~1941）

艾丽卡·曼又一次高估了自己。几周以来，她心急火燎地穿梭于美国大陆，向妇女协会、学生或犹太人组织介绍第三帝国妇女和儿童的状况，讲述自己父亲以及她们家反对希特勒的斗争；她组织帮助流亡者——他们争先恐后地逃离战火纷飞的欧洲；她还捐献出自己的部分收入。艾丽卡的收入相当高，每次出场费约 150~250 美元，从 10 月底到 2 月初计划出场 52 次，三个多月里，她收入近 9500 美元。[1] 1940 年初，她的身体罢工了。一般情况下，艾丽卡会置之不理，让她当医生的男朋友贡佩尔特开一些厉害的药物，然后继续登台作报告。艾丽卡服用各种兴奋剂、安眠药，大量喝酒，还定期服用毒品，虽然比克劳斯有所节制，但所有这些都混合到一起，那就相当危险了。在明尼阿波利斯（Minneapolis），身体又一次发出各种预警信号，她却置之不理。虽然她因为发烧和咳嗽几乎不能说话，却依旧一天作两场报告，然后坐夜车赶往下一站。到了艾奥瓦州（Iowa），她终于挺不住了。艾丽卡写信告诉母亲，不管是在火车的铺位还是站台上，“冰将军、雪将军和寒冬将军都那么粗暴”，她不得不去医院进行“颈部护理”。艾丽卡·曼的信件历来轻松愉快，这一次却

伴随着另一种情绪：她需要安慰和鼓励，她要母亲尽快回信。在她软弱的时刻，信里还夹杂着另外一种东西：嫉妒。

艾丽卡在给母亲的信里苦涩地写道，她自认为，“你不愿意替我操一点点心”，“另一方面，世人皆知，你居然在港口整日整夜地徘徊，等待你那个宝贝疙瘩”。[2] 那个“宝贝疙瘩”就是弟弟米夏埃尔，他刚坐船从欧洲回来。母亲一直关心幼子，照顾他，什么都满足他。卡蒂娅非常爱他。艾丽卡·曼在信里经常

发火，对受到宠爱、没啥用处的小弟和对外表看上去果断刚毅的母亲表示不满。在米夏埃尔第一次来美国前，艾丽卡就曾当着母亲的面讽刺说，他应当开着他的布加迪跑车到美国来，让所有学琴的同学都坐在里面。[3]米夏埃尔啥也没做，却成为母亲的“宝贝疙瘩”，这让她气不过。奇怪的是，抱怨家长对孩子宠爱不均的，恰恰是家里最受宠爱、最受恩惠的孩子中的一个；更奇怪的是，家里没有任何人在任何时候提出过质疑，没有人质疑父母的宠爱不均以及相应的表达，父亲直截了当，母亲遮遮掩掩，这些家里人都看得到。三天后，艾丽卡·曼从威斯康星州（Wisconsin）写信给母亲，告诉她自己又踏上了报告之旅，情绪也好了一些。至于说女儿从病床上发出的那封信里谈到的棘手话题，不管是母亲还是女儿，都绝口不提。

克劳斯·曼搬进了自己的第一个住所，时年33岁。如果不算在父母家的房间，他从来都是居无定所，总是住在酒店或家庭旅舍，一个漂泊者，从不在某个地方待很长时间，然后就走人，往往自己都不知道为什么，也不知道上哪儿去。1940年1月1日，他在曼哈顿中心地带租了一套带洗澡间和小灶具的公寓房，月租55美元。写一本新书的计划也在他脑海里形成：他想向美国人介绍《杰出的访客》（*Distinguished Visitors*），这是一部历史性的人物肖像集，介绍著名的欧洲人及其跟美国的相遇，其中包括女演员爱莲诺拉·杜塞（Eleonora Duse）和莎拉·伯恩哈特（Sarah Bernhardt），作曲家彼得·伊里奇·柴可夫斯基（Peter Iljitsch Tschaikowski）和安东宁·德沃夏克（Antonín Dvořák），政治家乔治·克列孟梭（Georges Clemenceau）和瑞典火柴巨头伊娃·克雷格（Ivar Kreuger）。这是克劳斯·曼首次以英语作家的身份出现在读者面前。

米夏埃尔同意离开英国，再次回到美国。他曾经对父亲发表过批评意见，也曾表示要跟家庭保持距离，对此，他一再表示后悔并收回这些话。但他确实不想在美国东部定居。他带着怀孕的妻子来到加利福尼亚州。托马斯·曼也时不时地提到想在美国西部生活，提到那里四季如夏，还提到那里庞大的德国殖民地和“电影痞子”。他其实更喜欢这些痞子而不是普林斯顿的学者气氛，这种学者气氛让他这种自学成才者有点胆怯。[4]卡蒂娅·曼认为，幼子应当等一等，更何况他身边还带着怀孕的格蕾特。父母亲反正计划夏天在加利福尼亚州租一幢房子。但这个儿子等不及，对他来说，跟父亲保持距离很重要，其重要性比他当着母亲的面承认的要大。

于是，米夏埃尔和格蕾特·曼在 2 月从纽约向西旅行。他们没有具体的计划。重要的是，母亲寄钱。3 月，米夏埃尔·曼从比弗利山庄（Beverly Hills）写信，说他“花的钱惊人，真的多得要命”。卡蒂娅·曼四周前给他的 220 美元已经花光，他不得不跟格蕾特——她从父母那里得到自用的钱——借了 50 美元。反正现在什么都撞到一起了，“但众所周知，万事不仅开头难，而且还贵，你必须理解，所有这一切都应当算是个开头”。米夏埃尔还公布了继续要花的钱：他要找一幢房子租下来，在此之前 / 204 得买一辆汽车，他还问母亲，是否知道现在有能够录音的留声机？他一定要买一台。计算了所有支出后，他在信的结尾写道，买留声机的事也许还可以放一放。米夏埃尔不明白，为什么母亲写的信充满着忧愁，对他这个幼子的各种生活计划不像他自己那样抱有信心。“我觉得，你对即将出世的孙子并不那么高兴，你看到的更多是烦人的一面。”[5]

战争开始后，戈洛·曼曾在短时间内犹豫不决，不清楚继续出版《尺度与价值》杂志是否有意义。然后，他本着“更待何时”的精神在苏黎世全身心地投入到工作中去。跟其前任纯文化的导向不同，戈洛·曼更倾向于把这本杂志打造成为政治性更强的杂志。战局或清算民族社会主义不应当成为杂志的主题。他坚定不移地认为，希特勒德国将输掉这场战争，纳粹行将覆灭。然后呢？这是他在《尺度与价值》杂志里想讨论的问题。戈洛开始探讨马克思主义，经过激烈的辩论，他拒绝把马克思主义作为未来德国的基础；他印刷那些推荐文章——推荐斯堪的纳维亚的榜样或罗斯福的新政作为社会民主的社会形式；他组稿讨论联邦制，希望能从历史的角度获取对未来的各种设想。对戈洛·曼来说，只有一个统一的、把后希特勒德国作为伙伴的联邦制欧洲才能够战胜民族主义的毒瘤。[6]他清楚地看到，每牺牲一个士兵，战争每拖一个月，一个真正的、有建设性的和平就少一分希望。

只要读一读戈洛·曼写的编辑部来信，就可以看到他的自信心在增加。他在那些信中批评像赫尔曼·凯斯滕（Hermann Kesten）和路德维希·霍尔（Ludwig Hohl）那样的名家寄来的稿件。克劳斯·曼的朋友凯斯滕不得不阅读对他的批评：悼念勒内·施科勒的文章又长又差，不能付梓；戈洛·曼在写给凯斯滕的信里说，“在您的风格范围内，您曾写过比这漂亮百倍的文章”。[7]新编辑部不是来者不拒，这一点也不奇怪。弗朗茨·舍恩贝尔纳（Franz Schoenberner）系讽刺杂志《傻瓜》的前任主编，他在《尺度与价值》杂志上几乎发表不了文学作品了。该杂志的新方针不讨他的喜欢，也就不足为奇了。舍恩贝尔纳写信时的火气越来越大，骂“这乳臭未干的矮小子，他干这差事的唯一合法性不过是因为他的姓氏而已”。[8]这么说没错：戈洛·曼确实没有任何资质证明自己能作为主编来驾驭一本文化杂志。可这

“乳臭未干的矮小子”干得还真不赖。《尺度与价值》的色彩增加了，更善于表态了，现实感更强了。虽然处于战争状态，前两年读者人数减少的状况却得到了改善。托马斯·曼对儿子的工作也很满意。这是戈洛·曼在流亡岁月里首次取得的成功。

克劳斯·曼在纽约的房子里仅仅住了六周，就又放弃了。他在逃跑。这一次不是害怕内心的魔鬼，而是面临具体的威胁。他弄来了一个年轻人，“小家伙”把他的住宅当作自己的家，带男朋友回来，开派对，吸毒。一开始，克劳斯觉得这一切都好极了（又重犯一回毒瘾他也没当回事）。可不久后，小家伙带来一个堂兄弟，敲诈他这位新朋友，跟他要钱。他们威胁说，要去警察那里举报他是毒品贩子。克劳斯付了钱，逃离自己的房子，又回到贝特福德旅馆，让一位律师帮忙了结这帮敲诈者。独居的计划又泡汤了。

好在这些冒险经历为他用英语撰写的第一篇短篇小说《速度》（*Speed*）提供了素材。这篇小说他不满意，也没有付印。用外语写散文比写新闻稿或非文学作品要更难一些。就连后两类的写作也很艰难，虽然有一个美国女子帮他进行文字修改。他常常给朋友托马斯·奎因·柯蒂斯（他们俩分手了，只是普通“朋友”了）看他那本描写历史人物的书的片段。柯蒂斯认为写得“很糟糕”。[9]克劳斯·曼不时会产生怀疑，他想成为美国作家的打算能否成功。他“悲催”地读着自己昔日的德文作品。“我当时的风格是多么丰富多彩呀。”他非常害怕：“难道我还得失去曾经拥有过的唯一一样东西：我的语言吗？”[10]

3月，艾丽卡·曼在太阳谷（Sun Valley）滑雪度假，恢复健康。她享受着阳光和滑降，可是世界局势一直传到了艾奥瓦州的大山里。美国静观欧洲战事的发展，不想参与其中，对此，她

图 20　艾丽卡·曼跟爱娃·赫尔曼在 / 206
爱达荷州滑雪度假

感到气愤。在美国，那些想让自己的国家与世隔绝的孤立主义者
得到很多人的支持，而总统罗斯福不得不逐步而巧妙地将美国引
向战争，但他首先得拿下 11 月的选举，然后才能放手大干，对
此，艾丽卡·曼不能理解，也没有耐心。她对“这个令人作呕的 / 207
中立国”发火，[11] 能发到自己的健康受到影响的地步。

在此期间，米夏埃尔·曼买了一辆车（一辆别克敞篷车，大部分钱是老妈掏的），租下了一幢房子，而且是在海边的卡梅尔（Carmel），距旧金山两小时路程。米夏埃尔承认，“从职业的实际”来考虑，靠旧金山更近一点应该更好些，但他却有个愿望，

"在下一阶段尽可能在乡间的与世无争中保持并维护自己的艺术与个人发展"。他已经找到了一位新的提琴老师，名叫亨利·泰缅卡（Henri Temianka），是卡尔·弗莱什的学生。两人第一次见面后，米夏埃尔·曼就特别兴奋，说泰缅卡照搬弗莱什的方法进行教学，但比他年轻、有活力，不像弗莱什本人那样"衰老和枯竭"。[12]

这样，米夏埃尔·曼每个星期坐两小时火车去旧金山，在旅馆过夜，然后到泰缅卡那儿学琴，因为泰缅卡的课第二天上。他妻子格蕾特留在卡梅尔。米夏埃尔·曼写信说，她"一人在家真的害怕"。格蕾特在瑞士的母亲可能担心怀孕的女儿，所以宣布要来。对此，米夏埃尔感到震惊。他写信给母亲说，"没法想象三个人一起生活"，若是这样，他们远去卡梅尔就失去了意义。面对着战事，格蕾特的母亲恐怕根本就回不去。[13]他阻止岳母成行，给妻子买了一只叫米奇（Micky）的狼狗，对自己和自己所作的决定非常满意："我相信，这事我做得还不赖，靠的不是多大智慧，而是良好的直觉。"[14]

托马斯·曼在普林斯顿当客座教授，任务不多，偶尔要作几场报告。年初，他从每年的演讲之旅回来后，作了一场题为《关
/ 208
于我自己》（*On Myself*）的报告，分两个部分。他在报告里对自己的作品进行了评价：《布登勃洛克一家》使德国小说艺术取得了突破，进入了世界文学的行列；至于《魔山》，他说这部小说"滑稽戏谑地让德国教育小说史就此而告终结"。他正在写作的关于歌德的小说《绿蒂在魏玛》是他在文学上暂时的终点，小说叙述"大人物自己的问题"。[15]托马斯·曼告诉听众，小说也涉及歌德。

在苏黎世，戈洛·曼定期去看外祖父母。只要不谈及德国与

战争，他们相处得都很融洽。4 月初，德国在几乎没有遇到抵抗的情况下占领了丹麦，开始了对挪威的争夺。德国国防军跟同盟国一样，都把该国当作重要的战略目标。打从战争开始，这是德国军队第一次遭到有效的抵抗。英国、法国和波兰流亡者的部队支持挪威人。他们主要使德国海军遭受了重大损失。[16]戈洛·曼跟瑞士人一起欢呼同盟国的胜利，因此跟外祖母发生了争执。海德维希·普林斯海姆写信给卡蒂娅·曼，说她在这件事情上很矛盾，虽然卡蒂娅可能无法理解母亲的感受，“我知道你的强烈态度”。可她“毕竟是个德国人”，因此，“每当我想到所有那些德国母亲和妇女，想到她们那些朝气蓬勃的年轻小伙子，这些年轻人毫无作为地被人推向血腥的死亡，我的心就在流血”。[17]海德维希·普林斯海姆前几年在德国所经受的一切，包括所有的屈辱、肆意枉法、国家指使的抢劫，都没能改变她那种德意志民族的感觉。

德国国防军最终在挪威还是获得了胜利。这是同盟国的一场败仗，迫使英国首相张伯伦在议会举行的激烈辩论结束后辞职。5 月 10 日，新当选的首相温斯顿·丘吉尔接任，他在过去几年里一直赞成对希特勒德国采取强硬立场，因而被当作战争贩子，不为人们所重视。就在同一天，德国开始西线攻势。德国国防军入侵中立国比利时、卢森堡和荷兰，并向法国挺进。拿下阿姆斯特丹后，盖世太保立刻来到库埃利多出版社并将其关闭，该出版社因为其战斗性的流亡出版物早已成为盖世太保的眼中钉。弗里茨·兰茨霍夫幸好出差伦敦，逃脱了被捕的命运。该社的出版人埃马努埃尔·库埃利多（Emanuell Querido）是位勇敢的荷兰人，多年来为德国流亡者利用出版物进行反对纳粹的斗争提供了一个论坛。他在荷兰一直藏匿到 1943 年，后来遭人出卖，被交到德国人手里，同一年跟其夫人一起在索比堡死亡集中营（Vernichtungslager Sobibor）惨遭杀害。

在美国的托马斯·曼一家忧心忡忡，他们特别担心在苏黎世的戈洛·曼。托马斯·曼于5月15日在日记里写道，人们都在担心德国即将进攻瑞士。艾格尼丝·迈耶又一次竭尽全力实施帮助。跟1939年9月的船票一样，她又一次成功地让美国国务卿科德尔·赫尔插手这件事。赫尔跟苏黎世联系，以便让戈洛·曼获得美国签证。办手续困难重重，拖延了这件事。但戈洛·曼不想等待。他根本就不想让人把他从欧洲弄出去。他搞到了一张法国总领事馆的通行证，另外还有一封特别推荐信，然后“眼里噙着泪水”、手里拿着玫瑰花跟外祖父母告别，就像海德维希·普林斯海姆在给女儿的一封充满惆怅的信里所写的那样。[18]戈洛·曼于5月20日坐车前往法国，想在那里加入捷克军团投入抵抗德国国防军的战斗。他刚踏上法国领土，就被法国人逮捕，作为“敌方外国人”投入监狱。他的命运跟其他许多在法国的德国人一样：法国人对所有德国人不加区别，不管你是效忠第三帝国的德国人、希特勒信徒，还是第三帝国的逃亡者、牺牲品和被
/ 210 剥夺国籍者。戈洛·曼意在帮助法国，身边还带有法国外交官的推荐信，对此，没有任何人感兴趣。[19]

最初，远隔重洋的家人并不知道戈洛·曼遭到囚禁。他们以为他正在法国投身于“某种战争行动”。[20]普林斯顿家里的气氛更为压抑，一则因为令人沮丧的战争走向，二则是对儿子、对在尼斯的海因里希·曼和在欧洲的许多亲朋好友的担忧。因为德国的胜利，他们突然间落入了希特勒的势力范围。托马斯·曼聆听美国总统就欧洲当前形势发表的讲话。他觉得这篇讲话“非常拘谨，其程度令人难以忍受，好像出于某种无法理解的原因不得已

而为之似的。”好在美国转入战时经济状态，虽然仅仅着眼于本国的国防，“跟欧洲正面临的惨状没有关系”。[21]托马斯·曼那么崇敬的罗斯福让他彻底失望了。

格蕾特跟米夏埃尔·曼在加利福尼亚州的新家园感觉很惬意。米夏埃尔认为，卡梅尔的人虽然都是些艺术家、拜金者或炫富者，而且这三者“其实又浑然一体”，他还是寻求接触新环境。正因为如此，他宣布愿意以类似音乐会助理的身份为当地的巴赫艺术节演出提供帮助。他说，这差事“要求很低”，所以他的老师泰缅卡相信他能干好。为了不让父母产生错误的希望，他补充道，干这些活儿是义务的，从根本上来说，“我宁愿实话实说，在不久的将来我还成不了大器，虽然我并不想被人看作‘问题儿童’”。他指的是自己挣钱，比如说在某个交响乐团谋个职位。

像是为了证明在加利福尼亚州没有发生根本性变化似的，米夏埃尔还给母亲讲述了一桩他干的蠢事：他在“这里的乡村照相馆”让人给照了几张相，“部分是职业的需要，部分是寻求开心的虚荣心”，现在“这头蠢猪”为三张照片要价 35 美元（作为比较：房子月租 45 美元）。这么多钱他付不了，“我完全崩溃了，你压根就不知道，我是多么不情愿向你伸手”。[22]的确，要买带录音功能的留声机还是六周以前的事。他写信告诉母亲，这机子他现在必须得要。虽然比当时告诉她时又贵了，不是 69 美元而是 89 美元，但没办法，必须得买。他没有再问母亲，而是借了钱，买了机子，然后把账单给了她；[23]这次又是“不情愿”。卡蒂娅·曼又照单付钱。

正当德国军队从北部打入法国之际，戈洛·曼被关在法国东南部洛里奥（Loriol）附近的一个拘留营里，以“最愚蠢的方式”[24]，即囚徒的身份，经历着这场战争。在这段时间里，他所做的唯一有意义的事情，就是用铅笔头在日记本的每一个空白处涂写。戈洛·曼在日记里愤怒却又无助地控诉法国——这个他想帮助的国家：“法国在矛盾中挣扎：一个它想向世人展示的自我与一个现实中的自我；这个国家在理论上大方且具有世界胸襟，实践中却表现着疲惫、高傲和不忠的冷漠。”他自己的状况也说明了这一点：“法国人不想打仗却宣战；在上一世纪的革命中成立了捷克军团，又把想加入的捷克人囚禁在边境。”他的结论是：“一个国家如果情绪不好又跟世界作对，就不可能捍卫最崇高的理想，连自己的财富也守不住。”[25]

父亲的生日将至。莫妮卡·曼从伦敦写信来——她有点伤感地发现，自己的30岁生日也将到来，父亲生日大庆后的第二天就是她的生日。莫妮卡想写点美好和开心的事情，就讲述了一次游历“天堂”的经历：伦敦的邱园（Kew Gardens），世界上最老的植物园之一。“对它进行描写几乎是不可能的”，莫妮卡·曼这样认为，却照做不误：“整座花园笼罩在新鲜和暗蓝色的空气里！”她在信的开头写道，重点是感叹号。“哪里都看不到‘禁止’的字样！你想怎么走就怎么走！——你深深地呼吸，仔细地端详！——先是灌木丛，在其树荫下紫色的花朵氤氲着阵阵香气，哪像是凡夫俗子的世界？然后，一片草地舒展开来，伸向天际，其尽头是一条明亮的金色条带，走向它，你会感到无限的宁静。”就这样，莫妮卡在信里跟父亲手挽着手，在植物园里缓步向前，直到最佳境地。“可那儿，那儿是什么？绚丽的色彩吸引住了你的眼球。好像在梦境里似的：是杜鹃花丛！这是一片花的海洋，上帝挑选的缤纷五彩飘向远方，无穷无尽。树丛叠嶂，姹紫嫣红，花海波澜，赏心悦目，天之童话！你心静如水般地在此徜徉——好了，我还是不再叙述为好，因为太美了，无法用言语来描绘！”她在结尾时带着倦意：“现在我一个字也写不了了！——否则我会痛哭一场！——再次送上最美的祝福！崇敬地爱你的小莫妮。”[26]

莫妮卡的信还没到普林斯顿，耶律·兰易的一封电报已抢先到达：一声恐惧的呐喊——他们害怕在英国陷入战争的混乱。家人竭尽全力，让他们俩能够前往加拿大。[27]

在洛里奥被拘禁不到三周后，戈洛·曼于6月11日跟其他囚徒一起被关在运牲口的封闭车皮里，经马赛运往普罗旺斯地区的艾克斯（Aix-en-Provence）附近臭名昭著的雷米拘留营（Lager Les Milles）。戈洛·曼在那里碰到许多熟人，如作家阿

图21　海因里希和内莉·曼

尔弗雷德·康托洛维茨（Alfred Kantorowicz）和利翁·福伊希特万格。拘留营里气氛十分紧张，人满为患，诸如吃饭、卫生等生活条件都是灾难性的。[28]“有经验的人说，这里比达豪（集中营）还要糟糕，”戈洛·曼在日记里记录跟囚徒们的谈话时写道，“这当然是无稽之谈。只有一样我觉得是对的：德国人把残酷组织得干净而细致；法国人不大动脑子，可以把吊儿郎当和无能做到残酷无比。缺水、尘土和肮脏，在厕所前排上几个小时的队，还有那许多无处不在的无聊、饥饿、怒火和害怕——其效果反正非常残酷，有点地狱的味道。”[29]

从法国的角度来看，这场战争进行得太恐怖了。法国人作好了打一场持久阵地战的准备，固守在马其诺防线后面。可是，德国部队绕过这条防线，从阿登高地（Ardennen）发动进攻，而法国军队曾宣布这是不可能的。[30]战争打了不过 44 天，法国就宣布投降，于 6 月 22 日签署了一份停战协议。协议规定，德国如果提出要求，法国必须交出德国流亡人士。囚徒们落入了陷阱之中。

/ 214 这时，普林斯顿的家人已经获悉，戈洛·曼在法国遭到拘禁。儿子和其他人面临着何等危险，已经越来越清楚；海因里希·曼的处境也好不到哪里，虽然没有被拘禁，在尼斯却同样面临着被移交德国人的危险。所有想从美国实施救助的努力都没有成功。托马斯·曼陷于愤怒和担忧之中，他的政治判断变得歇斯底里：突然间，他认为美国本身正在走向内战和法西斯主义。[31]

在雷米拘留营，所有人都根据他们所能得到的消息，紧张地展望着战争的走向。德国流亡者跟着法国人一起欢呼，其他被囚禁的德国人寄希望于希特勒的胜利。6 月 17 日，谣传即将停战，拘留营爆发了一场暴动。“流亡者们已经看到自己被交到德国人手里，被枪杀，被分尸，纳粹分子被解放，受重赏，并获奖”，戈洛·曼在其日记里不动声色地描绘着，似乎这一切均与他无关。“院子里的喊叫声和抗议声愈加愤怒，拘留营指挥官尴尬至极，让人架起了机关枪。紧接着，造反者的头上打出了一条标语：‘开枪吧，我们宁愿死在法国的枪林弹雨中，也不要死在德国人的酷刑下！’——这反而震慑住了那些当兵的。”[32]

四天后，拘留营司令官佩尔雄（Perechon）向所有害怕德国人的囚徒提出建议，送他们去非洲。停战那天，即6月22日，戈洛·曼跟几百名同命相连的难友一起，乘火车朝大西洋方向开去。并非所有雷米拘留营的囚徒都希冀能够得救。作家瓦尔特·哈森克赖夫（Walter Hasenclever）在火车开动的前夜自戕。载着流亡者的火车经过艰难的旅途，穿越解体中的法国，抵达法国最西南端的巴约讷（Bayonne）。他们希望在那里渡海前往卡萨布兰卡（Casablanca）。有消息传来，说德国人正在挺进，引起了一片混乱。这是天大的误会：流亡者乘坐的火车的指挥官发电报说，他带两千名德国人来。海边的人把这一消息理解为德国军队正在靠近的警告，旋即通知流亡者们，说他们处于危险之中。火车立即出发，开往法国内地——成为一场摆脱自己影子的大逃亡。到了图卢兹（Toulouse），戈洛·曼终于离开了“雷米魔鬼列车”，身上没有任何证件，证件被没收后没有还给他。跟他的难友们一样，戈洛·曼不得不考虑，如何在分崩离析的法国并在德国人的面前让自己安全获救。这段火车冒险的经历后来遐迩闻名，于1995年以《自由列车》（*Les Milles*）的片名被拍成电影。1940年的实际情况却并不是喜剧性的。火车驶离巴约讷的缘由虽然离奇，同时却也是个造化：原本应当可以驶往摩洛哥的船只实为子虚乌有。两天后，德国军队真的抵达了当地。

卡蒂娅和托马斯·曼想在加利福尼亚州过夏天。他们在洛杉矶西部的布伦特沃德区（Brenntwood）找到了一幢可以租的大房子，带游泳池，想一起同来的艾丽卡和克劳斯有地方住，来自普林斯顿的仆人夫妇路西和约翰也住得下。在去西部的途中，父母亲看望了在芝加哥的伊丽莎白和朱塞佩·博尔吉斯。所有的谈话都围绕着两个主题在进行：海因里希和戈洛·曼在法国的境遇和伊丽莎白的怀孕情况——他们的第一个孩子预期于11月降临这个世界。

此时，即7月初，戈洛·曼从图卢兹辗转来到马赛。他跟美国领事馆取得了联系，可因为没有证件，在一次搜捕行动中再次被抓并被投入监狱。“无政府状况”和“警察的极度死板与迂腐”让他狼狈不堪。这么多个星期里，戈洛·曼头一次失去了他的沉着与冷静。“这些侦探和官员用‘你’来作为称呼，然后拍着你的肩膀说：‘你的勇气很大的，我的老头。谁会把生命那么当真？’然后，宫殿的门就关上了，你被关在了一座城堡地牢里，本来6个人待的地方，像死鱼般并排躺着12个人。”他们不许他跟监狱之外的任何人有联系，不管是美国领馆还是其他什么人。

/ 216

两周后，戈洛·曼又一次被递解到一个拘留营，这一次是去尼姆（Nîmes）附近的圣尼古拉斯（Saint-Nicolas），比雷米拘留营要好受些，但这里同样缺少卫生设备。战败后的解体现象处处可见。士兵们拿其警戒任务几乎不当回事，许多被羁押者成功出逃，营地里黑市交易盛行，部分警卫人员自己也参与其中。“这里的生活比我迄今为止所经历的要放肆得多”，戈洛·曼在日记里写道。所有城市都已经出现物资紧缺状况，而在这里，最好是有美元，“可以像拿着神灯的阿拉丁一样生活”。他想为法国和美好的事业而战，结果浪迹于这虚假的欢乐之中。“我更愿意在英国的一艘战舰上当个司炉，而不是在这里，在拘留营的咖啡店里坐着，喝着薄荷茶，恍如隔世。”

7 月 28 日，戈洛·曼悄悄溜出了拘留营，虽说“对军队高官有一种无法抑制的恐惧”，但还是闯关来到区指挥官那里，向他报告了自己的情况。戈洛在日记中写道：“‘您本来是绝对不允许被关押的。千万别让德国当局知道您的去处，离开法国，越快越好。’他叹了口气说，若在和平时期，‘您是可以提起诉讼的’。我为这个人的友善态度所感动和陶醉，走了出去。一句理智的话，把那么多怨恨和受过的苦难抛到了九霄云外。”[33] 戈洛·曼自由了，却远还没有处于安全之中。

7 月 31 日，一封电报发到了卡蒂娅和托马斯·曼的度夏住地。格蕾特·曼生下了一个健康的男孩：弗里多林（Fridolin），第一个孙子。托马斯·曼的日记这样记载：“当爷爷太迟了，我没什么太大感觉。”[34]

他的情绪非常低落：“英国人的一场胜利或戈洛的到来马上就会改善他的状况！”卡蒂娅·曼几天前在给艾格尼丝·迈耶写 / 217
信时如是说。这位美国女朋友又竭尽全力进行帮助。[35] 8 月 10 日，终于从法国传来消息。戈洛·曼发来电报，说他拿到了一张美国签证——多亏了艾格尼丝·迈耶，也是她亲自为戈洛和海因里希·曼做的担保人。戈洛告知，他被安顿在图卢兹附近勒拉旺杜的熟人家里，情况很好，但如何离开法国却是个难题。[36]

托马斯·曼写信给艾格尼丝·迈耶，说他“既高兴又感动”，并表示感谢。她现在想帮助戈洛，也许还有海因里希·曼离开法国，而且不惜利用其惊人的关系网和金钱。她委托一个熟人，即勒内·德尚布拉（René de Chambrun）处理戈洛·曼一事，此人系法国投降后跟德国人合作的维希政府成员皮埃尔·拉瓦尔（Pierre Laval）的女婿。为让戈洛·曼出境，艾格尼丝·迈耶给了正好要去法国的德尚布拉500美元。

对他来说，“重新得到这个孩子会带来更多安慰”，托马斯·曼这样写道，因为其女艾丽卡正计划前往英国。英国情报部部长达夫·库帕（Duff Cooper）“特别看重她”，可能要她对英国广播公司的德语广播进行改革，以适应宣传的目的。“英国人真笨，笨死了，他们可能确实需要她。派驱逐舰给英国人吧！”——这是影射美国人迄今为止没有给英国人什么帮助。“我率先做出榜样，派我的女儿给他们。”[37]

这样的勃勃兴致是写在信里的，事实上，托马斯·曼绝非“派”女儿去，相反，艾丽卡赴伦敦的计划在深深地折磨着他。女儿试图写信安慰父亲。“第一次谈及这次旅行时你说过，不想再把一个孩子投入深渊，当时我肯定也说过我不去。事实上，要是我出了什么状况，我一定后悔莫及，因为我知道，没有任何事
/ 218 情能比我的消失更让你伤心，更让你受到伤害。”她说会照顾好自己：“我自己，①相当幸运，②相当机智，③下定决心不让自己发生任何事情。”[38]是在美国坐等，观望战争的走向，还是敢于在欧洲冒险，为有意义的事情作出贡献，对渴望行动的艾丽卡·曼来说，在两者之间作出选择并非难事。

她生平第一次飞越大西洋，乘坐的是“飞剪船（Clipper，波音314客机）”，然后从里斯本写信，向“传奇之家”描述这种新式旅行的经历：“乘船旅行时就不大容易搞清楚，突然间你到了哪里；用这种方式旅行就更容易让你晕头转向了。”她努力组织营救在法国处于危险中的戈洛和海因里希·曼。她认为，他们俩也许只能通过非法途径离开法国。她让一个去马赛的人带

250 美金给他们。[39] 她本人于 8 月底继续前往伦敦。

卡蒂娅・曼终于在 57 岁当上了祖母。8 月，她坐车前往卡梅尔，去米夏埃尔、格蕾特和小宝贝弗里多林那里。她把丈夫一人丢在家里，虽然他很难忍受独处的生活——没有妻子的精神和实际的支持。这么多年来，他们俩很少分开，哪怕只是一天。1938 年夏，卡蒂娅・曼得组织移民美国的事宜并在普林斯顿寻找房子，让丈夫一个人独居两天。托马斯・曼顿时出现精神危机、孤独感和郁闷，他采用曼家传统方法来对付——嗑药。[40] 为此，她现在只花三天时间去看孙子。仆人夫妇照管日常的家事，儿子克劳斯负责陪伴在布伦特沃德区的托马斯・曼。对卡蒂娅・曼来说，这是少有的机会，给她“最亲爱的羔羊”写信。她描述火车旅行的经历，自豪的年轻父母，还有她觉得长得很小的大孙子。“新生儿大概都这样，我这老奶奶已经把这给忘了。”卡蒂娅・曼知道，丈夫在惦记着她，但她不抱任何希望，他会对她描述卡梅尔的家庭生活感兴趣。“写得够多了，”她在信的结尾处写道，“你反正不读。”为保险起见，她在自己的抵达时间下面重重地划了一道杠。[41]

不管何时，亦不管何种情况，托马斯・曼都没有停止过写作。在加利福尼亚州的阳光下，他在神话式的《约瑟》素材中逐步找到了感觉，中断多年后，他想用第四部来结束该作品。8 月，克劳斯・曼第一本用英语写作的书完稿。可没有哪家出版社愿意将这本名叫《杰出的访客》的书付印。1992 年出了德文版，但这算不上是为作者克劳斯・曼弥补了什么重大遗憾。一则书评这样写道，这本书“毛糙不定、品味低下到了可笑的地步”。[42] 克劳斯・曼本人在书中似乎显得“更为重要”。[43]

就其他方面而言，这个夏天对克劳斯・曼来说也不是什么好时光。三天单独陪着情绪不稳、容易发怒的父亲，让他颇受折磨。他在日记里写道："吃早饭时跟魔术师聊天，有些勉强。"[44] 为了尽量不单独跟父亲相处，他不断请人来玩；布鲁诺·弗兰克跟太太一起过来，还有戈特弗里德和布丽吉特·贝尔曼·费舍尔，跟父亲的出版人昔日的争吵似乎已经平息。贝尔曼·费舍尔刚刚带着全家以冒险的方式从斯德哥尔摩经苏联和日本逃往了美国。

后来，日常生活又发生了不幸。克劳斯·曼确信，父亲在加利福尼亚州没有驾照也活得下去，他不行。托马斯·曼很少愿意走出自己的世界，也一直有人为他开车。克劳斯·曼离不开机动能力，单为性生活就离不开它——"没车我怎么带男孩子回来？没有他们我如何活得下去？"，他在日记里自问。[45] 他已经有了一辆汽车，却没驾照。几次考试都没通过，后来终于拿到了美国驾照。不久便出了第一起交通事故，责任在他。后来，他又把他的汽车借给了他的一个"男孩"，这人肇事撞了车，然后弃车逃逸。[46] 9 月 3 日，警察在马路上把克劳斯·曼带走，因为开夜车没开灯，后来发现，还是无证驾驶。他被逮捕，接下来吃了一场狼狈不堪的官司，克劳斯不得不公开许多他不愿意明说的事情：照他的说法，过去两年，他自己挣了约 3000 美元，此外，从父亲那里获得 2000 美元的资助。这肯定只是个大概的数字，他还模棱两可地声称，父亲也替他付其他账，所以大概还有其他开销。他的所有陈述均进入其移民档案和联邦调查局的卷宗，调查局从当年开始设立关于曼氏家人的档案。[47]

在生活上屡遭挫折之际，克劳斯·曼决定成立一家美国文化杂志，落实他于 1939 年底设计好的计划。其信条是：既然没人印刷我的文章，那我就自己印。他在这一时期唯一自己能挣钱的活，即艾格尼丝·迈耶给他介绍的替《读者文摘》（*Reader's Digest*）做编审的工作，他也立马不干了。[48] 克劳斯·曼于9月又回到纽约，像“一只带着巨大翅膀的蜜蜂玛雅”一样投入杂志的工作：考虑各种方案，寻找工作人员、资助者和办公室。[49] 朋友们都发出警告，家人也不无忧虑地劝他别干，有些人指出，现在处于艰难的战争状况，就连美国老牌杂志都疲于奔命。可他什么也听不进去。

艾丽卡·曼在伦敦恰逢“英伦空战”之际。打败法国后，希特勒想尽快制服英国，以便全身心地投入策划已久的对苏联的战争。9月7日起，德国空军定期对伦敦实施夜间轰炸，以摧垮英国人的意志。可是，艾丽卡·曼毫不屈服。她为英国广播公司撰写并播出向德国播发的德语广播稿。她这样做刺痛了某些德国人，《人民观察家报》诅咒她为“曼氏家族的政治娼妓”。[50]

艾丽卡·曼只给充满忧愁的家人讲述一点最重要的事情，什么事情都说没那么糟糕，她一切都好。在她为纽约《建设》（*Aufbau*）杂志撰写的一篇稿件里，读起来就有些惊心动魄了：她的房子被炸毁，德国战斗机在市区上空呼啸而去，炸弹下落时发出刺耳响声，大街小巷到处都是碎玻璃片，而她正在寻找一个新的住所——虽然如此，人们却极度镇静且充满信心，旅馆里客人们在跳舞，充满着英国式的淡泊与超然。这篇文章到了11月才发表，此时她人已回到了美国。“我听到他们表达反对的最严厉说法是：‘坦白地说，我不喜欢这样。’”[51] 艾丽卡的这些描述把真实的经历跟她自己所说的“杜撰的滑稽故事”混淆在一起，真假难分，就像她这段时间所写的所有文章一样。但不管怎样，希特勒的如意算盘没能实现。英国人，尤其是伦敦民众的意志不容撼动。

但至少有两个人再也忍受不了“英伦空战”了。莫妮卡·曼和耶律·兰易想尽快离开这片土地。9月13日星期五，他俩为了躲避轰炸与战争，乘坐英国客轮“贝纳雷斯市号（City of Benares）”从利物浦出发前往加拿大。

就在德国战斗机飞行员对伦敦开始第一波攻击时，在加利福尼亚州的曼氏一家人应邀参加了一次晚宴；艺术家、流亡者、好莱坞人士，这是加利福尼亚州德国社区的一次很平常的聚会。晚餐结束后，众人一边喝着香槟，一边玩着文字游戏。“魔术师情绪极差，”克劳斯·曼记录道，“令人费解的是，他像是受到了侮辱，因为用英语他啥也想不起来。”托马斯·曼气呼呼地离开了这场派对。第二天，父亲依旧满腔“悲戚与愤恨”，克劳斯这样写道，他带着“忧愁，也不无反感”地注视着父亲的情绪，观察他跟别人的距离及其离群索居，他越来越需要（也依此来评判他人）“别人恭维他”。儿子认为，托马斯·曼的周围逐渐形成了一个阿谀奉承与效劳者的世界，正是那种“孤家寡人的荒凉，他在写歌德时意识到过这一点，并带着忧伤地嘲讽过”。[52]

/ 222

在此期间，戈洛·曼正在考虑离开法国的各种可能性。他在马赛拿到了美国签证和艾格尼丝·迈耶给的500美金，也见到了伯伯海因里希及其太太内莉。但没有出境许可，他们谁都不能离开法国。艾格尼丝·迈耶使出了浑身解数，白宫也进行了干预，却无济于事。要逃出法国只有走非法途径。也有提供帮助的，即紧急救援委员会（ERC），一个帮助数千人逃离法国的组织。紧急救援委员会在马赛的美国负责人瓦里安·弗莱（Varian Fry）也在戈洛、海因里希和内莉·曼逃亡时给予了帮助。9月12日，弗莱跟一名救援者一起带着曼氏三人和作家弗朗茨·维尔费及其太太阿尔玛·马勒－维尔费（Alma Mahler-Werfel）乘火车前往法国与西班牙边境的塞尔贝尔（Cerbère）。弗莱希望这几位持有美国签证的逃亡者——海因里希和内莉·曼用的是假名——还是能够通过合法途径前往西班牙；这次尝试以失败告终。

第二天，即莫妮卡和耶律·兰易上船出海的同一天，这一小队逃亡者步行经比利牛斯山脉东部的山地前往西班牙的波特布（Portbou）。走这条路十分艰辛，特别是对年近70岁的海因里希·曼来讲。到了边境，只有戈洛·曼受到较为仔细的检查。一名西班牙警卫读着一份关于他的签证说明，上面写着他要去美国，看望在普林斯顿的父亲托马斯·曼。"'这么说您是托马斯·曼的儿子？'，这名警卫问道"，瓦里安·弗莱回忆说。"戈洛·曼立刻想到了盖世太保的黑名单。他觉得好运到头了，但决定，至少以英雄气概结束自己承担的角色。'是的，'他说，'您讨厌吗？''恰恰相反，'这名警卫说，'我感到很荣幸，认识一个这么著名的人物的儿子。'然后他跟戈洛·曼热烈握手。"[53]他们终于成功逃离了法国。

从法西斯的西班牙继续向里斯本旅行的途中，这五位德国流亡者感觉极为不爽。但是，弗朗哥的西班牙对来自法国的难民的态度基本上无可挑剔。[54] 9月20日，托马斯·曼收到了一封盼望已久的电报，儿子跟哥哥安全抵达葡萄牙，正在等候跨洋前往美国的轮船。"感到幸福和满足"，他在日记里写道，"美中不足的是，那个'小姐'也在其中"，他继续写道。[55]他哥哥的女人——"可怕的娼妇"，[56]他多想在法国的混乱中摆脱掉她呀。

托马斯·曼非常震惊地在日记里记下来这些天发生的一条可怕的战争消息。9月17~18日夜里，一艘英国轮船在大西洋被德国的一艘潜水艇击沉，船上有许多儿童，他们都是为了躲避战争的危险要前往加拿大的。90个孩子中，有77个溺亡，406名乘客中共有 248 人丧生。次日，他又获悉，“在对载满儿童的轮船进行丧尽天良的鱼雷攻击”时，德国著名记者、律师和流亡人士鲁道夫·奥尔登（Rudolf Olden）也遭遇不幸。[57] 又过了一天，即 9 月 24 日，一封艾丽卡·曼从伦敦发来的电报抵达家中：莫妮卡及其丈夫也在船上。“船沉莫妮获救兰易失踪”。[58]

艾丽卡·曼立即动身前往苏格兰的格里诺克（Greenock），妹妹躺在那里的医院里。她照顾着莫妮卡。船沉后，妹妹趴在一块木板上，在水里泡了几个小时，直到被救起。她丈夫死了。跟家里其他人一样，艾丽卡对妹妹的坚韧与生存意志感到意外。母
/ 224 亲写信给克劳斯，说她听到这场灾难时，很难想象莫妮卡“活得下来，她的心理素质那样不稳，而兰易又意味着她的一切”。[59] 风暴和海浪把救生艇打翻了，艾丽卡·曼写信告诉父母；“莫妮还听到耶律从海浪中喊了三声，‘但第三次已经非常虚弱了’。她坚信（这也许是对的），他之所以放弃，是因为他觉得，她已经没了。（我深信，他对她的依恋到了超凡脱俗的程度。她这一辈子何时才能找到这样的人呢？）当时她自己没法叫喊——在水里泡的时间太久了。”[60]

收到英国来电三天后，克劳斯·曼写信告诉母亲，“这起残酷事件”对他的打击有多大：“可怜、愚蠢的莫妮佳（Monigga），被上帝抛弃的最可怜的妹妹！一个人怎么能够摆脱这样一种无法想象的经历呢？——哪怕你更强大、更勇敢。”究竟发生了什么，他不知道。他这样想象：“那一场景，在救生艇里，当他们分开时，他也许还从甲板上向他的‘莫妮’招手呢。上帝可怜他们吧。或许还有一个微弱的机会，他在后来被找着的人里面，抑或突然哪一天会出现在北极，浮在一块木板上，头发沧桑得已经变白。”妹妹的悲剧给了他一个启发：这是个很好的

素材，他非常希望将此用于文学创作。后来，克劳斯·曼真的把这场灾难加工成一出话剧，却从来没有发表过。“此外，我一直真的很喜欢兰易”，他告诉母亲。“他会说好话，说得你很舒服，而且是个非常仔细的读者；是个特别有教养的美食家——我对他一直都很有好感。”[61]

10 月 13 日，戈洛、海因里希和内莉·曼以及他们的逃亡难友弗朗茨和阿尔玛·维尔费乘坐希腊轮船“海拉斯号（Nea Hellas）”抵达纽约。卡蒂娅和托马斯·曼去迎接他们。克劳斯·曼很高兴，在普林斯顿的父母家中“跟弟弟戈洛继续以前中断的交谈”。“他很睿智。经历了那么多乱七八糟、内容空洞的辩论以后，跟他的谈话沁人肺腑。”[62]戈洛·曼不大喜欢讲述法

图 22　美国报纸的报道：卡蒂娅·曼在纽约迎接女儿莫妮卡

国以及在那儿的惊人冒险经历。海因里希·曼在其回忆录中揣测说，因为他侄子“为这个他无比钟情的国家感到羞愧”。[63]

两周后，寡妇莫妮卡抵达纽约，她也是坐船来的，其“状态可悲可叹”。[64]没过几天，艾丽卡坐飞机回到美国。全家人——只缺了耶律·兰易——齐聚美国，目前处于安全之中。还在莫妮卡到来之前，托马斯·曼就在发愁，不仅仅是因为女儿。“我的感觉不好，”他写信给艾格尼丝·迈耶，“莫妮卡的命运不仅可怜，而且可能会有问题。”[65]欧洲在打仗，工作的安静环境又受到了威胁。

/ 226 卡蒂娅和托马斯·曼在芝加哥跟博尔吉斯一家欢度新年。11 月 30 日，伊丽莎白生下了女儿安吉丽卡（Angelica）。父母在 11 月曾专门来过一次，可是产期一拖再拖，他们就又回去了。现在是他们第一次认识小外孙女的时候了。很像她父亲，托马斯·曼在日记里写道。[66]

在芝加哥看了外孙女后，卡蒂娅和托马斯·曼跟艾丽卡一起前往华盛顿。他们受到总统的邀请——准确地说，是托马斯·曼请求对方发出邀请的。罗斯福仍旧没有强力干预欧洲的战争，对此，托马斯·曼非常失望。尽管如此，曼氏一家人对罗斯福的再次当选还是非常高兴，“这是七年来的首次胜利，这七年带来的是失望与悲伤”，托马斯·曼这样写道。克劳斯跟戈洛·曼一起溜进了一场共和党的竞选派对，以欣赏“拉得越来越长的面孔”。[67]

此时，即 1941 年 1 月 14 日，卡蒂娅、艾丽卡和托马斯·曼在白宫跟总统共进早餐。托马斯·曼有些紧张；罗斯福，这位“轮椅恺撒”[68]，给他留下了深刻印象。罗斯福虽然患有神经疾病，大腿以下瘫痪，却保持了尊严。“他的现状让人感动”，托马斯·曼在日记里写道。“你坐在他旁边，想到他的权力与重要性，感觉很有意思。”[69]他们谈到流亡人士的境况和源源不断、还在试图逃离欧洲的大批难民。对许多人来说，托马斯·曼是他们求助时的首选对象。第一夫人埃莉诺·罗斯福（Eleanor Roosevelt）把援救难民当作自己的任务，亲力亲为。她在幕后操作，而不是公开行动，因为营救难民，比如说从战败的法国把人救出去，从形式上看往往属于损害某一外国主权的行为。

晚上，总统还邀请这位德国作家去其办公室，参加一个小范 / 227 围的鸡尾酒会。他是一个“有特殊魅力的人”，托马斯·曼后来写信告诉哥哥海因里希，“虽患残疾，却特别阳光、缜密、快乐和机智，也有点演技，同时具有坚强、不可撼动的信仰，是那些欧洲流氓的天敌，他跟我们一样痛恨他们。罗斯福没能早些把话说出来，感到很难受。倘若说出来，就会危及他的再次当选，就他而言，这理所当然是头等大事”。[70]当选前三天，总统还向美国人保证，“这个国家不会投入战争”。[71]刚一当选，罗斯福就向美国国会提交了《租借法案》，该法案将于2月获得通过。美国可以通过这种方式把重要的战争物资“租借”给其他国家，而此时，首先是英国已到了国家濒临破产的边缘，在跟德国的战斗中急需援助。事实上，罗斯福的《租借法案》无异于“一种现代意义上的宣战”，戈洛·曼这样写道。[72]美国在表面上依旧中立。

拜访总统并在白宫住宿两夜是桩大事，对曼家人也不例外，虽然他们早已习惯于跟重要人物会面。一般很少有什么事能让艾丽卡激动不已，这次她从首都给弟弟克劳斯寄了一封信：“就图个好玩儿！”重要的并非信的内容，而是写有“华盛顿白宫”的信笺。[73]

家庭的日常生活很快回归正常，肯定比卡蒂娅·曼所希望的要快。幼子米夏埃尔写了一封长信给她，说明其财务状况和音乐学习的计划。他的事“什么都比别人慢一拍，要比别人难双倍”，米夏埃尔写道，而“最优良的外部条件”目前让他感到“非常舒坦”。他“对新年有一个很真心的愿望”，简单地说：他需要更多时间来学习音乐，同时需要更多钱。[74]

/ 228

克劳斯·曼矢志不移地坚持要办杂志。1月，《决定》（*Decision*）杂志第一期问世：一份带有政治倾向的文化杂志，与《文萃》相似，却不仅仅以流亡人士为对象，而更具有美国特点和国际性，从使用英语和撰稿人的身份都可以看到这一点：威廉·萨穆塞特·毛姆（William Somerset Maugham）、厄普顿·辛克莱、奥尔德斯·赫胥黎（Aldous Huxley）和卡森·麦卡勒斯（Carson McCullers）在后面几期为《决定》杂志撰稿，另外还有让－保罗·萨特（Jean-Paul Sartre）、斯蒂芬·茨威格和弗朗茨·维尔费，父亲和伯伯当然也在其列。作为编者，克劳斯·曼对第一期很满意。“总体来说，我为自己从事这项冒险事业感到高兴——有风险，又劳神。但毫无疑问，这正是我要做的。”[75] 为庆祝这次“首秀”，他在纽约举办了一场大型派对，同时也是为了筹款的目的。他打从一开始就很清楚，这种杂志几乎不可能在公开的市场上通过销售和广告来养活自己。克劳斯·曼寄希望于有钱的投资者和赞助者，要他们鼎力相助。至此，他却几乎一个人都没找到。克劳斯相信，肯定会有的。

去年夏天，卡蒂娅和托马斯·曼在洛杉矶逗留了很长时间，这是他俩的一次尝试：年初，他们搬到加利福尼亚州，这里有玩电影的人，有庞大的德国“殖民地”，有朋友和熟人。他们在洛杉矶的郊区——太平洋帕利塞德（Pacific Palisades）已经买了一块地皮，想在那儿盖一幢房子。作为过渡，他们已在附近租了一幢房子。搬家的决定是根据托马斯·曼的意愿作出的，他不想继续履行客座教授的义务，几年里一直在考虑，要在太平洋畔度过一生。卡蒂娅·曼宁愿留在普林斯顿，不仅仅是因为将面临的许多困难和计划组织工作，即从搬家到造房子等所有这些事情，跟以往一样，都要她一个人亲力亲为。她也很不愿意离开美国东部的欧洲风情与她亲密的朋友莫莉·申思通。好几年里，卡蒂娅一直写信给她，倾诉想回普林斯顿的愿望。可是，托马斯·曼魂牵梦萦，要在加利福尼亚州的阳光下完成《约瑟》。所以就这么做了。

/ 229

戈洛·曼到达美国后的几个月里，大部分时间都待在普林斯顿的父母家里，适应着新家园的生活，帮助父亲写点草稿，做些其他助手的活。1939 年回欧洲去，以编辑的身份领导《尺度与价值》杂志，显然对他产生了不利的影响。他去不同的大学和学院应聘，一时均无结果。自战争打响后，大约有 13.2 万名以德语为母语的难民移居美国，其中很多人是科学家。[76] 围绕那不多的职位展开的竞争异常激烈。

戈洛·曼利用父母迁居西部的机会尝试着做些新的事情。他前往纽约，打算先以自由撰稿人的身份打天下。他不时可以给朋友马努埃尔·加瑟寄文章，发表在瑞士的《世界周报》（*Weltwoche*）上。他的英语很快就流利起来，哥哥克劳斯的杂志给他提供了在美国发表第一篇文章的机会。戈洛跟怀斯坦·奥登（Wystan Auden，即 W.H.Auden），姐姐艾丽卡的（护照）丈夫，成了好朋友，奥登请戈洛去他在纽约的群租房。他们的房子在布鲁克林（Brooklyn）米达大街，以艺术之家遐迩闻名。奥登跟时装杂志《哈泼斯芭莎》（*Harper's Bazaar*）的文学主编乔治·戴维斯（George Davis）是这幢房子的主要房客。除他俩外，女作家卡森·麦卡勒斯和简·伯尔斯（Jane Bowles），其丈夫、作家保罗·伯尔斯（Paul Bowles），作曲家本杰明·布里顿（Benjamin Britten）及其生活伴侣、男高音彼得·皮尔斯（Peter Pears），脱衣舞明星吉普赛·罗斯·李（Gypsy Rose Lee）和超现实主义画家萨尔瓦多·达利（Salvador Dalí）及其太太加拉（Gala）也经常来访……这里是纽约最著名的艺术之家。[77]

有段时间他很喜欢这里的一切，戈洛·曼写信告诉马努埃尔·加瑟。“这幢房子有三层楼，老式建筑，布置得具有维多利亚风格，也可以是巴塞尔的房子。”可他本属于住瑞士山地小木屋的那种人。“布鲁克林是另一种浪漫。距离这个非同寻常的共同体所住的这幢房子不到两分钟，一座巨大的桥梁横跨被称作东河的海湾通向曼哈顿；可以看到摩天大楼，矗立着自由女神像和
/ 230 其他著名建筑的海域，巨大的造船厂等。轮船的警报声日夜回响。”[78]繁忙的大都市，艺术家群体的派对氛围——羞怯的思索者戈洛·曼已经预感到（并在给这位朋友的信里暗示）：从长远看，这里并非久留之处。

对父母来说，把家搬到加利福尼亚州也是一个机会，可以让“可怜的莫妮”[79]重新开始。但不是在他们这儿。去年11月，莫妮卡·曼抵达美国后没几个星期，弟弟米夏埃尔就提出建议，把她安置在卡梅尔的自己家里。他写信给母亲，说他怀疑“你对她太没有耐心”。因为她跟莫妮卡的关系反正已“无可救药”，所以这个女儿如能跟父母家拉开距离，在他这里和他处于偏远乡村的家里疗伤的话，肯定会更好些。这肯定很麻烦，“但我们这些卡梅尔的自私者到底也是可以做点什么的”。[80]现在，父母接受了这一建议，莫妮卡·曼搬到弟弟那里去了。

艾丽卡·曼又有了一段新的桃色绯闻。但这人不是新人，而是大家早些年就认识的布鲁诺·瓦尔特，他经常来访，是曼氏家人欢迎的客人。此人即著名指挥家，曼家在慕尼黑时的邻居，是父亲的朋友，后来他甚至跟托马斯·曼以“你”相称，实为罕见。布鲁诺·瓦尔特也是托马斯·曼要迁居洛杉矶的一个理由，这位指挥家住在该市的贝弗利山区。他是两个女儿的父亲，艾丽卡在幼儿园就跟她们认识；格蕾特于 1939 年不幸身亡时，她曾设法安慰其父母。妹妹洛蒂是她最好的朋友之一。艾丽卡曾经摇头讥讽妹妹伊丽莎白跟“活跃的老头”博尔吉斯的婚姻。现在，她以 35 岁的年纪跟一位即将年满 65 岁的男人热恋，这人只比父亲年轻几个月。她自己说这一切都是“疯狂之举”。[81] 跟“魔鬼（Unhold）”——这是她对瓦尔特的称呼——的事，绝对不能外漏：不能让他老婆，也不能让他女儿知道，最好也不让托马斯·曼晓得。只有克劳斯·曼，不久还有母亲知情。姐姐每次介绍新恋情，克劳斯·曼从来就没有开心过，这一次比以往更难过了。

安排好秘密幽会并非那么容易。艾丽卡·曼为作演讲要经常旅行，还有一个男朋友马丁·贡佩尔特，虽然他很清楚，自己并没有什么特权，但这些都是小问题；对布鲁诺·瓦尔特来讲，就要困难多了，他妻子好嫉妒，要让她相信，虽然没有音乐会，他现在却要去旅行，这就有难度了。“昨天我跟‘魔鬼’约好在巴尔的摩（Baltimore）见面，他几经周折总算到了那里”，艾丽卡·曼写信告诉克劳斯。“后来我却去不了，因为我突然得在阿克伦（Akron）露面，甚至来不及通知‘魔鬼’情况有变。接下来是一次又一次的电话争吵，给了我一次教训，我给对方（‘魔鬼’的内心生活）造成了何等的伤害——还忘了给我家里留下的创伤。伤心啊！”事情的方方面面都很复杂。面对弟弟的尖刻回复，艾丽卡开宗明义地写道：“你现在也不用太高估我的精神病！”[82]

莫妮卡·曼很喜欢加利福尼亚州的卡梅尔。“这地方真是个天堂”，她来后不久写道。[83]她租了一间带钢琴的房间，[84]可以不受干扰地（也不干扰别人地）练琴。她在悬崖边的海岸和空荡荡的沙滩上散步，一走就是几个小时，或者跟弟弟一家人，跟小弗里多（Frido，弗里多林的昵称）和牧羊犬米奇共度时日。莫妮卡“一周比一周活泼，精力也更加充沛，面容愈加姣好”，米夏埃尔·曼于五周后向母亲报告道。这令人高兴，却不是“她还能长期待在我们这里”的理由。他需要独立，艺术上也需要寂寞。莫妮卡也许还可以待四个星期，“她之后怎么样，我们只能顺其自然了，因为我们也拿不出好的建议”。此时，米夏埃尔绝口不提是他建议把她接到卡梅尔的。或许可以把她安排到洛杉矶，家里不是有几个朋友在那儿吗？“这是否有点不讲人情？”他继续写道，他决不能为了她而开始“扪心自问”，这不行，“我没时间这样做，也做不了，我没那个本事，所以我拒绝这样做”。再说莫妮卡的情绪已经相当稳定。“不管你把她放到哪儿，她都会自己重新开始的（就是不能在家里——因为她在家里太舒适了），因为她非常理智地考虑了她的福祉。”[85]

母亲的抗议无济于事。“莫妮问题”又落在了父母身上，对此，卡蒂娅·曼非常严肃而认真地对待，仅从她把这件事告诉了丈夫就可以看到这一点，因孩子的困境而打扰他的工作安定，这种事情极为罕见。“许多烦人的事在折腾着我们”，托马斯·曼写信告诉儿子克劳斯。“遭遇厄运的莫妮卡不能在卡梅尔长期待下去了。那里的孩子发出了最后通牒，一定要她离开他们，否则他们就开溜。”[86]艾丽卡建议，是否可以把莫妮卡安排到伯克利大学的国际之家住下：“莫妮可以在那里不受干扰地挤眉弄眼，继续编织其生活谎言，学习音乐。”大学生中甚至会有耶律·兰易的接班人在等着她。[87]这事没成。卡蒂娅·曼在圣莫尼卡给女儿找了套小房子，离父母家只有几分钟路程。莫妮卡在喧嚣的洛杉矶感觉不舒服。她渴望回到她“钟爱的卡梅尔”。[88]

克劳斯·曼的《决定》杂志只出了三期就濒临破产。一开始，杂志的资助就不稳定：资金太少，购买者太少，支出太大——办公室、女秘书、经纪人，以及作为出版人克劳斯·曼的助理的一名编辑——然后还有各种开销，用在派对、晚餐和其他寻找资助者的尝试上。克劳斯·曼奉承、笼络纽约和其他地方的大款，却鲜有成效。现在，托马斯·曼不得不伸出援助之手，替儿子的杂志做广告，还要请亲朋好友予以支持并给潜在的捐款人写信，克劳斯原本极不愿意让父亲掺和进来，充其量让他以作者身份写稿，或任命他为 16 个“顾问”中的一个。托马斯·曼之所以竭尽全力予以支持，艾丽卡写的一封忧心忡忡的信起到了推波助澜的作用，她特别担心弟弟如果不得不“关掉小作坊”的话，“在心理与财务方面”可能将要面对“十分可怕的各种后果”。[89]

少不了有各种委屈。克劳斯·曼写信告诉父亲，有个“蠢驴富豪”愿意投资两万美金，前提是托马斯·曼成为《决定》杂志的出版人。[90]可父亲和儿子都觉得不妥。克劳斯·曼写了一封洋洋洒洒好几页的信，向父亲描述解决问题的办法，即如何在这种情况下还能搞到钱，却没起到任何作用。他在 4 月写信给母亲，倾诉自己面临的各种困难：“你需要高昂的情绪才能挺下去——或以药片的形式，或是心里充满这种激情。”[91]

四周后变得更加绝望了："昨天晚上我伤心欲绝，先走了 50 个街区，然后痛哭不止。"他写信告诉母亲。跟一位可能资助杂志的人谈了话，结果不如预期。他认为"这帮富豪太恶劣、太恶心"。"梅菲斯托式的老皮条客让我坐立不安，他提出各种苛刻、残酷的条件，要我服从他，然后才会满足他重复多次的许诺。就在这一瞬间，那个毫无耐心的印刷厂老板闯进房间，手上晃动着一叠账单。"完全是靠朋友托马斯·奎因·柯蒂斯的帮助，"我才勉强度过了以泪洗面的这一夜"。柯蒂斯施以安慰，又慷慨解囊。"我彻底绝望了，"克劳斯·曼继续骂道，"我们的发言人迪瓦斯（Divas）和格臣（Götzen）表现得太可怜了。替戈培尔博士干活 / 234 该有多爽啊。他不但付钱，还懂得一名刻苦干活的知识分子的价值。"[92] 克劳斯·曼深陷思想的误区不能自拔，觉得美国和美国人有义务支持他的《决定》杂志。他认为，该杂志奉行良好的宗旨，为欧洲与美国的文化交流服务。他不时听到别人提出异议，说目前欧洲来的难民无数，更需要向各种救援计划而不是他这本杂志解囊相助，这种说法克劳斯·曼不予认可。

戈洛·曼于 5 月前往美国中西部。密歇根州的奥利韦特学院（Michigan, Olivet College）邀请他作关于拿破仑的系列报告。当地报纸在做宣传时称他为"托马斯·曼的著名儿子"。12 天完成 6 场报告后，他写信告诉母亲："学院的人非常友善，这地方本来是非常适合我的，可惜了：绿色盎然之地，小湖，山丘，清洁的奶牛，友好、稚气和热心的青少年，憧憬着欧洲、求知欲旺盛的教授们，只是他们深受剥削。"他认为，这次访问极其成功，硕果累累，只可惜没有具体结果。学院没有职位提供给他。

在回到他在纽约的奇特群租屋的路上，戈洛·曼在芝加哥访问了妹妹伊丽莎白，他已经两年多没见到她了。妹妹给他留下了“非常友善、勇敢和动人的印象”，戈洛写信告诉母亲，她丈夫是“一个有名气和可爱的傻瓜”。朱塞佩·博尔吉斯用政治热情来鼓舞别人对他及其话题产生兴趣，用各种努力赢得人们支持一种包括世界政府和世界宪法在内的世界民主，他有抱负要成为这类运动的领军人物，这一切征服了年轻、寻求依靠的伊丽莎白·曼。她哥哥戈洛是位擅长用历史眼光思考问题、略带悲观情绪的现实主义者，他以尊重但有点嘲笑的眼光看待这位空想家——这名为一个更好的世界而奋斗的理想主义战士，看待博尔吉斯身上“那份执着，那份从未真正受到过尊重的精神”及其“对计划的斟酌与打造”。这个妹夫很像家里以前在慕尼黑的熟人本采尔先生（Herr Bunzel）的一个“高配版”，那人也总是高谈阔论各种计划，却无一能够实现。博尔吉斯的“本采尔阔论”成为曼家的口头禅之一。[93]

米夏埃尔·曼再次“甩掉”姐姐莫妮卡一周后，从卡梅尔写信给母亲。这封信听起来并没有如释重负的感觉。卡蒂娅·曼曾问他，下一步对音乐有何打算，还提出建议，要米夏埃尔在一家乐团谋个职位。儿子为此震惊不已。他觉得母亲的急躁危及他的进步。“很久以来，你公开表明，你的兴趣更多是要我去从事我的职业而不是要我继续学习，你也许认为，你拖家带口的22岁儿子没完没了地靠学习而生活，这样做不合适，或者真的出于紧迫的物质原因，你们确实不能继续承受我给你们造成的负担。”他说，他跟家里商量的结果不是这样的，本来说好允许他用一年甚至两年的时间，全身心地继续投入其艺术发展。他继续写道，母亲怎么就是弄不明白，他需要这么多时间，“以便为自己打下一个牢靠的基础，这一点我已经给你讲过多少次了。相反，你能把我的时间多减掉一个月也是开心的。你难道不相信，我自己最清楚怎么做对我最好（？）”[94]

写书和作报告，讲述纳粹德国和德国流亡人士的情况，呼吁不要跟希特勒妥协的那个时代过去了。现在是战争，美国人想听其他东西。艾丽卡跟克劳斯·曼最近的书——两人合写的《另一种德国》和艾丽卡·曼的《灯光熄灭了》卖得不好；战争开始后，克劳斯·曼几乎没再收到作报告的邀请。姐姐要成功一些，情况也好一些，她作起报告来比弟弟更具魅力，更引人入胜。但她也需要新题目和新故事——她曾经经历的德国与德国人，此时已属陈年往事，用再多的想象力都已无法掩盖这个事实。

/ 236 1941 年初，艾丽卡·曼考虑再次前往伦敦，置各种危险于不顾。德国空军停止了对英国首都的轰炸，因为他们认识到，用这种方式无法战胜英国人。但英国究竟能否、又怎样才能撑下去，德国人是否还会入侵，这些问题在美国看来好像并不明了。曼氏家人当然很不愿意看到艾丽卡身处情况不明的境地。前往战火中的欧洲旅途很不安全，仅这一点就让家人忧心忡忡。艾丽卡·曼心里并没有把握，这一次她不像一年前那样心急火燎地要赶赴危险与冒险之处。她向洛蒂·瓦尔特讲述了自己所处的窘境。但不管怎么说，这都属于她的职业，即哪儿危险上哪儿，这样可以获得她作报告所需的素材。[95]她最终作出决定：去。父亲写信告诉艾格尼丝·迈耶，他“真的感到心痛”。但艾丽卡很清楚，“失去她大概是我们可能发生的最糟糕的事情，特别是对我。这孩子总能活跃气氛，只要她在身边，我就兴奋，我就快乐。可是，她的责任感、对行动的渴望和斗争荣誉感更强烈，而我当然不会不充分尊重她的决定。”[96]

6 月中旬，艾丽卡·曼在加利福尼亚州跟父母亲告别。在纽约，她跟处于绝望中的弟弟见面。她好言相劝，要他最终下决心放弃那本让他负债累累、心力交瘁的杂志。这番话没起任何作用，克劳斯虽然深受多重打击，却“完全一意孤行”，执意不肯放弃他那本《决定》杂志。[97]艾丽卡给父母发去了一封让他们安心的电报：她很好，克劳斯精神抖擞，虽然杂志的境况很困难。她不想给父母添加更多的烦恼。

艾丽卡·曼在考虑，能如何帮助弟弟克劳斯。她晓得，她必须帮他，以避免出现最糟糕的事情，虽然她心里明白，杂志不可能长久维持下去。在其飞机飞往欧洲之前，她只有一周的时间。除了克劳斯的麻烦和自己准备旅行外，她还在替父母亲担忧，他们在太平洋帕利塞德租房子住，本来是想自己盖房子的。现在，能帮忙的艾丽卡不在了，造房费用在上涨，真让人怀疑，在战争时期造房子是不是个好主意，而财务状况总体也很吃紧：米夏埃尔·曼根本就不考虑去找个工作干，连同一家子都要人养着；“莫妮的问题”依旧无解，需要花钱；戈洛的情况尚无着落，克劳斯的财务状况几乎到了绝望的地步，这一点居住在太平洋畔的父母还是知道的——他的事情过去一直靠他们，这次也少不了要靠他们来解决，对此，至少母亲早已心知肚明；海因里希·曼的财务状况也很困难，从年初起，又少了托马斯·曼在普林斯顿做客座教授的那份固定薪水……

在弟弟的敦促下，艾丽卡·曼决定来一个非同寻常的举动。她写了一封信，然后飞往欧洲。

刚刚过去的6月的这一周，艾丽卡·曼心急火燎地在纽约奔波，忙着弟弟的事情，同时准备自己的旅行，此时，德国军队入侵苏联。希特勒打响了争夺“东方生存空间”的战争。托马斯·曼认为，这很可能是战事发展的一个“令人高兴的转折点”。现在，苏联将被打败，这给盎格鲁一撒克逊人①赢得了时间。[98]托马斯·曼在给艾格尼丝·迈耶的信里继续进行远程诊断，其分析走得更远：希特勒大概“被完全掌控于战无不胜的将军们的手里”。一旦迅速战胜斯大林——他认为是可能的，德国军队的首领们估计将对希特勒政权“釜底抽薪”；要是征战苏联失败，希特勒的末日同样将要来临。“总而言之，我们跟和平的距离要比前不久所想的近一些。”[99]托马斯·曼在如何应对民族社会主义的重大政治问题上大义凛然，是非分明：打从一开始，除短时间里有点犹豫不决外，在后来的流亡年代里对公众发挥了巨大影响，尤其是在美国。托马斯·曼代表着另一种德国，一个更美好的德国。这位伟大人物在分析政治事件时一再走偏——这次一下就错了四个地方，对此好在知情的人不多。

/ 238 正当大家讨论各种问题之际，诸如钱、克劳斯和《决定》杂志、造房子和德苏战争的意义等，一封来自苏黎世的电报送到：卡蒂娅·曼的父亲阿尔弗雷德·普林斯海姆去世。三周后，海德维希·普林斯海姆给女儿来信，叙述父亲最后几周的情况及他的去世造成的打击，还有自己的寡居生活，此时她已搬进养老院一间比较便宜的单间居住。母亲写道，对她来说，新房间“足够大了”。最近一段时间，钱在这里也成了一大问题：在昂贵的老年寓所的三间房间，加上一个日间和一个夜间护士照顾需要护理的丈夫——这两位昔日的百万富翁被纳粹德国榨取得一干二净，没能携带足够的钱财应对流亡生活。托马斯和卡蒂娅·曼不得不予以帮助，母亲跟女儿后来的通信常常是谈钱，尽管两人都不愿意这样。海德维希·普林斯海姆在信里写道，“我的生活空虚而孤

---

① 此处指在英国出生并把英语作为母语的人。——编者注

图 23 艾格尼丝·迈耶

单”，尽管如此，她还是拒绝了女儿要她去美国的邀请。她觉得自己“老了、不中用了、完全变得‘多余了’，只希望这么将就着苦熬下去罢了”。[100]她说，就算能够平安无恙地到达美国，也“只能是个累赘，那我会感到极其难受的”。[101]

“强大的父亲，美貌的母亲”：克劳斯·曼鼓起全部勇气，给父母亲写了一封长信。内容涉及《决定》杂志，他棘手的财务状况以及一项很尴尬的忏悔。艾丽卡给父亲的富婆朋友艾格尼丝·迈耶写了一封信，克劳斯认为，这是一封“非常出色的信函”，“行文巧妙，既热情又聪明，既高雅又迫切，充满着孩子的挚爱与就事论事的思考，丝丝入扣却又不那么拘于小节”。艾丽卡向艾格尼丝·迈耶报告了造房子遇到的困难，诉说父亲多么需要这幢房子，以在安静的环境中完成他的长篇小说《约瑟》。

“这一切都以最自然的方式表达出来”，克劳斯继续向父母介绍艾丽卡的信：“‘爸’是多么喜欢这幢房子呀，却宁可放弃也不愿意请这位富有、聪颖的朋友帮忙。”整个信函充满着尊严又十分感人，结尾处提出请求，要15000美金。“‘爸’毫不知情，也绝不能让他知道。要迈耶夫人帮助父亲造房，但不能提出问题和建议，以免损害父亲的自尊心。”这里面有个秘密的如意算盘：父母用12000美金可以“建造一幢赏心悦目的房子”，而剩余的3000美金可让他的《决定》杂志渡过难关。艾格尼丝·迈耶永远也不会知道实情的。[102]

这一欺骗计划没有得逞。艾格尼丝·迈耶不愿意就凭女儿的一封信，而且是在父亲毫不知情的情况下，送出15000美金。她8月本来就打算来洛杉矶，跟托马斯·曼见面，然后在当地了解造房的情况。之前她曾经写信给他，说本应该坚决劝他不要造房。美国现在还没有正式开战，但总统已宣布全国进入紧急状
/ 240 态，并将经济调整为战时经济。艾格尼丝·迈耶认为，在多长时间内还能找到好材料和好工人，就连这些问题都无法确定。[103]

克劳斯·曼在信里又声讨了一下“不忠诚的百万富翁们”，然后就谈起第二个棘手的事情。他把一切“都或多或少地寄托在迈耶家身上”，现在，他拿着一份印好的8月份的《决定》杂志坐在那里，急需1500美元。这些钱肯定会还父母的，最迟到“迈耶家”还是肯掏钱盖房子时，到那时，可以把杂志需要的这笔钱——也许还要多一点——截留下来。可他等不了那么久了：请卡蒂娅·曼尽快寄1500美元来，算是“预支”。[104]

托马斯·曼获知两个大孩子的“财务阴谋”后暴跳如雷。[105]尽管如此，父母还是把1500美元寄给了克劳斯。

里斯本的7月非常炎热，艾丽卡·曼一丝不挂地躺在旅馆

的床上，快要把一瓶干邑喝完了。她在给弟弟克劳斯写信。“亲爱的、尊敬的库奇”，她开篇写道，库奇是布鲁诺·瓦尔特——她的秘密艳遇对象——在家的昵称：“你现在肯定吓着了吧”，她继续写道，“也许犹豫了片刻，是否要读下去”。她已在里斯本苦等了六天，等着飞往伦敦的可能性。她跟克劳斯之间发生了争执，这种情况极少出现，一旦出现，则是更为令人痛心疾首的那一种：那本杂志境况可怜，他却抗拒咨询，最后在绝望中挣扎，想从父亲富有的朋友那里骗取金钱来拯救《决定》杂志，结果把姐姐也拖累进去。艾丽卡·曼后来从伦敦给父母亲写信表示道歉，并告诉他们，那样做不是她的主意，“从头到尾都是他的荒唐点子”。[106]

现在，她给克劳斯写一封和解信。但愿他们之间的误解——他肯定对她进行了严厉指责——没有留下长久的不愉快，他肯定知道，她跟他“完全心心相印”。“这一点你肯定知道，所以，你说的大部分话并非完全当真，对不？”她给克劳斯描述里斯本所有那些德国纳粹分子——葡萄牙独裁政权表面上中立，暗地里却同情希特勒德国。她对那些德国的“讨厌蚊子”怒目而视，艾丽卡·曼继续写道。今天，她甚至毫不犹豫地跨进了盖世太保总部，操着萨克森口音，以鲁佩尔夫人（Frau Ruppel）——一个德国商人太太的身份介绍自己，说自己无聊至极，请他们“下次举行烤肠晚宴时”邀请她。“那个有可能认出我的头头不在场，我可以毫无阻拦地四处打量，看着到处摆放和悬挂的东西，用充满仇恨的眼光扫视周围。”没人注意到这些，都对她很客气，虽然她并未行希特勒问候礼。“这么做实在是小打小闹，没啥意义，有点神经病！”[107]这是个难以置信的故事：或许更多是干邑聊发的兴致和艾丽卡·曼的非凡想象，而不是里斯本那炎热、无聊的现实[108]——不过，人们可以相信，她完全干得出这种冒险的事……

7 月，戈洛 · 曼放弃了在布鲁克林的那个五光十色的艺术家群租屋，也放弃了想以自由撰稿人身份打拼的尝试。他唯一不时能够发表文章的杂志——《决定》付不了稿费。花父母的钱来维持在纽约的生活，或写信讨钱，或总是摆出一副下个月一切将好的样子——他不屑这样做，其自尊心也不允许他这样做。戈洛花了三天时间，坐着最便宜的火车横穿美国，又一次很不情愿地回到父母家中。作家兼学者艾里希 · 冯 · 卡勒是曼家多年的朋友，借给他 20 美元，他现在还不了。戈洛 · 曼非常动情地写信告诉卡勒，说他“进行了一次稳妥的长线投资。您若知道，缺钱的日子让我有多生气就好了。钱是幸福，是爱与安宁，钱就是一切”。[109]

他哥哥需要的钱完全是另一个数量等级：父母为《决定》杂
/ 242 志付的 1500 美元已经花光。刚过四个星期，即 7 月底，克劳斯 · 曼的又一封彻底绝望的信寄到家里：“我彻底完了，泪水也哭干了。”是继续干下去还是把杂志关门了事？不管怎样他都需要钱。父亲可不可以尽快向艾格尼丝 · 迈耶要钱盖房子？他需要 8000 美元，这样，杂志可以熬到秋季。“我若能做自己的主，”他继续写道，“我将会自戕——这是真的。我从不理解，生活到如此可怕的地步，人们何以畏惧死亡。我相信，在彼岸会得到理解，活着的亲人却难以做到。我最终大致不会这样做：如是，则为大不敬——这从来不是本人的处事之道。”[110]

父母跟戈洛一起就此事进行磋商并决定，要克劳斯把杂志停掉。托马斯 · 曼在日记里写道，就这已经够贵了，为此，他可能被迫要跟“迈耶两口子”伸手要钱，“为这种轻率之举留点必要的后路”。“令人不安，让人败兴。”[111]

戈洛·曼认为，不能轻率地，并且是在依赖借债的情况下宣布自己当一家杂志的出版人，这样一种职位必须通过努力打拼挣到手。戈洛钦佩大哥克劳斯，但无法理解他的毫无节制。收到那封 8000 美元的信后，戈洛给马努埃尔·加瑟写信说，“这种人从来都是寅吃卯粮。更愚蠢的是，他有足够的资本，我指的是他的天赋，来做一些正经的、有尊严的事情，只要他愿意更理智地去做，一步一个脚印地走。我很长一段时间都是在过紧日子，就连该我的那一份也未敢动用过。”[112]

一年半前，迈耶家位于基斯克山的庄园因其奢华曾让伊丽莎白·曼·博尔吉斯大为震惊，她当时希望苏联人来，夺走这些不义富豪的所有一切。现在身为人妻与人母，她想法变了，宽容了不少，或许跟艾格尼丝·迈耶的所作所为也有关系：她尽其一切可能，从金钱到各种关系帮助曼氏一家人，不管是帮戈洛与海因里希·曼逃出欧洲，还是帮所有的家庭成员移民美国，加上把卡蒂娅·曼的兄弟彼得·普林斯海姆从法国南部的拘留营里拯救出来，接着又帮他逃往美国。1940 年的基督降临节期间，托马斯·曼向这位富豪朋友转达了伊丽莎白的一个问题：“圣诞节迈耶女士会不会给我送点什么？”他女儿“还有点孩子气，虽然方式方法很聪明”。[113]这条信息有点难堪，却卓有成效：伊丽莎白获得了昂贵的馈赠，父亲很满意。

1941 年 8 月，伊丽莎白·曼写信告诉母亲，她现在跟艾格尼丝·迈耶建立了个人联系。两人之间书信往来，气氛友好，不久还将见面。这一友谊并非没有个人的小算盘。“今年过圣诞她会送我什么呢？”[114]资本主义的渴望与伊丽莎白·曼·博尔吉斯的政治态度形成了微妙的矛盾，她在家里大概是立场最左的一个了。伊丽莎白鄙视美国，同情共产主义，崇拜“伟大的苏联

248 人”。[115]其立场有时让她的社会主义丈夫都觉得走得太远了。但她对丈夫来说是一大支柱，如同卡蒂娅·曼之于父亲：她指挥调度女佣和保姆，学习速记法和打字，是一个非常有帮助的，并崇拜地仰视着他的学生、秘书、厨师和助手。圣诞前，一件昂贵的礼物寄到了家里。

统领曼氏一家并非易事。今年显得比以往更困难，夏天过了58岁的卡蒂娅·曼虽说强大且果断，此时也落到了不堪重负的地步：一方面是敏感、沉浸于创作的托马斯·曼，他在任何实际事务中都帮不了忙，有位送货员把洗净后的西装送来，他却把人打发回去，原因竟是妻子不在，他不知道在家里哪儿能找到钱；[116]另一方面是那许多孩子，各有各的问题与要求；再加上对苏黎世老母亲的担忧，其来信让人看到精神恍惚的迹象；卡蒂

图24　父亲在朗读：(左起）米夏埃尔、卡蒂娅、戈洛、艾丽卡、克劳斯和伊丽莎白·曼

娅·曼到了加利福尼亚州后，一直难以适应，这也是个问题；最后还有造房工程。迈耶夫妇8月来访，曾再一次阐述当前的时局为什么不适合造房。曼氏夫妇听取了他们的意见，却还是决定造房，即便没有迈耶的钱，他们的固执己见，跟克劳斯·曼不肯放手《决定》杂志如出一辙。或许托马斯·曼对他工作区域的建筑设计情有独钟——他的“书房”会带有单独的卧室和洗澡间，所以他无法放弃，也不愿等待；他仍寄希望于艾格尼丝·迈耶，倘若真遇到困境，她不会撒手不管。

卡蒂娅·曼在9月给儿子克劳斯写信，倾诉盖房子遇到的问题和“那些人吊儿郎当，做事不可靠”。克劳斯拒绝了家里要他停办杂志的建议，月复一月地守着《决定》杂志苦苦煎熬。卡蒂娅·曼继续写道，也许圣诞节已经能在新家庆祝了。她希望孩子们多回来看看，虽然“由于该死的艾格尼丝没帮任何忙，所以缺少孩子们的房间，这一点你们都知道”。母亲告诉克劳斯家里的情况，谈到戈洛，说“他肯定不是最简单、最和蔼可亲的那种孩子”，但对父母来说，是“一个可爱、帮得上忙的同屋”。她介绍米夏埃尔的情况，说他搬到了旧金山附近，带了三个学音乐的学生。“小家伙其实很听话，极其认真而且特别努力，他要是成不了气候，只能是缺少天分的缘故。”米夏埃尔的提琴演奏虽然有进步，但“表现力不够”，父亲在日记里写道。[117]父母亲对小儿子的音乐天赋信心有限。

接下来，卡蒂娅·曼在信里又谈到另一个问题孩子莫妮卡，她虽然在圣莫尼卡有自己的房子，在父母看来待在家里的时间还是太长。“莫妮卡也缺少天分，这是毫无疑问的，不过，这不是唯一的问题，她以自我为中心、异想天开、自恋，还时常发火和不耐烦，跟这样一个姑娘共同生活会让人绝望。”最后，东道国也遭到母亲的一顿鞭挞。卡蒂娅·曼在之前给克劳斯的信里曾提到她“讨厌美国”。美国在步入战争的边缘辗转，对此她没有耐心。“这不仅现在是，而且将来会一直是一种耻辱，”她此时写道，“发生在苏联的战争已经到了第四个月，才开始在莫斯科讨论提供援助的形式。目前就取消中立法进行讨论，又要一个月。我不得不说，永远也不要民主！”[118]她强调说，“老妈我”的情绪难得这么差。

艾丽卡·曼在伦敦撰写并播送针对德国听众的广播稿，由
/ 246 英国广播公司向德国播出。收听“敌台宣传”若被抓住，极有可能受到最严厉的惩罚。这年秋天，对偷听外国广播的人进行了首次宣判。艾丽卡·曼对希特勒及其同伙充满着仇恨，主持播音时也难以抑制。从宣传角度看，仇恨并不恰当，必须给听众提供些什么，比如希望，至少提供一些信息，让他们心服口服。艾丽卡·曼告诉德国听众，对手的世界有多大，从长远来看，德国根本就无法与之抗衡；德国根本无法长期统治那么多被视为下等人的异族人民；她呼吁抛弃“弱肉强食”的理念与德意志种族优异的狂妄想法。“要敢于听取自己内心的声音，这些声音比我们想象的要正确、也要中肯得多。不要绝望，也不要等待太久。你们现在还能作出决断。”[119]

戈洛·曼尽一切可能进行帮助，给父亲当助手，帮母亲干活，还重新拿出已接近完稿的关于弗里德里希·根茨的书进行修改，以贴近美国读者。戈洛对在父母这里的生活并不满意。他想独立，想过自己的生活，赚自己的钱。艾格尼丝·迈耶在想办法帮他在一所学院谋个教师的职位。在此期间，她对托马斯·曼的二儿子有了进一步的了解，两人惺惺相惜。艾格尼丝的努力虽然还没有结果，但她还在继续努力，两人书信往来非常友好，即便没有圣诞礼物。

本人的境况不佳，令人窒息的战争消息又根本不像父亲所说的让人看到很快结束的希望，这一切都让戈洛·曼书写了很多满腹惆怅的信函。现在，身处加利福尼亚州的歌舞升平之中，他迫切需要给瑞士朋友马努埃尔·加瑟写信，感谢他把自己从对同性恋的羞怯中解放出来："你在我身上找到的东西，当时对我来说是个很大也很美妙的惊喜。过去我习惯于单方面地将我最真诚的好感送予他人，在跟你相处时，我也没有期望会比之前得到更多的情感回报。"[120]四周后他写信告诉这位朋友，在美国还没有找到合适的，因此偶尔花钱买春，更多出于惆怅而不是高兴。[121]

这一年，凡事都跟钱有关，差不多所有的事情都牵涉艾格尼丝·迈耶。在家人中有种看法占了上风，即她爱上了父亲，不仅仅是因为钦佩大师而产生了崇敬与爱慕的那种爱，而是很具体的爱。艾丽卡·曼在年初曾告诉父亲，艾格尼丝·迈耶跟法国作家兼外交官保尔·克洛岱尔（Paul Claudel）曾经有过绯闻。"这也有可能轮到我"，托马斯·曼在日记里不无火气地写道。[122]跟克洛岱尔的谣言并不属实，至于说艾格尼丝·迈耶除了渴望接近托马斯·曼这位伟大作家，探究其艺术的秘密以外，是否真的奢望跟托马斯·曼干些其他什么，这一点并不清楚，也几乎没有这样的机会。每逢托马斯·曼跟艾格尼丝·迈耶谈话，卡蒂娅·曼虽说并不总是在场，但一直就在附近。不管如何，曼氏家人最迟在1941年初坚信不疑，艾格尼丝·迈耶之所以不惜代价进行帮助，其原动力是要跟托马斯·曼来一场桃色绯闻的心愿。

10月7日和8日，托马斯·曼坐到书桌旁，打破了上午写作的清规戒律，给这位女财神写信，他在日记里把这封信称为"国家信函"。[123]艾格尼丝·迈耶曾写信，说她预感到托马斯·曼的情况不好，并补充道："您的女朋友是否可以帮点什么忙？"[124]

她可以。他把她的信视为“良心过不去的证明”——依照克劳斯和艾丽卡·曼的看法，她从道义上有责任帮助他，这种看法托马斯·曼早已拿来为己所用。他在回信里兜了一个大圈子，叙述自己的生活，讲述开心的事情，比如令人幸福的艺术追求，但也谈
/ 248 到流亡生活的各种压抑，世界局势造成的负担，对纳粹的仇恨和自己的健康状况（“她其实不知道什么是真正的舒适，也几乎不知道严重的疾病是什么”），为的是到最后，在写了厚厚的一摞信纸以后，转到真正要说的事情上来：造房。这事大概算得上一个“有点玩世不恭、固执己见的闹剧”，但符合他生活处事的风格及习惯。在过去的一年里，他七次被授予名誉博士头衔，可没有任何人想到给他一些实际的帮助。瑞士的一位富豪赞助者给他的朋友赫尔曼·黑塞盖了一幢房子。“在这个国家，为何没有一个城市、一个大学会动相应的脑筋，给我类似的东西呢？哪怕只是出于虚荣心，以便能够说一声：我们有他，他是我们的？”因此，他现在靠贷款自己建房。即使他的书籍目前销售情况不佳，但更好的时代不久一定会来临，最迟到《约瑟》完成的时候。他说，应当把他“视为一家有财务信誉的企业”。[125]

艾格尼丝·迈耶非常礼貌，知道有些事不能提，比如托马斯·曼自己没有努力去延长普林斯顿收入丰厚的名誉教席，那是她给他介绍的；也没有谈托马斯·曼对东道国的指责，说它没有给予足够的支持，她觉得，若要看到那些真正需要帮助的流亡者，包括海因里希·曼在内，这种指责有点奇怪。她想帮助，但要以她的方式。她后来写信告诉他，简单地把钱给他，“依我来看对您并非最好的方式”。[126]她找到她跟丈夫多年来一直支持的国会图书馆，安排任命托马斯·曼为名誉顾问。为此，他每月获得400美元的工资。这笔钱出自一家基金会的基金，该基金会

由艾格尼丝·迈耶负责，托马斯·曼却毫不知情。作为义务，他每年得在图书馆作一次报告，以顾问身份公开行事。这位美国大款的这种资助形式既巧妙又周到，避免了直接给钱的那种尴尬，也没有要承担义务的强迫感。托马斯·曼瞬间领悟到，他的这位财神女朋友行事的方式有多高雅。“没有比这更好的解决方式了，”他写信给艾格尼丝·迈耶，“我也是老艺术家了，对您给我选择的这种方式感到无限的高兴，其程度甚至快要超过‘工资’了。”[127]

曼氏家人比较隐秘地试图拿到“可咒的艾格尼丝”的钱，结局令人高兴——从钱来讲比本来提出的要求还要诱人，因为在国会图书馆的工作安排没有期限限制。12 月，托马斯·曼收到艾格尼丝·迈耶的一封信，该信暗示，她心肠再好，对孩子们背着父亲所捣鼓的那些事也并非一点也不知情，“（她）指责孩子们”，托马斯·曼在日记里写道，“有些生气，一半是事实”。[128]女朋友的这封信，像她的许多信件一样，进了废纸篓（而她，不用说，把他所有的信件都保存起来）。她是否告诉过他，克劳斯·曼在秋天又曾直接给她写信，为《决定》杂志讨过钱？她拒绝了，但给克劳斯寄去了一张支票，用于其个人消费。[129]她跟《华盛顿邮报》的关系不容许她资助另一家美国刊物，这是她的解释。这或许并非唯一的原因：最迟到克劳斯写信要钱时，艾格尼丝·迈耶肯定看穿了艾丽卡·曼要 15000 美元的那封信的个中含义。

托马斯·曼在回信时替自己孩子辩护，说他们并非如她想象的那样靠他来养活，“要是用吸血鬼的性格来看待他们，那就把他们看扁了”。艾格尼丝·迈耶至少有一半有道理，他只在日记里承认。托马斯·曼在信里写道，只有在一种“情况下”得说孩子们“有些自卑”。其他方面都“有条有序，如果公正合理地看事情，其实他们都有严肃的追求、良好的意愿和谦虚的态度”。他突出强调米夏埃尔在音乐方面的努力奋斗，现在已被旧金山青年交响乐团录用；然后又大谈戈洛，表扬他知足和坚韧不拔，先力争在欧洲奋斗，现在又争取在美国拿到一个教师的职位。至于两个大孩子，他知道他们曾试图欺骗艾格尼丝·迈耶，对此，托马斯·曼只是轻描淡写一带而过：“一想到艾丽卡，我就心情开朗，克劳斯至少也能感动人。伊丽莎白勤勤恳恳、任劳任怨，只有莫妮卡无所事事。”[130]

艾丽卡·曼从伦敦回来了。她也没有主意，如何能让弟弟克劳斯放弃他那坑人的杂志：“这个走火入魔的家伙，脑袋瓜里不停地蹦出新主意，无论你如何反对，他口若悬河，谎话连篇，喋喋不休地将你的反对意见一一化解，而他巨大的胆识、感人的勤奋和我无法理解的激情几乎让我心碎。真叫人无力招架！”[131]

1941 年 12 月还带来了三项重大结果：美国在珍珠港受到攻击后正式参战，德国向美国宣战；曼家在太平洋帕利塞德的房子无法竣工；《纽约客》(*New Yorker*) 杂志上发表了一篇关于托马斯·曼的重要文章，分两部分刊登。

这份高品位、读者众多、不乏讽刺口吻的杂志是托马斯·曼最喜欢的报刊之一。珍尼特·弗朗勒 (Janet Flanner) 以《好莱坞的歌德》(*Goethe in Hollywood*) 为题撰写了一篇人物特写，精彩纷呈，引人入胜，具有揭秘性质。她试图解释托马斯·曼为何能够成为其时代的文学巨匠、世界上健在的最伟大作家，虽然他本人如此深居简出、死板和不入流，看上去就像“一根削得齐整的拐杖”；其小说错综复杂，情节却又十分简单。他的书籍销售之多，令人瞠目结舌——弗朗勒介绍了在美国的数字，这是她从托马斯·曼的美国出版人那里获得的：《约瑟在埃及》在零售市场销售 47000 册，在“每月图书俱乐部（Book of the Month Club）”的系列丛书里卖掉 21000 册；《布登勃洛克一家》销售 48000 册；《故事集》（*Stories*）卖了 92000 套；他在美国最有名的长篇小说《魔山》共售出 125000 册。

弗朗勒在文章中盛赞托马斯·曼作为希特勒的对手所起的作用，同时毫不客气对托马斯·曼在政治上的挫折与失败进行描述——在 1914 年对战争的狂热，在《一位非政治人士之观察》里的反民主倾向，就连 1933~1936 年他的沉默也没有忘记一提。珍尼特·弗朗勒还透露，她从曼家内部获得了可靠的信息。至于是谁，文章写得很明白——她顺便提到，在纽约跟克劳斯·曼非常熟悉。珍尼特·弗朗勒还描述了 1933 年 3 月发生的一个场景：当时两个最大的孩子在政治上很有前瞻性，他们有一天在电话里告诉父亲，慕尼黑的天气不好，他不能回来，托马斯·曼却没有弄懂其中的含义，回答说是的，苏黎世的天气也不好。还是卡蒂娅·曼明白指的不是天气。此后，艾丽卡·曼，家里的“总监”，花了两年时间，说服父亲公开站出来反对纳粹。然后是艾丽卡戴着太阳镜化装潜入慕尼黑，把《约瑟》手稿从纳粹分子重重包围的父母家里救了出来……

艾丽卡跟弟弟克劳斯被珍尼特·弗朗勒描绘成周游世界的人，所到之处功成名就，亦受人爱戴。德国流亡群体掌握在他们手中。人们说，只有得到克劳斯和艾丽卡·曼的恩许，才真正可以称自己为难民。珍尼特·弗朗勒称戈洛·曼为家里的保守人士，是有教养的父亲的一个黑黢黢的农村翻版，他决心成为一名历史学家，因为这是为数不多、父亲不擅长的行当之一。“脆弱的莫妮卡”在其船难发生前就在家里被称为“可怜的莫妮卡”。伊丽莎白跟大她 36 岁的反法西斯老战士朱塞佩·博尔吉斯的婚姻被珍尼特·弗朗勒称作“极度浪漫的姻缘”。还有幼子米夏埃尔，努力成为小提琴演奏家，是母亲的宠儿。按照文章的说法，卡蒂娅是曼氏家族的总管，曾让不少出版商绝望到希望托马
/ 252 斯·曼还是个单身汉。[132]父亲在弗朗勒那里被描写成一个只潜心于自己伟大创作的自私和自恋者。

对于人物特写，托马斯·曼原本是很有兴致阅读的，倘若不是牵涉他本人的话。他生气地骂这份“搞笑杂志气人”。[133]文章有些细节不符合事实，道听途说，还有点尖酸刻薄，他为此而生气，却根本没有想到，这篇文章恰恰证实了他非同寻常的社会地位，以及他有一个传奇之家的事实。哪怕是在思想尖锐的珍尼特·弗朗勒的眼里，托马斯·曼也是好莱坞的现代歌德。

克劳斯·曼的《决定》杂志在出版了1942年1~2月最后一期合刊后，终于闭上了其“温柔与聪慧的眼睛”。[1]杂志倒闭早已无法继续拖延下去。“我伤心欲绝”，克劳斯·曼还在作最后一次抵抗前就已经写道。“不仅仅，或者说并非首先是因为失去杂志本身，亦非徒劳的努力与辛苦，而是因为我眼睁睁地看着整个不幸一步一步地向我逼近，在这个可叹的世界上，人们很少要我们，用我们，赞扬我们。”[2]克劳斯·曼已经耗尽所有的精力。他在纽约贝特福德旅馆的房间里坐到写字台边，写一篇他称为《最后的决定》（*The Last Decision*）的文章。这是一篇愤怒的檄文，充满了对美国人的仇恨，其真实的面目，他在过去几个月算是领教到了：“他们没有情感，势利，自私。因虚荣心而麻木不仁，因攫取钱财上瘾而走火入魔。他们侮辱我，残害我，使我穷困潦倒：我之所以如此，原因在于他们懒惰至极，傲慢，缺乏同情心；他们缺少创造性的想象力，简直到了无以复加之地步。”[3]这篇文章是绝望的告别。克劳斯·曼吞下超量安眠药，然后躺到旅馆的床上等死。好在一位《决定》杂志的工作人员兼朋友克里斯多弗·拉查勒（Christoph Lazare）及时发现了他。[4]

这一消息没有一丝外漏，太平洋畔的家人毫不知情。尽管如此，卡蒂娅·曼依旧忧心忡忡。位于太平洋帕利塞德圣雷莫车道旁的新房子终于造好了：485平方米居住面积，20间房间，海景，地皮有4000平方米，花园里长着棕榈和柠檬树。现在得组织搬家了。卡蒂娅·曼面对这座“宫殿”，心里有点打怵。[5]她给在纽约的克劳斯写信，说戈洛是她的一大帮手。至于他妹妹莫妮卡，父母本来就认为她总不好好在圣莫尼卡自己的家里待着，

/ 254 图 25　曼家在太平洋帕利塞德的房子

不时在父母这里转悠，搬家前，人影子都见不着，连她自己的东西也不整理，“到了搬家那天，她准时来到（我们的）新家，让人给她送上中午的面包”。[6]不久前卡蒂娅·曼在给克劳斯的信里写道，“这孩子一成不变，恰恰要她来帮我们，实在苦不堪言，不过小戈洛（他可是一点也不喜欢她呀）和我还是认为，要说现在就作些改变，那也太残酷了点，估计就这么将就着还能过一段时间（？）吧。”[7]“这段时间”在几个星期后结束。包括托马斯·曼在内的全家人讨论莫妮卡的事情，父亲“发泄对她生活的彻底失望，敦促让她走人”。[8]莫妮卡·曼是那样悲惨地变成了寡妇，但是，家庭呵护她的时代一去不复返了。

/ 255 这段时间，托马斯·曼的情绪总不大好。搬家打乱了他按部就班的生活，虽然他本人并没有参与具体事务，而是让妻子和儿子戈洛去指挥搬家的人和具体的搬家工作，但他心里却也乱糟糟的。好几天了，托马斯·曼享受不到书房里那种熟悉的井然有序，不得不在卧室的临时书桌旁写作。搬家后的第二天，他在日记里写道，“又累又不开心”，“坐在沙发上，头靠着卡蒂娅的肩膀”。[9]搬家的前夜，他还不得不忍受在朋友家里举行的一次“群体派对”，看着弗朗茨·维尔费扮演主要角色。维尔费人不错，他太太至少称得上有个性；他们俩曾跟戈洛·曼一起逃出法国，因此成为好朋友。按理说，托马斯·曼挺喜欢这位波希米亚—犹太作家的，但在当晚，维尔费及其长篇小说《本纳德特之歌》（*The Song of Bernadette*）成为活动的主题，托马斯·曼觉得“烦人，品位低下，愚蠢，伤人自尊心，又干扰了寂寞”。[10]后来《本纳德特之歌》在美国销售得非常红火，让所有流亡人士难以望其项背，不久又被好莱坞拍成了电影。托马斯·曼很难接受这一切。即便身处搬家之中，他也无法咽下自己的怒火：“维尔费真气人。”[11]

日本进攻夏威夷珍珠港美国海军基地，给美国总统罗斯福以机会，将美国带入第二次世界大战。这一天曼氏家人等待已久，而且越来越没有耐心。但就是现在，托马斯·曼还是觉得不够快，也不够勇往直前。他在2月写信给艾格尼丝·迈耶，说至少可以确定，“各民主国家没有完全理解这场战争的革命性质，在精神上不够坚定，也没有积极主动、坚韧不拔地去打这场战争”。他担心，“在很多方面都缺少明确和强烈的取胜意志，因为害怕胜利可能带来的各种变化，而这是要付出的代价”。[12]具体 / 256
来说，他认为，战争带来的可能结果是，欧洲中部发生共产主义巨变——这一点他在信里没告诉艾格尼丝·迈耶，只是点到为止。对于共产主义巨变，他本人没有问题。托马斯·曼于夏天在日记里写道，他不害怕“世界革命”：“我会忠诚于共产主义，并将服从之，甚至欢欣鼓舞地拜倒其统治之下，倘若这是反对纳粹主义要作出的选择的话。”[13]

托马斯·曼何以对美国的强大和西方民主国家的胜利——不管是在军事还是政治意义上——如此缺乏信心，这一点，艾格尼丝·迈耶不清楚。她居然敢于公开表示难以理解，还批评了托马斯·曼的态度。“迈耶的信既愚蠢又气人”，托马斯·曼在日记里写道，然后销毁了这封“女王式教母蹂躏我的”讨厌信。[14]他回信说，“您18日的信是一起重大事件”，“我凭啥要受到这般对待？”四天后，他又赶写了一封信寄去：他也许没有表达清楚，“您最近的那封抨击信让人醍醐灌顶”。他对美国以及美国对希特勒的战争坚信不疑。[15]

这段时间，托马斯·曼跟艾格尼丝·迈耶的关系正在经受着考验。托马斯·曼一定是在不知情，即不知道他作为国会图书馆顾问的工资出自何处的情况下，抱怨过工资的数额。这迫使艾格尼丝挑开她作为财神爷给予资助的高雅面纱，向他解释，每月的400美金是她提供的，还就为何提供这一数额作了说明：“并非我自己说，‘这么多够了’——不是这样，这一数目并非那样冷漠并通过计算来定的，不，亲爱的朋友，决定的方式完全是另一种情形。这笔钱是我作为私人所拥有的全部收入——这些钱我可以想怎么支配就怎么支配，不用询问，也不用咨询。我也更愿意钱能多一些，但这份钱是有保障的，就像现今的任何东西一样。”
/ 257 她用行文讲究、只有一点点不到位的德语补充道：“不管是对实际的还是精神上的亲人关系，我都始终如一。对于两者，我都贡献出我所有的一切。”[16]

托马斯·曼在回信时表示自己感到“震惊与羞愧”，[17]但震惊与羞愧的时间并没有持续很久。3月底，艾格尼丝和尤金·迈耶来太平洋帕利塞德拜访，参观了新居，托马斯·曼为这位女友朗读了正在创作中的《赡养者约瑟》(*Joseph der Ernährer*)。在跟她的交谈中，他听出她“囿于成见”，作为回应，他就故意表示“无法理解”。艾格尼丝·迈耶打算写一部关于托马斯·曼的传记，跟他探讨自首批小说起就出现的原始主题：生活与精神的对立，艺术家的冷漠以及他为何在“普通事物带来的欢乐”之外独善其身。从诸多交谈中，托马斯·曼只听出一点：“一切都是为了解释我为何没有跟她发生关系。”[18]谈话也有令人安慰之处，因此，值得“忍受，对某些可怕的话题避而不谈”。[19]迈耶夫妇保证，如果这幢大的新房子运转成本过高，将给予帮助。

这几天，艾格尼丝和尤金·迈耶——因为有华盛顿的各种政治渠道，他们俩消息极其灵通——介绍了美国巨大的战争物资生产，其规模之大，是托马斯·曼全家极为欣赏的罗斯福新政从未达到过的：它带来了经济腾飞。[20]迈耶夫妇还通报了军事形势和美国军队的战况。托马斯·曼在谈话中拿出朱塞佩·博尔吉斯拟定、受到他赞赏的一份《备忘录》(Memorandum)：这是一份“进攻计划，从阿拉斯加经白令海峡和北极冰海进入苏联，打击德国和日本”。艾格尼丝·迈耶对这两位非同寻常的军事战略家惊愕不已，未能将其情绪好好地掩饰住。“迈耶夫妇不相信”，托马斯·曼生气地在日记里写道。[21]

伊丽莎白·曼·博尔吉斯不满足于协助丈夫的角色。她有自己的追求。严格地说，她已经放弃了弹钢琴，转而追求其他目标。年初，她自豪地告诉母亲，要作两个报告；一个报告不拿钱，另一个报告拿25美元。“我一直说我很快会赚大钱的。”[22]在接下来的几封信里，她一再谈到她的报告，内心深处完全深信，走上了像受尊重的姐姐艾丽卡那样的成功之路。年初，人们要她作报告，谈流亡人士的自杀问题——不久前，斯蒂芬·茨威

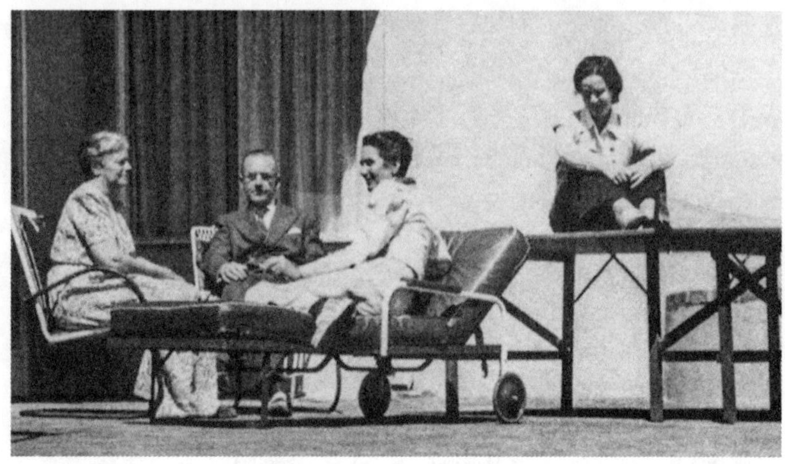

/ 258 图 26　莫妮卡·曼（坐在乒乓球台上）跟姐姐和父母在一起

格，最成功的德语作家之一，在政治与财产都未受到威胁的情况下，在巴西自杀身亡。伊丽莎白·曼·博尔吉斯写信告诉母亲，对这个题目她“恨之入骨”。她对文学所知甚少，斯蒂芬·茨威格的风格她认为可怕（可在这种情况下她是不能说的），后来才
/ 259 知道，报告会在一座社会体操馆举行，级别比她想象的还要低：邀请者为芝加哥德裔体操协会。[23]托马斯·曼写信给他宠爱的女儿：“要说我对你的报告成果忍不住多次开怀大笑的话，那是带着欢乐与感动。”[24]

妹妹伊丽莎白本来必须提到哥哥克劳斯·曼的：他在《决定》杂志破产后企图自杀，现在一切都过去了，也只能说勉强过去了。克劳斯·曼在纽约文学界的声誉因办杂志而受损，所有人都曾对这份杂志摇头说不。他欠着许多人的钱，主要是朋友和熟人，人们都料到他永远也不会还。在纽约一听到克劳斯

的大名，很少有人会受到鼓舞。他几乎找不到发表作品的机会，也不再被邀请去作报告或参加各种活动。“一事无成”，克劳斯·曼在日记里写道，现在他用英文记日记。[25]但他还在写作，这是其为数不多、坚持不懈去做的几桩事情之一。他以其常见的神速（而且直接用英语）写自传，定名为《转折点》（*The Turning Point*）。但文学上的转折点还不够，还必须来一个真正的转折。克劳斯·曼以志愿者的身份报名参加美军。对这位坚定的和平主义者来说，这是个异常举动；但这一步可以让他摆脱眼下的烦恼、讨债人和前途的无望。再说，要是当了兵，他就成为美国公民了。后来发现，克劳斯·曼在其现任男友约翰尼（Johnny）——纽约男娼行当的一个熟人那儿染上了梅毒。“多少个夜里濒于自杀”，[26]他在日记里写道。染上性病的他美军可不想要。

凡是家里出了难事，都由卡蒂娅·曼来管，现在大伯子海因里希·曼也进入了要她管的行列。他跟妻子内莉在洛杉矶的西部，住越来越便宜的房子。他在美国几乎没有卖书的收入，功成名就的弟弟不得不帮助他。卡蒂娅·曼每月寄100美元给他，不久又转而采用比较体面的方式。托马斯·曼付钱给一个援助基金，由该基金来帮助海因里希·曼。他还可以通过这种方式退点税。 / 260

海因里希·曼此时已71岁，体力和精力都大不如前。他妻子内莉帮不了大忙，有时在某家洗衣店干活，有时在医院里帮忙，她考了驾照，可是酗酒问题一再使她陷于困境。1942年初，夫妻俩考虑，在纽约情况是否会好些：海因里希·曼喜欢大城市，加利福尼亚州的气候他不适应，在纽约可能更有机会发表作品。卡蒂娅·曼写信告诉儿子克劳斯，艾丽卡跟海因里希·曼的家庭医生进行了一项“密谋”：要“老人家”来弟弟的住处休养一段时间，以适应移居东部的生活，要“酒鬼娼妓”内莉先行。卡蒂娅·曼继续叙述这一计划，说海因里希·曼将特别“享受”跟妻子的分离，以至于他根本就不想回到“那个堕落的婊子”那里。

1942 年 4 月，海因里希·曼来弟弟在太平洋帕利塞德的住所居住一段时间，由卡蒂娅·曼来照顾。她认为，“真是白白忙活了”，因为大伯子不停地炫耀自己的老婆，根本就不考虑离开她。只要他回到她的身边，“就又要造反了，这些情况都是他们不断通电话时泄露出来的，因为那女人邪性，酒一喝就开始造反，他俩就不能继续在房子里住下去”。所有这一切都是“令人沮丧、无法解决的一个问题”，卡蒂娅这样结束关于海因里希·曼的情况介绍，“因为我们不可能给他那么多钱，既能满足他俩日常的简单生活，又要够这女人去糟践，所以，他将无法摆脱重重困境与灾难，这当然也将毁坏他的健康和才能，或许已经全都毁掉了”。[27]

正如卡蒂娅·曼所料，计划全部泡汤。海因里希·曼留在
/ 261 了洛杉矶，留在了老婆身边，他们俩在经济上仍然由卡蒂娅和托马斯·曼来负担，还偶尔来玩玩。“海因里希和老婆来吃晚饭”，托马斯·曼于 6 月在日记里写道。“这女人喝醉了，不仅大声喧嚷，还放肆地干扰海因里希朗读描写腓特烈二世生活的一个场景。真要我的命。这是最后一次来这儿了。我没打招呼就躲开了。”[28]

6 月，戈洛·曼从太平洋帕利塞德父母的新家给普林斯顿的朋友艾里希·冯·卡勒写信：“西部的吸引力（主要属于自然方面）是东部没有的。但东部也有西部没有的东西：在那里，空

气里多少会散发一些严谨与思想。”这些他在洛杉矶，甚至在德国流亡者中间都找不到多少。“我们在这里有海洋，我天天在海里游泳，尽情地享受，新近又有了一座大花园，我母亲和我每天都要跟野草打仗——一场打不赢的战争；此外，人们可以一年四季穿着短袖衫行走，不用打领带，很少穿鞋，也不会弄脏，永远也看不到疾苦、贫穷、悲伤与丑恶——这是加利福尼亚州的好处。这类好处的特点在于，只有等你年老以后才能最终在此落地生根。”然后他大胆进行了政治预测：“同盟国将赢得胜利，大师希特勒一生中最美好的日子已一去不复返；而此后，同盟国之同盟，不管是内部还是外部，亦将很快走向终结。”[29]

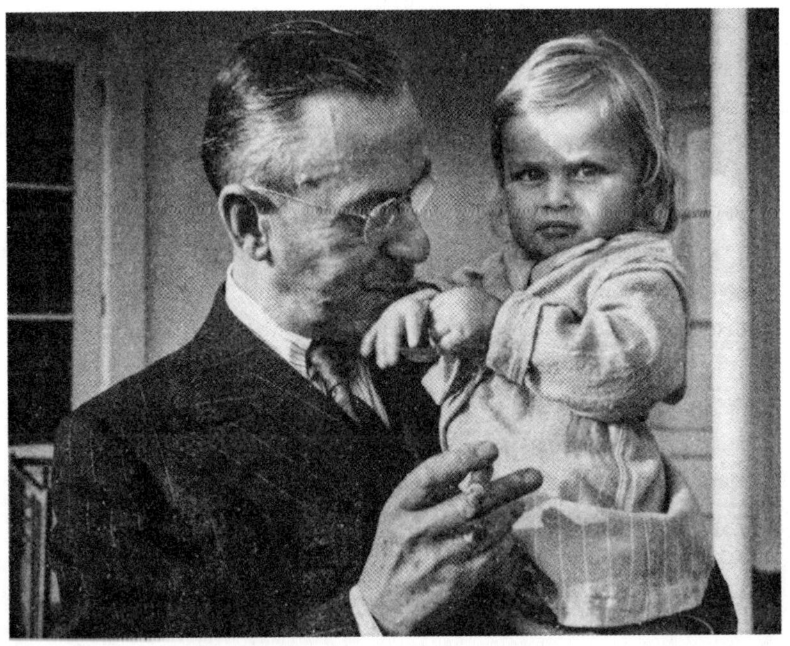

图27　托马斯·曼与孙子弗里多林

/ 262

很久以来，戈洛·曼一直争取在自己跟家庭之间保持一定的安全距离。时不时来看看、玩玩是一回事；食、住和零花钱都要靠父母，而且已是33岁的年纪，这又是另外一回事。戈洛写信告诉朋友马努埃尔·加瑟，因为流亡而被迫跟家里如此亲近，“用我未来的传记用语来讲，对我的成长道路至少可以说正面和负面影响兼而有之”。[30]但既无工作，又无自己的工资，戈洛·曼除了顺其自然外，亦无其他选择。他写完了关于根茨的书，一时却找不到出版社出版；他为父亲代笔捉刀，倒也派上了用场；同时继续在不同的学院应聘教师职位。在其信件里，戈洛已在考虑找一份工作，去工厂当工人。就在这时，戈洛收到了密歇根州奥利韦特学院寄来的一封信，邀请他秋天起在那里任教——一年前他曾在该学院作过几场报告。

格蕾特和米夏埃尔·曼怀上了第二个孩子。预产期前四周，米夏埃尔把儿子弗里多送到太平洋帕利塞德父母家。托马斯·曼喜爱这个“小儿子”，就像20年前对他的“宝贝”伊丽莎白那样。1月，弗里多在他们这里也过了几个星期，托马斯·曼写信告诉艾格尼丝·迈耶，“他是我的最后一次爱”。[31]

戈洛对这小侄子“亲切得令人感动”，卡蒂娅·曼告诉克劳
263
斯，“他假如连个自己的小家也没有，那就太可惜了。但在奥利韦特他恐怕很难找到合适的女人，这个国家就根本没有适合他的女人。”[32]在家庭计划方面，这个同性恋儿子除了应当找一个合适的女人之外还存在另一种问题，这一点她只字不提。卡蒂娅·曼具有与生俱来的天赋，她不想看的事就看不到。

7月20日，安东尼·曼（Anthony Mann）出世。他是难产，留下了残疾，这些残疾现在就可以预感到，在他后来的成长过程中也逐步显现：他的语言机能和视力有缺陷。四个月后，到

了秋天，格蕾特和米夏埃尔·曼才从祖父母那里接回两岁的弗里多，比预定的时间要迟了很多。弗里多反应得有些“恍惚”，起初没认出父母亲来。他第一次看到三个月的弟弟托尼（Toni，安东尼的昵称），表现得有些嫉妒。[33]

卡蒂娅·曼很少听到苏黎世老母亲的消息。“我撞头了，现在写不了了”，海德维希·普林斯海姆在1941年10月的一封信里写道。这位书信大师一直跟女儿保持交流，发现自己患上了老年痴呆症，一步步地减少跟外界的交流。她很少再写信。1941年12月，她来信的新地址是苏黎世的一幢廉价公寓。海德维希·普林斯海姆再一次努力，以开朗的口吻写信，“我这儿一切都算得上井井有条”。然后就写不下去了。“今天不写了，因为这不是信，只是一个信封而已。”[34]卡蒂娅·曼后来听到她母亲的消息是1942年7月：她已离开了人世。整整四年前，德国当局拒绝普林斯海姆老夫妇过境去看女儿，母亲和女儿当时在康斯坦茨的边境就已预料到，他们将不会再次见面。

克劳斯·曼的《转折点》在纽约的L. B. 费舍尔出版社出版。弗里茨·兰茨霍夫和戈特弗里德·费舍尔这两位德国出版商曾在曼氏一家流亡法国期间一再争吵，一再为托马斯·曼这位作家你争我夺，现在正在合作。克劳斯·曼此时35岁，这已是其第二部自传了。《转折点》这本书销售不佳：不过数百本而已。[35]好在美国评论界对它评价不错。父亲在给艾格尼丝·迈耶的信里谈到，这本书取得了“令人振奋，甚至是令人欣喜若狂的成就”，并且指出，该书展现的不仅是“这个传奇之家，而且是这一时代的动人画卷”。[36]这本书叙述家庭故事时平铺直叙，没有套用文学形式，对此，他感觉不大舒服，这一点可以从他关于克劳斯·曼这本书的信函里察觉到。用心险恶的批评家可能会“取

/ 264

笑对家庭秘密的这些忏悔”。他自问，这样叙述自己的生活故事是否“略嫌太早了些”。但从对孩提与青年时代的鲜活记忆来看，写这本书是对的。“我们当家长的对自己所扮演的角色可以满意了。”除此之外，吸引他儿子的那种环境让托马斯·曼感到不快，这是显而易见的。“这的确是名人荟萃，但谁能没有点瑕疵？”总而言之，《转折点》是“一本极具魅力的书，情感细腻，个人色彩浓郁”。[37]

米夏埃尔·曼也经历了一次转折。其提琴老师亨利·泰缅卡建议他从小提琴转学中提琴。小提琴高手比比皆是，好的中提琴手却不多见。为此，米夏埃尔·曼刻苦练习这种新乐器，它比小提琴稍大一点，音色要低一些。或许并非偶然，换为中提琴后，米夏埃尔·曼于 11 月就可以以中提琴手的身份在著名的旧金山交响乐团登台演出了。

密歇根州奥利韦特学院位于美国一个偏远的尖角地带，距离芝加哥四小时车程，戈洛·曼从 1942 年秋天起在那里讲授历史课程，这意味着主要讲授美国历史。他先得把课程内容熟悉起
/ 265 来。戈洛写信告诉妹妹伊丽莎白，因为工作负担太重，所以目前不能去芝加哥看她。“我一般早晨三点起床，很快就要累死了：但我现在就已被称为‘最棒的教师’了。”[38]

在德国，可以定期听到托马斯·曼的声音。他为英国广播电台写稿，每周一发一篇对德国听众的讲话，讲话先录好音，然后由伦敦多次播放。有些批评家，如美国宗教学家赖因霍尔德·尼布尔（Reinhold Niebuhr），指责托马斯·曼讲话的调子和内容都居高临下，具体事情方面没能给德国人民带来多少希望；他尤其没有理解那些本身渴望希特勒下台的人。[39]

但不管怎样，托马斯·曼让他的德国听众弄清了两桩事情：

一是还有另一种德国（以他为代表）；二是他给听众提供了从家乡的媒体上得不到的信息。6 月，托马斯·曼不仅谈到“嗜血成性的”莱因哈德·海德里希遭到暗杀，还报道了德国人对利迪策（Lidice）居民的可怕的“报复行动”，据说当地人藏匿过行刺凶手，因而几乎所有的居民都惨遭杀害，村庄亦被夷为平地。德国听众从托马斯·曼的讲话中也听到了谋杀犹太人的消息，至少是当时在美国所能得到的信息。早在 1941 年 1 月，托马斯·曼就谈到用毒气毒死荷兰犹太人的实验。他在 9 月的讲话中指出，“灭绝犹太人的行为绝对真实”，有 70 万犹太人已遭残杀。“你们德国人知道这些情况吗？你们怎么看待这些事情？”他在结束讲话时引用一份报道，说 11000 名波兰犹太人在火车车厢内遭毒气杀害。“对整个过程都有非常详尽的描写：遇难者的嘶喊与乞求，党卫军狗杂种们的开怀大笑，他们在执行过程中那样开心。你们德国人觉得奇怪，甚至感到气愤，文明世界为何正在探讨这样一个问题，即对于那些大脑被民族社会主义塑造成形的几代人，还有那些道德上毫无廉耻、思想畸形的杀人凶手，用什么样的教育方法能把他们改造成人？”[40] 为了达到劝说德国人放弃战斗或对纳粹政权实施抵抗的宣传目的，这种控诉的口吻在事实上并不正确。但是，凡是听到托马斯·曼讲话的人没人可以说，他之前什么都不知道。 / 266

1942 年 10 月，纽约：克劳斯·曼破产了。这一生中，他头一次因骄傲而不愿意再次向父母伸手。“明天又是一天，没有真正的饭菜吃；从长远来看，不知道我能否坐得起地铁，买得起报纸。”他觉得孤苦伶仃的。每当克劳斯跟其他人交谈时，比如这时跟女作家卡森·麦卡勒斯（他们相互勉励说，他们都非常优秀），他都觉得像个演员似的。“悲伤与孤独让我痛不欲生。我为何不能把这可怕的孤独变成好事呢？很显然，没有人愿意或有能力帮助我，也就无人有权利干涉我去死的愿望。”日记成了告别信，成了一份报告，说明是如何走到这一步的。他正在对“我的悲伤境遇进行苦思冥想”之际，朋友托马斯·奎因·柯蒂斯打来电话——克劳斯欠他很多钱。柯蒂斯跟克劳斯·曼约好，晚上请他吃饭。“然后我答应了，推迟了自杀。”他让马丁·贡佩尔特给他打每天一针的治疗梅毒病的药（“地铁票要5美分”），然后去参加一场派对，喝了几杯苏打威士忌，又一次跟卡森·麦卡勒斯聊天，接下来是珍尼特·弗朗勒（在《纽约客》上发表父亲专题特写的女作者）和梅赛德斯·德·阿科斯塔（Mercedes de Acosta，据说是葛丽泰·嘉宝的女情人，克劳斯·曼觉得她看上去是“很可笑的女同性恋”。）回到旅馆后，他接到柯蒂斯的消息，把一起吃饭的时间推迟到22点。“我说‘好的’，然后决定立即自杀。”可这时他的朋友约翰尼来拜访他，他们一起去旅馆酒吧，克劳斯·曼让人把饮料钱记在他的账上。“然后我
/ 267
想回房间，最终完成‘那事’。可约翰尼察觉到我身心疲惫、饥肠辘辘，就坚持让我跟他一起去汤普森饭馆，花光了最后一分钱，给我买了点吃的。对他这一朴实的举动我万分感谢，我将永志不忘。”不一会儿，约翰尼因当逃兵被捕。柯蒂斯最终取消了当晚的饭约。“这显然是很好的事情。我决定，不要再耽误时间，而要尽快行动。我泡了个热水澡，然后拿起小刀，这是我几周前特地为此而买的。我试图割开右手腕的动脉。可刀子不像我想象的那样锋利；再说这也太龌龊——我指的是刀子，也是说整个事情。觉得疼——但不太厉害，倒是很难受。我开始出血了。我停下来，估计是害怕了。就在我考虑是否再试一次时，电话铃响了：克里斯多弗［·拉查勒］想跟我一起喝点什么。”他

们一起去时代广场。“克里斯多弗发现了我手腕上的这个愚蠢小伤口，叫我别做蠢事。他说，他和我，我们不是以这种方式逃避的命。我们得活很久，受很久的罪。要是就这样死了，匆匆忙忙地死了，那也太舒服了。我们喝得酩酊大醉。克里斯多弗付了酒钱。”[41]

第二天：“我最后的愿望是，善待约翰·弗莱切（John Fletcher，即约翰尼），监号29。他是个真正的好小伙子。”[42]

又过了一天：“我又试了一次，没成功。”[43]

1942年11月，莫妮卡·曼迁往纽约居住。这是她自己的决定，想远离父母家，尝试着重新开始做点什么。母亲写信给克劳斯，说她怀疑莫妮卡之所以东迁，“主要是因为在家里要做一点

图28 在瓦尔特家做客：托马斯·曼坐在洛蒂·莱曼（Lotte Lehmann）、布鲁诺和艾尔萨·瓦尔特旁边，后排是克劳斯和艾丽卡·曼，右边边上是洛蒂·瓦尔特

/ 268

点家务，而这是她本来就应该做的”。[44]母亲的这一说法听起来虽然严厉，却说明最近一段时间跟“问题女儿”的共同生活平安无事，莫妮卡甚至让自己派上了用场。不久，母亲还会说莫妮卡派不上“太大用场”，这是家里的惯用语，如果觉得什么事情不错的话。[45]当然，这不会是最后一回谈论莫妮卡。

又到了报告季节，此时，艾丽卡·曼作为旅行报告人达到了事业的高峰：她准备好了四篇不同的报告，在50个城市登台作报告。11月，她写信给女友洛蒂·瓦尔特——她对艾丽卡跟她父亲的艳遇一无所知：“12天里要作17场报告，而且是在17个不同的地方，我正在想办法要熬过这么多天！哪里有别墅，哪里就有路；不通火车的地方，肯定通公交车。”[46]

年初，艾丽卡·曼先为宣传部门工作，这是美国人参战后建立起来的，但她很快就放弃了，因为美国人不愿意采用她的各种坚定的想法。她一直抱怨美国没有采取足够的措施，以防止敌人的渗透；她觉得，自己在贝特福德旅馆就被纳粹分子所包围。[47]
/ 269
年初，艾丽卡公开要求美国的广播电台不要播放理查德·施特劳斯（Richard Strauss）等德国作曲家和演奏家的音乐作品，因为这些人在希特勒德国活动积极。为此进行了一场公开、热烈的讨论，艾丽卡·曼参加了讨论，她的发言既幽默又尖锐。她还采用了另一种斗争形式：早在两年前，艾丽卡·曼就主动跟联邦调查局取得了联系，提出当情报员，为追查纳粹在美国的同盟者提供帮助。[48]她不是“非正式探员艾丽卡（IM Erika）”，去刺探德国流亡圈子的情报；但她毫不忌讳跟情报机构打交道。艾丽卡·曼的“护照丈夫”W. H. 奥登有一次曾写信跟她说：“别恨得太多。”[49]

这年夏天，最大的两个孩子回来探家时，家里爆发了一场争论。克劳斯·曼认为，美国将因为战争而变得野蛮起来，美国应当避开欧洲的血腥屠杀。这种态度让他十分孤立，更何况跟他报名参加美军显然有些矛盾。艾丽卡不允许有不同意见，只要战争还没有打赢。母亲批评“儿子的温和和平主义态度”，父亲跟克劳斯争论得异常激烈，结果病倒在床，躺了两天。战争的乱象让托马斯·曼在写字台边坐立不安。几个月来，他在给艾格尼丝·迈耶的信里就一直在发火，批评美国缺乏打赢战争的坚定意志。他在日记里对轰炸德国城市表示赞同：“200 架飞机和大口径炸弹轰炸慕尼黑。爆炸声一直到瑞士都能听见，泥土掀到了数公里之外。这个可笑的地方已完成其使命。”[50]克劳斯·曼在情绪激烈的家庭讨论中提出不同意见，说必须注意，不要在反对希特勒的斗争中丢弃了自己的价值观。在这节骨眼上，没人想听这话。

11 月 17 日，托马斯·曼以顾问的身份首次在华盛顿国会图 / 270
书馆作报告。他介绍即将完成的鸿篇巨制：长篇小说《约瑟》。艾格尼丝·迈耶为他的出场作了完美的准备：报告前三天，她在《华盛顿邮报》和《纽约时报》上发表了一篇关于《这天的安排》（*Order of the Day*）——托马斯·曼的一个政论文集——的文章。她的文章内容详细，对托马斯·曼赞誉有加，充满着好感与钦佩，为美国的精英迎接当晚的活动作好准备。在图书馆馆长和亨利·华莱士（Henry Wallace）——美国副总统的引领下，托马斯·曼进入人头攒动的图书馆大礼堂。托马斯·曼在美国的公共知名度由此达到了巅峰状态，他在讲话中一再感谢副总统诚挚友好的话语，其高度评价让他深感荣幸。接下来在艾格尼丝和尤金·迈耶家里举行的招待会上，除副总统外，托马斯·曼还见到了司法部部长弗朗西斯·比德尔（Francis Biddle）、财政部部长亨利·摩根索（Henry Morgenthau），几位最高法院的大法官和英国大使哈利法克斯勋爵（Lord Halifax）；大名鼎鼎的记者沃尔特·李普曼（Walter Lippmann）也应迈耶夫妇的邀请出席。托马斯·曼又跟美国和解了，就在前不久，他还再次抱怨过这个国家。

四天后，卡蒂娅和托马斯·曼离开华盛顿。在这里的日程十分累人，“这位主妇”也同样累人。托马斯·曼得给艾格尼丝·迈耶朗读他的小说，跟她交谈，需要保持距离的他觉得她靠得太近。“这位女士告别时来到我的房间，”他在日记里记道，“亲密得可怕。走，赶快走。”[51]下一站是纽约。因为只想着“走”，托马斯·曼在接下来的几天里忘记了跟迈耶夫妇打招呼，感谢在华盛顿的隆重仪式。艾格尼丝·迈耶感到疑惑。“迈耶极度令人不快的信”，他记在日记里。给她发去了一封“安慰的电报，虽说我心里很恼火”[52]（一切都好，应酬太多，未能及时打
/ 271 招呼）。没过多久，迈耶夫妇也到了纽约。这次见面气氛有点冷冰冰的：“这女人恶心人，这男人最近没有教养地摆着个脸。告别时的气氛跟目前的关系一样很不友好。”[53]

回家前，卡蒂娅和托马斯·曼去旧金山看望米夏埃尔·曼一家。他们俩第一次在新的交响乐团听小儿子拉中提琴。看到他在乐团的地位“很艰难”，托马斯·曼赶紧给指挥皮埃尔·蒙特（Pierre Monteux）写了一封信帮助儿子。[54]后来米夏埃尔又病了，肠梗阻，得进医院。不久，他从家里给母亲写了一封极不寻常的气馁信，此时，他住在紧靠旧金山的米尔谷（Mill Valley）的一幢房子里。当年决心当音乐家，究竟对不对？“假如我在过去的岁月里早就知道，我的职业要求集体性与快节奏的生活与工作方式，那我就不会选择它了。”1月，交响乐团将迎来传奇

人物莱奥波德·斯托科夫斯基（Leopold Stokowski）。作为客座指挥，他将跟乐团一起表演肖斯塔科维奇（Schostakowitsch）的第七交响曲，这首曲子于1942年8月9日在被围困的、遭德国军队轰炸的列宁格勒演奏，从而一举闻名于世。面对这首《列宁格勒交响曲》（*Leningrader Symphonie*），米夏埃尔·曼忐忑不安：据说斯托科夫斯基“习惯于点年轻交响乐手的名，让他们单独演奏特别难的片段……”。[55]

12月中，卡蒂娅和托马斯·曼结束旅行回到洛杉矶。在太平洋帕利塞德，他们首先拜访了帮他们照看房子的德国流亡邻居。“喝完茶拜访霍克海默（Horkheimer）一家，感谢他们照看房子和植物。”[56]

*

1943年1月4日，托马斯·曼结束了《赡养者约瑟》的写作，《约瑟》也就此全部完成。这部小说扩展到了四部，他从1926年开始写作，除了有所中断外，他在整个流亡时期都全身心地投入其中。托马斯·曼在日记里写道，他视这部作品为“坚 / 272
韧不拔的里程碑”；不管怎样，他结束了这部作品的写作，结束得比“世界反法西斯斗争”要早。[57]之后，他陷入了类似产后忧郁症的状态。虽然历经外部与内心的震撼，这部著作却一直维系着他的生命，现在它结束了。他需要新的写作任务。作为过渡，他在几个星期里动笔写作《约瑟》的副产品——关于摩西的短篇小说《戒律》（*Das Gesetz*）。他在过去那些年的草稿堆里翻找，筹划一项新的工作计划。他自己往日的生活又浮现在眼前——《布登勃洛克》时代对保尔·埃伦贝格（Paul Ehrenberg）的爱，这是在他决定结婚之前的事。“对爱情的经历不可能比这更强烈”，他这样写道。“再者，我可以跟自己说，我承担了所有的责任。艺术在于，把它艺术化。”[58]对于这样一部伟大的作品来说，这是何等的动力；同时又是多么令人伤心。

推陈出新，一项新计划轮廓方显。托马斯·曼在4月给儿子克劳斯的一封信里谈到他的计划，写“一个艺术家/音乐家跟魔鬼交换灵魂的现代故事”，故事将描写“可怕的灵感和天才化的题材”，以“被魔鬼带走，即瘫痪结束”。故事“从根本上来说是描写关于亢奋的主题”，涉及“反理性”，“也就是政治的、法西斯的，即德国的悲剧命运”。这里自然少不了他又爱又恨的理查德·瓦格纳：“这将成为我的‘帕西法尔（Parsifal）’。”[59]

经过第三次体检，克劳斯·曼终于达到了目的：他被宣布适合当兵并参加了美军。父亲把儿子当兵称作“彻底的大转弯，自己否定自己”。[60]克劳斯·曼从阿肯色州写来的关于基础训练的报告证实了父亲的怀疑。“对我来说，军事训练相当困难，特别是不知道端起枪来该怎么办。虽然如此，我将怀着敬畏和善意的嘲讽来对待。在我的帐篷或平房里，人家喊我‘教授’。”[61]母
/ 273 亲回信写道，她一点也不感到奇怪。她的孩子几乎连打字机的色带都换不了，更何况要舞刀弄枪呢。[62]可当兵时的笨手笨脚并非唯一的问题。1943年的美国军队不仅实行“种族”隔离（克劳斯·曼写信时怒火冲天地报告说，军营里有类似“黑人隔离区”的地方：“这怎么能行呢！”[63]），而且容不得自己队伍中的同性恋。为了不引起怀疑，克劳斯请女友洛蒂·瓦尔特给他寄一张照片，“因为我想用一个靓妹来糊弄我的寝室战友。给我寄一张诱惑人的照片来，肩膀要光着，眼神色眯眯的，怎么好就怎么做”。[64]

德国国防军在斯大林格勒刚经历了战争开始以来的第一场惨败。温斯顿・丘吉尔和富兰克林・罗斯福在卡萨布兰卡明确表示，他们要求德国无条件投降，不会跟敌人谈判，不会让步。尽管如此，艾丽卡和托马斯・曼依旧用怀疑的眼光看待美国。女儿写信给父亲，介绍她想发动的一场声势浩大的反法西斯运动，但不是针对希特勒，而是针对自家人：“美军、富人、国务院，不用说当然少不了教会，他们正在用干练的杀人之手准备建立其世界法西斯，并下了决心，在任何被我们‘解放的’国度里都不容忍任何人或任何事，只要他或它从远处看上去有那么一丁点反法西斯主义的苗头（更甭说社会主义了！）。”[65]家里看样子曾经讨论过美国人的黑心勾当。艾丽卡・曼的言语尚未传到父亲耳朵里，他已经给艾格尼丝・迈耶写了一封类似的信：托马斯・曼曾经想过，“犹如我们国务院的梦想，要是在欧洲都是些善良、四平八稳的君主国和天主教－半法西斯政府的话”，就终于会有和平了。[66]

年初，艾丽卡・曼在纽约跟妹妹莫妮卡见了面，然后给母亲提了一条气馁的建议，要母亲最好不要去“打扰”她，“直到她做蠢事，要钱或有其他事”。莫妮卡只有一个目标：“无所事事”；为了消磨时间，她就自己练练钢琴。艾丽卡说，“曾祖母的那些 / 274 装饰花瓶不可能比她——我的这个妹妹，更无用处”。[67] 1月底，艾丽卡・曼又有了新消息。已经有段时间了，家里在讨论莫妮卡是否跟已婚的钢琴家库尔特・艾普鲍姆（Kurt Appelbaum）有段艳遇，她跟他学钢琴。艾丽卡・曼相信，可以证实这一传言。“我听说，莫妮卡跟‘艾普’还是有事；他要是把她带回家，那就太有意思了。到最后，他在不知情的情况下，真的要当起托马斯・曼的女婿来了。”[68]卡蒂娅・曼不仅拿这当回事，甚至还在给克劳斯的信里进行了令人吃惊的描绘："从原本那么喜欢写信的莫妮那里，我现在啥消息也没有得到，让人特别不安，我有时怀疑，她肚子里怕是要长出一棵苹果树苗来了①。这可不行！"[69] 不管库尔特·艾普鲍姆跟莫妮卡·曼之间发生着什么：她跟他学习钢琴，却没有成效。他确信，莫妮卡没有进步。从此，他弹，她听。据说如此。[70]

在新年的头三个月，托马斯和卡蒂娅·曼够忙活的。从圣诞节起，伊丽莎白跟朱塞佩·博尔吉斯带着他们的女儿安吉丽卡住在太平洋帕利塞德的父母家里。这是伊丽莎白的主意，而洛杉矶的意大利流亡圈子吸引着并非没有政治野心的博尔吉斯：他已把自己当作西西里岛的总督，把妻子托付给了她父母。[71] 他们在这里待了三个月，自家在芝加哥的房子出租了。博尔吉斯跟大学拿了一段时间的假期，这是他平时"积攒起来的"，[72] 但他手头很紧。伊丽莎白·曼·博尔吉斯急着跟家里要钱，让他们准时把每月的 90 美元寄给她，当了教授夫人后，她继续从家里拿到这笔钱，"我们太穷了"。[73] 看着小女儿的情况，卡蒂娅·曼既高兴又担心。她写信告诉克劳斯，说小女儿"太依恋父母家了"。[74]

这两位家庭主妇似乎完全驾驭住了挑战，"让两个男人分合有序"，就像伊丽莎白·曼事先婉转表达的那样。[75] 共同度过的时光过去后，托马斯·曼写信告诉儿子克劳斯，两人其实相处得还不错，博尔吉斯"虽说嗓门大了点，有点烦人，其思想的固执与意大利爱国主义也让人有点压抑，但他心肠好，容易受感动，从根本上来说很柔和，虚荣心很容易得到满足"。他努力争取在

① 卡蒂亚·曼所用"Appelbäumchen"一词意为"小艾普鲍姆"，又与"Apfelbäumchen"（苹果树苗）形近。

加利福尼亚州谋求一个大学的职位，“但恐怕成不了，他太左，太反教会”。[76]克劳斯·曼不久又收到母亲的一封信，信里谈到跟博尔吉斯的共同生活——她更注重自己的女儿及其婚姻。“麦迪真是个可爱至极的小家伙，友善，单纯，没有要求，对待她的孩子极其温柔。肯定是这孩子，而不是古怪、难缠的丈夫才是她生活的幸福所在。”[77]

克劳斯·曼也不知怎么就通过了基础训练。但他并没有被分配去一支战斗部队，而是被调往马里兰州（Maryland）的一支宣传部队，甚至还被提拔当了参谋军士（Staff Sergeant）。可当这支部队于 5 月 1 日被派往欧洲时，克劳斯·曼却留了下来。在入籍方面出了问题，若无美国护照，他在部队就待不下去。有人告诉他，对他有“特别的调查结果”。至于人们指责他什么，他也不知道。因为政治？把他当作一名共产党人？或者是因为爱情生活？他不知道：联邦调查局从 1940 年起就对他进行调查，设置了卷宗，其中这两个方面的材料都有。他有可能是斯大林的间谍和一个“色情变态者”；有男人 再到克劳斯·曼的旅馆房间过夜，而里面不过只有一张很窄的单人床而已……有人怀疑他跟姐姐艾丽卡有乱伦的关系，档案里也记录在案。他们认为他著名的父亲甚至将这一素材运用于《维尔宋之血》的文学创作中。[78]不过，有一点联邦调查局疏忽了：这篇小说发表于克劳斯·曼出 / 276
生的那一年。

6 月初，美国国防部的两位工作人员来到太平洋帕利塞德的父母家中。母亲写信告诉儿子，他们“直截了当地询问，你是不是共产党人”。父亲和她矢口否认。母亲还写道，她不时在想，也许还牵涉“其他事情”，即爱情生活，“这比较难以反驳”。[79]这事，那两个男人没有开问。

艾丽卡·曼参战了。不是去当兵，而是以战地记者的身份。她本想去苏联，去世界大战的焦点战场，可是行不通。现在，她以官方认证的通讯员身份，为《芝加哥先驱者论坛报》（*Chicago Herald Tribune*）、《多伦多星报》（*Toronto Star Weekly*）和《自由杂志》（*Liberty Magazine*）奔赴伦敦，并从那里继续前往北非。她被编入美军序列，穿上军官制服。艾丽卡·曼去开罗、摩洛哥和阿尔及利亚，去德黑兰和伊拉克。但这不是她想象的那种冒险生活。前线距离遥远，这里的一切跟她在西班牙内战经历的激动人心的那几周没有什么可比性。艾丽卡·曼在开罗的一家旅馆里待了好几个星期，等待美国空军中东司令路易斯·布里尔顿少将（Generalmajor Lewis Brereton）接受她的采访。这个男人看不上穿军装的女人。在《自由杂志》

图 29　米夏埃尔·曼在旧金山交响乐团任中提琴手

上发表的报道《等候将军》（*Waiting for the General*）一文中，艾丽卡·曼把究竟通过何种手段能跟这位将军说上话写成文章的中心内容。[80]这位将军几乎没有向她提供任何信息：没有吸引人的军事信息，连士兵日常生活中的故事或他自己的婚姻与家庭生活也没有透露，这是艾丽卡·曼几乎陷于绝望后提出的问题。所有这一切都令她失望，她写的这篇文章也相应地无趣。

相反，艾丽卡·曼自己策划的一次旅游倒十分有趣：她前往耶路撒冷和特拉维夫（Tel Aviv），在一篇篇幅很长、她自认为“相当重要的”[81]文章里报道阿拉伯人跟移居此地的犹太人之间发生的巴勒斯坦冲突。在这场冲突中，双方都认为自己有理，都不准备妥协，双方只在一个方面意见一致：拒绝英国人——他们受国际联盟的委托在管理巴勒斯坦。艾丽卡·曼赞同建立双重国家。她让人在短期内看到的更多是希望而不是现实——她对该冲突的详细分析让人觉得不可能建立这样一种国家。[82]

艾丽卡·曼告诉弟弟克劳斯，夏天的这趟旅行还有个次要目的：“魔鬼”，即布鲁诺·瓦尔特在她的心里已经失去了部分位置，原因是另一个人在那里占据了重要的战略地位。[83]她说的是达夫·库帕（Duff Cooper），1940～1941年任英国情报部部长，他在那两年曾邀请艾丽卡·曼前往伦敦，让她为英国广播公司的对德广播工作。库帕是位战斗英雄、政治家和知识分子，同时也是有过很多次艳遇的丈夫。面对这些艳遇，他太太信心十足地说，那都是些草花，我是大树。[84]此时，库帕政治上不得意，有时间跟“草花”艾丽卡·曼周旋，她于来回的旅途中在伦敦待一段时间。10月回美国时艾丽卡确信，用这种方法甩不掉“魔鬼”。

米夏埃尔·曼受聘于皮埃尔·蒙特指挥下的旧金山交响乐

团，赢得了家人的钦佩。可他的位子坐得并不很稳。冬天的第一个演出季结束后，他是否也能获得夏季演出的聘书并无着落。初夏，为了加强练习，米夏埃尔·曼把两个儿子送到太平洋帕利塞德的祖父母家，一送就是两个月。“比比也是个听话的小伙子，”卡蒂娅·曼于6月写信告诉克劳斯，“但实在过于自卑，他虽然刻苦勤奋地练习，却好像没多大长进，这明显让他十分苦恼。”[85] 7月初，米夏埃尔·曼接两个儿子回家，这次他成为父亲的一个难得的交谈伙伴。父亲在写一部新的长篇小说——《浮士德博士》（*Doktor Faustus*），米夏埃尔可以给他许多重要的指点。小说的主人公亚德利安·勒佛居恩（Adrian Leverkühn）是个天才的作曲家，把灵魂出卖给了魔鬼。米夏埃尔给父亲讲解音乐理论的基础知识与和声学。[86]此时，他在交响乐团当中提琴手的合同又延长了。

卡蒂娅·曼是位坚强、无所畏惧、敢作敢当的女子，是曼家这艘大船的舵手，她倾注了全部精力，保证敏感的丈夫专心致志地投入其创作，同时又维系整个家庭，不管写信还是亲自出马，她都提出建议，给予安慰，必要时掏钱，有时候也许不够敏锐，却从来都是有忙必帮——卡蒂娅·曼累了。带了两个月的小孙子，一个1岁，一个3岁，让她精疲力竭。7月24日是她60岁生日，此前一天，她写信给儿子克劳斯，说觉得自己老了，不中用了，看上去已经像个白发苍苍的老祖母了。“那个给我修表的
/ 279 古怪老头最近曾问起我的年龄，他无法想象我还这么年轻，显然把我当作100岁的人了，当他得知我才60岁时，那难以置信的表情，好像马上就得挠挠我的下巴似的。”[87]生日那天有点惨兮兮的，虽然有香槟，而且去了二十世纪福克斯电影公司的电影院看了一场恩斯特·刘别谦的专场电影，但六个孩子中，莫妮卡是

唯一到场并跟母亲一起庆贺生日的。

戈洛·曼喜欢在密歇根州奥利韦特学院的工作，学校也很想把他留下。尽管如此，他还是自愿报名参加了美军，想为结束战争提供帮助。8 月初，戈洛去体检并被宣布合格，不久便在亚拉巴马州（Alabama）开始了基础训练。他并不抱有幻想，作为士兵真能起到什么作用，不久也证实了这一点。在一次手榴弹实弹训练中，他投掷得太差，差点把自己给炸上了天。他写信请求朋友艾里希·卡勒把他的学术文章寄一篇过来，想把这篇文章“到处给人看看，炫耀炫耀自己：因为我的双手那么不灵活，我总得在哪儿证明一下，我还是有点才的：人家反正已经叫我‘教授’了，并且用善意的‘丘八行话’来讽刺我”。[88] 有个 18 岁的战友吉姆·费里斯（Jim Ferris）在日常的实际当兵生活中帮助他，他爱上了吉姆。令他吃惊的是，吉姆以情相报。这是戈洛·曼在军队里的第一次恋爱。为了避免别人的闲言碎语，他给爱娃·赫尔曼（Eva Herrmann），一位德裔美国女画家和家里的朋友写信，提出跟他哥哥克劳斯向洛蒂·瓦尔特提出的相同要求。没过多久，漂亮的“宝石”——这是电影界的行话里对爱娃·赫尔曼的称呼——寄来了一张“女友的照片”以及一封相应的信。这个世界“既容易轻信，又可以存心不良”，戈洛·曼在感谢信里写道，“有时你必须甩块诱饵给他们，填满他们那恶毒的臭嘴……”[89] 11 月 1 日，戈洛·曼成为美国公民。不久，部队把他调往华盛顿的情报机构——战略情报局（Office of Strategic Services，简称 OSS）。他知道，自己更适合坐在打字机前，而不是扛着枪杆子为战争服务。但他还是伤心，因为这意味着告别吉姆。 / 280

几个月了，情况依旧不明，克劳斯·曼在等待期间被调到密苏里州，并在这里的军营里编写连队编年史，还为部队报纸写作。克劳斯一再写信并宣誓声明：他不是共产党员，从来就不是，他忠诚于美国。克劳斯遭到审问，否认自己是同性恋，也没有抑郁症。他很绝望，在日记里考虑自杀，一旦入籍申请遭到拒绝并被开除军籍的话。[90] 9月25日，他终于成为美国公民，立即给他在北非的宣传部队发去电报，请求他们调人。不久，他接到了进军令。

托马斯·曼通过第三者收到了一条信息："不要认为所有的德国人都是纳粹。R."[91] 他自问，谁是这个"R"。是老朋友汉斯·赖西格？托马斯·曼当年那么想把他弄到美国来，他却因为无法理解的原因想留在德国。

托马斯·曼和艾格尼丝·迈耶的关系本来就很困难，这一年更是面临严峻的考验。5月，两人相互误解，各说各的，在信里激烈争吵，结果托马斯·曼寄了一封告别信给她，并取消了在国会图书馆的工作安排。好在两人及时察觉到，托马斯·曼的生活与著作跟艾格尼丝·迈耶的各种努力早已水乳交融，成为一体，分手根本就不可能。这场争吵也提供了一次重新摆正他们关系的机会。艾格尼丝·迈耶在给他的信里表示，要是更多一点友好的关心，她会非常珍重的——"您要是想伤人的话，硬得就像块石头"。[92] 她还把他从最大的顾虑中解放出来：她可真不是那种女人，"出于失望而疯狂地企图对爱情的对象进行报复"。"这跟我没有丝毫的关系，这不是我，对我来说，我们的友谊曾经是一种狂喜，现在已经变得安静了许多，崇高了许多。"就是说跟情爱无关。这为托马斯·曼提供了重归于好的基础。他虽然明确说明，今后不想参与很多事，特别是那些他描写为"令人难堪的感情冲动的事"，然后又表达了一种希望，但愿这场危机"在良好、有益和牢固的意义上转化成为我们友谊的里程碑”。[93]

秋天，第一场考验来临：要在国会图书馆作第二场年度演讲。托马斯·曼正投身于新小说的写作之中。这场演讲打断了他的创作，他觉得不爽。为了搞定这篇“该死的”[94]演讲，他东拼西凑，从旧作中找些段落，然后把正在写作的小说的素材拿过来，内容涉及理查德·瓦格纳、“糟糕透顶的”德国人、共产主义和民主。然后把这篇题为《命运与任务》（*Schicksal und Aufgabe*）的文章寄给艾格尼丝·迈耶去翻译。她迟迟没有回信。9 月 12 日，信到了。信里谈到对内容有些疑虑，然后写道：没有人比她更崇敬他了。正因为如此，考虑到他公开表态的重大意义，她不得不请求他，写一份质量更高的演讲稿。这些大实话让他极不开心。“迈耶关于演讲的信太过放肆、太不着调。”[95]

艾格尼丝·迈耶非常担心，她批评的言辞会造成什么后果，于是向戈洛·曼求助。如此实事求是地对待这样一位伟人，是否错了？她要戈洛·曼有话直说，还说她现在可能不受欢迎了。[96]戈洛·曼从亚拉巴马州的基础训练营给她回信。他本人经常因为父亲的政论文章而备受煎熬，这些文章往往有误或肤浅，或者借用他人的材料，因为父亲被逼无奈，不得不写些他原本不感兴趣的事情。戈洛·曼继续写道，他从未把自己的想法告诉过父亲，因为他知道，他的批评是不受欢迎的。写到这里，内容更尖锐了，戈洛·曼便把这封英语信改用法语继续写下去：父亲“是头犟驴，在某种程度上被宠坏了，尤其是他没有把握时，特别会发飙”。戈洛请她务必对父亲继续开诚布公，发表批评意见，这也是为了托马斯·曼本人。她对“这位伟人”有影响，可以对他发挥作用。面对一位“伟人”也必须开诚布公，所以他提出建议，她可以将批评意见包装得柔和一些，同时要多鼓掌，多唱赞歌。

/ 282

父亲需要这些。他虽然不知道她信的内容，但知道其直来直去的方式……[97]

过了不久，艾格尼丝·迈耶以轻松的口吻写信给戈洛·曼，介绍托马斯·曼在华盛顿进行演讲的情况。托马斯·曼非常重视她的批评，对演讲稿进行了彻底修改。除其他修改外，他还增加了关于受到压迫的好德国的论述，为了它值得进行战斗——这些内容是她希望听到的。[98]托马斯·曼在其演讲里解释说，在德国也有许多人，他们被关在“残暴的集中营”里，对他们来说，“祖国同样变成了陌生的国度”，就像对流亡者们那样：“数以百万计的‘内心流亡者’期待着结束，就像我们所做的那样。”至于艾格尼丝·迈耶未能改变的段落，她没有提。托马斯·曼向美国人民提出了他对民主的独特解释，这一点他丝毫不愿作出改动：他理解的民主主要不是下层的一种诉求或是让他们平起平坐，而是上层的宽容、正义与同情。艾格尼丝·迈耶曾提出异议，说美国人没法理解这种慈善式的民主概念，他所描写的不是民主，却并未能说动他。托马斯·曼在表述他对共产主义的理解时，更是对政治概念自由发挥，演绎得更加厉害：他把对共产主义的普遍担忧——尤其是在美国——称为“我们时代的低级蠢事”。按照他的
/ 283 预测，世界将从总体上向共产主义迈进。他用几个例子来说明他理解的共产主义：“全世界将抽相同的香烟，吃相同的冰激凌，看相同的电影，在收音机里听相同的音乐……”过一种共同的生活方式是一种趋势，这是无法视而不见的。因此，不应当害怕共产主义。[99]在写演讲稿期间，托马斯·曼曾在一封信里写道，他偶尔会说些“左得可怕的事情”。[100]要说幼稚得可怕，应当更为贴切。卡蒂娅·曼对修改后的报告也不满意。[101]他的有些听众大概会一头雾水地自问，这位德国作家玩弄的这些概念跟世界上现实

存在的共产主义究竟有什么关系。

莫妮卡在纽约找房子。卡蒂娅·曼生气地写信告诉大儿子克劳斯，莫妮卡本打算从现在起自己挣些生活费，一下子又闭口不谈了。她不能总是呆坐在一家旅馆的便宜房间里，啥事也不干。在每个人、也真的是每一个人都工作的时代，母亲不想，也不能资助她“75 美金的房子”。“不谈这陈年老调了。”[102]

她当然在做事。莫妮卡·曼在写作：比如警句格言，细小的观察等。“纽约。一个笔直、简单的城市。就是说，人们每天都受到压抑。”或者：“人们察觉不到这里在生产物品，生活只跟成品有关系。”还有：“冒着酷暑在华盛顿大桥上。风在吹。一条紫红色的天际线。风吹就像一次性高潮。”[103]她的写作实验还是不给母亲看为好。

戈洛·曼从亚拉巴马州的美军军营给艾格尼丝·迈耶写信，再次涉及父亲与政治。有人从纽约写信告诉他，目前有各种各样的努力，争取让托马斯·曼在战后的德国承担一个政治角色，有可能是在一个德意志共和国出任总统。戈洛·曼写道，他对此有很大的保留。玩政治太险恶，他父亲不是这块料。他可能跟美国人搞不好关系，又不能真正回到变得陌生与敌对的德国。他太容易被那些不地道的人拉入某一事件，并且上当受骗。艾格尼丝·迈耶能否非常谨慎地施加对他的影响？[104]此时，确实有计划要建立一个民主德国委员会（Council for a Democratic Germany）。神学家保罗·蒂利希（Paul Tillich）和其他流亡人士想争取让托马斯·曼担任该委员会的主席。蒂利希向国务院的一位副国务卿进行咨询，然后收回了建议：有关人士劝他放弃。美国政府认为，战争尚在进行中，没有必要组成一种德国的影子内阁。估计对托马斯·曼的不信任也起了一定作用，他给人以政治上不太可靠的印象——最迟从他在华盛顿发表最新讲话开始。

12 月初，父母还在演讲之旅的途中，在堪萨斯城见到了艾丽卡和克劳斯，跟他们告别。这两个最大的孩子准备上战场，克劳斯作为士兵，艾丽卡又一次以战地记者的身份。母亲流了眼泪。父亲跟儿子之间出现了非同寻常的一幕。克劳斯·曼感动地在日记里写道：“告别时，他拥抱了我——开天辟地头一回。”[105]

*

卡蒂娅和托马斯·曼必须参加考试，事关美国国籍，要入籍就得通过一项公民考试。内容涉及美国历史、国家机构与宪法。邻居马克斯·霍克海默（Max Horkheimer）及其太太罗瑟（Rose）作为证人陪同他们。卡蒂娅·曼事前进行了学习，她丈夫没作准备。想到考试的日子，他有点紧张，但把考试当作走走形式而已。在一般情况下，提问应当是 10 分钟。可是，1944 年 1 月 5 日，托马斯·曼在考试时，整整出了 50 分钟的汗，不得
/ 285 不多次承认自己的无知。最后，移民局的女官员请托马斯·曼在她的那本《布登勃洛克一家》里写点什么。她之所以拓展了其工作职责，是因为想跟这位著名人物多聊聊天。[106]

半年后，卡蒂娅和托马斯·曼进行公民宣誓。“这就成为美国公民了”，托马斯·曼在日记里这样写道。[107] 在写给别人的信里情绪要热烈得多。他写信告诉儿子克劳斯，遣词造句几乎跟给别人的一模一样：“在这大宇宙共同体的时代”，最好把他的“德意志埋葬掉”。他们大概将在美国长期居留下去。托马斯·曼继续写道，他深信未来的欧洲将会出现有意思的事情，但是，“这一发展没有多少”会出现在他的有生之年。[108]

曼氏家族在美国化：克劳斯和戈洛作为美军士兵拿到了美国护照。伊丽莎白从1941年起已是美国公民，孙子辈的反正生下来就是美国人；只有莫妮卡，跟着她死去的丈夫享有匈牙利籍，艾丽卡是已婚的英国人，米夏埃尔暂时还是流亡的捷克人。

戈洛·曼对他在华盛顿情报机构战略情报局的工作不满意。“日子在不断重复的单调中逝去。我必须在办公室待八个小时，大部分时间不过是读一读报告，有时要做一点小小的翻译工作，那就像过节似的。”[109] 他有时去艾格尼丝·迈耶的别墅拜访她。在写给家里的一封信里，他描述了跟她的一次谈话，内容涉及父亲。托马斯·曼记下了儿子信的内容：戈洛“提到迈耶的一句话，说从我的信里看得出，我讨厌她。由于这些信充满着忠诚、赞赏、感谢、关怀和谦逊，她的说法不啻为非常睿智的观察”。[110]

艾丽卡·曼在重新开赴战场之前，在美国继续其报告之旅，讲述上一年在战争的边缘所经历的事情。她告诉弟弟克劳斯，还要写文章，而且要写“反德国的文章”。这项工作其他人做不了，她是唯一一个人们可以信赖的人。[111] 这些文章要反映在美国的德国流亡者所作的各种努力，为后希特勒时代作准备，还有关于战后德国的各种计划，总的来说要反映好的德国——“另一种德国”，即艾丽卡和克劳斯·曼四年前撰写的《另一种德国》里所描绘的德国。托马斯·曼经过几度反复思考，没有参与这些活动，但也不想跟同命运共患难的流亡者把关系搞坏。他女儿立场分明，态度坚决，这一点可以从题为《一种拒绝》（*Eine Ablehnung*）的文章里读到，这篇文章于4月21日发表在纽约的《建设》杂志上：直到战争爆发，她本人曾经一直相信有“另一种”德国，这不过是“白日做梦”而已。没有“另一种德 / 286

国”，因为整个德国都团结一致，非但为了希特勒，而且跟着希特勒进行战争。世界已经疲倦，不想“再次对纳粹跟德国的细微区别进行甄别”。流亡者毕竟都是像她一样的希特勒反对者、社会民主党人和反法西斯人士，她却把这些人称作“德意志共和国的破产者”，说他们正在“争权夺利”，将用“德意志的第三次世界大战”威胁“全人类”。[112]卡尔·祖克迈耶系剧作家，也因希特勒而出逃，在佛蒙特州（Vermont）经营一家农场，正在从事《魔鬼的将军》（*Des Teufels General*）的创作，他在《建设》杂志上回应说，他不属于任何流亡组织，但艾丽卡·曼的文章让他感到震惊：一来因为其激烈程度，二来是它对德国作为“整体”的批判。人们反对的是法西斯，而不是全体德意志人民。[113]

伊丽莎白·曼·博尔吉斯于3月6日生下了第二个女儿多米尼卡（Dominica）。没过多久，外祖父母从加利福尼亚州前往芝加哥并在那里待了两周。有关政治的讨论和朱塞佩·博尔吉斯的“顽固立场”给此次逗留罩上了阴影。托马斯·曼在日记里记下了博尔吉斯的长篇大论：“因为没能登陆，［他］宣布战争已经失败。”按照博尔吉斯的说法，这意味着盎格鲁—撒克逊人在道德上走到了尽头，“只剩下德国人和俄罗斯人”是“高尚的民族”。如果出于礼貌把这些说法当作“有点夸张”的话，那么在接下来
/ 287 的时间里他说得就令人讨厌了：“一番令人压抑的大话。德国将在欧洲变得强大，美国将变穷变弱。”博尔吉斯——这位伟大的战士和梦想者为何突然失去了信心，无人可以解释。几天后还有续篇：“博尔吉斯关于意大利和同盟国的夸夸其谈让人难以忍受。真丢人。”正如托马斯·曼第二天所记录的，伊丽莎白反对丈夫的说法：“因为昨天说过了头，麦迪给他洗脑了。”[114]卡蒂娅和托

马斯·曼于 4 月 4 日告别时，眼看着要告别女儿和外孙女，心情复杂，既轻松又惋惜。

4 月，戈洛·曼被调往伦敦。没过几个星期，美国国防部宣传处把他从情报机构挖走。美国人决定不跟英国人合作，而是建立一家自己的广播电台：美国欧洲广播电台（American Broadcasting Station in Europe，简称 ABSiE），主要是想跟英国广播公司那样，向德国人民广播。戈洛·曼播送新闻，还把文章翻译成德文。虽说这也不是他想象的战斗行动，但比无聊的情报工作要好。

艾丽卡·曼也来到了伦敦，却不十分满意。达夫·库帕让她觉得厌烦，想尽快甩掉他。她问弟弟克劳斯，她为什么从来没有过一段有理智的爱情史？[115] 他也不清楚。晚上，她经常跟弟弟戈洛一起喝上一杯威士忌。戈洛写信告诉家人，说艾丽卡十分沮丧，因为美军不允许她直接上战场进行报道。[116]

克劳斯·曼更接近世界大战厮杀的战场。他跟着宣传队随第五集团军穿越意大利。克劳斯撰写传单和文章，用高音喇叭向那些撤退的德国士兵喊话。主要的信息是：投降吧，战争胜负已定。“谁现在还战死，那就是白白地送死。”[117] 6 月，克劳斯从罗马给母亲写信，说美军迅速向北挺进。7 月，他写信给在太平洋帕利塞德的父母，谈到父亲的预言——战争在冬季到来之前就将结束，他不得不置之一笑。事实上，到战争结束还需要几周甚至几个月。克劳斯的好心情估计跟一件事情有关，此事他立刻告诉了母亲。有人问他，姓什么，他回答说“曼，先生”，那人说：是的，他已经听说过他了，他就是克劳斯·曼的儿子嘛……真的克劳斯·曼很开心，“以一种奇特的方式”出了个大风头。[118]

父母亲很感谢三个大孩子写来的每一条消息，这表明他们都

/ 288 图 30　戈洛·曼服务于美军

很好，同时也因为这些都是第一手信息。尤其是托马斯·曼，不管听到还是读到任何有关战争的时事报道，他都记下来。令人吃
/ 289 惊的是，凡是报纸上印的，他都特别当真。对于 7 月 20 日施陶芬贝格（Stauffenberg）刺杀希特勒，托马斯·曼写道："越来越深信，从未有过用炸弹刺杀希特勒。"[119] 过了不久他又深信，德国有"明显的迹象"表明，作为最后的手段，有人试图开展一场布尔什维克的革命战争。[120] 到了秋天，他相信德国不会投降，

因为德国人民就这么打下去，能拿7000万德国人怎么样呢？[121]有许多冒险刺激的故事，诸如希特勒想乘坐一艘专用潜艇经阿根廷逃往日本的秘密计划等，都不加批评、考证地出现在他的日记或信件里。[122]

《赡养者约瑟》终于出版了，有德文版和英文翻译版。艾格尼丝·迈耶又在《华盛顿邮报》上写书评，大唱赞歌。《纽约时报》的评论说，毋庸置疑，这是一部伟大和睿智的作品，但人物的僵化和夸张的对话亦显而易见。一言以蔽之，《赡养者约瑟》无聊得让人抓狂，又无聊得叫人昏昏欲睡（“aggressively dull”，“soporifically dull”）。《纽约客》的评论家唱的也是同一个调子：不用说，托马斯·曼是健在的最伟大的作家之一，但他写作《约瑟》这样的作品恰恰面临着这样的危险：成为“健在的最伟大的无聊家”之一。[123]对此，托马斯·曼的反应一如既往：他表示，这些指责对他来说都无所谓，同时强调，这些批评家批评的都没有道理。这部小说的核心他们都没有抓住：这是“一部非常幽默和通俗的小说”。[124]托马斯·曼写信给艾格尼丝·迈耶，说他不知道，人们何以会有这种印象，好像他要达到“奥林匹克水准”似的。其实，他不过是想让“人们开怀大笑”，“另外还要表现不断升华的谦虚本身”。[125]各种批评并非没有留下痕迹，在后来几个星期的各种信件里，他一而再，再而三地谈及这些批评。

几十年后，露特·克吕格（Ruth Klüger）指出，《约瑟》除 / 290
娱乐价值外，还有另一种价值范畴。这位女日耳曼语言文学学者儿时侥幸逃过大屠杀，她写道，就托马斯·曼所有作品里的犹太人物形象而言，他并非完全没有表达过偏见。但在《约瑟》四部曲中，她看到了一个非犹太人对犹太传统进行了“极其出色和热情的赞颂，这种传统在西方文学中几乎没有可以与之比肩者”。[126]

这一年，曼氏家族的经济状况得到了明显改善。《赡养者约瑟》虽说受到了批评，却被美国的“每月图书俱乐部”收录，这就意味着有20万册的铁定销售额。1944年2月，托马斯·曼自己告诉艾格尼丝·迈耶，其实不再需要为国会图书馆工作的那笔资助。但这笔钱他是否还可以拿到年底，“以支持我哥哥和其他那些没有受到美国笑脸相迎的作家”？[127]

夏天，米夏埃尔·曼带着一家人来太平洋帕利塞德的父母家中待一段时间。对此，托马斯·曼非常欢迎：他很高兴见到最疼爱的弗里多；在《浮士德博士》写作期间，米夏埃尔是位受欢迎的客人，因为他作为音乐家可以在理论和实践方面作些解释。卡蒂娅·曼以犀利的眼光审视儿媳妇跟儿子的关系，写信把自己的印象告诉克劳斯：格蕾特是“个模范媳妇，跟着这位易冲动、特别好受刺激的年轻丈夫真不那么容易”，但她也有点“马虎和草率”。[128]更严重的是，卡蒂娅认为，格蕾特为了丈夫而忽视孩子，“我可从来没这样做过”。[129]

这段时间，在母亲的信里还能听到另一种声音：思念家乡。无论在气候还是其他一些方面，太平洋帕利塞德都宛若天堂。卡
/ 291 蒂娅·曼写道，“尽管如此，我其实还是更喜欢待在家乡”。然后她察觉到，家乡的概念有问题，就继续写道，她说的“不是这里的家乡，而是任何一个我现在不在的地方。我开车外出，却没有任何东西能够割舍得下，根本没有时间来享受这天堂般的生活，并非我该做的事情多得无法形容，而是我已变成一个杂乱无章、精力不足、笨手笨脚的老太婆了”。[130]卡蒂娅·曼一生有50年是在家乡慕尼黑度过的，虽说经过了11年的时间，家里在太平

洋畔有一幢又大又漂亮的房子，但她还是未能适应异国他乡的生活。

除儿子米夏埃尔外，托马斯·曼这一年找到了另外一位音乐顾问，此人对正在写作的小说将起到非常重要的作用：西奥多·W. 阿多诺（Theodor W. Adorno）。阿多诺是哲学家、音乐理论家和作曲家，跟马克斯·霍克海默正在共同撰写《启蒙辩证法》（*Dialekt der Aufklärung*）一书。为了合作，阿多诺搬到了太平洋帕利塞德霍克海默家附近。阿多诺愿意将他的才能与知识提供给托马斯·曼使用。他解释音乐的复杂问题，甚至起草了某些段落。这就引发了问题，对此，托马斯·曼在日记里进行了思考："借用阿多诺的音乐思想，虽然借用是写书的一种创作原则，但在实践中运用却很难堪，只有创作时从思想上透彻地加以消化吸收，才能让这类借用名正言顺。"[131] 换句话说，托马斯·曼是在抄袭。"这类高级抄袭"他早已进行过，并且把它当作艺术形式加以辩护。但阿多诺为其小说《浮士德博士》起草的段落远远超出了之前的范围。这里涉及的不是一个关于伤寒的医学百科词条，那时他对之略加修改后移植进《布登勃洛克一家》，目的是通过罕见的、触动读者心灵的客观描写解释小哈诺（Hanno）的夭亡。而这里，另一个人像合著者一样在写作。这种方式折磨着他的自豪感，也对他的作家天赋提出质疑。托马斯·曼不得不经常进行自我辩护。几个月后他在日记里写道，"阿多诺的一些东西为我所用"，然后进行自我辩护，这些辩护都用引文和法语来表述，这是遇到特别棘手的情况时的通常做法："我用我觉得对我有用的地方。"[132] 这显然是在拷问自己的良心，他必须再三地抚慰自己。 / 292

从纽约传来不好的消息：莫妮卡·曼情况不佳。母亲给儿子克劳斯写信，谈到莫妮卡写来的“一封彻底绝望的信，依我的感觉，这封文绉绉的信并非完全诚实，有点难堪”，“她在信里悔恨交加地抱怨说，她的存在毫无意义，也一事无成”。卡蒂娅·曼认为，莫妮卡对自己的处境感觉极为不爽，这可以理解，“可是，如果说命运掌握在自己手里的话，那么她完全是咎由自取。虽然她小心翼翼、字斟句酌地表露自己瞧不起自己，但她绝对不愿意承认这一点，我觉得这是永远也改不了的”。从 18 岁起，她把“所有的提醒和建议都当作耳旁风”，她的“懒惰到了无以复加的地步，却用音乐作为幌子来加以掩饰，这一点谁都能看穿”。现在很难再给她提建议和进行帮助了。[133] 莫妮卡状况不好的消息一直传到托马斯·曼那里。他跟妻子讨论那封“令人不快的信”。他在日记里写道，不应当因为这封信而变得太软弱。[134] 这个女儿千万别又住到他们身边来。

跟他的两个哥哥不同，米夏埃尔·曼不想自愿报名当兵。他的音乐生涯刚刚起步，作为中提琴手只能坐在乐团的最后边，好在是在一家闻名遐迩的交响乐团。虽然他是著名乐团的乐手，还是两个年幼孩子的父亲，但都无济于事，他还是被抽去参加入伍的体检。米夏埃尔通过不同的办法，诸如故意劳累过度、超量喝咖啡和失眠等，试图让自己在体力和精神上都处于不合格的状态。[135] 面对这些老掉牙的欺骗伎俩，美军根本就不上当，给他寄去了入伍命令。1945 年 1 月，他开始基础训练。

/ 293 10 月，博尔吉斯一家来到太平洋帕利塞德，跟去年一样，一来就是三个月。卡蒂娅·曼预言说，这个女婿不会是“省油的灯”。[136] 女儿一家人刚到，托马斯·曼就在日记里给自己打气，说博尔吉斯“经常想去演讲”。他一来又发表“意大利大国沙文主义和极端仇视英国的言论”，说意大利似乎遭到系统性的摧毁，

“好像同盟国要负责任似的”。[137]“女婿的讲话令人压抑”，[138]在接下来的一段时间里，这句话和类似的表达经常被记在日记里。对此，卡蒂娅·曼写道，她佩服丈夫的超级忍耐。[139]12 月中旬，女儿一家临行前两个星期，这种忍耐差点就到头了。“跟博尔吉斯去爱娃·赫尔曼家吃完饭。博尔吉斯信口开河、滔滔不绝的样子可怕至极。他是个好人，爱虚荣，知道感恩，性格像火山，令人难以忍受，虽然不时会和解。”托马斯·曼受够了：“我要一个人在家里。”[140]

对忍耐的考验刚刚结束，新的不幸又降临了。海因里希·曼的妻子内莉于 12 月 17 日服用超量安眠药自尽。托马斯·曼对他哥哥的这位“自我毁灭的夫人”哀悼有限。[141]克劳斯·曼的看法也类似。他曾这样评价内莉·曼，说海因里希·曼像带着“传染病”一样地跟随她生活。[142]现在，克劳斯·曼写信给母亲，谈到海因里希妻子之死对“可怜的老头海因尼”来说肯定非常可怕，估计他不久也将跟随她步入黄泉。她难道就不能再等上几年吗？这样做实在是不懂礼数又缺乏自律！[143]克劳斯还给伯伯写信：他非常想念伯伯，并且非常同情他深爱的妻子；她是战争的牺牲品，希望她能生活在一个好人不用自杀的世界里。“写得太好了，我亲爱的克劳斯”，海因里希·曼在信上写下了这几个字。[144]

在伦敦的美国欧洲广播电台经过一段时间后，人们发现了戈洛·曼是何等的英才。到了秋天，他已经成为德语广播的主 / 294
要评论员，德语部副主任。[145]他定期就政治与军事形势撰写稿件并进行广播。上级的规定非常明确：不说谎（“永远不说谎话”），对未来也不作任何承诺。盟军要求“无条件投降”，这一要求就宣传工作而言是个问题：如果不作任何承诺，如何能够劝说对手投降呢？戈洛·曼在美国欧洲广播电台赢得了上司的信任，上司同意他在贯彻这一规定时可以灵活运用。他在广播讲话里——这些讲话作为录音资料保留了下来——至少泛泛地谈到了未来。他于12月23日解释说，美国人或英国人的真正面目不是体现在被炸毁的德国城市，“而是他们怎样打造了他们自己的国家；还体现在这两个讲英语的民主国家的历史与日常生活中；体现在他们正在为德国制定的计划里，这些计划不是复仇的计划，而是恢复秩序、保持克制的计划。但是，要达成和平需要涉事双方的努力。只要德国还服从其领袖，继续工作，继续战斗，那么，毁灭就将继续下去”。[146] 1944~1945年新旧交替之际，戈洛·曼讲述6月西方大国诺曼底登陆给战争带来的决定性转折。德国人的阿登战役的攻势已经被击退。戈洛·曼说，战争现在势如破竹般地接近尾声。“到了年底，那些微不足道、个人清白的德国人能给自己、家人还有朋友祈求些什么呢？首先是祈求团聚，而最重要的，莫过于生活在和平之中。”从政治权力来看，德国在不久的将来无所作为，这是咎由自取。但并非永远如此：“一个新帝国——一个知道自己的国界、尊重他国国界的德国，有朝一日将重新找到自己的位置，前提是，德国人确确实实想要如此。”[147]

托马斯·曼身在远方的加利福尼亚州，此时又一次产生了怀疑。他在日记里写道，战争将持续到1946年，“如果之前德国没有迅速取胜的话”。[148]

托马斯·曼正在写作《浮士德博士》中关于魔鬼的篇章，过圣诞的客人陆续抵达：卡蒂娅·曼的哥哥彼得·普林斯海姆和米夏埃尔·曼一家。博尔吉斯一家也还没走，家里人满为患。格蕾特和米夏埃尔·曼住在朋友家里。年底，两个最小的孙子和外孙女托尼和多米尼卡跟他们的哥哥姐姐一样，在洛杉矶的一神教堂受洗。[149]

在此期间，艾丽卡·曼也到家了。她带来了一位新女友，名叫贝蒂·诺克斯（Betty Knox），也是战地记者。这只“猫头鹰”——这是家里称呼客人的口头禅，要是父母觉得客人来头不明，表示不满的话——“有点疯狂”，父亲在日记里写道。尽管如此，父母还是允许她留宿，在客厅里过夜。[150]

夏天，艾丽卡·曼曾打算在爱情方面找一位理智一点的，可她并没有做到。她向克劳斯坦陈，贝蒂确实有点“奇怪”，远不是那种讨人喜欢的伴侣。[151]几个月后，艾丽卡带着这位疯疯癫癫的女友——这时艾丽卡已经晓得她“像地狱般疯狂”[152]——参加在布鲁诺·瓦尔特家为父亲举办的一场私人生日庆典。母亲认为这样做好像“不大合适”，这种关系让她“感到不安”：“每只猫头鹰我们都可以勉强接受，但这只——我担心的是，从长远来看怕不是什么好鸟。”[153]

艾丽卡·曼和布鲁诺·瓦尔特结束了两人的秘密关系。此时，瓦尔特的妻子在中风后正在走向生命的终点。卡蒂娅·曼担心，女儿走不出对瓦尔特爱情的阴影，他一旦单身，恐怕又会死灰复燃。母亲本人跟克劳斯一样反对这一关系，并在 8 月已经写信告诉他：“反正从长远来看，这种关系让我堵得慌，我觉得这种关系可能是个很大的错误，就像一个女儿要嫁给自己的父亲那样。我根本就不想再要一个跟我们同辈的女婿，就一个我已经受够了。”[154]艾丽卡这次来父母家看望父母，虽说带了个贝蒂·诺克斯来，卡蒂娅·曼的担心却愈发强烈。卡蒂娅·曼写信告诉克劳斯，虽说布鲁诺·瓦尔特很快就要成为鳏夫，但他是个胆小鬼，在跟艾丽卡的关系上，既害怕女儿的妒忌，也不敢直对他朋

/ 296 图31　1944年圣诞节，米夏埃尔跟伊丽莎白·曼携家带口来父母家过节

友托马斯·曼的犀利眼神。她在给克劳斯的信里补充说，父亲“完全不知情，也根本不要他知道”。155

*

德军在盟军的进攻下节节败退，德国在战争的阴影下所犯的罪行日益清晰，其规模还是超出了任何想象，尤其是在东欧。托马斯·曼于1945年1月14日发表《致德国听众》的广播讲
/ 297 话，其中报道了红军在刚解放的卢布林附近的马伊达内可集中营（Konzentrationslager Majdanek）所发现的一切：“要是你，我的德国男同胞，我的德国女同胞，要是你想听的话：尸骨、石灰桶、氯气瓶、焚烧炉，一堆堆从受难者身上扒下来的衣物和鞋

子，有很多小鞋子，儿童穿的鞋子。”托马斯·曼说，这不是集中营，而是“巨型的杀人基地”。[156]

作为美国“战争信息办公室（Office of War Information，简称为OWI）”的工作人员，戈洛·曼对所有罪行的了解要比在加利福尼亚州的父亲更加清楚。1945年1月27日解放奥斯维辛（Auschwitz）的当日，他在一篇广播讲话中解释说，应该怎样看待德国的宣传——面对盟军的超级优势，这些宣传把德国的抵抗始终定性为“自由之战”：他从对平民百姓犯下的战争罪行到德国在占领下的东欧滥杀无辜和无数次强奸谈起，讲到残暴的强迫劳动和德国领导层的自豪——“杀死了300万犹太人，只是为了一个疯狂的想法”。事实上，所有的一切都要更为可怕，这在事后才知道。戈洛·曼在广播讲话中继续说道，“这样一种自由之战在全世界找不到一丁点同情，或一丁点尊重”。[157]戈洛·曼有多激动，那些暴露出来的伤天害理之举让他多么沮丧，这一直传到了加利福尼亚州。父亲写了一封信给他鼓励，并建议他，应该买药效很强的止痛和镇静药Optalidon，[158]他自己经常服用。

在此期间，戈洛·曼已经不大相信，他在电台的工作有多大意义。在广播讲话中，人们听到他的愤怒，因为战争还在继续，比如，他在3月对走向覆灭的“第三帝国”说了下面一段话：“是结束这场游戏的时候了。凡是纳粹不想结束的地方，盟军就来结束。”[159]他在许多信里写道，上战场就必须开枪，否则就在家里待着。[160]有一次，他甚至提出申请，要求调到战斗部队去。上级不为所动，不放他走。3月，他从伦敦被调往卢森堡的军事广播电台。戈洛·曼在美国欧洲广播电台的上司乔治·汉夫曼（George Hanfmann）给他带去了一封推荐信。汉夫曼在信里写道，他和许多专家一致认为，在能听到的盟军广播电台中，戈 / 298

洛·曼是最杰出的德语评论员。[161]

他弟弟的军旅生涯完全不同。1945年1月初，米夏埃尔·曼跟妻子格蕾特和孩子们告别，去福特奥德（Fort Ord）参加基础训练，该地离他曾经的住地卡梅尔不远。10月时，美军曾很快就看穿了他假装不适合入伍的把戏，现在，部队发现他真的不适合当兵。服役的第一天，米夏埃尔·曼就被打发回家。部队认为，他在使用武器时过于紧张。[162]

克劳斯·曼跟随部队在意大利向北挺进。1月底从佛罗伦萨写信给母亲，说他在那里见到了妹妹莫妮卡以前的几位熟人，他非常吃惊地获悉，妹妹当年在这座城市是多么受欢迎。他写道，结识耶律·兰易的那几年或许是她一生中最幸福、也是最成功的一段时期。“太叫人伤心了”，[163]卡蒂娅·曼对此感到意外，回信介绍莫妮卡的最新情况。莫妮卡在给母亲的一封信里“倾诉着感情，有点难堪”，还说她在学习速记，“估计一辈子也不可能在实际中得到运用，但她就是这么天真，总以为要是她学点什么——不管是钢琴还是其他什么——别人就不能要求她做什么了”。几个月来，莫妮卡跟卡蒂佳·韦德金德生活在一起，她姐姐帕梅拉曾经想跟克劳斯结婚。卡蒂娅·曼认为，这两个女人的组合倒也挺幸福。在此期间，莫妮卡还找到了几个男朋友。“到最后，她在纽约会跟在佛罗伦萨一样留下同样的美名”，母亲还写道。“奇怪的是，人们认为她的信也非常感动人，到最后，我成了找麻烦和不公正的人。可我不信我是这样的人。”[164]

/ 299 战争结束前夕，即4月12日，美国总统富兰克林·罗斯福逝世。上一年11月，他以多数票第四次当选为总统——最多连任两次的限制到1947年才实行。竞选期间，托马斯·曼曾不惜为“他的”总统的选战摇旗呐喊。现在，他和全家人都对罗斯福的死讯感到震惊。后来，他在《致德国听众》的广播讲话中说，一位“伟人”去世了，“一位政治艺术家，一位英雄，一位人类的朋友和领袖”。听到希特勒幸灾乐祸的嘶喊，托马斯·曼的反应非常愤怒。“罪孽呀罪孽，你这个愚蠢的灭绝种族的刽子手，他不得不走了，你却还活着！你怎么还活着呢？”[165]

在柏林的帝国元首地堡里，希特勒和戈培尔一时还在相信命运的青睐，希望出现一种类似腓特烈大帝（Friedrich der Große）的“奇迹”：那是七年战争时期，腓特烈即将面临战败，俄国女沙皇却驾崩了，其继任者为腓特烈的崇拜者沙皇彼得三世（Peter III），他让俄国退出了战争。希特勒帝国的奇迹没有出现。哈里·S. 杜鲁门（Harry S. Truman）接任美国总统一职后，这场世界大战并没有因此而受到影响。罗斯福去世 18 天以后，希特勒自杀身亡。

莫妮卡·曼从 4 月开始写类似日记的东西。她不是描述日常事件，而是连篇累牍地叙述她联想中的各种印象与想法。之所以这样写，是她觉得全家都会读到。莫妮卡这样做不是因为“无聊而瞎转悠”，“我之所以自顾不暇，并非游手好闲，也不是缺少自律”。有人告诉她，说她有当“艺术家的禀赋，最有可能成为音乐家”。这话是谁说的，她不愿意透露。但人们还补充说，她沉浸在“梦幻”之中，所以没有成功，而且她“懒惰、杂乱无章”。这种说法她认为是完全错误的：“我很清醒，有条有理，而且很努力”，可人们不相信她。莫妮卡还写道，她有着“许多天赋”，但“还没有发展到那一步”，不过是“起步较晚而已”。她正在寻找一种“使命”，一种让她“心灵满足”的东西，而不仅仅是能挣钱的一种工作。学习速写没能让她找到这种满足感。她为何要将生活填得满满的，就像帽盒子一样呢？“根本的问题在 / 300

于，我父母在抚养我——倘若我一文不名，不得不去工作的话，那我多少也会感到满足的。”但她不相信，“外部的条件决定我们怎样去生活”。她思绪纷飞，无事不想，其中包括跟卡蒂佳·韦德金德艰难的共同生活，然后谈到自己的家庭。“我为什么害怕？我有18个月没见到父母了，现在他们想来看我，我害怕。”这是天生的，是一种必须克服的童真。她认为，最关键的不是考虑“父母”对孩子的生活及其决定会说“什么”，而是“我怎么说，我怎么想”。

从道德上给自己打完气并与自己生活中的各种问题进行和解后，莫妮卡探讨起更大的各类挑战。此时，欧洲的战火已经熄灭，德国人也已投降。莫妮卡认为，所有这一切完全没有任何意义，使用暴力不可能让任何事情变好，哪怕是为了一桩美好的事业而战斗。世界需要“真正的共产主义”，但它不能从大众中发展而来，而必须“从个体中发展而来”。她的结论是：“世界上的问题”千千万万，都必须解决。但这从“一开始就注定要失败，倘若不是所有人都成为基督教徒的话”。[166]

艾丽卡·曼写信给弟弟克劳斯，她听说有一群弱智的崇拜者，以同屋卡蒂佳·韦德金德为首，鼓励她妹妹莫妮卡开创文学、政治和哲学的生涯——“善良的上帝啊！”[167]

莫妮卡怕啥就来啥——父母真的启程前往美国东部，在那里跟女儿见面。这趟旅行是托马斯·曼的“荣耀之旅”：[168]首先去国会图书馆发表演讲，题为《德国与德国人》（*Deutschland und*
/ 301 *die Deutschen*）。这是个棘手的题目，“不管你怎么写，都是错的”，之前他写信告诉戈洛，“你会得罪所有人，德国人及其保护者与毁灭者”。[169]战争结束三周后，这位另一种德国的伟大代表在演讲中阐述原始德意志的偏好：内向、浪漫、音乐与亢奋，作为最后也是邪恶的结果是，民族社会主义由此而产生。这篇演讲采用了《一位非政治人士之观察》中的诸多观点，只是换了一个角度：托马斯·曼不再替德意志背离启蒙与民主进行辩护，而是指出这种立场对希特勒带来的祸根要负多少责任。他宣布，没有两个德国，即一个邪恶的与一个美好的德国，“而是只有一个德国，其美好的东西在魔鬼的诡计下变成了邪恶的东西。邪恶的德国是好东西蜕变为恶，是美好变为不幸、罪孽与覆灭”。托马斯·曼解释说，所有这一切他都不感到陌生，“我亲身经历过所有这一切”。[170]

作为对民族社会主义历史根源的分析，这次演讲说服力不够。尽管如此，这也无愧于一场意义重大的亮相和一篇伟大的演讲：托马斯·曼指出，他的个人发展与那种蜕变有着共通之处，同时指出陷入这种湍流的危险——它导致了希特勒犯罪统治的形成。托马斯·曼跟保守的德国市民阶层不同，他虽出身于此，也自视为其中的一分子，却没有掉入这一湍流之中，而是领导了一场有代表性的斗争。现在，战争结束三周后，他没有欣喜若狂地站到胜利者的一边，而是承担起共同的责任，指出自身的危险：这是一次伟大的历史见证。

“荣耀之旅”结束后，接下来是一次演讲之旅，其高潮是在纽约及其周边举行的各种庆祝活动，庆祝托马斯·曼 70 岁生日。其中一场庆典由他的出版人戈特弗里德·贝尔曼·费舍尔举办：来了许多客人，一个钢琴三重奏演奏了舒伯特的曲子，大家为老寿星举杯庆贺。晚上，喝得酩酊大醉的卡尔·祖克迈耶拿起一把琉特琴，重重地跺着地板，唱起他的《干邑鸟歌》(*Cognacvogellied*)。托马斯·曼一点也不开心，日记里写道：“祖克迈耶唱得不怎么好。”[171] / 302

七周后，即 7 月，是卡蒂娅·曼 62 岁生日。没有一个孩子在太平洋帕利塞德跟母亲一起庆贺生日；也没有人提醒父亲。卡蒂娅·曼写信给克劳斯，说托马斯·曼“完全忘了”这一天，“一句祝贺的话也没有，有点让人伤心”。[172] 托马斯·曼在日记里提到克劳斯和伊丽莎白曾打电话祝贺，[173] 至于自己的过失，他对自己和后世都保持缄默。

战争结束后不久，克劳斯·曼前往德国。他现在是美国军队报纸《星条旗报》(*Stars and Stripes*) 的记者。5 月 10 日，他站在慕尼黑的父母家前。粗看上去，“波辛”(这幢位于波辛格大街的别墅的昵称) 并无损坏，从里面看，这幢别墅被一颗炸弹击中而遭到了破坏。克劳斯·曼继续向南部德国进发，参观了达豪集中营，并同其他记者一起看到了被囚禁的赫尔曼·戈林，他很肥胖，不停地出汗，发誓说一点也不知道谋杀犹太人的事情。克劳斯·曼还见到了作曲家理查德·施特劳斯，对他的“自恋与幼稚”感到气愤，[174] 还跟幡然悔悟的演员埃米尔·杰林斯谈话，然后拜访了维尼弗雷德·瓦格纳 (Winifred Wagner)，她是理查德·瓦格纳的儿媳和希特勒的朋友。克劳斯在给父母写信时提到，她是唯一一个公开承认自己是纳粹的人。[175] 克劳斯·曼驱车前往被解放的捷克斯洛伐克，见到了海因里希·曼的前妻米米，她因为侥幸才逃脱了特雷西恩施塔特集中营 (Konzentrationslager Theresienstadt) 的厄运。克劳斯·曼把所有这一切都写信告诉父母，并著文发表在《星条旗报》报上——很少泄露情感，好似雾里看花一般：关于特雷西恩施塔特集中营的报道甚至有些美化的倾向。[176]

克劳斯·曼很失望，他回到了家园，却物是人非，他对德国人很失望：他们没有忏悔，也不想知道德国对世界造成了多大的

图 32　克劳斯·曼在慕尼黑被毁坏的父母旧居前

伤害。克劳斯找不到任何恰当的语言来表达自己的失望，所以只能通过一种态度：他想尽快离开。

9 月，克劳斯·曼离开美军，移居罗马。他写信给父母，要他们绝对不要考虑返回德国的废墟，回到物质与道德的混乱之中。[177] 克劳斯·曼的斗争结束了——反对民族社会主义、实现另一种德国的斗争。在那么多年的流亡日子里，还有他的信件里，克劳斯总是抱着希望与期待，希特勒倒台后可以重归故园——这场斗争将得到回报。这一梦想破灭了。克劳斯·曼在 1945 年面对的现实是："故园虽在，却无法返回。"[178]

艾丽卡·曼终于又可以投身于第一线了。几个月来，她不得不从二线——战争的后方进行报道。深思熟虑的考量、对细节的审视、关于新闻背景的报道，这些都不是她的拿手好戏。艾丽卡是那么希望能跟随盟军在诺曼底登陆，而不是大战过后去询问一些伤兵。巴黎解放后，她从那里发来一篇报道，这是她发表过的最差劲的文章之一：该文不作任何思考，照搬照抄游击队员们编造的谎言故事，对巴黎上流社会进行笼统的批判，说他们几乎毫无例外地曾经跟德国人合作过。[179] 现在，战斗结束了，艾丽卡·曼扩大了行动范围。她凭着三寸不烂之舌说通了主管部门，允许她去探访"big 52"——52 个纳粹大枭，这些人被盟军囚禁在卢森堡蒙多夫（Mondorf）的一家旅馆里。艾丽卡·曼在给父母写信时这样描述她的印象："很难想象有比这更阴森恐怖的冒险了。"她在旅馆里走了一圈，见到了"戈林、帕彭（Papen）、罗森贝格（Rosenberg）、施特莱希（Streich）、雷伊（Ley）——所有的恐怖世界 [还有凯特尔（Keitel）、邓尼茨（Dönitz）、约德尔（Jodl）等人]"。"由于不允许我跟这帮蠢货本人说话，事后我派了一名审讯官员去他们那儿，让他们知道我

（第一个，也是唯一一个进入那个地方的女人）是谁。雷伊听后大叫：‘够了！’，然后用手打脸。罗森贝格嘟囔道：‘见鬼了’。施特莱希哀叹道：‘我亲爱的上帝呀，这个女人曾经来过我的房间。’”戈林最为激动。“他说，要是我作自我介绍的话，他本来可以把一切都解释清楚的；倘若是他处理曼的案情，他会作出另一种处置的。像托马斯·曼这种级别的德国人本来肯定可以顺从第三帝国的。”[180]随后，艾丽卡·曼写了一篇充满激情的文章，介绍她的这次重大亮相，《伦敦标准晚报》（*London Evening Standard*）把这篇文章登在了头版头条。

艾丽卡·曼在德国穿梭旅行，大部分情况下自称是美国人“米尔德里德（Mildred）”，用美国口音进行采访，她很喜欢伪装，喜欢亮相。她还报道了纽伦堡法庭对战争罪犯的第一轮审判。艾丽卡在那里遇到了儿时的朋友威廉·埃马努埃尔·聚斯金德。1933年后他留在了德国，曾写信鼓励克劳斯和艾丽卡·曼回国。作为记者，他一直爬到了《克拉科夫日报》（*Krakauer Zeitung*）副刊主编的位置。当他想问候艾丽卡时，她不予理睬。那些昔日的朋友和熟人，只要他们跟第三帝国有过什么瓜葛，艾丽卡和克劳斯·曼就不想跟他们往来。

戈洛·曼也同样去了纽伦堡，是从诺伊海姆（Neuheim）去的，这时他在当地帮助建立法兰克福电台（Radio Frankfurt），即黑森州广播电台（Hessische Rundfunk）的前身。他也伤心地看到第三帝国把流亡者跟故乡撕裂开来的深渊。戈洛对那些德国人的态度也很失望——他处处都遇到这种态度，也讲给父母听：人们不停地哀叹、抱怨，说无辜者不得不替有罪者受过。若是追问，有罪者最后怎样了，听到的回答始终是；许多人根本就没有罪，这些人现在也溜之大吉了。[181]跟他的哥哥姐姐不同，戈洛·曼还看到了德国人的苦难。他写信告诉父母，鉴于德国城市遭到了无法想象的破坏，他认为没有必要对德国人民进行这样的惩罚——那些本人犯下罪行的人除外。他对其美国同事的无动于衷感到困惑：他们认为，德国人是咎由自取。[182] 戈洛·曼跟老朋友进行联系并重新认识他们。艾丽卡·曼从德国发回的报道表达了誓不两立与憎恨的情绪，对于这些情感，戈洛·曼感到陌生。他写信告诉女朋友爱娃·赫尔曼，艾丽卡甚至宣称，德国人有足够的食品可供食用。这真的不符合事实。[183] 营养专家确实计算过，战后的最初几个月，美国占领区的德国居民所获得的定量配给人均每天的营养值在 850~1150 卡路里之间。在即将到来的冬季，饥饿的问题估计会更加严峻。[184]

有一个问题，三个最大的孩子意见一致并写信告诉父母：曼氏家族不应该考虑回到德国。

这年秋天，来自德国的一封信寄到了身在加利福尼亚州的托
/ 306 马斯·曼手里。在纳粹统治时期深居简出的作家瓦尔特·冯·莫洛（Walter von Molo）要求他以“好大夫”的身份回到德国。这一呼吁也公开发表了。托马斯·曼也公开回应:《我为何不回德国》（*Warum ich nicht nach Deutschland zurückgehe*）。他指出个人的原因：年龄、在加利福尼亚州的房子、在美国成长的孙儿孙女等。作为理由，他还谈到对故乡的异化感、德国的罪责、“流亡的悲哀”、被逐出家园的痛楚以及自己家乡慕尼黑的瓦格纳抗议事件等。最后，他还写道，在他眼里，“那些 1933 年至 1945 年间能够印刷的书籍比没有价值还没有价值，拿在手上很不舒服。这些书里散发着血腥与罪孽：应当统统扔进废纸堆里。”[185] 至于说他本人 1933 年至 1936 年间公开保持沉默，为的是不妨碍他的书籍在德国出版，这一点托马斯·曼成功地忘在了

图 33　艾丽卡·曼跟女友贝蒂·诺克斯在一起

脑后。作家弗朗克·蒂斯（Frank Thiess）发表了一篇文章，以激烈的措辞批驳托马斯·曼，并试图用“内心流亡”——他自认为属于这一圈子——来贬低真实的流亡。蒂斯写道，经历过大火、饥饿与轰炸所获得的知识与经验远胜于这样的悲剧——在“国外的包厢里或大花坛边袖手旁观”。[186]

戈洛·曼写信向父母汇报德国的这场辩论，对蒂斯等人的厚颜无耻感到气愤。他在寄往加利福尼亚州的信里写道，蒂斯的信几乎跟艾里希·艾博迈耶的一封信一样让他感到“恶心”。艾博迈耶是哥哥克劳斯的旧友，曾经每年都为戈培尔拍摄几部电影并因此而成为巨富，虽然如此，他“现在却把自己打扮成‘内心流亡者’和伟大的殉道者”。[187]有些情况他没有告诉父母：他并不喜欢父亲的立场，也不喜欢父亲一再卷入这场争论。他写信告诉朋友约瑟夫·布赖特巴赫（Joseph Breitbach），父亲本人对这起“丑闻”要负部分责任。父亲当然应该留在加利福尼亚州。但他犯不着这样愤世嫉俗地大肆渲染，也不应该跟这些不着调的人进行争论。[188]

22岁的拉尔夫·佐丹奴（Ralf Giordano）系“半个犹太人”，在地下状态中逃脱了民族社会主义的噩运，后来成为联邦德国一名著名的敢于争辩的政论家。他在一封读者来信里就托马斯·曼的争论发表了看法：“终于有一位德国人，有勇气讲真话！”德国人民“把民族社会主义抬到斯大林格勒和阿拉曼（El Alamein），为保卫纳粹一直打到柏林和马格德堡变为废墟，今天，他们对1933年至1945年发生的一切理所当然地没有‘任何罪责’！他们太过胆怯，不敢将可怕至极的思想错误跟谋杀犹太人联系在一起”。[189]像这类声音没有传到美国。托马斯·曼听到的只是“内心流亡者们”的声音——他们高调反驳，十分自信。个别人为了一己之利而攻击他，以便在未来的德国占据有利地位。托马斯·曼从这些人的所作所为引申出对德国现状的判断。他在给艾里希·卡勒的信里写道："这是纳粹之国，并将继续这样下去。"[190]

充满着期待的一年在失望中过去。克劳斯·曼写信给母亲，说"世界政治形势非常紧张"。"它会不会真的将世界推向毁灭？这样也许就一了百了了。"[191]戈洛·曼在医院里过圣诞节，他的膝盖在一起汽车交通事故中受了伤。克劳斯和艾丽卡·曼相聚在苏黎世，跟特蕾莎·吉赛、奥普莱希特一家等朋友欢度节日，疯疯癫癫的贝蒂·诺克斯也在场。不久，艾丽卡·曼也不得不进医院：一场严重的病毒性疾病。她写信告诉父母亲，如果美国人把所有好的和新鲜的东西留给德国人吃，留给自己人的尽是些"恶心人的罐头食品"，那么这就是后果。她不久便恢复了健康，以记者的身份穿梭于欧洲大地。

一段时间以来，卡蒂娅·曼告诉孩子们，父亲的健康状况不佳。支气管慢性发炎，发烧，体重在减轻，甚至到了咖啡不想喝、香烟不想抽的地步。1946 年 4 月初，卡蒂娅·曼写信告诉克劳斯，医生认为有可能涉及没有痊愈的肺结核病，建议请一位肺科专家诊疗。本来必须做一次非常难受的支气管镜检查，以排除肿瘤的可能。母亲原本既坚强又能干，这封信却给人以无能为力的感觉。她写道，父亲对事态的严重性一无所知，这也必须保持下去。母亲继续写道，要是发现肿瘤，手术是唯一的出路。父亲年事已高，这样做还有意义吗？要是艾丽卡在家该多好呀！母亲哀叹道："我已手足无措，也很绝望。""我哪能一个人作这样的决定？"[192]

没过多久，卡蒂娅·曼找回了那份作决定的气力。她决定进行支气管镜检查，而且是在芝加哥的比灵斯医院。伊丽莎白·曼·博尔吉斯介绍了一位肺科专家。托马斯·曼非常感激妻子作出所有的决定。至于做这一检查的目的和检查的结果，托马斯·曼一概不知，他也不想知道。他仍旧以为是“感染性脓肿”，[193]而在场的家庭成员此时已经知道了真相：肺癌。医生决定，实施手术。从欧洲以最快速度赶回芝加哥的艾丽卡·曼给克劳斯发去一份电报：马丁·贡佩尔特估计父亲存活的可能性为“五五开”。

1946年5月3日，柏林德意志剧院的帷幕拉开。卡尔·施特恩海姆的《伪君子》（*Der Snob*）正在首演。已经好几天了，只有在黑市上才能搞到票。主人公克里斯蒂安·马斯克（Christian Maske）是个无所顾忌的伪君子，阴险狡诈，平步青云。此时，他正站在舞台上，本应当喊一声"这实在是荒诞不经"，可观众不让他喊。掌声持续了好几分钟，让主人公无法开始演出。观众的热情倾注给德国戏剧舞台的大明星——古斯塔夫·格伦特根斯，他将哈姆雷特和梅菲斯托扮演得惟妙惟肖，无人能够望其项背。此前，格伦特根斯在勃兰登堡的苏联特别拘留营度过了九个月的时光；现在他被释放，又回到了舞台上。

克劳斯·曼，他的前小舅子和早年的朋友，正坐在第一排。克劳斯·曼是《梅菲斯托升官记》的作者，这部小说据称并不是揭露小说，却充满着对格伦特根斯的仇恨，此人曾因为野心膨胀，跟第三帝国的当权者们同流合污。听到《伪君子》的演出消息和演出阵容后，克劳斯·曼就在《艺术与政治》（*Kunst und Politik*）杂志上撰文，称这一阵容"令人发笑"；他声称，就个人而言，他基本上还是"看好"格伦特根斯的。"但我觉得，戈林的这位知心朋友用不着这么着急嘛。"[1]在这首演之夜，格伦特根斯赢得了"雷鸣般的掌声"，这让克劳斯·曼深感不悦。同样让他不悦的是，舞台上看到的这个人魅力未减、"光彩照人"："依旧是那么楚楚动人，打着白色领带，脸色微红，头上套着金色的假发：这位柏林的宠儿光环永不消退，纳粹时期如此，纳粹垮台后照样如此。"[2]

克劳斯·曼本来就很沮丧：无论是政治形势，还是战后德国人对流亡者不闻不问的态度，都让他感到沮丧，更糟糕的是，他本人一事无成。他写了一个名为《第七个天使》(*Der siebente Engel*)的剧本，可没人愿意演这出剧。他打算拍摄一部关于莫扎特的电影，布鲁诺·瓦尔特也将参与，后来又想拍一部关于一个艺术造假者的影片，可这些想法没有一个能够实现。年前，克劳斯·曼在罗马结识了一位电影导演，这位导演想拍摄一部关于美军在意大利征战的电影，虚构中穿插真实的记录：将虚构的美军士兵跟意大利平民百姓交往的故事跟战争的真实摄影剪辑成片。本来要克劳斯·曼参与其中，可他跟其他剧作家发生了争执；克劳斯·曼提交的对话不被看好，被人改写。电影还没开拍，克劳斯·曼就已退出。罗伯托·罗西里尼(Roberto Rossellini)的这部电影——《同胞》(*Paisà*)于9月在威尼斯双年展上首映，成为意大利新现实主义的大师之作。片尾字幕没有提到克劳斯·曼的名字。

在剧院跟格伦特根斯相遇一周后，克劳斯·曼给母亲写信。他听说父亲的手术进行得很顺利，对其他情况却所知甚少。“这次患的是什么病？”他还没有给父亲本人写信，“虽然我应当这样做，也想这样做，但我不知道该怎么说为好，特别是我不清楚，他究竟哪里不好，他本人对病情的了解到底有多少。”如果不麻烦的话，他想在7月回父母家。其实他想多待些时间，得写的东西实在太多了。但是，“在父母家里待的时间如果太久”，又会产生“不便之处”，因为他“自己不开车，会产生依赖心理”。也许可以在靠近父母的地方租一幢房子，“前提是，能弄到一辆老式福特车和一位年轻司机……司机得会做点饭，相貌要养眼。”克劳斯·曼写道，具备这些条件后，他也许想待上个半年，不知道母亲能否顺便看看有没有这样的房子。“要是你们那儿有什么好吃的，我就学莫妮卡，去你们那儿吃，吃完了就不帮着洗碗了。”[3]

卡蒂娅·曼在回信中写道，父亲目前已经克服了种种磨难。他们刚离开芝加哥的医院，住进一家旅馆。“这次倒大霉了，要按正常情况看，他显得十分消瘦、无精打采，其实，他能恢复到这一步，真要感谢上帝，现在离那场可怕的手术才不过四个星期，那场手术本来也可能会要他命的。”父亲的右肺被切除了四分之三。母亲告诉儿子，“可惜是肺癌”。“但病人自己一点也不知情，就算他曾经怀疑过——这我肯定相信，也彻彻底底地把它遗忘掉了，而完全接受别人灌输给他的说法——他的病是没有大碍的肺脓肿。”他们不久将跟艾丽卡一起回家。家里随时欢迎克劳斯回来，时间长一些也没问题。至于儿子提出的各种要求，租房子外加司机和做家务，卡蒂娅·曼只能摇头。母亲写道，这些事现在真的不能考虑了，新近的房价涨势就更不容许这样做了。“要是运气好，可以租到一间房，起价 100 美元”。[4]

回到太平洋畔他钟爱的家里，托马斯·曼当天在日记里对过去几周作了总结。他谈到“传染性的肺部脓肿”，手术和“后来的检查”——结果“极佳”。他对生活很乐观。“光线和色彩让人心醉神迷。花园和风景犹如天堂一般。”他想很快就回归写作——彻底回归正常生活。日记里还提到，“一天抽了几根香烟”。[5]

戈洛·曼的书终于出版，该书早于四年前即已完稿：《欧洲的秘书：拿破仑之敌弗里德里希·根茨的一生》（*Secretary of Europe. The Life of Friedrich Gentz, Enemy of Napoleon*，简称《根茨》）由著名的耶鲁大学出版社出版。托马斯·曼在芝加哥的医院里读了这本书。他在 6 月写信给儿子，说《纽约时报》发表的一篇重要而积极的书评让他感到非常高兴。《根茨》一书的翻译版也是一部“出色并吸引人的著作，判断清晰，思想独到，它给作者带来各种荣誉，而且必将给他带来实际的好处和资助”。[6]接下来，托马斯·曼请儿子出出主意。一个德国的“和平同盟（Friedensliga）”请他就任荣誉主席，他请戈洛·曼考量一下，就任此职意味着什么。他并不想“总是逃避”，但同时“根本就不相信，受毒害的德国青少年可以通过一个（立刻就会被视为叛国的）和平同盟得到改造。青少年不可能从内部，而只能通过外部，通过外部的现实，通过铁一般的世界的现实来加以改造，他们的愚蠢只有在这些现实面前，而且是50年以后才能最终得以消除”。现在，随着东西方冲突的开始，德国人的这种愚蠢“又会受到怂恿和固化”。“德国的希望在于世界大国间的矛盾和新的战争。一个德国的和平社会又有何用？”[7]

此时，戈洛·曼是法兰克福广播电台的美国文职督察官。他对旧日的同胞同样持批判态度，虽然没有父亲那么刻骨铭心。“我可以继续待在德国并且挣很多钱”，他在夏天写信告诉阿尔玛·马勒-维尔费——1940年那场法国冒险经历时的难友，“但这里的生活无论对心灵、思想还是身体都太不健康，所以我想离开”。[8]第二次世界大战、德国的罪行和流亡岁月在他跟故园之间撕开了一条沟壑，现在他无法跨越——最多只能在个人层面上，在跟作为个体的德国人的接触中才能做到，他不是跟这些人再度
/ 314 见面就是在过去几个月里新交了朋友。艾丽卡和克劳斯姐弟俩也做不到。少年时代的朋友W. E. 聚斯金德——艾丽卡·曼在纽伦堡审判时见到过他，却装作素昧平生——写信给克劳斯·曼，试图通过回忆共同的经历重新唤起旧时的友谊。聚斯金德除了留在德国并跟第三帝国的生活作过妥协以外，并没有什么孽迹，这是

很清楚的。克劳斯·曼友善地给他回信并寄给他一包食品。克劳斯写道："回忆让人感伤、也很美好，却不能填平沟壑。"[9]

秋天，艾丽卡·曼踏上了报告之旅。她在欧洲经历了很多事情，因而可以给美国人讲述各种各样的故事。此次的报告之旅是她一生中最成功的一次：总共讲了92场。父亲给处在"喧嚣的孤单"中的女儿写信："我们非常想你，这你知道。只要你在，家里便多一分温馨和热闹，也更有朝气。"女儿的生活情趣对"我们的小薄书"——这是父亲的信中用语——也有积极的影响。《浮士德博士》一书托马斯·曼越写越长。小说的有些段落作者自己也觉得太过冗长，可他很不情愿舍弃已经写就的句子。他不愿意自己来作删减，所以艾丽卡在夏天接手了这一任务，并且让托马斯·曼非常满意，他本来就很愿意这个女儿经常在自己的身边，支持和帮助自己。托马斯·曼告诉女儿，自己也在计划一次演讲之旅，甚至要去欧洲，"前提是有你的陪同，这样我才能鼓起那一点点勇气"。父亲还报告了一些家中的琐事，谈到弗里多和托尼，他们因为父母要单独去墨西哥休假，所以在太平洋帕利塞德待了几周，这让他很开心。母亲的双胞兄弟克劳斯·普林斯海姆和他那个叫作"胡布西（Hubsi）"的儿子从日本移居美国，接下来一段时间也想在家里住——"真可怕"。莫妮卡不久也要来访。父母曾经考虑，让她移居瑞士，"那里不允许工作，这样，她可以过一种体面的生活"。"好好过日子，亲爱的孩子，不管在哪里，都要为这个'传奇之家'争光！"父亲还写道，艾丽卡还应该在华盛顿作一场报告，"气气艾格尼丝·迈耶"。[10]

半年后，托马斯·曼在妻子和女儿艾丽卡的陪伴下，真的踏上了赴欧之旅——这是1939年来的头一回，当时曼氏一家在战争爆发后不得不从欧洲辗转前往美国。1947年5月，三人漂洋过海抵达英国。还在船上时，托马斯·曼就接受了英国通讯社路透社的采访，就当前的政治问题表明了立场。之前不久，温斯顿·丘吉尔公开发表讲话，此时他已经落选，不再担任英国政府首脑，而是出任在野党领袖。丘吉尔为一个统一的欧洲造势——一个在法国领导下、以德法合作为主导的欧洲。托马斯·曼觉得这一想法很荒唐。他认为，丘吉尔是过气的人物，作为保守派人士理解不了未来世界。托马斯·曼认为，西方结盟反对苏联无济于事。“只有美国更加社会主义化，同时苏联更加民主化”，局势的紧张才能化解。听得出他对德国充满着不信任，说不应当让人感到还会发生一场新的战争。托马斯·曼批评德国人的自我怜悯，指责他们缺乏跟同盟国合作的诚意。他目前不想访问故国。[11] 在采访中，这个问题回答得十分坚决，其实他的态度事前并非如此。托马斯·曼曾经思来想去，是否要回德国，因为这类邀请一而再，再而三地发到了他这里，回国的计划却因为女儿艾丽卡的强烈反对而搁置。接下来，他在英国作了几次演讲，参加了几场欢迎会。然后，卡蒂娅、艾丽卡和托马斯·曼乘坐一架私人飞机飞往苏黎世，在那里受到出版商奥普莱希特夫妇和格蕾特·曼——她在看望自己的父母——以及孙子弗里多和托尼的欢迎。

托马斯·曼的采访在德国掀起了轩然大波。翻译上的一个错误更让不满的声音夹杂着刺耳的弦外之音。托马斯·曼宣布，他不喜欢“在盟军的刺刀下”访问慕尼黑或波恩——波恩大学不久前给他恢复了1936年取消的名誉博士学位。在翻译的版本里这样写道，波恩大学是在盟军的施压下重新授予他名誉博士学位的，所以他不想访问德国。在接下来的几次采访并在《致德国人民书》（*Botschaft für das deutsche Volk*）中，托马斯·曼试图

图 34　1947 年，托马斯・曼跟女儿艾丽卡和孙子弗里多和托尼在苏黎世－克洛滕机场 / 316

解释真相，并且较为温和地重复了他的一些其他说法，可是，德国正好有些人迫不及待地利用这一机会，对这位德国流亡人士的代表人物进行攻击，说他如此尖刻、如此不讲道理地谈论德国。

在一片众怒之下，卡蒂娅和托马斯・曼于 6 月前往瑞士的弗里慕斯（Flims）休假。艾丽卡从苏黎世给父亲写信说，“这帮病人”——即德国人——败了他的兴致，使他不能理所当然地享受度假，这让她“伤心和光火，在心里感到愤怒”。她认为，不去 / 317
德国旅行的决定完全正确。“在目前情况下，不管你怎么做，都无法跟这些人相处，越少打交道越好，（对大家）都省心，而且从长远来看，前景要好些。”[12] 不应该跟德国和德国人发生任何瓜葛。艾丽卡的态度非常坚决，并以这种态度敦促父亲，托马斯·曼虽说也持批判态度，同时却十分渴望看到昔日的家园。

戈洛·曼于 1946 年秋返回美国，自此成为设在纽约的美国之音广播电台（Voice of America）的工作人员，他从远方关注着这场围绕父亲展开的辩论。他很恼火，既对父亲，也对艾丽卡。他问瑞士朋友马努埃尔·加瑟，什么叫"到了今天，憎恨已经化为瓦砾的、臭气熏天的德国仍然具有现实意义"？"我理解不了；我竭尽全力，试图让父亲回到一种比较温和的立场上来，所有的努力却都化为乌有。"[13] 戈洛·曼还写信给其他德国朋友，如记者多尔夫·施泰恩贝格（Dolf Sternberger），说他并不赞同父亲跟姐姐的不和解态度。[14] 戈洛的气愤经过他人传到了艾丽卡那里，为此，他不得不替自己的批评辩护，诸如批评她对父亲的负面影响等。戈洛在回应姐姐的指责时，一开始字斟句酌、小心翼翼："大肆渲染不访问德国，这样做非常不幸。"父亲跟德国人的关系"本来就不容易，当下就更为不幸、更为矛盾、更为糟糕了。原因在于他发表的关于德国人的言论，忽冷忽热，变幻无常"。对此，艾丽卡也要负一部分责任。她应当更好地利用其对父亲的影响。[15] 这种话艾丽卡·曼当然容不得她弟弟来说。结果，姐弟之间留下了深深的裂痕。

/ 318 这年夏天，托马斯·曼在瑞士跟弟弟维克多重逢，这在战后是头一回。他感觉不好，而且事先受到艾丽卡的警告。艾丽卡在上一年春天就已见过叔叔，并在给父母的信里给他下了严厉的结论。她写道："自我辩护，自我欺骗，这在德国很普遍"，而维克多就是个例子，就那么"一个非常典型的条顿小人物"，连"真理跟一块肥皂的区别都分不清"。[16] 托马斯·曼跟小弟在一起也觉得不舒服，弟弟在第三帝国不过是个随大流的人，一个沉默的受益者。这场会面发生在1947年的6月，事后，托马斯·曼在日记里写道："谎言，遮遮掩掩，难堪的拥抱。这一切都那么怪怪的。"[17]

父亲、姐姐和哥哥好像对德国以及他们个人在德国的前途都已不再看好。戈洛·曼的看法却不一样。战争还在持续时，他比艾丽卡和克劳斯要悲观一些，曾经预言说，流亡者在战后成不了大气候；现在，他变得乐观了，相信有那么一天，流亡者又可以在德国和欧洲有所发展，不管在政治还是个人事业方面，即便不是就在眼下。秋天，戈洛·曼在克莱尔蒙特（Claremont）一所学院接手了一个讲师职位，离父母家不过半小时车程。但他并没有考虑完全以美国为家，跟欧洲的联系也不应该中断。"我们必须做到，至少有一条腿踏上欧洲的土地——哪怕所处的地位十分尴尬"，他在给流亡的同命人艾里希·冯·卡勒的信里如是说。[18] 戈洛·曼努力乐观行事，但他看得非常清楚，流亡者身负沉重的枷锁，世界大战的残酷对他和其他人的一生造成了巨大影响。这些人和他一样，在年轻时就被逐出家园，现在不得不在这个世界上寻找自己的位置。戈洛·曼写信告诉马努埃尔·加瑟，"我那在很多方面可亲可爱、在其他方面又相当讨厌的父亲在各方面过得都要好得多，他一生得到精心呵护，令人羡慕，没有理由故作受苦受难、郁郁寡欢之状，让他周围的人心情不悦，就像他经常做的那样"。[19]

克劳斯·曼在加利福尼亚州没待多久。1946年11月，他又从纽约给朋友们写信，告诉他们自己的一些还不太成熟的打算和旅行计划。要是这些计划均无着落，"那就去好莱坞挣点钱，这或许更明智些"。[20] 从1925年开始写作生涯起，克劳斯·曼就一直说要拍电影。虽然一再进行尝试，而且有着再好不过的关 / 319

系，还毫不胆怯地对父亲的多部长篇小说进行改编，历经 21 年之久，却没有丝毫进展。虽说如此，他还是放不下好莱坞。另一个念头也再次萌发：克劳斯·曼想成立一份新杂志。《综合》（*Synthesis*）杂志要以四种语言出版，成为国际性的文化与政治论坛。这一次倒没有走到破产那一步，因为杂志在成立前就已经进了坟墓。9 月，克劳斯·曼从巴黎写信给姐姐艾丽卡。他们俩的一个共同出版计划已经夭折，他们打算出一本关于 1944 年至 1946 年欧洲见闻的书，却没有哪家出版社有兴趣出版关于德国崩溃的故事。商家们想向前看，看到积极的东西，看到歌颂美国人的贡献——不管是克劳斯·曼还是他姐姐，谁都拿不出这类作品。克劳斯·曼还写道，曾有计划对他的几本书进行翻译，译成英语和法语。他正在把自己的作品《转折点》译成德语，做起来却十分艰难。这位昔日的写作快手——往往快过了头——为了遣词造句而绞尽脑汁。他的情绪很差。“没有能让我开心的事。”[21] 毒品早已再次成为他日常生活的一部分了。

10 月，《浮士德博士》在斯德哥尔摩版全集里出版。托马斯·曼的这部音乐小说叙述浮士德跟魔鬼进行交易，反映着社会的现实：德国人内心的非政治化倾向——他自己就曾因此而备受煎熬——造成的灾难性后果，最后堕落到大众对希特勒的盲目信仰。一开始，这部小说只能在德国以外买到。就在当月，瑞士发
/ 320 表了两位著名评论家——马克斯·里希纳（Max Rychner）和艾杜亚特·克洛狄充满溢美之词的书评。里希纳大唱赞歌，把《浮士德博士》称作“黑夜里照亮德国的一盏明灯”。[22]

托马斯·曼熟人圈里的一些人读着这部长篇小说，既吃惊又气愤，因为他们发现，书里对自己不是进行特写，就是作了漫画式的描绘。托马斯·曼跟妻子公开讨论这部小说“赤裸裸的

自传性质”，在自己朋友圈内实施的文学“谋杀”，比如对“赖西格”。[23]老朋友汉斯·赖西格在上一年曾首次寻求联系，托马斯·曼回答说，他肯定没有成为纳粹，两人若见面，也会相互理解。过去，托马斯·曼见到赖西格总是非常开心，现在却责怪他不愿意流亡美国，虽然托马斯·曼在1938年曾出手相助，这一点他告诉了艾里希·冯·卡勒，而没有对赖西格本人直言相告。托马斯·曼只告诉赖西格，他在最新的小说里对他进行了“正确的描述”：“您在书里叫吕迪格·席尔德克纳普（Rüdiger Schildknapp），在别人需要您时，总是找不到您，在其他情况下您却总是讨人欢心。”[24]赖西格在读到这部小说并看到贪图享乐的寄生虫席尔德克纳普这一人物形象时，真是五味杂陈。

莫妮卡也读了《浮士德博士》一书。父亲给她寄去了一本，她于12月回信表示感谢。莫妮卡写道，自己没有“能力对这本书作出什么评价”，这部小说把一切该说的都说了，“一切都说了——而且比一切还要多！”这一礼物的“能量不可撼动”。莫妮卡继续写道，要是“我们被卡住喉咙而喘不过气来，要是我们大声呼喊而无人听见，要是我们因恐惧而走向死亡的话”，那就必须“呼救似的大喊一声‘还要’”。“我想说的，大概是这么个意思：我觉得，这本书的质量盖过了内容。‘怎么样’盖过了‘什么’！内容并没有因此而成为垃圾，而是超越自我得到了升华——升华为内容的爆炸、内容的繁盛、内容的沸腾……我原本几乎想说，内容已经不那么重要了。小说因其简洁与充实转化为某种东西，这种东西无私而优雅地使其超凡脱俗……其实我就是想说，消极被转化为积极，通过奇迹——艺术的奇迹。”[25]莫妮卡的信是回应托马斯·曼给她在《浮士德博士》书上写的题词：“送给小莫妮，她会懂的。”[26]

*

家庭的另一个成员也发声了。1948年1月，米夏埃尔·曼在《瑞士音乐报》(*Schweizer Musikzeitung*)上发表了一篇关于《浮士德博士》的书评。这是他平生首次发表作品。父亲对这篇“出色的评论”表示感谢，说他在阅读时不仅作为作者，而且以父亲的身份来看都很满意。可惜不能把这篇德语文章给米夏埃尔的乐团负责人皮埃尔·蒙特看，“他大概会出于尊重马上再给你加几个琴谱架的”。父亲继续写道，米夏埃尔的文章“有很多有益的看法”，比如对小说蒙太奇技术的评论。他暗自问，“这些

/ 322 图35 皮埃尔·蒙特指挥的旧金山交响乐团：靠墙最右边为米夏埃尔·曼

看法是你自己思考的结果，还是受到家里哪些谈话的启发？”托马斯·曼在结束给儿子的信时写了这么一个奇怪的句子：“你在谈到埃索（Echo）时很有分寸，冷静而得体。”[27]奈普穆克·施耐德魏因（Nepomuk Schneidewein），又叫埃索，是音乐家亚德利安·勒佛居恩最心爱的侄子。因为勒佛居恩把自己出卖给了魔鬼，不可以去爱任何人，所以埃索不得不因脑膜炎而悲惨地死去。这个五岁孩子的悲惨早逝大概是这本书最精华的部分了，托马斯·曼写信时告诉艾格尼丝·迈耶。[28]埃索在现实中的原型是弗里多——托马斯·曼的“最后之爱”。[29]在文学创作中杀死自己最宠爱的孙子，让他良心上过意不去，因而感到压抑。埃索死去的那一章一定要瞒着格蕾特·曼，能瞒多久就瞒多久；米夏埃尔“镇静”地接受自己儿子在小说中的残酷命运，这让托马斯·曼深感慰藉。

母亲在替女儿莫妮卡担忧。卡蒂娅·曼写信告诉克劳斯，莫妮卡相当沮丧地给她写了信，“显然是因为她跟施魏策尔（Schweizer）的关系。经过急促而充满激情的几个星期以后，这一关系现在显然维持不下去了”。1947年夏天，剧作家理查德·施魏策尔为创作电影《乱世孤雏》（*The Search*）来到纽约。他在写剧本，后来因此获得奥斯卡奖。在纽约的半年里，这位已婚的施魏策尔跟莫妮卡·曼发生了一段艳遇。但“这个轻浮的人当然不想”为此而离婚。[30]一周后，母亲有了纽约传来的好消息。施魏策尔虽然真的走了，回苏黎世他太太那儿去了，但莫妮卡还是给母亲写来了“振奋人心的信”，卡蒂娅写信告诉克劳斯。《新评论刊》采用了莫妮卡的一篇报道，介绍纽约的生活气氛。文章说，在纽约，谁也不管谁，既有积极的方面，又有糟糕的地方。文章这样写道：“极端的不宽容与民主的大度交织在

/ 323 一起，让人产生一种‘恐惧’家园的感觉；你在那里可以无拘无束地穿着拖鞋到处游荡，不时又会害怕自己所过的匿名生活，就像害怕鬼魂似的。”[31] 母亲写信告诉克劳斯，“艾丽卡读后感觉很不舒服”。“我可不觉得有那么糟糕，倒希望可怜的小东西有足够的事情要做，虽然她明显高估了这样做的作用。莫妮卡的文学抱负当然有些不成体统，可是，懦弱、懒惰、自负的她在这世界上又能干什么呢？要说她的行为会伤害到这个传奇之家的其他成员，这我不信。”[32]

艾丽卡·曼又去旅行作报告了。上一年，她作了超过 90 场报告，可谓硕果累累。而 10 月至 3 月只安排了 21 场。艾丽卡后来写信告诉克劳斯，“听众们口无遮拦，真是前所未有，他们是自己害自己。但我还是坚持了下来。在大部分情况下，我能让听众勉强表示喜欢，偶尔还会让他们深受鼓舞”。[33] 换句话说：报告的效果很差。艾丽卡·曼强烈批评美国的战后政策，对德国充满着仇恨，鼓吹对苏联采取妥协态度，这一切听众都不想听。多年来，艾丽卡在她的书和文章里以及数百场报告会上坚持不懈地进行宣传，让美国人相信纳粹的卑劣，相信甚至必须用武器来捍卫自己的价值。现在，她很失望，因为美国人在欧洲不想引入社会主义。突然间，她觉得美国渴望战争，是个帝国主义国家，而当年，这个国家更多是被动地被罗斯福拖进这场世界大战的。艾丽卡·曼后来在一封信里写道，苏联绝对不想打仗，美国却在德国人的支持下急不可耐，要将世界推向另一场“可怕的灾难”。[34]

艾丽卡·曼作为报告人的生涯慢慢走到了尽头；对此，她自己十分清楚。2 月 1 日，她跟父亲谈过一次话，内容涉及她的未来。他们还谈到一项计划，要撰写一本关于托马斯·曼的书。
/ 324

“我的根本愿望是，艾丽卡跟我们生活在一起，作为秘书、传记作者、遗产守护人和助手”，父亲在日记里写道，还补充说，这次谈话让他“很感动”。[35]第二天，托马斯·曼跟妻子讨论这件事。至于说女儿艾丽卡现在要接手许多工作，而这些工作在过去数十年内都是妻子的工作，对此，卡蒂娅·曼的态度如何，他在日记里并没有提到。

克劳斯·曼周游欧洲并尝试着进行写作。4月18日，他在阿姆斯特丹吞下了30粒安眠药环己烯巴比妥（Phanodorm，或称Cyclobarbital），被送进医院后捡回了一条命。然后又去戒毒，不久毒瘾又再复发。克劳斯一再谈到打算写小说的计划，却丝毫没有进展。其自传体小说《转折点》（德文叫作*Der Wendepunkt*）的翻译还没有脱稿。妹妹莫妮卡主动提出帮助他，可她的“翻译初稿”水平很差，克劳斯没法采用。[36]5月，他又一次来到加利福尼亚州的父母家中，以便回家看看并跟艾丽卡一起做些事情。可她没什么时间。克劳斯碰上了一位电影代理人，再一次燃起了对好莱坞的希望，可这回依旧没有结果。一个叫“哈罗德（Harold）”人的出现了，引起了很多麻烦，甚至是跟警察。克劳斯·曼不得不交500美元的保释金。然后哈罗德失踪了，他因入室抢劫而被捕，接着又暂时被放了出来。为了写一篇文章，克劳斯·曼绞尽脑汁，花了几周时间，若在过去，不用两天时间就写好了。“我为何不能写了？我这是怎么了？？”[37]他第三次尝试着学会开汽车，为此而去驾校学习。他服用兴奋剂，给自己打吗啡和氢吗啡酮（Dilaudid，“艾丽卡送的”[38]）。7月5日，克劳斯·曼跟哈罗德一起住进洛杉矶的一家租来的房子。夜里，哈罗德单独出门，回来时带来了另一个男子。7月11日，克劳斯·曼打开屋里的煤气开关，躺进浴缸里，切开动脉。邻居

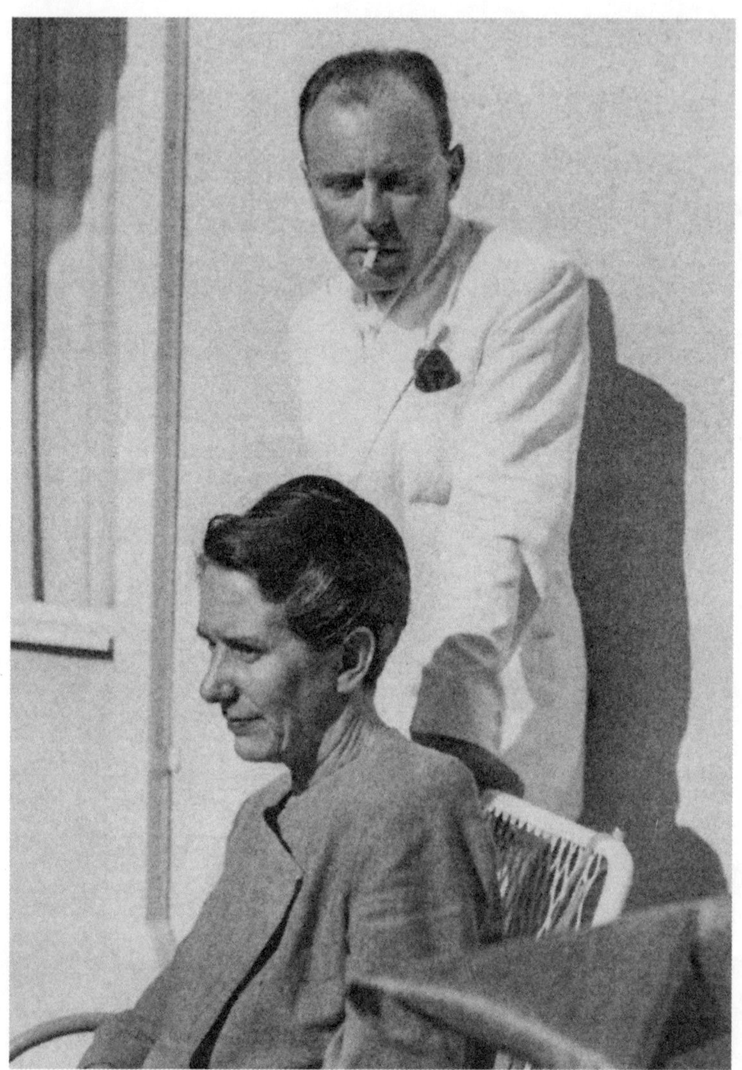

图36　1948年，克劳斯跟艾丽卡·曼在一起，由艾格尼丝·迈耶的女儿弗洛伦斯·霍莫尔卡（Florence Homolka）拍摄

闻到了煤气味，叫来了警察。克劳斯得救了。

妹妹伊丽莎白正好带着女儿也在太平洋帕利塞德，她去医院看望克劳斯，然后写信告诉丈夫："我得老实承认，在怜悯的同时，我感到更多的是恶心。"四天后，她告诉丈夫，希望"这次经历造成的震惊可以起到荡涤的效果，让他不至于在不久的将来重犯这老毛病"。[39]克劳斯·曼自杀的消息传到了新闻界并被公布于众，甚至德国报纸也报道说，作家托马斯·曼的儿子想自杀。安慰的信件从各地纷飞而至。厄普顿·辛克莱写道："别这么做！你得好好写书。"克劳斯·曼觉得这种安慰"一半是慰藉，一半让我羞愧"。[40]

克劳斯打开煤气开关三天前，他还给恰好也来看望父母的妹妹莫妮卡鼓劲。"她哭得像个泪人似的。显然又犯了抑郁症……"[41]这年夏天，家里一再跟莫妮卡发生争执。父亲认为，"莫妮卡的问题"必须解决，而且不是在家里，要在其他地方。"不同意她大脑有问题的说法。"[42]她本来在纽约跟卡蒂佳·韦德金德同屋，两人吵翻了，那里是回不去了。因为最近一段时间不停地让人生气，所以父母亲担心，女儿想赖在家里不走了。最终大闹了一场，之后，格蕾特·曼受家庭的委托，把姑子莫妮卡送进了洛杉矶附近一家名叫阿南达·艾什拉姆（Ananda Ashram）的印度疗养院。不久，艾丽卡告诉父母，莫妮卡"离开了其居住地，在洛杉矶的一个熟人处落脚，并要求找一名神经科医生"。[43] / 326

共同抗击希特勒德国的前盟友分道扬镳了。同盟国之间于1948年爆发了一场公开的冲突。西方民主国家对德国的看法跟苏联大相径庭，以至于西方大国最终打算在西部建立一个德意志民主国家，并于6月实行了货币改革。作为回应，苏联在其占领区内也实行了货币改革并对柏林实行封锁。柏林位于苏联占领区内，由所有同盟国共同管制。是为柏林而战还是任由苏联进行封锁，人们为此进行辩论，艾丽卡·曼也参与其中。8月9日，在加利福尼亚州的一场电台辩论中，她所持的观点原本比较平和，建议跟苏联谈判。然而，当一位听众提问时，她一激动，就发表了对德国非常严厉的看法：不，不要为了柏林而贸然进行战争，这个城市对西方盟友并不重要。听众提问，德国人现在已经民主化了，是否要拯救他们不受共产党人侵犯时，她回答说，没什么要拯救的，德国几乎没有民主人士。[44]这种说法就连父亲也觉得“太敌视德国”了。[45]德国公众舆论义愤填膺。

8月，至少有一个好消息传到了太平洋帕利塞德：托马
/ 327 斯·曼的《浮士德博士》美国版被“每月图书俱乐部”收录。25000美元的额外收入有了保证——这是戈洛·曼作为学院教师年收入的六倍。

然而，这部小说也带来了一些问题——其程度非同寻常。抱怨的人不少，而且不仅仅是书中人物的原型。作曲家阿诺尔德·勋伯格系十二音技法的创立者，而小说里却将这种技法归功于亚德利安·勒佛居恩，勋伯格认为《浮士德博士》剽窃了他的作曲发明，因而怒气连天，不容安抚。对托马斯·曼来讲，更重要的是，是否要将西奥多·阿多诺所起的作用公布于众，以安抚自己的愧疚之心——阿多诺为他出言献策，在几个关于音乐的段落里甚至是合作者。托马斯·曼在写一篇文章，题为《〈浮士德博士〉一书的形成》(*Die Entstehung des* Doktor Faustus)，想特别褒奖阿多诺所起的作用。对艾丽卡和卡蒂娅·曼来说，这么写太过分，有损于原创天才托马斯·曼的声誉，所以要求删减阿多诺写的段落。托马斯·曼在日记里写道，艾丽卡这样做，其

中一个原因是她“对阿多诺怀有敌意”；妻子则相反，她觉得，人们将会“大失所望”，要是托马斯·曼实情相告的话：经阿多诺的同意，他“照搬”，即采用了阿多诺的建议。[46]最后，托马斯·曼同意她们提出的作删减处理的建议。

艾丽卡·曼跟布鲁诺·瓦尔特之间的爱情关系原本已告结束。可到了秋天，剧情反转。卡蒂娅·曼告诉此时已前往阿姆斯特丹的克劳斯，“傻乎乎的”布鲁诺·瓦尔特把女歌唱家黛莉亚·莱因哈德（Delia Reinhardt）接到美国，当年在慕尼黑她就是瓦尔特的情人。“这事对艾丽卡的触动——历经了那么多风风雨雨之后——比我想象的要大得多，她确实曾把自己全身心的爱交给了这个不伦不类的家伙，虽说他在艾丽卡面前表现得糟糕透顶，跟他彻底分手也不是那么轻松的事。这一次是艾丽卡自己非要这么做的。”[47]更糟糕的事情还在后头：11 月，母亲告诉克劳斯，在最新的一次谈话中，布鲁诺·瓦尔特对艾丽卡说，他想把他们的关系——他们的爱情火花肯定不断地复燃过——最终回归到一种“自然的”形式上来，对他来讲就是“父辈的基础”上 / 328
来。[48]艾丽卡大发雷霆，备受委屈，深深地受到了伤害。她写了好几封愤怒的信，最终断绝了跟布鲁诺·瓦尔特的联系。在他们谈话前不久，卡蒂娅·曼曾经在信里这样惊叹：“对这么一个谎话连篇的家伙，怎么能够走火入魔到这步田地呢！”[49]所有这些事都不能让托马斯·曼知道，这又是一个问题，因为艾丽卡总得找出个自圆其说的借口，为何父亲的这位朋友来访时她每次总是碰巧有事要做。对她来说撒个谎并不难，但在这种情况下要比其他情况难多了。

为祝贺克劳斯·曼过 42 岁生日，托马斯·曼给在阿姆斯特丹的儿子写了一封信。他回忆起克劳斯出生时的情形，说所有的人都为这“漂亮的小男孩”感到高兴；托马斯·曼写道，一场盲肠炎“在你9岁时差点把你从我们手中夺走”，“前不久你又差点离去”。他活下来了，全家人无不“打心底里”表示感激，他要继续“活下去”，“你那么可亲可爱，聪慧又理智，虽说内心忧郁，但始终与人为善，勤奋耕耘”。[50]父亲在替儿子担忧。

圣诞节，一家人聚集在父母家里，克劳斯也从欧洲赶来，只有博尔吉斯一家留在了芝加哥。格蕾特和米夏埃尔·曼来了14天，然后将两个儿子留在祖父母家里三个月，甚至要他们在圣莫尼卡上学。戈洛·曼从父母家写信告诉朋友马努埃尔·加瑟，圣诞节前“父母家里人满为患，吵吵闹闹的”，他还介绍了当学院老师的生活以及对遥远的德国的一些看法。眼下，德国对他没有吸引力，因为媒体的文章对姐姐艾丽卡——在她就封锁柏林发表看法以后——进行了恶语中伤，这让他感到厌恶，虽然他在政治上跟姐姐的看法并不相同。表现最抢眼的是《每周回声报》（*Echo der Woche*）主编哈利·舒尔策－维尔德（Harry Schulze-Wilde），他把艾丽卡·曼——按照血缘关系把弟弟克劳斯也带上了——称作斯大林的间谍，却连寻找证据的功夫也不肯 / 329 花。戈洛·曼告诉加瑟，他知道总是谈论“我和德国”这一题目会让老朋友感到厌烦。但是，“我不信任德国人”。舒尔策－维尔德之类的人物在当今的德国如鱼得水，但“我不行；我爱真理、缜密和品味，容不得半点沙子，我坚决避免任何下流的极端（也包括对德国的极端仇恨），命中注定要走自己的路”。然后，戈洛·曼谈到哥哥克劳斯——他跟加瑟在1933年曾经有过一段绯闻。“现在，他在世界上没有多少位置；我也没有多少，只不过我需要的没那么多，我可以保证自己有那么一个苟且偷生的角落，没有多少空气用来呼吸和成长，却有足够的空间让我苟活下去。”克劳斯“目前状况似乎不错，可不管在他还是在其他人那里从来打听不到真相”。[51]

除夕夜，家里一片热闹的景象，莫妮卡却因“歇斯底里地发飙”而再次显眼。本来说好去纽约的，现在一下子又不愿意走了。卡蒂娅·曼帮她租房子，“经小普林斯海姆的帮助在好莱坞落了脚”，托马斯·曼在日记里记道。“还来个愚蠢的红杏出墙。[我]没兴趣管这些事。”[52]几个星期后，莫妮卡最终还是去了纽约，她的一篇文学作品寄到了父亲这里，请求父亲作个评价。“亲爱的小莫妮，该说什么好呢！”父亲回答道，“你这么直截了当地让我进行评价，其实不大合适。你几位兄弟姐妹也都写作，却从未这样做过，我也从未在编辑作出评价之前评价过他们的什么作品。”托马斯·曼认为，作为父亲，他反正不够客观。莫妮卡的文章是“一篇细腻的抒情小品，也许力度差点，但不乏魅力，韵味十足。和以往一样，你有时候能找到十分地道的表达，有时候则是表面上地道，实际上并不合适”。父亲写道，作品的那些主题并非完全和谐，某些细节也是如此。“写作时，实事求是和准确的记忆至关重要。”他要莫妮卡“不要多想，把这首小诗寄给《新评论刊》”。“我们都相信，这首诗会找到欣赏者的。作品有点梦幻和诗情的品味，即便不完全算得上诗作，那也离一篇诗作不远了，这就够了不起了。祝你好运！”[53]《新评论刊》感谢赐稿，却不予采用。 / 330

对于新年的到来，克劳斯·曼在日记里写的第一句话，是他的决心：“这日记我不再继续写了。我不期望能活过今年。”[54]

此时，米夏埃尔·曼有了一个雄心勃勃的计划。他想尝试着当个独奏演员并在欧洲巡回演出，主要想演奏现代音乐。他已向旧金山交响乐团辞职，本演出季结束时走人。年初的头几个月，他利用两个儿子在祖父母家的机会着手准备工作。这些计划并非十分成熟。米夏埃尔打算通过私人关系来推动计划的落实。“我弟弟想于 1949 ~ 1950 年演出季在瑞士、德国和其他国家举办音乐会”，戈洛·曼写信给一位在海德堡的女朋友。“他算不上什么音乐大家，但中规中矩，可以演奏各种不知名的、现代的和美国音乐，还有我们这类人不感兴趣的那些音乐。”戈洛·曼问她，能否帮忙在海德堡组织一场音乐晚会。“不是为了钱，而是玩个心跳、攒点名声而已，可以办个半私人性质的。不知哪儿有喜爱艺术的音乐协会或类似的团体？我附上一份这个乖小伙子的节目单；他至少在政治上无可非议，从未在哪里讲过或写过关于任何人的任何话，连想都没想过，因为他对这些事没有任何兴趣。”[55]

3 月 22 日，米夏埃尔·曼给父母发去一份电报：他将于第二天把孩子们从太平洋帕利塞德接走。“很意外”，托马斯·曼这样评论儿子的临时决定。得把孩子们从学校里接走，祖父不能再带着弗里多散步，再给他读故事书，跟他开心地说笑，就像日记里记录的那样。第二天，格蕾特和米夏埃尔·曼带着孩子从太平洋帕利塞德向东横穿美利坚大陆，驱车 4500 公里，目的
/ 331 地为纽约。途中，他们刚抵达新墨西哥（New Mexico），米夏埃尔·曼便写了一封信给母亲，报告路上的情况：汽车抛了一次锚，他们看到了印第安人的村庄并从村子里开过去，还介绍了孩子们的情况。“弗里多当然整天都唠叨在祖父母家里的生活（格蕾特套他的话），比如说托尼怎样把水倒进爷爷的礼帽里，爷爷只是轻轻地拍了他一下——而你碰也没碰他……”之前，米夏埃尔在太平洋帕利塞德逗留的时间不长，对父母和大姐的印象不佳。“你们三老都有点疲惫不堪的样子，”米夏埃尔写道，“我只

希望这跟孩子们在家里待了三个月没有什么太大关系。”[56]

冷战开始，没有任何地方比在德国表现得更为明显。几个月来，西方通过空中走廊向柏林运送物资，以克服苏联的封锁。迄今为止，托马斯·曼对苏联共产主义的看法受到几个因素的影响：苏联进行的反希特勒的艰苦斗争，他对苏联人民的同情，尤其是对其文学的好感。面对 1945 年以后斯大林在德国以及东欧国家实行的具体政策，即用暴力分别建立起依附于莫斯科的共产主义政权，托马斯·曼开始产生了怀疑。12 月，托马斯·曼还把目光投向中国——共产党在内战中逐步占据上风——并在日记里写道，共产主义虽然“在方法上令人厌恶”，可“现在或许是唯一一个可以有所作为的力量”。[57] 3 月的一个早晨，托马斯·曼在饭桌上说——更多是说给艾丽卡而不是妻子听的：“共产主义可不是什么娱乐。这是一个严酷的苦修士世界。也许我们应当赞同针对它的保护措施”，即赞同美国的“遏制”政策，支持西欧成为在东欧的对抗苏联霸权的反制力量。[58] 对此，艾丽卡·曼肯定不表苟同，但具体答复并无记载。她一再就政治问题进行争论，甚至跟亲爱的父亲，这一点大概可以确定无疑。托马斯·曼在夏天不仅想去欧洲旅行，甚至考虑前往慕尼黑，为此爆发了一场激烈的冲突。3 月的一个夜晚，海因里希·曼和克劳斯及戈洛来玩，又谈起可能去德国的旅行。艾丽卡气呼呼地离开了桌子。父亲感到疑惑不解：“她对我可能访问慕尼黑感到伤心，这样做不理智。”[59] / 332

在此期间，克劳斯为了写一部小说，想经纽约去阿姆斯特丹，然后继续前往法国南部。小说《转折点》终于完成，克劳斯想在旅行期间交给库埃利多出版社。英语版的《转折点》译成德文时几乎变成了一本新书，因为他对该书进行了大幅扩展。3 月

20日，他跟父母、弟弟戈洛和姐姐艾丽卡告别。

不久，父母亲在艾丽卡的陪伴下也动身上路，先去美国东部，然后前往欧洲。米夏埃尔·曼已于4月让一家人先行前往苏黎世，5月，他在纽约也登上一艘赴欧洲的轮船。此时，他跟格蕾特一样，已成为美国公民。姐姐莫妮卡临时决定与他同行。母亲自问，莫妮卡是一时的兴致还是试图在欧洲重新立足。母亲写信给克劳斯，“我怕她用不了多久，就会在瑞士的文学市场毁掉自己的名声：她那半吊子天赋将因其庸俗和不自量力而黯然失色”。母亲还有一条消息——一条来自德国的消息：德国授予父亲歌德奖，打算于8月28日在法兰克福的保罗教堂举行授奖仪式并请他发表演讲。可他们根本不会在欧洲待那么长时间，从根本上来说还夹杂着一份悲观情绪。那些慕尼黑人到现在为止再也没有一点消息。不久，托马斯·曼决定接受歌德奖和演讲的邀请，艾丽卡很生气，她曾经阐述过反对的理由，态度非常坚决。

在去美国东部的途中，艾丽卡、卡蒂娅和托马斯·曼先在
/ 333 芝加哥博尔吉斯家停留，然后应艾格尼丝·迈耶夫妇之邀前往华盛顿。这对夫妇为欢迎托马斯·曼举行了一场有三十位高官显贵参加的盛大宴会。第二天，托马斯·曼在国会图书馆发表题为《歌德与民主》（*Goethe und die Demokratie*）的演讲。卡蒂娅·曼觉得华盛顿之行有点败兴，原因是艾格尼丝·迈耶“随着年岁的增加愈加摆阔显富，到了让人实在无法忍受的地步”。[60]

克劳斯·曼想在法国南部致力于小说创作。小说的框架已经构思完毕，讲的是两个英雄人物在冷战中的故事：其中一个将在故事结尾自刎，另一个则被苏联士兵枪杀。写作进展不顺利。对克劳斯·曼来说，写东西不再得心应手。现在连抑郁的情绪也难以克制，再加上一个毒品贩子卖给他的吗啡不纯净，

致使他精神恍惚。一个名叫多丽丝·冯·舍恩坦（Doris von Schönthan）的旧日女友带他到尼斯的一家医院戒毒。克劳斯在日记里只是干巴巴地记事，在信件里却尽显乐观情绪。戒毒前的那一天他给姐姐写信，说她的担心太过“夸张”，他的毒瘾并没那么大：“尽管放心吧！”[61]戒毒出院后，他从尼斯写信告诉姐姐和母亲，自己是个“完全健康的小伙子”。他已听说法兰克福授予父亲的荣誉。此次访问的时间跟成立西部德意志国家的计划几乎同步，因此，人们很有可能“提出让父亲担任总统职务”。克劳斯已经想入非非：如果是这样，那就可以“开展美好的家族政治”。“我会这样做，只让男同性恋者拿到好职位；要放开销售有治疗效用的吗啡；艾丽将以‘枢密大臣’的身份在哥德斯堡（Godesberg）出谋划策，父亲则在波恩跟苏联将军们品尝红酒……”[62]

在妻子和女儿的陪同下，托马斯·曼结束了对其欧洲之行第一站——英国的访问。在牛津，他荣获了一项名誉博士学位，在这里和伦敦作了关于歌德的演讲。应接不暇的表彰会、欢迎会和 / 334
记者招待会过后，他们一行前往斯德哥尔摩。5 月 21 日，白天出游，回到豪华旅馆后接到一条来自尼斯的消息——一封由多丽丝·冯·舍恩坦拍来的电报：克劳斯情况危急，被送进医院。接下来通了电话，真相大白：克劳斯因服用超量安眠药已经离开了人世。

*

7 月 25 日，托马斯·曼在美因河畔的法兰克福保罗教堂接受歌德奖并发表演讲，题为《1949 歌德年致辞》（*Ansprache*

im Goethejahr 1949）。这是他1933年后首次访问德国。托马斯·曼从法兰克福前往慕尼黑，该市无动于衷，未作任何接待，他接着又继续前往魏玛。当地授予托马斯·曼新设立的歌德国家奖。西部和东部德国正处于各自的建国时期——联邦德国于5月，民主德国紧接着在10月成立，两国在诸多事情上相互竞争：争夺歌德，争夺托马斯·曼，争夺德国文化。作为被争夺者，托马斯·曼思忖良久，扪心自问，倘若接受东部的奖，是否会损害跟美国的关系。最终，托马斯·曼在法兰克福和魏玛公开宣布的立场占了上风："我不认识任何占领区。我访问的是德国，作为整体的德国，不是占领区。"[63]一时间公众反应激烈，像炸了锅似的。有人威胁要暗杀"叛国分子"托马斯·曼，他和妻子——艾丽卡拒绝同行——因而全程受到保护，不致受到伤害。但总体来说，此次的故乡之行算得上衣锦还乡、荣归故里，德国人和大部分媒体都为托马斯·曼欢呼雀跃。

返回美国之前，卡蒂娅·曼写信给女儿艾丽卡，描述他们的德国之行，尤其是对德国东部的访问。她叙述前往魏玛的凯旋之旅，电台转播车和护驾的车辆，每到一地都要停车：管乐队、学生合唱团、大幅标语、花环，还有无数的市长讲话。特别是青少
/ 335 年组织——德意志自由青年（FDJ），"从早到晚尖着嗓子唱着他们的'和平版霍斯特·威塞尔之歌'①，时不时地齐声大喊：'我们欢迎我们的托马斯·曼'"，这些场景让她浮想联翩、不寒而栗，母亲这样写道。"让当地的宣传捞足油水大做文章，不知道是否正确，反正我有点怀疑，当然，从某种意义上来讲也不完全

① 霍斯特·威塞尔（Horst Wessel）系纳粹分子，他创作的《霍斯特·威塞尔之歌》成为第三帝国国歌的第二部分。

是坏事。”访问魏玛前，曾有人公开要求托马斯·曼在访问魏玛期间应当谈论附近的布痕瓦尔德集中营（Konzentrationslager Buchenwald），现在那里囚禁着新制度的敌人，其中包括正直的反法西斯人士和社会民主党人，后者反对将社民党跟共产党强制合并。对于这些声音，托马斯·曼不予理睬，那些精心策划的政治活动他妻子不喜欢，他却没有这种感觉。托马斯·曼在妻子给艾丽卡的信上加了几句话，说他“经受住了种种考验”，她可能无法想象“图林根大众节日”的盛况，当地人那样“疯狂”地欢乐，那样“万众一心”，最后写了一句“没什么可后悔的”。“所有的高人都赞扬我，因为我敢作敢为。”[64]按照托马斯·曼的定义，很多人都不在“高人”之列，比如欧根·柯贡（Eugen Kogon），他是民族社会主义的反对者，曾被羁押于布痕瓦尔德集中营。柯贡批评托马斯·曼任凭一个新的极权制度向他献媚。不久，东部德国雀跃欢呼的景象依然历历在目，托马斯·曼发表了下面这段讲话，以回应对他访问魏玛的最新批评：“专制的人民国家自有其恐怖的一面，但它亦带来积极的方面：终于有了这么一天，愚蠢和狂妄不得不在这里停止狂吠。”[65]

圣诞节来临，全家人聚集于父母家中，博尔吉斯一家也来了，米夏埃尔·曼一家这次没来，他们跟莫妮卡一样留在了欧洲。太平洋帕利塞德的气氛有些压抑，这是第一个没有了克劳斯的圣诞节日。悲伤的一年即将过去，虽说托马斯·曼表面上在欧洲赢得了无数表彰与光环。儿子去世的消息传来后，他曾跟家人商量该怎么办，随后决定继续其演讲之旅。戈洛也从加利福尼亚州提出建议，要他继续旅行计划。至于戈洛这样说是什么意思，是否要父亲不加休息、马不停蹄地继续旅行，以至于连安葬克劳斯的时间都腾不出来，这一点并无记载。而事实上就是这么做 / 336

的。5 月 24 日，米夏埃尔·曼从苏黎世赶来，他是唯一的家庭成员，送了哥哥最后一程。弟弟在哥哥的墓前用中提琴演奏了一支巴洛克作曲家贝内代托·马尔切洛（Benedetto Marcello）的曲子。同一天，父亲在乌普萨拉（Uppsala）作演讲，妻子和女儿陪伴在他的身边，而没有去尼斯克劳斯的墓前。人们没有找到克劳斯有什么告别信，有一封寄给母亲和姐姐的信倒是寄到了，写于他服用致命的安眠药的最后那个日子。克劳斯在信里说情况还算“过得去”，然后再次抱怨钱不够用。他提到一家德国出版社给他的一封信，该出版社原本打算出版《梅菲斯托升官记》一书，现在又胆怯地放弃了这一计划。因为格伦特根斯在德国又发挥“重要作用”了。“就是不敢担风险！”克劳斯·曼气愤地答复这家出版社。“总是害怕权势！都知道最终的结局如何：最后是那些集中营，事后都说从来没听说过……”[66] 克劳斯·曼在其最后一封信里写道，人们是不会把他的这一答复“公布于众的”。这封信没有指出未来是什么，不过是一曲悲凉的哀歌而已。[67]

儿子过世后，托马斯·曼作出的反应是进行指责，就像对待他身边的人自杀一样，那些人的死都曾给他造成沉重的打击：“害人、丑陋、残忍、冷酷、不负责任”，怎么“能”让母亲和姐姐承受这样的打击；[68] 他决定不再过问此事——从此，不管写信还是写日记，儿子克劳斯几乎都不再被提起，托马斯·曼也从未去过儿子的墓地。艾丽卡·曼给她年轻时的情人帕梅拉·韦德金德写信，感谢她的唁函，虽然她俩已多年未有联系：“我还不
/ 337 知道，该怎样活下去，只知道，我必须活下去；根本不敢想象，没了他，我这日子如何过得下去。”[69] 圣诞节前不久，托马斯·曼在为艾丽卡发愁，担心她的“愤世嫉俗、好激动”，担心她的

“忧伤，以及动辄仇恨、跟一切决裂的倾向”。夏天，艾丽卡最终跟马丁·贡佩尔特吵翻了，他还一直爱着她，她却不想再跟他有任何关系，原因是受《生活》（*Life*）杂志委托，他曾陪同托马斯·曼赴欧洲旅行。卡蒂娅·曼写信告诉伤心欲绝的贡佩尔特，艾丽卡·曼大概知道自己反应“太过分”，但她的悲痛已演变成“破坏性的极度悲愤”，“大概只有一项真正能够让她满意、符合其天赋的工作才能把她从中解脱出来”。[70]而给父亲当助手不可能是这样一种工作，卡蒂娅·曼这样认为，却没说出口。

圣诞节期间，艾丽卡跟弟弟戈洛就政治问题进行争吵，后来又跟“女主席”——小妹伊丽莎白争论，她可能在信里无意间写错了，托马斯·曼这样猜测。[71]几年来，伊丽莎白·曼·博尔吉斯支持丈夫关于创建世界宪法的各种计划，帮助他出版有关的杂志。按照他们的想法，第二次世界大战结束后应当迎来一个新时代，对世界的统治应当是全球化的、和平的，不受任何民族利益政策的干扰。不是博尔吉斯，而是他太太要在下一年担任世界邦联主义者总协会（Dachverband der Weltförderlisten）主席一职。艾丽卡·曼讥讽妹妹的雄心大志，嘲笑她为建立一个世界政府正在做着黄粱美梦；米夏埃尔·曼也写信讽刺这位“世界女主席及其丈夫”，还顺便提到，父亲最爱的孙子、他的儿子弗里多变得“太胖了”，一副“小市民”的样子。[72]其实，让伊丽莎白成为女主席的各种计划对她丈夫的打击最大。博尔吉斯觉得受到自己太太的排挤。几个月后，伊丽莎白写信告诉母亲，博尔吉斯有“性格缺陷”，缺乏团队意识，为此，人们才想要她而不是她丈夫担任这一职务的。[73]到了1949年底，博尔吉斯两口子的冲突也让曼氏家里的气氛更加郁闷。朱塞佩·安东尼奥·博尔吉斯甚至向岳母卡蒂娅告状，说“麦迪既有野心又傲慢，试图排 / 338

挤他”。家人嘲笑这位“傻丈夫”，但这段时间，就连博尔吉斯“火山爆发”式的性格也不能带来真正的欢快了。[74]

1950年3月1日，米夏埃尔·曼坐在火车上给母亲写信。他刚结束斯堪的纳维亚音乐之旅，由妻子陪同，正在回苏黎世的路上。两个孩子在格蕾特的父母——苏黎世的莫泽尔家里。米夏埃尔写道，他努力在欧洲成为有影响的音乐家，目前成效不错。他告诉母亲，“在马尔默（Malmö），人们一再强调我根本就不需要著名父亲的名声，而在其他所有地方只要客气地提到我们家族的荣耀就行了”。代理人坚持要用曼氏的显赫名字做广告，这可以理解。过去的几个月里，米夏埃尔·曼在德国和瑞士举办音乐会，他拉中提琴，由一位女钢琴家伴奏。他演奏的是古典和现代作曲家的作品，从巴赫到欣德米特（Hindermith）和克热内克（Krenek）。还有一场演出是在苏黎世音乐学院——他曾经学习过的地方，也是1936年甩了院长一记耳光后不得不走人的地方。《新苏黎世报》对这场音乐会的评价比较善意。评论家写道，演出当然并非完美无瑕，中提琴手热情奔放，女钢琴家贝伯尔·安德里亚（Bärbel Andreae）冷峻严肃，风格不配，但米夏埃尔·曼的“力量触及心灵”，极具“表现力”，值得赞扬。[75]米夏埃尔在信里告诉母亲，荷兰新闻界的评价不高，但斯堪的纳维亚的各种好评把“令人讨厌的阿姆斯特丹的伤痕”“细细抚平了”。
/ 339
现在，本季的音乐会行将结束，现在是对不久的未来进行思考的时刻了。他不想放弃已经取得的成果再回到加利福尼亚州，重新在交响乐团寻找位子。虽然不能指望下一个演出季的收入能比现在多，靠这些音乐会微不足道的酬金他也养活不了自己，更何况还要养家糊口了——“但即便我以前在旧金山交响乐团不停地演出，收入也没完全够用啊”。此话要表达的意思，母子俩根本就不用多讨论。在上封信里，卡蒂娅·曼告诉米夏埃尔，她刚刚不得不交16000美元的收入税，几乎相当于八年前在太平洋帕利塞德造房子花的钱。米夏埃尔·曼回复说，真“可恨”。“你们现在要是变穷了，对我自己来说也够难堪的。”[76]

米夏埃尔的信寄到太平洋帕利塞德时，家里正在为其他事情发愁。海因里希·曼去世了。他在美国的这些年过得悲惨，几乎无声无息。但是，离弟弟不远，又由弟媳妇卡蒂娅照顾，他觉得老有所依，所以几个月来一直回避民主德国向他提供的诱人条件，即接他去东柏林，任命他为艺术科学院院长。还没等到正式作出答复，他便于3月11日告别人世，享年78岁。托马斯·曼在日记里写道，他现在是“五个兄弟姐妹中最后一个守护者”[77]——比他小15岁的弟弟维克多早在上一年已突然撒手人寰。

冷战正在毒化美国的政治气氛。曼氏一家人移民美国时，认识的是一个具有世界胸襟、宽容、保证言论自由的国家，但是，在不同制度的世界性冲突中，一种歇斯底里的气氛正在形成，在这种气氛下，人们对共产党人——真的也好，假的也罢——产生恐惧，似乎一场革命危在旦夕。托马斯·曼也被猎共分子盯上，尤其是他年前去德国旅行以后，当时他访问了苏联占领区。记者尤金·蒂林格（Eugene Tillinger）发动了一场针对他的运动，视他为共产主义的同情者。4月，托马斯·曼要在华盛顿国会图书馆发表其每年的演讲。六年前停止每月支付图书馆“顾问”的酬金后，双方达成协议，每年作一次演讲，出场费为1000美元——由艾格尼丝·迈耶资助。托马斯·曼题为《我的时代》（*Meine Zeit*）的演讲稿已经撰写完毕。他在日记里写道，这篇演讲“或许具有历史意义”，要比1930年的《致德意志民族》“更加恢宏”。在当年的那篇文章里，他号召德国中产阶级在跟 / 340

纳粹党人的斗争中同社会民主党人结盟。[78]托马斯·曼打算在华盛顿公开表达他对苏联及其人民，对俄罗斯文学和革命的同情。他想告诉大家，现如今，每一个“有理智的人”其实都是“温和的社会主义者”。作为演讲的结束语，他要宣布其大同世界的梦想，要求美国去实现这一梦想：在这大同世界里，不再是各民族的利益决定政治，而是有一个世界政府，它将为了和平，为了公平分配所有财富而努力。苏联倘若反对这些计划，那就将证明，它是一个帝国主义国家并且拒绝和平，就像现在所有人都宣称的那样。[79]

3 月 23 日，托马斯·曼接到女友艾格尼丝·迈耶的一封信。信中写道，国会图书馆新馆长提议放弃今年的演讲，原因是当前的政治形势和对托马斯·曼的公开批评，尤其是针对他造访德国东部以及接下来发表的不当言论——关于共产主义专政的“善举”之说。艾格尼丝·迈耶本人也同意此项建议：当前，“对共产党人的围剿已失去理智”，在这种情况下，托马斯·曼的名字很容易“成为攻击的靶子”，为此，必须保护他不受侵犯。“而且，亲爱的朋友，我们实话实说吧，您给那些反对理性的敌人提供了太多攻击的炮弹。”[80]托马斯·曼在回信中没有表露失望的情绪，同意这一决定，他根本不想招惹进一步的抗议。他还写道，前段
/ 341 时间，因为怒火中烧，确实写过一些“愚蠢的东西”。[81]后来，他在芝加哥不太知名的地方作了这一演讲。

就在艾格尼丝·迈耶的信到达的同一天，托马斯·曼收到彼得·苏尔坎普的一封信，此人自 1936 年起领导费舍尔出版社留在德国的那一部分。1945 年，苏尔坎普跟戈特弗里德·贝尔曼·费舍尔协商一致，把他领导的出版社跟贝尔曼·费舍尔的流亡出版社重新合并。过去几年，双方已进行了合作，流亡出版社

发放出版许可，其书籍由这家名为“苏尔坎普出版社”的德国出版社出版，该社曾经不得不把“犹太”人名——费舍尔去掉。托马斯·曼的《浮士德博士》德国版即于1948年在苏尔坎普出版社出版。此时，彼得·苏尔坎普在他的信里向托马斯·曼报告，已跟贝尔曼·费舍尔分道扬镳。双方不得不对簿公堂，解决争端。一方是贝尔曼·费舍尔，他回到德国代表这个犹太出版商家庭，要恢复被驱逐的老东家的各种权利；另一方是留在德国的苏尔坎普，他为出版社努力工作，并为此付出了代价，不得不在纳粹分子的集中营里蹲了几个月：双方未能通过协商取得一致。这

图37　在托马斯·曼75岁寿辰庆典上：托马斯·曼跟格蕾特、卡蒂娅、艾丽卡、伊丽莎白和米夏埃尔·曼在一起，地点为苏黎世

又是一场流亡者与“内心流亡者”的对峙，相互都无法理解。第二天，托马斯·曼写信给其出版商贝尔曼，提出警告。信还没寄到，争端已见分晓，苏尔坎普与贝尔曼达成谅解：费舍尔家拿回出版社，而苏尔坎普获准成立一家新的出版社并带走一批决定跟他走的作家，这些人都是他领导费舍尔出版社时的作者。联邦德国两家最重要的出版社，一家新建，一家重生。至于说两位出版商的合作究竟为何失败，这个谜至今尚未解开。

夏天，曼氏一家人赴欧洲旅行，有的已经在那里。6月6日，托马斯·曼的75岁寿辰庆典在苏黎世隆重举行，只有莫妮卡缺席，她已于4月回纽约了。鲜花、电报、贺信、生日贺语从世界各地雪片似的飞来。晚上举行了盛大宴会，来宾们讲话，托马斯·曼宣读了准备好的答谢辞。他没有提到一年前过世的儿子克劳斯。事后，估计经艾丽卡或卡蒂娅·曼的提醒，他在日记里写道，“本该纪念一下可怜的克劳斯的”。[82]第二天，妻子告诉他，她下身必须做手术，考虑到他这次过大生日，所以一直没开口。次日，卡蒂娅·曼就被送进了医院。

米夏埃尔·曼在奥地利的施特罗布尔（Strobl）租了一幢房子，准备带着家人前去度假。动身前，托马斯·曼表示，想带弗里多去加利福尼亚州。他在日记里写道，这事可能办不成，因为不清楚米夏埃尔和格蕾特何时回美国；让母亲跟她儿子分离得
/ 343 太久好像不大可能。好在钱的问题似乎已经解决。托马斯·曼写道，虽然米夏埃尔在欧洲逗留的时间或许要拖延至几年，但至少不会让他掏腰包。最近一段时间，米夏埃尔一家人的生活都是格蕾特的父亲“莫泽尔先生在掏钱”。[83]

这年夏天，阿姆斯特丹的库埃利多出版社出版了《纪念克劳斯·曼》（*Klaus Mann zum Gedächtnis*）一书，文章由艾丽

卡·曼和弗里茨·兰茨霍夫征集而来，作者系克劳斯的朋友、患难与共者及同事。这是记录他一生的文献：文章来自世界各地，用三种文字写成，著名作家有厄普顿·辛克莱、麦克斯·布热特（Max Brod）和利翁·福伊希特万格；这又是他一生各种失望的写照：几乎没人提到克劳斯·曼的著作，许多文章，如厄普顿·辛克莱的，肤浅到无以复加的地步（他写道，他们俩相识于克劳斯·曼1927年环游世界之际，克劳斯很喜欢辛克莱的著作，因此，辛克莱很容易就喜欢上了克劳斯）。还有一种失望，克劳斯·曼也无须经历了，那就是众多名人的名字没有在书里出现，排名第一的要数安德烈·纪德。克劳斯尊他为良师益友，经常在巴黎跟他见面，还于1943年将一本书献给他。纪德于1947年荣获诺贝尔奖，居然不知道该给克劳斯·曼写点什么。在书的前言里，托马斯·曼描绘儿子“好玩淘气、天资聪慧的童年”，叙述把他打造成“男子汉”的流亡岁月，称赞他辛勤耕耘，属于“同辈人中最有天赋者”之一，“甚至是最具天赋的一个”，虽然他的写作往往“一蹴而就，信手拈来”。托马斯·曼还谈到儿子在青少年早期就产生过对死亡的渴望，以及父亲的成功给他的生活投下的“阴影”。[84]

写得最漂亮的纪念文章是一位名叫汉斯·凯尔宋（Hans Keilson）的作家寄来的，纪念集的其他作者对他均一无所知，他本人也不认识克劳斯·曼。汉斯·凯尔宋于1933年作为最后一个犹太裔德国作家在费舍尔出版社发表了长篇处女作《生活还在继续》(*Das Leben geht weiter*)，不久便流亡荷兰。他在当地躲藏起来，熬过了第二次世界大战和德国的入侵。凯尔宋以心理医生为职业，很少写作。但是，当他于2011年以101岁的高龄谢世时，全世界都称赞他为20世纪最伟大的德语作 / 344

家之一。1950 年，他曾谈到是如何开始写作的：他当时在勃兰登堡的乡下当中学生，是通过托马斯·曼的小说《无秩序和早先的痛苦》了解到他儿子克劳斯的，据说克劳斯在这部中篇小说里被塑造成贝尔特的形象。凯尔宋讲述当时怎样弄到了克劳斯·曼的处女作《在生活面前》，被短篇小说《宋雅》(*Sonja*)感动得死去活来。这篇小说“让我感到震撼，那种震撼只可能源自那么一种感觉，即这是你自己本来也可以完成的，或至少是希望能够完成的”。[85] 克劳斯·曼因此而成为他本人走向作家生涯的“推动者”。

莫妮卡·曼也为克劳斯写了一篇纪念文章：“但愿他乐于助人的本性能够变成唯一的一个请求，出于孤独……他身上的犹太血统……他的那些论点虽然击中要害，却无以藏身。”[86] 艾丽卡拒绝在纪念集里收入妹妹的这篇文章。

*

6 月 25 日，即托马斯·曼过完生日三周后，朝鲜战争爆发。这个国家是分裂的德国在亚洲的翻版：曾被日本吞并，然后被同盟国解放，不同的政治制度——共产主义的北方跟亲西方的南方——在这里相撞。朝鲜战争中，中国站在朝鲜的一边，而南方却受到美国，还有后来的联合国军的支持；有些人担心，这场战争有可能演变成一场新的世界大战。就在战争爆发的那一天，卡蒂娅·曼手术后正在医院里跟并发症鏖战，拿到了止疼的吗啡，托马斯·曼则在苏黎世的道尔德豪华酒店（Grand Hotel Dolder）遇见了一个他喜欢的人：“慕尼黑来的跑堂，长得真帅。”女儿艾丽卡半忧半喜地看着父亲在接下来的几天里寻找机会，跟这位跑堂“弗朗策尔（Franzl）”接触。“我还在端详着他的脸，艾丽卡一边拉着我的袖子一边骂我。反正也不可能在大厅里继续聊下去，别人看我的眼神那倒无所谓，那些人在观察我是怎样热情地点头告别的。他肯定看得出来，我喜欢他。我还告诉艾丽卡，这跟喜欢上一只漂亮的卷毛犬并无二样。这事跟情色没什么关系。她不大相信。”卡蒂娅出院后也知道了这件事。“吃中饭时，那个‘万人迷’有段时间就在附近，”托马斯·曼写道，“卡蒂娅对他很客气，那是因为我。”那个“道尔德的小伙子”几乎每天都魂牵梦萦般地出现在日记里，托马斯·曼只是偶尔提醒自己：“回归写作，不要沉浸在这种幸福里，必须这样做。这是所有天才的规则（或源泉？）——”这次的回归真难，离开酒店后还是这样。“受了太多煎熬，凑了太多热闹，让我神魂颠倒。像木偶似的被这个世界牵着鼻子好好玩了一回”，托马斯·曼于8月底写道，此时他已踏上归途，在芝加哥写进日记里。“我为什么写这些？为了在我死之前及时毁灭我自己？抑或希望世界了解我？”[87]

托马斯·曼本希望弗里多跟祖父母去加利福尼亚州并留在他们那里，这一想法此时已经弃而不谈了，这让10岁的弗里多很不开心。米夏埃尔·曼从施特罗布尔写信告诉母亲，他在弗里多那儿找到一张“秘密纸条”，上面写着他打算如何实现自己的愿望，能跟祖父母同行：“给爷爷写信”——那封信已经被找到并没收；还要找“伯伯戈洛”帮忙。有人——托马斯·曼——“最近用一些不负责任的话”让这孩子“神魂颠倒”。米夏埃尔·曼在信中告诉母亲：他可是“尽心尽力、打从心底里为这往往非常冷峻的孩子”付出了一切，“收获的却是忘恩负义”。[88]

在卡蒂娅、艾丽卡和托马斯·曼回美国之前，伊丽莎白寄来

图38　1950年左右，父母跟米夏埃尔、艾丽卡和戈洛·曼在一起

了一封信，她在信里——就像父亲日记里所写的——“多少有些遮遮掩掩地警告我们，暂时别回去”。朝鲜战争爆发后，女儿觉得美国不再安全——而家中早已开始讨论是否应当再次移居欧洲的问题。“形势的最新发展日益严峻，这个问题越来越现实。如何能暂时待在这里？在瑞士当美国难民？派艾丽卡去那边处理家产？不能派她去，因为她有可能受到警察的虐待？”“那边”即美国，“一切都在朝着战争的方向发展”，这一点托马斯·曼觉得“十分清楚”。其实，他想最好能“蜷缩在加利福尼亚州的某个犄角旮旯”静观事态的发展。“关键问题是艾丽卡。”[89]最后，他们决定上路。

好几年了，这个“关键问题”一直在争取获得美国护照。艾丽卡·曼一如既往地信赖美国——这个她在1938年把全家弄来的国家，虽说有各种疑虑，而且这些疑虑越来越大，可她还是觉得这里是最好的第二祖国。这一年，她再次用尽浑身解数，想拿到美国国籍，却白费力气。不批准她的申请，却又不予拒绝，一直让她干等着，究竟具体原因何在，她不知道。她有感觉，也许跟其政治言论有关，她那样公开批评美国，再加上其他一些言论，使她在那些猎共分子的眼里成为苏联的同情者。但是，谁要是看看她写的东西和公开作的报告，就绝对不会获得这种印象。人们可以了解到艾丽卡·曼毫不妥协坚决反对的东西，可以读到一些对美国严厉的、也许不公正的批评，而对苏联却较为谨慎；她追求的东西既模糊，也不确定，但可以肯定，绝非对共产主义的宣传。到了12月11日，艾丽卡·曼受够了。她撤回入籍申请，并给纽约移民中心主任写了一封长信，这一做法让她的律师瞠目结舌。艾丽卡在信里指出，她为美国作出过贡献，曾以战地记者的身份忠实地为国家服务，也没有忘记提到她因其“爱国行动”所获得的各种荣誉。她痛斥这种不光彩的移民程序，对其周围人士进行盘问，拖延时间，还有各种怀疑。所有这一切造成她目前既不能去作报告，也不能继续当记者。“纳粹把我从我的出生地德国赶走，我在那里曾经相当成功；随着希特勒在欧洲的影响日益增强，我被迫离开欧洲大陆，在那里，我曾经巡回演出上千次，献上我自己的表演；当下，我眼看着自己在这样一个国家——在本人没有任何责任的情况下——沉沦，一个我热爱的国家，一个我曾经希望成为其公民的国家。”[90]

艾丽卡·曼跟美国有关部门的争执愈演愈烈，但这并非年底时家里的唯一一场危机。11月20日，朱塞佩·安东尼奥·博尔吉斯把电话打到了太平洋帕利塞德：伊丽莎白“有了爱情”，她刚刚向他坦白了。是一个阿根廷人，年纪跟她差不多大；伊丽莎白于1949年在巴黎认识的他，不久前把他弄成了世界邦联主义者协会总书记，她现在自己任主席。卡蒂娅·曼必须马上来。[91] 就在当天晚上，67岁高龄的母亲坐上火车前往芝加哥，行程3200公里，一天半后抵达那里。到达当天，卡蒂娅·曼写信告诉丈夫情况如何。伊丽莎白来火车站迎接母亲时就告诉她，这样做的原因“并非主要是跟那个阿根廷男人的炙热爱情”，“而是一种愿望，要结束一种早已无法忍受的状况”，即寻找一个由头，逃脱婚姻。孩子的问题，“还有完全精神错乱、婚姻失败的丈夫的现状”让伊丽莎白非常压抑。卡蒂娅·曼继续写道，她人刚到，博尔吉斯就把她请去书房，“一人叽里咕噜了两小时”。“他立刻觉得，我要从他手中夺走伊丽莎白（我没想过非这么做不可），而他在尽一切办法挽救这段婚姻，这一点我在听电话时就感觉到了。我们当然没有取得什么结果，他面无血色、暴跳如雷地来吃中饭，突然间又缩了回去，麦迪跟着他进去，没过几分钟，他们俩双双回到饭桌上，博尔吉斯口齿不清地喊道（［女儿］尼卡丽，即安吉丽卡在场）：麦迪待在我这儿！伊丽莎白于心不忍，大概近期情况多少要好一些，时间长了会如何，当然很值得怀疑，虽然他肯定先会尽心尽力的。”卡蒂娅写道，现在她本可以回家了，可是路途太远，旅费又太贵，所以还要待一段时间；“但愿不要太想我”。[92]

托马斯·曼给他的朋友汉斯·赖西格写信。小说《浮士德博士》曾对他作了人物特写，两人因此而闹别扭，现在一切烟消云散，多年分离造成的沟壑也已填平。托马斯·曼在1949年首次访问德国时，汉斯·赖西格曾前往法兰克福，陪着他走了一段衣锦还乡之旅。昔日的那种信任也几乎恢复了。1951年4月，赖西格刚刚治愈了肺炎，托马斯·曼给这位朋友寄去一封信，详细报告了他本人的痛苦：臀部神经发炎，还有“颊黏膜炎”，好在控制住了。他问赖西格，是否收到了他最新的长篇小说《被挑中者》（*Der Erwählte*）——哈特曼·冯·奥厄（Hartmann von Aue）关于“善良的罪人”格雷戈留斯（Gregorius）传奇①的一个现代翻版。托马斯·曼还叙述了待在欧洲的家人，即儿子米夏埃尔的情况，说他“已发展成为一个很有前途的音乐家”，此时正跟一位“优秀女钢琴家”进行巡回演出。这位女钢琴家就是耶尔塔·梅纽因（Yeltah Menuhin），百年不遇的小提琴家耶胡迪·梅纽因（Yehudi Menuhin）的妹妹。托马斯·曼还写道，赖西格对古老欧洲的政治气氛感到不安，被迫考虑是否远走他乡，“好吧，可这里有些人还想离开呢。自然也有其原因”。[93]

这段时间，曼氏一家人不断讨论有可能离开美国的问题，这里的政治气氛让他们感到厌烦。艾丽卡·曼现在觉得美国几乎一无是处，她的看法激进化了，认为一场“法西斯革命正在蔓延中”；[94]卡蒂娅·曼在这“新世界”反正从未找到家的感觉。托马斯·曼对麦卡锡（McCarthy）时代的美国咬牙切齿，前不久，在评价小说《浮士德博士》时，除了赞誉，也有人进行了批评，这些批评让托马斯·曼忘记了过去几年获得的所有荣誉和好处。要是有人，比如说艾格尼丝·迈耶，提醒他或告诫他，他就充耳不闻。不久前托马斯·曼刚加入了一场和平呼吁，也没有仔细查询，跟他一起呼吁的都是些什么人。《纽约时报》上发表了一篇温和的批评文章，该文指出，托马斯·曼这次不是被和平主义者所簇拥，而是落入了共产主义积极分子的圈子。“迈耶又一封歇

① 格雷戈留斯为中古德语宫廷文学里的一个传说人物，哈特曼·冯·奥厄的作品探讨了罪与罚的问题。

斯底里的来信”，他在日记里写道，这位女友又一次提醒他，请他最好继续著书立说，不要从事政治冒险活动。托马斯·曼讽刺道，“这是背叛这个行善好施的国家”，“既愚蠢又讨厌”。[95] 托马斯·曼对瑞士朝思暮想，恨不能立刻离开美国。他在一封信里这
/ 350 样写道，不想“在这片没有灵魂的土地上安息”，“我没有要感谢它的地方，它对我一无所知”。[96]

在全家人里，戈洛·曼是融入美国最深的一个，虽说他并不想长久待下去。四年来，他在加利福尼亚州的一所学院教书，还找到了一位生活伴侣：埃德·克罗茨（Ed Klotz）。如果戈洛带“男孩埃德”来玩，托马斯·曼不时会在日记里提到他。[97] 不久，

/ 351 图39　1950年代，耶尔塔·梅纽因（左）跟哥哥耶胡迪和姐姐荷西巴（Hephzibah）在一起

埃德即成为托马斯·曼的中篇小说《女受骗者》(*Die Betrogene*)中的人物肯·基顿(Ken Keaton)的原型。作为学院老师，戈洛·曼几乎不再写作。年初，他获得古根海姆基金会的一项资金，现在可以在学院申请到一年不带薪的休假。戈洛打算写一本关于历史哲学的书。在受资助的这一年里，他想把大部分时间放在欧洲度过。对此，他充满着期待，但是，有几个月将见不到自己的生活伴侣，这让他感到有点美中不足。

米夏埃尔·曼自己都感到惊讶，其独奏生涯居然如此成功。由女钢琴家耶尔塔·梅纽因演奏钢琴，他俩在音乐上配合得天衣无缝。更何况这对二重奏很好“推销”：著名作家托马斯·曼的儿子和著名小提琴家耶胡迪·梅纽因的妹妹——这对二重奏年初在欧洲巡回演出时，大多数关于音乐会的评论都很友好，但许多评论家都没有忘记说明这一点。秋天，他们在美国演出，还录了一张作曲家恩斯特·克热内克的曲子，而格蕾特和孩子们留在了欧洲。一场音乐会结束后,《旧金山考核报》(*San Francisco Examiner*)的评论员夸奖这两位名门出身的音乐家演出和谐，就凭他们的水平，几乎不用提及两人的家庭，结果还是没有免俗。米夏埃尔·曼的演奏既老练又善于表达，耶尔塔·梅纽因则欢快、清新、专业。[98] 10月21日，托马斯·曼在圣莫尼卡的一场音乐会上观看和聆听儿子及其女搭档的演出：“演奏得漂亮。到后台看望他们。夸他们合作得好。”[99] 儿子“坚韧不拔的努力”和勃勃的雄心开始得到回报。[100] 两人已计划好，在未来几个月进行大型巡回演出，先在美国，接下来去欧洲旅行，最后甚至要在新西兰登台演出。

11月4日是个星期天，他们原定在洛杉矶的“新音乐协会(New Music Society)”举办一场二重奏音乐会，电台将要进行转播。可是坐在收音机前的家人及朋友们听到的不是音乐会的转播，而是一条令人震惊的消息：这场音乐会因一场意外事故被取消。耶尔塔·梅纽因的丈夫本雅明·罗尔夫（Benjamin Rolfe）打电话到太平洋帕利塞德，情绪激动地向艾丽卡·曼报告说，在去音乐会的路上，米夏埃尔在汽车里当着耶尔塔9岁儿子的面，莫名其妙地用刀子袭击并弄伤了她，随后跳车逃跑。罗尔夫说，米夏埃尔很危险，是个神经病，必须报警。没过多久，米夏埃尔来到父母家。他的说法完全两样：早晨为音乐会进行练习时，两人就发生了争吵。耶尔塔的两个孩子不停地捣乱，她丈夫也一样。在开往音乐会的汽车里，两人继续争吵，然后他在气头上抓住耶尔塔的头发摇晃，她丈夫把车停住，扑向米夏埃尔，米夏埃尔手脚并用进行自卫，有可能用鞋跟不幸碰伤了耶尔塔，可他一无所知，随后下了车，打了一辆出租车到音乐大厅，在那里等候他的钢琴女搭档。耶尔塔没来，他当时觉到很奇怪。[101]曼氏一家人对这起事件以及接下来发生的许多事情都感到异常震惊。耶尔塔·梅纽因的眼睛上方受了伤，不得不缝针。她取消了所有的巡回演出，不想再跟米夏埃尔有任何关系。梅纽因－罗尔夫一家还威胁要告米夏埃尔并要求他必须立刻离开美国，让耶尔塔能够重新获得安全感。让家人特别气愤的是，米夏埃尔居然意识不到形势的严重性，把这起事件轻描淡写地称作“儿戏”，太不当回事。家人决定，马上把他送往欧洲，好让情势平静下来。卡蒂娅·曼坚持要儿子在苏黎世去找心理医生和家里的朋友艾里希·卡岑施泰因并进行治疗。托马斯·曼在日记里写道：“老实说，他要是走了，我才会开心。他的性格我不喜欢，包括他的笑。”[102]

莫妮卡·曼又写了一篇文章，描绘美国富人的除夕派对。发邀请的是“伍尔沃兹女王（Woolworthkönigin）”。“她的皮肤似雪花石膏般洁白：这还不算什么，她还浑身闪烁着轻浮放荡的光芒。”这位百万富婆讲起尼斯和蒙特卡洛（Monte Carlo），“把右手——揉皱的雪花石膏——伸给穿燕尾服的年轻小伙子们。年已八十的她，举止彰显着其美元世界的脆嘣嘣的传奇。富得流油的悄悄话从垂老的雪花石膏的舌头上流出，戴戒指的右手不停地伸向来宾，他们鱼贯走过，轮番献媚。那只手像伍尔沃兹海绵，套满了外科手术器具般的珠宝”。[103] 莫妮卡·曼把文章寄给父亲。“亲爱的小莫妮，还真不赖！”父亲回复说。“这就是说，面对实实在在的恶心来了一场正直的恶心宣泄。所用的印象主义让我现在觉得不太舒服。揉皱的雪花石膏？脆嘣嘣的传奇？套满了外科手术器具般的珠宝？我在自问。当然，在恶心之处又从哪里可以找到恰当的表达呢！”[104]

年初，克劳斯·曼的最后一本书——其自传《转折点》在S.费舍尔出版社出版，该出版社现在又由戈特弗里德·贝尔曼·费舍尔领导。贝尔曼悉数接收了库埃利多出版社的德语作家，克劳斯·曼的这本书只是在父亲的压力下才出版的，原因究竟是经济的——如贝尔曼所述，还是担心流亡人士对过去几十年的批判性视角有可能在德国引发愤怒？出版社跟艾丽卡进行了艰难的谈判，一些有争论的段落，比如关于古斯塔夫·格伦特根斯的，被删除了。

其他一些事情，如毒品和各种情爱史，克劳斯·曼自己已经删掉。马努埃尔·加瑟写信给戈洛·曼，对此提出批评，说克劳斯在他的所有小说里曾把那些棘手的问题作为主题，在这部自传里却加以规避，对其生活的这一面闭口不谈，虽然他的伟大偶像安德烈·纪德发表了《如果种子不死》（*Stirb und werde*，法文

版标题为 *Sile grain ne meurt*），公开表白自己的同性恋，为赤诚的坦白胸襟做出了榜样。“纪德式的新教风格跟这本书是两码事”，戈洛·曼替哥哥辩护。倘若是他，也会像克劳斯一样那么做。“为何要在居心不良的歹徒面前揭露自己？要是不想揭露自己，你会说，那就别写。好吧。”[105]

《转折点》一书发挥了克劳斯·曼的历来传统——赤裸裸地表现自己。典型的天真烂漫的童年——他在第一部自传里已作过描绘——在书里随着第一次世界大战的爆发而终结。孩子们在巴特特尔茨的乡村别墅想演一出话剧。该剧的剧名克劳斯·曼曾在《这个时代的孩子》一书里提到过:《潘多拉的盒子》(*Die Büchse der Pandora*)。这是孩子们根据神话传说自己编写的故事，据此，所有的妖魔鬼怪都在盒子打开后跑到了人世间。后来克劳斯·曼自己都觉得这一剧名不那么可信，所以在《转折点》一书里舍弃了“潘多拉的盒子”这一说法，但父亲关于战争的一句话却保留了下来，据说这句话是孩子们偷听到的:“天空不久将出现一把带血的剑。”[106]后来，弟弟戈洛讲述的情况跟克劳斯的说法却大相径庭，没有那么动听，或许更为接近真相：根据戈洛的说法，这部话剧叫《入室抢劫者》(*Die Einbrecher*)，也没有发誓过会出现一把带血的剑。“当时我们在吃中饭，坐在‘特尔茨别墅’的阳台上，TM（托马斯·曼）对我们说，神情之严肃，是我从未经历过的:‘是的，孩子们，这是战争……’”[107]

克劳斯·曼在整本书里都是以这样高昂的兴致对待事实真相：他在《世界舞台》杂志开始写作时，出版人西格弗里德·雅各布森坚持要在文章上用作者的真实姓名发表，而他则希望用笔名，克劳斯宣称，雅各布森这样做是出于私心，不过是想在其报纸上引发“轰动效应”而已。就这样，在这本书里，“我写作生涯早期所犯的决定性错误”记到了别人头上，事实上，错误是他自己犯的，是克劳斯坚持要印上他的真姓大名的。父亲在那本《魔山》里的题词不久便公布于众，据说这并非克劳斯所为——而原本大书特书的父子关系在这本书里却几笔带过。埃米尔·杰林斯在曼氏姐弟俩1927年周游世界时曾热情接待过他们,《到处游历》一书以超级的热情对他进行过描写，在这本自传里，克劳斯却突然把杰林斯描绘得很不讨人喜欢。第三帝国时代杰林斯是在德国度过的，仅此就让他跟克劳斯早期的往来黯然失色。连他的那只松狮狗现在也长着一对“狡诈的小眼睛”，[108]而在《到处游历》里还是用狗友的眼光来描写的。就这样,《转折点》一书里从头至尾都充斥着许许多多曼氏家族的传奇故事。在书的最后一章，克劳斯·曼把第二次世界大战接近尾声时的信件和日记内容放进去，而这些都是他为了这一目的构思出来的。《转折点》一书不能被视作资料来源或对时代的记录。但这本书文笔流畅，用词讲究，观察深入，人物特写精彩纷呈：克劳斯·曼的小说艺术达到了其顶峰水平。

米夏埃尔·曼带着一家人在施特罗布尔深居简出几个月。他努力解决耶尔塔事件造成的灾难，给那位前音乐女搭档及其丈夫、哥哥还有父母写信，并向母亲报告所有的情况，而母亲也在加利福尼亚州尽一切努力，减轻事件对儿子造成的伤害，保护家庭的声誉。梅纽因一家对这起事件的描述不仅涉及米夏埃尔拿刀伤人，还涉及卡蒂娅·曼在谈话时对耶尔塔·梅纽因的指责：挑衅米夏埃尔·曼。卡蒂娅·曼曾以威胁的口气补充说，永远也不要让一个男人情绪失控。耶尔塔·梅纽因则回敬道：一个曼家的男人曾经企图杀死一个梅纽因家的女人。[109]

心理医生艾里希·卡岑施泰因把这事看得很淡。他告诉卡蒂娅·曼，米夏埃尔没有“特别严重的错乱”，他“精神上完全健康”，就是这么个“气质——属于其职业的气质”。[110]米夏埃尔·曼并没有多少负疚感，对梅纽因一家的愤恨倒是极其强烈。他在给母亲的信里声称，他们不应该就这件事小题大做。父母最多只要给耶尔塔付个医疗费，就他而言，掏钱给她做个整形外科手术也未尝不可。[111]米夏埃尔在另一封信里告诉母亲，给耶尔塔“那个弱智”，还有她丈夫“那个贱骨头”写了封信，可是“这帮畜生”没像他所希望的那样给他回信。[112]这段时间，格蕾特·曼满腹忧愁。她写信告诉卡蒂娅·曼，米夏埃尔对外装作若无其事，实际上很可能是“绝望透顶”。刚才他又一次大发雷霆。“这是一种敏感与报复心理的混合体，对此，你是了解的。”[113]

最后，住在奥地利的米夏埃尔把姐姐艾丽卡搬了出来——她对调解纠纷很有经验。米夏埃尔要姐姐请一位律师帮忙，阻止梅纽因家可能采取的法律措施。他向姐姐建议，可以这样来据理力争：这场冲突发生前，他曾经想方设法跟耶尔塔·梅纽因建立起一种“单纯的专业共同体”，却未能如愿。“R［olfe］女士性格怪僻（这种性格估计跟苦难的童年有关），她在个人与情色方面的问题又始终不断，所以，要建立这样一种单纯的关系显然是不可能的。”假如要打一场官司的话，一些私密的细节将浮出水面，他以此暗示跟耶尔塔·梅纽因有过绯闻。对此，对方肯定是不会有兴趣的；必须威胁“这帮可怜虫”，一场官司将意味着“一起最耸人听闻的家庭丑闻”。[114]

此时，梅纽因－罗尔夫一家根本没想要打官司，相反，他们家，尤其是耶胡迪·梅纽因有着非常良好的社会关系网，所以到处散布关于米夏埃尔·曼的事情，说他危险，是个疯子。伊丽莎白·曼·博尔吉斯认为，必须将这一情况告诉弟弟米夏埃尔及妻子格蕾特，米夏埃尔在音乐圈内已基本无路可走。[115]卡蒂娅·曼得出的结论是听天由命，并告诉了小儿子："很多事情你都是自己害了自己。"[116]

6月6日，托马斯·曼庆祝77岁寿辰。孩子们一个都没来。早晨，他跟妻子商讨"未来的问题，诸如艾丽卡、房子、瑞士和所有其他事情"，还谈到"卡［蒂娅］受艾［丽卡］的气"。父亲跟女儿相处得倒是非常和谐，艾丽卡在他面前控制自己的暴躁情绪。"我一方面感谢她，一方面又担心她很容易跟她弟弟一样。她显然不想比我们活得更久。"[117]托马斯·曼想立刻离开美国。至于说那些反对麦卡锡疯狂之举的自由运动，他几乎充耳不闻，其实有证据说明尚有另一种美国的存在：不久前，被人攻击为共产党之友的托马斯·曼当选为美国艺术与文学院院士，进入了"美国50位不朽名人"之列。就像写给艾格尼丝·迈耶的信中所述，他对这一消息一半是高兴，一半是无所谓，他感到荣幸，却没有跟美国和解。在同一封信里，他问艾格尼丝·迈耶，她为什么不是美国总统，她"一定会是个国家的好母亲"，"可能会坚持让自己的国家多关心些自己的教育，让民主更加纯洁，而不是去拯救世界"。[118]

过完生日三周后，卡蒂娅和托马斯·曼启程前往欧洲。他们走得就像去度暑假，没有跟人告别，亦不再回首。他俩在芝加哥用一天时间跟博尔吉斯一家见面。女儿的婚姻依旧不稳。此时，伊丽莎白·曼·博尔吉斯在丈夫的要求下，已辞去世界邦联主义者总协会主席的职务，倘若没有他，伊丽莎白是不可能走上这一岗位的。此外，随着冷战的爆发和联合国的成立——该组织努力将世界邦联主义者的许多想法从空想变为实践——世界政府的设想得到的支持越来越少。在此期间，博尔吉斯收到邀请，重回米兰担任教授，二十年前是法西斯分子把他从这一职位上赶走的。伊丽莎白·曼·博尔吉斯在考虑，是否单独让丈夫和孩子们去意大利，要是跟着走，就要鼓起勇气在婚姻和生活上重新开始。最后她辞退了离婚律师，开始打包收箱子。

艾格尼丝·迈耶提出想在基斯克山见面，托马斯·曼拒绝了，虽然他知道，而她却不知道：此去将不再归来。起飞前往欧洲之前不久，曼氏一家得到消息，艾丽卡·曼再次入境美国的申请遭到拒绝，提出这一申请是为了以防万一。卖掉加利福尼亚州的房产并移居瑞士，这些计划早已确定，但始终流于说说而已，这一下突然变得现实得要命：就父母而言，没有女儿艾丽卡，他们是不可能再回美国的。

莫妮卡·曼从远方关注着家人的移民举动：父母前往瑞士，艾丽卡已经早一步去往该处；伊丽莎白和一家人正准备迁往意大利；米夏埃尔眼下带着一家子在奥地利，哥哥戈洛也经常去造访，他不是在德国到处旅行，就是在写书。莫妮卡·曼前不久刚成为美国公民。其他家人都背离美国，她该如何是好呢？母亲写信告诉伊丽莎白，莫妮卡写了“好几封不知所措、情绪激动的信”，感觉她“无所适从，摇摆不定”。[119] 莫妮卡·曼此时告诉一位朋友，她“并非因为写信而激动”；“我有感觉，有人在暗中窥视我”。[120] 不能忍受寂寞、更不堪忍受独自旅行的她于 9 月临时作出决定，乘坐运送博尔吉斯一家去意大利的轮船，跟他们一起回到古老的欧洲大陆。母亲感到厄运临头：“我几乎觉得，她好像打算在欧洲赖在父母家。我的上帝呀！”[121]

米夏埃尔·曼的心情糟糕透顶。他想方设法在欧洲登台演出，偶尔也会受到邀请，却看不到新的事业前景。他争取到诸如音乐学校等地方去任教，甚至愿意为此而回到德国，可这一努力也徒劳无功。父母亲于8月到沃尔夫冈湖（Wolfgangsee）边的施特罗布尔看望米夏埃尔和格蕾特·曼时，托马斯·曼观察到“格蕾特样子憔悴，寡言少语”。她也“真不容易，跟着孩子们的这位心情烦躁、自私自利、暴君般的父亲”。[1]音乐会季节在即，米夏埃尔·曼几乎没有演出排期，就更谈不上巡回演出了。他决定返回加利福尼亚州，在好莱坞争取弄个电影音乐人的职位。他找到卢卡斯·福斯（Lukas Foss）作为新的钢琴搭档，尝试着组织在美国演出，[2]至此却鲜有成效；他还努力争取去旅行作报告，介绍新音乐，却同样无果。或许到了当地事情要好办些。在耶尔塔·梅纽因跟丈夫的争执中也涉及情爱的因素，这一点并没有逃过格蕾特·曼的眼睛。从此，她时时刻刻都盯着丈夫，再也不让他独自参加音乐会或者作报告。新学年开始之际，格蕾特和米夏埃尔把两个孩子送进伯尔尼附近的一所寄宿学校，然后前往美国。

不久，托马斯和卡蒂娅·曼在苏黎世附近的埃伦巴赫（Erlenbach）租到了一幢合适的房子。托马斯·曼写信给艾格尼丝·迈耶——他在美国的外交代理人——谈到了这幢房子，但 / 360 强调待在欧洲只是暂时的。他对往来于两大洲之间的旅行感到疲倦，心里向往着“故土”，想在这片土地上先待一年。但是，这绝对不是“背弃美国”，他“有那么多美妙和友好的事情”要感谢这个国家，他现在是，以后也还是美国公民。他们想卖掉加利福尼亚州的房子，对他和妻子来说，这房子本来就太大了。[3]没过多久，托马斯·曼了解了成为瑞士公民的可能性，并在一场记者招待会上宣布，他将在欧洲度过晚年。记者们连续发问，引诱他上当。有记者提问说，在西方的民主与东方的共产主义这两种政治制度之间，他更推崇哪一种。托马斯·曼答复说，这个问题并非三言两语能说清楚的，“最好以一本书的形式”来回答。公众对这句话的反响强烈：西方社会对他采取回避态度感到愤怒，共产主义社会则欢呼雀跃，好像托马斯·曼跟他们意见一致似的，原因是他拒绝吹捧“美国式民主”相对于“东方人民民主”的各种优势。[4]事后，托马斯·曼力图纠正这些说法，表示认同西方民主制度，但所有的努力都于事无补。在由艾丽卡起草的一份声明中，托马斯·曼出于自我保护的目的，甚至声称根本就没有人向他提出过这个问题，[5]这种辩护方式显然算不上什么妙招。

父亲日渐垂老，招架不住公众政治舆论的阴险狡诈，让人误导后说些并非深思熟虑的话，这种情况戈洛·曼已经注意了好几年了。他不时会给父亲出些主意，并且能够阻止托马斯·曼把撰写的一些时政文章拿去发表。戈洛这样做，一般都要经过跟艾丽卡的争吵，而这些文章本来是会掀起新的轩然大波的。父亲对美国的批评往往是有道理的，但对戈洛·曼来说，这些批评跟托马斯·曼谈到共产主义时的幼稚相比，显然轻重失调，面对东欧阵
/ 361 营国家的不公正与不自由，他也置若罔闻。一旦谈及这些问题，戈洛总会跟姐姐艾丽卡发生争执。戈洛指责她向父亲灌输自己的政治立场，在与公众舆论打交道时没有注意让他不讲错话。就在这年夏天，争吵又发生了，既为政治问题，也为戈洛那些来访的朋友，这些人艾丽卡一个也看不上。苏黎世的女出版人艾米·奥普莱希特（Emmie Oprecht）系家里的一位世交，曾经无微不

至地照料过卡蒂娅·曼的父母，现在又为曼家找房子而奔波。在艾丽卡的眼里，就连她也是一名美国“间谍”。[6]托马斯·曼在日记里写道，艾丽卡无疑是个非常重要的支柱，但“她的尖刻、负面的夸张、怒气，还有对待弟妹毫无耐心的方式”都让父母发愁。[7]

父亲公开声明引发的纷争还波及了美国的报纸，对这一切，戈洛·曼都从远方予以密切的关注。此时，他已回到加利福尼亚州。在欧洲待了一年，成绩显著。虽说他向古根海姆基金会申报的那本书没有写成，却发表了许多杂文与文章，好评如潮；他还作了很多报告，建立了许多关系。他没有辞去加利福尼亚学院的那个教职而去接受巴登巴登（Baden-Baden）广播电台的一项十分诱人的工作，于1952年夏末回到美国。戈洛要回到男友埃德·克罗茨的身边，他们相识时克罗茨还是个大学生，这时已成为一家中学的老师。他们俩合租了一幢房子，可是，他心驰神往的两人世界却无法实现：埃德·克罗茨带回来一个女朋友。不久真相大白，克罗茨已下决心，告别秘密的同性恋生活，给他的生活套上一件中产良民的合法外衣；同性恋在当时始终遭人非议，甚至会招惹官司，直到1976年，同性恋在美国一直处于违法状态。不久，克罗茨举行了订婚仪式。戈洛·曼很失望，从此看什么都不顺眼：学院的学生曾选举他为最可爱的教师，突然间，戈洛觉得这些学生“又笨又幼稚，还时常怀有敌意”，他从根本上“憎恨”当学院老师的生活。[8]麦卡锡时代的反共气氛从未像现在这样让他感到压抑。戈洛告诉艾里希·冯·卡勒，[9]他听到“夺权的声音”，情绪之坏跟姐姐艾丽卡已相差无几。在11月的美国总统选举中，共和党的德怀特·艾森豪威尔获胜，戈洛·曼把这次选举当作又一个例证，说明他回到美国的决定错得有多离 / 362

谱。他陷入了一场抑郁症危机，不得不去接受心理治疗。“戈洛在那边不开心”，父亲在日记里写道。“卡［蒂娅］想在我们这里收留他，可艾丽卡肯定接受不了。她已经愁眉苦脸了，因为跟麦迪都很难友好相处。可怕又可悲。”[10]

11 月底，伊丽莎白·曼·博尔吉斯带着女儿到苏黎世附近的埃伦巴赫看望父母。到意大利后，她跟家人在佛罗伦萨附近的菲索勒（Fiesole）租了一幢房子，离米兰 300 公里，朱塞佩·安东尼奥·博尔吉斯在米兰大学教书。伊丽莎白跟父亲交谈，说到她朋友、芝加哥大学教务长罗伯特·哈钦斯（Robert Hutchins）提出建议，由她来负责文化杂志《前景》（*Perspectives*）德语版的出版工作。伊丽莎白谢绝了哈钦斯的好意，可能是顾及依旧不稳的婚姻。离开瑞士后的第二天，伊丽莎白打电话到父母家告诉他们：她丈夫陷入昏迷。就在当天晚上，70 岁的朱塞佩·博尔吉斯死于脑血栓。卡蒂娅·曼立刻赶赴菲索勒的女儿家。托马斯·曼感到力不从心，不能跟着去参加女婿的葬礼，心怀忧愁地展望未来，首先是他个人的“未来”——他觉得“越来越糟糕”：“孤家寡人的日子又要来了，又要不停地接电话了。”四天后，卡蒂娅归来，结束了他“独处的憋屈”。卡蒂娅讲述“在菲索勒的经过和情况”，以及朱塞佩·安东尼奥·博尔吉斯的葬礼。托马斯·曼的日记里这样写道：“麦迪和孩子们现在对逝者要动情地显示忠诚坚守，身后的他被各个方面捧上了天。”[11]“现在”一词令人毛骨悚然。

/ 363 1953 年夏天，曼氏家族庆祝卡蒂娅·曼 70 岁寿辰。她的双胞胎弟弟克劳斯·普林斯海姆——他于 1951 年离开美国再度移居日本——从日本赶来。伊丽莎白·曼·博尔吉斯带着女儿从意大利来，东奔西颠了几个月的莫妮卡从泰辛（Tessin）辗转而来。孙子弗里多和托尼代表留在加利福尼亚州的父母亲。母亲生日庆典前不久，戈洛·曼也于7月24日赶到，他就此结束在美国的流亡生活并回归欧洲。克莱尔蒙特学院的职位他辞了，退休基金的钱也退了。今后，戈洛打算作为一名自由撰稿人在欧洲打天下。他还带了一份稿约回来：斯图加特的科尔海默出版社（Kohlhammer Verlag）要他写一本关于《美国精神》（*Geist Amerikas*）的书，介绍20世纪美国人的思维与行动。

母亲的生日庆典一如既往地由艾丽卡操办。她安排当天的活动，购买礼物，筹划了一场生日小品，由孙子辈来演出。前一段时间，母亲跟女儿相处得不总是十分和谐。自从离开美国后，艾丽卡极易受刺激，几乎一直没有改观，大女儿跟其他弟妹难以相处，让母亲痛心疾首。虽然女儿伊丽莎白作为寡妇和单亲母亲带着孩子在意大利打拼，现在还接下了那本杂志的活儿，卡蒂娅也只有在艾丽卡外出以后，才邀请伊丽莎白来父母家，以免发生争吵。在日常生活中和照料托马斯·曼时，艾丽卡也会插手指挥。这一切卡蒂娅·曼都不喜欢。托马斯·曼曾在日记里忧伤地提到妻子的愿望，要艾丽卡搬出去。[12] 过生日那天，谁也感觉不到有一丝的不和谐。艾丽卡·曼在瑞士妇女杂志《安娜贝拉》（*Annabelle*）上发表了一篇文章，粗略地勾勒了“米兰因”为“魔术师”作出的贡献。托马斯·曼在晚宴上发表了准备好的贺词。事前，女儿不得不说服父亲，必须这样做。这几个月，托马斯·曼的情绪十分忧郁，觉得自己老了，没用了，最糟糕的是，他感到江郎才尽。大剂量服用镇静和安眠药让他倒胃口，他非常怀念自己在太平洋帕利塞德的房子。在谈到美国时，他又一次发泄自己的怒火，似乎是想再次证明，回到欧洲的决定有多正确。不久前，一场官司引起了轰动：埃塞尔和朱利叶斯·罗森 / 364

堡（Ethel und Julius Rosenberg）夫妇因替苏联窃取美国原子弹的情报而被判处死刑。艾丽卡动员父亲，发一封电报给美国总统艾森豪威尔，抗议这场“司法谋杀”。艾丽卡起草的稿子内容很详细，托马斯·曼十分满意，却因为要花200多法郎的费用而发火。没过几天，消息传到欧洲，罗森堡夫妇已被处决。托马斯·曼觉得这是“卑鄙的行径”，也证明美国在从事“破坏和平的活动”。罗森堡夫妇被执行死刑的当天，托马斯·曼在日记里记下了另一起政治事件：“东柏林工人造反，肯定受到挑拨，虽然不乏自发因素，被苏联军队克制地加以阻止。出动了坦克，朝空中开枪。”[13] 托马斯·曼看东方的眼光是温和的：在这里，人们友好地向他欢呼，用外交行李袋装满稿费送到苏黎世他家；在这里，新闻媒体受到控制，他不用担心会出现用心险恶的批评。对6月17日的起义[14]，托马斯·曼在日记里进行了强烈批判，批判的却是西方的态度，西方国家——他忠实地按照东方的宣传口吻——是罪魁祸首，民主德国民众之所以提出各种要求，责任在于西方国家。“阿登纳的德国虚情假意，为苏占区的殉道者们举行悼念集会。每天24小时都在引诱和挑动那里的民众出来闹事。所有这些捣乱行为都令人发指。”[15]

/ 365 由于情绪低落，托马斯·曼在生日贺词里没有表现欢快的心情，没有讲述色彩斑斓的回忆，也没有对妻子本人进行动人的描绘，就像克劳斯·曼20年前祝贺母亲50大寿时所做的那样。[16] 托马斯·曼表达了自己的感激之情，感谢妻子为他、他的作品和全家人付出的辛劳。他希望，在悲伤的时刻，“当阴影降临之际”，妻子依旧挽着他的手，安慰他。在贺词的高潮处，托马斯·曼谈到了死亡。“黑暗的天使，他松开双手，让每个人在涅槃中孤独无助。他真的有权发号施令，对每个人都这样做吗？我不信。……我们将在一起，手牵着手，纵使黄泉之下又何所惧？倘若有任何一种来世赐予我，赐予我存在的精华，我的著作，［我妻子］都将跟我生活，与我携手并肩。只要人类纪念我，就是在纪念她。”[17]

9月，艾丽卡·曼写信给弟弟米夏埃尔。自耶尔塔·梅纽因之祸发生后，姐弟俩关系有所好转。只要能帮助人，艾丽卡心情立马大好。她告诉“亲爱的米奇”弟弟她新近的一些活动。根据托马斯·曼小说《国王陛下》改变的电影濒临“夭折”，人们请她出山，她不得不重新改写电影剧本。“请”的意思是，托马斯·曼向电影制片人宣布，如果不请他女儿当顾问并让她发挥作用，他就公开宣布抵制这一项目。于是人们就请了她。艾丽卡在咨询时态度非常坚决，给自已加了一个小角色，结果大获成功：这部电影由迪特·波尔舍（Dieter Borsche）和卢蒂·洛韦利克（Ruth Leuwerik）主演并于12月上映，观众如潮，影评也很积极。艾丽卡·曼的主要任务在于让父亲开心，说服并加强他的信心：他目前正在撰写的长篇小说《大骗子菲利克斯·克鲁尔的自白》（*Bekenntnisse des Hochstaplers Felix Krull*，以下简称《克鲁尔》）是个有价值的工程——他在1913年中断了这部小说的写作。从事电影工作也终于让她重新找到了一项有意义的事 / 366
业。托马斯·曼对“她的成功尤为满意”，衷心希望女儿能进一步获得机会，“发挥其天赋”。[18]

艾丽卡在给加利福尼亚州的弟弟米夏埃尔的信里还谈到莫妮卡的情况。莫妮卡在参加母亲生日庆典后一直待在父母家里。“莫妮说好来三周，结果一直赖在这儿。”已经两个月了，不得不又一次给她找医生，用镇静剂进行治疗，这次又要“帮她打点行李，送她到火车站”。[19]两个月后，艾丽卡·曼过48岁生日那天，托马斯·曼在日记里记到：“跟莫妮告别，9 点半由卡［蒂娅］送到火车站。”[20]是否自愿，不得而知，但知道去哪儿：她想去看看家乡慕尼黑。

米夏埃尔·曼在很长一段时间里都不愿意相信，但在加利福尼亚州过了几个月后总算弄明白了：打了耶尔塔·梅纽因，他作为独奏演员的音乐生涯也就走到头了——至少在美国西海岸是这样。现在作报告谈音乐也好，在钢琴伴奏下演奏中提琴也罢，其事业前景无不等于零。在好莱坞搞电影音乐也轮不到他。此时，他朋友卢卡斯·福斯已成为加州大学洛杉矶分校的音乐教授、交响乐团团长，但这好像也不能给他带来多少机会。他们偶尔联袂登台演出，仅此而已。虽说米夏埃尔拿得出布鲁诺·瓦尔特、伊戈尔·斯特拉文斯基（Igor Strawinsky）和恩斯特·克热内克写的推荐信，可这些都无济于事。梅纽因一家跟这事的发展到底有多少纠葛，没有人搞得清楚。反正米夏埃尔在考虑，放弃音乐生涯，在意大利经营一个庄园，而这得由老丈人给他出钱。[21]他跟格蕾特在太平洋帕利塞德父母家住过一阵，一年后房子终于脱
/ 367 手。曼家不得不降低房价——一个房产中介让他们相信，房子应当能卖到 75000 美金，[22]是十年前的投入的三倍。房子最终以 50000 美元售出。

11 月，米夏埃尔·曼从东京发来消息。在加利福尼亚州熬过了令他沮丧的几个月后，他决定去日本和印度旅行，格蕾特陪伴着他。母亲的弟弟克劳斯·普林斯海姆是他的第一个求助站。舅舅及其儿子汉斯·埃里克（Hans Erik）照顾客人，给他们找了住处。米夏埃尔写信告诉母亲，尤其是表弟“真的是无微不至，令人感动”。东京是“美国的丑陋和日本的稀奇古怪组成的混合物”。格蕾特跟他作为二房客住在一幢“有很多拉门”的

“小纸屋”里。“最好玩的要数厕所小拖鞋了，厕所是个很奇特的地方，进去时一般都要穿上这小拖鞋——这个地方还是不谈为好。”房子的全体人员每周在浴缸里洗两次热水澡，用的是同一缸水，水事先在房子外面烧好：“最先洗的是房主，然后是他那相当受压迫的太太，接下来是我们——你可以想象，我是多么期盼周六的晚上了！但这些人绝对干净——从厕所小拖鞋就可见一斑。”不管怎么说，这位“最先洗澡的”房东——一个银行职员，用日语读过《魔山》和《布登勃洛克一家》。

克劳斯·普林斯海姆为作曲教授，跟儿子一起帮助米夏埃尔·曼组织了几场音乐会。米夏埃尔没指望能拿到多少钱，因此，他在写给母亲的信里又一次谈到一个“棘手的问题”：他能否蹭点父亲的稿费，以资助在日本的费用和前往印度的旅行？表弟汉斯·埃里克好像在管托马斯·曼在日本的收入。本来他没有资格“过问”表弟的事情。但还是想请母亲授权让他来管一下。汉斯·埃里克大概时不时汇过一点稿费给父母，但米夏埃尔猜测，埃里克可能也“截留”了一些。“不管怎么说，把情况了解得清楚一些，即他从何时起插手这件事，这些年汇给你们的钱大约有多少，还有多少应该在账上；为达到这一目的，最好的做法或许是，你把相关信息连同你对我们计划采取的‘劫富济贫’的行动方式所持的态度一并写给我们，我们可以把这些信息给他看。”[23] / 368

11 月，莫妮卡·曼在慕尼黑闲逛，然后给《慕尼黑信使报》（*Münchner Merkur*）写了一篇文章，介绍她在故乡的见闻，她跟慕尼黑阔别了 20 年。“慕尼黑让我感到那么陌生，让我晕头转向，我得找人问路。一听到他们说话，我就又想起来了，想起了道路和其他一些事情。”[24] 文化记者理查德·劳帕赫（Richard

Raupach）是托马斯·曼的崇拜者，他在慕尼黑采访了莫妮卡。四个月的时间，也通了几封信，在此期间，莫妮卡先是辗转来到罗马，试图在那里落脚，因不堪忍受又躲到了南蒂罗尔的菲尔诺斯（Südtirol，Villnöss）。莫妮卡从那里给劳帕赫写了一封信，说她“处于人生低谷和杂乱无章之际”。清晨醒来她感到“胸口一阵压力——我该上哪儿去呢？”她渴望在一个人的身边，一个她能信任的人。“我信任您。这是浪漫？大胆？还是儿戏？接受过一次采访，写过几封信，然后就想认识并信任一个人？”她说自己不是“可怜的小孩子”，也不是“忧伤的残躯”，请他不用担心，“我有足够的生命活力”。她对他动了情：“这位理查德，这位神父，这位‘不幸者’，这位未婚者，这个非同寻常的人，我想在他身旁。这样好。这样肯定好。所以：有必要。”在附言中她明示自己的心迹：“您是我的依靠吗？您不让我去冒险，对
/ 369 吗？”几个月后，即1955年1月，她从意大利卡普里岛（Capri）给他写信。劳帕赫在回信中显然没有邀请她去。莫妮卡懒得多说了。“谢谢。顺其自然吧。”2月11日是父母金婚庆典。“我可能不回去。没多久就是‘80’大寿——庆祝活动也太多了。我反正‘机动灵活’。没什么特别要说的。您是个值得爱的人。今天这里是春天。爱你的莫妮。”[25]

2月11日金婚大典前不久——莫妮卡真的没来——托马斯·曼给其美国朋友兼赞助人艾格尼丝·迈耶写了一封长信。跟在美国的那些年不同，他已经不再定期给她写信了。上一年，托马斯·曼告诉她买了新房子，于1954年4月跟卡蒂娅和艾丽卡一起搬了进去。房子在基尔希贝格（Kilchberg），苏黎世湖畔的山坡上，俯瞰苏黎世。托马斯·曼利用这次机会明确告诉她一件事——此事之前只能在字里行间揣测到：在瑞士的临时居留地早

已成为他“不会更改的最终地址”。[26]现在，结婚50周年大庆前不久，托马斯·曼告诉她，自己身体欠佳，因为感染了病毒，甚至不得不中断在阿罗萨的冬季度假而去医院治疗。他谈到自己撰写的关于骗子菲利克斯·克鲁尔的长篇小说，坦陈自己曾经信心不足，是艾丽卡鼓励他，给了他宝贵的支持。书终于完稿，虽不尽善尽美，但可以发表。现在，读者和批评家都为笔调轻快、幽默的《克鲁尔》叫好，书也极为畅销：才三个月多一点，就卖出了60000本。托马斯·曼还回应艾格尼丝·迈耶的想法——她打算把自己关于托马斯·曼的文章、从未完成的曼氏传记以及他写给她的信件交给国会图书馆。至于说他顾及后人的看法，故意销毁了她的许多信件，从而将迈耶看问题的角度，还有她偶尔对他及其政治判断提出的批评都清除得一干二净，这些事托马斯·曼在信里只字不提，而是把话题转向即将到来的80岁生日。托马斯·曼写道，他想像安徒生童话里坚定的锡兵一样听凭摆布——坚定的锡兵似乎根本就是他一生的象征。写到“象征”一词时，他想起新近梦到的一个“孩子气的梦想”：“那就是您送我一枚生日戒指，镶着一颗精美的宝石——一颗翡翠，这枚戒指应当象征着一条纽带，从这里，从我这儿，跨越大西洋连接着华盛顿特区市。”他在梦中对这枚戒指感到开心，“像个孩子，我这么孩子气，到了向您坦白我的梦想的程度”。还嫌不够清楚，他又以间接却又明白无误的方式补充道，正如他多年前为盖房子去求助，或者向她转达女儿伊丽莎白希望这位富豪女友赠送礼物的愿望时那样。“要是您觉得［这一梦想］太小孩子气——也许真是这样，那就不用再费心了，也不用提它了。”[27]艾格尼丝·迈耶给他回了信。托马斯·曼认为，她对翡翠戒指的梦想答复得简短，但“热情”。她写道，会“想着”锡人和戒指的。[28]“卡［蒂娅］和

/ 370

艾丽卡肯定要拿我开涮了，要是［戒指］真的到来的话”，托马斯·曼在日记里写道。[29]

父亲80华诞那天，全家人在苏黎世聚集一堂。这一年，托马斯·曼已经完成了几桩艰辛的差事。他不顾艾丽卡的坚决反对，坐火车去了吕贝克，在当地被任命为名誉市民。此举可被视为他晚年跟故乡的和解。之前，他在斯图加特纪念席勒逝世150周年纪念会上发表了一篇重要演讲，这篇演讲倘若没有艾丽卡的帮助——就像晚年其他作品一样——是不可能成功的。艾丽卡非常巧妙地将关于席勒的大量文章浓缩进不到一小时的演讲里。托马斯·曼后来又在魏玛重复了这篇关于席勒的演讲。他在魏玛再一次表示不愿意承认德国作为分裂的国家，但此次东德之行得到

/ 371 图40　1955年5月，卡蒂娅和托马斯·曼告别吕贝克

联邦总统特奥多尔·豪斯（Theodor Heuss）代表联邦德国的认可，豪斯是斯图加特席勒纪念会上的另一位重要演讲者。民主德国尽举国之力，再次欢迎托马斯·曼：簇拥的人群，政界的名流，魏玛名誉市民和耶拿大学名誉博士。此时，面对着80岁寿辰带来的各种荣誉，托马斯·曼心里更多是担忧而不是开心。马丁·贡佩尔特，艾丽卡的前男友，不久前去世，享年57岁。“啥时候轮到我？”托马斯·曼在日记里写道。[30]

艾丽卡·曼除了全方位照料父亲外，还帮忙把父亲的作品改编成电影，后来又忙于自己的计划：写儿童故事。以前她就曾经写过，现在找到了一家出版社。这家出版社再次发行了《克里斯多弗飞往美国》（*Christoph fliegt nach Amerika*）和《我们的魔术师穆克叔叔》（*Unser Zauberonkel Muck*），还发表了她新近写就的关于少年梯尔（Till）的系列故事：梯尔成为“候鸟”少年合唱团的成员，唱着歌曲周游欧洲。这些书水平上乘，但中规中矩，一名评论家称之为“大妈型”。[31]令人吃惊的是，那么强人、充满激情和勇敢的艾丽卡写的这些故事里居然没有一个有
趣的女孩形象。尽管如此，艾丽卡的儿童故事非常成功：她计算 / 372
给弗朗茨施耐德出版社（Franz Schneider Verlag）的数字是销售了10万册，该出版社在出版了第四本梯尔故事后终止了双方的合作。[32]为父亲的写作提供帮助，还要忙于自己的项目，艾丽卡·曼殚精竭虑，身体状况日趋欠佳。她不得不经常去疗养院疗养或去医院看病。多年来大量滥用药物、吸毒和喝酒无不在伤害她的身体。但艾丽卡依旧认为，一切均在掌控之中，所以，即便她最终接受别人的劝诫去进行戒毒治疗，结果也没有相应的疗效。

米夏埃尔·曼带着全家，伊丽莎白亦带着女儿从意大利前来

参加父亲的生日庆典。米夏埃尔跟格蕾特一起在亚洲旅行，一直玩到年初。他们在印度各地游玩，开了几场音乐会，作了几场关于新音乐的报告。1954 年复活节，时隔一年半后，他俩再次跟儿子弗里多和托尼相见，此时老大 14 岁，老二 12 岁。1954 年秋天，米夏埃尔·曼在姐姐伊丽莎白位于佛罗伦萨菲索勒的住处附近租了一幢房子。两个儿子在伯尔尼的寄宿学校待了两年，从这时起跟他们的表姐妹一样，在佛罗伦萨一所瑞士学校上学。米夏埃尔还再次鼓起勇气，想在德国找到工作职位。曼家的巨大关系网都动员起来，比如米夏埃尔请西奥多·阿多诺——此时已从流亡的加利福尼亚州回到法兰克福当教授，替他在法兰克福音乐大学争取一个职位；[33] 他还要姐姐艾丽卡利用关系让他去从事电影配乐，结果都是徒劳一场：想以音乐家的身份在生活上混得下去，看来已经没了指望。格蕾特·曼的父亲弗里茨·莫泽尔——一位事业有成的工程师和企业家，又拒绝米夏埃尔的想法：离开音乐，经营一家意大利的农庄。

戈洛·曼来参加父亲的生日庆典，心情极好。他的《美国精
/ 373 神》(*Vom Geist Amerikas*)一书于 1954 年出版，销售得很不错，评价也很积极。市场对这类书的需求很大，人们想更多地了解美国——这个两次世界大战的对手、现在的盟国，可德国人对这位盟友知之甚少。戈洛·曼在书里描述他的流亡之乡及其各种矛盾现象，带着好感，亦不乏批评的眼光：一方面是孤立主义，另一方面是扩张的欲望；一方面古板拘谨，另一方面又纵情享乐；一方面肤浅草率，另一方面又对宗教充满着虔诚。在哈佛大学任教的历史学家弗里茨·雷特里希（Fritz Redlich）在《历史杂志》(*Historische Zeitschrift*)上把戈洛的这本书称为“大概是用德语写作的关于美国精神的最佳入门”。[34] 从此，戈洛·曼

在德国被视为美国专家。这一时期，他也经历了一次打击：瑞士的《世界周报》曾聘请他在1953年夏末担任社论撰稿人，戈洛·曼的政治判断，还有在推崇西方的同时提出的告诫，即不要中断跟东欧阵营的对话——这些立场均跟该报所持的咄咄逼人的冷战路线大相径庭。1954年7月，他最终被扫地出门。而此时，戈洛早已克服了曾经的失望，一个新书项目——撰写《19世纪与20世纪德意志史》（*Deutsche Geschichte des 19. und 20. Jahrhunderts*）也起到了安抚作用。最近几个月，戈洛·曼是在妹妹伊丽莎白或弟弟米夏埃尔处度过的，他享受着与家人的团聚和代替弟弟给弗里多当“爹”的角色。然后，他又退居博登湖边阿尔特瑙（Altnau）的一家旅店，专心写作。阿尔特瑙是他在萨勒姆上学期间就喜欢的地方，但在瑞士一侧——在旅行中探访德国，跟德国朋友会面是一回事，长期住那儿又另当别论，这样做他仍感到心有余悸。 379

莫妮卡·曼答应要来。“过生日可是件好事，”父亲回信时写道，“既可以让你轻松轻松，又能让你长大一点。没有这生日只怕你永远耗在卡普里岛了。”[35]她在写一本书，具体写什么家人不知道，大概也不想知道。

庆典持续了三天，从6月4日至6月6日。瑞士联邦主席亲自莅临并发表致辞，向这位伟大的作家表示敬意。苏黎世技术大学授予他一个新的博士学位。在苏黎世大剧院，专程从美国飞来的布鲁诺·瓦尔特作为惊喜嘉宾站在舞台上，指挥着莫扎特的《小夜曲》。演员们，其中有艾丽卡的旧日情人和曼家的老朋友特蕾莎·吉赛，朗诵着托马斯·曼的作品。日耳曼语言文学学者弗里茨·施特里希主持当晚的活动，他曾于1935年明白无误地告诉曼氏家人，对哈佛大学的名誉博士学位不能反应得“不 / 374

冷不热”。[36]托马斯·曼在美国的出版人阿尔弗雷德·A.科诺普（Alfred A. Knopf）也来祝贺，戈特弗里德·贝尔曼·费舍尔自然也到场了。朋友汉斯·赖西格及其他许多人纷纷祝贺老寿星——他在舞台上朗读了《克鲁尔》中的一个段落。在真正的生日那天，民主德国的一个代表团将一套刚印好的12卷本《托马斯·曼全集》交到他手上。艾格尼丝·迈耶肯定写了信，也一定寄来了一份礼物。但这两件事我们都无从知晓，只知道她没有满足她朋友托马斯·曼希望得到一枚翡翠戒指的梦想。家里人满足了他的这一愿望，但因为翡翠太贵，所以选择了碧玺。艾格尼丝·迈耶是幼稚地把戒指的“梦想”当作梦和跟她联系的纽带的象征，还是故意没把托马斯·曼的昂贵愿望当回事——这个男人在背离美国时甚至没有亲自跟她道别，这一点并不清楚。她2月的最后一封信听起来已经像是在跟一位伟人，跟一段伟大的、即使是单相思的爱情告别：她在信的结尾感谢托马斯·曼，“您让我的生活与追求升华，使其完美”。[37]

生日过后两个月，托马斯·曼在苏黎世躺在病床上。他跟妻子在生日庆典后不久曾一起坐车去荷兰，作报告，接受表彰，拜访女王，然后又一次去海边度假，因为腿肿而中断了在荷兰的逗留。托马斯·曼被送进苏黎世州立医院。卡蒂娅·曼跟医生商量好，在她丈夫面前说是“血管发炎”，而医生的诊断为血栓。实际病情比医生的诊断还要糟糕：腹主动脉严重硬化并破裂。8月12日，托马斯·曼去世，当时妻子卡蒂娅在他的身旁。

/ 375

四天后，托马斯·曼在基尔希贝格的墓地安葬。米夏埃尔·曼及其家庭得知父亲去世的消息时正在意大利伊斯基亚岛（Ischia）度假。在坐火车去苏黎世的途中，弗里多·曼经历了父母之间发生的争吵。突然间，他父亲“完全失去了控制”，开始

图41 托马斯·曼在基尔希贝格的葬礼：前排为伊丽莎白·曼·博尔吉斯和卡蒂娅·曼，其后为米夏埃尔和艾丽卡·曼，弗里多和戈洛·曼，最后为格蕾特和莫妮卡·曼

“挥舞着双拳打我母亲的脸”。[38]旅行不得不中断，格蕾特得到医生的救治。情绪稳定后，旅行才得以继续。戈洛·曼跟母亲和艾丽卡一起在医院陪伴着父亲度过了其最后的时光。葬礼前，他过于激动，艾丽卡给他打了一针吗啡。让他感到震惊的是他一生中从未见到过的情景：母亲哭了。

*

托马斯·曼去世一年后，有两家出版社宣布要出关于他的书，而且都出自其家庭成员之手。莫妮卡·曼写信告诉姐姐艾丽卡，说她的出版人刚刚把这一情况告诉她。“肯定会有闲言碎语和肤浅而无聊的比较，不管我们的意见，背着我们，或者在我们的眼皮下，你信不？！很有可能。我将不予理睬。希望你也一样！”[39]莫妮卡出版其自传《往事与今事》(*Vergangenes und Gegenwärtiges*)。她强调，5月，即父亲去世前几个月，她就已开始写作此书。担心姐姐会发火并非空穴来风。艾丽卡·曼回信说，所有这一切都“令人讨厌”。她写道，莫妮卡应该知道，她受费舍尔出版社的委托，在写一部关于父亲的书，名为《最后一年》(*Das letzte Jahr*)。相反，莫妮卡的自传几乎不可能跟父亲有什么关联。现在，艾丽卡看到，金德勒出版社（Kindler Verlag）到处都以著名的父亲和莫妮卡看他的眼神来做广告，“真是无孔不入，或和谐，或震撼，或隐私——还有什么，我不知道——我们这辈子还从未见过谁这样报道过托马斯·曼。”艾丽卡要求妹妹，尽快让出版社停止继续用托马斯·曼来做广告。莫妮卡的自传必须“立足于本人”，她没有“权利”谈论父亲，父亲跟莫妮卡的关系容不得她“在书里哪怕用一页纸的篇幅和内容”来谈论他。艾丽卡写道，否则结果将是，关于这两本书的“讨厌的流言蜚语”横飞。“说真的，这一切都令人恶心！”[40]

四周后，这两本书面世。莫妮卡书的封面是父亲的一帧肖像，加上一句说明：“托马斯·曼的女儿主要讲述她父亲。这样看待和描写托马斯·曼，如此私密，如此直接，如此无遮无拦，前所未有。”[41]莫妮卡·曼在另一封信里向姐姐保证，书的广告、封面及其他所有跟书有关的事情都与她无关，“这我可以发誓”。她认为，从根本上说来其实没有发生任何事情。“难道这场不幸不会在‘世界的湍流’中消逝吗？每个人不是应当为自己负责吗？难道我们就那么在乎（或许是！）闲言碎语吗？来点幽默不好吗？”[42]

艾丽卡·曼在其关于托马斯·曼的书里记录了最后一年的庆典、荣誉和旅行，描述了导致父亲死亡的病情发展，病情跟之前的劳累没有关系。她强调自己在托马斯·曼后期作品中所起的作用，比如对纪念席勒的讲话进行了删减。她赞颂父亲的“谦虚、善良和幽默”。[43] 想到那些书评，艾丽卡就对莫妮卡充满怒火。《明镜》（*Der Spiegel*）周刊嘲笑两姐妹行动迅速，托马斯·曼过世后这么快就让书上市。赫尔曼·凯斯滕曾经声称，曼氏家人个个写得都好，而《明镜》周刊这样写道，“不管怎么说，曼氏家人个个都喜欢写”。[44]总体来说，批评家们的基本评价是，艾丽卡·曼的书是一个混合体：既有珍贵的资料，也包含太多无聊的细节。《法兰克福汇报》（*Frankfurter Allgemeine Zeitung*）写道：“比如艾丽卡·曼对烧熟的海鸥蛋的软硬程度进行的描述，读者就无须知道。”[45]跟对细节进行的批评相比，更让艾丽卡痛心的是，大部分书评作者都认为，莫妮卡·曼的自传更胜一筹。虽说她也得承受一些批评，特别是对一些章节，她想让自己显得重要，结果反而变得庸俗不堪，抑或像《明镜》周刊所述，呈现给读者的是“一种由回忆、幼稚的哲学和天真的评论组成的混合体”。[46]但莫妮卡原汁原味的各种观察，该书“自成一体的韵味”，还有对父亲爱意浓浓却不乏批评的眼光受到了称赞。[47]托马斯·曼具有过人的力量，莫妮卡·曼写道：“他要是冷了，不会发出哆嗦的声响，也不会颤抖身体，但他周围就会变得非常
/ 378 冷。”[48]他是个伟人，作为父亲，他在女儿眼里显得有些遥远、有点威严，并非不友好，但潜心于他的艺术创作。卡蒂娅·曼告诉弟弟克劳斯·普林斯海姆，“莫妮这野丫头”写的书“不真诚，歪曲事实，而且不合法”，却“极为成功”。[49]卡蒂娅·曼写信告诉弟弟，有一位评论家曾称赞莫妮卡却批评艾丽卡，莫妮卡虽说具有“独特的写作天赋”，但她对父亲的各种回忆是“不地道的”：“在所有六个孩子中，她跟父亲的距离最远，书中所有关于他的真实情况——虽然也没讲多少——无不源于她的想象。”[50]莫妮卡·曼写信告诉一位美国女朋友：“全家‘沸腾’了。个个似野狼般地向我扑来！”[51]

莫妮卡·曼在《往事与今事》里很少具体描述她的各种经历，许多事情都是云里雾里的。她回忆各种心境，还原许多场景与印象，还首次公开描绘她一生中最大的灾难——“贝纳雷斯市号”的沉船事件，她丈夫在这场大祸中遇难，她在水中漂浮四个小时等候救援：“然后我身边全都是死尸，夜特别黑，浪特别高，我口渴，喊不出声音，我的手冰寒彻骨，呕吐了一次……海浪像黑乎乎的巨山般压过来，把我彻底覆盖在下面；有死去的孩子，因恐惧和寒冷，还有饥渴而死，是的，那种饥渴！死孩子像玩具娃娃一样在我身旁漂浮，暴风骤雨狂泻而来，然后月亮升起，此时，孩子们在月光下的黑色海浪中上下漂浮。”[52]

9 月，莫妮卡·曼来基尔希贝格父母家探望母亲，艾丽卡·曼离家远行。

米夏埃尔·曼跟妻子格蕾特坐在马萨诸塞州马萨葡萄园岛的沙滩咖啡馆给母亲写信，这是 1957 年 9 月。自从最终放弃作为独奏演员登台演出的希望后，他在匹兹堡交响乐团当中提琴手达两年之久，现在辞职了。米夏埃尔想彻底远离音乐。下学期，已年近 38 岁的他在哈佛大学开始学习日耳曼语言文学。米夏埃尔中学没毕业，究竟怎样去学，谁也不清楚。他告诉母亲，刚刚又在读父亲的长篇小说《约瑟》。但在学习期间他不想碰父亲的著作，他的博士论文要“写一篇音乐故事”。等成了“老先生”后，他总有一天会重回托马斯·曼的作品，姐姐艾丽卡得“早早作好思想准备”。接下来，米夏埃尔谈到孩子们的来访。格蕾特和他于 1955 年重回美国前作出决定，把弗里多和托尼留在欧洲。先打算把他们安排在菲索勒的伊丽莎白家，托马斯·曼去世后家里决定，要弗里多去基尔希贝格祖母卡蒂娅家，托尼到佐利空（Zollikon）外祖父母莫泽尔家。此时，两个儿子，一个 17 岁，一个 15 岁，正好来看父母，这是格蕾特和米夏埃尔回到美国后第一次见到他们。两个孩子“让人感到特别舒服，是体贴周到、说话算话的聊天伴侣”，米夏埃尔·曼写信告诉母亲，但他还是有些担心，主要是弗里多：“其生活态度”让他想起——“直白了说，像你的莫妮，只是其智慧、敏感和特别需要讨人喜欢让人看不到真相而已”。对于他的“傲慢”、“生活上的懒惰”和“缺失的现实主义”必须坚决抵制。“妈姆，我知道，你从不让他缺少什么，至少是不缺好东西（说到底这是最主要的），我们感谢你。”他觉得很成问题的是，弗里多一方面看到“莫泽尔先生无穷无尽的财富”，另一方面又对托马斯·曼后人的角色深感自豪——他在苏黎世大概经常被人“当成托马斯·曼的儿子”，这让他喜滋滋的。弗里多想当音乐指挥家，对此，米夏埃尔·曼坚决不同意。“他音乐天赋平平，状况只会越来越不利，最后充其量不过能当个生活上捉襟见肘的乡下乐团指挥，我可不希望他这样。”弗里多可以做他想做的事，但文理中学毕业后，最多从生活上再支持他一年。米夏埃尔在对儿子长篇大论后结尾说，他很高兴，不必“无休止地跟他们纠缠”，“因为我大概也不会；你肯定做得比我好多了。别想歪了，我是把我的印象原原本本地告诉你……”[53]

米夏埃尔资助自己的学习计划靠的是“佐利空的牛皮大王”，这是他在给母亲的信里对家财万贯的老丈人的称呼。格蕾特和他虽然拿他们的钱，但米夏埃尔并不愿意依靠他。他的部分生活费用自己筹措——所谓“自己”就是：作为托马斯·曼的遗产继承人。卡蒂娅·曼是主要继承人，不仅继承了大部分财产，而且有权获得未来图书销售所得以及电影改编和其他权益收入的75%。但米夏埃尔·曼说服母亲放弃大部分稿费收入。现在，孩子们每人拿到托马斯·曼15%的稿费。一位大学教授当年在德国年收入为25000马克左右。1956年至1960年，S.费舍尔出版社每年给托马斯·曼的五个孩子平均汇去38000马克。[54]

莫妮卡·曼现在长期住在卡普里岛上。她找到了一个去处，外加一个男人——安东尼奥·斯帕达诺（Antonio Spadaro）。斯帕达诺在岛上开一家卖饮料和纪念品的小售货亭，一幢名叫“摩纳哥（Monacone）”的别墅属于他家，许多年前，奥斯卡·科科施卡（Oskar Kokoschka）曾在爱情的狂热中把情人阿尔玛·马勒（Alma Mahler）画到墙上——她后来曾是戈洛·曼在法国逃亡时的难友。这些画早已被覆盖。斯帕达诺一家人对艺术没有感觉，他们只是普通的手艺人。莫妮卡住楼上，安东尼奥·斯帕达诺住楼下，结为夫妻后依旧如此。1960年，莫妮卡的一本新书问世:《启程》(*Der Start*)，副标题为《一部日记》(*Ein Tagebuch*)。封面是她的玉照，怀里抱着一只小猫。那些希望对这个著名家庭有进一步了解的读者感到失望。短小、粗浅、几乎没有情节的故事，那些叫本(Ben)、梅特(Met)或阿兰(Alain)的人物，都如浮云般倏忽而过，其间夹杂着印象主义的大杂烩:“你躺在沙里。那么多沙。有几粒碰到你。一道光。轮廓，无数的，物体和你的轮廓重叠在一起。这就是成功。”[55]

著名女演员特蕾莎·吉赛身染重病，她在贝托尔特·布莱希特的《大胆妈妈》(*Mutter Courage*)和弗里德里希·杜伦马特(Friedrich Dürrenmatt)的《老妇还乡》(*Besuch der alten Dame*)里饰演女主角。1959年年中，艾丽卡·曼的这位昔日情人不得不取消直到秋季的所有演出。她收到来自苏黎世一位女崇拜者的信。信中说，早在1930年代她就十分欣赏吉赛在苏黎世话剧院和“难以忘怀”的小品剧《胡椒磨》里的表演，从此一直在关注她的事业。这位苏黎世女士继续写道，听说吉赛染恙，她担心这位女艺术家收入可能减少，所以希望，在信里附上的2000瑞士法郎“或许对她有用”。“对不起，吉赛女士，要是我的这点心意您个人不能接受，那就请用于其他用途吧。”[56]钱和信均出自艾丽卡·曼之手，用的是假名。

1960年10月，戈洛·曼搬往斯图加特。至此，他重新返回家乡——德国，此前，他做了许多准备，旅行，作报告，在明斯特当了两个学期的客座教授，流亡27年后他回来了。戈洛·曼仍然感觉不太舒服，在任聘教授谈判时，他态度坚决，请求允许他保留其美国国籍。戈洛·曼时年51岁。他在斯图加特工业大学担任科学政策教授。两年前，他撰写的《19 世纪与 20 世纪德意志史》（以下简称《德意志史》）出版：当年，德国历史学家曾把大学生戈洛·曼从课堂上赶走，让他去学哲学，现在，他的这本书用欧洲的视角代替了那帮历史学家狭隘的民族眼光。戈洛·曼赞扬社会民主，称之为“贯穿德国历史的一条红线”。此外，他对德国的最新历史、民族社会主义和以其名义犯下的罪行穷追不放。他谈到矗立在德国社会中间的“凶手屋”，没有人想谈论它，甚至当时的大部分历史学家都对最新的黑暗历史保持着一段安全的距离，学校的历史课或家中的谈话就更不用说了。[57] 身为当年的希特勒反对者和流亡人士，更何况有曼氏家族“传奇之家”成员的身份，作者戈洛·曼是可信的。尤其对年轻读者而言，他们绝不认为，非要“亲身经历过”才能评判第三帝国，他们开始向老一辈发问。在《德意志史》的最后一章里，戈洛·曼甚至敢于对分裂中的德国和冷战中的世界之最新发展进行勾勒。这在当年对一本历史书籍来说简直是无法想象的。这本书既遭到极左分子的痛斥（全都是错的，因为反马克思主义），又受到极右分子的攻击（这位流亡者缺乏对德意志人民的爱）。除了这些人外，该书受到了一致好评：“如果这本书到了很多人的手里，可能会让德国人民——当下他们似乎沉浸在对物质的追求中——重新找回其过去的历史，他们竭尽全力忘掉它，却枉费心机”，《法兰克福汇报》上这样写道。[58]《时代》（*Die Zeit*）周报评价说，戈洛·曼成功地展示了一本“扣人心弦的书，该书轻重有序，臧否有度”，文笔隽永，人物描写神形兼备，一句话：这是一场“令人赞叹的成功冒险”。[59]

在关于魏玛共和国知识分子的那一章节里，戈洛·曼也谈到父亲及其扮演的政治角色。“有十多年的时间，他两耳不闻窗外事，专心致志地从事艺术和精神的梦幻般的创作。战争开始时［1914年］他突然睁开眼睛，刹那间睁得很大，反对起政治来。结果是既深刻、厚重，又复杂、笨拙，属德意志中最德意志的。”在《一位非政治人士之观察》里，托马斯·曼把第一次世界大战视为非政治化的德意志进行的一场保卫战——反对“西方政治化、民主化的文明”。“如果说这种美好、特别聪明、正派的思想混乱曾经有过某种实际意义的话，那就是已不单纯是为了捍卫从根本上早已动摇的专制国家。”几年后，托马斯·曼表示拥护共和国。“正如曾经赋予战争某种意义那样——一种跟现实几乎没有太多关系的意义，他从思想上替共和国寻找到了依据，这些依据都是用美好的德国古典艺术创作堆砌而成的：是文学，而不是现实。”托马斯·曼的《魔山》就政治与哲学问题展开了充分讨论，成为魏玛共和国最具代表性的长篇小说。身为作者的托马斯·曼公开支持德国和法国的相互谅解与社会公正，其目的是为内部和外部的和平作出贡献，因为他自己需要和平——为了自身的、非政治性的创作。“最后，当极右派开始对共和国进行大规模攻击时，他变成了战士。他说‘是’，总是半心半意，因别人的批评与自我批评而削弱。他说‘不’，则总是明确无误，掷地有声。这位伟大的市民曾经亲自给市民阶层做出了榜样，这种榜样他们原本是可以效法的，而且也应当效法。现在，他们总算基本上遵循了他的榜样，虽然晚了四分之一个世纪。”恰恰是这一点成为“托马斯·曼，这位政治家的光荣”，他很早就为直到现在才成为现实的事业而战：社会民主与欧洲统一。[60]

戈洛·曼对父亲的描写温馨而充满敬意，同时又不乏批评。除此之外，他还跟父亲在1945年以后的公开立场——同时也是艾丽卡和克劳斯的立场——拉开了一定的距离。他热情地叙述家里所有其他人都坚决反对的事情：联邦共和国的发展及其融入西方的努力。《时代》周报以评价《德意志史》为契机，对曼氏家族进行反思：一个“传奇之家”，以一位天才为首，火花迸射的智慧与魅力迷人的天才并举，“跟政治打起交道来却又是那么不幸”。戈洛·曼的这本书证明了一点：“这个家庭培养出了一个后生，他的的确确懂得用政治头脑（从国家、历史、现实的角度）去思考问题。”[61]

《德意志史》的销售空前成功。S.费舍尔出版社在极短时间内又出版了戈洛·曼的一本政论集——《历史与故事》（*Geschichte und Geschichten*），该书甚至进入《明镜》周刊畅销书榜的行列。一套十卷本的、之后又扩版的《普罗皮连①世界史》（*Propyläen Weltgeschichte*）由戈洛·曼担任主编，同样于1960年问世。这套书的作者来自许多国家，这是一种尝试，要写成一部名副其实的世界史，而不是用德国眼光书写世界历史。米夏埃尔·曼也获许参与，写了一篇欧洲音乐史，从各种源头写到贝多芬时代。这套书也取得了巨大成功，根据出版社的数据，后来几年的销售数超过了300万册。戈洛·曼仅在1960年至1965年就拿到16万马克的稿费。突然间，他富有了，成名了，不断有人采访他，请他写文章、作报告。1959年3月27日，50岁生日那天，他在日记里写道：“荣誉——青少年时代的补偿。”[62]

1960~1961年冬季学期开始时，戈洛·曼来到斯图加特，住在旅馆里，不得不请他的新助手们开着车到处跑。他膝盖骨断

① 普罗皮连（Propyläen）为出版社名。

裂，拄着拐棍走路。戈洛自问，这是不是不祥之兆？

艾丽卡·曼在参与托马斯·曼作品的电影改编——是人家“请”她的，先是《克鲁尔》，然后是《布登勃洛克一家》的电影拍摄。而艾丽卡最主要的项目则是出版父亲的书信集。S.费舍尔出版社为此公开发出号召，恳请有关人士提供托马斯·曼书信的影印件。这本书也是为另一本书作准备——艾丽卡·曼已计划并跟S.费舍尔出版社敲定好的书：她想写一本托马斯·曼传记。可是身体已不听使唤。艾丽卡不得不再三进医院治疗或去疗养院疗养。除吸毒、嗑药和酗酒等老毛病外，新的疾病和伤痛接连不断：循环系统、胃和支气管有疾，脚骨骨折，尤其是大腿股骨颈断裂后一直未愈。她几乎在每封信里都不厌其烦地详细描述当前的病痛，也少不了自我怜悯。1961年1月写给妹妹伊丽莎白的信也如此，此信是她在苏黎世的西斯兰登医院写的，她不得不在那里接受血栓治疗。艾丽卡描述了她处处受限的状况，然后说母亲亦经常生病，支气管炎，又染上了病毒，之前两次发生血栓，现在又有“严重的肠炎”。可惜伊丽莎白对“亲爱的母亲关心得少得可怜”。伊丽莎白每次来访，总是很快便又消失；每次带母亲去滑雪，总是跟女儿上滑雪道，对老母亲整天不闻不问。母亲现在需要帮助，需要人陪着聊天。她自己目前在医院，伊丽莎白的女儿们都成年了，可以管好自己了，一句话：“希望你这位人所皆知的宝贝疙瘩能来”，而且是“特别希望”。[63]伊丽莎白答复说，眼下还真不行，杂志的事务太多。跟母亲通过电话后她没有这样的感觉，好像母亲的状况令人担忧似的。是否能发动在苏黎世的那么多亲朋好友来陪陪母亲。“你的意外指责让我真的感到意外，也让我痛心，但我决定不再纠缠此事。”[64]

392 成为公众人物后的弊病，戈洛·曼看得很清楚。在加利福尼亚州时，他跟男友埃德·克罗茨在一起生活，根本就不用遮遮掩掩，因为没人对他感兴趣，现在不同了，他得小心了。1955 年以来，他有了个男朋友——汉斯·贝克（Hans Beck），戈洛认识他时他还是个中学毕业生。在此期间，戈洛资助贝克学医。戈洛于 1962 年荣获冯塔纳文学奖，他跟汉斯·贝克一同前往柏林。他们订旅馆，对外是每人一间房。他把这位年轻人称作继子。无论如何别惹来闲言碎语。过后，两人继续前往汉堡。这是私人旅行，所以戈洛在这里敢跟这位男友在一个房间里过夜，而不用再订一个房间来做样子了。

图 42　汉斯·贝克于 1959 年

*

1963年1月，法兰克福大学生杂志《铁饼》(*Diskus*)上发表了一篇文章，对西奥多·W. 阿多诺进行猛烈攻击。这位社会学教授跟马克斯·霍克海默一起成为著名的法兰克福学派的领军人物，因为一篇音乐评论而遭到质问。文章是他在1934年流亡国外前匿名发表的。阿多诺在文中赞赏男声合唱团唱希特勒青年领袖巴尔杜尔·冯·席拉赫(Baldur von Schirach)的诗——该诗被谱成曲子，还以赞同的口吻引用了“浪漫现实主义(romantischer Realismus)”这一概念——一个算在戈培尔名下的概念。[65]阿多诺当年顺从的自我同化引起了公众的愤怒，也成为艾丽卡·曼跟阿多诺书信往来时的话题。他们因为出版托马斯·曼的书信一直保持着联系。“真是的！不就是几个考虑不周的句子嘛！”艾丽卡写信给他。倘若是托马斯·曼，也同样“不会理睬这桩小事的”，而且“他在梦中也不会对您这样一位他非常敬重的人在年少时的那么一点点傻事而有所怪罪的”。更何况阿多诺是多么“优雅”地从这么一桩“区区小事”中脱身的。[66]阿多诺放下心来，回信告诉艾丽卡，她的信让他感到很高兴，对他来说，世界上没有任何人的声援能比得上艾丽卡·曼的。希望能够再次相见。致以最热诚的问候，也请向敬爱的母亲问好。[67]

西奥多·阿多诺跟马克斯·霍克海默曾是曼家在加利福尼亚州的邻居：曼家如果出行，霍克海默夫妇就照看房子和花草，两家相互邀请喝茶或吃晚餐，卡蒂娅和托马斯·曼在入籍时他们还作为证人予以帮助。就《浮士德博士》一书而言，倘若没有阿多诺的建言和对书稿提出的修改意见，很难想象能获得成功。阿多诺并没有期望得到什么回报，对那场争论也一无所知，即托马斯·曼在描述小说创作过程时考虑如何描写阿多诺所起的作用，以及在艾丽卡与卡蒂娅·曼的坚持下对小说进行的删减处理。大家相处得都非常友好，回到欧洲后依旧如此。但这都是虚情假意。多年来，法兰克福再三作出各种努力，要聘请戈洛·曼到大学来担任教授。特别是黑森州文化部部长，一位《德意志史》的铁杆崇拜者，竭尽了全力。可这位部长每次都遭到阿多诺
/ 388 和霍克海默的强烈反对。他们提出的指控荒唐可笑，却十分有效：戈洛·曼，其母亲按照纳粹的标准为犹太人，却被指责为暗地里反对犹太人。他们还凭借某些迹象宣布戈洛·曼是同性恋，而让这样的人担任大学教师是对年轻大学生不负责任。戈洛·曼获悉了这两项旨在阻止他去法兰克福任教的指控。他反过头来又把阿多诺那篇难堪的音乐文章寄给《法兰克福评论报》（*Frankfurter Rundschau*），文章是艾丽卡弄来的，她还鼓励戈洛这样做。但该报拒绝发表。争夺影响力及对公众的吸引力把昔日的流亡战友变成了敌人。这是暗中的敌意，背地里暗潮汹涌，表面上却极其热情。这不是艾丽卡·曼的行事风格。她要求赔礼道歉，而不是在背后搞阴谋诡计。在试图通过弟弟戈洛让阿多诺的文章变成一场丑闻时，艾丽卡就建议，报纸一定要提到消息来源是谁。[68] 1963 年 4 月，她通过写信让阿多诺落入圈套后，好好享受了一回报复的甜美滋味。艾丽卡在回复阿多诺那封感到放心的信时写道，好一个“恐怖又可怕的误会！”“恰恰是您，‘浮瓶传信’①之语言的发明者（跟霍克海默一起），居然把我所说的全都当真——倘若是我，肯定不会这样。”阿多诺应当知道，“但凡事关戈培尔、席拉赫及其同谋者”，她“从来都不会开任何玩

① 阿多诺曾用“浮瓶传信”来比喻新音乐和他的理论，意为无人理睬。

笑”。阿多诺肯定会注意到，“我的每一个用语‘听起来’都那么不可信，或者说错得那么离谱（‘从音乐上’来讲）。‘不就是几个考虑不周的句子嘛’！考虑不周？您当年还是个小男孩吗？”他真会相信，托马斯·曼拿这件丑闻不当回事？“他肯定会对您大加讨伐，愤怒到极点，相比之下，‘沃坦的愤怒（Wotans Zorn）’[①] 不过是喃喃耳语罢了，剩下的是反感与不信任，而且肯定永远不会消失——并且永远无法消除。”[69]

1963 年 7 月，戈洛·曼退掉了斯图加特的房子，在打包装箱。他在这里住了不到三年，现在离开这个城市，回到母亲位于基尔希贝格的房子里，他在屋顶阁楼的一个小房间反正住了好几年了。戈洛在大学停薪留职一年，但并没有再度回到斯图加特的打算。1962 年 12 月，他陷入了严重的抑郁危机，不得不住进一家精神病医院。活动安排的压力太大，人们想从他这儿得到的太多，他不能说不，浪费了许多精力。戈洛马不停蹄在外面跑，面对人山人海的观众登台演讲，但让他非常气愤的是，斯图加特对他所作的贡献几乎视而不见。当年，他有意识地挑选了一所技术大学而不是综合性大学，因为行政管理事务比较少。但是，除了几个拿他的课程当副科来修的未来工程师和对他产生兴趣的几位斯图加特女士之外，来听他讲座的人寥寥无几，这让他很生气。此外，他一直雄心勃勃地想当个作家。戈洛·曼总说他要写一部重要作品，不是杂文，也不是报告。虽说迄今为止出版的那些书，尤其是《德意志史》赢得了巨大成功，但他觉得它们都谈不上真正的扛鼎之作。要写一部比较重大的、新颖的、叙述性的著作。在熟人圈子里，他偶尔会说，当年要是愿意的话，本可以当

/ 389

① “Wotan”即“Odin”（奥丁），系日耳曼神话中的神。

图 43 卡蒂娅跟戈洛·曼在基尔希贝格家里的游泳池里

名作家的。他姐姐艾丽卡回答说："能者为之。"[70]

1963 年 7 月，曼氏一家人在苏黎世巴尔拉克酒店（Baur au Lac）庆祝母亲 80 寿辰，该酒店正是 1905 年卡蒂娅和托马斯·曼旅行结婚时的住处。米夏埃尔和格蕾特·曼从美国赶来。伊丽莎白带着女儿多米尼卡从意大利来，比多米尼卡大 4 岁的安吉丽卡在等待自己第一个孩子的出生，所以不能来参加——卡蒂娅·曼的第一个重孙米歇勒（Michele）四周后呱呱坠地。莫妮卡·曼从卡普里岛来，家里的其他人反正都生活在苏黎世或附近。伊丽莎白的女儿在上大学，安吉丽卡学物理，多米尼卡学生物。弗里多刚从苏黎世音乐大学结束学业，正在探寻他未来的生活道路。祖母生日刚过，他就从基尔希贝格的家里搬了出去，为的是去罗马参加一个音乐指挥的课程，其实他有个秘而不宣的目的：改信天主教并学习天主教神学。他弟弟托尼刚完成了花匠学徒的课程。卡蒂娅·曼的生日变成了一个难得的全家人再次团聚的机会。

生日过后，戈洛·曼跟弟弟米夏埃尔和他儿子弗里多去奥地利徒步旅行。兄弟俩关系不错，谈论了许多事情，也包括父亲。父亲之死对他们俩来说既是一种打击，也是一种解放。米夏埃尔·曼已完成了他在哈佛大学的日耳曼语言文学的学习，以一篇关于海因里希·海涅（Heinrich Heine）音乐批评的论文获得博士学位，然后在加利福尼亚州的伯克利大学拿到了一个助教的职位。对于他的入选，日耳曼语言文学系有人提出批评，说聘用他仅仅是因为那个姓氏的光环。米夏埃尔逐步开始接触父亲的作品，但也仅限于作品。他曾写信告诉艾丽卡，一听到父亲的录音就有心理障碍，由于同样的原因，他看到姐姐编辑出版托马斯·曼书信集就敬而远之。[71]但他已经收集了材料，打算出版一部托马斯·曼文集，要成为“内心自传”一类的书。[72]边徒步旅行边交谈，米夏埃尔和戈洛一致认为，父亲其实是个胆小如鼠的男人，这样就能解释其生活与作品里的许多现象。戈洛·曼说，他自己胆子也很小，不像米夏埃尔那样胆大。聊天时大家无所忌讳，所以米夏埃尔坦白了一件事：在很长一段时间里，他一直怀疑戈洛是托尼的生父。这让哥俩都捧腹大笑。据说如此。[73]

莫妮卡·曼出了本新书，题为《宇宙的圆点》（*Tupfen im All*）。新书开篇第一章叫“城市”，第一节为“地下铁道”：“下面那儿永远都一样。永远都是破烂不堪、震耳欲聋的单调。永远都是深处的屈辱。这是啥地方呀，一个个挤在一起，就像被毒气毒死的犹太人，我们心中响起安慰的话语——很多我们这样的人！”[74]她写的书只要不涉及自己家，就只能在越来越小的出版社出版。各家报纸也拒绝评论她的大部分作品，如果内容不涉及曼氏家族或她著名的父亲的话。她在卡普里岛自己的房门上挂了一个牌子：“莫妮卡·曼。作家”。可几乎从来没有人登门拜访。

艾丽卡·曼编辑出版三卷本托马斯·曼书信集，其中头两卷于1962年和1963年发行。这是女儿为父亲做出的又一大壮举：数千封信，收信人散落各方，要动员他们提供复印件，再对这些浩繁的信件进行筛选，真是艰辛至极。就其文字编辑工作而论，能说的好话也就这些了。艾丽卡·曼对文字工作。在导言中，她对编辑工作进行说明，同时穿插着个人对父亲的回忆——那些家庭的传奇也没有忽略。在这里，托马斯·曼得以再次用克劳斯虚构出的警句格言来评论第一次世界大战的爆发：“天空不久将出现一把带血的剑。”[75]艾丽卡·曼对书信所作的说明很肤浅、不严谨，时而过于简短，时而啰里啰唆，总体来看不够专业，因而遭到批评家的嘲讽。更严重的是她所作的删减。刊印托马斯·曼的信件，要对有些段落作删节处理，对此，艾丽卡有其标准：在不同信件里内容重复之处，还有“过于私密”的内容——对后者公众“还”没有知情权。[76]第一个标准引发了批评：英格·延斯（Inge Jens）在《时代》周报上写道，这种做法“破坏了”信件的上下关联，读者原本宁愿看重复的段落而不要看到这类删减。[77]可批评家们并不知道：对这些书信的删减范围实际上还要大得多，不仅仅涉及重复的段落和“过于私密”的内容——当然也包括这些，比如托马斯·曼提到其同性情爱的地方。在第一卷的导言里，艾丽卡·曼引用康拉德·费迪南德·迈耶（Conrad

/ 392

Ferdinand Meyer）的话，想通过这些书信集向人们展示，托马斯·曼是一个“充满矛盾的人”。[78]听起来很好，事实上却跟她想做的背道而驰。特别是有关政治的段落，只要这些段落跟艾丽卡·曼要描绘的父亲形象不一致，她就删除：针对民主的批判性言论，这些言论就是在美国那些年的信件里也可以读到，还有托马斯·曼在流亡的最初几年所表现的摇摆不定。第一卷里，艾丽卡·曼挑选出 12 封父亲给她的信，却没有一封是 1933 年以后那段时间的，当时——尤其是到了 1936 年——艾丽卡使尽了浑身解数要说动父亲公开宣布自己流亡。为了维护父亲的形象，她选用了托马斯·曼的一篇文章，也就是他在克劳斯和艾丽卡合著的美国流亡之书《逃避生活》里，为描写自己的那篇人物特写所写的前言。这篇文章被当作父亲致大女儿和大儿子的私人信件来处理：[79]这样做是为了突出父亲的典型形象，而这种形象是托马斯·曼塑造给美国读者看的，目的是宣传他在流亡初年的政治态度。为了达到这一目的，艾丽卡·曼甚至不惜牺牲自己所扮演的角色——敦促父亲以流亡者的身份进行公开活动。艾丽卡不仅删掉了托马斯·曼在 1945 年以后对德国的批评——1946 年给儿子戈洛的信中关于和平同盟的那些犀利言辞，还有德国人“愚蠢”以及希望来一场新战争的说法，而且甚至对删节处未作任何标识。[80]在一封给弟弟戈洛的信里谈到书信集的一个问题时，艾丽卡称，她对待真相是“实验性的”，只是尝试，是例外。[81]这是句玩笑话，却又并非玩笑。

第二卷的跨度是从 1937 年至 1947 年，也就是托马斯·曼的美国岁月。他写给艾格尼丝·迈耶的信构成该卷的主要内容，这些信均由这位美国女友提供给艾丽卡·曼；艾丽卡收录了 110 封，占该卷总数的四分之一。这些书信往往涉及政治，只要是艾丽卡不想让人看到的东西，她就照删不误——她相信托马斯·曼的这位女崇拜者不会对这类删节发表意见。艾格尼丝·迈耶为曼氏家族作出了巨大的付出，艾丽卡·曼却只字不提，在导言里只谈到迈耶“乐于助人”。很多信都谈到托马斯·曼在华盛顿国会图书馆的那个收入不菲的“顾问”职位，对此，艾丽卡在一个注释里提到是艾格尼丝·迈耶“推荐”的他。至于说这一职位不过是貌似存在，顾问的薪酬是艾格尼丝·迈耶用私人财产支付，目的是资助曼家在加利福尼亚州盖房子，这些情况这卷的读者当然了解不到。[82]曼家的形象——“在赤贫中”走向流亡生活，后来通过艰辛的打拼和取得的成就不但自己养活自己，还去帮助别人，是艾丽卡在这本书和其他文章及采访中塑造的，跟其他家庭传奇的性质如出一辙，比如她从纳粹严密看守的慕尼黑家中抢救出《约瑟》手稿等。[83]

艾丽卡于1961年5月把托马斯·曼书信集第一卷的导言寄给戈洛，戈洛小心翼翼地试图建议姐姐采用另一种风格：宁可“不带感情色彩”，“完全是字斟句酌、官方文风、平淡、简短”，比如说不用个人的眼光来描述父亲。“当然可以采用另一
/ 394 种风格”，戈洛立刻又退了一步。[84]他不想破坏跟姐姐原本就比较脆弱的关系。艾丽卡没有理会这一建议。在导言的结尾处，她让父亲在回忆中变得栩栩如生，强调他的可亲可爱，他对别人的关怀，感谢别人让他开心。艾丽卡还谈到父亲喜欢自己的亮相，并引用托马斯·曼本人的名言：他在“沙龙”里是个“相当平淡、无聊的人”，到了大讲坛上却是个“魅力四射的人物”，说这话时他还笑了。艾丽卡·曼补充说，“都过去了。他——那个磁石般的人物，再也不能吸引我们，让我们无法摆脱。”[85]这是一部献给父亲的爱的宣言，一曲哀悼失去父亲的动人挽歌。以女

儿兼出版人的身份保护父亲的传记和著作不受敌对世界的攻击，这样做不可能给她带来幸福，更不可能把父亲还给她，这一点艾丽卡预感到时已为时太晚。大概在跟女友希格涅·冯·斯坎佐尼（Signe von Scanzoni）交谈时她也才真正感悟到。[86]

莫妮卡·曼萌发了写本新书的想法，于是跟姐姐商量。姐妹俩勉强克服了1956年的那场危机，在过去几年里不时有信件来往，但只有像母亲过生日那样的极少数机会才能见上一面。莫妮卡于1964年1月写道："另外，我打算出一本文选。《我们这十一口子》（*Wir sind elf*，包括外祖母、外祖父），十一口写作的人。不是豪华的纪念碑，更多是开心的东西，是优雅的小雕像。"一本收有家人文章的集子将由莫妮卡·曼写序并出版。她请艾丽卡同意她这样做，可能的话请她选一篇合适的克劳斯的文章。按照莫妮卡的计划，父亲将由《约瑟》里的一个章节来代表。"尚未敲定哪家出版社。反正是一家好的。"[87]艾丽卡·曼的答复明确无误：不同意。这一计划"完全不合适"，而且"没有品位"，何况这不只是她个人的看法。然后艾丽卡又拿其他事情说事：莫妮卡前一段时间在报纸上一再发表关于家庭和父亲的文章，大家在一次"圣诞节家庭咨询会"上谈到了这些文章，参加会议的除她外，还有戈洛、伊丽莎白、母亲和几位朋友。与会者对莫妮卡散布的那些谎话——在其自传里，现在又不断出现在她新写的文章里——都感到非常气愤。对于这些谎话，人们现在都信以为真，并拿去当作原始资料使用。比如新近发表的一篇关于曼家过圣诞节的文章：父亲根本没有把雪茄烟放在莫妮卡声称的地方，而是放在另一个柜子里，金箔片在圣诞节前不是放在孩子们的手里，而是撒在床上。"没人强迫你叙述些你想不起来或者你觉得令人感动的事情，如果这些事情不符合事实的话。有一点

/ 395 图 44　莫妮卡·曼跟安东尼奥·斯帕达诺在卡普里岛

是板上钉钉的：你要是再一次把你那些关于魔术师或［和］他家的‘回忆录’公开抖搂出来，其中含有不实之事的话，米兰因和我就将发一份说明给各家新闻社，声明所有这些回忆录——不
/ 396 管其文学价值如何——均不能、也不容许作为原始资料被使用。”艾丽卡还在信末附言里加了一句：“这封信米兰因读过并表示同意。”[88]家里个个都跟她作对。这封信深深刺痛了莫妮卡。她痛斥姐姐“以居高临下的口吻怪罪”她，完全是出于“极大的嫉妒心”。大家不是不知道，她没想提供什么“原始资料”；我“以印象主义的抒情方式抒发感情，某些地方带有自传体性质”，“每个人都可以——或愿意的话——得出结论，表示喜欢或不喜欢。我不污蔑任何人，也不打算给文学史添加些垃圾和谎话，抑或造

成其他什么伤害”。[89]姐妹俩就此中断了联系。

伊丽莎白·曼·博尔吉斯于1968年5月从加利福尼亚州写信给母亲，激动地报告了反对越南战争的游行，她是在伯克利参加的。此时已成为日耳曼语言文学正式教授的米夏埃尔也参加了。这两个小弟、小妹关系很好，自从伊丽莎白生活在加利福尼亚州以来，两人见面的次数又多了起来。伊丽莎白·曼·博尔吉斯在意大利施展了各种才华，写了不少小说和剧作，其灵感得益于她的意大利生活伴侣、比她大33岁的科拉多·图米亚提（Corrado Tumiati）。卡蒂娅·曼这样评论女儿对老男人的偏好："谁也不可能把他当我儿子看。"[90]后来伊丽莎白·曼·博尔吉斯发表了一本表明心迹的书——《妇女的崛起》（*Aufstieg der Frau*）。这本书描述对人类和动物世界女性本质的各种观察，试图展示一个乌托邦的未来世界，女性在这样的乌托邦里依附于年长的男性，以便学习，然后摆脱他们，走自己的路。接下来她把人与动物的交流当作自己的课题，研制了一台她的那些狗能弹的钢琴，还教她的猎狗“阿里（Arli）”用打字机打字——一台专门设计的狗鼻子打字机。圣诞节时她把狗写的信息发了出去。伊丽莎白从苏黎世出发，开车去旅行，穿越印度，跟大象进行交流。她联系上一位巫师，这人有一只神犬。所有这些事情她都在自己的书里进行介绍，这些书的名字有《动物世界：从写字的狗到看书的猴子》（*Das ABC der Tiere. Von schreibenden Hunden und lesenden Affen*）等："现在［那条狗阿里］完全无须帮助就能写了，而且空格完全正确：一条坏一条坏狗（A BAD A BAD DOOG）。他说的是真的？我们面临真正交流的突破口吗？”书的作者确信无疑："他‘说的’真是他要‘表达’的。”[91]姐姐艾丽卡有一次问伊丽莎白，她自己是否相信她所描

图 45　1960 年代的艾丽卡 · 曼

写的这一有趣世界，或者她“只是想要成功和金钱”？[92]

1964年，伊丽莎白·曼·博尔吉斯应朋友罗伯特·哈钦斯之邀，去位于圣巴巴拉（Santa Barbara）由他成立的民主制度研究中心工作。从这时起，她又重新开始研究世界政府的设想。科拉多·图米亚提于1967年去世后，她彻底搬到加利福尼亚州去住了。可是，伊丽莎白已经不喜欢“穿旧鞋走老路”了——她现在这样称呼那个没有任何地方可以实施的旧日想法。前不久她接触到一个新课题。马耳他驻联合国大使阿维德·帕尔多（Avid Pardo）于1967年11月在联合国全体大会上作了一个演讲，热情地为实施一部新海洋法作宣传，据此，海底将被宣布为人类共有遗产。伊丽莎白·曼·博尔吉斯深受鼓舞，立刻邀请阿维德·帕尔多来圣巴巴拉。她找到了一项新的任务，说服了哈钦斯并全身心地投入这项工作：她要拯救海洋。伊丽莎白于1968年5月给母亲写信，满意地谈到世界大国美国的衰败以及政治上的希望——在意大利和法国建立左派的社会党人政府。在离伯克利不远的奥林达（Orinda）——米夏埃尔在这里盖了一幢房子——举行过一次反越战游行，事后她“挺开心的”，“阳光灿烂，游泳池，鱼子酱，愉快的谈话”。S.费舍尔出版社是否终于把托马斯·曼的稿酬汇出了？她曾收到数额为10万马克的部分预付款，但通常的清单还没寄到。她的工作“进展顺利”。[93]

戈洛·曼辞去斯图加特的教授职位后，跟母亲和姐姐艾丽卡一起住在基尔希贝格的别墅里。卡蒂娅·曼写信告诉女儿伊丽莎白，[94]她跟戈洛就像过着“很不错的婚姻”，但他的多愁善感和抑郁发作的阶段让人感到压抑。在另一封信里她又写道，“其实没什么特别的事情要讲，生活总是这么循规蹈矩、慢慢流逝”。[95]生活变得有些空落落的。因为一再出车祸，前不久她失去了驾照，虽然想尽了一切办法，还是没有拿回来。身体不算好，但她不喜欢诉苦。跟艾丽卡的关系不好，影响到家里的气氛。母亲告诉伊丽莎白，“艾丽卡心肠不好”。[96]她检查母亲的信件，有时候以卡蒂娅的名义回信。两个强者碰撞在一起，中间夹着无助的戈洛·曼，他不是个很机灵的调解人。双方都不太拿他当回事，在电视里露多少次面也好，拿过多少种奖也罢，就连给联邦总理当顾问也没用。戈洛说这是两个女人之间的“冷战”，要是他觉得受不了，往往外出旅行，不是去朋友处就是去位于泰辛的度假房。[97]

1969年5月，戈洛·曼告诉一位女友，他们家里简直是糟糕透顶。姐姐艾丽卡得了重病——“一个无法治愈的脑肿瘤”。动过手术，却不成功，还让她失去了“部分自我”。[98]五周后他又写道：“可惜姐姐还活着：因为这已经不能称为‘活’了。好几个星期了，她连一个字也没吐过：只有眼睛还无比悲伤地瞅着，充满着恐惧和疑问，还有责怪。”[99]戈洛·曼不再去医院看她，看着曾经那么受人称赞、魅力无比、让人钦佩的姐姐到了只有儿童智力的程度，他受不了。相反，这星期刚过完86岁生日的卡蒂娅·曼每天都去女儿那里，艾丽卡·曼的最后一位生活伴侣希格涅·冯·斯坎佐尼只要有机会也来看望她。艾丽卡·曼于8月27日离开人世，距父亲逝世14年，离弟弟克劳斯·曼去世20年。不久，希格涅·冯·斯坎佐尼开始写下对艾丽卡·曼的回忆和思考，不是写给公众，而是写给自己。她描述了一个完全不同的、柔情似水的艾丽卡·曼，对父母家、对老母亲负有责任感，跟这位女友等待着“以后”——等到母亲去世以后一起去克洛斯特斯（Klosters）的一幢房子里共度未来；这样一个未来没有了，现在艾丽卡已先于母亲安葬在基尔希贝格的墓地，在父亲的右边。

五年前发生争吵后，莫妮卡·曼跟大姐再没有任何联系。米夏埃尔和伊丽莎白·曼在艾丽卡动过颅脑手术后分别从美国赶来看望濒临死亡的大姐，安慰年迈的母亲。莫妮卡待在卡普里岛，连姐姐的葬礼也没参加。卡蒂娅·曼生气地给她写信，大加指责。“谁都推卸不了责任”，莫妮卡·曼答复道。“但凡对我有一丁点了解的人都会知道，我是个拘束、内向的人，因而绝不缺少情感、同情与关心，也许比较安静和疏远。我所说和所写的一些事情，特别是涉及家里的事情，听上去总是‘相当动人’，这是睿智、亲近的朋友们说的。这必然有其原因！我过的（当然有其原因）隐居生活可能让我遵循其他规则，我遵循的生存规则跟你有一点点不同，你能认可并予以尊重吗？我只求把我和我的生活安安静静地安排妥当，不想惹是生非。”[100]

在过去几年里，米夏埃尔·曼特别小心，尽量不跟大姐艾丽卡发生争执。每逢姐姐必须去医院治疗，他就经常写信让她开心，给她送花。姐姐去世后，他第一次走进基尔希贝格父母房子时说：“其实这里现在真的蛮舒服的。”至少莫妮卡·曼在1984年发表的《试谈艾丽卡·曼》(*Versuch über Erika Mann*）一文中是这样宣称的。她这样评论弟弟的这句名言：“什么叫不孝不敬的典型？这就是。”[101]

*

1974年10月，卡蒂娅·曼的《我未写的回忆录》(*Meine ungeschriebenen Memoiren*）出版。正如书名所述：这是一本卡蒂娅·曼不想写的书，她没写这本书。它由米夏埃尔根据一系列电视采访卡蒂娅·曼的记录编辑而成，从某种意义上讲违背了母亲的意愿。在伊丽莎白·普莱森（Elisabeth Plessen）对她进行采访时，卡蒂娅·曼勉勉强强才同意。她说，之所以接受采访，完全是“因为自己的软弱和好脾气”。“一直都有人要我写回忆录。对此我说：在这个家庭里一定得有一个不写作的人。”[102]现在，这本未写的书在卡蒂娅 91 岁生日过后不久出版，作为她丈夫百年诞辰纪念的序曲。在回忆录里，卡蒂娅·曼以聊天的方式讲述跟托马斯·曼在一起的生活，讲述家庭及其各种冒险经历，还有“魔术师”去世后的生活状况。其中有很多趣闻逸事，经过这许多年后也不一定完全符合事实，但一如既往地辛辣有趣。书的最后是家人的谈话。戈洛·曼说，按照法国人的诙谐说法，“有些寡妇好丢人现眼”，他母亲却从不这样，也从来不想在公众面前抢着出风头：“她不想出风头，甚至该出的时候也没出，这是我的看法。”“行了！”母亲回答道。“老冯塔纳（Fontane）曾经说过：人只要活着就必须好好活，现在我不过是以自己的方式努力这样做罢了。”[103]

1975 年 6 月的第一周，汉萨城吕贝克市庆祝其伟大的儿子托马斯·曼诞辰 100 周年。托马斯·曼的遗孀卡蒂娅从瑞士前来参加活动，由一个女护理员和两个儿子戈洛、米夏埃尔陪同。戈洛·曼自觉自愿地将舞台留给小弟，所以由米夏埃尔·曼在纪念父亲的大会上发表演讲。米夏埃尔的演讲充满哲理，学术性强，哥哥戈洛不无吃惊地在日记里记下。[104]本能让米夏埃尔远离父亲，在日耳曼语言文学方面的抱负又让他欲罢不能。米夏埃尔已计划好在欧洲进行报告之旅，作关于父亲的报告，总共 86 场——再一次以“独奏艺术家”的身份巡游。来欧洲前他已在美国上过几次台，但在新泽西州（New Jersey）首次作关于托马斯·曼的报告时就绊了一跤，从讲台上摔下来，把腿摔断了。接下来他拄着拐棍继续报告之旅。戈洛·曼特别迷信这类征兆，因而很担心：父亲诞辰纪念年开局不顺。[105]

弟弟接手了作为托马斯·曼继承人的部分任务，戈洛·曼对此感到高兴。他经常强调绝不想当父亲"在地球上的牧师"。[106]可每当他认为托马斯·曼受到不公正的公开批评时，他又会气愤不已。贝托尔特·布莱希特的《工作笔记》(*Arbeitsjournale*)发表后，人们可以读到这样的内容：在加利福尼亚州流亡期间，托马斯·曼眼睁睁地看着哥哥海因里希·曼差点饿死。对此，当儿子的戈洛在《时代》周报上发表了一篇怒气冲天的文章，回应这"臆想的诽谤"。[107]他跟弟弟时常商讨两人都涉及的事情：在公开场合出场前吃什么药片，哪一种药对治疗抑郁疗效好，他们俩都在跟这种疾病作斗争。两年前，米夏埃尔曾写信问哥哥，现在有一种叫锂的新药，"你知道吗？"他想请一位"透露这一消息的心理医生"开这种药，"教宗的手杖或许还真能开花呢！"[108]兄弟俩还交换作为"托马斯·曼儿子"的经历，看谁有过更离谱的经历。他们谈到有这样一类人，谈话一开始便讨论父亲，作一些不恰当的比较，或提一些令人发窘的问题。父亲也经常成为两人聊天的话题。米夏埃尔在一封信里给哥哥描述了一个曾经做过的梦，"在魔［术师］去世前不久，我把他痛打了一顿"。当米夏埃尔跟他讲这个梦时，戈洛回答说："这样做哪里还值得呀。"[109]戈洛·曼自己常常梦见父亲并把这些梦记录在日记里："父亲长途旅行回来，好像又是庆祝一个什么大生日。我跑进他待的房间，说了个反正挺尴尬的'那么'，我是那么幸福，那么激动，真的好想拥抱他。他冷冷地躲过我，嘴里冒出一个硬邦邦的'再见'。"[110]

戈洛·曼创作的传记《华伦斯坦》（*Wallenstein*）于1971年出版，成为惊人的畅销书，这本书厚达1300页，在一年之内卖出近10万册。大部分评论家的反应都是欢欣鼓舞：一部“撰写历史的大师之作”，一件“学识渊博的艺术品”，一曲“讲述历史的凯歌”。与此同时，戈洛·曼作为政论家也达到了事业的顶峰。多年来，他赞同跟东欧阵营国家进行对话并和平共处，为推行新东方政策而奋斗。戈洛认为，作为第一步，必须最终承认，德国东部地区已经失去，因为除非进行战争，否则如何能
/ 403 从波兰人手中夺回西里西亚（Schlesien）？无论是作报告，参加专家论坛讨论，抑或在电台和电视节目里，他都坚持这一立场，因此多年来一直遭到攻击，甚至包括谋杀恐吓和反犹势力的袭击。维利·勃兰特（Willy Brandt）出任总理后为其新东方政策大造声势，戈洛·曼站在他一边，既当顾问又当评论家，给报纸写文章，接受采访，参加公开活动。现在，《莫斯科条约》（Der Moskauer Vertrag）等签订后，他功成身退。社民党左翼青年和埃贡·巴尔（Egon Bahr）关于一个中立社会主义德国的蓝图让他坐立不安。在他看来，对融入西方和欧洲的联合绝不能产生任何动摇。

参加完1975年吕贝克的庆典后，戈洛与米夏埃尔兄弟俩各奔前程。戈洛·曼去看望昔日的生活伴侣汉斯·贝克。贝克在几年前成立了家庭，成为两个女儿的父亲。虽然没有结束大学的学业，却在戈洛·曼的穿针引线下，在位于莱沃库森（Leverkusen）的化学康采恩拜尔找到了一个职位。在莱沃库森奥普拉登（Opladen）他家的房门口挂着一个牌子：“贝克－曼”，房子是戈洛资助的。从1968年起成为瑞士公民的戈洛·曼这时获悉，他收养汉斯·贝克的申请遭到拒绝，本来这样可以正

图 46　米夏埃尔·曼跟继女拉耶在一起

/ 404

式让他们一家成为曼氏家人的。此后不久戈洛·曼申请德国国籍，以便按照德国法律收养汉斯·贝克。被褫夺国籍近 40 年后，戈洛·曼又成了德国人，同时保留瑞士国籍。

米夏埃尔·曼在启动欧洲报告之旅前，又一次回到加利福尼亚州。在此期间，他儿子弗里多已成为临床心理医生，这时带着妻子克里斯汀（Christine）——物理学家维尔纳·海森贝格（Werner Heisenberg）的女儿——和儿子斯蒂芬（Stefan）也在加利福尼亚州。他们看望格蕾特·曼并认识了拉耶（Raju），一个印度女孩，是格蕾特跟米夏埃尔·曼于 1970 年收养的，她当时 7 岁。可是，米夏埃尔·曼早在几年前因通信跟弗里多发生过争执，随后断绝了跟儿子的关系。只要弗里多来访，他就去他在纳帕谷（Napa Valley）的周末小屋。弗里多·曼给父亲寄来一封信，提议和解。父亲的回信很快便寄到了："我们俩决定相互保持距离，这一距离不应当成为影响你生活的因素。父亲们和儿子们应当经常相互避开，而不要总是在一起。我觉得，我们把我们的事情安排得还不错。"[111] 不过，他们俩这年夏天还是在加利福尼亚州见了面。上一次相见是九年前，米夏埃尔·曼这次送给儿子一只和平烟斗。

托马斯·曼诞辰 100 周年过后不久，即 1975 年 8 月 12 日，是托马斯·曼逝世 20 周年纪念日，他指定的日记保密期也随之宣告结束。他的日记要尽快出版，米夏埃尔想负责这件事。在去作报告的旅途中，他已经让人把日记的片段寄给他，晚上在旅馆里阅读——不管在赫尔辛基、利兹、佛罗伦萨、巴黎还是雅典。
/ 405 他以旅行日记的形式给一位朋友写信，信里隐约提到他大量喝酒和大量服用药片——他在旅行时带着一只公文箱，里面装有特制的"威士忌酒吧"。米夏埃尔·曼还在信里描述阅读父亲日记的情况："文学上当然可以用，虽然毫无掩饰的隐私让我在准备出版工作时面临着不少问题。"对于 1918 年的日记他写道："我还是胚胎。"他读到医生的建议，要把他打胎打掉。"可母亲不愿意。虽说增加人口对经济状况没啥好处，但五个孩子还是六个孩子，这有啥区别吗？这是父亲的立场。他唯一算得上担心的就是，要是再来一个'宝贝'，可能会减少他对宝贝'丽莎'（麦迪）诗一般的快乐享受。下一批信里就能看到我出生了。明天在斯德哥尔摩。"他对父亲的日记欲罢不能。"魔幻般的风景，"他在意大利时写道，"在写作和阅读时，担心会错过这些好风景（1954 年日记——那场不幸的意大利旅行；我带来的信到此为止）。"[112]

在纪念父亲之年，米夏埃尔·曼集中全副精力忙着父亲的日记。戈洛·曼在他多年担任出版人之一的《新评论刊》上发表了《忆吾兄长克劳斯》(*Erinnerungen an meinen Bruder Klaus*)，这篇人物特写也作为后记发表在一本克劳斯·曼与他人的往来书信集里。哥哥克劳斯在1945年后备受煎熬，因为人们对他的书籍反应不大，兴趣很小，但最近几年来，他成为非常受人欢迎的作家。人们对反法西斯作家和流亡文学的兴趣变得越来越大，再加上同性恋运动发现了克劳斯·曼。德国司法部门也帮了忙。新出版的《梅菲斯托升官记》打上了官司，虽然古斯塔夫·格伦特根斯已在数年前亡故——其生活伴侣和唯一继承人状告这部小说的出版。联邦宪法法院于1971年裁定，古斯塔夫·格伦特根斯死后的人格保护要重于艺术自由，因此不允许《梅菲斯托升官记》出版。这一判决给克劳斯·曼带来了巨大声誉。一纸禁令反而撩拨了人们的兴趣。戈洛·曼对兄长的描写充满个人的情感与同情，他在文章最后提出一个问题——这个问题他本人就曾向兄长提过，那是克劳斯1948年又一次自杀未果以后：为什么？戈洛认为，若要回答这个问题，或许探寻克劳斯在什么条件下不会自杀更有意义。“德国图书市场倘若更早些对他开放，正如其现在所为，倘若他自己弄清楚，就他而言，这里蕴藏着巨大而非微弱的机会，而且他要继续当个美国作家的抱负根植于一场误会，倘若他再耐心等待一下，德国人对他的书籍可能会趋之若鹜，反响、影响和金钱都会向他招手——要是如此，他或许就不会自杀了。另外，倘若父亲——我们说1949年冬天——就去世的话，克劳斯也不会自杀。一小部分原因是有了遗产，到那时自然而然就会分到他头上，更大一部分则有其更深层次的原因。”[113]

/ 406

伊丽莎白·曼·博尔吉斯全身心地投入她的人生课题：海洋。她写的一本书在美国出版：《海洋之悲剧》（*The Drama of the Oceans*）。她在书里激动地呐喊，要人们注意海洋的问题：污染、过度捕捞、开采资源，还有海洋对世界气候的意义。此外，她还在演绎着她的乌托邦：要是迄今为止的无人之地——海洋没有陷入民族利益的纷争，而是被宣布为人类的共同遗产，要是人类满怀责任心地从经济上对待海洋，让贫穷国家享受海洋的宝藏及其财富，那会怎样呢？伊丽莎白·曼·博尔吉斯提出建议，应当建立一个"海底管理局"："矿藏资源将超越国家领土与法律范畴，作为人类的共同遗产由一个国际组织来开发，这在人类历史上尚属首次。"她还明确表示，这样一个机构对她来说只是第一步："如果能够成功……建立这样一类机制，应对我们的海洋问题……，那么，这种成功的做法可以扩大到更大范围：这样做意味着创立了一种21世纪世界组织的范例。"[114]她没有放

/ 407

图47　伊丽莎白·曼·博尔吉斯跟阿维德·帕尔多于1980年代

弃世界政府的旧日梦想。

《海洋之悲剧》是一本畅销书，被译成 13 种文字，这是伊丽莎白·曼·博尔吉斯的巨大成功。该书出版前，她协助举办了首届国际海洋法会议，并参与成立设在阿维德·帕尔多家乡马耳他的国际海洋研究所。她响应帕尔多的号召找到了自己的人生课题，现在跟她景仰的帕尔多开始了一段绯闻。伊丽莎白再次将爱情与工作挂钩，这一次她的男友只比她大 4 岁。他们俩并不经常见面，只是在大小会议上和工作碰面时聚首，一切都要保密。帕尔多没有抛弃自己的家庭。

1976 年 12 月 31 日晚，米夏埃尔·曼为参加一场除夕夜派对准备住到朋友家里。他妻子格蕾特染上了重感冒，早早就上了床。[115] 过去的几个月里，他玩命工作，特别是为了父亲的日记，该书不久将要问世。米夏埃尔·曼计划出版两卷本的日记选集。第一卷将收录托马斯·曼仅存的早期日记，时间跨度为 1918 年 9 月至 1921 年 12 月，此外还有 1933 年至 1936 年的日记。第二卷计划挑选剩余日记里的一部分，时间为 1936 年至 1955 年他去世前。S. 费舍尔出版社请彼得·德·门德尔松（Peter de Mendelssohn）评估这一计划，他于 1975 年发表了一部大型托马斯·曼传记的第一卷。门德尔松认为，差不多所有部分都必须另起炉灶，完全不同于米夏埃尔·曼的计划。他的注释错误连篇，也不准确，对日记所作的删减在门德尔松看来过于随心所欲。书的前言——一篇特别短的“出版人辩护词”——没有一句话对选择的标准作出解释，对日记的历史及其传承亦无说明。同样，对 1921 年至 1933 年间日记的缺失也只字未谈，这一缺失造成日记选集第一卷前后不连贯。[116] 米夏埃尔·曼对这些建议和批评基本上置之不理。戈洛和伊丽莎白向出版社表示， / 408

同意门德尔松提出的修改建议，可能还指出了在法律上决定权在母亲手里。听到这一消息，米夏埃尔·曼感觉打击很大：用产权的归属来威胁他，“做得算不上漂亮（not of particularly good taste）”。他正在寻找一条途径，“我在试着走出所有这些是非之地（I am just trying to map my way out of all this nonsense）”。[117]他说此话用意何在，下一步该如何走，这一点并不清楚。现在，米夏埃尔在去朋友那里欢度新年之前，拿起药片，跟往常一样，用酒吞服下去。他，身着节庆的西服，躺到床上，就一会儿。

格蕾特·曼没有注意到，米夏埃尔根本就没有出门去参加庆
/ 409 祝活动。第二天中午时分，她让13岁的继女去看看，他是否醒了。拉耶看见父亲身着西装躺在床上，一动不动，脸色苍白。[118]格蕾塔·曼也没能把他叫醒。家庭医生确认米夏埃尔已经死亡，然后打电话给警察。根据警察的报告，此案涉及一位57岁的白人男子，死亡原因明显系过度服用药物。根据死者妻子的描述，死者一直大量服用药片，有安眠药，有唤醒药，还有“抗压力药”。服药时他经常把剂量搞错，或忘记已经吃过药了，然后又吞下平常的剂量。是的，他曾经提到自杀，但最近一段时间没有。圣诞节对他来说总是意味着抑郁。据家庭医生所述，死者已经有过一次自杀的企图。过量服药过去也发生过，但医生认为均非有意为之。[119]

弟弟去世三个星期后，伊丽莎白·曼·博尔吉斯从加利福尼亚州给母亲写信。“但愿你的小牙松动得还不太厉害。牙医那儿去过了吗？”她说刚从欧洲飞回美国，纽约冷得出奇，还提到刚刚跟女友格蕾特过了“开心的一天”。[120]对米夏埃尔只字未提。剩下的三兄妹决定，对母亲隐瞒米夏埃尔——她最小、最宝贝的

儿子——过世的消息。卡蒂娅·曼7月满94岁，慢慢变糊涂了。三兄妹认为，母亲因患老年痴呆反正弄不明白是怎么回事。因为米夏埃尔住在遥远的异乡，又很少回来探家，所以他们希望母亲察觉不到实情。卡蒂娅·曼偶尔会给远方的孩子们回信。一年前，她在给伊丽莎白的一封短信的结尾处写道，还能"东拉西扯地写上几句"，"但我觉得都是些鸡毛蒜皮的事情"。跟她母亲在35年前一样，卡蒂娅·曼感觉精力大不如前，世界也变得愈发乱糟糟的。她在一封致伊丽莎白的信里加了一句，"乱涂了几句"，"但我以前一直对亲爱的父母说：宁愿短点，次数要多点"。[121]一年后，卡蒂娅的老年痴呆发展得很快。孩子们致母亲的信也相应地简短：报个平安，这种交流是不指望有回复的。莫妮卡于3月从卡普里岛写信来，说现在是春天了，"因为地球不停地在转动，我们也跟着它转动并且变老，而地球却没有丝毫变老的迹象。这句话也许记在那本日记里。虽然日记本上了一把小锁，你当时还是照读不误（我当时8岁），还记得吗？！你情况到底怎样？我听别人说——也通过别人了解到——蛮好。我很高兴"。[122]跟昔日那么强大的母亲在一起生活让戈洛·曼备受煎熬。他在日记里记道："情况越来越恐怖。"她现在每天都在喊"Offi"——她母亲。"我觉得，也更希望这种梦魇不会发生在我自己身上。人必须死得及时，否则就毁了一生一世：只有魔鬼才喜欢看到这一切。"[123]他组织人员照顾母亲，让她全天时时刻刻都有人照料。他觉得两个妹妹把担子都甩给他了。妹妹伊丽莎白甚至还写信，说她不认为戈洛作出了牺牲，而是只有好处，两人的关系降到了冰点，过了一年才又恢复。[124]基尔希贝格家里的状况使他感到压抑，搞得他手忙脚乱。"怜悯"和"厌恶"的情绪不断在切换。戈洛在日记里写道，母亲的有些做法过去就让他惊愕不已，比如缺少章法和性格强硬，到了老年糊涂时仍旧没有改变。然后他又写道："昨天心血来潮亲了母亲一下，因为我实在觉得她可怜：又在空空荡荡、弥漫着悲哀气氛的房子里四处寻找艾丽卡，那种表情太可悲了。"[125]

在此期间，围绕托马斯·曼的日记爆发了一场争论。S.费舍尔出版社以彼得·德·门德尔松的鉴定为由，敦促在米夏埃尔·曼交来的书稿基础上对日记选集进行修改。出版社恨不得对整个稿子进行全面修改，至少放弃对1918年至1921年那段特别敏感时期的删节，那是托马斯·曼反民主的最后阶段。门德尔松给伊丽莎白·曼·博尔吉斯写了一封信，指出一部删节本会引发"轩然大波"，"若干年后都不会平息"。全世界都会对"有意在中括号里所加的省略号感兴趣。人们自然而然地会猜测，那家人不让发表的段落或许在政治上（或者人品上）比发表的部分还要有失体统"。[126]客观上兄妹三人意见一致，同意门德尔松的意见。问题在于格蕾特·曼，她把死去的丈夫留下来的这一版本当作一种遗愿，坚决反对作任何形式的修改，即便注释里的错误也不容改动。"增加或减少内容，就已经是篡改，已经在改动了，"她写信给大伯子戈洛·曼，"不管作任何改动，只要改了总归是错的，比比的去世已经把所有的东西定格下来。"[127]伊丽莎白试图说服这位女友，向她解释"不可修改的想法并不正确"。她还以自己的观点来分析弟弟之死，指出他的书稿错误不少，思路有问题，而这跟他的亡故亦有关系。"他知道面临着种种困难：或许这一认识促成了他的死亡。"[128]伊丽莎白·曼·博尔吉斯坚信，弟弟是自杀身亡。回过头来看，她最后一次看望米夏埃尔时，其行为举止和送给她的礼物无不意味着永远的告别。[129]格蕾特·曼却不这么认为。她告诉戈洛·曼，那是疏忽，是不小心服药过多。[130]后来疑点越来越多。秋天，格蕾特去苏黎世并将米夏埃尔·曼的骨灰安葬在家庭墓地，她给大伯子戈洛·曼带去一首诗，是她在米夏埃尔的纸堆里找到的。这首诗源于题为《自杀者之歌四》（*Selbstmördergedichte IV*）的诗歌集，内容描写了直到脉搏跳到最后一下的旅行。[131]

父亲的日记对戈洛·曼来说是一大折磨。弟弟米夏埃尔以 / 412
前寄来首批复印件时，他就在日记里写道：“让人难堪的轻率之举，形同在验尸。他为何没将这些东西销毁？”[132]现在，格蕾特·曼一气之下把米夏埃尔的版本收回后，家里跟出版社达成一致，要彼得·德·门德尔松出版一套基本上没有删节的版本，戈洛·曼作为家属代表必须阅读那些复印件。他决定，只删除很少几段有关隐私的部分，主要是婚姻中对情爱的细节描写，他不想印出来，更何况母亲还健在。另外有些段落他没有删掉，却让他本人备受折磨，尤其是托马斯·曼对同性情爱的渴望、压抑和恐惧——父亲的日记对戈洛·曼来讲形同一面可怕的“超级大镜子”，像是自己性格的写照。[133]再加上昔日共同经历过的悲伤时代又重新浮现在眼前。他妹妹莫妮卡根本就不愿意同父亲的日记有任何瓜葛。她写信告诉彼得·德·门德尔松：“没人问过我，要我的话，就让所有这些东西都见鬼去吧！！！说老实话，这些破事让我作呕。”[134]

*

1981年圣诞节的第二天，戈洛·曼写了一封信：“最亲爱的小猫咪”，开头这样写道，信里透着一种欢快的心情。他告诉妹妹伊丽莎白，跟家人——贝克·曼一家共度节日，还谈到基尔希贝格的房子，说进行了整修并用新家具和画作对房间进行了布置。但他有那么“一丝感觉：好像在布置一艘正在下沉的船”。[135]

1980年4月25日，母亲去世，差三个月97岁。卡蒂娅·曼在基尔希贝格度过的最后时光更多是让人感到悲哀和难过。远方的孩子们不时写写信，伊丽莎白讲述“老掉牙的事”，主要是去
/ 413 参加纽约联合国的各种各样的会议，作为积极分子和说客，她在那里为各种海洋法而奋斗。1978年，提携她的罗伯特·哈钦斯去世后，此时年已六旬的伊丽莎白再次确立新的人生方向。她接受了加拿大哈利法克斯达尔豪斯大学（Dalhousie University, Halifax）的一个职位——这一职位在1980年将变成一个政治学教授的教席。从这时起，她带着她的六条狗生活在哈利法克斯附近一幢坐落在海边的老木头房子里。伊丽莎白写信给在基尔希贝格的家人：“这算不上疯狂，还有比这更糟糕的。”[136]莫妮卡·曼从她蛰居的卡普里岛写信给母亲报平安，跟她共同生活的安东尼奥·斯帕达诺身患心脏病：“莫妮向你问声好，打电话时你听不出来是谁，拼命在大叫。”[137]莫妮卡在另一封信里写道，戈洛快要过70岁生日了，她自己明年也70岁了：“要是自己的孩子70岁，并非每个母亲都那么开心——因为也有讨人嫌的地方。”[138] 1979年3月，戈洛·曼在挚友——黑森的玛格丽特郡主（Margaret Prinzessin von Hessen）于达姆施塔特附近的狼园宫殿庆祝他的70寿辰。联邦总统瓦尔特·舍尔（Walter Scheer）乘坐直升机前来祝贺，许多朋友都一起欢庆，妹妹伊丽莎白和戈洛的继子一家也都在场。莫妮卡没有受到邀请。戈洛·曼忍受不了跟老年痴呆的母亲生活在一起，也不愿意总是跟她的护理人员发生冲突。70岁生日前，他搬到慕尼黑附近伊京（Icking）去住，他在那里买了一幢房子。戈洛·曼又一次试图回归家园，又

一次回归政治：这段时间，他为巴伐利亚州州长和总理候选人弗朗茨·约瑟夫·施特劳斯（Franz Josef Strauß）摇旗呐喊。回归德国的尝试又一次失败了。人们架起望远镜，仔细观察这位声名显赫的邻居。他让一名漂亮的摩洛哥男佣照顾生活，还经常有年轻后生来访。1980 年 4 月，在母亲临终的最后几天和最后一刻，伊丽莎白跟戈洛·曼都一起待在基尔希贝格。他们觉得死去的母亲“像在睡梦里被睡美人的诅咒击中一样”。[139]

1981 年，在纽约为卡蒂娅·曼举行的一场纪念活动上，戈洛·曼为母亲写的一篇悼文被朗读出来。文章里这样写道：“我很不情愿看到前几年、前几个月、前几周的她，可她不得不那

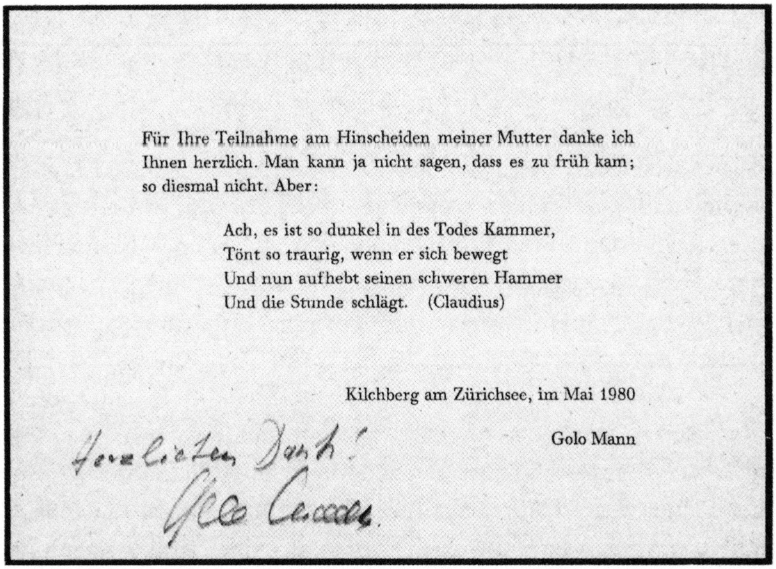

Für Ihre Teilnahme am Hinscheiden meiner Mutter danke ich Ihnen herzlich. Man kann ja nicht sagen, dass es zu früh kam; so diesmal nicht. Aber:

Ach, es ist so dunkel in des Todes Kammer,
Tönt so traurig, wenn er sich bewegt
Und nun aufhebt seinen schweren Hammer
Und die Stunde schlägt. (Claudius)

Kilchberg am Zürichsee, im Mai 1980

Golo Mann

Herzlichen Dank!

图 48 戈洛·曼在母亲去世后致出席葬礼者的感谢信

样。我愿意看到从前的她，那是保持着自己尊严的她：强大、勇敢、清醒、打不倒压不垮；聪慧、热心、机智，敢做敢当，几乎不流泪，时刻都准备笑；那么天真，却又明察，天生笃信真理，我不认识任何人，能像她那样痛恨谎言；表面上开心，内心里沮丧；肚量大——自己却不知道，帮助人、救助人——却不为此而骄傲；指挥着一个人丁兴旺、令人惊叹的大家庭，就像船长在艰难的航道上指挥着航船一样；忠诚，非常忠诚，对别人、对自己都一样。”[140]

卡蒂娅·曼留下了近300万瑞士法郎的遗产。戈洛·曼接下基尔希贝格的房子，又搬了进去，付钱给其他遗产继承人：伊丽莎白、米夏埃尔的三个孩子——弗里多、托尼和拉耶。只有妹
/ 415 妹莫妮卡死活不想卖。她宣布，一旦其生活伴侣过世，就搬进基尔希贝格的房子。在很长一段时间里，戈洛·曼一写信，就会抱怨妹妹的这一想法。“您很意外地详细谈到您的小妹，我对她不了解，只知道写过一本很不错的小书［其自传］”，朋友恩斯特·柯莱特（Ernst Klett）在一封信里这样写道。“要是自己的至亲骨肉住在楼上一层，就真的那么糟糕吗？她很有可能疯疯癫癫的，抑或继承了曼氏家族的一种缺陷，并非人人都能像您一样把曼家的各种缺陷转化为积极的因素。”[141]

托马斯·曼日记选集一卷卷地出版，引起了轰动。《法兰克福汇报》以《关于托马斯·曼的真相》（*Die Wahrheit über Thomas Mann*）为题就第一卷发表评论。马塞利·赖西－拉尼茨基在文章里写道：“到最后，他这样矗立在我们面前：软弱且无力自卫，备受煎熬而令人怜悯，强调自我且十分自负，一些人觉得厌恶，另一些人却钦佩得五体投地。”“他有勇气将自己展现在后人面前，所以伟大。”[142]这些日记向人们展示了一个托马

斯·曼的形象，据说这也是艾丽卡·曼曾经想用自己出版的书信选集来表现，最后却又不愿意表现的形象：一个充满矛盾的人。中产阶级的外表，艺术家的内心生活；婚姻，六个孩子，对同性恋的渴望；以自我和作品为中心，却又积极参政；作为德意志代表出场时的淡定自若跟日常的烦恼形成对照。这些日记成为他人尖刻挖苦和攻击他的把柄，同时又将托马斯·曼从古典文学的故纸堆里拽出来，拂去上面的灰尘，让这位“裤褶子”诗人的所有传奇重生：一个诗人，性格冷酷，内心深处波澜不惊，一页接着一页地写个不停。他的书籍销售量在上升。日耳曼语言文学学者重新发现了他，甚至一些现代文学作家也带着另一种眼光重读这位伟大的同行。对曼氏家人来说，了解到每个人都可能跟这个家庭的私密生活有关，至少从父亲的角度来看，这一点有些奇怪。对托马斯·曼产生新的兴趣，也表现在询问的人在增多，稿酬支付得越来越高上。托马斯·曼继承人获得的稿酬在 1969 年下降到 12 万马克，直到 1975 纪念年也一直没有太大增加。戈洛·曼曾经担心，最后一次装修房子，大船即将沉没。[143]结果完全相反：随着日记选集相继出版，托马斯·曼的稿酬大增，自 1979 年起，每年的收入都超过 50 万马克。[144]

*

戈洛·曼在写他的自传。多年来，他一直在考虑，也在跟朋友们商量，应该如何着手这项工作。他觉得，若像兄长克劳斯那样灵活地对待真相，那是错误的，可要像纪德那样毫无掩饰地坦陈一切，又不是他的风格。不应当闭口不谈自己的错误与堕落，却也没必要让自己出丑，这是戈洛的态度：叙述真相，不想讲的

/ 417

图 49　伊丽莎白·曼·博尔吉斯跟戈洛·曼于 1987 年

就避而不谈。正因为如此，他写的不叫自传，而是书名所指的意思:《回忆与思考》(*Erinnerungen und Gedanken*)。这本书于 1986 年出版，销售状况空前，五个月内卖出 10 万册。涉及自己家庭时，戈洛·曼只谈他认为有必要的事情。19 岁时他曾在日记里把童年称作“可怜的童年”，表述得非常清楚，却不作任何解释。[145] 戈洛详细描写自己解放自己的尝试，尤其是在萨勒姆寄宿学校的生活以及跟着卡尔·雅斯贝尔斯在大学的学习。他直陈经历过的难堪局面，其他一些事情却只字不提。此外，他还对几个人物进行了恶意描写，陈述自己的观察，算是报了当年对他造成伤害的一箭之仇。虽说他崇尚真相，但由于日后的各种经验，许多事情还是掺杂了主观因素，特别是年轻时他对政治的那些看法。年事已高的戈洛·曼试图对他当年作为左派的所作所为重新进行解读，将此贬低为短期的误入迷途。他在书中发表的日记内容却纠正了他自己设计的形象。回首往事，其语气是和解的，而非控诉性的。几乎全家人早在1933年以前就反对民族社会主义，这一壮举戈洛·曼并没有当作英雄史诗来歌颂，而是更多地指出家人的幻想与谬误。父亲的形象显得苍白无力。他的朋友恩斯特·柯莱特写道："您的读者最好奇的地方，您却让他们'食不果腹'。这当然是故意为之，其分寸的拿捏在这里做到了极致。"[146]

戈洛·曼的《回忆与思考》于1986年问世之际，汉斯·贝克——曾经的生活伴侣，现在的继子去世了。另外一人也告别了人世：安东尼奥·斯帕达诺，他于1985年圣诞节前不久离世。半年后，莫妮卡·曼接受了一个女记者为《金叶子》(*Das Goldene Blatt*)杂志进行的采访。她伤心地回顾在安东尼奥·斯帕达诺身边度过的日子。他是个普通人，坦率说是个文盲，但在她心里却是个哲学家；在卡普里岛的31年里，除了他，莫妮卡没有找到过其他朋友，现在不得不搬走，因为斯帕达诺家把房子卖了。这次采访也是莫妮卡·曼对自己家人的一次清算。权欲熏心的姐姐艾丽卡自认为似乎比父亲还要闻名遐迩。冷酷、严厉的母亲只知道全身心地照顾父亲而忽略了孩子们。有一次，莫妮卡带着她的生活伴侣安东尼奥来到基尔希贝格，母亲的态度简直是傲慢至极。莫妮卡称妹妹伊丽莎白在音乐上没有天赋，在另一次采访中还说她贪钱。[147] 最后谈到哥哥戈洛，莫妮卡说他性情怪僻，到处散布消息，反对她现在搬进基尔希贝格的父母家，虽然从法律上讲她有这样的权利。[148]

情况当然好不了。妹妹搬进来，戈洛·曼就离家外出。她忍耐不住这份寂寞，就逃到一位朋友家。戈洛回来时，莫妮卡也回来，他就再次外出。就这么来来回回地折腾，直至找到一个解决问题的办法：此时的莫妮卡·曼已是疾病缠身，精神上也已大不如前，戈洛继子的妹妹英格丽特·贝克－曼（Ingrid Beck-Mann）在莱沃库森接纳了她。伊丽莎白·曼·博尔吉斯于1991年初旅行来到科隆。此时她已72岁高龄，仍旧像从前一样在全世界满天飞，以赢得人们对海洋事业的支持。她取得的最大成就是参与起草了联合国于1982年通过的《海洋法公约》。虽说她提出的要求与希望，尤其是有利于贫穷国家的那些要求与希望并没有全部实现，但也有不少已经落实，比如建立一家国际机构的想法——一家超越各国的海洋权利，把海洋当作“人类遗产”来管理的机构。为此，在牙买加金斯顿（Kingston）建立了国际海底管理局。设在汉堡的国际海洋法法庭也是根据该项公约建立的后续机构。为推动世界各国批准《海洋法公约》，伊丽莎白·曼·博尔吉斯及其志同道合者们这几年来不停地奋斗。《海洋法公约》终于在1994年生效：60多个国家批准了这项公约。伊丽莎白·曼·博尔吉斯于1991年1月造访科隆时，看望了哥哥戈洛，他正在医院检查心脏起搏器和前列腺癌的状况。伊丽莎白写信告诉女儿多米尼卡，戈洛的情况相当不错；相反，她接下
/ 419 来去莱沃库森的贝克－曼家探望莫妮卡时，发现其健康状况不好，血液循环系统的毛病让她日子不好过。她早已是魂不守舍，只有一半尚在阳界，另一半附身于布鲁诺·瓦尔特——这位差不多30年前就已死去的曼家朋友，莫妮卡说布鲁诺把她的所有糖果都吃了。英格丽特·贝克－曼是一名专业护士，充满爱心地照顾莫妮卡和戈洛，堪称楷模。伊丽莎白继续写道，她在考虑，自己是否要在贝克－曼家里预留一个房间……[149]

1992年3月17日，莫妮卡·曼去世。戈洛，她年过80岁

的哥哥，无论精神还是体力上也已每况愈下。在他的最后岁月，英格丽特·贝克－曼也同样精心加以照料。莫妮卡谢世两年后，1994 年 4 月 7 日，戈洛·曼与世长辞。

*

2001 年圣诞节前不久，《曼氏家族——一部世纪小说》（*Die Manns. Ein Jahrhundertroman*）在德国电视台播放，引起了轰动。以导演海因里希·布雷吕尔（Heinrich Breloer）为首的制作组历经四年的辛劳，制作了这部“纪录大片”，共分三集，耗资 2000 万马克。在该片中，原始图像、采访时代见证人跟电影的场景相互交替。阿尔明·穆勒－施塔尔（Armin Mueller-Stahl）① 展现了一个柔和、疲倦的托马斯·曼形象。这些电影和相关的三集纪录片里的明星却是另一个人，一个梳着短发、个头矮小的老年妇女，不断发出咯咯的笑声：伊丽莎白·曼·博尔吉斯。这位曼氏之家的最后健在者讲述自己家庭的故事：大家曾经相互支持，和谐、友好地相处，父亲充满爱意地眷恋着妻子和所有的孩子。弗朗克·谢马赫（Frank Schirrmacher）在《法兰克福汇报》上这样写道：“说话人是尚健在的那一位，恰恰又是一辈子日子过得最好的那一位。”[150]

对于最近几年发生的不愉快事件，伊丽莎白·曼·博尔吉斯保持沉默，这些事跟公众舆论无关。围绕莫妮卡的遗产问题发生了争执，结果对簿公堂。莫妮卡指定哥哥戈洛为其财产的唯一继承人。她的财产要通过戈洛留给贝克－曼家人，他们在莫妮卡的 / 420

① 阿尔明·穆勒－施塔尔为著名德国演员，在影片中扮演托马斯·曼。

最后岁月照顾了她。伊丽莎白·曼·博尔吉斯跟弟弟米夏埃尔的两个儿子一起打官司，质疑莫妮卡的遗嘱和戈洛，理由是莫妮卡在思维上已无分辨是非的能力。戈洛·曼去世后，双方于1996年达成和解。之后，伊丽莎白·曼·博尔吉斯仍旧不依不饶，诅咒那些坏心肠的人——莫妮卡和戈洛在晚年落入了他们手中。[151]海因里希·布雷吕尔为拍摄曼家的电影曾经采访英格丽特·贝克－曼，由于伊丽莎白态度强硬，并以停止参与相威胁，所以电影里没有播放这次采访的任何一个镜头。戈洛·曼作为家庭代理人曾管理基尔希贝格家中的财产，英格丽特·贝克－曼却将这些家产的一部分据为己有。卡蒂娅·曼的母亲海德维希·普林斯海姆的日记，伦巴赫（Lenbach）① 画的海德维希·多姆（Hedwig Dohm）、海德维希·普林斯海姆和12岁时的卡蒂娅的肖像（图46的背景油画），以及弗朗茨·德弗雷格（Franz Defregger）画的卡蒂娅·曼兄弟埃里克的童年肖像——所有这些画和其他一些东西后来都出现在莱沃库森，其状况之悲惨令人扼腕。[152]为了实现拯救海洋的目的，伊丽莎白·曼·博尔吉斯不遗余力地争取获得莫妮卡·曼的钱，却对家庭的遗产置之不顾。

在跟海因里希·布雷吕尔交谈时，伊丽莎白·曼·博尔吉斯也谈到了艾格尼丝·迈耶，这位曼家的美国女友于1970年去世。伊丽莎白认为迈耶是个“伟大的女性，智商特别高”，但往往会“纠缠不休”。然后又说到艾格尼丝·迈耶甚至对克劳斯·曼办的《决定》杂志也不肯解囊相助：“有钱人吝啬，所以才有钱。”[153]这是曼氏家人对其伟大的资助者所作的最后评价。

《曼氏家族——一部世纪小说》于2001年底再度掀起一轮新

① 伦巴赫为19世纪德国著名肖像画家。

的曼氏热潮，收视率非常高，曼氏书籍的销量也一再飙升。伊丽莎白·曼·博尔吉斯顿时成为德国的宠儿，马不停蹄地参加各种脱口秀。这些热闹的场面对她为之奋斗的海洋事业非常有利，可惜她未能享受多久。2002 年 2 月，伊丽莎白·曼·博尔吉斯去圣莫里茨（St. Moritz）度假滑雪，因染上一种急性肺炎于 2 月 8 日在当地去世。头一天她还活跃在滑雪场上。

曼氏家人的墓地坐落在基尔希贝格墓园，居高临下，远眺苏黎世湖和阿尔卑斯山。一家人安葬于瑞士的土地上，离位于老乡村公路街 39 号曼家的最后一处居所不远。父亲和母亲的大理石墓碑质朴无华，名字和生卒年月用罗马字母镌刻而成。曼家孩子的墓碑平放在父母墓碑的前面：艾丽卡、米夏埃尔、莫妮卡和伊丽莎白。有两个孩子缺席：最早离世的克劳斯·曼安眠于戛纳；戈洛·曼——遵照他本人的特别嘱咐，也在其他地方找到了自己的位置——跟全家人在同一座墓园、同一片土地，却在这小小墓园离家人最远的地方，在靠近墓地围墙处的一个单人墓穴。留下的，是各种各样的书籍与故事，其中之一就是关于这个“传奇之家（amazing family）”的故事。

/ 曼氏家族一览表

保尔·托马斯·曼（Paul Thomas Mann）
1875年6月6日~1955年8月12日
又称：托米（Tommy），魔术师（Zauberer），磊（Reh），皮兰因（Pielein），父亲大人（Herrpapale）

卡塔琳娜·海德维希·曼（Katharina Hedwig Mann）
娘家姓为普林斯海姆（Pringsheim）
1883年7月24日~1980年4月25日
又称：卡提亚（Katia），卡蒂娅（Katja），米兰因（Mielein）

艾丽卡·尤利娅·海德维希·曼（Erika Julia Hedwig Mann）
1905年11月9日~1969年8月27日
又称：艾丽（Eri）

克劳斯·海因里希·托马斯·曼（Klaus Heinrich Thomas Mann）
1906年11月18日~1949年5月21日
又称：阿西（Aissi），艾西（Eissi）

安格鲁斯·戈特弗里德·托马斯·曼（Angelus Gottfried Thomas Mann）
1909年3月27日~1994年4月7日
又称：戈洛（Golo），戈洛洛（Gololo），小戈尔（Gölchen）

莫妮卡·曼（Monika Mann）
1910年6月7日~1992年3月17日
又称：莫妮（Moni），梦勒（Mönle），梦佳（Mönga），小莫妮（Mönchen），莫妮佳（Monigga）

伊丽莎白·维罗妮卡·曼·博尔吉斯（Elisabeth Veronika Mann Borgese）

1918 年 4 月 24 日~2002 年 2 月 8 日

又称：麦蒂（Medi），麦迪（Mädi），小孩儿（Kindchen），丽莎（Lisa）

米夏埃尔·托马斯·曼（Michael Thomas Mann）

1919 年 4 月 21 日~1977 年 1 月 1 日

又称：比比（Bibi）

/ 缩略语

AM	艾格尼丝 · E. 迈耶
DLA	马尔巴赫德语文学档案馆（Deutsches Literaturarchiv Marbach）
EM	艾丽卡 · 曼
EMB	伊丽莎白 · 曼 · 博尔吉斯
FM	弗里多 · 曼
GBF	戈特弗里德 · 贝尔曼 · 费舍尔
GM	戈洛 · 曼
HM	海因里希 · 曼
HP	海德维希 · 普林斯海姆
KlM	克劳斯 · 曼
KM	卡蒂娅 · 曼
MiM	米夏埃尔 · 曼
MoM	莫妮卡 · 曼
MON	莫纳岑西亚馆：慕尼黑文学档案馆和图书馆（Monacensia. Literaturarchiv und Bibliothek München）
SLA	伯尔尼瑞士文学档案馆（Schweizerisches Literaturarchiv, Bern）
TM	托马斯 · 曼
TMA	苏黎世托马斯 · 曼档案馆（Thomas-Mann-Archiv Zürich）

Andert: MoM
Karin Andert: Monika Mann. Eine Biografie, Hamburg 2010

Bertaux: Un normalien
Pierre Bertaux: Un normalien à Berlin. Lettres franco-allemandes 1927–1933, hg. von Hans Manfred Bock, G. Krebs und H. Schulte, Asnières 2001

EM: Briefe I und II
Erika Mann: Briefe und Antworten, 2 Bände, hg. v. Anna Zanco Prestel, München 1988

EM: Blitze
Erika Mann: Blitze überm Ozean. Aufsätze, Reden, Reportagen, hg. von Irmela von der Lühe und Uwe Naumann, Reinbek bei Hamburg 2001

EM: Mein Vater
Erika Mann: Mein Vater, der Zauberer, hg. von Irmela von der Lühe und Uwe Naumann, Reinbek bei Hamburg 1999

FM: Achterbahn
Frido Mann: Achterbahn. Ein Lebensweg, Reinbek bei Hamburg 2008

GKFA
Thomas Mann: Große kommentierte Frankfurter Ausgabe der Werke, Briefe und Tagebücher, Frankfurt a. M. 2002 ff.

GM: Briefe
Golo Mann: Briefe 1932–1992, hg. von Tilmann Lahme und Kathrin Lüssi, Göttingen 2006

GM: Erinnerungen I
Golo Mann: Erinnerungen und Gedanken. Eine Jugend in Deutschland, Frankfurt a. M. 1986

GM: Erinnerungen II
Golo Mann: Erinnerungen und Gedanken. Lehrjahre in Frankreich, hg. von Hans-Martin Gauger und Wolfgang Mertz, Frankfurt a. M. 1999

GM: Essays
Golo Mann: »Man muss über sich selbst schreiben«. Erzählungen, Familienporträts, Essays, hg. v. Tilmann Lahme mit einem Nachwort von Hans-Martin Gauger, Frankfurt a. M. 2009

Harpprecht: TM
Klaus Harpprecht: Thomas Mann. Eine Biographie, Reinbek bei Hamburg 1995

HP: Briefe an KM I und II

Hedwig Pringsheim: Mein Nachrichtendienst. Briefe an Katia Mann 1933–1941, 2 Bände, hg. und kommentiert von Dirk Heißerer, Göttingen 2013

Holzer: EMB

Kerstin Holzer: Elisabeth Mann Borgese. Ein Lebensportrait, 2. Aufl., Berlin 2001

Jens/Jens: Frau TM

Inge Jens/Walter Jens: Frau Thomas Mann. Das Leben der Katharina Pringsheim, Reinbek bei Hamburg 2003

Keiser-Hayne: Pfeffermühle

Helga Keiser-Hayne: Erika Mann und ihr politisches Kabarett ›Die Pfeffermühle‹ 1933–1937. Texte, Bilder, Hintergründe, Reinbek bei Hamburg 1995

Kinder der Manns

Die Kinder der Manns. Ein Familienalbum, hg. von Uwe Naumann in Zusammenarbeit mit Astrid Roffmann, Reinbek bei Hamburg 2005

KlM: Aufsätze I–V

Klaus Mann: Aufsätze, Reden, Kritiken, hg. von Uwe Naumann und Michael Töteberg, 5 Bände, Reinbek bei Hamburg 1992–1994

KlM: Briefe

Klaus Mann: Briefe und Antworten 1922–1949, hg. v. Martin Gregor-Dellin, Reinbek bei Hamburg 1991

KlM: Onkel Heinrich

Klaus Mann: »Lieber und verehrter Onkel Heinrich«, hg. v. Inge Jens und Uwe Naumann, Reinbek bei Hamburg 2011

KlM-Schriftenreihe I–VI

Klaus-Mann-Schriftenreihe, 6 Bände, hg. von Fredric Kroll, Hamburg 1976–2006

KlM: Wendepunkt

Klaus Mann: Der Wendepunkt. Ein Lebensbericht. Mit Textvarianten und Entwürfen im Anhang hg. und mit einem Nachwort von Fredric Kroll, Reinbek bei Hamburg 2006

KM: Memoiren

Katia Mann: Meine ungeschriebenen Memoiren, hg. von Elisabeth Plessen und Michael Mann, Frankfurt a. M. 2004

KM: Rehherz

Katia Mann: »Liebes Rehherz«. Briefe an Thomas Mann 1920–1950, hg. von Inge Jens, München 2008

Kröger: EM

Ute Kröger: »Wie ich leben soll, weiß ich noch nicht«. Erika Mann zwischen ›Pfeffermühle‹ und ›Firma Mann‹. Ein Porträt, Zürich 2005

Kurzke: TM

Hermann Kurzke: Thomas Mann. Das Leben als Kunstwerk. Eine Biographie, München 1999

Lahme: GM

Tilmann Lahme: Golo Mann. Biographie, Frankfurt a. M. 2009

Lühe: EM

Irmela von der Lühe: Erika Mann. Eine Lebensgeschichte, Reinbek bei Hamburg 2009

MiM: Fragmente

Michael Mann: Fragmente eines Lebens. Lebensbericht und Auswahl seiner Schriften von Frederic C. und Sally P. Tubach, München 1983

MoM: Das fahrende Haus

Monika Mann: Das fahrende Haus. Aus dem Leben einer Weltbürgerin, hg. von Karin Andert, Reinbek bei Hamburg 2007

MoM: Vergangenes

Monika Mann: Vergangenes und Gegenwärtiges. Erinnerungen, 2. Aufl., Reinbek bei Hamburg 2002

Ruhe gibt es nicht

»Ruhe gibt es nicht bis zum Schluss«. Klaus Mann (1906–1949). Bilder und Dokumente, hg. von Uwe Naumann. Reinbek bei Hamburg 2001

Schaenzler: KlM

Nicole Schaenzler: Klaus Mann. Eine Biographie, Frankfurt a. M. 1999

Tgb KlM

Klaus Mann: Tagebücher 1931–1949, 6 Bände, hg. von Joachim Heimannsberg, Peter Laemmle und Wilfried F. Schoeller, Reinbek bei Hamburg 1995

Tgb TM

Thomas Mann: Tagebücher 1918–1921 und 1933–1943, hg. von Peter de Mendelssohn; Tagebücher 1944–1955, hg. von Inge Jens, 10 Bände, Frankfurt a. M. 1977–1995

TM-AM: Briefwechsel

Thomas Mann/Agnes E. Meyer: Briefwechsel 1937–1955, hg. von Hans Rudolf Vaget, Frankfurt a. M. 1992

TM Chronik

Gert Heine/Paul Schommer: Thomas Mann Chronik, Frankfurt a. M. 2004

TM: Essays I–VI

Thomas Mann: Essays, 6 Bände, hg. von Hermann Kurzke und Stephan Stachorski, Frankfurt a. M. 1993–1997

TM-GBF: Briefwechsel

Thomas Mann: Briefwechsel mit seinem Verleger Gottfried Bermann Fischer 1932–1955, hg. von Peter de Mendelssohn, Frankfurt a. M. 1973

TM-HM: Briefwechsel

Thomas Mann/Heinrich Mann: Briefwechsel 1900–1945, hg. von Hans Wysling, Frankfurt a. M. 1995

TM im Urteil

Thomas Mann im Urteil seiner Zeit. Dokumente 1881–1955, hg. und mit einem Nachwort und Erläuterungen von Klaus Schröter, Frankfurt a. M. 2000 (Thomas-Mann-Studien Bd. 22)

Vaget: TM, der Amerikaner

Hans Rudolf Vaget: Thomas Mann, der Amerikaner. Leben und Werk im amerikanischen Exil 1938–1952, Frankfurt a. M. 2011

Winkler, Geschichte des Westens 1914–1945

Heinrich August Winkler: Die Geschichte des Westens. Die Zeit der Weltkriege 1914–1945, München 2011

引用说明

本著作已按正字法对所引文献中的拼写错误及原作者在文内前后不统一的写法进行订正，并适当将部分字词校订为更符合现行表述习惯的形式。

序 曲

1 Lübecker Generalanzeiger vom 4.12.1936, zit. nach Kinder der Manns, S. 135
2 GM an KlM, 11.12.[1936], GM: Briefe, S. 26
3 Gutachten vom 25.3.1936, zit. nach Ursula Amrein: Im Visier der Nationalsozialisten, Neue Zürcher Zeitung, 10.11.2010
4 Tgb TM, 22.10.1936 sowie KM: Memoiren, S. 120
5 Tgb TM, 18.3.1934
6 EM an KM, 24.10.1936, in: EM: Briefe I, S. 99
7 Tgb KlM, 27.9.1936
8 Tgb KlM, 3.7.1936
9 KM an KlM, 29.10.1936 und 9.11.1936, MON
10 TM an KlM, 26.12.1936, in: KlM: Briefe, S. 278
11 TM: Ein Briefwechsel, Essays IV, S. 187
12 Marcel Reich-Ranicki: Mein Leben, 3. Aufl., Stuttgart 1999, S. 104 f.
13 Marcel Reich-Ranicki: Die Stimme seines Herrn, in: Marcel Reich-Ranicki: Thomas Mann und die Seinen, 2. Aufl., Frankfurt a. M. 2011, S. 410–422, hier S. 418

第一章 一个德国家庭（1922~1932）

1 Vgl. Jens/Jens: Frau TM, S. 120
2 Zit. nach Lahme: GM, S. 26
3 KM an TM, 6.11.1920, in: KM: Rehherz, S. 59
4 KM an EM, 3.5.1922, TMA
5 Vgl. KM an EM, 26.9.1920, TMA
6 KlM/EM an KM, [ca. 8.6.1922], MON
7 KlM an TM/KM [17.6.1922], in: KlM: Briefe, S. 10 f.
8 KM an EM, 4.7.1924 [richtig: 1922], TMA
9 »Besondere Schulzensur« 1916/17, zit. nach Ruhe gibt es nicht, S. 37
10 TM an Philip Witkop, 12.3.1913, GKFA 21.1, S. 515
11 KM an TM, 13.8.1922, TMA
12 Martina Ewald an Paul Geheeb, 11.8.1922, zit. nach Schaenzler: KlM, S. 25
13 TM an Ernst Bertram, 8.7.1922, GKFA 22.1, S. 440
14 Zit. nach Manfred Görtemaker: TM und die Politik, Frankfurt a. M. 2005, S. 53
15 KlM an EM, [Herbst 1922], MON
16 KlM an EM, [Herbst 1922], MON
17 KM an TM, [Oktober 1922], TMA
18 GM: Erinnerungen I, S. 94 f.
19 TM an Paul Geheeb, 30.5.1923, GKFA 22.1, S. 481–483
20 KlM an Paul Geheeb, 12.6.1923, in: KlM: Briefe, S. 14 f.
21 KM an TM, 13.8.1922, TMA

22 Vgl. Schaenzler: KlM, S. 28
23 TM an HM, 17. 10. 1923, in: TM-HM: Briefwechsel, S. 182
24 KM an TM, 2. 10. 1920, in: KM: Rehherz, S. 51
25 Vgl. KM an TM, 12. 2. 1924, TMA
26 KM an TM, 1. 2. 1924, TMA
27 KM an TM, 3. 3. 1924, TMA
28 Das Zeugnis vom 9. 4. 1924 ist abgedruckt in: Kinder der Manns, S. 65
29 EM an Lotte Walter, 24. 5. 1924, zit. nach Lühe: EM, S. 32
30 MoM: Vergangenes, S. 40
31 Abgangszeugnis vom 26. 9. 1924, abgedruckt in: Kinder der Manns, S. 65
32 KM an EM, 5. 10. 1924, TMA
33 Vgl. KlM-Schriftenreihe II, S. 80
34 KlM an EM, [ca. Juni 1924], MON
35 Vgl. KlM-Schriftenreihe II, S. 81 f.
36 TM an EM, 19. 9. 1924, in: EM: Mein Vater, S. 66
37 TM an EM, 19. 9. 1924, in: EM: Mein Vater, S. 66
38 Tgb TM, 13. 2. 1920
39 Tgb TM, 28. 9. 1918
40 Tgb TM, 10. 3. 1920
41 KM an EM, 5. 10. 1924, TMA
42 Zit. nach GKFA 5.2, S. 113 f.
43 Hedwig Pringsheim an Dagny Langen-Sautreau, 24./26. 12. 1924, in: Thomas Manns Schwiegermutter erzählt oder Lebendige Briefe aus großbürgerlichem Hause. Hedwig Pringsheim-Dohm an Dagny Langen-Sautreau, hg. von Hans-Rudolf Wiedemann, Lübeck 1985, S. 47
44 KM an EM, 25. 12. 1924, TMA
45 Kurt Hahn an GM, 13. 2. 1925, in: Kurt Hahn: Reform mit Augenmaß. Ausgewählte Schriften eines Politikers und Pädagogen, hg. von Michael Knoll, Stuttgart 1998, S. 118
46 Zit. nach Lahme: GM, S. 38
47 KM an EM, 6. 3. 1925, TMA
48 TM: Von deutscher Republik. Gerhart Hauptmann zum sechzigsten Geburtstag, GKFA 15.1, S. 515
49 TM: Brief über Ebert, GKFA 15.1, S. 949 f.
50 KM an TM, 4. 3. 1925, TMA
51 Zit. nach Ruhe gibt es nicht, S. 56
52 Vgl. KlM-Schriftenreihe II, S. 78 f. sowie Schaenzler: KlM, S. 41 f.
53 Gedicht um 1925, zuerst 1999 veröffentlicht in: Ruhe gibt es nicht, S. 61
54 KM an TM, 18. 3. 1925, TMA
55 TM: Rettet die Demokratie! Ein Appell an das deutsche Volk, GKFA 15.1, S. 978
56 TM an EM, 7. 5. 1925, GKFA 23.1, S. 161
57 TM an Ernst Bertram, 14. 6. [1925], GKFA 23.1, S. 167
58 TM an Hanns Johst, 16. 9. 1920, GKFA 22, S. 369
59 KM an EM/KlM, 27. 6. 1922, TMA
60 TM: Gesammelte Werke in dreizehn Bänden, Bd. VIII, Frankfurt a. M. 1994, S. 618–657, hier S. 618 und 625
61 Ernst Bertram an Ernst Glöckner, 20. 1. 1926, in: TM an Ernst Bertram: Briefe aus den Jahren 1910–1950, hg. von Inge Jens, Pfullingen 1960, S. 263 f.

62 TM: Gesammelte Werke in dreizehn Bänden, Bd. VIII, Frankfurt a. M. 1994, S. 618–657, hier S. 643
63 KlM an EM, 17.5.1925, MON
64 Paul Geheeb an Thomas Mann, 30.4.1925, zit. nach KlM: Briefe, Anhang, S. 668
65 TM an Paul Geheeb, 4.5.1925, GKFA 23.1, S. 158 f.
66 KlM an Paul Geheeb, 16.5.[1925], in: KlM: Briefe, S. 19 f.
67 Paul Geheeb, 27.6.1925, in: KlM: Briefe, S. 21 f.
68 TM an EM, 16.8.1925, GKFA 23.1, S. 182 f.
69 TM: Über die Ehe, GKFA 15.2, S. 1033
70 Tgb TM, 17.10.1920
71 KM an EM, 9.9.1925, TMA
72 KM an EM, 17.11.1925, TMA
73 Zit. nach Schaenzler: KlM, S. 48
74 Zit. nach Ruhe gibt es nicht, S. 68
75 KlM an EM, 11.10.1925, MON
76 Zit. nach KlM-Schriftenreihe II, S. 139
77 KM an EM/KlM, 26.10.1926, TMA
78 TM an EM, 6.11.1925, GKFA 23.1, S. 201 f.
79 KlM an TM, 6.11.[1925], in: KlM: Briefe, S. 27
80 Vgl. KlM an Stefan Zweig, 12.12.1925, in: KlM: Briefe, S. 28; der Brief von Zweig scheint verloren zu sein
81 HP an Dagny Langen-Sautreau, 8.3.1907, in: Thomas Manns Schwiegermutter erzählt oder Lebendige Briefe aus großbürgerlichem Hause. HP-Dohm an Dagny Langen-Sautreau, hg. von Hans-Rudolf Wiedemann, Lübeck 1985, S. 26
82 HP an Maximilian Harden, 19.11.1909, in: HP: Meine Manns. Briefe an Maximilian Harden (1900–1922), hg. von Helga und Manfred Neumann, Berlin 2006, S. 101
83 TM an HM, 27.2.1904, in: TM-HM: Briefwechsel, S. 98
84 KM an EM, 7.1.1926, TMA
85 TM: Pariser Rechenschaft, GKFA 15.1, S. 1115
86 Zit. nach GKFA 15.2, S. 776 f.
87 Zit. nach KlM-Schriftenreihe II, S. 150
88 TM an EM, 6.11.1925, GKFA 23.1, S. 202
89 KlM an EM, 16.1.1926, MON
90 Zit. nach TM: Essays III, S. 13
91 TM an Philipp Witkop, 2.4.1926, GKFA 23.1, S. 225
92 KM an EM, 6.5.[richtig: 6.] 1926, TMA
93 EM an Pamela Wedekind, Juli 1926, in: EM: Briefe I, S. 13
94 KlM an Pamela Wedekind, 26.7.[1926], in: KlM: Briefe, S. 37
95 Tgb GM, 30.10.1931, zit. nach Lahme: GM, S. 43
96 TM an Hugo von Hofmannsthal, 7.9.1926, GKFA 23.1, S. 245 f.
97 KM an EM, 22.8.1926, TMA
98 HP an Maximilian Harden, 2.8.1912, in: HP: Meine Manns. Briefe an Maximilian Harden (1900–1922), hg. von Helga und Manfred Neumann, Berlin 2006, S. 118
99 KlM: Kindernovelle, Frankfurt a. M. 1978, S. 22 und 97
100 L[ouis] Frank an Kurt Hahn, 11.11.1926, TMA
101 Kurt Hahn an TM, 13.11.1926, TMA
102 TM an Carl Helbling, 15.11.1926, GKFA 23.1, S. 261

103 TM an EM, 23. 12. 1926, GKFA 23.1, S. 267
104 Zit. nach KlM-Schriftenreihe II, S. 166 f.
105 Zit. nach Ruhe gibt es nicht, S. 79
106 TM an Ernst Bertram, 28. 7. 1927, GKFA 23.1, S. 308
107 KM an EM, 5. 8. 1927, TMA
108 KlM: Aufsätze I, S. 130
109 TM an Ernst Bertram, 24. 9. 1927, GKFA 23.1, S. 311
110 Tgb TM, 20. 2. 1942
111 TM an EM/KlM, 19. 10. 1927, GKFA 23.1, S. 315
112 KM an EM, 19. 10. 1927, TMA
113 KM an EM, 1. 11. 1927, TMA
114 TM an EM/KlM, 19. 10. 1927, GKFA 23.1, S. 316
115 KM an EM, 1. 11. 1927, TMA
116 KM an EM, 1. 11. 1927, TMA
117 Pierre Bertaux an seine Eltern, 28. 11. 1927 und 1. 12. 1927, in: Bertaux: Un normalien, S. 116 und 121 (im Original französisch)
118 Pierre Bertaux an seine Eltern, 3. 12. 1927, in: Bertaux: Un normalien, S. 123
119 Die Novelle ist unter dem Namen GMs erstmals 2009 erschienen: GM: Essays, S. 31–46, hier S. 41
120 Pierre Bertaux an seine Eltern, 20. 12. 1927, in: Bertaux: Un normalien, S. 410
121 KlM an KM/TM, [5. 12. 1927], in: KlM: Briefe, S. 52 f.
122 Zit. nach Mann oh Mann. Satiren und Parodien zur Familie Mann, hg. von Uwe Naumann, Reinbek bei Hamburg 2003, S. 55
123 Kurt Tucholsky: Auf dem Nachttisch (1928), in: Kurt Tucholsky: Gesammelte Werke, Band II (1925–1928), hg. von Mary Gerold-Tucholsky/Fritz Raddatz, Reinbek bei Hamburg 1961, S. 42
124 KlM: Aufsätze I, S. 152
125 KlM an Pamela Wedekind, 5. 2. 1928, in: KlM: Briefe, S. 54
126 KM an EM, 8. 2. 1928, TMA
127 TM an EM, 7. 2. 1928, GKFA 23.1, S. 338
128 Pierre Bertaux an seine Eltern, 13. 1. 1928, 28. 1. 1928 und 1. 2. 1928, in: Bertaux: Un normalien, S. 155, 183 und 280
129 Zit. nach Lahme: GM, S. 62
130 Vgl. Thomas Blubacher: Gustaf Gründgens. Biographie, Leipzig 2013, S. 97 f.
131 Zit. nach EM/KlM: Rundherum. Abenteuer einer Weltreise, 9. Aufl., Reinbek bei Hamburg 2005, S. 149
132 Zit. nach KlM-Schriftenreihe III, S. 62
133 Zit. nach Mann oh Mann. Satiren und Parodien zur Familie Mann, hg. von Uwe Naumann, Reinbek bei Hamburg 2003, S. 56 f.
134 Zit. im Brief von Pierre Bertaux an seine Eltern, 19. 3. 1929, in: Bertaux: Un normalien, S. 321
135 KlM an EM, 8. 4. 1929, MON
136 KlM an EM, 21. 4. 1929, MON
137 TM an Gerhart Hauptmann, 15. 10. 1929, GKFA 23.1, S. 425 f.
138 Nach Hans von Hülsen, der in seiner Autobiographie ein Telefonat mit Hauptmann wiedergibt, zit. nach GKFA 23.2, S. 447
139 TM an Hans von Hülsen, 23. 10. 1929, GKFA 23.1, S. 428

140 Zit. nach GKFA 23.2, S. 452 f.
141 KlM an EM, 13.11.1929, MON
142 KlM an Erich Ebermayer, 15.11.1929, in: KlM: Briefe, S. 63
143 KlM an EM, 19.11.1929, MON
144 KM an EM, 13.12.1929, TMA
145 Zit. nach Ruhe gibt es nicht, S. 93
146 MoM an EM, 18.12.1929, MON
147 KlM an EM, 6.5.1931, MON
148 Zit. nach Ruhe gibt es nicht, S. 98
149 TM: Essays III, S. 281 f.
150 KM an EM, 17.7.1930, TMA
151 KM an EM, 20.8.1930, TMA
152 Vgl. Winkler: Geschichte des Westens 1914–1945, S. 551 f.
153 Zit. nach Ruhe gibt es nicht, S. 106
154 TM: Essays III, S. 268
155 Zit. nach TM Chronik, S. 218
156 Zit. nach Lahme: GM, S. 71
157 EM: Blitze, S. 85; die weiteren genannten Feuilletons ebenfalls in dem Band
158 Zit. nach Lahme: GM, S. 72
159 Zit. nach GM: Erinnerungen I, S. 285
160 Tgb GM, 22., 23. und 25.12.1931, zit. nach Lahme: GM, S. 86; Tgb KM, 5.1.1932
161 Tgb KlM, 13.1.1932
162 Zit. nach Lühe: EM, S. 86 und 88
163 Tgb KlM, 24., 16. und 27.1.1932
164 KlM an EM, 29.1.1932, MON
165 KlM an EM, 26.6.1930, MON
166 KlM an EM, 23.1.1932, MON
167 Vgl. KM an EM, 18.2.1931, TMA; Zeugnis vom 26.3.1931, MON
168 Vgl. MiM: Fragmente, S. 134
169 Tgb KlM, 7.3.1932
170 TM: Essays III, S. 343
171 Tgb GM, 30.10.1931, zit. nach Lahme: GM, S. 84
172 TM an EM/KlM, 25.5.1932, GKFA 23.1, S. 633
173 EM an TM, 28.5.1932, in: EM: Mein Vater, S. 77
174 Zit. nach KlM-Schriftenreihe III, S. 179
175 Zit. nach Ruhe gibt es nicht, S. 121
176 Ernst Keuder: KlM: Kind dieser Zeit, in: Simplicissimus Jg. 37 (1932), Heft 9, S. 102
177 Tgb KlM, 14.7.1932

第二章　在流亡中（1933~1936）

1 MiM an KM, [22.3.1933], TMA
2 KlM an KM, 28.2.1933, in: KlM: Briefe, S. 85
3 Vgl. Winkler: Geschichte des Westens 1914–1945, S. 617
4 Tgb KlM, 13.12.1932
5 Keiser-Hayne: Pfeffermühle, S. 45

6 Tgb KlM, 22.12.1932 und 28.12.1932
7 Tgb KlM, 5.1.1933
8 TM: Der französische Einfluss, GKFA 14.1, S. 75
9 Tgb KlM, 4.1.1933
10 Tgb KlM, 8.1.1933
11 Zit. nach GM: Erinnerungen I, S. 484
12 Vgl. Tgb KlM, 25.4.1932
13 KlM an KM, 16.3.1933, MON
14 Zit. nach KlM-Schriftenreihe 4.1, S. 35
15 Tgb TM, 29.3.1933
16 EM an KlM, 30.3.1933, MON
17 Tgb TM, 15.3.1933
18 Tgb TM, 30.3.1933
19 Tgb TM, 10.4.1933
20 Tgb TM, 2.4.1933
21 Tgb TM, 5.7.1934
22 Tgb TM, 10.4.1933
23 KlM an KM, 12.4.1933, MON
24 KM an EM/KlM, 1.1.1928, TMA
25 KlM an KM, 12.4.1933, MON
26 KM an KlM, 16.4.1933, MON
27 Zit. nach Hans R. Vaget: Seelenzauber. Thomas Mann und die Musik, Frankfurt a. M. 2011, S. 471 f.
28 TM: Essays IV, S. 16, 50, 67
29 Zit. nach Jürgen Kolbe: Heller Zauber. Thomas Mann in München 1894–1933, Berlin 1987, S. 414
30 Thomas Grimm: Gespräch mit Manfred Mayer, Inge und Walter Jens, in: Sinn und Form 3/2007, S. 370–377
31 Kurzke: TM, S. 315
32 KlM/EM: Escape to Life. Deutsche Kultur im Exil, München 1991, S. 18 f.
33 GM: Erinnerungen I, S. 516
34 Tgb TM, 15.3.1933; vgl. Lühe: EM, S. 103–105
35 Tgb TM, 30.4.1933
36 EMB/MiM an KM/TM, [27.4.1933], MON
37 Tgb KlM, 10.10.1933
38 Zit. nach Schaenzler: KlM, S. 184
39 GM: Erinnerungen I, S. 531
40 Tgb GM, 3.6.1933, zit. nach GM: Erinnerungen I, S. 541
41 EM an KlM, 25.7.1933, MON
42 KlM an KM, 19.7.1933, in: KlM: Briefe, S. 113 f.
43 Tgb TM, 31.5.1933
44 Tgb TM, 21.7.1933
45 Vgl. Juliane Wetzel: Auswanderung aus Deutschland, in: Die Juden in Deutschland 1933–1945, hg. von Wolfgang Benz, 2. Aufl., München 1989, S. 425–431
46 KlM an KM, 24.10.1933, in: KlM: Briefe, S. 149
47 Tgb KlM, 25.5.1933
48 Tgb KlM, 2.7.1933 und 5.7.1933

49 Ludwig Marcuse: Mein zwanzigstes Jahrhundert. Auf dem Weg zu einer Autobiographie, München 1960, S. 179
50 Zit. nach GM: Erinnerungen II, S. 23
51 Tgb TM, 6. 6. 1933
52 Tgb GM, 17. 6. 1933, zit. nach Lahme: GM, S. 119
53 Tgb GM, zit. nach GM: Erinnerungen II, S. 41
54 Tgb GM, 21. 8. 1933, zit. nach Lahme: GM, S. 104
55 Tgb GM, 16. 7. 1933, zit. nach GM: Erinnerungen II, S. 36
56 Vgl. EM an TM, 10. 8. 1933, TMA
57 KlM an TM, 21. 8. 1933, in: KlM: Briefe, S. 123
58 Vgl. GBF an TM, 17. 7., 25. 8. und 28. 8. 1933, in: TM-GBF: Briefwechsel, S. 27 f., 37–39, 41 f.
59 Tgb TM, 11. 9. 1933
60 HM: Sittliche Erziehung durch deutsche Erhebung, in: Die Sammlung 1, Heft 1 (September/Oktober 1933), S. 3–7, hier S. 3
61 Literarische Emigrantenzeitschriften. Mitteilung der Reichsstelle zur Förderung des deutschen Schrifttums. Börsenblatt für den Deutschen Buchhandel, 10. 10. 1933, zit. nach TM im Urteil, S. 83
62 Joseph Roth an Stefan Zweig, 7. 11. 1933; Zweig an Roth, 8.–13. 11. 1933; Roth an Zweig, 15. 11. 1933 und 29. 11. 1933, in: »Jede Freundschaft mit mir ist verderblich«. Joseph Roth und Stefan Zweig: Briefwechsel 1927–1938, hg. von Madeleine Rietra/Rainer Joachim Siegel, 2. Aufl., Göttingen 2011, S. 125 und 129, 131 sowie 133 und 136
63 Vgl. S. 3 f.
64 Zit. nach Rolf Düsterberg: Hanns Johst: Der Barde der SS. Karrieren eines deutschen Dichters, Paderborn 2004, S. 288
65 Tgb TM, 23. 9. 1933
66 TM an KlM, 13. 9. 1933, in: KlM: Briefe, S. 132
67 EM an KlM, [28. 9. 1933], MON
68 Tgb TM, 8. 12. 1933
69 Zit. nach »Ich wurde eine Romanfigur«. Wolfgang Koeppen 1906–1996, hg. von Hiltrud und Günter Häntzschel, Frankfurt a. M. 2006, S. 109
70 EM an KlM, 9. 10. 1933, MON
71 MoM an KM, 1. 10. 1933, TMA
72 Beide gedruckt in KlM: Aufsätze II
73 Zit. nach Schaenzler: KlM, S. 422
74 KlM: Flucht in den Norden, Reinbek bei Hamburg 1999, S. 107 f.
75 Ricarda Huch an GM, 4. 2. 1934, in: Ricarda Huch: Briefe an die Freunde, hg. von Marie Baum, Neubearbeitung von Jens Jessen, Zürich 1986, S. 234
76 Zit. nach Inge Jens: Dichter zwischen links und rechts. Die Geschichte der Sektion für Dichtkunst an der Preußischen Akademie der Künste, dargestellt nach den Dokumenten, Leipzig 1994, S. 254
77 GM: Erinnerungen I, S. 255
78 Ricarda Huch an GM, 27. 7. 1934, in: Ricarda Huch: Briefe an die Freunde, hg. von Marie Baum, Neubearbeitung von Jens Jessen, Zürich 1986, S. 237
79 Ricarda Huch an GM, 4. 2. 1934, DLA
80 Tgb KlM, 12. 10. 1934
81 EM an KlM, 18. 10. 1934, MON

82 Tgb KlM, 29.12.1934
83 MoM an KM, Juli 1934, TMA
84 KM an KlM, 18.2.1934, MON
85 TM: An das Reichsministerium des Innern, Frühjahr 1934, in: TM: Essays IV, S. 79–89, hier S. 87
86 Keiser-Hayne: Pfeffermühle, S. 73
87 EM an KM, 22.8.1934, MON
88 Zit. nach Kröger: EM, S. 31
89 Joseph Roth an EM, Frühjahr 1935, in: EM: Briefe I, S. 66
90 Zit. nach Lühe: EM, S. 126
91 Vgl. Kröger: EM, S. 29
92 In diesem Sinne oft im Tgb KlM, ausführlich: Tgb KlM, 5.7.1933
93 Zit. nach Entwurf zur Rezeptionsgeschichte zu den *Joseph*-Romanen, GKFA 7.2 (in Vorbereitung)
94 Vgl. z. B. TM an Alexander Moritz Frey, 30.12.1933, in: TM: Briefe I, S. 341 f.
95 Tgb TM, 21.9.1933
96 Tgb TM, 15.2.1935
97 Zit. nach Entwurf zur Rezeptionsgeschichte zu den *Joseph*-Romanen, GKFA 7.2 (in Vorbereitung)
98 MiM an KlM, [1934], TMA
99 HP an KM, 8.8.1933; 19.4.1933; 16.12.1933; 1.5.1934; 6.12.1935, in: HP: Briefe an KM I, S. 41, 21, 28, 125, 274
100 TM: Wälsungenblut, GKFA 2.1, S. 432
101 GM: Erinnerungen I, S. 512
102 HP an KM, 12.11.1935, in: HP: Briefe an KM I, S. 267
103 HP an KM, 16.9.1935, in: HP: Briefe an KM I, S. 254
104 Tgb KlM, 5.5.1934
105 KM an KlM, 5.9.1934, MON
106 Tgb TM, 13.9.1934
107 KM an KlM, 5.9.1934, MON
108 Tgb TM, 19.4.1935
109 TM: Essays IV, Anhang, S. 374
110 KlM: Aufsätze II, S. 288
111 KlM: Briefe, Anhang, S. 706
112 KM an KlM, 20.9.1935, MON
113 Vgl. Lebenslauf MiM, MON
114 Zeugnis MiM vom 6.4.1933, MON
115 Vgl. KlM an KM, 24.10.1933, in: KlM: Briefe, S. 149
116 EM an KlM, [9.10.1933], MON
117 Tgb TM, 10.7.1934
118 Tgb TM, 6.10.1933
119 Tgb KlM, 13.6.1935
120 Zit. nach Holzer: EMB, S. 83 f.
121 KlM an MoM, 30.7.1935, in: KlM: Briefe, S. 225
122 HM an KlM, 18.12.1935, in: KlM: Onkel Heinrich, S. 31
123 Walter Kemposwki: Alkor: Tagebuch 1989, 2. Aufl., München 2003, S. 10
124 KM an KlM, 24.3.1935, MON

125 Zit. nach TM im Urteil, S. 257
126 TM an René Schickele, 25. 7. 1935, in: Briefe I, S. 396 f.
127 Vgl. Reiner Stach: 100 Jahre S. Fischer Verlag 1886–1986. Kleine Verlagsgeschichte, 3. Aufl., Frankfurt a. M. 2003, S. 125–127
128 Zit. nach TM im Urteil, S. 101 f.
129 MoM an KlM, 12. 1. 1936, MON
130 EM an TM, 19. 1. 1936, in: EM: Mein Vater, S. 91
131 KlM an TM, 22. 1. 1936, TMA
132 KM an EM, 21. 1. 1936, in: EM: Mein Vater, S. 93
133 Tgb TM, 24. 1. 1936
134 TM an EM, 23. 1. 1936, in: EM: Mein Vater, S. 98–104
135 MoM an KM, 26. 1. 1936, TMA; der Brief von Katia Mann ist nicht erhalten
136 HM an KlM, 26. 1. 1936, in: KlM: Onkel Heinrich, S. 34
137 TM an EM, 23. 1. 1936, in: EM: Mein Vater, S. 102
138 EM an TM, 26. 1. 1936, in: EM: Mein Vater, S. 104 und 107
139 Vgl. EM an TM, 16. 8. 1934, in: EM: Mein Vater, S. 85–87
140 Zit. nach TM: Essays IV, S. 385
141 Vgl. TM: Essays IV, S. 385
142 KlM an TM [26. 1. 1936], in: KlM: Briefe, S. 243
143 Holzer: EMB, S. 82
144 Tgb TM, 27. 1. 1936
145 Tgb TM, 29. 1. 1936
146 EM an TM, 29. 1. 1936, in: EM: Mein Vater, S. 108
147 TM: Essays IV, S. 169–174, hier S. 174
148 EM an TM, 6. 2. 1938, in: EM, Mein Vater, S. 109
149 Zit. nach GM: Erinnerungen II, S. 141; Brief ist verloren
150 KM an KlM, 1. 2. 1936, MON
151 Vgl. Volker Ullrich: Adolf Hitler. Die Jahres des Aufstiegs, Frankfurt a. M. 2013, S. 623
152 KlM an MoM, 14. 3. 1936, MON
153 GM an Lise Bauer, 30. 12. [1936], zit. nach Lahme: GM, S. 104
154 Tgb KlM, 1. 5. 1936
155 Tgb KlM, 10. 5. 1936
156 Tgb KlM, 11. 5. 1936; dort wird auch der französische Zeitungsartikel zitiert
157 KlM an MoM, 4. 2. 1936, MON
158 Tgb KlM, 6. 1. 1936
159 Ruhe gibt es nicht, S. 194
160 EM an KlM, 1. 5. 1935, MON
161 Zit. nach Lühe: EM, S. 143
162 MoM an TM, 5. 6. 1936, TMA
163 KM an KlM, 29. 10. 1936, MON
164 Zit. nach Ruhe gibt es nicht, S. 186 f.; die Richtigstellung in KlM: Aufsätze II, S. 405 f.
165 EM an KM, 24. 10. 1936, in: EM: Briefe I, S. 98 f.
166 Tgb KlM, 23. 11. 1936
167 EM an KM, 24. 10. 1936, in: EM: Briefe I, S. 100
168 KlM an KM, 7. 11. 1936, MON
169 KM an KlM, 23. 11. 1936, MON
170 TM an KlM, 3. 12. 1936, in: KlM: Briefe, S. 273–275

171 Tgb KlM, 25.2.1937
172 Stefan Zweig an KlM, 24.11.1936, in: KlM: Briefe, S. 272
173 Zit. nach GM: Erinnerungen II, S. 173
174 GM an HM, 8.8.[1936], zit. nach Lahme: GM, S. 109
175 Tgb KlM, 4.9.1936
176 Tgb KlM, 8.10.1936
177 Vgl. Wilhelm Haefs: Waldemar Bonsels im »Dritten Reich«: Opportunist, Sympathisant, Nationalsozialist?, in: Waldemar Bonsels. Karrierestrategien eines Erfolgsschriftstellers, hg. von Sven Hanuschek, Wiesbaden 2012, S. 197–227
178 Gianluca Falanga: Berlin 1937. Die Ruhe vor dem Sturm, Berlin 2007, S. 96

第三章　传奇之家（1937~1939）

1 EM an KlM, 22.2.1937, MON
2 MiM an KM, 18.2.1937, TMA
3 Tgb TM, 1.1.1937
4 TM: Essays IV, S. 187f., S. 191
5 Zit. nach TM im Urteil, S. 290–294 und S. 282
6 Tgb TM, 19.1.1937
7 MiM an KM, [18.3.1937], TMA
8 TM: Maß und Wert, in: TM: Essays IV, S. 201f.
9 Vgl. GM an Hans Mayer, 9.6.1986, Stadtarchiv Köln
10 Tgb KlM, 25.2.1937
11 Tgb TM, 19.5.1934, 6.9.1934, 4.4.1936
12 Tgb TM, 17.10.1936; vgl. GM: Erinnerungen II, S. 138f.
13 TM an KlM, 26.12.1936, in: KlM: Briefe, S. 278
14 Tgb TM, 15.2.1937
15 Deutscher Text in: EM: Blitze, S. 118–124
16 Tgb KlM, 7.7.1936
17 Schwangerschaft nach Aussage von EMB in: Anja Maria Dohrmann: Erika Mann. Einblicke in ihr Leben [Dissertation Universität Freiburg 2003], S. 204, http://www.freidok.uni-freiburg.de/fedora/objects/freidok:1393/datastreams/FILE1/content (Abruf: 10.6.2015); EM an KM, 1.5.1937, in: EM: Briefe I, S. 120; vgl. Tgb TM, 28.4.1937
18 MiM an KM, [20.3.1937], TMA
19 MiM an KM, [25.3.1937], TMA
20 MiM an KM, [März 1937], TMA
21 Interview EMB, in: Heinrich Breloer: Unterwegs zur Familie Mann, Frankfurt a.M. 2001, S. 89
22 Vgl. Holzer: EMB, S. 89
23 Tgb TM, 19.5.1937
24 MiM an KM, [23.5.1937], TMA
25 KM an KlM, 28.5.1937, MON
26 GM an Lise Bauer, 1.5.[1937], in: GM: Briefe, S. 27; dass die Briefe GMs geöffnet bei ihr ankamen, berichtete Lise Bauer später, vgl. Lahme: GM, S. 124f.
27 MiM an TM, 5.6.1937, TMA
28 MiM an KM, [6.5.1937], TMA

29 Vgl. Schaenzler: KlM, S. 291 f.
30 KM/TM an KlM, 4.6.1937, in: KlM: Briefe, S. 724
31 KM an KlM, 28.5.1937, MON
32 EM an KlM, 5.6.1937, MON
33 EM an KlM, 11.6.1937, MON
34 KlM an KM, 7.6.1937, in: KlM: Briefe, S. 306
35 MiM an KM, [13.5.1937], TMA
36 MiM an KM, 7.6.1937, TMA
37 Vgl. Tgb KlM, 12.6.1937
38 KM an KlM, 28.5.1937, MON
39 Tgb TM, 11.7.1937
40 Zit. nach TM: Lotte in Weimar, GKFA: 9.2, S. 82
41 MiM an KM, [23.6.1937], TMA
42 Vgl. Lahme: GM, S. 136–140
43 MiM an KM, [Juni 1937], TMA
44 EM an KlM, 14.8.1937, MON
45 EM an KM, 12.9.1937, MON
46 Tgb TM, 30.8.1937
47 Tgb TM, 2.9.1937
48 KM an KlM, 12.9.1937, MON
49 MiM an KM, [14.9.1937], TMA
50 MiM an KM, 6.11.1937, TMA
51 KlM: Aufsätze III, S. 251
52 KlM an Ludwig Hatvany, 29.10.1937, in: KlM: Briefe, S. 323
53 MiM an KM, 16.11.1937, TMA
54 Tgb KlM, 2.12.1937
55 Tgb TM, 11.12.1937
56 Tgb TM, 13.11.1937
57 Tgb TM, 27.11.1937
58 MiM an KM, [ca. Ende November 1937], TMA
59 Tgb KlM, 6.4.1937
60 Tgb TM, 22.1.1938
61 Tgb TM, 30.1.1938
62 Schaenzler: KlM, S. 301
63 Tgb KlM, 24.12.1937
64 Tgb TM, 22.1.1938
65 TM an HM, 20.2.1938, in: TM-HM: Briefwechsel, S. 293
66 Zit. nach Harpprecht: TM, S. 978
67 Alfred Döblin: Zum Verschwinden Thomas Manns, in: ders.: Ausgewählte Werke in Einzelbänden. Autobiographische Schriften und letzte Aufzeichnungen, hg. von Edgar Pässler, Olten 1980, S. 575–577
68 Zu Agnes Meyer vgl. Vaget: TM, der Amerikaner, S. 157–215, sowie Vaget: Einleitung, in: TM-AM: Briefwechsel, S. 5–71
69 Harpprecht: TM, S. 982
70 Tgb TM, 18.3.1940; vgl. Vaget: TM, der Amerikaner, S. 231
71 TM: Essays IV, S. 244
72 Tgb TM, 8.3.1938; vgl. auch Tgb TM, 4.3.1938

73 KlM an KM, 25.11.1937, MON
74 GM an Manuel Gasser, 25.3.1941, zit. nach Lahme: GM, S. 137
75 Vgl. Manfred Flügge: Heinrich Mann. Eine Biographie, Reinbek bei Hamburg 2006, S. 332 f.
76 Vgl. Winkler: Geschichte des Westens 1914–1945, S. 846
77 Tgb TM, 7.1.1936
78 Tgb TM, 20.2.1934
79 Vgl. Tgb KlM, 6.6.1939
80 GM: Politische Gedanken, in: Maß und Wert, Jg. 1, Nr. 5 (Juni 1938) S. 783–797.
81 TM an HM, 6.8.1938, in: TM-HM: Briefwechsel, S. 296
82 MiM an KM, 13.4.1938, TMA
83 Vgl. Tgb TM, 9.4.1938 und 22.4.1938
84 Tgb KlM, 30.3.1938, zum angeblichen Vertrag mit Warner vgl. auch Tgb TM, 24.4.1938
85 Tgb KlM, 6.4.1938
86 Schaenzler: KlM, S. 302 f.
87 Tgb KlM, 22.4.1938
88 Vgl. Andert: MoM, S. 29 f. und 93 f. sowie Kinder der Manns, S. 144 f.
89 KlM an KM, 1.6.1938, MON
90 TM an HM, 21.4.1938, in: TM-HM: Briefwechsel, S. 294
91 Vgl. Vaget: TM, der Amerikaner, S. 267–274
92 TM an KlM, 12.5.1938, in: KlM: Briefe, S. 351
93 KM an KlM, 25.4.1938, MON
94 EM an KM/TM, 1.6.1938, in: EM: Mein Vater, S. 127
95 Tgb KlM, 21.6.1938
96 Tgb KlM, 1.7.1938
97 KlM: Aufsätze III, S. 421–430, hier S. 430; vgl. auch die Texte zum Spanischen Bürgerkrieg in EM: Blitze
98 Tgb KlM, 28.8.1938
99 TM: Lotte in Weimar, GKFA 9.1, S. 160
100 Tgb KlM, 14.8.1938
101 GM an Adolphe Dahringer, 12.1.1979, in: Lahme: GM, S. 120
102 Tgb KlM, 31.5.1938
103 HP an KM, 11.5.1938, in: HP: Briefe an KM II, S. 125
104 HP an KM, 21.7.1938, in: HP: Briefe an KM II, S. 138; »schroff u. brutal«: Tgb HP, zit. nach Anhang von HP: Briefe an KM II, S. 466
105 MiM an KM, 10.[8.1938], TMA
106 MiM an KM, 20.[8.1938], TMA
107 Tgb TM, 25.7.1938
108 KlM an KM, 1.6.1938; der Brief ist in KlM: Briefe, S. 354–358, abgedruckt, die hier zitierte Passage aber ausgelassen
109 Tgb KlM, 23.10.1938
110 Tgb TM, 23.10.1938
111 Vgl. Tgb TM, 12.6.1938
112 Tgb TM, 20.9.1938
113 Harpprecht: TM, S. 1029
114 Winkler: Geschichte des Westens 1914–1945, S. 861
115 Tgb TM, 29.9.1938

116 Tgb TM, 30.9.1938
117 Tgb KlM, 29.9.1938
118 EM/KlM: Escape to Life. Deutsche Kultur im Exil (1939), München 1991, S. 392–395
119 Zit. nach Harpprecht: TM, S. 1030 f.
120 Agnes E. Meyer an TM, 14.11.1938, in: TM-AM: Briefwechsel, S. 134 f.
121 GM: Rezension zu Robert Ingrim: Der Griff nach Österreich, in: Maß und Wert, Jg. 2, Nr. 2 (November/Dezember 1938), S. 259–261, hier S. 261
122 Lühe: EM, S. 191
123 Tgb KlM, 16.10.1938
124 HP an KM, 13.11.1938, in: HP: Briefe an KM II, S. 163 f.
125 HP an KM, 17.11.1938, in: HP: Briefe an KM II, S. 165
126 HP an KM, 22.11.1938, in: HP: Briefe an KM II, S. 166
127 Winkler: Geschichte des Westens 1914–1945, S. 866
128 TM: Die Entstehung des Doktor Faustus, GKFA 19.1, S. 529
129 TM: Bruder Hitler, in: TM: Essays IV, S. 309, 306, 311, 309, 310 f., 310
130 Zit. nach TM: Essays IV, Anhang, S. 433
131 MiM an KM, [1938], in: MiM: Fragmente, S. 16
132 Tgb KlM, 15.12.1938
133 Tgb KlM, vor 1.1.1939
134 GM an Lise Bauer, [Januar 1939], zit. nach Lahme: GM, S. 142
135 TM an Agnes Meyer, 7.2.1939, in: TM-AM: Briefwechsel, S. 145
136 EM an KlM, 24.4.[1939], MON
137 Tgb TM, 11.5.1939; vgl. Vaget: TM, der Amerikaner, S. 248
138 EM an KlM, 24.4.[1939], MON
139 Vgl. Tgb KlM, 5.12.1937
140 TM an HM, 27.2.1904, in: TM-HM: Briefwechsel, S. 99
141 EM an KM, 1.2.1937, in: EM: Briefe I, S. 109
142 EM an KlM, 24.4.[1939], MON
143 Vgl. Holzer: EMB, S. 101
144 KM an KlM, 9.11.1936, MON
145 KlM an EM, 17.3.1939, MON
146 Vgl. Winkler: Geschichte des Westens 1914–1945, S. 868–874
147 Tgb TM, 19.10.1937
148 Tgb TM, 11.9.1939
149 TM an HM, 14.5.1939, in: TM-HM: Briefwechsel, S. 304
150 Vgl. Harpprecht: TM, S. 1043 f.
151 Vgl. Volker Ullrich: Adolf Hitler. Die Jahre des Aufstiegs, Frankfurt a. M. 2013, S. 793 f.
152 Zit. nach der Übersetzung in: EM: Mein Vater, S. 261
153 Tgb TM, 2.3.1939; Tgb KlM, 2.3.1939
154 Tgb KlM, 27.3.1939
155 EM/KlM: Escape to life, S. 107
156 KlM an Stefan Zweig, 8.7.1939, in: KlM: Briefe, S. 387
157 Tgb TM, 28.5.1939
158 Vgl. Harpprecht: TM, S. 1035–1039
159 Vgl. Jens/Jens: KM, S. 217 f., 225–227
160 Vgl. EMB an G.A. Borgese, 22.10.1939, MON
161 Zit. nach Holzer: EMB, S. 101

162 G. A. Borgese an TM, 2. 6. 1939, MON
163 TM an G. A. Borgese, 4. 6. 1939, MON
164 Tgb TM, 11. 6. 1939
165 EMB an G. A. Borgese, [Anfang Juni 1939], MON
166 EMB an G. A. Borgese, 4. 6.[1939], MON
167 MiM an KM, 24. 6. 1939, TMA
168 MiM an KM, [ca. März 1939], TMA
169 MiM an KM, 24. 6. 1939, TMA
170 EM an KlM, [18./19. 6. 1939], MON
171 Tgb KlM, 6. 6. 1939
172 Zit. nach Lühe: EM, S. 217
173 HP an KM, 22. 7. 1939, in: HP: Briefe an KM II, S. 209
174 MiM an KM, [Sommer 1939], TMA; vgl. auch EM an KM, 12. 7. 1939, MON sowie EMB an KM, [Ende August 1939], TMA
175 Stefan Zweig an KlM, [Juli 1939], in: KM: Briefe, S. 385
176 KM an KlM, 9. 7. 1939, MON
177 TM an KlM, 22. 7. 1939, in: KlM: Briefe, S. 388–391
178 Zit. nach Kinder der Manns, S. 74; abgeschickter Brief: KlM an TM, 3. 8. 1939, in: KlM: Briefe, S. 391–394
179 TM an Ferdinand Lion, 12. 7. 1939, in: TM: Briefe II, S. 103
180 MiM an KM, 17.[7. 1939], TMA
181 MiM an KM, 15. 8.[1939], TMA
182 KM an KlM, 30. 7. 1939, MON
183 KM an KlM, 29. 8. 1939, MON
184 EM an KlM, 11. 6. 1939, MON
185 Tgb KlM, 26. 12. 1939
186 Tgb KlM, 5. 8. 1939
187 KlM an KM, 7. 8. 1939, MON
188 Vgl. Winkler: Geschichte des Westens 1914–1945, S. 874–889
189 Tgb TM, 26. 8. 1939
190 EM an KM, 26. 8. 1939, MON
191 MiM an KM, 23. 8.[1939] (Zitat) sowie 15. 8.[1939], beide TMA
192 Vgl. Winkler: Geschichte des Westens 1914–1945, S. 884 f.
193 MiM an KM, 28.[8. 1939], TMA
194 Zit. nach TM Chronik, S. 348
195 Vgl. Winkler: Geschichte des Westens 1914–1945, S. 887
196 EM an KlM, 2. 9. 1939, MON
197 Tgb TM, 1. 9. 1939
198 EM an KlM, 2. 9. 1939, MON
199 MiM an KM, 5. 9.[1939], TMA
200 Vgl. Lahme: GM, S. 147 f.
201 Tgb GM, 6. 9. 1939, zit. nach Lahme: GM, S. 151
202 EMB an KM, [Ende August 1939], TMA
203 Vgl. Harpprecht: TM, S. 1112
204 Tgb TM, 12. u. 19. 9. 1939
205 TM an HM, 26. 9. 1939, in: TM-HM: Briefwechsel, S. 312
206 Tgb TM, 19. 9. 1939

207 Tgb TM, 19.9.1939
208 Vaget: TM, der Amerikaner, S. 175
209 EMB an G.A. Borgese, [1.10.1939], MON
210 MiM an KM, 3.10.[1939], TMA
211 MiM an KM, 9.10.1939, in: MiM: Fragmente, S. 21
212 Vgl. Inge Jens/Walter Jens: Katias Mutter. Das außergewöhnliche Leben der Hedwig Pringsheim, Reinbek bei Hamburg 2005, S. 227–230
213 MiM berichtet an KM, [Mitte Juli], TMA, Göring habe die Entscheidung getroffen, er wisse das von der Schülerin von Carl Flesch, Alma Moodie, deren Ehemann, Alexander Balthasar Alfred Spengler, der Rechtsanwalt der alten Pringsheims sei. TM nennt als entscheidend die Hilfe des »Hauses Wahnfried«, der Familie Wagner um Winifred Wagner (TM an HM, 26.11.1939, in: TM-HM: Briefwechsel, S. 313)
214 HP an KM, 14.11.1939, in: HP: Briefe an KM II, S. 216 f.
215 EM an KM, 23.11.1939, MON
216 Tgb TM, 23.11.1939
217 EM an TM, 26.11.1939, in: EM: Mein Vater, S. 141, 142
218 EM an KlM, 2.9.1939, MON
219 EM an KlM, 3.12.1939, MON
220 MiM an KM, 9.11.1939, TMA; vgl. auch MiM an KM, 25.11.1939, TMA
221 Jenö Lányi an Franz Baermann Steiner, 28.10.1939, in: MoM: Das fahrende Haus, S. 231
222 MiM an KM, 25.11.1939, TMA
223 EMB an KM, [18.12.1939], TMA
224 TM: Lotte in Weimar, GKFA 9.1, S. 443
225 Tgb KlM, 25.12.1939
226 Tgb KlM, 26.12.1939
227 Tgb TM, 10.1.1940
228 EMB an KM, [Anfang 1940], TMA

第四章　危险与金钱（1940~1941）

1 Vgl. die Liste der Vortrags- und Einnahmenaufstellung, »Season 1939–40«, MON
2 EM an KM, 10.1.1940, MON
3 EM an KM, 4.2.1938, MON
4 TM an KlM, 12.5.1938, in: KlM: Briefe, S. 351
5 MiM an KM, 1.3.1940, TMA; vgl. Gret Mann an KM, 12.3.1940, TMA
6 Vgl. Lahme: GM, S. 150–155
7 GM an Hermann Kesten, 20.3.[1940], in: GM: Briefe, S. 44 f.
8 Franz Schoenberner an Hermann Kesten, 23.2.1940, in: Franz Schoenberner–Hermann Kesten: Briefwechsel im Exil, Göttingen 2008, S. 175; vgl. auch ebd., S. 180–186
9 Tgb KlM, 28.2.1940
10 Tgb KlM, 22.2.1940
11 EM an KM, 10.3.1940, MON
12 MiM an KM, 7.4.1940, TMA
13 MiM an KM, 16.4.1940, TMA
14 MiM an KM, 14.5.1940, in: MiM: Fragmente, S. 26
15 TM: On Myself, in: TM: Über mich selbst. Autobiographische Schriften, Frankfurt a.M. 1994, S. 64, 70, 91

16 Vgl. Winkler: Geschichte des Westens 1914–1945, S. 904 f.
17 HP an KM, 11. 4. 1940, in: HP: Briefe an KM II, S. 245
18 HP an KM, 22. 5. 1940, in: HP: Briefe an KM II, S. 252
19 Vgl. Lahme: GM, S. 155
20 Tgb TM, 25. 5. 1940
21 Tgb TM, 26. 5. 1940
22 MiM an KM, 14. 5. 1940, in: MiM: Fragmente, S. 26 und 28. 5. 1940, TMA
23 MiM an KM, 16. 4. 1940
24 GM: Erinnerungen II, S. 242
25 Tgb GM, 23. 5. 1940, zit. nach GM: Erinnerungen II, S. 246 f. Das Tgb führte GM auf Französisch, übersetzte aber Teile für den Abdruck in seinen Erinnerungen II ins Deutsche
26 MoM an TM, 24. 5. 1940, TMA
27 Tgb TM, 31. 5. 1940
28 Vgl. André Fontaine: Internierung in Les Milles. September 1939 – März 1943, in: Zone der Ungewissheit. Exil und Internierung in Südfrankreich 1933–1944, hg. von Jacques Grandjonc/Theresia Grundtner, Reinbek 1993, S. 274
29 Tgb GM, 16. 6. 1940, zit. nach GM: Erinnerungen II, S. 253
30 Vgl. Winkler: Geschichte des Westens 1914–1945, S. 908
31 Vgl. Tgb TM, 23. 6. 1940
32 Tgb GM, 18. 6. 1940, zit. nach GM: Erinnerungen II, S. 257
33 Tgb GM, 3. 8. 1940, zit. nach GM: Erinnerungen II, S. 259 f., 262, 265, 267 f.
34 Tgb TM, 31. 7. 1940
35 KM an Agnes Meyer, 26. 7. 1940, in: TM-AM: Briefwechsel, S. 216
36 GM an KM/TM, 10. 8. 1940, TMA
37 TM an Agnes Meyer, 12. 8. 1940, in: TM-AM: Briefwechsel, S. 224 f.
38 EM an TM, 19. 8. 1940 in: EM: Mein Vater, S. 145; vgl. auch EM an KlM, 19. 8. 1940, MON und EM an KM, 21. 8. 1940, MON
39 EM an KM/TM, 26. 8. 1940, in: EM: Mein Vater, S. 145 f.
40 Vgl. Tgb TM, 16. 6. 1938
41 KM an TM [Aug./Sept. 1940], in: KM: Rehherz, S. 95
42 Klaus Harpprecht: Eine Reliquiensammlung, in: Die Zeit, 23. 10. 1992
43 KlM an Hermann Kesten, 14. 8. 1940, in: KlM: Briefe, S. 422
44 Tgb KlM, 23. 8. 1940
45 Tgb KlM, 17. 7. 1940
46 Vgl. Tgb KlM, 23. 8. 1940
47 Vgl. KlM-Schriftenreihe V, S. 246 f.; vgl. Tgb KlM, 6. 9. 1940
48 Schaenzler: KlM, S. 343
49 KlM an Bruno Frank, 7. 10. 1940, in: KlM: Briefe, S. 429
50 Zit. nach Lühe: EM, S. 250
51 EM: Eine Nacht in London, in: EM: Blitze, S. 181
52 Tgb KlM, 8. 9. 1940
53 Varian Fry: Auslieferung auf Verlangen. Die Rettung deutscher Emigranten in Marseille 1940/41, München 1986, S. 75–89; vgl. auch Mahler-Werfel: Mein Leben, Frankfurt a. M. 1963, S. 266–268; HM: Ein Zeitalter wird besichtigt (1945), Berlin 1973, S. 440–444
54 Hans-Albert Walter: Deutsche Exilliteratur 1930–1955, Band 3: Internierung, Flucht und Lebensbedingungen im Zweiten Weltkrieg, Stuttgart 1988, S. 336

55 Tgb TM, 20.9.1940
56 Tgb TM, 16.4.1941
57 Tgb TM, 22.9.1940, 23.9.1940 und 24.9.1940
58 EM an KM/TM, 24.9.1940, in: EM: Mein Vater, S. 148
59 KM an KlM, 24.9.1940, MON
60 EM an KM, 24.9.1940, MON
61 KlM an KM, 27.9.1940, MON
62 Tgb KlM, 13.10.1940
63 HM: Ein Zeitalter wird besichtigt (1945), Berlin 1973, S. 443
64 Tgb TM, 28.10.1940
65 TM an Agnes Meyer, 1.10.1940, in: TM-AM: Briefwechsel, S. 240
66 Tgb TM, 29.12.1940
67 Tgb TM, 6.11.1940; Tgb KlM, 10.11.1940
68 TM an Bruno Frank, 4.2.1941, zit. nach Vaget: TM, der Amerikaner, S. 94
69 Tgb TM, 14.1.1941
70 TM an HM, 4.2.1941, in: TM-HM: Briefwechsel, S. 331
71 Zit. nach Winkler: Geschichte des Westens 1914–1945, S. 926
72 GM an Manuel Gasser, 22.2.[1941], zit. nach Lahme: GM, S. 164
73 EM an KlM, 13.1.1941, MON
74 MiM an KM, [Anfang 1941], TMA
75 Tgb KlM, 26.1.1941
76 Walter F. Peterson: Das Umfeld: Die Vereinigten Staaten und die deutschen Emigranten, in: Was soll aus Deutschland werden? Der Council for a Democratic Germany in New York 1944–1945, hg. von Ursula Langkau-Alex/Thomas M. Ruprecht, Frankfurt a. M./New York 1995, S. 49–73, hier S. 49
77 Vgl. Humphrey Carpenter: W. H. Auden. A Biography, London/Boston/Sydney 1981, S. 303 f.
78 GM an Manuel Gasser, 25.3.[1941], zit. nach Lahme: GM, S. 162
79 Tgb TM, 12.6.1941
80 MiM an KM, 21.11.1940, TMA
81 EM an KlM, 20.3.1941, MON
82 EM an KlM, 27.3.1941, MON
83 MoM an Molly Shenstone, 24.3.1941, zit. nach Andert: MoM, S. 81
84 Vgl. Gret Mann an KM, 13.5.1941, TMA
85 MiM an KM, 28.4.1941, TMA
86 TM an KlM, 11.6.1941, in: KlM: Briefe, S. 463
87 EMB an KM, [Ende Mai/Anfang Juni 1941], TMA
88 MoM an Molly Shenstone, 14.7.1941, zit. nach Andert: MoM, S. 82
89 EM an TM, 13.4.1941, in: EM: Mein Vater, S. 149
90 KlM an TM, 11.4.1941, in: KlM: Briefe, S. 450
91 KlM an KM, 20.4.1941, in: KlM: Briefe, S. 455
92 KlM an KM, 25.5.1941, in: KlM: Briefe, S. 456 f.
93 GM an KM, 10.5.1941, TMA; vgl. Holzer: EMB, S. 124
94 MiM an KM, 16.[6.1941], TMA
95 EM an Lotte Walter, 1.5.1941, in: EM: Briefe I, S. 170
96 TM an Agnes Meyer, 18.6.1940, in: TM-AM: Briefwechsel, S. 290
97 EM schildert es zwei Monate später: an KM/TM, 25.8.1941, in: EM: Mein Vater, S. 159

98 Tgb TM, 21.6.1941
99 TM an Agnes Meyer, 26.6.1941, in: TM-AM: Briefwechsel, S. 291
100 HP an KM, 11.7.1941, in: HP: Briefe an KM II, S. 297
101 HP an KM, [18.7.1941], in: HP: Briefe an KM II, S. 298f.
102 KlM an KM/TM, 26.6.1941, MON
103 Agnes Meyer an TM, [26.6.1941], in: TM-AM: Briefwechsel, S. 291f.
104 KlM an KM, 26.6.1941, MON
105 Tgb TM, 28.6.1941
106 EM an KM/TM, 25.8.1941, in: EM: Mein Vater, S. 159
107 EM an KlM, 4.7.1941, MON
108 Den angekündigten Artikel über ihr Erlebnis als Frau Ruppel im Gestapo-Hauptquartier hat Erika Mann jedenfalls nie geschrieben; Lühe: EM, S. 246, gibt die Geschichte als wirkliches Erlebnis EMs wieder
109 GM an Erich von Kahler, 3.10.[1941], zit. nach Lahme: GM, S. 165
110 KlM an KM, 30.7.1941, in: KlM: Briefe, S. 464f.
111 Tgb TM, 1.8.1941
112 GM an Manuel Gasser, 7.8.[1941], zit. nach Lahme: GM, S. 165
113 TM an Agnes Meyer, 3.12.1940, in: TM-AM: Briefwechsel, S. 246
114 EMB an KM, 1.8.1941, TMA
115 Vgl. EMB an KM, 1.8. und 15.12.1941, beide TMA
116 Konrad Kellen: Mein Boss, der Zauberer. Thomas Manns Sekretär erzählt, hg. von Manfred Flügge/Christian Ter-Nedden, Reinbek bei Hamburg 2011, S. 45
117 Tgb TM, 6.4.1941
118 KM an KlM, 23.9.1941, MON
119 EM: In Deutschland (30.7.1941), in: EM: Blitze, S. 223f.
120 GM an Manuel Gasser, 19.9.1941, in: GM: Briefe, S. 52
121 Vgl. GM an Manuel Gasser, 19.10.1941, zit. in: Lahme: GM, S. 139
122 Tgb TM, 19.5.1941
123 Tgb TM, 8.10.1941
124 Agnes Meyer an TM, 4.10.1941, in: TM-AM: Briefwechsel, S. 319
125 TM an Agnes Meyer, 7.[10.]1941, in: TM-AM: Briefwechsel, S. 321–327
126 Agnes Meyer an TM, 28.5.1943, in: TM-AM: Briefwechsel, S. 484
127 TM an Agnes Meyer, 3.11.1941, in: TM-AM: Briefwechsel, S. 329f.
128 Tgb TM, 3.12.1941
129 Vgl. Vagets Kommentar in TM-AM: Briefwechsel, S. 973f.
130 TM an Agnes Meyer, 6.12.1941, in: TM-AM: Briefwechsel, S. 336f.
131 EM an KM, 24.11.1941, MON
132 Janet Flanner: Goethe in Hollywood (1941), in: Janet Flanner's World. Uncollected Writings 1932–1975, ed. by Irving Drutman, New York/London 1979, S. 165–188
133 TM an Agnes Meyer, 16.12.1941, in: TM-AM: Briefwechsel, S. 342

第五章　战争与和平（1942~1946）

1 TM an KlM, 26.1.1942, in: KlM: Briefe, S. 479
2 KlM an KM, 3.1.1942, in: KlM: Briefe, S. 474
3 Zit. nach Schaenzler: KlM, S. 351

4 KlM-Schriftenreihe V, S. 293–295 (und ihm folgend Schaenzler: KlM, S. 350 f.) datiert den Selbstmordversuch auf den Juni 1941 mit inhaltlichen Argumenten zum Text *The Last Decision*; Erika Mann datiert den Text und den Suizidversuch ihres Bruders aber auf die Zeit nach dem Ende der Zeitschrift (EM an MiM, 21.11.1968, MON). Die dichte und keineswegs deprimierte Korrespondenz Klaus Manns, seine Pläne und Geldhoffnungen im Juni 1941 sprechen für EMs und gegen die Datierung Krolls und Schaenzlers, während er im Februar 1942 regelrecht verstummt. Das Tagebuch setzt am 19.3.1942 wieder ein
5 KM an KlM, 11.1.1942, MON
6 KM an KlM, 13.2.1942, MON
7 KM an KlM, 11.1.1942, MON
8 Tgb TM, 16.4.1942
9 Tgb TM, 7.2.1942
10 Tgb TM, 4.2.1942
11 Tgb TM, 5.2.1942
12 TM an Agnes Meyer, 16.2.1942, in: TM-AM: Briefwechsel, S. 369
13 Tgb TM, 5.7.1942
14 Tgb TM, 20.2.1942; TM an EM, 24.2.1942, in: EM: Briefe I, S. 185
15 TM an Agnes Meyer, 21.2.1942 und 25.2.1942, in: TM-AM: Briefwechsel, S. 373 und S. 375
16 Agnes Meyer, 25.1.1942, in: TM-AM: Briefwechsel, S. 361; vgl. auch TM an EM, 24.2.1942, in: EM: Briefe I, S. 185: Da nennt TM sein Consultant-Gehalt noch »Archie's genialen Einfall«, nach dem Direktor der Library of Congress, Archibald MacLeish
17 TM an Agnes Meyer, 30.1.1942, in: TM-AM: Briefwechsel, S. 363
18 Tgb TM, 4.4.1942
19 Tgb TM, 3.4.1942
20 Vgl. Winkler: Geschichte des Westens 1914–1945, S. 926
21 Tgb TM, 29.3.1942
22 EMB an KM, 16.1.1942, TMA
23 EMB an KM, 10.5.1942 und 29.6.1942, beide TMA
24 TM an EMB, 7.6.1942, MON
25 Tgb KlM, 11.6.1942; für die Edition wurde das Tgb ins Deutsche übersetzt
26 Tgb KlM, 8.6.1942
27 KM an KlM, 29.4.1942, MON
28 Tgb TM, 26.6.1942
29 GM an Erich von Kahler, 5.6.1942, in: GM: Briefe, S. 57 und S. 60
30 GM an Manuel Gasser, 21.6.1942, in: GM: Briefe, S. 63
31 TM an Agnes Meyer, 22.1.1942, in: TM-AM: Briefwechsel, S. 359
32 KM an KlM, 29.7.1942, MON
33 Tgb TM, 3.10.1942; KM an EMB, 10.10.1942, MON; FM: Achterbahn, S. 69 und S. 17 f.
34 HP an KM, 8.12.1941, in: HP: Briefe an KM II, S. 305
35 Schaenzler: KlM, S. 356
36 TM an Agnes Meyer, 15.10.1942, in: TM-AM: Briefwechsel, S. 435
37 TM an KlM, 2.9.1942, in: KlM: Briefe, S. 487 f.
38 GM an EMB, 10.10.[1942], zit. nach Lahme: GM, S. 168
39 Reinhold Niebuhr: Mann Speaks to Germany, in: The Nation, 13.2.1943, S. 244; vgl. Harpprecht: TM, S. 1310 f.

40 TM: Der Judenterror, in: TM: Essays V, S. 202 f.
41 Tgb KlM, 22. u. 24.10.1942
42 Tgb KlM, 25.10.1942
43 Tgb KlM, 26.10.1942
44 KM an KlM, 29.10.1942, MON
45 KM an KlM, 17.10.1943, MON
46 EM an Lotte Walter, [13.11.1942], in: EM: Briefe I, S. 186
47 Vgl. EM an KM, 12.1.1942, MON
48 Vgl. Alexander Stephan: Im Visier des FBI. Deutsche Exilschriftsteller in den Akten amerikanischer Geheimdienste, Stuttgart/Weimar 1995, S. 174–193
49 W. H. Auden an EM, [Ende Mai 1939], in: EM: Briefe I, S. 131
50 KM an EMB, 29.7.1942, MON und Tgb TM, 20.9.1942
51 Tgb TM, 22.11.1942
52 Tgb TM, 27.11.1942
53 Tgb TM, 30.11.1942
54 Tgb TM, 10.12.1942; 11.12.1942; 13.12.1942
55 MiM an KM, [Dezember 1942], TMA
56 Tgb TM, 15.12.1942
57 Tgb TM, 4.1.1943 und 8.1.1943
58 Tgb TM, 17.3.1943
59 TM an KlM, 27.4.1943, in: KlM: Briefe, S. 509 f.
60 TM an Agnes Meyer, 27.6.1942, in: TM-AM: Briefwechsel, S. 412
61 KlM an KM, 14.2.[1943], in: KlM: Briefe, S. 498
62 KM an KlM, 18.2.1943, in: KlM: Briefe, S. 499
63 Zitat aus einem – unklar, ob fingierten oder echten – Brief von KlM an EM, 14.2.1943, den er abdruckt in: KlM: Wendepunkt, S. 609
64 KlM an Lotte Walter, 28.2.[1943], in: KlM: Briefe, S. 502
65 EM an TM, 29.1.1943, in: EM: Mein Vater, S. 169
66 TM an Agnes Meyer, 23.1.1943, in: TM-AM: Briefwechsel, S. 459
67 EM an KM, 11.1.1943, in: EM: Mein Vater, S. 168
68 EM an KM, 29.1.1943, in: EM: Mein Vater, S. 172
69 KM an KlM, 18.2.1943, MON
70 Andert: MoM, S. 103
71 Tgb TM, 11.9.1942
72 TM an Agnes Meyer, 12.12.1942, in: TM-AM: Briefwechsel, S. 441
73 EMB an KM, 20.10.1942, TMA
74 KM an KlM, 4.2.1943 in: KlM: Briefe, S. 494
75 EMB an KM, 23.9.1942, TMA
76 TM an KlM, 9.3.1943, in: KlM: Briefe, S. 505
77 KM an KlM, 15.3.1943, MON
78 Zur FBI-Akte von KlM: Alexander Stephan: Im Visier des FBI. Deutsche Exilschriftsteller in den Akten amerikanischer Geheimdienste, Stuttgart/Weimar 1995, S. 155–174, hier S. 164; vgl. Schaenzler: KlM, S. 360–364
79 KM an KlM, 4.6.1943, MON
80 Deutsche Version des Textes in: EM: Blitze, S. 281–290
81 EM an KlM, 26.10.1943, MON
82 EM: Pulverfass Palästina, in: EM: Blitze, S. 290–300

83 EM an KlM, 4.8.1943, MON
84 So der Sohn von beiden im Interview: John Julius Norwich: »Deep down, I'm shallow. I really am«, in: The Telegraph, 4.6.2008
85 KM an KlM, 29.6.1943, MON
86 Vgl MiM an TM, 6.7.1943, GKFA 10.2, S. 1088–1114
87 KM an KlM, 23.7.1943, MON
88 GM an Erich von Kahler, 19.9.[1943], zit. nach Lahme: GM, S. 169
89 GM an Eva Herrmann, 10.10.[1943], zit. nach Lahme: GM, S. 170
90 Vgl. Tgb KlM, 1.7.1943
91 Tgb TM, 14.10.1943
92 TM an Agnes Meyer, 2.6.1943 und Agnes Meyer an TM, 28.5.1943, in: TM-AM: Briefwechsel, S. 486 und S. 484
93 TM an Agnes Meyer, 2.6.1943 und Agnes Meyer an TM, 28.5.1943, in: TM-AM: Briefwechsel, S. 486 und S. 484
94 Tgb TM, 6.8.1943
95 Tgb TM, 12.9.1943
96 Agnes Meyer an GM, 4.10.1943, zit. nach TM-AM: Briefwechsel, Anhang, S. 986f.
97 GM an Agnes Meyer, 17.10.1943, in: GM: Briefe, S. 70f.
98 Agnes Meyer an GM, 19.10.1943, Library of Congress, Washington
99 TM: Schicksal und Aufgabe, in: TM: Essays V, S. 232f., 234f.
100 TM an Konrad Kellen, 19.8.1943, in: TM: Briefe II, S. 329
101 Vgl. KM an KlM, 17.10.1943, MON
102 KM an KlM, 17.10.1943, MON
103 MoM: USA 1940 – Notizen, in: MoM: Das fahrende Haus, S. 46f. (Die Notizen, die MoM 1976 veröffentlicht, können, jedenfalls teilweise, nicht vor 1943 entstanden sein.)
104 GM an Agnes Meyer, 21.11.1943, Library of Congress, Washington
105 Tgb KlM, 3.12.1943
106 Vgl. Kurzke: TM, S. 447
107 Tgb TM, 23.6.1944
108 TM an KlM, 25.6.1944, in: KlM: Briefe, S. 526
109 GM an Erich von Kahler, 7.3.1944, in: GM: Briefe, S. 74f.
110 Tgb TM, 14.2.1944
111 EM an KlM, 13.3.1944, MON
112 EM: Eine Ablehnung, in: EM: Blitze, S. 300–302
113 Zit nach EM: Blitze, Anhang, S. 496f.
114 Tgb TM, 20.3.1944, 23.3.1944, 29.3.1944, 30.3.1944
115 Vgl. EM an KlM, 23.7.1944, MON
116 Vgl. KM an KlM, 14.8.1944, MON
117 Kinder der Manns, S. 188
118 KlM an KM, 23.7.1944, MON
119 Tgb TM, 14.8.1944; vgl. TM an Agnes Meyer, 12.8.1944, in: TM-AM: Briefwechsel, S. 580 (»glatter Schwindel«)
120 Tgb TM, 23.8.1944
121 Tgb TM, 18.10.1944
122 Tgb TM, 18.9.1944
123 Zit. nach Harpprecht: TM, S. 1414 und 1416
124 TM an HM, 29.7.1944, in: TM-HM: Briefwechsel, S. 344

125 TM an Agnes Meyer, 17.7.1944, in: TM-AM: Briefwechsel, S. 572
126 Ruth Klüger: Thomas Manns jüdische Gestalten, in: Ruth Klüger: Katastrophen. Über deutsche Literatur, Göttingen 1994, S. 54
127 TM an Agnes Meyer, 16.2.1944, in: TM-AM Briefwechsel, S. 539
128 KM an KlM, 14.8.1944, MON
129 KM an KlM, 10.7.1944, MON
130 KM an KlM, 24.8.1944, MON
131 Tgb TM, 29.9.1944
132 Tgb TM, 23.7.1945; vgl. Tgb TM 3.10.1944, dort zitiert TM diesen Satz von Cyrano de Bergerac ebenfalls
133 KM an KlM, 23.10.1944, MON
134 Tgb TM, 23.10.1944
135 MiM: Fragmente, S. 142 f.
136 KM an KlM, 6.10.1944, MON
137 Tgb TM, 8.10.1944
138 Tgb TM, 9.10.1944
139 KM an KlM, 14.10.1944, MON
140 Tgb TM, 13.12.1944
141 Tgb TM, 20.12.1944
142 KlM an KM, 29.3.1941, in: KlM: Briefe, S. 444
143 KlM an KM, 31.12.1944, MON
144 KlM an HM, 1.1.1945, in: KlM: Onkel Heinrich, S. 67
145 Vgl. Lahme: GM, S. 174–178
146 GM: Essays, S. 174
147 GM: Essays, S. 176 f.
148 Tgb TM, 31.12.1944
149 Vgl. zu TMs Beziehung zur unitarischen Kirche Heinrich Detering: TMs amerikanische Religion. Theologie, Politik und Literatur im kalifornischen Exil, Frankfurt a. M. 2012
150 Tgb TM, 31.12.1944
151 EM an KlM, 15.1.1945, MON
152 EM an KlM, 8.5.1945, MON
153 KM an KlM, 14.3.1946, MON
154 KM an KlM, 29.8.1944, MON
155 KM an KlM, 19.2.1945, MON
156 TM: Essays V, S. 258
157 GM: Essays, S. 182
158 TM an GM, 26.2.1945, in: TM: Briefe II, S. 414
159 GM: Essays, S. 188
160 Vgl. Lahme: GM, S. 178
161 Vgl. Lahme: GM, S. 178
162 MiM: Fragmente, S. 142 f.
163 KlM an KM, 27.1.1945, MON
164 KM an KlM, 19.2.1945, MON
165 TM: Essays V, S. 282, 283 f.
166 Das New Yorker Tagebuch von MoM aus dem April und Mai 1945 ist abgedruckt (im englischen Original und einer deutschen Übersetzung) in: Andert: MoM, Zitate: S. 228–230, 235 f., 267 f., 277 und 279 f.

167 EM an KlM, 8.5.1945, MON
168 KM an KlM, 1.6.1945, MON
169 TM an GM, 26.2.1945, in: TM: Briefe II, S. 414
170 TM: Essays V, S. 279
171 Tgb TM, 13.6.1945; vgl. Gottfried Bermann Fischer: Bedroht – Bewahrt. Weg eines Verlegers, Frankfurt a. M. 1967, S. 212
172 KM an KlM, 25.7.1945, MON
173 Vgl. Tgb TM, 24.7.1945
174 KlM an TM, 16.5.1945, in: KlM: Briefe, S. 775 (engl. Original ebd., S. 535: »selfishness and naiveté«)
175 KlM an KM, 13.6.1945, MON
176 Vgl. Schaenzler: KlM, S. 375 f.
177 Vgl. KlM an TM, 16.5.1945, in: KlM: Briefe, S. 540
178 Deutscher Titel eines Textes von KlM für *Stars and Stripes*, 20.5.1945, in: KlM: Aufsätze V, S. 224–230
179 Der deutsche Text in EM: Blitze, S. 306–314
180 EM an KM, 22.8.1945, in: EM: Briefe I, S. 206 f.
181 GM an KM, 4.4.1945, zit. in Tgb TM 1944–1946, Anhang, S. 613 (Brief verschollen)
182 GM an KM, 4.5.1945, zit. in Tgb TM 1944–1946, Anhang, S. 640 f. (Brief verschollen)
183 GM an Eva Herrmann, 7.1.1946, in: GM: Briefe S. 80
184 Vgl. Günter J. Trittel: Hunger und Politik. Die Ernährungskrise in der Bizone (1945–1949), Frankfurt a. M./New York 1990, S. 36 f.
185 GKFA 19.1, S. 72–82
186 Zit. nach Jost Hermand/Wiegand Lange (Hg.): »Wollt ihr Thomas Mann wiederhaben?« Deutschland und die Emigranten, Hamburg 1999, S. 24 f.
187 GM an KM, 6.9.[1945], zit. nach Tgb TM 1944–1946, Anhang, S. 705 (Brief verschollen)
188 GM an Joseph Breitbach, 18.2.[1946], in: GM: Briefe, S. 82 f. (»pomp and bitterness«)
189 Leserbrief vom 19.1.1946 in der Hamburger Freien Presse, zit. nach TM Chronik, S. 417
190 TM an Erich von Kahler, 13.2.1946, zit. nach Vaget: TM, der Amerikaner, S. 489
191 KlM an KM, 23.11.1945, MON
192 EM an KM/TM, 10.1.1945, in: EM: Mein Vater, S. 184
193 KM an KlM, 4.3. [richtig: 4.] 1946, MON
194 Tgb TM, 28.5.1946
195 EM an KlM, 23.4.1946, MON

第六章　希特勒之后（1946~1952）

1 KlM: Aufsätze V, S. 327
2 KlM: Alte Bekannte, in: KlM: Aufsätze V, S. 380 f.
3 KlM an KM, 10.5.1946, in: KlM: Briefe, S. 554 f.
4 KM an KlM, 21.5.1946, in: KlM: Briefe, S. 556, 558
5 Tgb TM, 28.5.1946
6 TM an GM, 16.6.1946, in: TM: Briefe II, S. 492 f.
7 TM an GM, 16.6.1946, TMA (der Brief ist in TM: Briefe II, S. 492 f., abgedruckt, dort ist aber die hier zitierte Passage ohne Kennzeichnung ausgelassen; vgl. S. 391–394)

8 GM an Alma Mahler-Werfel, 15.7.[1946], in: GM: Briefe, S. 85
9 KlM an W. E. Süskind, 23.12.1946, in: KlM: Briefe, S. 565
10 TM an EM, 26.10.1946, in: EM: Mein Vater, S. 190 f.
11 TM: Frage und Antwort. Interviews mit TM 1909–1955, hg. von Volkmar Hansen/Gert Heine, Hamburg 1983, S. 266–269
12 EM an TM, 26.6.1947, in: EM: Mein Vater, S. 197
13 GM an Manuel Gasser, 27.6.1947, zit. nach Lahme: GM, S. 197
14 Vgl. GM an Dolf Sternberger, 8.7.1947, DLA
15 GM an EM, 18.9.[1947], MON
16 EM an KM/TM, 24.3.1946, zit. nach der Übersetzung des englischen Briefes in EM: Mein Vater, S. 526
17 Tgb TM, 2.7.1947
18 GM an Erich von Kahler, 23.8.1947, zit. nach Lahme: GM, S. 195
19 GM an Manuel Gasser, 7.9.1947, zit. nach Lahme: GM, S. 197
20 KlM an Herbert Schlüter, 29.11.1946, in: KlM: Briefe, S. 562
21 KlM an EM, 19.9.[1947], in: KlM: Briefe, S. 574
22 Zit. nach GKFA 10.2, S. 104
23 Tgb TM, 18.7.1947
24 Zit. nach Tgb TM 1946–1948, Anhang, S. 436; TM an Erich von Kahler, 10.9.1946, zit. nach ebd., S. 433
25 MoM an TM, 10.12.1947, TMA
26 Zit. nach MoM: Vergangenes, S. 102
27 TM an MiM, 31.1.1948, in: TM: Briefe III, S. 16
28 TM an Agnes Meyer, 16.1.1947, in: TM-AM: Briefwechsel, S. 675
29 Vgl. S. 262
30 KM an KlM, 17.1.1948, MON
31 MoM: Notiz über New York, in: Neue Rundschau, Heft 10 (1948), S. 240
32 KM an KlM, 24.1.1948, MON
33 EM an KlM, 19.4.1948, MON
34 EM an Duff Cooper, 22.9.1948, in: EM: Briefe I, S. 248
35 Tgb TM, 1.2.1948
36 Tgb KlM, 9.8.1947
37 Tgb KlM, 26.6.1948
38 Tgb KlM, 15.6.1948
39 EMB an G. A. Borgese, 12. und 16.7.1948, zit. nach Holzer: EMB, S. 133
40 Tgb KlM, 13.7.1948
41 Tgb KlM, 8.7.1948
42 Tgb TM, 15.8.1948
43 Tgb TM, 1.9.1948
44 Vgl. Lühe: EM, S. 301
45 Tgb TM, 10.8.1948
46 Tgb TM, 12.9.1948 und 27.10.1948; »aufmontiert«: TM an MiM, 31.1.1948, in: TM: Briefe III, S. 17
47 KM an KlM, 23.10.1948, MON
48 KM an KlM, 22.11.1948, MON
49 KM an KlM, 6.11.1948, MON
50 TM an KlM, 12.11.1948, in: KlM: Briefe, S. 601

51 GM an Manuel Gasser, 22.12.1948, in: GM: Briefe, S. 98 f.
52 Tgb TM, 31.12.1948
53 TM an MoM, 24.2.1949, in: TM: Briefe III, S 74 f.
54 Tgb KlM, 1.1.1949
55 GM an Leonore Lichnowsky, 14.2.[1949], in: GM: Briefe, S. 100
56 MiM an KM, 25.3.1949, TMA
57 Tgb TM, 13.12.1948
58 Tgb TM, 19.3.1949
59 Tgb TM, 4.3.1949
60 KM an KlM, 22.4.1949, MON
61 KlM an EM, 4.5.1949, in: KlM: Briefe, S. 613
62 KlM an KM, 15.5.1949, in: KlM: Briefe, S. 617, 619
63 Zit. nach Harpprecht: TM, S. 1737
64 KM/TM an EM, 4.8.1949, in: EM: Mein Vater, S. 208 f.
65 TM: Antwort an Paul Ohlberg, GKFA 19.1, S. 720
66 KlM an Georg Jacobi, 12.5.1949, in: KlM: Briefe, S. 614
67 KlM an KM/EM, 20.5.1949, in: KlM: Briefe, S. 624 f.
68 Tgb TM, 22.5.1949
69 EM an Pamela Wedekind, 16.6.1949, in: EM: Briefe I, S. 260
70 Zit. nach Lühe: EM, S. 315
71 Tgb TM, 21.12.1949
72 MiM an KM, 29.12.[1949], TMA
73 EMB an KM, 29.11.1950, TMA
74 Tgb TM, 30.12.1949
75 Zit. nach Claudia Meurer Zenck: Michael Mann. Bratscher, Krenek-Interpret, Musik- und Literaturwissenschaftler, in: Schönheit und Verfall. Beziehungen zwischen Thomas Mann und Ernst Krenek. (Mehr als) ein Tagungsbericht, hg. von Matthias Henke (= Thomas-Mann-Studien Bd. 47), Frankfurt a. M. 2015, S. 155–201, hier S. 174
76 MiM an KM, 1.3.1950, TMA; vgl. zur Steuerzahlung Tgb TM, 7.1.1950
77 Tgb TM, 11.3.1950
78 Tgb TM, 21.3.1950 (TM schreibt falsch 1932 statt 1930)
79 TM: Essays VI, S. 180
80 Agnes Meyer an TM, 23.3.1950, in: TM-AM: Briefwechsel, S. 733 f.
81 TM an Agnes Meyer, 27.3.1950, in: TM-AM: Briefwechsel, S. 735
82 Tgb TM, 6.6.1950
83 Tgb TM, 9.6.1950
84 KlM zum Gedächtnis (1950), Hamburg 2003, S. 8, 9 f.
85 KlM zum Gedächtnis (1950), Hamburg 2003, S. 75
86 Zit. nach Andert: MoM, S. 64
87 Tgb TM, 25.6., 7.7., 13.7., 14.7., 25.8.1950
88 MiM an KM, 17.7.1950, TMA
89 Tgb TM, 12.8.1950
90 Zit. nach EM: Briefe I, S. 280 (Original englisch)
91 Tgb TM, 20.11.1950
92 KM an TM, 22.11.1950, in: KM: Rebherz, S. 96 f.
93 TM an Hans Reisiger, 2.4.1951, in: TM: Briefe III, S. 196 f.
94 Tgb TM, 3.12.1950

95 Tgb TM, 6.2.1951
96 TM an Hans Carossa, 7.5.1951, in: TM: Briefe III, S. 205 f.
97 Tgb TM, 20.12.1949
98 Alexander Fried: Connoisseurs Recital Praised, San Francisco Examiner, 16.10.1951; diese und weitere Kritiken in MON
99 Tgb TM, 21.10.1951
100 Tgb TM, 28.10.1951
101 Vgl. KM an Yaltah Menuhin Rolfe, 29.11.1951, MiM an Yehudi Menuhin, 28.11.1951, EM an Robert W. Kenny, 14.1.1952, alle MON
102 Tgb TM, 5.11.1951
103 MoM: Silvester bei Woolworth, Datierung und Publikationsort unklar, Zeitungsartikel in MON
104 TM an MoM, 8.1.1952, in: TM: Briefe III, S. 239
105 GM an Manuel Gasser, 1.5.1951, zit. nach Lahme: GM, S. 428
106 KlM: Wendepunkt, S. 65; vgl. KlM: Kind dieser Zeit (1932), Reinbek bei Hamburg 1982, S. 50 f.
107 GM: Erinnerungen I, S. 32
108 KlM: Wendepunkt, S. 258
109 Lionel Rolfe: The Uncommon Friendship of Yaltah Menuhin and Willa Cather, Los Angeles 2011, S. 35
110 Erich Katzenstein an KM, 20.11.1951, MON
111 MiM an KM, 25.11.1951, MON
112 MiM an KM, 10.12.1951, TMA; alle hier zitierten Dokumente zur Auseinandersetzung MiM-Menuhin in MON, EM B 138
113 Gret Mann an KM, 3.12.1951, MON
114 MiM an EM, 26.12.1951, MON; vgl. EM an Robert W. Kenny, 14.1.1952, MON
115 Vgl. Gret Mann an KM, 22.12.1951, MON
116 Zit. nach MiM: Fragmente, S. 47
117 Tgb TM, 6.6.1952
118 TM an Agnes Meyer, 7.12.1951, in: TM-AM: Briefwechsel, S. 760 f.
119 KM an EMB, 28.8.1952, MON
120 MoM an Hermann Kesten, 23.8.1952, in: MoM: Das fahrende Haus, S. 243
121 KM an EMB, 28.8.1952, MON

第七章　能者为之（1952~2002）

1 Tgb TM, 13.8.1952
2 Vgl. MiM an Ray Kendall, 10.4.1952, MON
3 TM an Agnes Meyer, 7.11.1952, in: TM-AM: Briefwechsel, S. 773 f.
4 Zit. nach Harpprecht: TM, S. 1942
5 Vgl. TM: Bekenntnis zur westlichen Welt, in: TM: Essays VI, S. 236–238
6 EM an TM, 28.1.1953, in: EM: Mein Vater, S. 213
7 Tgb TM, 23.8.1952
8 GM an Manuel Gasser, 31.10.[1952], und GM an Erich von Kahler, 27.11.[1952], zit. nach Lahme: GM, S. 223
9 GM an Erich von Kahler, 17.1.1953, zit. nach Lahme: GM, S. 223

10 Tgb TM, 1.12.1952
11 Tgb TM, 5.12. und 9.12.1952
12 Tgb TM, 24.12.1954
13 Tgb TM, 15., 16., 19. u. 20.6.1953
14 Vgl. Heinrich August Winkler: Geschichte des Westens. Vom Kalten Krieg bis zum Mauerfall, München 2014, S. 177 f.
15 Tgb TM, 26.6.1953
16 Vgl. S. 92 f.
17 TM: [Katia Mann zum siebzigsten Geburtstag], in: TM: Über mich selbst. Autobiographische Schriften, Frankfurt a. M. 1994, S. 180–185, hier S. 184 f.
18 Tgb TM, 9.9.1953
19 EM an MiM, 10.9.1952 [korrekt: 1953], MON
20 Tgb TM, 9.11.1953
21 Vgl. Tgb TM, 5.5.1953
22 Vgl. Tgb TM, 4.12.1951
23 MiM an KM, 10.11.1953, in: MiM: Fragmente, S. 28–31
24 MoM: Fremd zu Hause, Münchner Merkur, 21./22.11.1953, zit. nach Kinder der Manns, S. 233
25 Zit. nach MoM: Das fahrende Haus, S. 247–249 und S. 249 f.
26 TM an Agnes Meyer, 8.2.1954, in: TM-AM: Briefwechsel, S. 785
27 TM an Agnes Meyer, 9.2.1955, in: TM-AM: Briefwechsel, S. 797
28 Agnes Meyer an TM, 14.2.1955, in: TM-AM: Briefwechsel, S. 799
29 Tgb TM, 17.2.1955
30 Tgb TM, 22.4.1955
31 Zit. nach Lühe: EM, S. 340
32 Vgl. Kröger: EM, S. 113
33 Vgl. die Korrespondenz von MiM und Gret Mann mit Adorno in: Schönheit und Verfall. Beziehungen zwischen Thomas Mann und Ernst Krenek. (Mehr als) ein Tagungsbericht, hg. von Matthias Henke (= Thomas-Mann-Studien Bd. 47), Frankfurt a. M. 2015, S. 263–274
34 Fritz Redlich: Vom Geist Amerikas, in: Historische Zeitschrift 192 (1956), S. 189 f.
35 TM an MoM, 17.4.1955, in: TM: Briefe III, S. 394
36 Vgl. S. 116
37 Agnes Meyer an TM, 14.2.1955, in: TM-AM: Briefwechsel, S. 799
38 FM: Achterbahn, S. 106
39 MoM an EM, 4.5.1956, MON
40 EM an MoM, 7.5.1956, MON
41 Abgebildet in Kinder der Manns, S. 248
42 MoM an EM, 5.6.1956, MON
43 EM: Das letzte Jahr, in: EM: Mein Vater, S. 408 und 422 f.
44 Protokollchef Erika, in: Der Spiegel 31, 1.8.1956
45 C. F. W. Behl: Erika Mann: Das letzte Jahr, in: Frankfurter Allgemeine Zeitung, 21.3.1955
46 Protokollchef Erika, in: Der Spiegel 31, 1.8.1956
47 Gustav Hillard: Thomas Mann im Blick seiner Töchter, in: Merkur 10 (Oktober 1956), S. 1025; vgl. auch Oskar Maria Graf: Zwei Töchter sehen ihren Vater, in: MoM: Das fahrende Haus, S. 195–201
48 MoM: Vergangenes, S. 90

49 KM an Klaus Pringsheim, 13.7.1956, zit. nach Andert: MoM, S. 39
50 KM an Gustav Hillard, 25.11.1956, zit. nach Inge Jens: Nachwort, in: MoM: Vergangenes, S. 139
51 MoM an Anna Jacobson, o. D., zit. nach Andert: MoM, S. 39
52 MoM: Vergangenes, S. 78
53 MiM an KM, [7.9.1957], TMA (teilweise abgedruckt in MiM: Fragmente, S. 31–33, Auslassungen dort z. T. nicht gekennzeichnet)
54 Vgl. Lahme: GM, S. 238
55 MoM: Der Start. Ein Tagebuch, Fürstenfeldbruck 1960, S. 105
56 Zit. nach Kröger: EM, S. 151
57 GM: Deutsche Geschichte des 19. und 20. Jahrhunderts, Frankfurt a. M. 1958, S. 974 und S. 11 (aus »Vorrede« und »Ein letztes Wort«, die in späteren Ausgaben umgeschrieben wurden)
58 Günther Gillessen: Streng, aber nicht herzlos, Frankfurter Allgemeine Zeitung, 17.1.1959
59 Fritz Rene Allemann: Golo Manns Deutschland-Bild, in: Die Zeit, 13.3.1959
60 GM: Deutsche Geschichte des 19. und 20. Jahrhunderts, Frankfurt a. M. 2009, S. 721–724
61 Fritz Rene Allemann: Golo Manns Deutschland-Bild, in: Die Zeit, 13.3.1959
62 Tgb GM, 27.3.1959, zit. nach Lahme: GM, S. 265
63 EM an EMB, 19.1.1961, MON
64 EMB an EM, 23.1.1961, MON
65 Vgl. Stefan Müller-Doohm: Adorno. Eine Biographie, Frankfurt a. M. 2003, S. 281
66 EM an Theodor W. Adorno, 28.3.1963, in: EM: Briefe II, S. 124
67 Vgl. Theodor W. Adorno an EM, 5.4.1963, MON
68 Vgl. EM an GM, 3.5.1961, MON
69 EM an Theodor W. Adorno, 11.4.1963, in: EM: Briefe II, S. 130; vgl. zur Affäre um GM und Adorno/Horkheimer Lahme: GM, S. 287–307
70 Zit. nach FM: Achterbahn, S. 123; vgl. auch: Historiker geht ja noch, sagte Mutter Katja. Golo Mann erinnert sich: Fragen zum 75. Geburtstag von Udo Reiter, Rheinischer Merkur, 23.3.1984, dort formuliert GM den Ausspruch selbst, ohne EM zu nennen
71 MiM an EM, 5.10.1963, in: EM: Briefe II, S. 147
72 Das Thomas Mann-Buch. Eine innere Biographie in Selbstzeugnissen, hg. von MiM, Frankfurt a. M. 1965
73 Vgl. Tgb GM, 7.8.1963, SLA
74 MoM: Tupfen im All, Köln/Olten 1963, S. 13
75 TM: Briefe I, S. X, vgl. S. 354; die Legende ist so einprägsam, dass sie von einem Teil der Mann-Forschung bis heute übernommen wird: vgl. Albert von Schirnding: Die 101 wichtigsten Fragen: Thomas Mann, München 2008, S. 93, Dirk Heißerer: Im Zaubergarten. TM in Bayern, München 2005, S. 163 oder KIM-Schriftenreihe II, S. 22; das »blutige Schwert« als Legende: vgl. Harpprecht: TM, S. 373
76 TM: Briefe I, S. XI
77 Inge Jens: Vom Fin de siècle zum amerikanischen Exil. Thomas Manns Briefe – seine Autobiographie, in: Die Zeit, 26.1.1962
78 TM: Briefe I, S. V
79 Vgl. S. 175 f.
80 Vgl. S. 313
81 EM an GM, 11.5.1961, MON

82 TM: Briefe II, S. 6 und Anhang, S. 656 f.
83 Vgl. EM im Gespräch mit Roswitha Schmalenbach (1968), in: EM: Mein Vater, S. 9–60
84 GM an EM, o. D. [ca. 13. 5. 1961], MON
85 TM: Briefe I, S. XII
86 Vgl. Signe von Scanzoni: Als ich noch lebte. Ein Bericht über Erika Mann, Göttingen 2010, S. 102 f.
87 MoM an EM, 9. 1. 1964, in: MoM: Das fahrende Haus, S. 190
88 EM an MoM, 13. 1. 1964, in: MoM: Das fahrende Haus, S. 190–194; der Text *Rauschgold*, auf den EM sich bezieht, ist abgedruckt ebd., S. 211–214
89 MoM an EM, 20. 1. 1964, MON
90 KM an Klaus Pringsheim, 4. 10. 1955, zit. nach Jens/Jens: Frau TM, S. 278
91 EMB: Das ABC der Tiere. Von schreibenden Hunden und lesenden Affen, Bern/München/Wien 1970, S. 74 und 76 (englische Ausgabe zuerst 1965)
92 EM an EMB, 11. 11. 1962, MON
93 EMB an KM, 21. 5. 1968, TMA
94 KM an EMB, 21. 4. 1968, MON
95 KM an EMB, 7. 2. 1968, MON
96 KM an EMB, 20. 1. 1969, MON
97 GM an Jens-Peter Otto, 29. 6. 1968, zit. nach Lahme: GM, S. 335
98 GM an Margaret von Hessen, 6. 5. 1969, zit. nach Lahme: GM, S. 336
99 GM an Jens-Peter Otto, [17. 6.]1969, in: GM: Briefe, S. 191
100 MoM an KM, 11. 10. 1969, TMA
101 MoM: Das fahrende Haus, S. 158
102 KM: Memoiren, als Motto dem Buch vorangestellt
103 KM: Memoiren, S. 175
104 Vgl. Tgb GM, 14. 6. 1975, SLA
105 Vgl. Tgb GM, 2. 5. 1975, SLA
106 GM an Kurt Horres, 11. 6. 1979, zit. nach Lahme: GM, S. 385
107 GM: Die Brüder Mann und Bertolt Brecht (1973), in: GM: Essays, S. 94
108 MiM an GM, 11. 10. 1973, SLA
109 MiM an GM, 15. 10. 1970, SLA
110 Tgb GM, 17. 9. 1973 (Original englisch), zit. nach Lahme: GM, S. 377
111 MiM an FM o. D. [Juli/August 1975], zit. nach FM: Achterbahn, S. 230 f.
112 Eintragungen aus den Briefen MiM an Frederic C. Tubach vom 14. 10. und 11. 11. [1975], zit. nach MiM: Fragmente, S. 121 f.; der unpublizierte Teil der Briefe in MON
113 GM: Essays, S. 136
114 EMB: Das Drama der Meere, Frankfurt a. M. 1977, S. 236, 247
115 Vgl. Bericht Sally Tubach, o. D., MON; Frido Mann zufolge habe MiM die Silvestereinladung nach einem Streit mit seiner Frau abgesagt und sich zurückgezogen (FM: Achterbahn, S. 241)
116 Vgl. Peter de Mendelssohn an MiM, 15. 8. 1976, sowie nach dem Tod MiMs: Peter de Mendelssohn: Thomas Mann/Tagebücher – Anmerkungen zu Prof. Michael Manns Editionsplan und der bisher geleisteten Herausgeber-Arbeit, 1. 2. 1977; Vorwort: MiM: Apologie des Herausgebers, alle in: Verlagsarchiv S. Fischer, Frankfurt a. M., dort auch weitere Korrespondenz zur geplanten Edition
117 MiM an GM, Telegramm o. D. [1976], Nachlass Anita Naef, Universitätsbibliothek München

118 Vgl. Bericht Sally Tubach, o. D., MON
119 Vgl. Polizeibericht zum Tod von MiM, MON
120 EMB an KM, 21.1.1977, TMA
121 KM an EMB, 20.3.1976, MON
122 MoM an KM, 4.3.1977, TMA
123 Tgb GM, 25.3.1977 (im Original französisch) zit. nach Lahme: GM, S. 403 f.
124 Vgl. Tgb GM, 17.6.1977, SLA
125 Tgb GM, 25.3. und 6.4.1977 (beide im Original französisch) sowie 27.6.1977, zit. nach Lahme: GM, S. 404
126 Peter de Mendelssohn an EMB, 2.3.1977, Kopie im Nachlass GM, SLA
127 Gret Mann an GM, 5.3.1977, SLA
128 EMB an Gret Mann, 12.3.1977, Kopie im Nachlass GM, SLA
129 Vgl. Interview EMB, in: Heinrich Breloer: Unterwegs zur Familie Mann. Begegnungen, Gespräche, Interviews, Frankfurt a. M. 2001, S. 180 sowie Tgb GM, 9.5.1990, SLA
130 Vgl. Tgb GM, 2.1.1977, SLA sowie GM an Hans-Martin Gauger, 17.2.1977, in: GM: Briefe, S. 239 f.
131 Vgl. Tgb GM, 25.10.1977, SLA
132 Tgb GM, 4.11.1975, zit. nach Lahme: GM, S. 383
133 Tgb GM, 22.6.1977, zit. nach Lahme: GM, S. 385
134 MoM an Peter de Mendelssohn, 7.6.1977, in: MoM: Das fahrende Haus, S. 119
135 GM an EMB, 26.12.1981, Privatbesitz
136 EMB an KM, 30.8.1979, TMA
137 MoM an KM, 26.4.1979, TMA
138 MoM an KM, 16.2.1979, TMA
139 Tgb GM, 25.4.1980, zit. nach Lahme: GM, S. 408
140 GM: Erinnerungen an Katia Mann, in: GM: Essays, S. 143 f.
141 Ernst Klett an GM, 24.8.1981, zit. nach Lahme: GM, S. 411
142 Marcel Reich-Ranicki: Die Wahrheit über Thomas Mann. Zu den Tagebüchern aus den Jahren 1933 und 1934, in: Frankfurter Allgemeine Zeitung, 11.3.1978
143 Vgl. Tgb GM, 3.1.1975, SLA
144 Tantiemenabrechnungen vom S. Fischer Verlag im SLA
145 GM: Erinnerungen und Gedanken I, S. 362
146 Ernst Klett an GM, 11.9.1986, zit. nach Lahme: GM, S. 429
147 Vgl. Andert: MoM, S. 66
148 Interview Helga Schalkhäuser mit MoM, 15.5.1986, Abschrift des Gesprächs in MON; nicht bekannt ist, ob und welche Teile des Gesprächs publiziert wurden
149 Vgl. EMB an Dominica Borgese, 13.1.1991, MON
150 Frank Schirrmacher: Gesang vom Kindchen. Um einen Thomas Mann von innen bittend: Breloers Film, in: Frankfurter Allgemeine Zeitung, 17.12.2001
151 Vgl. EMB an Lise Kleefeldt, 16.3.1997, Privatbesitz
152 Vgl. Lahme: GM, S. 437–440
153 Heinrich Breloer: Unterwegs zur Familie Mann. Begegnungen, Gespräche, Interviews, Frankfurt a. M. 2001, S. 136

本著作讲述了曼氏家族八位成员的故事，他们是父母辈的卡蒂娅和托马斯·曼，六个孩子艾丽卡、克劳斯、戈洛、莫妮卡、伊丽莎白和米夏埃尔。一方面，《传奇之家：托马斯·曼一家的故事》的创作依托了丰富的日记、书信、回忆录和各种档案，这些原始资料是由家族成员保留下来的，部分经过修改，部分被保存在苏黎世托马斯·曼档案馆、慕尼黑莫纳岑西亚城市图书馆和伯尔尼瑞士文学档案馆；另一方面，关于整个曼氏家族和各位家庭成员的汗牛充栋的研究文献也是本著作的写作基础，没有它们，此书就不可能写成。本书注释部分主要对正文内的引用作了出处说明，以下部分将向读者介绍关于曼家族的一些重要文献。

关于曼氏家族

学界鲜见关于作为整体的曼氏家族的研究文献，到目前为止，针对各位家庭成员分别开展研究更常见。

1.Hans Wißkirchen: Die Familie Mann, Reinbek bei Hamburg 2000（关于整个曼氏家族的简要介绍）；

2.Manfred Flügge: Das Jahrhundert der Manns, Berlin 2015；

3.Marianne Krüll: Im Netz der Zauberer. Eine andere Geschichte der Familie Mann, Frankfurt a.M. 2010（1991年首次出版的关于曼氏家族的故事，采用了女性解放视角，将托马斯·曼视为家庭的压迫者）；

4.Die Kinder der Manns. Ein Familienalbum, hg. von Uwe Naumann in Zusammenarbeit mit Astrid Roffmann, Reinbek bei Hamburg 2005（此作品为同名展览“曼家的孩子：一个家庭相册”的展出目录，就曼家子女的照片和档案提供了丰富的介绍）；

5.Die Familie Mann in Kilchberg, hg. von Thomas Sprecher und Fritz Gutbrodt, Zürich 2000（关于曼氏家族之瑞士岁月的照片和档案集）；

6.Heinrich Breloer: Unterwegs zur Familie Mann. Begegnungen, Gespräche, Interviews, Frankfurt a.M. 2001（纪录片《曼氏家族——一部世纪小说》的指南）；

7.Mann oh Mann. Satiren und Parodien zur Familie Mann, hg. von Uwe Naumann, Reinbek bei Hamburg 2003;

8.Frido Mann: Achterbahn. Ein Lebensweg, Reinbek bei Hamburg 2008（一部自传，用孙辈的视角对家族进行了描写）。

关于托马斯·曼

关于托马斯·曼的研究十分丰富，不容忽视。《托马斯·曼手册：生平、作品和影响》（Thomas-Mann-Handbuch. Leben−Werk−Wirkung, hg. von Andreas Blödorn und Friedhelm Marx, Stuttgart 2015）为读者提供了很好的综述。在本著作中尤为重要的文献如下。

1.Hermann Kurzke: Thomas Mann. Das Leben als Kunstwerk. Eine Biographie, München 1999;

2.Hans Rudolf Vaget: Thomas Mann, der Amerikaner. Leben und Werk im amerikanischen Exil 1938−1952, Frankfurt a.M. 2011;

3.Klaus Harpprecht: Thomas Mann. Eine Biographie, Reinbek bei Hamburg 1995。

托马斯·曼的作品、书信和日记由S. 费舍尔出版社编辑出版，最新的带评注的版本被收录在全38卷的法兰克福评注版大全集（Große kommentierte Frankfurter Ausgabe）中。

关于卡蒂娅·曼

1.Inge Jens / Walter Jens: Frau Thomas Mann. Das Leben der Katharina Pringsheim, Reinbek bei Hamburg 2003;

2.Kirsten Jüngling / Brigitte Roßbeck: Katia Mann. Die Frau des Zauberers. Biografie, München 2003。

关于艾丽卡・曼

1.Irmela von der Lühe: Erika Mann. Eine Lebensgeschichte, Reinbek bei Hamburg 2009;

2.Ute Kröger: »Wie ich leben soll, weiß ich noch nicht«. Erika Mann zwischen ›Pfeffermühle‹ und ›Firma Mann‹. Ein Porträt, Zürich 2005;

3.Signe von Scanzoni: Als ich noch lebte. Ein Bericht über Erika Mann, hg. und mit einem Nachwort von Irmela von der Lühe, Göttingen 2010（此为艾丽卡・曼最后的生活伴侣所写的告别信和动人的人物特写）。

最重要的文章、演讲、报告，以及给家人写的文字和部分书信已由罗沃尔特出版社（Rowohlt Verlag）出版。收录跨度为1984~1988年的两卷本书信集现已绝版。

关于克劳斯・曼

1.Nicole Schaenzler: Klaus Mann. Eine Biographie, Frankfurt a.M. 1999;

2.Uwe Naumann: Klaus Mann, Reinbek bei Hamburg 2006;

3.Klaus-Mann-Schriftenreihe, Band 1-6, hg. von Fredric Kroll, Hamburg 1976-2006;

4.»Ruhe gibt es nicht bis zum Schluss«. Klaus Mann (1906-1949), Bilder und Dokumente, hg. von Uwe Naumann, Reinbek bei Hamburg 2001。

克劳斯・曼的小说、回忆录、散文，以及一部书信集和日记已由罗沃尔特出版社出版。

关于戈洛・曼

1.Urs Bitterli: Golo Mann. Instanz und Außenseiter. Eine Biographie, Berlin 2004;

2.Tilmann Lahme: Golo Mann. Biographie, Frankfurt a.M. 2009。

戈洛·曼的历史作品、散文、回忆录由S. 费舍尔出版社出版。他的一部书信集（Golo Mann: Briefe 1932-1992, hg. von Tilmann Lahme und Kathrin Lüssi, Göttingen 2006）于2006年在瓦尔施泰因出版社（Wallstein Verlag）出版。

关于莫妮卡·曼

Karin Andert: Monika Mann. Eine Biografie, Hamburg 2010。

莫妮卡·曼生命中的许多细节尚未被揭晓，大部分遗留下来的作品都散佚了，稍稍弥补这个空缺的唯余一部关于她的传记，这部传记试图对抗家人对她的固有印象。卡琳·安德特（Karin Andert）出版了莫妮卡·曼的副刊文章、家庭通信和其他书信等（Monika Mann: Das fahrende Haus. Aus dem Leben einer Weltbürgerin, hg. von Karin Andert, Reinbek bei Hamburg 2007）。包括莫妮卡的自传（Monika Mann: Vergangenes und Gegenwärtiges. Erinnerungen, 2. Aufl., Reinbek bei Hamburg 2002）在内，其所有作品都已绝版。

关于伊丽莎白·曼

1.Kerstin Holzer: Elisabeth Mann Borgese. Ein Lebensportrait, Berlin 2001（伊丽莎白·曼·博尔吉斯尚健在时的人物特写，主要基于与她的谈话写成）；

2.Elisabeth Mann Borgese und das Drama der Meere, hg. von Holger Pils und Karolina Kühn, Hamburg 2012（同名展览“伊丽莎白·曼·博尔吉斯和海洋之悲剧”的展出目录，附有丰富的资料）。

目前尚未见关于伊丽莎白·曼·博尔吉斯的较有分量的传记。她的部分作品已被出版，读者可读到其最新版本，而更多的文学文本、戏剧作品、早期关于动物和海洋的专业读物以及具有乌托邦色彩的《妇女的崛起》均已绝版。

关于米夏埃尔·曼

目前未见关于米夏埃尔·曼的传记。逝世后，他的部分文章和书信被收录在一部纪念集中，由其在伯克利大学的同事出版：Michael Mann: Fragmente eines Lebens. Lebensbericht und Auswahl seiner Schriften von Frederic C. und Sally P. Tubach, München 1983（已绝版）。

读者可以通过Schönheit und Verfall. Beziehungen zwischen Thomas Mann und Ernst Krenek. (Mehr als) ein Tagungsbericht, hg. von Matthias Henke (= Thomas-Mann-Studien Bd. 47), Frankfurt a.M. 2015 一书，对作为音乐家的米夏埃尔·曼有所了解。

/ 图片来源

图 1、12、14、18、30、42、43、48：Privatsammlungen

图 2：Th.Th. Heine/VG Bild-Kunst, Bonn

图 3：Privatsammlung Blahak, Hannover

图 4：Kurt-Hahn-Archiv, Schule Schloss Salem

图 5、6、15、22、24、31、37、40、41：Thomas-Mann-Archiv Zürich/Keystone

图 7、11、13、27、28、34：Thomas-Mann-Archiv Zürich

图 8、9、10、16、20、25、26、32、33、36、38、45、46：Monacensia. Literaturarchiv und Bibliothek München

图 17：Eric Schaal/Weidle Verlag. Standort: Deutsche Nationalbibliothek/Deutsches Exilarchiv 1933–1945, Frankfurt am Main

图 19：Bettmann/Corbis

图 21：Deutsches Literaturarchiv, Marbach

图 23：Library of Congress, Washington D.C.

图 29、35：San Francisco Symphony Archives

图 39：Gamma-Keystone/Getty Imagages

图 44：Luciano d'Alessandro, Napoli. Standort: Monacensia. Literaturarchiv und Bibliothek München

图 47：Alfred Hamm/International Ocean Institute, Halifax, Kanada

图 49：Schweizerisches Literaturarchiv, Bern

本书作者和 S. 费舍尔出版社（美因河畔法兰克福）对以上版权所有者授权印刷图片表示感谢。对图片版权信息不详或无法联系版权所有者的情况，S. 费舍尔出版社将依照法律规定按一般费用标准后续进行补偿。

本中文译本为保持作品的完整性，使用德文原著的全部图片。如有侵权，请联系告知。

/ 人物及其著作

（此部分页码为德文版页码，即本书页边码。）

图书在版编目（CIP）数据

传奇之家：托马斯·曼一家的故事 /（德）蒂尔曼·拉姆著；朱锦阳译. -- 北京：社会科学文献出版社，2020.9

ISBN 978-7-5201-6301-9

Ⅰ.①传… Ⅱ.①蒂… ②朱… Ⅲ.①传记文学-德国-现代 Ⅳ.①I516.55

中国版本图书馆CIP数据核字（2020）第030939号

传奇之家：托马斯·曼一家的故事

著　　者 / ［德］蒂尔曼·拉姆（Tilmann Lahme）
译　　者 / 朱锦阳

出 版 人 / 谢寿光
组稿编辑 / 段其刚
责任编辑 / 周方茹
文稿编辑 / 陈嘉瑜

出　　版 / 社会科学文献出版社·联合出版中心（010）59367151
地址：北京市北三环中路甲29号院华龙大厦　邮编：100029
网址：www.ssap.com.cn
发　　行 / 市场营销中心（010）59367081　59367083
印　　装 / 北京盛通印刷股份有限公司

规　　格 / 开　本：787mm×1092mm　1/16
印　张：30.5　字　数：369千字
版　　次 / 2020年9月第1版　2020年9月第1次印刷
书　　号 / ISBN 978-7-5201-6301-9
著作权合同登记号 / 图字01-2018-0543号
定　　价 / 96.00元

本书如有印装质量问题，请与读者服务中心（010-59367028）联系